प्रेमचंद

गोदान

MANJUL
मंजुल पब्लिशिंग हाउस

MANJUL

मंजुल पब्लिशिंग हाउस

कॉरपोरेट एवं संपादकीय कार्यालय

द्वितीय तल, उषा प्रीत कॉम्प्लेक्स, 42 मालवीय नगर, भोपाल-462 003

विक्रय एवं विपणन कार्यालय

सी-16, सेक्टर 3, नोएडा, उत्तर प्रदेश, 201301

वेबसाइट : www.manjulindia.com

वितरण केन्द्र

अहमदाबाद, बेंगलुरू, कोच्चि, कोलकाता, चेन्नई,

हैदराबाद, मुम्बई, नई दिल्ली, पुणे

गोदान

यह संस्करण 2019 में पहली बार प्रकाशित

5वी आवृत्ति 2026

ISBN 978-93-87383-70-8

मुद्रण व जिल्दसाज़ी : रेप्रो इंडिया लिमिटेड

मुंशी प्रेमचंद को आधुनिक हिंदी का पितामह कहा जाता है। मुंशी जी को उपन्यास सम्राट भी कहा जाता है। उनका जन्म 31 जुलाई 1880 को बनारस से थोड़ी दूर लमही नामक गाँव में हुआ था। आपके पिता अजायब राय एक डाकखाने में नौकरी करते थे। प्रेमचंद उस समय मात्र 8 वर्ष के रहे होंगे जब इनकी माँ का देहांत हो गया। बाल्यावस्था में ही इनके ऊपर जिम्मेदारियों का बोझ आ पड़ा। आपका पहला विवाह मात्र 15 वर्ष की आयु में हो गया था। जो सफल नहीं रहा। विवाह के एक वर्ष बाद ही पिता का देहांत हो गया।

उर्दू और हिन्दी से मुंशी जी का विशेष लगाव था। मात्र 13 वर्ष की उम्र में ही उनके साहित्यिक जीवन का आरंभ हो चुका था। उन्होंने कुल 15 उपन्यास, 300 से अधिक कहानियाँ, 3 नाटक, अनुवाद, बाल-पुस्तकें तथा हजारों पृष्ठों के लेख, सम्पादकीय, भाषण, भूमिका, पत्र आदि लिखे।

प्रेमचंद के मुख्य उपन्यास हैं - कर्मभूमि, निर्मला, गोदान, गबन, अलंकार, प्रेमा, प्रेमाश्रम, रंगभूमि, प्रतिज्ञा। 8 अक्टूबर 1936 को सरस्वती का ये पुत्र सदा के लिए इस दुनिया को अलविदा कह गया।

प्रस्तावना

गोदान : जीवन की करुण-कथा

प्रेमचन्द के अपने उपन्यासों के जिक्र में ही नहीं, हिन्दी के प्रथम कोटि के या क्लासिक कहे जा सकने वाले उपन्यासों के जिक्र में भी पहला नाम 'गोदान' का ही आता है - चाहे वह जिक्र किसी भी साहित्यिक सम्प्रदाय की ओर से किया जा रहा हो। सामान्यतः यह भी माना जाता रहा है कि इस उपन्यास में वह अपने आदर्शवादी घेरे का अतिक्रमण करते तथा सामाजिक यथार्थ के खरे चित्र प्रस्तुत करते हैं - यद्यपि मेरे लिए यह समझ पाना मुश्किल है कि किसी न किसी आदर्श की अन्तर्ध्वनि के बिना किसी यथार्थ का चित्रण संवेदनात्मक सम्प्रेषण करने में सफल हो सकता है, जो मूलतः और अन्ततः भी, किसी भी साहित्यिक रचना या कलाकृति की उत्कृष्टता का एक प्रामाणिक आधार होता है। एक ही विषय लेकर लिखी गयी साहित्यिक कृति और शुद्ध वैचारिक निबन्ध में यही तो मूलभूत अन्तर होता है। शायद इसीलिए अज्ञेय ने प्रेमचन्द के यथार्थवाद के लिए 'नैतिक यथार्थवाद' नामकरण का प्रस्ताव किया है, क्योंकि एक नैतिक बोध प्रेमचन्द की हर रचना में लगातार बना रहा है - 'गोदान' ही नहीं, उनकी अंतिम दौर की कहानियों में भी और जिसका संवेदनात्मक आधार उनकी मानवीय संवेदना में है, जिसे अज्ञेय ने 'महाकरुणा' कहा है।

इस 'महाकरुणा' के कारण ही 'गोदान' भारतीय किसान के जीवन की त्रासदी बन पाया है - एक पतनशील सामन्ती व्यवस्था में पिसते हुए किसान की त्रासद कथा। उस किसान की कथा जो अपने सारे लालच और भय के बावजूद उन मर्यादाओं को नहीं तोड़ पाता, जो उस व्यवस्था में एक किसान से अपेक्षित हैं। हर परिवर्तन अपने साथ कुछ नयी मर्यादाएं लाता है जो आगे होने वाले किसी परिवर्तन में बदल जाती हैं। लेकिन, जैसा एक मार्क्सवादी विचारक तोग्लियाती का कहना है, प्रत्येक परिवर्तन में कुछ ऐसा भी घटित होता है, जो हमेशा के लिए मानव-चेतना का स्थायी अंग बन जाता है।

उपन्यास का केन्द्रीय चरित्र होरी उस नैतिक बोध से इसीलिए मुक्त नहीं हो पाता, जो उसके अनुसार किसान की मर्यादा का आधार है। इसीलिए, वह अपने उस भाई के परिवार का दायित्व भी संभालता है, जिसने उसकी गाय को ज़हर देकर मार डाला था - यही नहीं वह उसके घर को पुलिस की तलाशी से बचाने के लिए रिश्वत देने को भी

तैयार हो जाता है। यह तो उसकी पत्नी धनिया का साहस ही है, जिसके कारण न दारोगा की चली और न गांव के उन प्रभावशाली लोगों की जो दारोगा के साथ मिले हुए थे।

सामान्यतः, होरी को ही 'गोदान' का केन्द्रीय चरित्र माना जाता है और उसकी त्रासदी ही उपन्यास की आधार-कथा है। लेकिन हमारी पुरुषवादी दृष्टि यह नहीं देख पाती कि वास्तव में उपन्यास का केन्द्रीय चरित्र तो धनिया है और उसकी त्रासदी होरी से भी अधिक मार्मिक है। होरी में स्थिति का स्वीकार अधिक है, जबकि धनिया स्थिति को चुनौती भी देती है। झुनिया को गर्भवती कर जब गोबर भाग जाता है तो अन्ततः सारे गांव की आलोचना का पात्र बन कर भी वह उसे अपने घर में शरण देती है यद्यपि होरी उसके विरोध के बावजूद दंड भर देता है, जिसके लिए उसे कर्ज़ लेना और अपना घर गिरवी रखना पड़ता है। इसी तरह, सिलिया को भी होरी के न चाहने पर भी अपने घर में रखकर वह पंडित दातादीन जैसे लोगों की दुश्मनी मोल ले लेती है। होरी मर्यादा के नाम पर अपने साथ हो रहे अन्याय को भी स्वीकार कर लेता है; लेकिन धनिया हर अन्याय के सामने साहसपूर्वक खड़ी हो जाती है।

'गोदान' में पतनशील सामन्ती व्यवस्था की सभी विकृतियों को बहुत प्रभावी ढंग से चित्रित किया गया है जो पाठक को संवेदनात्मक स्तर पर उद्विग्न करने में पूरी तरह सफल है। लेकिन इस उपन्यास की एक उल्लेखनीय विशेषता यह भी है कि इस सारी त्रासदी के बीच दाम्पत्य संबंध और पारिवारिक हास-परिहास के ऐसे प्रसंग भी सँजोये गये हैं जो इस सारी त्रासदी के बावजूद जीवन के रस की अनुभूति करवाते हैं, तथा जो पाठक को भी उपन्यास के पाठ के तनाव के दौरान कुछ 'रिलीफ' देते हैं। दंड चुकाने के लिए घर रेहन रखने के बाद होरी के लौटने पर धनिया से तनावपूर्ण संवाद के दौरान धनिया कहती है कि न जाने क्या सोचकर उसका बाप होरी पर लट्टू हो गया कि उसका विवाह उससे कर दिया, जबकि वह ऐसा कोई सुन्दर भी न था - तो सारा तनाव विनोद रूप ले लेता है। सोना और रूपा के संवाद बड़े मासूम हास्य की सृष्टि करते हैं। होरी और दुलारी सहुआइन के बीच रिश्ते के देवर-भाभी जैसा हास-परिहास भी होरी के कर्ज़ माँगने की मजबूरी के बीच विनोद का रस बहाता-सा लगता है। होली के अवसर पर की जाने वाली नकलों और फबतियों में एक ओर मसखरापन है, तो वहीं गांव के कथित बड़े लोगों की कारस्तानियों के प्रति तीखा व्यंग्य भी। ऐसे ही खेल-तमाशों के माध्यम से गरीब अपने शोषण की कथा कहता और शोषक वर्ग पर व्यंग्य के माध्यम से अपना क्रोध जाहिर करता है। झिंगुरीसिंह की नकल में दस रूपये कागज पर लिखवा कर पाँच ही रूपये दिये जाते हैं और कारण पूछने पर बताया जाता है कि बाकी पाँच नज़राने, तहरीर, कागज, दस्तूरी और सूद के काट लिये गये हैं, तो किसान व्यंग्य करता है कि बाकी के पाँच में से चार छोटी-बड़ी ठकुराइनों के नज़राने और पान के भी काट लिये जायें और आखिरी एक रूपया ठाकुर के क्रिया-करम के लिये रख लिया जाये, तो अद्भुत हास्य की सृष्टि हो जाती है। इसी तरह की फबतियाँ और नकलें नोखेराम, पटेश्वरी और पंडित दातादीन की होती हैं। प्रेमचन्द लिखते हैं कि रातभर की इस भँड़ैती

के माध्यम से "सताए हुए दिल कल्पना में प्रतिशोध पाकर प्रसन्न होते रहे।" लेकिन, ऐसे प्रतिशोध कल्पना में ही लिये जाते हैं क्योंकि होरी-धनिया की कहानी के माध्यम से लेखक उस अनवरत शोषण को प्रस्तुत करता चला जाता है, जिसका अन्त होरी की मृत्यु से होता है। तब भी कथित मर्यादा पीछा नहीं छोड़ती और हर तरह से दरिद्र हो चुकी धनिया से मांग की जाती है कि होरी का गोदान करवा दे ताकि वह वैतरणी पार कर सके। यह अन्तिम दृश्य हृदय-विदारक है। सुतली बेचकर लाये गये बीस आने अर्थात् उस समय का सवा रूपया होरी के ठंडे हाथ में रखकर धनिया दातादीन से कहती है - "महाराज, घर में न गाय है, न बछिया, न पैसा। यही पैसे हैं, यही इनका गोदान है।" यह गोदान दरअसल, साँसें तोड़ती उस पतनशील सामन्तवादी व्यवस्था का माना जाना चाहिए, जिसका शिकार होरी जैसे किसान मर्यादा के नाम पर होते आये हैं।

होरी-धनिया और उनके गाँव की कथा के समान्तर 'गोदान' में एक और कथा चलती है - मेहता-मालती और शहरी जीवन की कथा। कई लोगों का ख़्याल है कि ये दोनों अलग कथाएँ है, जिन्हें एक साथ नहीं गूँथा जाना चाहिए था। लेकिन शायद प्रेमचन्द दोनों कथाओं को एक साथ गूँथ कर यह दिखाना चाह रहे होंगे कि जिस प्रकार ग्रामीण जीवन में पतनशील सामन्तवादी व्यवस्था का भ्रष्ट आचरण है, उसी प्रकार का भ्रष्ट आचरण सन्दर्भगत भिन्नता के बावजूद शहरी जीवन और प्रारंभिक पूँजीवाद का भी है और एक स्तर पर दोनों का गठबन्धन है, जिसका प्रतिबिम्ब राय साहब में दिखायी देता है, जो होरी के गाँव के जमींदार भी हैं। इस तरह, राय साहब शहर के प्रतिनिधि भी हैं और गाँव के भी। दोनों कथाओं को एक साथ जोड़ने वाला दूसरा चरित्र होरी के बेटे गोबर का है, जो गाँव छोड़कर शहर में मजदूरी करने चला जाता है। जो छल-कपट दातादीन, पटेश्वरी, नोखेराम और झिंगुरीसिंह के ग्रामीण चरित्रों में दिखाया गया है, वही राय साहब, खन्ना, तन्खा, ओंकारनाथ आदि पढ़े-लिखे आधुनिक कहे जाने वाले चरित्रों में भी है।

मेहता और मालती के सम्बंधों को ही नहीं, उनके चारित्रिक विकास की कथा को लेकर तो शायद एक अलग उपन्यास भी लिखा जा सकता था। मालती को प्रेमचन्द ने प्रारंभ में व्यंग्यपूर्वक नवयुग की साक्षात् प्रतिमा कहते हुए "आमोद-प्रमोद को जीवन का तत्व समझने वाली, लुभाने और रिझाने की कला में निपुण" बताया है, "जहां आत्मा का स्थान है, वहाँ प्रदर्शन; जहां हृदय का स्थान है, वहाँ हाव-भाव; मनोद्गारों पर कठोर निग्रह, जिसमें इच्छा या अभिलाषा का लोप सा हो गया" लेकिन, धीरे-धीरे वह मेहता की ओर गंभीर भाव से आकर्षित होने लगती है।

लेकिन मेहता उसे वह भाव नहीं देते, जिसे पाने की वह अभ्यस्त है, क्योंकि अन्य सभी उसकी ओर आकर्षित होते हैं। मेहता उसे स्पष्ट कह देता है कि वह प्रतिभावान तो है पर 'प्रेम नहीं' कर सकती। उपन्यास में आगे इस कथा का द्वन्द्वात्मक विकास होता है और मालती के चरित्र में आभ्यान्तिक परिवर्तन के कारण जहाँ मेहता उससे प्रेम याचना करने लगता है, वहीं मालती अब स्व से ऊपर उठकर पीड़ितों की

सेवा में लग जाती है। इसी बीच खन्ना की पत्नी गोविन्दी की चारित्रिक दृढ़ता उद्घाटित होती है, जिससे मेहता तो शुरू से ही प्रभावित था, पर मालती ही नहीं स्वयं उसका पति खन्ना भी, जो हमेशा उसकी उपेक्षा ही करता रहा, प्रभावित हो जाता है। कह सकते हैं कि इस कथा में गोविन्दी की उपस्थिति उस 'कैटेलिक एजेंट' का काम करती है, जिसके होने से इन सब चरित्रों में भारी परिवर्तन हो जाते हैं। मालती मेहता के प्रेम का सम्मान करती है क्योंकि उसका निष्कर्ष है कि "मित्र बनकर रहना स्त्री-पुरूष बन कर रहने से कहीं सुखकर है।" वह चाहती है कि विवाह कर परिवार बसाने के बजाय दोनों मिल कर अन्याय और कपट को मिटाने के लिए प्रयत्न करें - यह एक प्रकार का वैसा ही आध्यात्मिक रिश्ता होगा, जिसका प्रस्ताव स्त्री-पुरूष संबधों को लेकर महात्मा गांधी भी करते हैं।

यह कुछ अजीब लगता है कि होरी और धनिया की कथा एक दुखान्त में पर्यवासित होती है, मेहता-मालती की कथा एक आध्यात्मिक ऊँचाई को छू लेती है। मर्यादा के गहरे बोध के बावजूद - या शायद उसी के कारण - होरी और धनिया को अतीव कष्टों से गुज़रना पड़ता है, जबकि मालती और मेहता अपने को एक किस्म की नैतिक-आध्यात्मिक मर्यादा में स्वेच्छापूर्वक बाँध लेते हैं। तो क्या मालती-मेहता प्रकरण में प्रेमचन्द की आदर्शवादी मानसिकता का प्राकट्य है और होरी-धनिया प्रकरण उनके बढ़ते यथार्थवादी रुझान का? लेकिन यथार्थ की वेदना में से भी जो पुकार उठती है, वह किसी न किसी आदर्श की ओर, किसी मूल्य-चेतना की ओर ही ले जाती है; अन्यथा, उसके वर्णन का कोई संवेदनात्मक प्रभाव नहीं पड़ता। आखिर, मेहता और मालती के संबंधों के विकास की द्वन्द्वात्मक प्रक्रिया जिस मंजिल पर पहुंचती है, वह कोई अन्तर्वैयक्तिक नहीं बल्कि एक ऐसी मंजिल है, जहाँ दोनों 'अपनेपन को इतना फैला दें कि सारा संसार अपना हो जाये।' तो क्या प्रेमचन्द यह कहना चाहते हैं कि जब तक मानव-जाति में अपनेपन का ऐसा फैलाव नहीं होता तब तक होरी-धनिया जैसों के दारूण कष्टों का निवारण नहीं हो सकता। तो क्या प्रेमचन्द आलोचकों द्वारा थोपे गये यथार्थवाद के आवरण के नीचे अन्त तक, अपने अन्तिम उपन्यास 'गोदान' तक आदर्शवादी रहे या अज्ञेय के शब्दों में कहें तो 'नैतिक यर्थाथवादी'! हिन्दी पाठकों में 'गोदान' के प्रति निरन्तर बढ़ता आकर्षण उसकी पठनीयता का ही नहीं, इस बात का भी प्रमाण है कि पाठक वर्ग उसे पढ़ते हुए द्रवित होता और एक मूल्य-संवेदन अनुभव करता रहा है - यही उसकी स्थायी लोकप्रियता का कारण है।

— नन्दकिशोर आचार्य
बीकानेर

गोदान

होरीराम ने दोनों बैलों को सानी-पानी देकर अपनी स्त्री धनिया से कहा - 'गोबर को ऊख गोड़ने भेज देना। मैं न जाने कब लौटूँ। जरा मेरी लाठी दे दे।'

धनिया के दोनों हाथ गोबर से भरे थे। उपले थापकर आई थी। बोली - 'अरे, कुछ रस-पानी तो कर लो। जल्दी क्या है?'

होरी ने अपने झुर्रियों से भरे माथे को सिकोड़कर कहा - 'तुझे रस-पानी की पड़ी है, मुझे यह चिन्ता है कि अबेर हो गई तो मालिक से भेंट न होगी। असनान-पूजा करने लगेंगे, तो घंटों बैठे बीत जाएगा।'

'इसी से तो कहती हूँ, कुछ जलपान कर लो। और आज न जाओगे तो कौन हरज होगा! अभी तो परसों ही गए थे।'

'तू जो बात नहीं समझती, उसमें टाँग क्यों अड़ाती है भाई! मेरी लाठी दे दे और अपना काम देख। यह इसी मिलते-जुलते रहने का परसाद है कि अब तक जान बची हुई है, नहीं कहीं पता न लगता कि किधर गए। गाँव में इतने आदमी तो हैं, किस पर बेदखली नहीं आई, किस पर कुड़की नहीं आई। जब दूसरे के पाँवों-तले अपनी गर्दन दबी हुई है, तो उन पाँवों को सहलाने में ही कुशल है।'

धनिया इतनी व्यवहार-कुशल न थी। उसका विचार था कि हमने जमींदार के खेत जोते हैं, तो वह अपना लगान ही तो लेगा। उसकी खुशामद क्यों करें, उसके तलवे क्यों सहलाएँ। यद्यपि अपने विवाहित जीवन के इन बीस बरसों में उसे अच्छी तरह अनुभव हो गया था कि चाहे कितनी ही कतर-ब्योंत करो, कितना ही पेट-तन काटो, चाहे एक-एक कौड़ी को दाँत से पकड़ो; मगर लगान बेबाक होना मुश्किल है। फिर भी वह हार न मानती थी, और इस विषय पर स्त्री-पुरुष में आए दिन संग्राम छिड़ा रहता था। उसकी छः सन्तानों में अब केवल तीन जिन्दा हैं, एक लड़का गोबर कोई सोलह साल का, और दो लड़कियाँ सोना और रूपा, बारह और आठ साल की। तीन लड़के बचपन ही में मर गए। उसका मन आज भी कहता था, अगर उनकी दवा-दारू होती तो वे बच जाते; पर वह एक धेले की दवा भी न मँगवा सकी थी। उसकी ही उम्र अभी क्या थी। छत्तीसवाँ ही साल तो था; पर सारे बाल पक गए थे, चेहरे पर झुर्रियाँ पड़ गई थीं। सारी देह ढल गई थी, वह सुन्दर गेहुआँ रंग सँवला गया था, और आँखों से भी कम सूझने लगा था। पेट की चिन्ता ही के कारण तो। कभी तो जीवन का सुख न मिला। इस चिरस्थायी जीर्णावस्था ने उसके आत्मसम्मान को उदासीनता का रूप दे दिया था। जिस गृहस्थी में पेट की रोटियाँ भी न मिलें, उसके लिए इतनी खुशामद क्यों? इस परिस्थिति से उसका मन बराबर विद्रोह किया करता था, और दो-चार घुड़कियाँ खा लेने पर ही उसे यथार्थ का ज्ञान होता था।

उसने परास्त होकर होरी की लाठी, मिरजई, जूते, पगड़ी और तमाखू का बटुआ लाकर सामने पटक दिए।

होरी ने उसकी ओर आँखें तरेरकर कहा – 'क्या ससुराल जाना है, जो पाँचों पोसाक लाई है? ससुराल में भी तो जवान साली-सलहज नहीं बैठी है, जिसे जाकर दिखाऊँ।'

होरी के गहरे साँवले, पिचके हुए चेहरे पर मुस्कुराहट की मृदुता झलक पड़ी। धनिया ने लजाते हुए कहा – 'ऐसे ही तो बड़े सजीले जवान हो कि साली-सलहजें तुम्हें देखकर रीझ जाएँगी!'

होरी ने फटी हुई मिरजई को बड़ी सावधानी से तह करके खाट पर रखते हुए कहा – 'तो क्या तू समझती है, मैं बूढ़ा हो गया? अभी तो चालीस भी नहीं हुए। मर्द साठे पर पाठे होते हैं।'

'जाकर सीसे में मुँह देखो। तुम जैसे मर्द साठे पर पाठे नहीं होते। दूध-घी अंजन लगाने तक को तो मिलता नहीं, पाठे होंगे। तुम्हारी दशा देख-देखकर तो मैं और भी सूखी जाती हूँ कि भगवान यह बुढ़ापा कैसे कटेगा! किसके द्वार पर भीख माँगेंगे?'

होरी की वह क्षणिक मृदुता यथार्थ की इस आँच में जैसे झुलस गई। लकड़ी सँभालता हुआ बोला – 'साठ तक पहुँचने की नौबत न आने पाएगी धनिया! इसके पहले ही चल देंगे।'

धनिया ने तिरस्कार किया – 'अच्छा रहने दो, मत असुभ मुँह से निकालो। तुमसे कोई अच्छी बात भी कहे, तो लगते हो कोसने।'

होरी कन्धे पर लाठी रखकर घर से निकला, तो धनिया द्वार पर खड़ी उसे देर तक देखती रही। उसके इन निराशा-भरे शब्दों ने धनिया के चोट खाए हुए हृदय में आतंकमय कम्पन-सा डाल दिया था। वह जैसे अपने नारीत्व के सम्पूर्ण तप और व्रत से अपने पति को अभय-दान दे रही थी। उसके अन्तःकरण से जैसे आशीर्वादों का व्यूह-सा निकलकर होरी को अपने अन्दर छिपाए लेता था। विपन्नता के इस अथाह सागर में सोहाग ही वह तृण था, जिसे पकड़े हुए वह सागर को पार कर रही थी। इन असंगत शब्दों ने यथार्थ के निकट होने पर भी, मानो झटका देकर उसके हाथ से वह तिनके का सहारा छीन लेना चाहा, बल्कि यथार्थ के निकट होने के कारण ही उनमें इतनी वेदना-शक्ति आ गई थी। काना कहने से काने को जो दुःख होता है, वह क्या दो आँखोंवाले आदमी को हो सकता है?

होरी कदम बढ़ाए चला जाता था। पगडंडी के दोनों ओर ऊख के पौधों की लहराती हुई हरियाली देखकर उसने मन में कहा-भगवान कहीं गौ से बरखा कर दें और डाँडी भी सुभीते से रहे, तो एक गाय जरूर लेगा। देशी गायें तो न दूध दें, न उनके बछबे ही किसी काम के हों। बहुत हुआ तो तेली के कोल्हू में चले। नहीं, वह पछाँई गाय लेगा। उसकी खूब सेवा करेगा। कुछ नहीं तो चार-पाँच सेर दूध होगा। गोबर दूध के लिए तरस-तरसकर रह जाता है। इस उमिर में न खाया-पिया, तो फिर

कब खाएगा? साल-भर भी दूध पी ले, तो देखने लायक हो जाए। बछवे भी अच्छे बैल निकलेंगे। दो सौ से कम की गोई न होगी। फिर, गऊ से ही तो द्वार की सोभा है। सबेरे-सबेरे गऊ के दर्शन हो जाएँ तो क्या कहना! न जाने कब यह साध पूरी होगी, कब वह शुभ दिन आएगा।

हर एक गृहस्थ की भाँति होरी के मन में भी गऊ की लालसा चिरकाल से संचित चली आती थी। यही उसके जीवन का सबसे बड़ा स्वप्न, सबसे बड़ी साध थी। बैंक सूद से चैन करने या जमीन खरीदने या महल बनवाने की विशाल आकांक्षाएँ उसके नन्हें-से हृदय में कैसे समातीं!

जेठ का सूर्य आमों के झुरमुट से निकलकर आकाश पर छाई हुई लालिमा को अपने रजत-प्रताप से तेज प्रदान करता हुआ ऊपर चढ़ रहा था और हवा में गर्मी आने लगी थी। दोनों ओर खेतों में काम करनेवाले किसान उसे देखकर राम-राम करते और सम्मान-भाव से चिलम पीने का निमन्त्रण देते थे; पर होरी को इतना अवकाश कहाँ था? उसके अन्दर बैठी हुई सम्मान-लालसा ऐसा आदर पाकर उसके सूखे मुख पर गर्व की झलक पैदा कर रही थी। मालिकों से मिलते-जुलते रहने ही का तो यह प्रसाद है कि सब उसका आदर करते हैं, नहीं उसे कौन पूछता? पाँच बीघे के किसान की बिसात ही क्या? यह कम आदर नहीं है कि तीन-तीन, चार-चार हलवाले महतो भी उसके सामने सिर झुकाते हैं।

अब वह खेतों के बीच की पगडंडी छोड़कर एक खलेटी में आ गया था, जहां बरसात में पानी भर जाने के कारण तरी रहती थी और जेठ में कुछ हरियाली नजर आती थी। आस-पास के गाँवों की गउएँ यहाँ चरने आया करती थीं। उस समय में भी यहाँ की हवा में कुछ ताजगी और ठंडक थी। होरी ने दो-तीन साँसें जोर से लीं। उसके जी में आया, कुछ देर यहीं बैठ जाए। दिन-भर तो लू-लपट में मरना ही है। कई किसान इस गड्ढे का पट्टा लिखाने को तैयार थे। अच्छी रकम देते थे; पर ईश्वर भला करे रायसाहब का कि उन्होंने साफ कह दिया, यह जमीन जानवरों की चराई के लिए छोड़ दी गई है और किसी दाम पर भी न उठाई जाएगी। कोई स्वार्थी जमींदार होता, तो कहता, गायें जाएँ भाड़ में, हमें रुपये मिलते हैं, क्यों छोड़ें? पर रायसाहब अभी तक पुरानी मर्यादा निभाते आते हैं। जो मालिक प्रजा को न पाले, वह भी कोई आदमी है?

सहसा उसने देखा, भोला अपनी गायें लिए इसी तरफ चला आ रहा था। भोला इसी गाँव से मिले हुए पुरवे का ग्वाला था और दूध-मक्खन का व्यवसाय करता था। अच्छा दाम मिल जाने पर कभी-कभी किसानों के हाथ गायें बेच भी देता था। होरी का मन उन गायों को देखकर ललचा गया। अगर भोला वह आगे वाली गाय उसे दे दे तो क्या कहना! रुपये आगे-पीछे देता रहेगा। वह जानता था, घर में रुपये नहीं हैं। अभी तक लगान नहीं चुकाया जा सका, बिसेसर साह का देना भी बाकी है, जिस पर आने रुपये का सूद चढ़ रहा है; लेकिन दरिद्रता में जो एक प्रकार की अदूरदर्शिता होती है, वह निर्लज्जता के तकाजे, गाली और मार से भी भयभीत नहीं होती, उसने उसे प्रोत्साहित

किया। बरसों से जो साध मन को आन्दोलित कर रही थी, उसने उसे विचलित कर दिया। भोला के समीप जाकर बोला – 'राम-राम भोला भाई, कहो क्या रंग-ढंग हैं? सुना अबकी मेले से नई गायें लाए हो?'

भोला ने रुखाई से जवाब दिया। होरी के मन की बात उसने ताड़ ली थी – 'हाँ, दो बछियें और दो गायें लाया। पहलेवाली गायें सब सूख गई थीं। बन्धी पर दूध न पहुँचे तो गुजर कैसे हो?

होरी ने आगेवाली गाय के पुट्ठे पर हाथ रखकर कहा – 'दुधार तो मालूम होती है। कितने में ली?'

भोला ने शान जमाई – 'अबकी बाजार बड़ा तेज रहा महतो, इसके अस्सी रुपये देने पड़े। आँखें निकल गईं। तीस-तीस रुपये तो दोनों कलोरों के दिए। तिस पर गाहक रुपये का आठ सेर दूध माँगता है।'

'बड़ा भारी कलेजा है तुम लोगों का भाई, लेकिन फिर लाए भी तो वह माल कि यहाँ दस-पाँच गाँवों में तो किसी के पास निकलेगी नहीं।'

भोला पर नशा चढ़ने लगा। बोला – 'रायसाहब इसके सौ रुपये देते थे। दोनों कलोरों के पचास-पचास रुपये, लेकिन हमने न दिए। भगवान ने चाहा, तो सौ रुपये इसी ब्यान में पीट लूँगा।'

'इसमें क्या सन्देह है भाई! मालिक क्या खा के लेंगे? नजराने में मिल जाए, तो भले ले लें। यह तुम्हीं लोगों का गुर्दा है कि अँजुली-भर रुपये तकदीर के भरोसे गिन देते हो। यही जी चाहता है कि इसके दरसन करता रहूँ। धन्य है तुम्हारा जीवन कि गउओं की इतनी सेवा करते हो! हमें तो गाय का गोबर भी मयस्सर नहीं। गिरस्त के घर में एक गाय भी न हो, तो कितनी लज्जा की बात है। साल-के-साल बीत जाते हैं, गोरस के दरसन नहीं होते। घरवाली बार-बार कहती है, 'भोला भैया से क्यों नहीं कहते?' मैं कह देता हूँ, कभी मिलेंगे तो कहूँगा। तुम्हारे सुभाव से बड़ी परसन रहती है। कहती है, ऐसा मर्द ही नहीं देखा कि जब बातें करेंगे, नीची आँखें करके, कभी सिर नहीं उठाते।'

भोला पर जो नशा चढ़ रहा था, उसे इस भरपूर प्याले ने और गहरा कर दिया। बोला – 'आदमी वही है, जो दूसरों की बहू-बेटी को अपनी बहू-बेटी समझे। जो दुष्ट किसी मेहरिया की ओर ताके, उसे गोली मार देना चाहिए।'

'यह तुमने लाख रुपये की बात कह दी भाई! बस सज्जन वही, जो दूसरों की आबरू को अपनी आबरू समझे।'

'जिस तरह मर्द के मर जाने से औरत अनाथ हो जाती है, उसी तरह औरत के मर जाने से मर्द के हाथ-पाँव टूट जाते हैं। मेरा तो घर उजड़ गया महतो, कोई एक लोटा पानी देने वाला भी नहीं।'

गत वर्ष भोला की स्त्री लू लग जाने से मर गई थी। यह होरी जानता था, लेकिन पचास बरस का खंखड़ भोला भीतर से इतना स्निग्ध है, वह न जानता था।

स्त्री की लालसा उसकी आँखों में सजल हो गई थी। होरी को आसन मिल गया। उसकी व्यावहारिक कृषक-बुद्धि सजग हो गई।

'पुरानी मसल झूठी थोड़ी है-बिन घरनी का घर भूत का डेरा। कहीं सगाई क्यों नहीं ठीक कर लेते?'

'ताक में हूँ महतो, पर कोई जल्दी फँसता नहीं। सौ-पचास खरच करने को भी तैयार हूँ। जैसी भगवान की इच्छा।'

'अब मैं भी फिकर में रहूँगा। भगवान चाहेंगे, तो जल्दी घर बस जाएगा।'

'बस, यही समझ लो कि उबर जाऊँगा भैया! घर में खाने को भगवान का दिया बहुत है। चार पसेरी रोज दूध हो जाता है, लेकिन किस काम का?'

'मेरे ससुराल में एक मेहरिया है। तीन-चार साल हुए, उसका आदमी उसे छोड़कर कलकत्ते चला गया। बेचारी पिसाई करके गुजर कर रही है। बाल-बच्चा भी कोई नहीं। देखने-सुनने में अच्छी है। बस, लच्छमी समझ लो।'

भोला का सिकुड़ा हुआ चेहरा चिकना गया। आशा में कितनी सुधा है! बोला - 'अब तो तुम्हारा ही आसरा है महतो! छुट्टी हो, तो चलो एक दिन देख आएँ।'

'मैं ठीक-ठाक करके तब तुमसे कहूँगा। बहुत उतावली करने से भी काम बिगड़ जाता है।'

'जब तुम्हारी इच्छा हो तब चलो। उतावली काहे की? इस कबरी पर मन ललचाया हो, तो ले लो।'

'यह गाय मेरे मान की नहीं है दादा। मैं, तुम्हें नुकसान नहीं पहुँचाना चाहता। अपना धरम यह नहीं है कि मित्रों का गला दबाएँ। जैसे इतने दिन बीते हैं, वैसे और भी बीत जाएँगे।'

'तुम तो ऐसी बातें करते हो होरी, जैसे हम-तुम दो हैं। तुम गाय ले जाओ, दाम जो चाहे देना। जैसे मेरे घर रही, वैसे तुम्हारे घर रही। अस्सी रुपये में ली थी, तुम अस्सी रुपये ही देना। जाओ।'

'लेकिन मेरे पास नगद नहीं हैं दादा, समझ लो।'

'तो तुमसे नगद माँगता कौन है भाई?'

होरी की छाती गज-भर की हो गई। अस्सी रुपये में गाय महँगी न थी। ऐसा अच्छा डील-डौल, दोनों जून में छः-सात सेर दूध, सीधी ऐसी कि बच्चा भी दुह ले। इसका तो एक-एक बाछा सौ-सौ का होगा। द्वार पर बँधेगी तो द्वार की शोभा बढ़ जाएगी। उसे अभी कोई चार सौ रुपये देने थे; लेकिन उधार को वह एक तरह से मुफ्त समझता था। कहीं भोला की सगाई ठीक हो गई, तो साल-दो साल तो वह बोलेगा भी नहीं। सगाई न भी हुई, तो होरी का क्या बिगड़ता है! यही तो होगा, भोला बार-बार तगादा करने आएगा, बिगड़ेगा, गालियां देगा। लेकिन होरी को इसकी ज्यादा शर्म न थी। इस व्यवहार का वह आदी था। कृषक के जीवन का तो यह प्रसाद है। भोला के साथ वह छल कर रहा था और यह व्यापार उसकी मर्यादा के अनुकूल था। अब भी

लेन-देन में उसके लिए लिखा-पढ़ी होने और न होने में कोई अन्तर न था। सूखे-बूड़े की विपदाएँ उसके मन को भीरू बनाए रहती थीं। ईश्वर का रौद्र रूप सदैव उसके सामने रहता था पर यह छल उसकी नीति में छल न था। यह केवल स्वार्थ-सिद्धि थी और यह कोई बुरी बात न थी। इस तरह का छल तो वह दिन-रात करता रहता था। घर में दो-चार रुपये पड़े रहने पर भी महाजन के सामने कसमें खा जाता था कि एक पाई भी नहीं है। सन को कुछ गीला कर देना और रुई में कुछ बिनौले भर देना उसकी नीति में जायज था। और यहाँ तो केवल स्वार्थ न था, थोड़ा-सा मनोरंजन भी था। बुड्ढों का बुढभस हास्यास्पद वस्तु है और ऐसे बुड्ढों से अगर कुछ ऐंठ भी लिया जाए, तो कोई दोष-पाप नहीं।

भोला ने गाय की पगहिया होरी के हाथ में देते हुए कहा - 'ले जाओ महतो, तुम भी याद करोगे। ब्याते ही छः सेर दूध ले लेना। चलो, मैं तुम्हारे घर तक पहुँचा दूँ। साइत तुम्हें अनजान समझकर रास्ते में कुछ दिक करे। अब तुमसे सच कहता हूँ, मालिक नब्बे रुपये देते थे, पर उनके यहाँ गउओं की क्या कदर। मुझसे लेकर किसी हाकिम-हुक्काम को दे देते। हाकिमों को गऊ की सेवा से मतलब? वह तो खून चूसना-भर जानते हैं। जब तक दूध देती, रखते, फिर किसी के हाथ बेच देते। किसके पल्ले पड़ती, कौन जाने। रुपया ही सब कुछ नहीं है भैया, कुछ अपना धरम भी तो है। तुम्हारे घर आराम से रहेगी तो। यह न होगा कि तुम आप खाकर सो रहो और गऊ भूखी खड़ी रहे। उसकी सेवा करोगे, चुमकारोगे। गऊ हमें आसिरवाद देगी। तुमसे क्या कहूँ भैया, घर में चंगुल-भर भूसा नहीं रहा। रुपये सब बाजार में निकल गए। सोचा था, महाजन से कुछ लेकर भूसा ले लेंगे; लेकिन महाजन का पहला ही न चुका। उसने इनकार कर दिया। इतने जानवरों को क्या खिलाएँ, यही चिन्ता मारे डालती है। चुटकी-चुटकी-भर खिलाऊँ, तो मन-भर रोज का खरच है। भगवान ही पार लगाएँ तो लगे।'

होरी ने सहानुभूति के स्वर में कहा - 'तुमने हमसे पहले क्यों नहीं कहा? हमने एक गाड़ी भूसा बेच दिया।'

भोला ने माथा ठोककर कहा - 'इसीलिए नहीं कहा भैया, कि सबसे अपना दुःख क्यों रोऊँ। बाँटता कोई नहीं, हँसते सब हैं। जो गायें सूख गई हैं, उनका गम नहीं, पत्ती-सत्ती खिलाकर जिला लूँगा; लेकिन अब यह तो रातिब बिना नहीं रह सकती। हो सके, तो दस-बीस रुपये भूसे के लिए दे दो।'

किसान पक्का स्वार्थी होता है, इसमें सन्देह नहीं। उसकी गाँठ से रिश्वत के पैसे बड़ी मुश्किल से निकलते हैं, भाव-ताव में भी वह चौकस होता है, ब्याज की एक-एक पाई छुड़ाने के लिए वह महाजन की घंटों चिरौरी करता है, जब तक पक्का विश्वास न हो जाए, वह किसी के फुसलाने में नहीं आता, लेकिन उसका सम्पूर्ण जीवन प्रकृति से स्थायी सहयोग है। वृक्षों में फल लगते हैं, उन्हें जनता खाती है; खेती में अनाज होता है, वह संसार के काम आता है; गाय के थन में दूध होता है, वह खुद पीने नहीं जाती, दूसरे ही पीते हैं; मेघों से वर्षा होती है, उससे पृथ्वी तृप्त होती है। ऐसी संगति

में कुत्सित स्वार्थ के लिए कहाँ स्थान? होरी किसान था और किसी के जलते हुए घर में हाथ सेंकना उसने सीखा ही न था।

भोला की संकट-कथा सुनते ही उसकी मनोवृत्ति बदल गई। पगहिया को भोला के हाथ में लौटाता हुआ बोला - 'रुपये तो दादा मेरे पास नहीं हैं। हाँ, थोड़ा-सा भूसा बचा है, वह तुम्हें दूँगा। चलकर उठवा लो। भूसे के लिए तुम गाय बेचोगे, और मैं लूँगा! मेरे हाथ न कट जाएँगे?'

भोला ने आर्द्र कंठ से कहा - 'तुम्हारे बैल भूखों न मरेंगे! तुम्हारे पास भी ऐसा कौन-सा बहुत-सा भूसा रखा है।'

'नहीं दादा, अबकी भूसा अच्छा हो गया था।'

'मैंने तुमसे नाहक भूसे की चर्चा की।'

'तुम न कहते और पीछे से मुझे मालूम होता, तो मुझे बड़ा रंज होता कि तुमने मुझे इतना गैर समझ लिया। अवसर पड़ने पर भाई की मदद भाई भी न करे, तो काम कैसे चले!'

'मुदा यह गाय तो लेते जाओ।'

'अभी नहीं दादा, फिर ले लूँगा।'

'तो भूसे के दाम दूध में कटवा लेना।'

होरी ने दुःखित स्वर में कहा - 'दाम-कौड़ी की इसमें कौन बात है दादा, मैं एक-दो जून तुम्हारे घर खा लूँ तो तुम मुझसे दाम माँगोगे?'

'लेकिन तुम्हारे बैल भूखों मरेंगे कि नहीं?'

'भगवान कोई-न-कोई सबील निकालेंगे ही। आसाढ़ सिर पर है। कड़वी बो लूँगा।'

'मगर यह गाय तुम्हारी हो गई जिस दिन इच्छा हो, आकर ले जाना।'

'किसी भाई का नीलाम पर चढ़ा हुआ बैल लेने में जो पाप है, वह इस समय तुम्हारी गाय लेने में है।'

होरी में बाल की खाल निकालने की शक्ति होती, तो वह खुशी से गाय लेकर घर की राह लेता। भोला जब नकद रुपये नहीं माँगता, तो स्पष्ट था कि वह भूसे के लिए गाय नहीं बेच रहा है, बल्कि इसका कुछ और आशय है; लेकिन जैसे पत्तों के खड़कने पर घोड़ा अकारण ही ठिठक जाता है और मारने पर भी आगे कदम नहीं उठाता, वही दशा होरी की थी। संकट की चीज लेना पाप है, यह बात जनम-जन्मान्तरों से उसकी आत्मा का अंश बन गई थी।

भोला ने गद्गद कंठ से कहा - 'तो किसी को भेज दूँ भूसे के लिए?'

होरी ने जवाब दिया - 'अभी मैं रायसाहब की ड्योढ़ी पर जा रहा हूँ। वहाँ से घड़ी-भर में लौटूँगा, तभी किसी को भेजना।'

भोला की आँखों में आँसू भर आए। बोला - 'तुमने आज मुझे उबार लिया होरी भाई! मुझे अब मालूम हुआ कि मैं संसार में अकेला नहीं हूँ। मेरा भी कोई हितू है।'

एक क्षण के बाद उसने फिर कहा - 'उस बात को भूल न जाना।'

होरी आगे बढ़ा, तो उसका चित्त प्रसन्न था। मन में एक विचित्र स्फूर्ति हो रही थी। क्या हुआ, दस-पाँच मन भूसा चला जाएगा, बेचारे को संकट में पड़कर अपनी गाय तो न बेचनी पड़ेगी। जब मेरे पास चारा हो जाएगा, तब गाय खोल लाऊँगा। भगवान करें, मुझे कोई मेहरिया मिल जाए। फिर तो कोई बात ही नहीं।

उसने पीछे फिरकर देखा। कबरी गाय पूँछ से मक्खियाँ उड़ाती, सिर हिलाती, मस्तानी, मन्द-गति से झूमती चली जाती थी, जैसे बाँदियों के बीच में कोई रानी हो। कैसा शुभ होगा वह दिन जब यह क़ामधेनु उसके द्वार पर बँधेगी!

सेमरी और बेलारी, दोनों अवध-प्रान्त के गाँव हैं। जिले का नाम बताने की कोई जरूरत नहीं। होरी बेलारी में रहता है, रायसाहब अमरपाल सिंह सेमरी में। दोनों गाँवों में केवल पाँच मील का अन्तर है। पिछले सत्याग्रह-संग्राम में रायसाहब ने बड़ा यश कमाया था। कौंसिल की मेम्बरी छोड़कर जेल चले गए थे। तब से उनके इलाके के असामियों को उनसे बड़ी श्रद्धा हो गई थी। यह नहीं कि उनके इलाके में असामियों के साथ कोई खास रियायत की जाती हो, या डाँड़ और बेगार की कड़ाई कुछ कम हो; मगर यह सारी बदनामी मुख्तारों के सिर जाती थी। रायसाहब की कीर्ति पर कोई कलंक न लग सकता था। वह बेचारे भी तो उसी व्यवस्था के गुलाम थे। जाब्ते का काम तो जैसे होता चला आया है, वैसा ही होगा। रायसाहब की सज्जनता उस पर कोई असर न डाल सकती थी, इसलिए आमदनी और अधिकार में जौ-भर की भी कमी न होने पर भी उनका यश मानो बढ़ गया था। असामियों से वह हँसकर बोल लेते थे। यही क्या कम है? सिंह का काम तो शिकार करना है; अगर वह गरजने और गुर्राने के बदले मीठी बोली बोल सकता, तो उसे घर बैठे मनमाना शिकार मिल जाता। शिकार की खोज में जंगल में न भटकना पड़ता।

रायसाहब राष्ट्रवादी होने पर भी हुक्काम से मेल-जोल बनाए रखते थे। उनकी नजरें और डालियाँ और कर्मचारियों की दस्तूरियाँ जैसी की तैसी चली आती थीं। साहित्य और संगीत के प्रेमी थे, ड्रामा के शौकीन, अच्छे वक्ता थे, अच्छे लेखक, अच्छे निशानेबाज। उनकी पत्नी को मरे आज दस साल हो चुके थे; मगर दूसरी शादी न की थी। हँस-बोलकर अपने विधुर जीवन को बहलाते रहते थे।

होरी ड्योढ़ी पर पहुँचा तो देखा, जेठ के दशहरे के अवसर पर होनेवाले धनुष-यज्ञ की बड़ी जोरों से तैयारियाँ हो रही हैं; कहीं रंग-मंच बन रहा था, कहीं मंडप, कहीं मेहमानों का आतिथ्यगृह, कहीं दूकानदारों के लिए दूकानें। धूप तेज हो गई थी; पर रायसाहब खुद काम में लगे हुए थे। अपने पिता से सम्पत्ति के साथ-साथ उन्होंने राम की भक्ति भी पाई थी और धनुष-यज्ञ को नाटक का रूप देकर उसे शिष्ट मनोरंजन का साधन बना दिया था। इस अवसर पर उनके यार-दोस्त, हाकिम-हुक्काम सभी निमन्त्रित होते थे। और दो-तीन दिन इलाके में बड़ी चहल-पहल रहती थी। रायसाहब

का परिवार बहुत विशाल था। कोई डेढ़ सौ सरदार एक साथ भोजन करते थे। कई चचा थे। दरजनों चचेरे भाई, कई सगे भाई, बीसियों नाते के भाई। एक चचा साहब राधा के अनन्य उपासक थे और बराबर वृन्दावन में रहते थे। भक्ति-रस के कितने ही कवित्त रच डाले थे और समय-समय पर उन्हें छपवाकर दोस्तों की भेंट कर देते थे। एक दूसरे चचा थे, जो राम के परम भक्त थे और फारसी भाषा में रामायण का अनुवाद कर रहे थे। रियासत से सबके वसीके बँधे हुए थे। किसी को कोई काम करने की जरूरत न थी।

होरी मंडप में खड़ा सोच रहा था कि अपने आने की सूचना कैसे दे कि सहसा रायसाहब उधर ही आ निकले और देखते ही बोले - 'अरे! तू आ गया होरी, मैं तो तुझे बुलवानेवाला था। देख, अबकी तुझे राजा जनक का माली बनना पड़ेगा। समझ गया न, जिस वक्त श्री जानकीजी मन्दिर में पूजा करने जाती हैं, उसी वक्त तू एक गुलदस्ता लिए खड़ा रहेगा और जानकीजी की भेंट करेगा, गलती न करना और देख, असामियों से ताकीद करके कह देना कि सब-के-सब शगुन करने आएँ। मेरे साथ कोठी में आ, तुझसे कुछ बातें करनी हैं।'

वह आगे-आगे कोठी की ओर चले, होरी पीछे-पीछे चला। वहीं एक घने वृक्ष की छाया में एक कुर्सी पर बैठ गए और होरी को जमीन पर बैठने का इशारा करके बोले - 'समझ गया, मैंने क्या कहा। कारकुन को तो जो कुछ करना है, वह करेगा ही; लेकिन असामी जितने मन से असामी की बात सुनता है, कारकुन की नहीं सुनता। हमें इन्हीं पाँच-सात दिनों में बीस हजार का प्रबन्ध करना है। कैसे होगा, समझ में नहीं आता। तुम सोचते होगे, मुझ टके के आदमी से मालिक क्यों अपना दुःखड़ा ले बैठे। किससे अपने मन की कहूँ? न जाने क्यों तुम्हारे ऊपर विश्वास होता है। इतना जानता हूँ कि तुम मन में मुझ पर हँसोगे नहीं। और हँसो भी, तो तुम्हारी हँसी मैं बरदाश्त कर सकूँगा। नहीं सह सकता उनकी हँसी, जो अपने बराबर के हैं, क्योंकि उनकी हँसी में ईर्ष्या, व्यंग और जलन है। और वे क्यों न हँसेंगे? मैं भी तो उनकी दुर्दशा और विपत्ति और पतन पर हँसता हूँ, दिल खोलकर, तालियाँ बजाकर। सम्पत्ति और सहृदयता में बैर है। हम भी दान देते हैं, धर्म करते हैं। लेकिन जानते हो, क्यों? केवल अपने बराबरवालों को नीचा दिखाने के लिए। हमारा दान और धर्म कोरा अहंकार है, विशुद्ध अहंकार। हममें से किसी पर डिग्री हो जाए, कुर्की आ जाए, बकाया मालगुजारी की इल्लत में हवालात हो जाए, किसी का जवान बेटा मर जाए, किसी की विधवा बहू निकल जाए, किसी के घर में आग लग जाए, कोई वेश्या के हाथों उल्लू बन जाए, या अपने असामियों के हाथों पिट जाए, तो उसके और सभी भाई उस पर हँसेंगे, बगलें बजाएँगे, मानो सारे संसार की सम्पदा मिल गई है। और मिलेंगे तो इतने प्रेम से, जैसे हमारे पसीने की जगह खून बहाने को तैयार हैं। अरे, और तो और, हमारे चचेरे, फुफेरे, ममेरे, मौसेरे भाई जो इसी रियासत की बदौलत मौज उड़ा रहे हैं, कविता कर रहे हैं और जुए खेल रहे हैं, शराबें पी रहे हैं और ऐयाशी कर रहे हैं, वह भी मुझसे जलते हैं, आज मर जाऊँ तो घी के चिराग जलाएँ। मेरे दुःख को दुःख समझनेवाला कोई नहीं। उनकी नजरों

में मुझे दुःखी होने का कोई अधिकार ही नहीं है। मैं अगर रोता हूँ, तो दुःख की हँसी उड़ाता हूँ। मैं अगर बीमार होता हूँ, तो मुझे सुख होता है। मैं अगर अपना ब्याह करके घर में कलह नहीं बढ़ाता, तो यह मेरी नीच स्वार्थपरता है; अगर ब्याह कर लूँ, तो वह विलासांधता होगी। अगर शराब नहीं पीता तो मेरी कंजूसी है। शराब पीने लगूँ, तो वह प्रजा का रक्त होगा। अगर ऐयाशी नहीं करता, तो अरसिक हूँ; ऐयाशी करने लगूँ, तो फिर कहना ही क्या! इन लोगों ने मुझे भोग-विलास में फँसाने के लिए कम चालें नहीं चलीं और अब तक चलते जाते हैं। उनकी यही इच्छा है कि मैं अन्धा हो जाऊँ और ये लोग मुझे लूट लें, और मेरा धर्म यह है कि सब कुछ देखकर भी कुछ न देखूँ। सब कुछ जानकर भी गधा बना रहूँ।'

रायसाहब ने गाड़ी को आगे बढ़ाने के लिए दो बीड़े पान खाए और होरी के मुँह की ओर ताकने लगे, जैसे उसके मनोभावों को पढ़ना चाहते हों।

होरी ने साहस बटोरकर कहा – 'हम समझते थे कि ऐसी बातें हमीं लोगों में होती हैं, पर जान पड़ता है, बड़े आदमियों में भी उनकी कमी नहीं है।'

रायसाहब ने मुँह पान से भरकर कहा – 'तुम हमें बड़ा आदमी समझते हो? हमारे नाम बड़े हैं, पर दर्शन थोड़े। गरीबों में अगर ईर्ष्या या वैर है, तो स्वार्थ के लिए या पेट के लिए। ऐसी ईर्ष्या और वैर को मैं क्षम्य समझता हूँ। हमारे मुँह की रोटी कोई छीन ले, तो उसके गले में उँगली डालकर निकालना हमारा धर्म हो जाता है। अगर हम छोड़ दें, तो देवता हैं। बड़े आदमियों की ईष्या और वैर केवल आनन्द के लिए है। हम इतने बड़े आदमी हो गए हैं कि हमें नीचता और कुटिलता में ही निःस्वार्थता और परम आनन्द मिलता है। हम देवतापन के उस दर्जे पर पहुँच गए हैं, जब हमें दूसरों के रोने पर हँसी आती है। इसे तुम छोटी साधना मत समझना। जब इतना बड़ा कुटुम्ब है, तो कोई-न-कोई तो हमेशा बीमार रहेगा ही। और बड़े आदमियों के रोग भी बड़े होते हैं। वह बड़ा आदमी ही क्या, जिसे कोई छोटा रोग हो। मामूली ज्वर भी आ जाए, तो हमें सरसाम की दवा दी जाती है; मामूली फुंसी भी निकल आए, तो वह जहरबाद बन जाती है। अब छोटे सर्जन और मझोले सर्जन और बड़े सर्जन तार से बुलाए जा रहे हैं, मसीहुलमुल्क को लाने के लिए दिल्ली आदमी भेजा जा रहा है, भिषगाचार्य को लाने के लिए कलकत्ता। उधर देवालय में दुर्गापाठ हो रहा है और ज्योतिषाचार्य कुंडली का विचार कर रहे हैं और तन्त्र के आचार्य अपने अनुष्ठान में लगे हुए हैं। राजा साहब को यमराज के मुँह से निकालने के लिए दौड़ लगी हुई है। वैद्य और डाक्टर इस ताक में रहते हैं कि कब सिर में दर्द हो और कब उनके घर में सोने की वर्षा हो। और ये रुपया तुमसे और तुम्हारे भाइयों से वसूल किए जाते हैं, भाले की नोक पर। मुझे तो यही आश्चर्य होता है कि क्यों तुम्हारी आहों का दावानल हमें भस्म नहीं कर डालता; मगर नहीं, आश्चर्य करने की कोई बात नहीं। भस्म होने में तो बहुत देर नहीं लगती, वेदना भी थोड़ी ही देर की होती है। हम जौ-जौ और अंगुल-अंगुल और पोर-पोर भस्म हो रहे हैं। उस हाहाकार से बचने के लिए हम पुलिस की, हुक्काम की, अदालत

की, वकीलों की शरण लेते हैं। और रूपवती स्त्री की भाँति सभी के हाथों का खिलौना बनते हैं। दुनिया समझती है, हम बड़े सुखी हैं। हमारे पास इलाके, महल, सवारियाँ, नौकर-चाकर, कर्ज, वेश्याएँ, क्या नहीं है, लेकिन जिसकी आत्मा में बल नहीं, अभिमान नहीं, वह और चाहे कुछ हो, आदमी नहीं है। जिसे दुश्मन के भय के मारे नींद न आती हो, जिसके दुःख पर सब हँसे और रोनेवाला कोई न हो, जिसकी चोटी दूसरों के पैरों के नीचे दबी हो, जो भोग-विलास के नशे में अपने को बिलकुल भूल गया हो, जो हुक्काम के तलवे चाटता हो और अपने अधीनों का खून चूसता हो, उसे मैं सुखी नहीं कहता। वह तो संसार का सबसे अभागा प्राणी है। साहब शिकार खेलने आएँ या दौरे पर, मेरा कर्त्तव्य है कि उनकी दुम के पीछे लगा रहूँ। उनकी भौंहों पर शिकन पड़ी और हमारे प्राण सूखे। उन्हें प्रसन्न करने के लिए हम क्या नहीं करते? अगर वह पचड़ा सुनाने लगूँ तो शायद तुम्हें विश्वास न आए। डालियों और रिश्वतों तक तो खैर गनीमत है, हम सिजदे करने को भी तैयार रहते हैं। मुफ्तखोरी ने हमें अपंग बना दिया है, हमें अपने पुरुषार्थ पर लेशमात्र भी विश्वास नहीं, केवल अफसरों के सामने दुम हिला-हिलाकर किसी तरह उनके कृपापात्र बने रहना और उनकी सहायता से अपनी प्रजा पर आतंक जमाना ही हमारा उद्यम है। पिछलग्गुओं की खुशामद ने हमें इतना अभिमानी और तुनकमिजाज बना दिया है कि हममें शील, विनय और सेवा का लोप हो गया है। मैं तो कभी-कभी सोचता हूँ कि अगर सरकार हमारे इलाके छीनकर हमें अपनी रोजी के लिए मेहनत करना सिखा दे, तो हमारे साथ महान उपकार करे, और यह तो निश्चय है कि अब सरकार भी हमारी रक्षा न करेगी। हमसे अब उसका कोई स्वार्थ नहीं निकलता। लक्षण कह रहे हैं कि बहुत जल्द हमारे वर्ग की हस्ती मिट जानेवाली है। मैं उस दिन का स्वागत करने को तैयार बैठा हूँ। ईश्वर वह दिन जल्द लाए। वह हमारे उद्धार का दिन होगा। हम परिस्थितियों के शिकार बने हुए हैं। यह परिस्थिति ही हमारा सर्वनाश कर रही है और जब तक सम्पत्ति की यह बेड़ी हमारे पैरों से न निकलेगी, तब तक यह अभिशाप हमारे सिर पर मँडराता रहेगा, हम मानवता का वह पद न पा सकेंगे, जिस पर पहुँचना ही जीवन का अन्तिम लक्ष्य है।'

रायसाहब ने फिर गिलौरी-दान निकाला और कई गिलौरियाँ निकालकर मुँह में भर लीं। कुछ और कहनेवाले थे कि एक चापरासी ने आकर कहा - 'सरकार, बेगारों ने काम करने से इनकार कर दिया है। कहते हैं, जब तक हमें खाने को न मिलेगा, हम काम न करेंगे। हमने धमकाया, तो सब काम छोड़कर अलग हो गए।'

रायसाहब के माथे पर बल पड़ गए। आँखें निकालकर बोले - 'चलो, मैं इन दुष्टों को ठीक करता हूँ। जब कभी खाने को नहीं दिया, तो आज यह नई बात क्यों? एक आने रोज के हिसाब से मजूरी मिलेगी, जो हमेशा मिलती रही है; और इस मजूरी पर काम करना होगा, सीधे करें या टेढ़े।'

फिर होरी की ओर देखकर बोले - 'तुम अब जाओ होरी, अपनी तैयारी करो। जो बात मैंने कही है, उसका खयाल रखना। तुम्हारे गाँव से मुझे कम-से-कम पाँच सौ की आशा है।'

रायसाहब झल्लाते हुए चले गए। होरी ने मन में सोचा, अभी यह कैसी-कैसी नीति और धरम की बातें कर रहे थे और एकाएक इतने गरम हो गए!

सूर्य सिर पर आ गया था। उसके तेज से अभिभूत होकर वृक्षों ने अपना पसार समेट लिया था। आकाश पर मटियाली गर्द छाई हुई थी और सामने की पृथ्वी काँपती हुई जान पड़ती थी।

होरी ने अपना डंडा उठाया और घर चला। शगुन कहाँ से आएँगे, यही चिन्ता उसके सिर पर सवार थी।

होरी अपने गाँव के समीप पहुँचा, तो देखा, अभी तक गोबर खेत में ऊख गोड़ रहा है और दोनों लड़कियाँ भी उसके साथ काम कर रही हैं। लू चल रही थी, बगूले उठ रहे थे, भूतल धधक रहा था। जैसे प्रकृति ने वायु में आग घोल दी हो। यह सब अभी तक खेत में क्यों हैं? क्या काम के पीछे सब जान देने पर तुले हुए हैं? वह खेत की ओर चला और दूर ही से चिल्लाकर बोला - 'आता क्यों नहीं गोबर, क्या काम ही करता रहेगा? दोपहर ढल गई, कुछ सूझता है कि नहीं?'

उसे देखते ही तीनों ने कुदालें उठा लीं और उसके साथ हो लिए। गोबर साँवला, लम्बा, इकहरा युवक था, जिसे इस काम से रुचि न मालूम होती थी। प्रसन्नता की जगह मुख पर असन्तोष और विद्रोह था। वह इसलिए काम में लगा हुआ था कि वह दिखाना चाहता था, उसे खाने-पीने की कोई फिक्र नहीं है। बड़ी लड़की सोना लज्जाशील कुमारी थी, साँवली, सुडौल, प्रसन्न और चपल। गाढ़े की लाल साड़ी, जिसे वह घुटनों से मोड़कर कमर में बाँधे हुए थी उसके हलके शरीर पर कुछ लदी हुई-सी थी, और उसे प्रौढ़ता की गरिमा दे रही थी। छोटी रूपा पाँच-छः साल की छोकरी थी, मैली, सिर पर बालों का एक घोंसला-सा बना हुआ, एक लँगोटी कमर में बाँधे, बहुत ही ढीठ और रोनी।

रूपा ने होरी की टाँगों में लिपटकर कहा - 'काका! देखो, मैंने एक ढेला भी नहीं छोड़ा। बहन कहती है, जा पेड़ तले बैठ। ढेले न तोड़े जाएँगे काका, तो मिट्टी कैसे बराबर होगी?'

होरी ने उसे गोद में उठाकर प्यार करते हुए कहा - 'तूने बहुत अच्छा किया बेटी, चल घर चलें।' कुछ देर अपने विद्रोह को दबाए रहने के बाद गोबर बोला - 'यह तुम रोज-रोज मालिकों की खुशामद करने क्यों जाते हो? बाकी न चुके तो प्यादा आकर गालियाँ सुनाता है, बेगार देनी ही पड़ती है, नजर-नजराना सब तो हमसे भराया जाता है। फिर किसी की क्यों सलामी करो!'

इस समय यही भाव होरी के मन में भी आ रहे थे; लेकिन लड़के के इस विद्रोह-भाव को दबाना जरूरी था। बोला - 'सलामी करने न जाएँ, तो रहें कहाँ? भगवान ने जब गुलाम बना दिया है, तो अपना क्या बस है? यह इसी सलामी की बरकत है, कि द्वार पर मँड़ैया डाल ली और किसी ने कुछ नहीं कहा। घूरे ने द्वार पर

खूँटा गाड़ा था, जिस पर कारिन्दों ने दो रुपये डाँड़ ले लिये थे। तलैया से कितनी मिट्टी हमने खोदी, कारिन्दों ने कुछ नहीं कहा। दूसरा खोदे तो नजर देनी पड़े। अपने मतलब के लिए सलामी करने जाता हूँ, पाँव में सनीचर नहीं है और न सलामी करने में कोई बड़ा सुख मिलता है। घंटों खड़े रहो, तब जाके मालिक को खबर होती है। कभी बाहर निकलते हैं, कभी कहला देते हैं कि फुरसत नहीं है।'

गोबर ने कटाक्ष किया - 'बड़े आदमियों की हाँ-में-हाँ मिलाने में कुछ-न-कुछ आनन्द तो मिलता ही है, नहीं लोग मेम्बरी के लिए क्यों खड़े हों?'

'जब सिर पर पड़ेगी तब मालूम होगा बेटा, अभी जो चाहे कह लो। पहले मैं भी यह सब बातें सोचा करता था, पर अब मालूम हुआ कि हमारी गरदन दूसरों के पैरों के नीचे दबी हुई है, अकड़कर निबाह नहीं हो सकता।'

पिता पर अपना क्रोध उतारकर गोबर कुछ शान्त हो गया और चुपचाप चलने लगा। सोना ने देखा, रूपा बाप की गोद में चढ़ी बैठी है तो ईर्ष्या हुई। उसे डाँटकर बोली - 'अब गोद से उतरकर पाँव-पाँव क्यों नहीं चलती, क्या पाँव टूट गए हैं?'

रूपा ने बाप की गरदन में हाथ डालकर ढिठाई से कहा - 'न उतरेंगे जाओ। काका, बहन हमको रोज चिढ़ाती है कि तू रूपा है, मैं सोना हूँ। मेरा नाम कुछ और रख दो।'

होरी ने सोना को बनावटी रोष से देखकर कहा - 'तू इसे क्यों चिढ़ाती है सोनिया? सोना तो देखने को है। निबाह तो रूपा से होता है। रूपा न हो, तो रुपये कहाँ से बनें, बता?'

सोना ने अपने पक्ष का समर्थन किया - 'सोना न हो तो मोहन माला कैसे बने, नथुनियाँ कहाँ से आए, कंठा कैसे बने?'

गोबर भी इस विनोदमय विवाद में शरीक हो गया। रूपा से बोला - 'तू कह दे कि सोना तो सूखी पत्ती की तरह पीला होता है, रूपा तो उजला होता है, जैसे सूरज।'

सोना बोली - 'शादी-ब्याह में पीली साड़ी पहनी जाती है, उजली साड़ी कोई नहीं पहनता।'

रूपा इस दलील से परास्त हो गई। गोबर और होरी की कोई दलील इसके सामने न ठहर सकी। उसने क्षुब्ध आँखों से होरी को देखा।

होरी को एक नई युक्ति सूझ गई। बोला - 'सोना बड़े आदमियों के लिए है। हम गरीबों के लिए तो रूपा ही है। जैसे जौ को राजा कहते हैं, गेहूँ को चमार; इसलिए न कि गेहूँ बड़े आदमी खाते हैं, जौ हम लोग खाते हैं।'

सोना के पास इस सबल युक्ति का कोई जवाब न था। परास्त होकर बोली - 'तुम सब जने एक ओर हो गए, नहीं रुपिया को रुलाकर छोड़ती।'

रूपा ने उँगली मटकाकर कहा - 'ए राम, सोना चमार-ए राम, सोना चमार।' इस विजय का उसे इतना आनन्द हुआ कि बाप की गोद में रह न सकी।

जमीन पर कूद पड़ी और उछल-उछलकर यही रट लगाने लगी - 'रूपा राजा, सोना चमार-रूपा राजा, सोना चमार!'

ये लोग घर पहुंचे तो धनिया द्वार पर खड़ी इनकी बाट जोह रही थी। रुष्ट होकर बोली - 'आज इतनी देर क्यों की गोबर? काम के पीछे कोई परान थोड़े ही दे देता है।'

फिर पति से गर्म होकर कहा - 'तुम भी वहाँ से कमाई करके लौटे तो खेत में पहुँच गए। खेत कहीं भागा जाता था?'

द्वार पर कुआँ था। होरी और गोबर ने एक-एक कलसा पानी सिर पर उँड़ेला, रूपा को नहलाया और भोजन करने गए। जौ की रोटियाँ थीं, पर गेहूँ-जैसी सुफेद और चिकनी। अरहर की दाल थी, जिसमें कच्चे आम पड़े हुए थे। रूपा बाप की थाली में खाने बैठी। सोना ने उसे ईर्ष्या-भरी आँखों से देखा, मानो कह रही थी, वाह रे दुलार!

धनिया ने पूछा - 'मालिक से क्या बातचीत हुई?'

होरी ने लोटा-भर पानी चढ़ाते हुए कहा - 'यही तहसील-वसूल की बात थी और क्या। हम लोग समझते हैं, बड़े आदमी बहुत सुखी होंगे; लेकिन सच पूछो, तो वह हमसे भी ज्यादा दुःखी हैं। हमें अपने पेट की चिन्ता है, उन्हें हजारों चिन्ताएँ घेरे रहती हैं।'

रायसाहब ने और क्या-क्या कहा था, वह कुछ होरी को याद न था। उस सारे कथन का खुलासा-मात्र उसके स्मरण में चिपका हुआ रह गया था।

गोबर ने व्यंग्य किया - 'तो फिर अपना इलाका हमें क्यों नहीं दे देते! हम अपने खेत, बैल, हल, कुदाल सब उन्हें देने को तैयार हैं। करेंगे बदला? यह सब धूर्तता है, निरी मोटमरदी। जिसे दुःख होता है, वह दरजनों मोटरें नहीं रखता, महलों में नहीं रहता, हलवा-पूरी नहीं खाता और न नाच-रंग में लिप्त रहता है। मजे से राज का सुख भोग रहे हैं, उस पर दुःखी हैं।'

होरी ने झुँझलाकर कहा - 'अब तुमसे बहस कौन करे भाई! जैजात किसी से छोड़ी जाती है कि वही छोड़ देंगे? हमीं को खेती से क्या मिलता है? एक आने नफरी की मजूरी भी तो नहीं पड़ती। जो दस रुपये महीने का भी नौकर है, वह भी हमसे अच्छा खाता-पहनता है, लेकिन खेतों को छोड़ा तो नहीं जाता। खेती छोड़ दें, तो और करें क्या? नौकरी कहीं मिलती है? फिर मरजाद भी तो पालना ही पड़ता है। खेती में जो मरजाद है, वह नौकरी में तो नहीं है। इसी तरह जमींदारों का हाल भी समझ लो! उनकी जान को भी तो सैकड़ों रोग लगे हुए हैं, हाकिमों को रसद पहुँचाओ, उनकी सलामी करो, अमलों को खुश करो। तारीख पर मालगुजारी न चुका दें, तो हवालात हो जाए, कुड़की आ जाए। हमें तो कोई हवालात नहीं ले जाता। दो-चार गालियाँ-घुड़कियाँ ही तो मिलकर रह जाती हैं।'

गोबर ने प्रतिवाद किया - 'यह सब कहने की बातें हैं। हम लोग दाने-दाने को मुहताज हैं, देह पर साबित कपड़े नहीं हैं, चोटी का पसीना एड़ी तक आता है, तब भी गुजर नहीं होता। उन्हें क्या, मजे से गद्दी-मसनद लगाए बैठे हैं, सैकड़ों नौकर-चाकर

हैं, हजारों आदमियों पर हुकूमत है। रुपये न जमा होते हों, पर सुख तो सभी तरह का भोगते हैं। धन लेकर आदमी और क्या करता है?'

'तुम्हारी समझ में हम और वह बराबर हैं?'

'भगवान ने तो सबको बराबर ही बनाया है।'

'यह बात नहीं है बेटा, छोटे-बड़े भगवान के घर से बनकर आते हैं। सम्पत्ति बड़ी तपस्या से मिलती है। उन्होंने पूर्वजन्म में जैसे कर्म किए हैं, उनका आनन्द भोग रहे हैं। हमने कुछ नहीं संचा, तो भोगें क्या?'

'यह सब मन को समझाने की बातें हैं। भगवान सबको बराबर बनाते हैं। यहाँ जिसके हाथ में लाठी है, वह गरीबों को कुचलकर बड़ा आदमी बन जाता है।'

'यह तुम्हारा भरम है। मालिक आज भी चार घंटे रोज भगवान का भजन करते हैं।'

'किसके बल पर यह भजन-भाव और दान-धर्म होता है?'

'अपने बल पर।'

'नहीं, किसानों के बल पर और मजदूरों के बल पर। यह पाप का धन पचे कैसे? इसीलिए दान-धर्म करना पड़ता है, भगवान का भजन भी इसीलिए होता है। भूखे-नंगे रहकर भगवान का भजन करें, तो हम भी देखें। हमें कोई दोनों जून खाने को दे, तो हम आठों पहर भगवान का जाप ही करते रहें। एक दिन खेत में ऊख गोड़ना पड़े तो सारी भक्ति भूल जाए।'

होरी ने हारकर कहा - 'अब तुम्हारे मुँह कौन लगे भाई, तुम तो भगवान की लीला में भी टाँग अड़ाते हो।'

तीसरे पहर गोबर कुदाल लेकर चला, तो होरी ने कहा - 'जरा ठहर जाओ बेटा, हम भी चलते हैं। तब तक थोड़ा-सा भूसा निकालकर रख दो। मैंने भोला को देने को कहा है। बेचारा आजकल बहुत तंग है।'

गोबर ने अवज्ञा-भरी आँखों से देखकर कहा - 'हमारे पास बेचने को भूसा नहीं है।'

'बेचता नहीं हूँ भाई, यों ही दे रहा हूँ। वह संकट में है, उसकी मदद तो करनी ही पड़ेगी।'

'हमें तो उन्होंने कभी एक गाय नहीं दे दी।'

'दे तो रहा था, पर हमने ली ही नहीं।'

धनिया मटककर बोली - 'गाय नहीं वह दे रहा था। इन्हें गाय दे देगा! आँख में अंजन लगाने को कभी चिल्लू-भर दूध तो भेजा नहीं, गाय देगा।'

होरी ने कसम खाई - 'नहीं, जवानी कसम, अपनी पछाँई गाय दे रहे थे। हाथ तंग है, भूसा-चारा नहीं रख सके। अब एक गाय बेचकर भूसा लेना चाहते हैं। मैंने सोचा, संकट में पड़े आदमी की गाय क्या लूँगा। थोड़ा-सा भूसा दिए देता हूँ; कुछ रुपये हाथ आ जाएँगे तो गाय ले लूँगा। थोड़ा-थोड़ा करके चुका दूँगा।

अस्सी रुपये की है; मगर ऐसी कि आदमी देखता रहे।'

गोबर ने आड़े हाथों लिया – 'तुम्हारा यही धर्मात्मापन तो तुम्हारी दुर्गत कर रहा है। साफ-साफ तो बात है। अस्सी रुपये की गाय है, हमसे बीस रुपये का भूसा ले लें और गाय हमें दे दें। साठ रुपये रह जाएँगे, वह हम धीरे-धीरे दे देंगे।'

होरी रहस्यमय ढंग से मुस्कुराया – 'मैंने ऐसी चाल सोची है कि गाय सेंत-मेंत में हाथ आ जाए। कहीं भोला की सगाई ठीक करनी है, बस। दो-चार मन भूसा तो खाली अपना रंग जमाने को देता हूँ।'

गोबर ने तिरस्कार किया – 'तो तुम अब सबकी सगाई ठीक करते फिरोगे?'

धनिया ने तीखी आँखों से देखा – 'अब यही एक उद्यम तो रह गया है। नहीं देना है हमें भूसा किसी को। यहाँ भोला-भाली किसी का करज नहीं खाया है।'

होरी ने अपनी सफाई दी – 'अगर मेरे जतन से किसी का घर बस जाए, तो इसमें कौन-सी बुराई है?'

गोबर ने चिलम उठाई और आग लेने चला गया। उसे यह झमेला बिलकुल नहीं भाता है।

धनिया ने सिर हिलाकर कहा – 'जो उनका धर बसाएगा, वह अस्सी रुपये की गाय लेकर चुप न होगा। एक थैली गिनवाएगा।'

होरी ने पुचारा दिया – 'यह मैं जानता हूँ, लेकिन उनकी भलमनसी को भी तो देखो। मुझसे जब मिलता है, तेरा बखान ही करता है – ऐसी लक्ष्मी है, ऐसी सलीकेदार है।'

धनिया के मुख पर स्निग्धता झलक पड़ी। मन-मन भाए मुड़िया हिलाए वाले भाव से बोली – 'मैं उनके बखान की भूखी नहीं हूँ, अपना बखान धरे रहें।'

होरी ने स्नेह-भरी मुस्कान के साथ कहा – 'मैंने तो कह दिया, भैया वह नाक पर मक्खी भी नहीं बैठने देती, गालियों से बात करती है; लेकिन वह यही कहे जाए कि वह औरत नहीं, लक्ष्मी है। बात यह है कि उसकी घरवाली जबान की बड़ी तेज थी। बेचारा उसके डर के मारे भागा-भागा फिरता था। कहता था, जिस दिन तुम्हारी घरवाली का मुँह सबेरे देख लेता हूँ, उस दिन कुछ-न-कुछ जरूर हाथ लगता है। मैंने कहा-तुम्हारे हाथ लगता होगा, यहाँ तो रोज देखते हैं, कभी पैसे से भेंट नहीं होती।'

'तुम्हारे भाग ही खोटे हैं, तो मैं क्या करूँ।'

'लगा अपनी घरवाली की बुराई करने-भिखारी को भीख तक नहीं देती थी, झाड़ू लेकर मारने दौड़ती थी, लालचिन ऐसी थी कि नमक तक दूसरों के घर से माँग लाती थी!'

'मरने पर किसी की क्या बुराई करूँ। मुझे देखकर जल उठती थी।'

'भोला बड़ा गमखोर था कि उसके साथ निबाह कर दिया। दूसरा होता तो जहर खाके मर जाता। मुझसे दस साल बड़े होंगे भोला; पर राम-राम पहले ही करते हैं।'

'तो क्या कहते थे कि जिस दिन तुम्हारी घरवाली का मुँह देख लेता हूँ तो क्या होता है?'

'उस दिन भगवान कहीं-न-कहीं से कुछ भेज देते हैं।'

'बहुएँ भी तो वैसी ही चटोरिन आई हैं। अबकी सबों ने दो रुपये के खरबूजे उधार खा डाले। उधार मिल जाए, फिर उन्हें चिन्ता नहीं होती कि देना पड़ेगा या नहीं।'

'अरे भोला रोते काहे को हैं?'

गोबर आकर बोला - 'भोला दादा आ पहुँचे। मन-दो मन भूसा है, वह उन्हें दे दो, फिर उनकी सगाई ढूँढ़ने निकलो।'

धनिया ने समझाया - 'आदमी द्वार पर बैठा है, उसके लिए खाट-वाट तो डाल नहीं दी, ऊपर से लगे भुनभुनाने। कुछ तो भलमनसी सीखो। कलसा ले जाओ, पानी भरकर रख दो, हाथ-मुँह धोएँ, कुछ रस-पानी पिला दो। मुसीबत में ही आदमी दूसरों के सामने हाथ फैलाता है।'

होरी बोला - 'रस-वस का काम नहीं है, कौन कोई पाहुने हैं।'

धनिया बिगड़ी - 'पाहुने और कैसे होते हैं। रोज-रोज तो तुम्हारे द्वार पर नहीं आते हैं? इतनी दूर से धूप-धाम में आए हैं, प्यास लगी ही होगी। रुपिया, देख डब्बे में तमाखू है कि नहीं, गोबर के मारे काहे को बची होगी। दौड़कर एक पैसे का तमाखू सहुआइन की दुकान से ले ले।'

भोला की आज जितनी खातिर हुई, और कभी न हुई होगी। गोबर ने खाट डाल दी, सोना रस घोल लाई, रूपा तमाखू भर लाई। धनिया द्वार पर किवाड़ की आड़ में खड़ी अपने कानों से अपना बखान सुनने के लिए अधीर हो रही थी।

भोला ने चिलम हाथ में लेकर कहा - 'अच्छी घरनी घर में आ जाए, तो समझ लो लक्ष्मी आ गई। वही जानती है, छोटे-बड़े का आदर-सत्कार कैसे करना चाहिए।'

धनिया के हृदय में उल्लास का कम्पन हो रहा था। चिन्ता और निराशा और अभाव से आहत आत्मा इन शब्दों में एक कोमल-शीतल स्पर्श का अनुभव कर रही थी।

होरी जब भोला का खाँचा उठाकर भूसा लाने अन्दर चला, तो धनिया भी पीछे-पीछे चली। होरी ने कहा - 'जाने कहाँ से इतना बड़ा खाँचा मिल गया। किसी भड़भूजे से माँग लिया होगा, मन-भर से कम में न भरेगा। दो खाँचे भी दिए, तो दो मन निकल जाएँगे।'

धनिया फूली हुई थी। मलामत की आँखों से देखती हुई बोली - 'या तो किसी को नेवता न दो, और दो तो भरपेट खिलाओ। तुम्हारे पास फूल-पत्र लेने थोड़े ही आए हैं कि चँगेरी लेकर चलते। देते ही हो, तो तीन खाँचे दे दो। भला आदमी लड़कों को क्यों नहीं लाया? अकेले कहाँ तक ढोएगा? जान निकल जाएगी।'

'तीन खाँचे तो मेरे दिए न दिए जाएँगे।'

'तब क्या एक खाँचा देकर टालोगे? गोबर से कह दो, अपना खाँचा भरकर उनके साथ चला जाए।'

'गोबर ऊख गोड़ने जा रहा है।'

'एक दिन न गोड़ने से ऊख सूख न जाएगी।'

'यह तो उनका काम था कि किसी को अपने साथ ले लेते। भगवान के दिए दो-दो बेटे हैं।'

'न होंगे घर पर। दूध लेकर बाजार गए होंगे।'

'यह तो अच्छी दिल्लगी है कि अपना माल भी दो और उसे घर तक पहुँचा भी दो। लाद दे, लदा दे, लादने वाला साथ कर दें।'

'अच्छा भाई, कोई मत जाए। मैं पहुँचा दूँगी। बड़ों की सेवा करने में लाज नहीं है।'

'और तीन खाँचे उन्हें दे दूँ, तो अपने बैल क्या खाएँगे?'

'यह तो नेवता देने के पहले ही सोच लेना था। न हो, तुम और गोबर दोनों चले जाओ।'

'मुरौवत मुरौवत की तरह की जाती है, अपना घर उठाकर नहीं दे दिया जाता।'

'अभी जमींदार का प्यादा आ जाए, तो सिर पर भूसा लादकर पहुँचाओगे, तुम, तुम्हारा लड़का, लड़की सब। और वहाँ साइत मन-दो मन लकड़ी भी फाड़नी पड़े।'

'जमींदार की बात और है।'

'हाँ, वह डंडे के जोर से काम लेता है न।'

'उसके खेत नहीं जोतते?'

'खेत जोतते हैं, तो लगान नहीं देते?'

'अच्छा भाई, जान न खा, हम दोनों चले जाएँगे। कहाँ-से-कहाँ मैंने इन्हें भूसा देने को कह दिया। या तो चलेगी नहीं, या चलेगी तो दौड़ने लगेगी।'

तीनों खाँचे भूसे से भर दिए गए। गोबर कुढ़ रहा था। उसे अपने बाप के व्यवहारों में जरा भी विश्वास न था। वह समझता था, यह जहाँ जाते हैं, वहीं कुछ-न-कुछ घर से खो आते हैं। धनिया प्रसन्न थी। रहा होरी, वह धर्म और स्वार्थ के बीच में डूब-उतरा रहा था।

होरी और गोबर मिलकर एक खाँचा बाहर लाए। भोला ने तुरन्त अपने अँगोछे का बीड़ा बनाकर सिर पर रखते हुए कहा - 'मैं इसे रखकर अभी भागा आता हूँ। एक खाँचा और लूँगा।'

होरी बोला - 'एक नहीं, दो और भरे धरे हैं। और तुम्हें न आना पड़ेगा। मैं और गोबर एक-एक खाँचा लेकर तुम्हारे साथ ही चलते हैं।'

भोला स्तम्भित हो गया। होरी उसे अपना भाई, बल्कि उससे भी निकट जान पड़ा। उसे अपने भीतर एक ऐसी तृप्ति का अनुभव हुआ, जिसने मानो उसके सम्पूर्ण जीवन को हरा कर दिया।

तीनों भूसा लेकर चले, तो राह में बातें होने लगीं।

भोला ने पूछा - 'दशहरा आ रहा है, मालिकों के द्वार पर तो बड़ी धूमधाम होगी?'

'हाँ, तम्बू-सामियाना गड़ गया है। अबकी लीला में मैं भी काम करूँगा। रायसाहब ने कहा है, तुम्हें राजा जनक का माली बनना पड़ेगा।'

'मालिक तुमसे बहुत खुश हैं।'

'उनकी दया है।'

एक क्षण के बाद भोला ने फिर पूछा-सगुन के लिए रुपये का कुछ जुगाड़ कर लिया है? माली बन जाने से तो गला न छूटेगा।

होरी ने मुँह का पसीना पोंछकर कहा - 'उसी की चिन्ता तो मारे डालती है दादा-अनाज तो सब-का-सब खलिहान में ही तुल गया। जमींदार ने अपना लिया, महाजन ने अपना लिया। मेरे लिए पाँच सेर अनाज बच रहा। यह भूसा तो मैंने रातोंरात ढोकर छिपा दिया था, नहीं तिनका भी न बचता। जमींदार तो एक ही है, मगर महाजन तीन-तीन हैं, सहुआइन अलग और मँगरू अलग और दातादीन पंडित अलग। किसी का ब्याज भी पूरा न चुका। जमींदार के भी आधे रुपये बाकी पड़ गए। सहुआइन से फिर रुपये उधार लिए तो काम चला। सब तरह किफायत करके देख लिया भैया, कुछ नहीं होता। हमारा जन्म इसीलिए हुआ है कि अपना रक्त बहाएँ और बड़ों का घर भरें। मूल का दुगना सूद भर चुका, पर मूल ज्यों-का-त्यों सिर पर सवार है। लोग कहते हैं, खुशी-गमीं में, तीरथ-बरत में हाथ बाँधकर खरच करो। मुदा रास्ता कोई नहीं दिखाता। रायसाहब ने बेटे के ब्याह में तीस हजार लुटा दिए। उनसे कोई कुछ नहीं कहता। मँगरू ने अपने बाप के क्रिया-करम में पाँच हजार लगाए। उनसे कोई कुछ नहीं पूछता। वैसी ही मरजाद तो सबकी है।'

भोला ने करुण भाव से कहा - 'बड़े आदमियों की बराबर तुम कैसे कर सकते हो भाई?'

'आदमी तो हम भी हैं।'

'कौन कहता है कि हम-तुम आदमी हैं। हममें आदमियत कहाँ? आदमी वह है, जिनके पास धन है, अख्तियार है, इलम है। हम लोग तो बैल हैं और जुतने के लिए पैदा हुए हैं। उस पर एक दूसरे को देख नहीं सकता। एका का नाम नहीं। एक किसान दूसरे के खेत पर न चढ़े तो कोई जाफा कैसे करे, प्रेम तो संसार से उठ गया।'

बूढ़ों के लिए अतीत के सुखों और वर्तमान के दुःखों और भविष्य के सर्वनाश से ज्यादा मनोरंजक और कोई प्रसंग नहीं होता। दोनों मित्र अपने-अपने दुःखड़े रोते रहे। भोला ने अपने बेटों के करतूत सुनाए, होरी ने अपने भाइयों का रोना रोया और तब एक कुएँ पर बोझ रखकर पानी पीने के लिए बैठ गए। गोबर ने बनिये से लोटा माँगा और पानी खींचने लगा।

भोला ने सहृदयता से पूछा - 'अलगौझे के समय तो तुम्हें बड़ा रंज हुआ होगा। भाइयों को तो तुमने बेटों की तरह पाला था।'

होरी आर्द्र कंठ से बोला - 'कुछ न पूछो दादा, यही जी चाहता था कि कहीं जाके डूब मरूँ। मेरे जीते-जी सब कुछ हो गया। जिनके पीछे अपनी जवानी धूल में

मिला दी, वही मेरे मुद्दई हो गए और झगड़े की जड़ क्या थी? यही कि मेरी घरवाली हार में काम करने क्यों नहीं जाती। पूछो, घर देखने वाला भी कोई चाहिए कि नहीं? लेना-देना, धरना-उठाना, सँभालना-सहेजना, यह कौन करे? फिर वह घर बैठी तो नहीं रहती थी, झाडू-बुहारू, रसोई, चौका-बरतन, लड़कों की देखभाल यह कोई थोड़ा काम है। सोभा की औरत घर सँभाल लेती कि हीरा की औरत में यह सलीका था? जब से अलगौझा हुआ है, दोनों घरों में एक जून रोटी पकती है, नहीं सबको दिन में चार बार भूख लगती थी। अब खाएँ चार दफे, तो देखूँ। इस मालिकपन में गोबर की माँ की जो दुर्गति हुई है, वह मैं ही जानता हूँ। बेचारी अपनी देवरानियों के फटे-पुराने कपड़े पहनकर दिन काटती थी, खुद भूखी सो रही होगी; लेकिन बहुओं के लिए जलपान तक का ध्यान रखती थी। अपनी देह पर गहने के नाम कच्चा धागा भी न था, देवरानियों के लिए दो-दो, चार-चार गहने बनवा दिए। सोने के न सही, चाँदी के तो हैं। जलन यही थी कि यह मालिक क्यों है। बहुत अच्छा हुआ कि अलग हो गए। मेरे सिर से बला टली।'

भोला ने एक लोटा पानी चढ़ाकर कहा - 'यही हाल घर-घर है भैया! भाइयों की बात ही क्या, यहाँ तो लड़कों से भी नहीं पटती और पटती इसीलिए नहीं कि मैं किसी की कुचाल देखकर मुँह नहीं बन्द कर सकता। तुम जुआ खेलोगे, चरस पीओगे, गाँजे के दम लगाओगे, मगर आए किसके घर से? खरचा करना चाहते हो तो कमाओ; मगर कमाई तो किसी से न होगी। खरच दिल खोलकर करेंगे। जेठा कामता सौदा लेकर बाजार जाएगा, तो आधे पैसे गायब। पूछो तो कोई जवाब नहीं। छोटा जंगी है, वह संगत के पीछे मतवाला रहता है। साँझ हुई और ढोल-मजीरा लेकर बैठ गए। संगत को मैं बुरा नहीं कहता। गाना-बजाना ऐब नहीं, लेकिन यह सब काम फुरसत के हैं। यह नहीं कि घर का तो कोई काम न करो, आठों पहर उसी धुन में पड़े रहो। जाती है मेरे सिर; सानी-पानी मैं करूँ, गाय-भैंस मैं दुहूँ, दूध लेकर बाजार मैं जाऊँ। यह गृहस्थी जी का जंजाल है, सोने की हँसिया, जिसे न उगलते बनता है, न निगलते। लड़की है झुनिया, वह भी नसीब की खोटी। तुम तो उसकी सगाई में आए थे। कितना अच्छा घर-वर था। उसका आदमी बम्बई में दूध की दूकान करता था। उन दिनों वहाँ हिन्दू-मुसलमानों में दंगा हुआ, किसी ने उसके पेट में छुरा भोंक दिया। घर ही चौपट हो गया। वहाँ अब उसका निबाह नहीं। जाकर लिवा लाया कि दूसरी सगाई कर दूँगा; मगर वह राजी ही नहीं होती। और दोनों भावजें हैं कि रात-दिन उसे जलाती रहती हैं। घर में महाभारत मचा रहता है। विपत की मारी यहाँ आई, यहाँ भी चैन नहीं।'

इन्हीं दुःखड़ों में रास्ता कट गया। भोला का पुरवा था तो छोटा; मगर बहुत गुलजार। अधिकतर अहीर ही बसते थे। और किसानों के देखते इनकी दशा बहुत बुरी न थी। भोला गाँव का मुखिया था। द्वार पर बड़ी-सी चरनी थी, जिस पर दस-बारह गायें-भैंसें खड़ी सानी खा रही थीं। ओसारे में एक बड़ा-सा तख्त पड़ा था, जो शायद दस आदमियों से भी न उठता। किसी खूँटी पर ढोलक लटक रही थी, किसी पर मजीरा। एक ताख पर कोई पुस्तक बस्ते में बँधी रखी हुई थी, जो शायद रामायण हो। दोनों

बहुएँ सामने बैठी गोबर पाथ रही थीं और झुनिया चौखट पर खड़ी थी। उसकी आँखें लाल थीं और नाक के सिरे पर भी सुर्खी थी। मालूम होता था, अभी रोकर उठी है। उसके माँसल, स्वस्थ, सुगठित अंगों में मानो यौवन लहरें मार रहा था। मुँह बड़ा और गोल था, कपोल फूले हुए, आँखें छोटी और भीतर धँसी हुई, माथा पतला; पर वक्ष का उभार और गात का वही गुदगुदापन आँखों को खींचता था। उस पर छपी हुई गुलाबी साड़ी उसे और भी शोभा प्रदान कर रही थी।

भोला को देखते ही उसने लपककर उसके सिर से खाँचा उतरवाया। भोला ने गोबर और होरी के खाँचे उतरवाए और झुनिया से बोले - 'पहले एक चिलम भर ला, फिर थोड़ा-सा रस बना ले। पानी हो तो गगरा ला, मैं खींच दूँ। होरी महतो को पहचानती है न?'

फिर होरी से बोला - 'घरनी के बिना घर नहीं रहता भैया। पुरानी कहावत है-नाटन खेती बहुरियन घर? नाटे बैल क्या खेती करेंगे और बहुएँ क्या घर सँभालेंगी? जब से इसकी माँ मरी है, जैसे घर की बरकत ही उठ गई है। बहुएँ आटा पाथ लेती हैं। पर गृहस्थी चलाना क्या जानें। हाँ, मुँह चलाना खूब जानती हैं। लौंडे कहीं फड़ पर जमे होंगे। सब-के-सब आलसी हैं, कामचोर। जब तक जीता हूँ, इनके पीछे मरता हूँ। मर जाऊँगा, तो आप सिर पर हाथ धरकर रोएँगे। लड़की भी वैसी ही है। छोटा-सा अढ़ौना भी करेगी, तो भुन-भुनाकर। मैं तो सह लेता हूँ, खसम थोड़े ही सहेगा।'

झुनिया एक हाथ में भरी हुई चिलम, दूसरे में रस का लोटा लिए बड़ी फुर्ती से आ पहुँची। फिर रस्सी और कलसा लेकर पानी भरने चली। गोबर ने उसके हाथ से कलसा लेने के लिए हाथ बढ़ाकर झेंपते हुए कहा - 'तुम रहने दो, मैं भरे लाता हूँ।'

झुनिया ने कलसा न दिया। कुएँ के जगत पर जाकर मुस्कुराती हुई बोली - 'तुम हमारे मेहमान हो। कहोगे एक लोटा पानी भी किसी ने न दिया।'

'मेहमान काहे से हो गया। तुम्हारा पड़ोसी ही तो हूँ।'

'पड़ोसी साल-भर में एक बार भी सूरत न दिखाए, तो मेहमान ही है।'

'रोज-रोज आने से मरजाद भी तो नहीं रहती।'

झुनिया हँसकर तिरछी नजरों से देखती हुई बोली - 'यही मरजाद तो दे रही हूँ। महीने में एक बेर आओगे, ठंडा पानी दूँगी। पन्द्रहवें दिन आओगे, चिलम पाओगे। सातवें दिन आओगे, खाली बैठने को माची दूँगी। रोज-रोज आओगे, कुछ न पाओगे।'

'दरसन तो दोगी?'

'दरसन के लिए पूजा करनी पड़ेगी।'

यह कहते-कहते जैसे उसे कोई भूली बात याद आ गई। उसका मुँह उदास हो गया। वह विधवा है। उसके नारीत्व के द्वार पर पहले उसका पति रक्षक बना बैठा रहता था। वह निश्चिन्त थी। अब उस द्वार पर कोई रक्षक न था, इसलिए वह उस द्वार को सदैव बन्द रखती है। कभी-कभी घर के सूनेपन से उकताकर वह द्वार खोलती है; पर किसी को आते देखकर भयभीत होकर दोनों पाट भेड़ लेती है।

गोबर ने कलसा भरकर निकाला। सबों ने रस पिया और एक चिलम तमाखू और पीकर लौटे। भोला ने कहा - 'कल तुम आकर गाय ले जाना, गोबर, इस बखत तो सानी खा रही है।'

गोबर की आँखें उसी गाय पर लगी हुई थीं और मन-ही-मन वह मुग्ध हुआ जाता था। गाय इतनी सुन्दर और सुडौल है इसकी उसने कल्पना भी न की थी।

होरी ने लोभ को रोककर कहा - 'मँगवा लूँगा, जल्दी क्या है?'

'तुम्हें जल्दी न हो, हमें तो जल्दी है। उसे द्वार पर देखकर तुम्हें वह बात याद रहेगी।'

'उसकी मुझे बड़ी फिकर है दादा!'

'तो कल गोबर को भेज देना।'

दोनों ने अपने-अपने खाँचे सिर पर रखे और आगे बढ़े। दोनों इतने प्रसन्न थे, मानो ब्याह करके लौटे हों। होरी को तो अपनी चिरसंचित अभिलाषा के पूरे होने का हर्ष था, और बिना पैसे के। गोबर को इससे भी बहुमूल्य वस्तु मिल गई थी। उसके मन में अभिलाषा जाग उठी थी।

अवसर पाकर उसने पीछे की तरफ देखा। झुनिया द्वार पर खड़ी थी; मत्त आशा की भाँति अधीर, चंचल।

होरी को रात-भर नींद नहीं आई। नीम के पेड़-तले अपनी बाँस की खाट पर पड़ा बार-बार तारों की ओर देखता था। गाय के लिए एक नाँद गाड़नी है। बैलों से अलग उसकी नाँद रहे तो अच्छा। अभी तो रात को बाहर ही रहेगी; लेकिन चौमासे में उसके लिए कोई दूसरी जगह ठीक करनी होगी। बाहर लोग नजर लगा देते हैं। कभी-कभी तो ऐसा टोना-टोटका कर देते हैं कि गाय का दूध ही सूख जाता है। थन में हाथ ही नहीं लगाने देती। लात मारती है। नहीं, बाहर बाँधना ठीक नहीं। और बाहर नाँद भी कौन गाड़ने देगा? कारिन्दा साहब नजर के लिए मुँह फुलाएँगे। छोटी-छोटी बात के लिए रायसाहब के पास फरियाद ले जाना भी उचित नहीं। और कारिन्दे के सामने मेरी सुनता कौन है? उनसे कुछ कहूँ, तो कारिन्दा दुश्मन हो जाए। जल में रहकर मगर से बैर करना लड़कपन है। भीतर ही बाँधूँगा। आँगन है तो छोटा-सा; लेकिन एक मँड़ैया डाल देने से काम चल जाएगा। अभी पहला ही ब्यान है। पाँच सेर से कम क्या दूध देगी। सेर-भर तो गोबर ही को चाहिए। रुपिया दूध देखकर कैसी ललचाती रहती है। अब पिए जितना चाहे। कभी-कभी दो-चार सेर मालिकों को दे आया करूँगा। कारिन्दा साहब की पूजा भी करनी ही होगी। और भोला के रुपये भी देने चाहिए। सगाई के ढकोसले में उसे क्यों डालूँ? जो आदमी अपने ऊपर इतना विश्वास करे, उससे दगा करना नीचता है। अस्सी रुपये की गाय मेरे विश्वास पर दे दी, नहीं यहाँ तो एक पैसे को नहीं पतियाता। सन में क्या कुछ मिलेगा? अगर पच्चीस रुपये भी दे दूँ तो भोला को ढाढ़स हो जाए। धनिया से नाहक बता दिया। चुपके से गाय लाकर बाँध देता तो चकरा

जाती। लगती पूछने, किसकी गाय है? कहाँ से लाए हो? खूब दिक करके तब बताता; लेकिन जब पेट में बात पचे भी। कभी दो-चार पैसे ऊपर से आ जाते हैं; उनको भी तो नहीं छिपा सकता। और यह अच्छा भी है। उसे घर की चिन्ता रहती है; अगर उसे मालूम हो जाए कि इनके पास भी पैसे रहते हैं, तो नखरे बघारने लगे। गोबर जरा आलसी है, नहीं मैं गऊ की ऐसी सेवा करता कि जैसी चाहिए। आलसी-वालसी कुछ नहीं है। इस उमिर में कौन आलसी नहीं होता? मैं भी दादा के सामने मटरगस्ती ही किया करता था। बेचारे पहर रात से कुट्टी काटने लगते। कभी द्वार पर झाड़ू लगाते, कभी खेत में खाद फेंकते। मैं पड़ा सोता रहता था। कभी जगा देते, तो मैं बिगड़ जाता और घर छोड़कर भाग जाने की धमकी देता था। लड़के जब अपने माँ-बाप के सामने भी जिन्दगी का थोड़ा-सा सुख न भोगेंगे, तो फिर जब अपने सिर पड़ गई तो क्या भोगेंगे? दादा के मरते ही क्या मैंने घर नहीं सँभाल लिया? सारा गाँव यही कहता था कि होरी घर बरबाद कर देगा; लेकिन सिर पर बोझ पड़ते ही मैंने ऐसा चोला बदला कि लोग देखते रह गए। सोभा और हीरा अलग ही हो गए, नहीं आज इस घर की और ही बात होती। तीन हल एक साथ चलते। अब तीनों अलग-अलग चलते हैं। बस, समय का फेर है। धनिया का क्या दोष था? बेचारी जब से घर में आई, कभी तो आराम से न बैठी। डोली से उतरते ही सारा काम सिर पर उठा लिया। अम्मा को पान की तरह फेरती रहती थी। जिसने घर के पीछे अपने को मिटा दिया, देवरानियों से काम करने को कहती थी, तो क्या बुरा करती थी? आखिर उसे भी तो कुछ आराम मिलना चाहिए। लेकिन भाग्य में आराम लिखा होता तब तो मिलता। तब देवरों के लिए मरती थी, अब अपने बच्चों के लिए मरती है। वह इतनी सीधी गमखोर, निर्छल न होती, तो आज सोभा और हीरा जो मूँछों पर ताव देते फिरते है, कहीं भीख माँगते होते। आदमी कितना स्वार्थी हो जाता है। जिसके लिए लड़ो, वही जान का दुश्मन हो जाता है।

होरी ने फिर पूर्व की ओर देखा। साइत भिनसार हो रहा है। गोबर काहे को जागने लगा। नहीं, कहके तो यही सोया था कि मैं अँधेरे ही चला जाऊँगा। जाकर नाँद तो गाड़ दूँ, लेकिन नहीं, जब तक गाय द्वार पर न आ जाए, नाँद गाड़ना ठीक नहीं। कहीं भोला बदल गए या और किसी कारन से गाय न दी, तो सारा गाँव तालियाँ पीटने लगेगा, चले थे गाय लेने! पट्ठे ने इतनी फुर्ती से नाँद गाड़ दी, मानो इसी की कसर थी। भोला है तो अपने घर का मालिक, लेकिन जब लड़के सयाने हो गए, तो बाप की कौन चलती है? कामता और जंगी अकड़ जाएँ, तो क्या भोला अपने मन से गाय मुझे दे देंगे? कभी नहीं।

सहसा गोबर चौंककर उठ बैठा और आँखों को मलता हुआ बोला - 'अरे! यह तो भोर हो गई। तुमने नाँद गाड़ दी दादा?'

होरी गोबर के सुगठित शरीर और चौड़ी छाती की ओर गर्व से देखकर और मन में यह सोचते हुए कि कहीं इसे गोरस मिलता, तो कैसा पट्ठा हो जाता, बोला - 'नहीं, अभी नहीं गाड़ी। सोचा, कहीं न मिले तो नाहक भद्द हो।'

गोबर ने त्योरी चढ़ाकर कहा – 'मिलेगी क्यों नहीं?'

'उनके मन में कोई चोर पैठ जाए?'

'चोर पैठे या डाकू, गाय तो उन्हें देनी ही पड़ेगी।'

गोबर ने और कुछ न कहा। लाठी कन्धे पर रखी और चल दिया। होरी उसे जाते देखता हुआ अपना कलेजा ठंडा करता रहा। अब लड़के की सगाई में देर न करनी चाहिए। सत्रहवाँ लग गया; मगर करें कैसे? कहीं पैसे के भी दरसन हों। जब से तीनों भाइयों में अलगौझा हो गया, घर की साख जाती रही। महतो लड़का देखने आते हैं, पर घर की दशा देखकर मुँह फीका करके चले जाते हैं। दो-एक राजी भी हुए, तो रुपये माँगते हैं। दो-तीन सौ लड़की का दाम चुकाए और इतना ही ऊपर से खर्च करे, तब जाकर ब्याह हो। कहाँ से आवें इतने रुपये? रास खलिहान में तुल जाती है। खाने-भर को भी नहीं बचता। ब्याह कहाँ से हो? और अब तो सोना ब्याहने योग्य हो गई है। लड़के का ब्याह न हुआ, न सही। लड़की का ब्याह न हुआ, तो सारी बिरादरी में हँसी होगी। पहले तो उसी की सगाई करनी है, पीछे देखी जाएगी।

एक आदमी ने आकर राम-राम किया और पूछा – 'तुम्हारी कोठी में कुछ बाँस होंगे महतो?'

होरी ने देखा, दमड़ी बँसोर सामने खड़ा है, नाटा, काला, खूब मोटा मुँह, बड़ी-बड़ी मूँछें, लाल आँखें, कमर में बाँस काटने की कटार खोंसे हुए। साल में एक-दो बार आकर चिकें, कुर्सियाँ, मोढ़े, टोकरियाँ आदि बनाने के लिए बाँस काट ले जाता था।

होरी प्रसन्न हो गया। मुट्ठी गर्म होने की कुछ आशा बँधी। चौधरी को ले जाकर अपनी तीनों कोठियाँ दिखाईं, मोल-भाव किया और पच्चीस रुपये सैकड़े में पचास बाँसों का बयाना ले लिया। फिर दोनों लौटे। होरी ने उसे चिलम पिलाई, जलपान कराया और तब रहस्यमय भाव से बोला – 'मेरे बाँस कभी तीस रुपये से कम में नहीं आते; लेकिन तुम घर के आदमी हो, तुमसे क्या मोल-भाव करता। तुम्हारा वह लड़का, जिसकी सगाई हुई थी, अभी परदेश से लौटा कि नहीं?'

चौधरी ने चिलम का दम लगाकर खाँसते हुए कहा – 'उस लौंडे के पीछे मर मिटा महतो। जवान बहू घर में बैठी थी और वह बिरादरी की एक दूसरी औरत के साथ परदेस मौज करने चल दिया। बहू भी दूसरे के साथ निकल गई। बड़ी नाकिस जात है महतो, किसी की नहीं होती। कितना समझाया कि तू जो चाहे खा, जो चाहे पहन, मेरी नाक न कटवा, मुदा कौन सुनता है? औरत को भगवान सब कुछ दे, रूप न दे, नहीं वह काबू में नहीं रहती। कोठियाँ तो बँट गई होंगी?'

होरी ने आकाश की ओर देखा और मानो उसकी महानता में उड़ता हुआ बोला – 'सब कुछ बँट गया चौधरी! जिनको लड़कों की तरह पाला-पोसा, वह बराबर के हिस्सेदार हैं; लेकिन भाई का हिस्सा खाने की अपनी नीयत नहीं है। इधर तुमसे रुपये मिलेंगे, उधर दोनों भाइयों को बाँट दूँगा। चार दिन की जिन्दगी में क्यों किसी से छल-कपट करूँ। नहीं कह दूँ कि बीस रुपये सैकड़े में बेचे हैं तो उन्हें क्या पता

लगेगा। तुम उनसे कहने थोड़े ही जाओगे। तुम्हें तो मैंने बराबर अपना भाई समझा है।'

व्यवहार में हम 'भाई' के अर्थ का कितना ही दुरुपयोग करें, लेकिन उसकी भावना में जो पवित्रता है, वह हमारी कालिमा से कभी मलिन नहीं होती।

होरी ने अप्रत्यक्ष रूप से यह प्रस्ताव करके चौधरी के मुँह की ओर देखा कि वह स्वीकार करता है या नहीं। उसके मुख पर कुछ ऐसा मिथ्या विनीत भाव प्रकट हुआ, जो भिक्षा माँगते समय मोटे भिक्षुकों पर आ जाता है।

चौधरी ने होरी का आसन पाकर चाबुक जमाया - 'हमारा-तुम्हारा पुराना भाईचारा है, महतो, ऐसी बात है भला; लेकिन बात यह है कि ईमान आदमी बेचता है, तो किसी लालच से। बीस रुपये नहीं, मैं पन्द्रह रुपये कहूँगा; लेकिन जो बीस रुपये के दाम लो।'

होरी ने खिसियाकर कहा - 'तुम तो चौधरी अन्धेर करते हो, बीस रुपये में कहीं ऐसे बाँस जाते हैं?'

'ऐसे क्या, इससे अच्छे बाँस जाते है दस रुपये पर, हाँ, दस कोस और पच्छिम चले जाओ मोल बाँस का नहीं है, शहर के नगीच होने का है। आदमी सोचता है, जितनी देर वहाँ जाने में लगेगी, उतनी देर में तो दो-चार रुपये का काम हो जाएगा।'

सौदा पट गया। चौधरी ने मिर्जई उतारकर छान पर रख दी और बाँस काटने लगा।

ऊख की सिंचाई हो रही थी। हीरा-बहू कलेवा लेकर कुएँ पर जा रही थी। चौधरी को बाँस काटते देखकर घूँघट के अन्दर से बोली-कौन बाँस काटता है? यहाँ बाँस न कटेंगे।

चौधरी ने हाथ रोककर कहा - 'बाँस मोल लिए हैं, पन्द्रह रुपये सैकड़े का बयाना हुआ है। सेंत में नहीं काट रहे हैं।'

हीरा-बहू अपने घर की मालकिन थी। उसी के विद्रोह से भाइयों में अलगौझा हुआ था। धनिया को परास्त करके शेर हो गई थी। हीरा कभी-कभी उसे पीटता था। अभी हाल में इतना मारा था कि वह कई दिन तक खाट से न उठ सकी, लेकिन अपना पदाधिकार वह किसी तरह न छोड़ती थी। हीरा क्रोध में उसे मारता था; लेकिन चलता था उसी के इशारों पर, उस घोड़े की भाँति, जो कभी-कभी स्वामी को लात मारकर भी उसी के आसन के नीचे चलता है।

कलेवे की टोकरी सिर से उतारकर बोली - 'पन्द्रह रुपये में हमारे बाँस न जाएँगे।'

चौधरी औरत जात से इस विषय में बातचीत करना नीति-विरुद्ध समझते थे। बोले - 'जाकर अपने आदमी को भेज दो। जो कुछ कहना हो, आकर कहें।'

हीरा-बहू का नाम था पुन्नी। बच्चे दो ही हुए थे। लेकिन ढल गई थी। बनाव-सिंगार से समय के आघात का शमन करना चाहती थी, लेकिन गृहस्थी में भोजन ही का ठिकाना न था, सिंगार के लिए पैसे कहाँ से आते? इस अभाव और विवशता

ने उसकी प्रकृति का जल सुखाकर कठोर और शुष्क बना दिया था, जिस पर एक बार फावड़ा भी उचट जाता था।

समीप आकर चौधरी का हाथ पकड़ने की चेष्टा करती हुई बोली – 'आदमी को क्यों भेज दूँ? जो कुछ कहना हो, मुझसे कहो न? मैंने कह दिया, मेरे बाँस न कटेंगे।'

चौधरी हाथ छुड़ाता था और पुन्नी बार-बार पकड़ लेती थी। एक मिनट तक यही हाथापाई होती रही। अन्त में चौधरी ने उसे जोर से पीछे ढकेल दिया। पुन्नी धक्का खाकर गिर पड़ी; मगर फिर सँभली और पाँव से तल्ली निकालकर चौधरी के सिर, मुँह, पीठ पर अन्धाधुन्ध जमाने लगी। बँसोर होकर उसे ढकेल दे? उसका यह अपमान! मारती जाती थी और रोती जाती थी। चौधरी उसे धक्का देकर-नारी जाति पर बल का प्रयोग करके-गच्चा खा चुका था। खड़े-खड़े मार खाने के सिवा इस संकट से बचने की उसके पास और कोई दवा न थी।

पुन्नी का रोना सुनकर होरी भी दौड़ा हुआ आया। पुन्नी ने उसे देखकर और जोर से चिल्लाना शुरू किया। होरी ने समझा, चौधरी ने पुनिया को मारा है। खून ने जोश मारा और अलगौझे की ऊँची बाँध को तोड़ता हुआ, सब कुछ अपने अन्दर समेटने के लिए बाहर निकल पड़ा। चौधरी को जोर से एक लात जमाकर बोला – 'अब अपना भला चाहते हो चौधरी, तो यहाँ से चले जाओ, नहीं तुम्हारी लहास उठेगी। तुमने अपने को समझा क्या है? तुम्हारी इतनी मजाल कि मेरी बहू पर हाथ उठाओ।'

चौधरी कसमें खा-खाकर अपनी सफाई देने लगा। तल्लियों की चोट में उसकी अपराधी आत्मा मौन थी। यह लात उसे निरपराध मिली और उसके फूले हुए गाल आँसुओं से भीग गए। उसने तो बहू को छुआ भी नहीं। क्या वह इतना गँवार है कि महतो के घर की औरतों पर हाथ उठाएगा?

होरी ने अविश्वास करके कहा – 'आँखों में धूल मत झोंको चौधरी, तुमने कुछ कहा नहीं, तो बहू झूठ-मूठ रोती है? रुपये की गर्मी है, तो वह निकाल दी जाएगी। अलग हैं तो क्या हुआ, हैं तो एक खून। कोई तिरछी आँख से देखे, तो आँख निकाल लें।'

पुन्नी चंडी बनी हुई थी। गला फाड़कर बोली – 'तूने मुझे धक्का देकर गिरा नहीं दिया? खा जा अपने बेटे की कसम!'

हीरा को खबर मिली कि चौधरी और पुनिया में लड़ाई हो रही है। चौधरी ने पुनिया को धक्का दिया। पुनिया ने तल्लियों से पीटा। उसने पुर वहीं छोड़ा और औंगी लिए घटनास्थल की ओर चला। गाँव में अपने क्रोध के लिए प्रसिद्ध था। छोटा डील, गठा हुआ शरीर, आँखें कौड़ी की तरह निकल आई थीं और गर्दन की नसें तन गई थीं; मगर उसे चौधरी पर क्रोध न था, क्रोध था पुनिया पर। वह क्यों चौधरी से लड़ी? क्यों उसकी इज्जत मिट्टी में मिला दी। बँसोड़ से लड़ने-झगड़ने का उसे क्या प्रयोजन था? उसे जाकर हीरा से समाचार कह देना चाहिए था। हीरा जैसा उचित समझता, करता। वह उससे लड़ने क्यों गई? उसका बस होता, तो वह पुनिया को पर्दे में रखता। पुनिया किसी बड़े से मुँह खोलकर बातें करे, यह उसे असह्य था। वह खुद जितना उद्दंड था,

पुनिया को उतना ही शान्त रखना चाहता था। जब भैया ने पन्द्रह रुपये में सौदा कर लिया, तो यह बीच में कूदनेवाली कौन!

आते ही उसने पुन्नी का हाथ पकड़ लिया और घसीटता हुआ अलग ले जाकर लगा लातें जमाने – 'हरामजादी, तू हमारी नाक कटाने पर लगी हुई है! तू छोटे-छोटे आदमियों से लड़ती फिरती है, किसकी पगड़ी नीची होती है! (एक लात और जमाकर) हम तो वहाँ कलेऊ की बाट देख रहे हैं, तू यहाँ लड़ाई ठाने बैठी है। इतनी बेशर्मी! आँख का पानी ऐसा गिर गया। खोदकर गाड़ दूँगा।'

पुन्नी हाय-हाय करती जाती थी और कोसती जाती थी – 'तेरी मिट्टी उठे, तुझे हैजा हो जाए, तुझे मरी आए, देवी मैया तुझे लील जाएँ, तुझे इन्फ्लुएंजा हो जाए। भगवान करे, तू कोढ़ी हो जाए। हाथ-पाँव कट-कट गिरें।'

और गालियाँ तो हीरा खड़ा-खड़ा सुनता रहा, लेकिन यह पिछली गाली उसे लग गई! हैजा, मारी आदि में विशेष कष्ट न था। इधर बीमार पड़ा, उधर विदा हो गए, लेकिन कोढ़! यह घिनौनी मौत और उससे भी घिनौना जीवन। वह तिलमिला उठा, दाँत पीसता हुआ पुनिया पर झपटा और झोटे पकड़कर फिर उसका सिर जमीन पर रगड़ता हुआ बोला – 'हाथ-पाँव कटकर गिर जाएँगे, तो मैं तुझे लेकर चाटूँगा! तू ही मेरे बाल-बच्चों को पालेगी? ऐं! तू ही इतनी बड़ी गिरस्ती चलाएगी? तू तो दूसरा भतार करके किनारे खड़ी हो जाएगी।'

चौधरी को पुनिया की इस दुर्गति पर दया आ गई। हीरा को उदारतापूर्वक समझाने लगा – 'हीरा महतो, अब जाने दो, बहुत हुआ। क्या हुआ, बहू ने मुझे मारा। मैं तो छोटा नहीं हो गया। धन्य भाग कि भगवान ने यह दिन तो दिखाया।'

हीरा ने चौधरी को डाँटा – 'तुम चुप रहो चौधरी, नहीं मेरे क्रोध में पड़ जाओगे तो बुरा होगा। औरत जात इसी तरह बकती है। आज को तुमसे लड़ गई, कल को दूसरों से लड़ जाएगी। तुम भले मानस हो, हँसकर टाल गए, दूसरा तो बरदास न करेगा। कहीं उसने भी हाथ छोड़ दिया तो कितनी आबरू रह जाएगी, बताओ।'

इस खयाल ने उसके क्रोध को फिर भड़काया। लपका था कि होरी ने दौड़कर पकड़ लिया और उसे पीछे हटाते हुए बोला – 'अरे, हो गया। देख तो लिया दुनिया ने कि बहादुर हो। अब क्या उसे पीसकर पी जाओगे?'

हीरा अब भी बड़े भाई का अदब करता था। सीधे-सीधे न लड़ता था। चाहता तो एक झटके में अपना हाथ छुड़ा लेता; लेकिन इतनी बेअदबी न कर सका। चौधरी की ओर देखकर बोला – 'अब खड़े क्या ताकते हो? जाकर अपने बाँस काटो। मैंने सही कर दिया। पन्द्रह रुपये सैकड़े में तय है।'

कहाँ तो पुन्नी रो रही थी। कहाँ झमककर उठी और अपना सिर पीटकर बोली – 'लगा दे घर में आग, मुझे क्या करना है! भाग फूट गया कि तुम-जैसे कसाई के पाले पड़ी। लगा दे घर में आग!'

उसने कलेऊ की टोकरी वहीं छोड़ दी और घर की ओर चली। हीरा गरजा – 'वहाँ कहाँ जाती है, चल कुएँ पर, नहीं खून पी जाऊँगा।'

पुनिया के पाँव रुक गए। इस नाटक का दूसरा अंक न खेलना चाहती थी। चुपके से टोकरी उठाकर रोती हुए कुएँ की ओर चली। हीरा भी पीछे-पीछे चला।

होरी ने कहा – 'अब फिर मार-धाड़ न करना। इससे औरत बेसरम हो जाती है।'

धनिया ने द्वार पर हाँक लगाई – 'तुम वहाँ खड़े-खड़े क्या तमाशा देख रहे हो? कोई तुम्हारी सुनता भी है कि यों ही शिक्षा दे रहे हो। उस दिन इसी बहू ने तुम्हें घूँघट की आड़ में डाढ़ीजार कहा था। भूल गए? बहुरिया होकर पराये मरदों से लड़ेगी, तो डाँटी न जाएगी।'

होरी द्वार पर आकर नटखटपन के साथ बोला – 'और जो मैं इसी तरह तुझे मारूँ?'

'क्या कभी मारा नहीं है, जो मारने की साध बनी हुई है?'

'इतनी बेदरदी से मारता, तो तू घर छोड़कर भाग जाती। पुनिया बड़ी गमखोर है।'

'ओहो! ऐसे ही तो बड़े दरदवाले हो। अभी तक मार का दाग बना हुआ है। हीरा मारता है तो दुलारता भी है। तुमने खाली मारना सीखा, दुलार करना सीखा ही नहीं। मैं ही ऐसी हूँ कि तुम्हारे साथ निबाह हुआ।'

'अच्छा रहने दे, बहुत अपना बखान न कर! तू ही रूठ-रूठकर नैहर भागती थी। जब महीनों खुशामद करता था, जब जाकर आती थी!'

'जब अपनी गरज सताती थी, तब मनाने जाते थे लाला! मेरे दुलार से नहीं जाते थे।'

'इसी से तो मैं सबसे तेरा बखान करता हूँ।'

वैवाहिक जीवन के प्रभात में लालसा अपनी गुलाबी मादकता के साथ उदय होती है और हृदय के सारे आकाश को अपने माधुर्य की सुनहरी किरणों से रंजित कर देती है। फिर मध्याह्न का प्रखर ताप आता है, क्षण-क्षण पर बगूले उठते हैं और पृथ्वी काँपने लगती है। लालसा का सुनहरा आवरण हट जाता है और वास्तविकता अपने नग्न रूप में सामने आ खड़ी होती है। उसके बाद विश्राममय सन्ध्या आती है, शीतल और शान्त, जब हम थके हुए पथिकों की भाँति दिन-भर की यात्रा का वृत्तान्त कहते और सुनते हैं तटस्थ भाव से, मानो हम किसी ऊँचे शिखर पर जा बैठे हैं, जहाँ नीचे का जन-रव हम तक नहीं पहुँचता।

धनिया ने आँखों में रस भरकर कहा – 'चलो-चलो, बड़े बखान करने वाले! जरा-सा कोई काम बिगड़ जाए, तो गरदन पर सवार हो जाते हो।'

होरी ने मीठे उलाहने के साथ कहा – 'ले, अब यही तेरी बेइनसाफी मुझे अच्छी नहीं लगती धनिया! भोला से पूछा, मैंने उनसे तेरे बारे में क्या कहा था?'

धनिया ने बात बदलकर कहा – 'देखो, गोबर गाय लेकर आता है कि खाली हाथ।'

चौधरी ने पसीने में लथ-पथ आकर कहा – 'महतो, चलकर बाँस गिन लो। कल ठेला लाकर उठा ले जाऊँगा।'

होरी ने बाँस गिनने की जरूरत न समझी। चौधरी ऐसा आदमी नहीं है। फिर एकाध बाँस बेसी काट ही लेगा, तो क्या। रोज ही तो मँगनी बाँस कटते रहते हैं। सहालगों में तो मंडप बनाने के लिए लोग दरजनों बाँस काट ले जाते हैं।

चौधरी ने साढ़े सात रुपये निकालकर उसके हाथ में रख दिए। होरी ने गिनकर कहा – 'और निकालो। हिसाब से ढाई और होते हैं।'

चौधरी ने बेमुरौवती से कहा – 'पन्द्रह रुपये में तय हुए हैं कि नहीं?- हीरा महतो ने तुम्हारे सामने पन्द्रह रुपये कहे थे। कहो तो बुला लाऊँ?'

'तय तो बीस रुपये में ही हुए थे चौधरी! अब तुम्हारी जीत है, जो चाहो कहो। ढाई रुपये निकलते हैं, तुम दो ही दे दो।'

मगर चौधरी कच्ची गोलियाँ न खेला था। अब उसे किसका डर? होरी के मुँह में तो ताला पड़ा हुआ था। क्या कहे, माथा ठोंककर रह गया। बस इतना बोला – 'यह अच्छी बात नहीं है, चौधरी, दो रुपये दबाकर राजा न हो जाओगे।'

चौधरी तीक्ष्ण स्वर में बोला – 'और तुम क्या भाइयों के थोड़े से पैसे दबाकर राजा हो जाओगे? ढाई रुपये पर अपना ईमान बिगाड़ रहे थे, उस पर मुझे उपदेस देते हो। अभी परदा खोल दूँ, तो सिर नीचा हो जाए।'

होरी पर जैसे सैकड़ों जूते पड़ गए। चौधरी तो रुपये सामने जमीन पर रखकर चला गया; पर वह नीम के नीचे बैठा बड़ी देर तक पछताता रहा। वह कितना लोभी और स्वार्थी है, इसका उसे आज पता चला। चौधरी ने ढाई रुपये दे दिए होते, तो वह खुशी से कितना फूल उठता। अपनी चालाकी को सराहता कि बैठे-बैठे ढाई रुपये मिल गए। ठोकर खाकर ही तो हम सावधानी के साथ पग उठाते हैं।

धनिया अन्दर चली गई थी। बाहर आई तो रुपये जमीन पर पड़े देखे, गिनकर बोली – 'और रुपये क्या हुए, दस न चाहिए?'

होरी ने लम्बा मुँह बनाकर कहा – 'हीरा ने पन्द्रह रुपये में दे दिए, तो मैं क्या करता।'

'हीरा पाँच रुपये में दे दे हम नहीं देते इन दामों।'

'वहाँ मार-पीट हो रही थी। मैं बीच में क्या बोलता?'

होरी ने अपनी पराजय अपने मन में ही डाल ली, जैसे कोई चोरी से आम तोड़ने के लिए पेड़ पर चढ़े और गिर पड़ने पर धूल झाड़ता हुआ उठ खड़ा हो कि कोई देख न ले। जीतकर आप अपनी धोखेबाजियों की डींग मार सकते हैं; जीत में सब-कुछ माफ है। हार की लज्जा तो पी जाने की ही वस्तु है।

धनिया पति को फटकारने लगी। ऐसे अवसर उसे बहुत कम मिलते थे। होरी उससे चतुर था; पर आज बाजी धनिया के हाथ थी। हाथ मटकाकर बोली – 'क्यों न

हो, भाई ने पन्द्रह रुपये कह दिए, तो तुम कैसे टोकते? अरे, राम-राम! लाड़ले भाई का दिल छोटा हो जाता कि नहीं। फिर जब इतना बड़ा अनर्थ हो रहा था कि लाड़ली बहू के गले पर छुरी चल रही थी, तो भला तुम कैसे बोलते? उस बखत कोई तुम्हारा सरबस लूट लेता, तो भी तुम्हें सुध न होती।'

होरी चुपचाप सुनता रहा। मिनका तक नहीं। झुँझलाहट हुई, क्रोध आया, खून खौला, आँख जली, दाँत पिसे; लेकिन बोला नहीं। चुपके-से कुदाल उठाई और ऊख गोड़ने चला।

धनिया ने कुदाल छीनकर कहा – 'क्या अभी सबेरा है जो ऊख गोड़ने चले? सूरज देवता माथे पर आ गए। नहाने-धोने जाव। रोटी तैयार है।'

होरी ने घुन्नाकर कहा – 'मुझे भूख नहीं है।'

धनिया ने जले पर नोन छिड़का – 'हाँ, काहे को भूख लगेगी! भाई ने बड़े-बड़े लड्डू खिला दिए हैं न! भगवान ऐसे सपूत भाई सबको दें।'

होरी बिगड़ा। क्रोध अब रस्सियाँ तुड़ा रहा था – 'तू आज मार खाने पर लगी हुई है!'

धनिया ने नकली विनय का नाटक करके कहा – 'क्या करूँ, तुम दुलार ही इतना करते हो कि मेरा सिर फिर गया है।'

'तू घर में रहने देगी कि नहीं?'

'घर तुम्हारा, मालिक तुम, मैं भला कौन होती हूँ तुम्हें घर से निकालने वाली?'

होरी आज धनिया से किसी तरह पेश नहीं पा सकता। उसकी अक्ल जैसे कुन्द हो गई है। इन व्यंग्य-बाणों को रोकने के लिए उसके पास कोई ढाल नहीं है। धीरे से कुदाल रख दी और गमछा लेकर नहाने चला गया। लौटा कोई आध घंटे में; मगर गोबर अभी तक न आया था। अकेले कैसे भोजन करे। लौंडा वहाँ जाकर सो रहा। भोला की वह मदमाती छोकरी है न झुनिया। उसके साथ हँसी-दिल्लगी कर रहा होगा। कल भी तो उसके पीछे लगा हुआ था। नहीं गाय दी, तो लौट क्यों नहीं आया। क्या वहाँ ढई देगा?

धनिया ने कहा – 'अब खड़े क्या हो? गोबर साँझ को आएगा।'

होरी ने और कुछ न कहा। कहीं धनिया फिर न कुछ कह बैठे।

भोजन करके नीम की छाँ में लेट रहा।

रूपा रोती हुई आई नंगे बदन एक लँगोटी लगाए, झबरे बाल इधर-उधर बिखरे हुए। होरी की छाती पर लोट गई। 'उसकी बड़ी बहन सोना कहती है – गाय आएगी, तो उसका गोबर मैं पाथूँगी। रूपा यह नहीं बरदाश्त कर सकती। सोना ऐसी कहाँ की बड़ी रानी है कि सारा गोबर आप पाथ डाले। रूपा उससे किस बात में कम है? सोना रोटी पकाती है, तो क्या रूपा बरतन नहीं माँजती? सोना पानी लाती है, तो क्या रूपा कुएँ पर रस्सी नहीं ले जाती? सोना तो कलसा भरकर इठलाती चली आती है। रस्सी समेटकर रूपा ही लाती है। गोबर दोनों साथ पाथती हैं। सोना खेत गोड़ने जाती है, तो क्या रूपा बकरी चराने नहीं जाती? फिर सोना क्यों अकेली गोबर पाथेगी? यह अन्याय रूपा कैसे सहे?'

होरी ने उसके भोलेपन पर मुग्ध होकर कहा – 'नहीं, गाय का गोबर तू पाथना! सोना गाय के पास आए तो भगा देना।'

रूपा ने पिता के गले में हाथ डालकर कहा – 'दूध भी मैं ही दुहूँगी।'

'हाँ-हाँ, तू न दूहेगी तो और कौन दुहेगा?'

'वह मेरी गाय होगी।'

'हाँ, सोलहों आने तेरी।'

रूपा प्रसन्न होकर अपनी विजय का शुभ समाचार पराजिता सोना को सुनाने चली गई – 'गाय मेरी होगी, उसका दूध मैं दुहूँगी, उसका गोबर मैं पाथूँगी, तुझे कुछ न मिलेगा।'

सोना उम्र से किशोरी, दहके गठन में युवती और बुद्धि से बालिका थी, जैसे उसका यौवन उसे आगे खींचता था, बालपन पीछे। कुछ बातों में इतनी चतुर कि ग्रेजुएट युवतियों को पढ़ाए, कुछ बातों में इतनी अल्हड़ कि शिशुओं से भी पीछे। लम्बा, रूखा, किन्तु प्रसन्न मुख, ठोड़ी नीचे को खिंची हुई, आँखों में एक प्रकार की तृप्ति, न केशों में तेल, न आँखों में काजल, न देह पर कोई आभूषण, जैसे गृहस्थ के भार ने यौवन को दबाकर बौना कर दिया हो।

सिर को एक झटका देकर बोली – 'जा, तू गोबर पाथ। जब तू दूध दुहकर रखेगी तो मैं पी जाऊँगी।'

'मैं दूध की हाँडी ताले में बन्द करके रखूँगी।'

'मैं ताला तोड़कर दूध निकाल लाऊँगी।'

यह कहती हुई वह बाग की तरफ चल दी। आम गदरा गए थे। हवा के झोंकों से एकाध जमीन पर गिर पड़ते थे, लू के मारे चुचके, पीले; लेकिन बाल-वृन्द उन्हें टपके समझकर बाग को घेरे रहते थे। रूपा भी बहन के पीछे हो ली। जो काम सोना करे, वह रूपा जरूर करेगी। सोना के विवाह की बातचीत हो रही थी, रूपा के विवाह की कोई चर्चा नहीं करता; इसलिए वह स्वयं अपने विवाह के लिए आग्रह करती है। उसका दूल्हा कैसा होगा, क्या-क्या लाएगा, उसे कैसे रखेगा, उसे क्या खिलाएगा, क्या पहनाएगा, इसका वह बड़ा विशद वर्णन करती, जिसे सुनकर कदाचित कोई बालक उससे विवाह करने पर राजी न होता।

साँझ हो रही थी। होरी ऐसा अलसाया कि ऊख गोड़ने न जा सका। बैलों को नाँद में लगाया, सानी-खली दी और एक चिलम भरकर पीने लगा। इस फसल में सब-कुछ खलिहान में तौल देने पर भी अभी उस पर कोई तीन सौ कर्ज था, जिस पर कोई सौ रुपये सूद के बढ़ते जाते थे। मँगरू साह से आज पाँच साल हुए, बैल के लिए साठ रुपये लिए थे, उसमें साठ दे चुका था; पर वह साठ रुपये ज्यों-के-त्यों बने हुए थे। दातादीन पंडित से तीस रुपये लेकर आलू बोए थे। आलू तो चोर खोद ले गए, और उस तीस के इन तीन बरसों में सौ हो गए थे। दुलारी विधवा सहुआइन थी, जो गाँव में नोन, तेल, तमाखू की दूकान रखे हुए थी। बंटवारे के समय उससे चालीस रुपये

लेकर भाइयों को देना पड़ा था। उसके भी लगभग सौ रुपये हो गए थे; क्योंकि आने रुपये का ब्याज था। लगान के भी अभी पच्चीस रुपये बाकी पड़े हुए थे और दशहरे के दिन शगुन के रुपयों का भी कोई प्रबन्ध करना था। बाँसों के रुपये बड़े अच्छे समय पर मिल गए। शगुन की समस्या हल हो जाएगी; लेकिन कौन जाने। यहाँ तो एक धेला भी हाथ में आ जाए, तो गाँव में शोर मच जाता है, और लेनदार चारों तरफ से नोचने लगते हैं। ये पाँच रुपये तो वह शगुन में देगा, चाहे कुछ हो जाए; मगर अभी जिन्दगी के दो बड़े-बड़े काम सिर पर सवार थे। गोबर और सोना का विवाह। बहुत हाथ बाँधने पर भी तो तीन सौ से कम खर्च न होंगे। ये तीन सौ किसके घर से आएँगे? कितना चाहता है कि किसी से एक पैसा कर्ज न ले; जिसका आता है, उसका पाई-पाई चुका दे; लेकिन हर तरह का कष्ट उठाने पर भी गला नहीं छूटता। इसी तरह सूद बढ़ता जाएगा और एक दिन उसका घर-द्वार सब नीलाम हो जाएगा, उसके बाल-बच्चे निराश्रय होकर भीख माँगते फिरेंगे। होरी जब काम-धन्धे से छुट्टी पाकर चिलम पीने लगता था, तो यह चिन्ता एक काली दीवार की भाँति चारों ओर से घेर लेती थी, जिसमें से निकलने की उसे कोई गली न सूझती थी। अगर सन्तोष था तो यही कि यह विपत्ति अकेले उसी के सिर न थी। प्रायः सभी किसानों का यही हाल था। अधिकांश की दशा तो इससे भी बदतर थी। शोभा और हीरा को उससे अलग हुए अभी तीन साल हुए थे; मगर दोनों पर चार-चार सौ का बोझ लद गया। झींगुर दो हल की खेती करता है। उस पर एक हजार से कुछ बेसी ही देना है। जियावन महतो के घर, भिखारी भीख भी नहीं पाता; लेकिन करजे का कोई ठिकाना नहीं। यहां कौन बचा है?

सहसा सोना और रूपा, दोनों दौड़ी हुई आईं और एक साथ बोलीं – 'भैया गाय ला रहे हैं। आगे-आगे गाय, पीछे-पीछे भैया हैं।'

रूपा ने पहले गोबर को आते देखा था। यह खबर सुनाने की सुर्खरूई उसे मिलनी चाहिए थी। सोना बराबर की हिस्सेदार हुई जाती है, यह उससे कैसे सहा जाता?

उसने आगे बढ़कर कहा – 'पहले मैंने देखा था। तभी दौड़ी। बहन ने तो पीछे से देखा।'

सोना इस दावे को स्वीकार न कर सकी। बोली – 'तूने भैया को कहाँ पहचाना? तू तो कहती थी, कोई गाय भागी आ रही है। मैंने ही कहा, भैया हैं।'

दोनों फिर बाग की तरफ दौड़ीं, गाय का स्वागत करने के लिए।

धनिया और होरी दोनों गाय को बाँधने का प्रबन्ध करने लगे। होरी बोला – 'चलो, जल्दी से नाँद गाड़ दें।'

धनिया के मुख पर जवानी चमक उठी थी – 'नहीं, पहले थाली में थोड़ा-सा आटा और गुड़ घोलकर रख दें। बेचारी धूप में चली होगी। प्यासी होगी। तुम जाकर नाँद गाड़ो, मैं घोलती हूँ।'

'कहीं एक घंटी पड़ी थी। उसे ढूँढ़ ले। उसके गले में बाँधेंगे।'

'सोना कहाँ गई? सहुआइन की दुकान से थोड़ा-सा काला डोरा मँगवा लो, गाय को नजर बहुत लगती है।'

'आज मेरे मन की बड़ी भारी लालसा पूरी हो गई।'

धनिया अपने हार्दिक उल्लास को दबाए रखना चाहती थी। इतनी बड़ी सम्पदा अपने साथ कोई नई बाधा न लाए, यह शंका उसके निराश हृदय में कम्पन डाल रही थी। आकाश की ओर देखकर बोली - 'गाय के आने का आनन्द तो जब है कि उसका पौरा भी अच्छा हो। भगवान के मन की बात है।'

मानो वह भगवान को भी धोखा देना चाहती थी। भगवान को भी दिखाना चाहती थी कि इस गाय के आने से उसे इतना आनन्द नहीं हुआ कि ईर्ष्यालु भगवान सुख का पलड़ा ऊँचा करने के लिए कोई नई विपत्ति भेज दें।

वह अभी आटा घोल ही रही थी कि गोबर गाय को लिए बालकों के एक जुलूस के साथ द्वार पर पहुँचा। होरी दौड़कर गाय के गले से लिपट गया। धनिया ने आटा छोड़ दिया और जल्दी से एक पुरानी साड़ी का काला किनारा फाड़कर गाय के गले में बाँध दिया।

होरी श्रद्धा-विह्वल नेत्रों से गाय को देख रहा था, मानो साक्षात देवीजी ने घर में पदार्पण किया हो। आज भगवान ने यह दिन दिखाया कि उसका घर गऊ के चरणों से पवित्र हो गया। यह सौभाग्य! न जाने किसके पुण्य-प्रताप से।

धनिया ने भयातुर होकर कहा - 'खड़े क्या हो, आँगन में नाँद गाड़ दो।'

'आँगन में, जगह कहाँ है?'

'बहुत जगह है?'

'मैं तो बाहर ही गाड़ता हूँ।'

'पागल न बनो। गाँव का हाल जानकर भी अनजान बनते हो।'

'अरे बित्ते-भर के आँगन में गाय कहाँ बँधेगी भाई?'

'जो बात नहीं जानते, उसमें टाँग मत अड़ाया करो। संसार-भर की विद्या तुम्हीं नहीं पढ़े हो।'

होरी सचमुच आपे में न था। गऊ उसके लिए केवल भक्ति और श्रद्धा की वस्तु नहीं सजीव सम्पत्ति भी थी। वह उससे अपने द्वार की शोभा और अपने घर का गौरव बढ़ाना चाहता था। वह चाहता था, लोग गाय को द्वार पर बँधे देखकर पूछें - यह किसका घर है? लोग कहें - होरी महतो का। तभी लड़कीवाले भी उसकी विभूति से प्रभावित होंगे। आँगन में बँधी, तो कौन देखेगा? धनिया इसके विपरीत सशंक थी। वह गाय को सात परदों के अन्दर छिपाकर रखना चाहती थी। अगर गाय आठों पहर कोठरी में रह सकती, तो शायद वह उसे बाहर न निकालने देती। यों हर बात में होरी की जीत होती थी। वह अपने पक्ष पर अड़ जाता था और धनिया को दबना पड़ता था, लेकिन आज धनिया के सामने होरी की एक न चली। धनिया लड़ने पर तैयार हो गई। गोबर, सोना और रूपा, सारा घर होरी के पक्ष में था; पर धनिया ने अकेले सबको परास्त कर दिया। आज उसमें एक विचित्र आत्मविश्वास और होरी में एक विचित्र विनय का उदय हो गया था।

मगर तमाशा कैसे रुक सकता था? गाय डोली में बैठकर तो आई न थी। कैसे सम्भव था कि गाँव में इतनी बड़ी बात हो जाए और तमाशा न लगे। जिसने सुना, सब काम छोड़कर देखने दौड़ा। यह मामूली देशी गऊ नहीं है। भोला के घर से अस्सी रुपये में आई है। होरी अस्सी रुपये क्या देंगे, पचास-साठ रुपये में लाए होंगे। गाँव के इतिहास में पचास-साठ रुपये की गाय का आना भी अभूतपूर्व बात थी। बैल तो पचास रुपये के भी आए, सौ के भी आए, लेकिन गाय के लिए इतनी बड़ी रकम किसान क्या खाके खर्च करेगा? यह तो ग्वालों ही का कलेजा है कि अंजुलियों रुपये गिन आते हैं। गाय क्या है, साक्षात देवी का रूप है। दर्शकों, आलोचकों का ताँता लगा हुआ था, और होरी दौड़-दौड़कर सबका सत्कार कर रहा था। इतना विनम्र, इतना प्रसन्न-चित्त वह कभी न था।

सत्तर साल के बूढ़े पंडित दातादीन लठिया टेकते हुए आए और पोपले मुँह से बोले - 'कहाँ हो होरी, तनिक हम भी तुम्हारी गाय देख लें। सुना, बड़ी सुन्दर है।'

होरी ने दौड़कर पालागन किया और मन में अभिमानमय उल्लास का आनन्द उठाता हुआ, बड़े सम्मान से पंडितजी को आँगन में ले गया। महाराज ने गऊ को अपनी पुरानी अनुभवी आँखों से देखा, सींगें देखीं, थन देखा, पुट्ठा देखा और घनी सफेद भौंहों के नीचे छिपी हुई आँखों में जवानी की उमंग भरकर बोले - 'कोई दोष नहीं है बेटा, बाल-भौंरी, सब ठीक। भगवान चाहेंगे, तो तुम्हारे भाग खुल जाएँगे, ऐसे अच्छे लच्छन हैं कि वाह! बस रातिब न कम होने पाए। एक-एक बाछा सौ-सौ का होगा।'

होरी ने आनन्द के सागर में डुबकियाँ खाते हुए कहा - 'सब आपका असीरबाद है, दादा।'

दातादीन ने सुरती की पीक थूकते हुए कहा - 'मेरा असीरबाद नहीं है बेटा। भगवान की दया है। यह सब प्रभु की दया है। रुपये नगद दिए?'

होरी ने बे-पर की उड़ाई। अपने महाजन के सामने भी अपने समृद्धि-प्रदर्शन का ऐसा अवसर पाकर वह कैसे छोड़े। टके की नई टोपी सिर पर रखकर जब हम अकड़ने लगते हैं, जरा देर के लिए किसी सवारी पर बैठकर जब हम आकाश में उड़ते लगते हैं, तो इतनी बड़ी विभूति पाकर क्यों न उसका दिमाग आसमान पर चढ़े? बोला - 'भोला ऐसा भलामानस नहीं है महाराज! नगद गिनाए, पूरे चौकस।'

अपने महाजन के सामने यह डींग मारकर होरी ने नादानी तो की थी; पर दातादीन के मुख पर असन्तोष का कोई चिह्न न दिखाई दिया। इस कथन में कितना सत्य है, यह उनकी उन बुझी आँखों से छिपा न रह सका, जिनमें ज्योति की जगह अनुभव छिपा बैठा था।

प्रसन्न होकर बोले - 'कोई हरज नहीं बेटा, कोई हरज नहीं। भगवान सब कल्याण करेंगे। पाँच सेर दूध है इसमें, बच्चे के लिए छोड़कर।'

धनिया ने तुरन्त टोका - 'अरे नहीं महाराज, इतना दूध कहाँ। बुढ़िया तो हो गई है। फिर यहाँ रातिब कहाँ धरा है।'

दातादीन ने मर्म-भरी आँखों से देखकर उसकी सतर्कता को स्वीकार किया, मानो कह रहे हों, गृहिणी का यह धर्म है, सीटना मरदों का काम है, उन्हें सीटने दो। फिर रहस्य-भरे स्वर में बोले – 'बाहर न बाँधना, इतना कह देते हैं।'

धनिया ने पति की ओर विजयी आँखों से देखा, मानो कह रही हो – 'लो, अब तो मानोगे।'

दातादीन से बोली – 'नहीं महाराज, बाहर क्यों बाँधेंगे, भगवान दें तो इसी आँगन में तीन गायें और बँध सकती हैं।'

सारा गाँव गाय देखने आया। नहीं आए तो सोभा और हीरा, जो अपने सगे भाई थे। होरी के हृदय में भाइयों के लिए अब भी कोमल स्थान था। वह दोनों आकर देख लेते और प्रसन्न हो जाते तो उसकी मनोकामना पूरी हो जाती। साँझ हो गई। दोनों पुर लेकर लौट आए। इसी द्वार से निकले, पर पूछा कुछ नहीं।

होरी ने डरते-डरते धनिया से कहा – 'न सोभा आया, न हीरा। सुना न होगा?'

धनिया बोली – 'तो यहाँ कौन उन्हें बुलाने जाता है।'

'तू बात तो समझती नहीं। लड़ने के लिए तैयार रहती है। भगवान ने जब यह दिन दिखाया है, तो हमें सिर झुकाकर चलना चाहिए। आदमी को अपने सगों के मुँह से अपनी भलाई-बुराई सुनने की जितनी लालसा होती है, बाहर वाले के मुँह से नहीं। फिर अपने भाई लाख बुरे हों, हैं तो अपने भाई ही। अपने हिस्से-बखरे के लिए सभी लड़ते हैं, पर इससे खून थोड़े ही बँट जाता है। दोनों को बुलाकर दिखा देना चाहिए, नहीं कहेंगे गाय लाए, हमसे कहा तक नहीं।'

धनिया ने नाक सिकोड़कर कहा – 'मैंने तुमसे सौ बार, हजार बार कह दिया, मेरे मुँह पर भाइयों का बखान न किया करो, उनका नाम सुनकर मेरी देह में आग लग जाती है। सारे गाँव ने सुना, क्या उन्होंने न सुना होगा? कुछ इतनी दूर भी तो नहीं रहते। सारा गाँव देखने आया, उन्हीं के पाँवों में मेहँदी लगी हुई थी; मगर आएँ कैसे? जलन हो रही होगी कि इसके घर गाय आ गई। छाती फटी जाती होगी।'

दिया-बत्ती का समय आ गया था। धनिया ने जाकर देखा, तो बोतल में मिट्टी का तेल न था। बोतल उठाकर तेल लाने चली गई। पैसे होते तो रूपा को भेजती, उधार लाना था, कुछ मुँह देखी कहेगी; कुछ लल्लो-चप्पो करेगी, तभी तो तेल उधार मिलेगा।

होरी ने रूपा को बुलाकर प्यार से गोद में बैठाया और कहा – 'जरा जाकर देख, हीरा काका आ गए कि नहीं। सोभा काका को भी देखती आना। कहना, दादा ने तुम्हें बुलाया है। न आए, हाथ पकड़कर खींच लाना।'

रूपा ठुनककर बोली – 'छोटी काकी मुझे डाँटती है।'

'काकी के पास क्या करने जाएगी! फिर सोभा-बहू तो तुझे प्यार करती है?'

'सोभा काका मुझे चिढ़ाते हैं... मैं न कहूँगी।'

'क्या कहते हैं, बता?'

'चिढ़ाते हैं।'

'क्या कहकर चिढ़ाते हैं?'

'कहते हैं, तेरे लिए मूस पकड़ रखा है। ले जा, भूनकर खा ले।'

होरी के अन्तस्तल में गुदगुदी हुई।

'तू कहती नहीं, पहले तुम खा लो, तो मैं खाऊँगी।'

'अम्माँ मने करती हैं। कहती हैं, उन लोगों के घर न जाया करो।'

'तू अम्माँ की बेटी है कि दादा की?'

रूपा ने उसके गले में हाथ डालकर कहा – 'अम्माँ की' और हँसने लगी।

'तो फिर मेरी गोद से उतर जा। आज मैं तुझे अपनी थाली में न खिलाऊँगा।'

घर में एक ही फूल की थाली थी। होरी उसी थाली में खाता था। थाली में खाने का गौरव पाने के लिए रूपा होरी के साथ खाती थी। इस गौरव का परित्याग कैसे करे? हुमककर बोली – 'अच्छा, तुम्हारी।'

'तो फिर मेरा कहना मानेगी कि अम्माँ का?'

'तुम्हारा।'

'तो जाकर हीरा और सोभा को खींच ला।'

'और जो अम्माँ बिगड़ें?'

'अम्माँ से कहने कौन जाएगा।'

रूपा कूदती हुई हीरा के घर चली। द्वेष का मायाजाल बड़ी-बड़ी मछलियों को ही फँसाता है। छोटी मछलियाँ या तो उसमें फँसती ही नहीं या तुरन्त निकल जाती हैं। उनके लिए वह घातक जल-क्रीड़ा की वस्तु है, भय की नहीं। भाइयों से होरी की बोलचाल बन्द थी; पर रूपा दोनों घरों में आती-जाती थी। बच्चों से क्या वैर!

लेकिन रूपा घर से निकली ही थी कि धनिया तेल लिए मिल गई। उसने पूछा – 'साँझ की बेला कहाँ जाती है, चल घर।'

रूपा माँ को प्रसन्न करने के प्रलोभन को न रोक सकी।

धनिया ने डाँटा – 'चल घर, किसी को बुलाने नहीं जाना है।'

रूपा का हाथ पकड़े हुए वह घर आई और होरी से बोली – 'मैंने तुमसे हजार बार कह दिया, मेरे लड़कों को किसी के घर न भेजा करो। किसी ने कुछ कर-करा दिया, तो मैं तुम्हें लेकर चाटूँगी? ऐसा ही बड़ा परेम है, तो आप क्यों नहीं जाते? अभी पेट नहीं भरा जान पड़ता है।'

होरी नाँद जमा रहा था। हाथों में मिट्टी लपेटे हुए अज्ञान का अभिनय करके बोला – 'किस बात पर बिगड़ती है भाई? यह तो अच्छा नहीं लगता कि अन्धे कूकर की तरह हवा को भूँका करे।'

धनिया को कुप्पी में तेल डालना था, इस समय झगड़ा न बढ़ाना चाहती थी। रूपा भी लड़कों में जा मिली।

पहर रात से ज्यादा जा चुकी थी। नाँद गड़ चुकी थी। सानी और खली डाल दी गई थी। गाय मन मारे उदास बैठी थी, जैसे कोई वधू ससुराल आई हो। नाँद में

मुँह तक न डालती थी। होरी और गोबर खाकर आधी-आधी रोटियाँ उसके लिए लाए, पर उसने सूंघा तक नहीं। मगर यह कोई नई बात न थी। जानवरों को भी बहुधा घर छूट जाने का दुःख होता है।

होरी बाहर खाट पर बैठकर चिलम पीने लगा, तो फिर भाइयों की याद आई। नहीं, आज इस शुभ अवसर पर वह भाइयों की उपेक्षा नहीं कर सकता। उसका हृदय यह विभूति पाकर विशाल हो गया था। भाइयों से अलग हो गया है, तो क्या हुआ। उनका दुश्मन तो नहीं है। यही गाय तीन साल पहले आई होती, तो सभी का उस पर बराबर अधिकार होता। और कल को यही गाय दूध देने लगेगी, तो क्या वह भाइयों के घर दूध न भेजेगा या दही न भेजेगा? ऐसा तो उसका धरम नहीं है। भाई उसका बुरा चेतें, वह क्यों उनका बुरा चेते? अपनी-अपनी करनी तो अपने-अपने साथ है।

उसने नारियल खाट के पाए से लगाकर रख दिया और हीरा के घर की ओर चला। सोभा का घर भी उधर ही था। दोनों अपने-अपने द्वार पर लेटे हुए थे। काफी अँधेरा था। होरी पर उनमें से किसी की निगाह नहीं पड़ी। दोनों में कुछ बातें हो रही थीं। होरी ठिठक गया और उनकी बातें सुनने लगा। ऐसा आदमी कहाँ है, जो अपनी चर्चा सुनकर टाल जाए?

हीरा ने कहा - 'जब तक एक में थे, एक बकरी भी नहीं ली। अब पछाँई गाय ली जाती है। भाई का हक मारकर किसी को फलते-फूलते नहीं देखा।'

सोभा बोला - 'यह तुम अन्याय कर रहे हो हीरा! भैया ने एक-एक पैसे का हिसाब दे दिया था। यह मैं कभी न मानूँगा कि उन्होंने पहले की कमाई छिपा रखी थी।'

'तुम मानो चाहे न मानो, है यह पहले की कमाई।'

'किसी पर झूठा इल्जाम न लगाना चाहिए।'

'अच्छा, तो यह रुपये कहाँ से आ गए? कहाँ से हुन बरस पड़ा? उतने ही खेत तो हमारे पास भी हैं। उतनी ही उपज हमारी भी है। फिर क्यों हमारे पास कफन को कौड़ी नहीं और उनके घर नई गाय आती है?'

'उधार लाए होंगे।'

'भोला उधार देनेवाला आदमी नहीं है।'

'कुछ भी हो, गाय है बड़ी सुन्दर। गोबर लिए जाता था, तो मैंने रास्ते में देखा।'

'बेईमानी का धन जैसे आता है, वैसे ही जाता है। भगवान चाहेंगे, तो बहुत दिन गाय घर में न रहेगी।'

होरी से और न सुना गया। वह बीती बातों को बिसारकर अपने हृदय में स्नेह और सौहार्द भरे, भाइयों के पास आया था। इस आघात ने जैसे उसके हृदय में छेद कर दिया और वह रसभाव उसमें किसी तरह नहीं टिक रहा था। लत्ते और चिथड़े ठूँसकर अब उस प्रवाह को नहीं रोक सकता। जी में एक उबाल आया कि उसी क्षण इस आक्षेप का जवाब दे, लेकिन बात बढ़ जाने के भय से चुप रह गया। अगर उसकी नीयत साफ है तो कोई कुछ नहीं कर सकता। भगवान के सामने वह निर्दोष है। दूसरों

की उसे परवाह नहीं। उलटे पाँव लौट आया। और वह जला हुआ तंबाकू पीने लगा। लेकिन जैसे वह विष प्रतिक्षण उसकी धमनियों में फैलता जाता था। उसने सो जाने का प्रयास किया, पर नींद न आई। बैलों के पास जाकर उन्हें सहलाने लगा, विष शान्त न हुआ। दूसरी चिलम भरी; लेकिन उसमें भी कुछ रस न था। विष ने जैसे चेतना को आक्रान्त कर दिया हो। जैसे नशे में चेतना एकांगी हो जाती है, जैसे फैला हुआ पानी एक दिशा में बहकर वेगवान हो जाता है, वही मनोवृत्ति उसकी हो रही थी। उसी उन्माद की दशा में वह अन्दर गया। अभी द्वार खुला हुआ था। आँगन में एक किनारे चटाई पर लेटी हुई धनिया सोना से देह दबवा रही थी और रूपा जो रोज साँझ होते ही सो जाती थी, आज खड़ी गाय का मुँह सहला रही थी। होरी ने जाकर गाय को खूँटे से खोल लिया और द्वार की ओर ले चला। वह इसी वक्त गाय को भोला के घर पहुँचाने का दृढ़ निश्चय कर चुका था। इतना बड़ा कलंक सिर पर लेकर वह अब गाय को घर में नहीं रख सकता। किसी तरह नहीं।

धनिया ने पूछा – 'कहाँ लिए जाते हो रात को?'

होरी ने एक पग बढ़ाकर कहा – 'ले जाता हूँ भोला के घर। लौटा दूँगा।'

धनिया को विस्मय हुआ, उठकर सामने आ गई और बोली – 'लौटा क्यों दोगे? लौटाने के लिए ही लाए थे?'

'हाँ, इसके लौटा देने में ही कुशल है।'

'क्यों बात क्या है? इतने अरमान से लाए और अब लौटाने जा रहो हो? क्या भोला रुपये माँगते हैं?'

'नहीं, भोला यहाँ कब आया?'

'तो फिर क्या बात हुई?'

'क्या करोगी पूछकर?'

धनिया ने लपककर पगहिया उसके हाथ से छीन ली। उसकी चपल बुद्धि ने जैसे उड़ती हुई चिड़िया पकड़ ली। बोली – 'तुम्हें भाइयों का डर हो, तो जाकर उनके पैरों पर गिरो। मैं किसी से नहीं डरती। अगर हमारी बढ़ती देखकर किसी की छाती फटती है, तो फट जाए, मुझे परवाह नहीं है।'

होरी ने विनीत स्वर में कहा – 'धीरे-धीरे बोल महरानी! कोई सुने, तो कहे, ये सब इतनी रात गए लड़ रहे हैं! मैं अपने कानों से क्या सुन आया हूँ, तू क्या जाने! यहाँ चरचा हो रही है कि मैंने अलग होते समय रुपये दबा लिए थे और भाइयों को धोखा दिया था, यही रुपये अब निकल रहे हैं।'

'हीरा कहता होगा?'

'सारा गाँव कह रहा है! हीरा को क्यों बदनाम करूँ।'

'सारा गाँव नहीं कह रहा है, अकेला हीरा कह रहा है। मैं अभी जाकर पूछती हूँ न कि तुम्हारे बाप कितने रुपये छोड़कर मरे थे? डाढ़ीजारों के पीछे हम बरबाद हो गए। सारी जिन्दगी मिट्टी में मिला दी, पाल-पोसकर संडा किया; और अब हम बेईमान

हैं! मैं कहे देती हूँ, अगर गाय घर के बाहर निकली, तो अनर्थ हो जाएगा। रख लिए हमने रुपये, दबा लिए, बीच खेत दबा लिए। डंके की चोट कहती हूँ, मैंने हंडे भर असर्फियाँ छिपा लीं। हीरा और सोभा और संसार को जो करना हो, कर ले। क्यों न रुपये रख लें? दो-दो संडों का ब्याह नहीं किया, गौना नहीं किया?'

होरी सिटपिटा गया। धनिया ने उसके हाथ से पगहिया छीन ली, और गाय को खूँटे से बाँधकर द्वार की ओर चली। होरी ने उसे पकड़ना चाहा; पर वह बाहर जा चुकी थी। वहीं सिर थामकर बैठ गया। बाहर उसे पकड़ने की चेष्टा करके वह कोई नाटक नहीं दिखाना चाहता था। धनिया के क्रोध को खूब जानता था। बिगड़ती है, तो चंडी हो जाती है। मारो, काटो, सुनेगी नहीं; लेकिन हीरा भी तो एक ही गुस्सेवर है। कहीं हाथ चला दे तो परलै ही हो जाए। नहीं हीरा इतना मूरख नहीं है। मैंने कहाँ-से-कहाँ यह आग लगा दी! उसे अपने आप पर क्रोध आने लगा। बात मन में रख लेता, तो क्यों यह टंटा खड़ा होता। सहसा धनिया का कर्कश स्वर कान में आया। हीरा की गरज भी सुन पड़ी। फिर पुन्नी की पैनी पीक भी कानों में चुभी। सहसा उसे गोबर की याद आई। बाहर लपककर उसकी खाट देखी। गोबर वहाँ न था। गजब हो गया! गोबर भी वहाँ पहुँच गया। अब कुशल नहीं। उसका नया खून है, न जाने क्या कर बैठे; लेकिन होरी वहाँ कैसे जाए? हीरा कहेगा, आप तो बोलते नहीं, जाकर इस डाइन को लड़ने के लिए भेज दिया। कोलाहल प्रतिक्षण प्रचंड होता जाता था। सारे गाँव में जाग पड़ गई। मालूम होता था, कहीं आग लग गई है, और लोग खाट से उठ-उठ बुझाने दौड़े जा रहे हैं।

इतनी देर तक तो वह जब्त किए बैठा रहा। फिर न रहा गया। धनिया पर क्रोध आया। वह क्यों चढ़कर लड़ने गई? अपने घर में आदमी न जाने किसको क्या कहता है। जब तक कोई मुँह पर बात न कहे, यही समझना चाहिए कि उसने कुछ नहीं कहा। होरी की कृषक प्रकृति झगड़े से भागती थी। चार बातें सुनकर गम खा जाना इससे कहीं अच्छा है कि आपस में तनाजा हो। कहीं मार-पीट हो जाए तो थाना-पुलिस हो, बँधे-बँधे फिरो, सबकी चिरौरी करो, अदालत की धूल फाँको, खेती-बारी जहन्नुम में मिल जाए। उसका हीरा पर तो कोई बस न था; मगर धनिया को तो वह जबरदस्ती खींच ला सकता है। बहुत होगा, गालियाँ दे लेगी, एक-दो दिन रूठी रहेगी, थाना-पुलिस की नौबत तो न आएगी। जाकर हीरा के द्वार पर सबसे दूर दीवार की आड़ में खड़ा हो गया। एक सेनापति की भाँति मैदान में आने के पहले परिस्थिति को अच्छी तरह समझ लेना चाहता था। अगर अपनी जीत हो रही है, तो बोलने की जरूरत नहीं; हार हो रही है, तो तुरन्त कूद पड़ेगा। देखा तो वहाँ पचासों आदमी जमा हो गए हैं। पंडित दातादीन, लाला पटेश्वरी, दोनों ठाकुर, जो गाँव के करता-धरता थे, सभी पहुँचे हुए हैं। धनिया का पल्ला हलका हो रहा था। उसकी उग्रता जनमत को उसके विरुद्ध किए देती थी। वह रणनीति में कुशल न थी। क्रोध में ऐसी जली-कटी सुना रही थी कि लोगों की सहानुभूति उससे दूर होती जाती थी।

वह गरज रही थी – 'तू हमें देखकर क्यों जलता है? हमें देखकर क्यों तेरी छाती फटती है? पाल-पोसकर जवान कर दिया, यह उसका इनाम है? हमने न पाला होता तो आज कहीं भीख माँगते होते। रूख की छाँह भी न मिलती।'

होरी को ये शब्द जरूरत से ज्यादा कठोर जान पड़े। भाइयों का पालन-पोसना तो उसका धर्म था। उनके हिस्से की जायदाद तो उसके हाथ में थी। कैसे न पालता-पोसता? दुनिया में कहीं मुँह दिखाने लायक रहता?

हीरा ने जवाब दिया – 'हम किसी का कुछ नहीं जानते। तेरे घर में कुत्तों की तरह एक टुकड़ा खाते थे और दिन-दिन-भर काम करते थे। जाना ही नहीं कि लड़कपन और जवानी कैसी होती है। दिन-दिन भर सूखा गोबर बीना करते थे। उस पर भी तू बिना दस गाली दिए रोटी न देती थी। तेरी-जैसी राच्छसिन के हाथ में पड़कर जिन्दगी तलख हो गई।'

धनिया और भी तेज हुई – 'जबान सँभाल, नहीं जीभ खींच लूँगी। राच्छसिन तेरी औरत होगी। तू है किस फेर में मूँड़ी-काटे, टुकड़े-खोर, नमक हराम!'

दातादीन ने टोका – 'इतना कटु-वचन क्यों कहती है धनिया? नारी का धरम है कि गम खाए। वह तो उज्जड़ है, क्यों उसके मुँह लगती है?'

लाला पटेश्वरी पटवारी ने उसका समर्थन किया – 'बात का जवाब बात है, गाली नहीं। तूने लड़कपन में उसे पाला-पोसा; लेकिन यह क्यों भूल जाती है कि उसकी जायदाद तेरे हाथ में थी?'

धनिया ने समझा, सब-के-सब मिलकर मुझे नीचा दिखाना चाहते हैं। चौमुख लड़ाई लड़ने के लिए तैयार हो गई – 'अच्छा, रहने दो लाला! मैं सबको पहचानती हूँ। इस गाँव में रहते बीस साल हो गए। एक-एक की नस-नस पहचानती हूँ। मैं गाली दे रही हूँ, वह फूल बरसा रहा है, क्यों?'

दुलारी सहुआइन ने आग पर घी डाला – 'बाकी बड़ी गाल-दराज औरत है भाई! मरद के मुँह लगती है। होरी ही जैसा मरद है कि इसका निबाह होता है। दूसरा मरद होता तो एक दिन न पटती।'

अगर हीरा इस समय जरा नर्म हो जाता तो उसकी जीत हो जाती; लेकिन ये गालियाँ सुनकर आपे से बाहर हो गया। औरों को अपने पक्ष में देखकर वह कुछ शेर हो रहा था। गला फाड़कर बोला – 'चली जा मेरे द्वार से, नहीं जूतों से बात करूँगा। झोंटा पकड़कर उखाड़ लूँगा। गाली देती है डाइन! बेटे का घमंड हो गया है। खून...'

पाँसा पलट गया। होरी का खून खौल उठा। बारूद में जैसे चिनगारी पड़ गई हो। आगे आकर बोला – 'अच्छा बस, अब चुप हो जाओ हीरा, अब नहीं सुना जाता। मैं इस औरत को क्या कहूँ! जब मेरी पीठ में धूल लगती है तो इसी के कारन। न जाने क्यों इससे चुप नहीं रहा जाता।'

चारों ओर से हीरा पर बौछार पड़ने लगी। दातादीन ने निर्लज्ज कहा, पटेश्वरी ने गुंडा बनाया, झिंगुरीसिंह ने शैतान की उपाधि दी। दुलारी सहुआइन ने कपूत कहा।

एक उद्दंड शब्द ने धनिया का पल्ला हल्का कर दिया था। दूसरे उग्र शब्द ने हीरा को गच्चे में डाल दिया। उस पर होरी के संयत वाक्य ने रही-सही कसर भी पूरी कर दी।

हीरा सँभल गया। सारा गाँव उसके विरुद्ध हो गया। अब चुप रहने में ही उसकी कुशल है। क्रोध के नशे में भी इतना होश उसे बाकी था।

धनिया का कलेजा दूना हो गया। होरी से बोली - 'सुन लो कान खोलके। भाइयों के लिए मरते हो। ये भाई हैं, ऐसे भाई का मुँह न देखे। यह मुझे जूतों से मारेगा। खिला-पिला...'

होरी ने डाँटा - 'फिर क्यों बक-बक करने लगी तू! घर क्यों नहीं जाती?'

धनिया जमीन पर बैठ गई और आर्त्त स्वर में बोली - 'अब तो इसके जूते खाके जाऊँगी। जरा इसकी मरदूमी देख लूँ, कहाँ है गोबर? अब किस दिन काम आएगा? तू देख रहा है बेटा, तेरी माँ को जूते मारे जा रहे हैं!'

यों विलाप करके उसने अपने क्रोध के साथ होरी के क्रोध को भी क्रियाशील बना डाला। आग को फूँक-फूँककर उसमें ज्वाला पैदा कर दी। हीरा पराजित-सा पीछे हट गया। पुन्नी उसका हाथ पकड़कर घर की ओर खींच रही थी। सहसा धनिया ने सिंहनी की भाँति झपटकर हीरा को इतने जोर से धक्का दिया कि वह धम से गिर पड़ा और बोली - 'कहाँ जाता है, जूते मार, मार जूते, देखूँ तेरी मरदूमी!'

होरी ने दौड़कर उसका हाथ पकड़ लिया और घसीटता हुआ घर ले चला।

उधर गोबर खाना खाकर अहिराने में पहुँचा। आज झुनिया से उसकी बहुत-सी बातें हुई थीं। जब वह गाय लेकर चला था, तो झुनिया आधे रास्ते तक उसके साथ आई थी। गोबर अकेला गाय को कैसे ले जाता! अपरिचित व्यक्ति के साथ जाने में उसे आपत्ति होना स्वाभाविक था। कुछ दूर चलने के बाद झुनिया ने गोबर को मर्म-भरी आँखों से देखकर कहा - 'अब तुम काहे को यहाँ कभी आओगे?'

एक दिन पहले तक गोबर कुमार था। गाँव में जितनी युवतियाँ थीं, वह या तो उसकी बहनें थीं या भाभियाँ। बहनों से तो कोई छेड़छाड़ हो ही क्या सकती थी, भाभियाँ अलबत्ता कभी-कभी उससे ठिठोली किया करती थीं, लेकिन वह केवल सरल विनोद होता था। उनकी दृष्टि में अभी उसके यौवन में केवल फूल लगे थे। जब तक फल न लग जाएँ, उस पर ढेले फेंकना व्यर्थ की बात थी। और किसी ओर से प्रोत्साहन न पाकर उसका कौमार्य उसके गले से चिपटा हुआ था। झुनिया का वंचित मन, जिसे भाभियों ने व्यंग्य और हास-विलास ने और भी लोलुप बना दिया था, उसके कौमार्य ही पर ललचा उठा। और उस कुमार में भी पत्ता खड़कते ही किसी सोए हुए शिकारी जानवर की तरह यौवन जाग उठा।

गोबर ने आवरणहीन रसिकता के साथ कहा - 'अघर भिक्षुक को भीख मिलने की आसा हो, तो वह दिन-भर और रात-भर दाता के द्वार पर खड़ा रहे।'

झुनिया ने कटाक्ष करके कहा - 'तो यह कहो, तुम भी मतलब के यार हो।'

गोबर की धमनियों का रक्त प्रबल हो उठा। बोला – 'भूखा आदमी अगर हाथ फैलाए तो उसे क्षमा कर देना चाहिए।'

झुनिया और गहरे पानी में उतरी – 'भिक्षुक जब तक दस द्वारे न जाए, उसका पेट कैसे भरेगा? मैं ऐसे भिक्षुकों को मुँह नहीं लगाती। ऐसे तो गली-गली मिलते हैं। फिर भिक्षुक देता क्या है, असीस! असीसों से तो किसी का पेट नहीं भरता।'

मन्द-बुद्धि गोबर झुनिया का आशय न सूझ सका। झुनिया छोटी-सी थी, तभी से ग्राहकों के घर दूध लेकर जाया करती थी। ससुराल में उसे ग्राहकों के घर दूध पहुँचाना पड़ता था। आजकल भी दही बेचने का भार उसी पर था। उसे तरह-तरह के मनुष्यों से साबिका पड़ चुका था। दो-चार रुपये उसके हाथ लग जाते थे, घड़ी-भर के लिए मनोरंजन भी हो जाता था; मगर यह आनन्द जैसे मँगनी की चीज हो। उसमें टिकाव न था, समर्पण न था, अधिकार न था। वह ऐसा प्रेम चाहती थी, जिसके लिए वह जिए और मरे, जिस पर वह अपने को समर्पित कर दे। वह केवल जुगनू की चमक नहीं, दीपक का स्थायी प्रकाश चाहती थी। वह एक गृहस्थ की बालिका थी, जिसके गृहिणीत्व को रसिकों की लगावटबाजियों ने कुचल नहीं पाया था।

गोबर ने कामना से उद्दीप्त मुख से कहा – 'भिक्षुक को एक ही द्वार पर भरपेट मिल जाए, तो क्यों द्वार-द्वार घूमे?'

झुनिया ने सदय भाव से उसकी ओर ताका। कितना भोला है, कुछ समझता ही नहीं।

'भिक्षुक को एक द्वार पर भरपेट कहाँ मिलता है। उसे तो चुटकी ही मिलेगी। सर्बस तो तभी पाओगे, जब अपना सर्बस दोगे।'

'मेरे पास क्या है झुनिया?'

'तुम्हारे पास कुछ नहीं है? मैं तो समझती हूँ, मेरे लिए तुम्हारे पास जो कुछ है, वह बड़े-बड़े लखपतियों के पास नहीं है। तुम मुझसे भीख न माँगकर मुझे मोल ले सकते हो।'

गोबर उसे चकित नेत्रों से देखने लगा।

झुनिया ने फिर कहा – 'और जानते हो, दाम क्या देना होगा? मेरा होकर रहना पड़ेगा। फिर किसी के सामने हाथ फैलाए देखूँगी, तो घर से निकाल दूँगी।'

गोबर को जैसे अँधेरे में टटोलते हुए इच्छित वस्तु मिल गई। एक विचित्र भय-मिश्रित आनन्द से उसका रोम-रोम पुलकित हो उठा। लेकिन यह कैसे होगा? झुनिया को रख ले, तो रखेली को लेकर घर में रहेगा कैसे। बिरादरी का झंझट जो है। सारा गाँव काँव-काँव करने लगेगा। सभी दुश्मन हो जाएँगे। अम्माँ तो इसे घर में घुसने भी न देगी। लेकिन जब स्त्री होकर यह नहीं डरती, तो पुरुष होकर वह क्यों डरे? बहुत होगा, लोग उसे अलग कर देंगे। वह अलग ही रहेगा। झुनिया जैसी औरत गाँव में दूसरी कौन है? कितनी समझदारी की बातें करती है। क्या जानती नहीं कि मैं उसके जोग नहीं हूँ, फिर भी मुझसे प्रेम करती है। मेरी होने को राजी है। गाँव वाले निकाल देंगे,

तो क्या संसार में दूसरा गाँव ही नहीं है? और गाँव क्यों छोड़े? मातादीन ने चमारिन बैठा ली, तो किसी ने क्या कर लिया। दातादीन दाँत कटकटाकर रह गए। मातादीन ने इतना जरूर किया कि अपना धरम बचा लिया। अब भी बिना असनान-पूजा किए मुँह में पानी नहीं डालते। दोनों जून अपना भोजन आप पकाते हैं और अब तो अलग भोजन नहीं पकाते। दातादीन और वह साथ बैठकर खाते हैं। झिंगुरीसिंह ने बाम्हानी रख ली, उनका किसी ने क्या कर लिया? उनका जितना आदर-मान तब था, उतना ही आज भी है; बल्कि और बढ़ गया। पहले नौकरी खोजते फिरते थे। अब उसके रुपये से महाजन बन बैठे। ठकुराई का रोब तो था ही, महाजनी का रोब भी जम गया। मगर फिर खयाल आया, कहीं झुनिया दिल्लगी न कर रही हो। पहले इसकी ओर से निश्चिन्त हो जाना आवश्यक था।

उसने पूछा – 'मन से कहती हो झूना, कि खाली लालच दे रही हो? मैं तो तुम्हारा हो चुका; लेकिन तुम भी हो जाओगी?'

'तुम मेरे हो चुके, कैसे जानूँ?'

'तुम जान भी चाहो, तो दे दूँ।'

'जान देने का अरथ भी समझते हो?'

'तुम समझा दो न।'

'जान देने का अरथ है, साथ रहकर निबाह करना। एक बार पकड़कर उमिर-भर निबाह करते रहना, चाहे दुनिया कुछ कहे, चाहे माँ-बाप, भाई-बन्द, घर-द्वार सब कुछ छोड़ना पड़े। मुँह से जान देने वाले बहुतों को देख चुकी। भौरों की भाँति फूल का रस लेकर उड़ जाते हैं। तुम भी वैसे ही न उड़ जाओगे?'

गोबर के एक हाथ में गाय की पगहिया थी। दूसरे हाथ से झुनिया का हाथ पकड़ लिया। जैसे बिजली के तार पर हाथ गया हो। सारी देह यौवन के पहले स्पर्श से काँप उठी। कितनी मुलायम, गुदगुदी, कोमल कलाई!

झुनिया ने उसका हाथ हटाया नहीं, मानो इस स्पर्श का उसके लिए कोई महत्त्व ही न हो। फिर एक क्षण के बाद गम्भीर भाव से बोली – 'आज तुमने मेरा हाथ पकड़ा है, याद रखना।'

'खूब याद रखूँगा झूना, और मरते दम तक निबाहूँगा।'

झुनिया अविश्वास-भरी मुस्कान से बोली – 'इस तरह तो सब कहते हैं गोबर! बल्कि इससे भी मीठे, चिकने शब्दों में। अगर मन में कपट हो, मुझे बता दो। सचेत हो जाऊँ। ऐसों को मन नहीं देती। उनसे तो खाली हँस-बोल लेने का नाता रखती हूँ। बरसों से दूध लेकर बाजार जाती हूँ। एक-से-एक बाबू, महाजन, ठाकुर, वकील, अमले, अफसर अपना रसियापन दिखाकर मुझे फँसा लेना चाहते हैं। कोई छाती पर हाथ रखकर कहता है, झुनिया, तरसा मत; कोई मुझे रसीली, नसीली चितवन से घूरता है, मानो मारे प्रेम के बेहोश हो गया है, कोई रुपये दिखाता है, कोई गहने। सब मेरी गुलामी करने को तैयार रहते हैं, उमिर-भर, बल्कि उस जनम में भी; लेकिन मैं उन सबों की नस

पहचानती हूँ। सब-के-सब भौंरे रस लेकर उड़ जाने वाले। मैं भी उन्हें ललचाती हूँ, तिरछी नजरों से देखती हूँ, मुस्कुराती हूँ। वह मुझे गधी बनाते हैं, मैं उल्लू उन्हें बनाती हूँ। मैं मर जाऊँ, तो उनकी आँखों में आँसू न आएगा। वह मर जाएँ तो मैं कहूँगी, अच्छा हुआ, निगोड़ा मर गया। मैं तो जिसकी हो जाऊँगी, उसकी जनम-भर के लिए हो जाऊँगी। सुख में, दुःख में, सम्पत में, विपत में, उसके साथ रहूँगी। हरजाई नहीं हूँ कि सबसे हँसती-बोलती फिरूँ। न रुपये की भूखी हूँ, न गहने-कपड़े की। बस भले आदमी का संग चाहती हूँ, जो मुझे अपना समझे और जिसे मैं भी अपना समझूँ। एक पंडितजी बहुत तिलक-मुद्रा लगाते हैं। आध सेर दूध लेते हैं। एक दिन उनकी घरवाली कहीं नेवते में गई थी। मुझे क्या मालूम! और दिनों की तरह दूध लिए भीतर चली गई। वहाँ पुकारती हूँ, बहूजी, बहूजी। कोई बोलता ही नहीं। इतने में देखती हूँ तो पंडितजी बाहर के किवाड़ क्यों बन्द किए चले आ रहे हैं। मैं समझ गई इनकी नीयत खराब है। मैंने डाँटकर पूछा-तुमने किवाड़ क्यों बन्द कर लिए? क्या बहूजी कहीं गई हैं? घर में सन्नाटा क्यों है? उसने कहा-वह एक नेवते में गई हैं। और मेरी ओर दो पग और बढ़ आया। मैंने कहा-तुम्हें दूध लेना हो तो लो, नहीं तो मैं जाती हूँ। बोला-आज तो तुम यहाँ से न जाने पाओगी झूनी रानी, रोज-रोज कलेजे पर छुरी चलाकर भाग जाती हो, आज मेरे हाथ से न बचोगी। तुमसे सच कहती हूँ, गोबर, मेरे रोएँ खड़े हो गए।'

गोबर आवेश में बोला - 'मैं बच्चा को देख पाऊँ, तो खोदकर जमीन में गाड़ दूँ। खून चूस लूँ। तुम मुझे दिखा तो देना।'

'सुनो तो, ऐसों का मुँह तोड़ने के लिए मैं ही काफी हूँ। मेरी छाती धक्-धक् करने लगी। यह कुछ बदमासी कर बैठे, तो क्या करूँगी? कोई चिल्लाना भी तो न सुनेगा; लेकिन मन में यह निश्चय कर लिया था कि मेरी देह छुई, तो दूध की भरी हाँड़ी उसके मुँह पर पटक दूँगी। बला से चार-पाँच सेर दूध जाएगा, बचा को याद तो हो जाएगी। कलेजा मजबूत करके बोली - इस फेर में न रहना पंडितजी! मैं अहीर की लड़की हूँ। मूँछ का एक-एक बाल नुचवा लूँगी। यह लिखा है तुम्हारे पोथी-पत्रे में कि दूसरों की बहू-बेटी को अपने घर में बन्द करके बेइज्जत करो। इसीलिए तिलक-मुद्रा का जाल बिछाए बैठो हो? लगा हाथ जोड़ने, पैरों पड़ने-एक प्रेमी का मन रख दोगी, तो तुम्हारा क्या बिगड़ जाएगा, झूना रानी! कभी-कभी गरीबों पर दया किया करो, नहीं भगवान पूछेंगे, मैंने तुम्हें इतना रूपधन दिया था, तुमने उससे एक ब्राह्मण का उपकार भी नहीं किया, तो क्या जवाब दोगी? बोले, मैं विप्र हूँ, रुपये-पैसे का दान तो रोज ही पाता हूँ, आज रूप का दान दे दो।'

'मैंने यों ही उसका मन परखने को कह दिया, मैं पचास रुपये लूँगी। सच कहती हूँ गोबर, तुरन्त कोठरी में गया और दस-दस के पाँच नोट निकालकर मेरे हाथों में देने लगा और जब मैंने नोट जमीन पर गिरा दिए और द्वार की ओर चली, तो उसने मेरा हाथ पकड़ लिया। मैं तो पहले ही से तैयार थी। हाँड़ी उसके मुँह पर दे मारी। सिर से पाँव तक सराबोर हो गया। चोट भी खूब लगी। सिर पकड़कर बैठ गया और लगा

हाय-हाय करने। मैंने देखा, अब यह कुछ नहीं कर सकता, तो पीठ में दो लातें जमा दीं और किवाड़ खोलकर भागी।'

गोबर ठट्ठा मारकर बोला – 'बहुत अच्छा किया तुमने। दूध से नहा गया होगा। तिलक-मुद्रा भी धुल गई होगी। मूँछें भी क्यों न उखाड़ लीं?'

'दूसरे दिन मैं फिर उसके घर गई। उसकी घरवाली आ गई थी, अपने बैठक में सिर में पट्टी बाँधे पड़ा था। मैंने कहा – कहो तो कल की तुम्हारी करतूत खोल दूँ पंडित! लगा हाथ जोड़ने। मैंने कहा – अच्छा थूककर चाटो, तो छोड़ दूँगी। सिर जमीन पर रगड़कर कहने लगा – अब मेरी इज्जत तुम्हारे हाथ है झूना, यही समझ लो कि पंडिताइन मुझे जीता न छोड़ेंगी। मुझे भी उस पर दया आ गई।'

गोबर को उसकी दया बुरी लगी – 'यह तुमने क्या किया? उसकी औरत से जाकर कह क्यों नहीं दिया? जूती से पीटती। ऐसे पाखंडियों पर दया न करनी चाहिए। तू मुझे कल उसकी सूरत दिखा दो, फिर देखना, कैसी मरम्मत करता हूँ।'

झुनिया ने उसके अर्द्ध-विकसित यौवन को देखकर कहा – 'तुम उसे न पाओगे। खासा देव है। मुफ्त का माल उड़ाता है कि नहीं।'

गोबर अपने यौवन का यह तिरस्कार कैसे सहता? डींग मारकर बोला – 'मोटे होने से क्या होता है। यहाँ फौलाद की हड्डियाँ हैं। तीन सौ डंड रोज मारता हूँ। दूध-घी नहीं मिलता, नहीं अब तक सीना यों निकल आया होता।'

यह कहकर उसने छाती फैलाकर दिखाई।

झुनिया ने आश्वस्त आँखों से देखा – 'अच्छा, कभी दिखा दूँगी। लेकिन वहाँ तो सभी एक-से हैं, तुम किस-किसकी मरम्मत करोगे? न जाने मरदों की क्या आदत है कि जहाँ कोई जवान, सुन्दर औरत देखी और बस लगे, घूरने, छाती पीटने। और यह जो बड़े आदमी कहलाते हैं, ये तो निरे लम्पट होते हैं। फिर मैं तो कोई सुन्दरी नहीं हूँ...'

गोबर ने आपत्ति की – 'तुम! तुम्हें देखकर तो यही जी चाहता है कि कलेजे में बिठा लें।'

झुनिया ने उसकी पीठ में हलका-सा घूँसा जमाया – 'लगे औरों की तरह तुम भी चापलूसी करने। मैं जैसी कुछ हूँ, वह मैं जानती हूँ। मगर लोगों को तो जवान मिल जाए। घड़ी-भर मन बहलाने को और क्या चाहिए। गुन तो आदमी उसमें देखता है, जिसके साथ जनम-भर निबाह करना हो। सुनती भी हूँ और देखती भी हूँ, आजकल बड़े घरों की विचित्र लीला है। जिस महल्ले में मेरी ससुराल है, उसी में गपड़ू नाम के कासमीरी रहते थे। बड़े भारी आदमी थे। उनके यहाँ पाँच सेर दूध लगता था। उनकी तीन लड़कियाँ थीं। कोई बीस-बीस, पच्चीस-पच्चीस की होंगी। एक-से-एक सुन्दर। तीनों बड़े कालिज में पढ़ने जाती थीं। एक साइत कालिज में पढ़ाती भी थी। तीन सौ का महीना पाती थी। सितार वह सब बजावें, हरमुनियाँ वह सब बजावें, नाचें वह, गावें वह; लेकिन ब्याह कोई न करती थी। राम जाने, वह किसी मरद को पसन्द नहीं

करती थीं कि मरद उन्हीं को पसन्द नहीं करता था। एक बार मैंने बड़ी बीबी से पूछा, तो हँसकर बोली – हम लोग यह रोग नहीं पालते। मगर भीतर-ही-भीतर खूब गुलछर्रे उड़ाती थीं। जब देखूँ, दो-चार लौंडे उनको घेरे हुए हैं। जो सबसे बड़ी थी, वह तो कोट-पतलून पहनकर घोड़े पर सवार होकर मर्दों के साथ सैर करने जाती थी। सारे सहर में उनकी लीला मसहूर थी। गपडू बाबू सिर नीचा किए, जैसे मुँह पर कालिख-सी लगाए रहते थे। लड़कियों को डाँटते थे, समझाते थे; पर सब-की-सब खुल्लमखुल्ला कहती थीं – तुमको हमारे बीच में बोलने का कुछ मजाल नहीं है। हम अपने मन की रानी हैं, जो हमारी इच्छा होगी, वह हम करेंगे। बेचारा बाप जवान-जवान लड़कियों से क्या बोले? मारने-बाँधने से रहा, डाँटने-डपटने से रहा; लेकिन भाई, बड़े आदमियों की बातें कौन चलाए। वह जो कुछ करे, सब ठीक है। उन्हें तो बिरादरी और पंचायत का भी डर नहीं। मेरे समझ में तो यही नहीं आता कि किसी का रोज-रोज मन कैसे बदल जाता है। क्या आदमी गाय-बकरी से गया-बीता हो गया है? लेकिन किसी को बुरा नहीं कहती भाई! मन को जैसा बनाओ, वैसा बनता है। ऐसों को भी देखती हूँ, जिन्हें रोज-रोज की दाल-रोटी के बाद कभी-कभी मुँह का सवाद बदलने के लिए हलवा-पूरी भी चाहिए। और ऐसों को भी देखती हूँ, जिन्हें घर की रोटी-दाल देखकर ज्वर आता है। कुछ बेचारियाँ ऐसी भी हैं, जो अपनी रोटी-दाल में ही मगन रहती हैं, हलवा-पूरी से उन्हें कोई मतलब नहीं। मेरी दोनों भावजों को ही देखो। हमारे भाई काने-कुबड़े नहीं हैं, दस जवानों में एक जवान हैं; लेकिन भावजों को नहीं भाते। उन्हें तो वह चाहिए, जो सोने की बालियाँ बनवाए, महीन साड़ियाँ लाए, रोज चाट खिलाए। बालियाँ और मिठाइयाँ मुझे भी कम अच्छी नहीं लगतीं, लेकिन जो कहो कि इसके लिए अपनी लाज बेचती फिरूँ तो भगवान इससे बचाएँ। एक के साथ मोटा-झोटा खा-पहनकर उमिर काट देना, बस अपना तो यही राग है। बहुत करके तो मर्द ही औरतों को बिगाड़ते हैं। जब मर्द इधर-उधर ताक-झाँक करेगा तो औरत भी आँख लड़ाएगी। मर्द दूसरी औरतों के पीछे दौड़ेगा, तो औरत भी जरूर मर्दों के पीछे दौड़ेगी। मर्द का हरजाईपन औरत को भी उतना ही बुरा लगता है, जितना औरत का मर्द को। यही समझ लो। मैंने तो अपने आदमी से साफ-साफ कह दिया था, अगर तुम इधर-उधर लपके, तो मेरी भी जो इच्छा होगी, वह करूँगी। यह चाहो कि तुम तो अपने मन की करो और औरत को मार के डर से अपने काबू में रखो, तो यह न होगा। तुम खुले-खजाने करते हो, वह छिपकर करेगी। तुम उसे जलाकर सुखी नहीं रह सकते।'

गोबर के लिए यह एक नई दुनिया की बातें थीं। तन्मय होकर सुन रहा था। कभी-कभी तो आप-ही-आप उसके पाँव रुक जाते, फिर सचेत होकर चलने लगता। झुनिया ने पहले अपने रूप से मोहित किया था। आज उसने अपने ज्ञान और अपने अनुभव से भरी बातों और अपने सतीत्व के बखान से मुग्ध कर लिया। ऐसी रूप, गुण, ज्ञान की आगरी उसे मिल जाए, तो धन्य भाग। फिर वह क्यों पंचायत और बिरादरी से डरे?

झुनिया ने जब देख लिया कि उसका गहरा रंग जम गया, तो छाती पर हाथ रखकर जीभ दाँत से काटती हुई बोली – 'अरे, यह तो तुम्हारा गाँव आ गया! तुम भी बड़े मुरहे हो, मुझसे कहा भी नहीं कि लौट जाओ।'

यह कहकर वह लौट पड़ी।

गोबर ने आग्रह करके कहा – 'एक छन के लिए मेरे घर क्यों नहीं चली चलतीं? अम्माँ भी तो देख लें।'

झुनिया ने लज्जा से आँखें चुराकर कहा – 'तुम्हारे घर यों न जाऊँगी। मुझे तो यही अचरज होता है कि मैं इतनी दूर कैसे आ गई! अच्छा बताओ, अब कब आओगे? रात को मेरे द्वार पर अच्छी संगत होगी। चले आना, मैं अपने पिछवाड़े मिलूँगी।'

'और जो न मिलीं।'

'तो लौट जाना।'

'तो फिर मैं न आऊँगा।'

'आना पड़ेगा, नहीं कहे देती हूँ।'

'तुम वचन दो कि मिलोगी?'

'मैं वचन नहीं देती।'

'तो मैं भी नहीं आता।'

'मेरी बला से!'

झुनिया अँगूठा दिखाकर चल दी। प्रथम मिलन में ही दोनों एक-दूसरे पर अपना-अपना अधिकार जमा चुके थे। झुनिया जानती थी, वह आएगा, वह कैसे न आएगा? गोबर जानता था, वह मिलेगी, कैसे न मिलेगी?

गोबर जब अकेला गाय को हाँकता हुआ चला, तो ऐसा लगता था, मानो स्वर्ग से गिर पड़ा है।

जेठ की उदास और गर्म सन्ध्या सेमरी की सड़कों और गलियों में पानी के छिड़काव से शीतल और प्रसन्न हो रही थी। मंडप के चारों तरफ फूलों और पौधों के गमले सजा दिए गए थे और बिजली के पंखे चल रहे थे। रायसाहब अपने कारखाने में बिजली बनवा लेते थे। उनके सिपाही वर्दियाँ डाटे, नीले साफे बाँधे, जनता पर रोब जमाते फिरते थे। नौकर उजले कुरते पहने और केसरिया पाग बाँधे, मेहमानों और मुखियों का आदर-सत्कार कर रहे थे। उसी वक्त एक मोटर सिंह-द्वार के सामने आकर रुकी और उसमें से तीन महानुभाव उतरे। वह जो खद्दर का कुरता और चप्पल पहने हुए हैं, उनका नाम पंडित ओंकारनाथ है। आप दैनिक-पत्र 'बिजली' के यशस्वी सम्पादक हैं, जिन्हें देश-चिन्ता ने घुला डाला है। दूसरे महाशय जो कोट-पैंट में हैं, वह हैं तो वकील, पर वकालत न चलने के कारण एक बीमा-कम्पनी की दलाली करते हैं और ताल्लुकेदारों को महाजनों और बैंकों से कर्ज दिलाने में वकालत से कहीं ज्यादा कमाई

करते हैं। इनका नाम है श्यामबिहारी तंखा और तीसरे सज्जन जो रेशमी अचकन और तंग पाजामा पहने हुए हैं, मिस्टर बी. मेहता, यूनिवर्सिटी में दर्शनशास्त्र के अध्यापक हैं। ये तीनों सज्जन रायसाहब के सहपाठियों में हैं और शगुन के उत्सव पर निमन्त्रित हुए हैं। आज सारे इलाके के असामी आएँगे और शगुन के रुपये भेंट करेंगे। रात को धनुष-यज्ञ होगा और मेहमानों की दावत होगी। होरी ने पाँच रुपये शगुन के दे दिए हैं और एक गुलाबी मिर्जई पहने, गुलाबी पगड़ी बाँधे, घुटने तक कछनी काछे, हाथ में एक खुरपी लिए और मुख पर पाउडर लगवाए राजा जनक का माली बन गया है और गरूर से इतना फूल उठा है, मानो यह सारा उत्सव उसी के पुरुषार्थ से हो रहा है।

रायसाहब ने मेहमानों का स्वागत किया। दोहरे बदन के ऊँचे आदमी थे, गठा हुआ शरीर, तेजस्वी चेहरा, ऊँचा माथा, गोरा, जिस पर शर्बती रेशमी चादर खूब खिल रही थी।

पंडित ओंकारनाथ ने पूछा - 'अबकी कौन-सा नाटक खेलने का विचार है? मेरे रस की तो यही वस्तु है।'

रायसाहब ने तीनों सज्जनों को अपनी रावटी के सामने कुर्सियों पर बिठाते हुए कहा - 'पहले तो धनुष-यज्ञ होगा, उसके बाद एक प्रहसन। नाटक कोई अच्छा न मिला। कोई तो इतना लम्बा कि शायद पाँच घंटों में भी खतम न हो और इतना क्लिष्ट कि शायद यहाँ एक व्यक्ति भी उसका अर्थ न समझे। आखिर मैंने स्वयं एक प्रहसन लिख डाला, जो दो घंटों में पूरा हो जाएगा।'

ओंकारनाथ को रायसाहब की रचना-शक्ति में बहुत सन्देह था। उनका खयाल था कि प्रतिभा तो गरीबी ही में चमकती है दीपक की भाँति, जो अँधेरे ही में अपना प्रकाश दिखाता है। उपेक्षा के साथ, जिसे छिपाने की भी उन्होंने चेष्टा नहीं की, पंडित ओंकारनाथ ने मुँह फेर लिया।

मिस्टर तंखा इन बेमतलब की बातों में न पड़ना चाहते थे, फिर भी रायसाहब को दिखा देना चाहते थे कि इस विषय में उन्हें कुछ बोलने का अधिकार है। बोले - 'नाटक कोई भी अच्छा हो सकता है, अगर उसके अभिनेता अच्छे हों। अच्छा-से-अच्छा नाटक बुरे अभिनेताओं के हाथ में पड़कर बुरा हो सकता है। जब तक स्टेज पर शिक्षित अभिनेत्रियाँ नहीं आतीं, हमारी नाट्य-कला का उद्धार नहीं हो सकता। अबकी तो आपने कौंसिल में प्रश्नों की धूम मचा दी। मैं तो दावे के साथ कह सकता हूँ कि किसी मेम्बर का रिकार्ड इतना शानदार नहीं है।'

दर्शन के अध्यापक मिस्टर मेहता इस प्रशंसा को सहन न कर सकते थे। विरोध तो करना चाहते थे, पर सिद्धान्त की आड़ में। उन्होंने हाल ही में एक पुस्तक कई साल के परिश्रम से लिखी थी। उसकी जितनी धूम होनी चाहिए थी, उसकी शतांश भी नहीं हुई थी। इससे बहुत दुःखी थे। बोले - 'भाई, मैं प्रश्नों का कायल नहीं। मैं चाहता हूँ, हमारा जीवन हमारे सिद्धान्तों के अनुकूल हो। आप कृषकों के शुभेच्छु हैं, उन्हें तरह-तरह की रियायत देना चाहते हैं, जमींदारों के अधिकार छीन लेना चाहते हैं,

बल्कि उन्हें आप समाज का श्राप कहते हैं फिर भी आप जमींदार हैं, वैसे ही जमींदार जैसे हजारों और जमींदार हैं। अगर आपकी धारणा है कि कृषकों के साथ रियायत होनी चाहिए, तो पहले आप खुद शुरू करें-काश्तकारों को बगैर नजराने लिए पट्टे लिख दें, बेगार बन्द कर दें, इजाफा लगान को तिलांजलि दे दें, चरावर जमीन छोड़ दें। मुझे उन लोगों से जरा भी हमदर्दी नहीं है, जो बातें तो करते हैं कम्युनिस्टों की-सी, मगर जीवन है रईसों का-सा, उतना ही विलासमय, उतना ही स्वार्थ से भरा हुआ।'

रायसाहब को आघात पहुँचा। वकील साहब के माथे पर बल पड़ गए और सम्पादकजी के मुँह में कालिख लग गई। वह खुद समष्टिवाद के पुजारी थे, पर सीधे घर में आग न लगाना चाहते थे।

तंखा ने रायसाहब की वकालत की – 'मैं समझता हूँ, रायसाहब का अपने असामियों के साथ जितना अच्छा व्यवहार है, अगर सभी जमींदार वैसे ही हो जाएँ, तो यह प्रश्न ही न रहे।'

मेहता ने हथौड़े की दूसरी चोट जमाई – 'मानता हूँ, आपका अपने असामियों के साथ बहुत अच्छा बर्ताव है, मगर प्रश्न यह है कि उसमें स्वार्थ है या नहीं। इसका एक कारण क्या यह नहीं हो सकता कि मद्धिम आँच में भोजन स्वादिष्ट पकता है? गुड़ से मारनेवाला जहर से मारनेवाले की अपेक्षा कहीं सफल हो सकता है। मैं तो केवल इतना जानता हूँ, हम या तो साम्यवादी हैं या नहीं हैं। हैं तो उसका व्यवहार करें, नहीं हैं तो बकना छोड़ दें। मैं नकली जिन्दगी का विरोधी हूँ। अगर मांस खाना अच्छा समझते हो तो खुलकर खाओ। बुरा समझते हो तो मत खाओ, यह तो मेरी समझ में आता है; लेकिन अच्छा समझना और छिपकर खाना, यह मेरी समझ में नहीं आता। मैं तो इसे कायरता भी कहता हूँ और धूर्तता भी, जो वास्तव में एक हैं।'

रायसाहब सभा-चतुर आदमी थे। अपमान और आघात को धैर्य और उदारता से सहने का उन्हें अभ्यास था। कुछ असमंजस में पड़े हुए बोले – 'आपका विचार बिलकुल ठीक है मेहताजी। आप जानते हैं, मैं आपकी साफगोई का कितना आदर करता हूँ, लेकिन आप यह भूल जाते हैं कि अन्य यात्राओं की भाँति विचारों की यात्रा में भी पड़ाव होते हैं, और आप एक पड़ाव को छोड़कर दूसरे पड़ाव तक नहीं जा सकते। मानव-जीवन का इतिहास इसका प्रत्यक्ष प्रमाण है। मैं उस वातावरण में पला हूँ, जहाँ राजा ईश्वर है और जमींदार ईश्वर का मन्त्री। मेरे स्वर्गवासी पिता असामियों पर इतनी दया करते थे कि पाले या सूखे में कभी आधा और कभी पूरा लगान माफ कर देते थे। अपने बखार से अनाज निकालकर असामियों को खिला देते थे। घर के गहने बेचकर कन्याओं के विवाह में मदद देते थे; मगर उसी वक्त तक, जब तक प्रजा उनको सरकार और धर्मावतार कहती रहे, उन्हें अपना देवता समझकर उनकी पूजा करती रहे। प्रजा का पालन उनका सनातन धर्म था, लेकिन अधिकार के नाम पर वह कौड़ी का एक दाँत भी फोड़कर देना न चाहते थे। मैं उसी वातावरण में पला हूँ और मुझे गर्व है कि मैं व्यवहार में चाहे जो कुछ करूँ, विचारों में उनसे आगे बढ़ गया हूँ और यह मानने

लग गया हूँ कि जब तक किसानों को ये रियायतें अधिकार के रूप में न मिलेंगी, केवल सद्भावना के आधार पर उनकी दशा सुधर नहीं सकती। स्वेच्छा अगर अपना स्वार्थ छोड़ दे, तो अपवाद है। मैं खुद सद्भावना करते हुए भी स्वार्थ नहीं छोड़ सकता और चाहता हूँ कि हमारे वर्ग को शासन और नीति के बल से अपना स्वार्थ छोड़ने के लिए मजबूर कर दिया जाए। इसे आप कायरता कहेंगे, मैं इसे विवशता कहता हूँ। मैं इसे स्वीकार करता हूँ कि किसी को भी दूसरे के श्रम पर मोटे होने का अधिकार नहीं है। उपजीवी होना घोर लज्जा की बात है। कर्म करना प्राणिमात्र का धर्म है। समाज की ऐसी व्यवस्था, जिसमें कुछ लोग मौज करें और अधिक लोग पिसें और खपें, कभी सुखद नहीं हो सकती। पूँजी और शिक्षा, जिसे मैं पूँजी ही का एक रूप समझता हूँ, इनका किला जितनी जल्द टूट जाए, उतना ही अच्छा है। जिन्हें पेट की रोटी मयस्सर नहीं, उनके अफसर और नियोजक दस-दस, पाँच-पाँच हजार फटकारें, यह हास्यास्पद है और लज्जास्पद भी। इस व्यवस्था ने हम जमींदारों में कितनी विलासिता, कितना दुराचार, कितनी पराधीनता और कितनी निर्लज्जता भर दी है, यह मैं खूब मानता हूँ; लेकिन मैं इन कारणों से इस व्यवस्था का विरोध नहीं करता। मेरा तो यह कहना है कि अपने स्वार्थ की दृष्टि से भी इसका अनुमोदन नहीं किया जा सकता। इस शान को निभाने के लिए हमें अपनी आत्मा की इतनी हत्या करनी पड़ती है कि हममें आत्मभिमान का नाम भी नहीं रहा। हम अपने असामियों को लूटने के लिए मजबूर हैं। अगर अफसरों को कीमती-कीमती डालियाँ न दें तो बागी समझे जाएँ, शान से न रहें तो कंजूस कहलाएँ। प्रगति की जरा-सी आहट पाते ही हम काँप उठते हैं; और अफसरों के पास फरियाद लेकर दौड़ते हैं कि हमारी रक्षा कीजिए। हमें अपने ऊपर विश्वास नहीं रहा, न पुरुषार्थ ही रह गया। बस, हमारी दशा उन बच्चों की-सी है, जिन्हें चम्मच से दूध पिलाकर पाला जाता है, बाहर से मोटे, अन्दर से दुर्बल, सत्त्वहीन और मोहताज।'

मेहता ने ताली बजाकर कहा – 'हियर, हियर! आपकी जबान में जितनी बुद्धि है, काश उसकी आधी भी मस्तिष्क में होती! खेद है कि सबकुछ समझते हुए भी आप अपने विचारों को व्यवहार में नहीं लाते।'

ओंकारनाथ बोले – 'अकेला चना भाड़ नहीं फोड़ सकता, मिस्टर मेहता! हमें समय के साथ चलना भी है और उसे अपने साथ चलाना भी। बुरे कामों में ही सहयोग की जरूरत नहीं होती। अच्छे कामों के लिए भी सहयोग उतना ही जरूरी है। आप ही क्यों आठ सौ रुपये महीने हड़पते हैं, जब आपके करोड़ों भाई केवल आठ रुपये में अपना निर्वाह कर रहे हैं?'

रायसाहब ने ऊपरी खेद, लेकिन भीतरी सन्तोष से सम्पादकजी को देखा और बोले – 'व्यक्तिगत बातों पर आलोचना न कीजिए सम्पादकजी! हम यहाँ समाज की व्यवस्था पर विचार कर रहे हैं।'

मिस्टर मेहता उसी ठंडे मन से बोले – 'नहीं-नहीं, मैं इसे बुरा नहीं समझता। समाज व्यक्ति ही से बनता है। और व्यक्ति को भूलकर हम किसी व्यवस्था पर विचार

नहीं कर सकते। मैं इसलिए इतना वेतन लेता हूँ कि मेरा इस व्यवस्था पर विश्वास नहीं है।'

सम्पादकजी को अचम्भा हुआ – 'अच्छा, तो आप वर्तमान व्यवस्था के समर्थक हैं?'

'मैं इस सिद्धान्त का समर्थक हूँ कि संसार में छोटे-बड़े हमेशा रहेंगे, और उन्हें हमेशा रहना चाहिए। इसे मिटाने की चेष्टा करना मानव-जाति के सर्वनाश का कारण होगा।'

कुश्ती का जोड़ बदल गया। रायसाहब किनारे खड़े हो गए। सम्पादकजी मैदान में उतरे – 'आप बीसवीं शताब्दी में भी ऊँच-नीच का भेद मानते हैं।'

'जी हाँ, मानता हूँ और बड़े जोरों से मानता हूँ। जिस मत के आप समर्थक हैं, वह भी तो कोई नई चीज नहीं। जब से मनुष्य में ममत्व का विकास हुआ, तभी उस मत का जन्म हुआ। बुद्ध और प्लेटो और ईसा सभी समाज में समता के प्रवर्तक थे। यूनानी और रोमन और सीरियाई सभी सभ्यताओं ने उसकी परीक्षा की, पर अप्राकृतिक होने के कारण कभी वह स्थायी न बन सकी।'

'आपकी बातें सुनकर मुझे आश्चर्य हो रहा है।'

'आश्चर्य अज्ञान का दूसरा नाम है।'

'मैं आपका कृतज्ञ हूँ! अगर आप इस विषय पर कोई लेखमाला शुरू कर दें।'

'जी, मैं इतना अहमक नहीं हूँ, अच्छी रकम दिलवाइए, तो अलबत्ता!'

'आपने सिद्धान्त ही ऐसा लिया है कि खुले खजाने पब्लिक को लूट सकते हैं।'

'मुझमें और आपमें अन्तर इतना ही है कि मैं जो कुछ मानता हूँ, उस पर चलता हूँ। आप लोग मानते कुछ हैं, करते कुछ हैं। धन को आप किसी अन्याय से बराबर फैला सकते हैं। लेकिन बुद्धि को, चरित्र को और रूप को, प्रतिभा को और बल को बराबर फैलाना तो आपकी शक्ति के बाहर है। छोटे-बड़े का भेद केवल धन से ही तो नहीं होता। मैंने बड़े-बड़े धन-कुबेरों को भिक्षुकों के सामने घुटने टेकते देखा है, और आपने भी देखा होगा। रूप के चौखट पर बड़े-बड़े महीप नाक रगड़ते हैं। क्या यह सामाजिक विषमता नहीं है? आप रूस की मिसाल देंगे। वहाँ इसके सिवाय और क्या है कि मिल के मालिक ने राजकर्मचारी का रूप ले लिया है। बुद्धि तब भी राज करती थी, अब भी करती है और हमेशा करेगी।'

तश्तरी में पान आ गए थे। रायसाहब ने मेहमानों को पान और इलायची देते हुए कहा – 'बुद्धि अगर स्वार्थ से मुक्त हो, तो हमें उसकी प्रभुता मानने में कोई आपत्ति नहीं। समाजवाद का यही आदर्श है। हम साधु-महात्माओं के सामने इसीलिए सिर झुकाते हैं कि उनमें त्याग का बल है। इसी तरह हम बुद्धि के हाथ में अधिकार भी देना चाहते हैं, सम्मान भी, नेतृत्व भी; लेकिन सम्पत्ति किसी तरह नहीं। बुद्धि का अधिकार और सम्मान व्यक्ति के साथ चला जाता है, लेकिन उसकी सम्पत्ति विष बोने के लिए, उसके बाद और भी प्रबल हो जाती है। बुद्धि के बगैर किसी समाज का संचालन नहीं

हो सकता। हम केवल इस बिच्छू का डंक तोड़ देना चाहते हैं।'

दूसरी मोटर आ पहुँची और मिस्टर खन्ना उतरे, जो एक बैंक के मैनेजर और शक्कर मिल के मैनेजिंग डाइरेक्टर हैं। दो देवियाँ भी उनके साथ थीं। रायसाहब ने दोनों देवियों को उतारा। वह जो खद्दर की साड़ी पहने बहुत गम्भीर और विचारशील-सी हैं, मिस्टर खन्ना की पत्नी, कामिनी खन्ना हैं। दूसरी महिला जो ऊँची एड़ी का जूता पहने हुए हैं और जिनकी मुख-छवि पर हँसी फूटी पड़ती हैं, मिस मालती हैं। आप इंग्लैंड से डाक्टरी पढ़ आई हैं और अब प्रैक्टिस करती हैं। ताल्लुकेदारों के महलों में उनका बहुत प्रवेश है। आप नवयुग की साक्षात प्रतिमा हैं। गात कोमल, पर चपलता कूट-कूटकर भरी हुई। झिझक या संकोच का कहीं नाम नहीं, मेकअप में प्रवीण, बला की हाजिर-जवाब, पुरुष-मनोविज्ञान की अच्छी जानकार, आमोद-प्रमोद को जीवन का तत्त्व समझनेवाली, लुभाने और रिझाने की कला में निपुण। जहाँ आत्मा का स्थान है, वहाँ प्रदर्शन; जहाँ हृदय का स्थान है, वहाँ हाव-भाव; मनोद्गारों पर कठोर निग्रह, जिसमें इच्छा या अभिलाषा का लोप-सा हो गया।

आपने मिस्टर मेहता से हाथ मिलाते हुए कहा – 'सच कहती हूँ, आप सूरत से ही फिलासफर मालूम होते हैं। इस नई रचना में तो आपने आत्मवादियों को उधेड़कर रख दिया। पढ़ते-पढ़ते कई बार मेरे जी में ऐसा आया कि आपसे लड़ जाऊँ। फिलासफरों में सहृदयता क्यों गायब हो जाती है?'

मेहता झेंप गए। बिना-ब्याहे थे और नवयुग की रमणियों से पनाह माँगते थे। पुरुषों की मंडली में खूब चहकते थे, मगर ज्योंही कोई महिला आई और आपकी जबान बन्द हुई, जैसे बुद्धि पर ताला लग जाता था। स्त्रियों से शिष्ट व्यवहार तक करने की सुधि न रहती थी।

मिस्टर खन्ना ने पूछा – 'फिलासफरों की सूरत में क्या खास बात होती है देवीजी?'

मालती ने मेहता की ओर दया-भाव से देखकर कहा – 'मिस्टर मेहता, बुरा न मानें तो बतला दूँ?'

खन्ना मिस मालती के उपासकों में थे। जहाँ मिस मालती जाएँ, वहाँ खन्ना का पहुँचना लाजिम था। उनके आस-पास भौंरे की तरह मँडराते रहते थे। हर समय उनकी यही इच्छा रहती थी कि मालती से अधिक-से-अधिक वही बोलें, उनकी निगाह अधिक-से-अधिक उन्हीं पर रहे।

खन्ना ने आँख मारकर कहा – 'फिलासफर किसी की बात का बुरा नहीं मानते। उनकी यही सिफत है।'

'तो सुनिए, फिलासफर हमेशा मुर्दा-दिल होते हैं। जब देखिए, अपने विचारों में मगन बैठे हैं। आपकी तरफ ताकेंगे, मगर आपको देखेंगे नहीं; आप उनसे बातें किए जाएँ, कुछ सुनेंगे नहीं, जैसे शून्य में उड़ रहे हों।'

सब लोगों ने कहकहा मारा। मिस्टर मेहता जैसे जमीन में गड़ गए।

'आक्सफोर्ड में फिलासफी के प्रोफेसर हसबैंड थे...'

खन्ना ने टोका - 'नाम तो निराला है।'

'जी हाँ, और थे क्वाँरे...'

'मिस्टर मेहता भी तो क्वाँरे हैं...'

'यह रोग सभी फिलासफरों को होता है।'

अब मेहता को अवसर मिला। बोले - 'आप भी इसी मरज में गिरफ्तार हैं?'

'मैंने प्रतिज्ञा की है, किसी फिलासफर से शादी करूँगी और यह वर्ग शादी के नाम से घबराता है। हसबैंड साहब तो स्त्री को देखकर घर में छिप जाते थे। उनके शिष्यों में कई लड़कियाँ थीं। अगर उनमें से कोई कभी कुछ पूछने के लिए उनके ऑफिस में चली जाती थी; तो आप ऐसे घबरा जाते, जैसे कोई शेर आ गया हो। हम लोग उन्हें खूब छेड़ा करते थे, मगर थे बेचारे सरल-हृदय। कई हजार की आमदनी थी, पर मैंने उन्हें हमेशा एक ही सूट पहने देखा। उनकी एक विधवा बहन थी। वही उनके घर का सारा प्रबन्ध करती थी। मिस्टर हसबैंड को तो खाने की फिक्र ही न रहती थी। मिलनेवालों के डर से कमरे का द्वार बन्द करके लिखा-पढ़ी करते थे। भोजन का समय आ जाता, तो उनकी बहन आहिस्ता से भीतर के द्वार से उनके पास जाकर किताब बन्द कर देती थी, जब उन्हें मालूम होता कि खाने का समय हो गया। रात को भी भोजन का समय बँधा हुआ था। उनकी बहन कमरे की बत्ती बुझा दिया करती थी। एक दिन बहन ने किताब बन्द करनी चाही, तो आपने पुस्तक को दोनों हाथों से दबा लिया और बहन-भाई में जोर-आजमाई होने लगी। आखिर बहन उनकी पहिएदार कुर्सी खींचकर भोजन के कमरे में लाई।'

रायसाहब बोले - 'मगर मेहता साहब तो बड़े खुशमिजाज और मिलनसार हैं, नहीं इस हंगामे में क्यों आते।'

'तो आप फिलासफर न होंगे। जब अपनी चिन्ताओं से हमारे सिर में दर्द होने लगता है, तो विश्व की चिन्ता सिर पर लादकर कोई कैसे प्रसन्न रह सकता है।'

उधर सम्पादकजी श्रीमती खन्ना से अपनी आर्थिक कठिनाइयों की कथा कह रहे थे - 'बस यों समझिए श्रीमतीजी, कि सम्पादकजी का जीवन एक दीर्घ विलाप है, जिसे सुनकर लोग दया करने के बदले कानों पर हाथ रख लेते हैं। बेचारा न अपना उपकार कर सके, न औरों का। पब्लिक उससे आशा तो यह रखती है कि हरएक आन्दोलन में वह सबसे आगे रहे, जेल जाए, मार खाए, घर के माल-असबाब की कुर्की कराए, यह उसका धर्म समझा जाता है, लेकिन उसकी कठिनाइयों की ओर किसी का ध्यान नहीं। हो तो वह सब कुछ। उसे हर एक विद्या, हर एक कला में पारंगत होना चाहिए; लेकिन उसे जीवित रहने का अधिकार नहीं। आप तो आजकल कुछ लिखतीं ही नहीं। आपकी सेवा करने का जो थोड़ा-सा सौभाग्य मुझे मिल सकता है, उससे क्यों मुझे वंचित रखती हैं?'

मिसेज खन्ना को कविता लिखने का शौक था। इस नाते से सम्पादकजी कभी-कभी उनसे मिल आया करते थे; लेकिन घर के काम-धन्धों में व्यस्त रहने के कारण

बहुत दिनों से कुछ लिख न सकी थीं। सच बात तो यह है कि सम्पादकजी ने ही उन्हें प्रोत्साहित करके कवि बनाया था। सच्ची प्रतिभा उनमें बहुत कम थी।

'क्या लिखूँ कुछ सूझता ही नहीं। आपने कभी मिस मालती से कुछ लिखने को नहीं कहा?'

सम्पादक जी उपेक्षा भाव से बोले – 'उनका समय मूल्यवान है कामिनी देवी! लिखते तो वह लोग हैं, जिनके अन्दर कुछ दर्द है, अनुराग है, लगन है, विचार है। जिन्होंने धन और भोग-विलास को जीवन का लक्ष्य बना लिया, वह क्या लिखेंगे?'

कामिनी ने ईर्ष्या-मिश्रित विनोद से कहा – 'अगर आप उनसे कुछ लिखा सकें, तो आपका प्रचार दुगुना हो जाए। लखनऊ में तो ऐसा कोई रसिक नहीं है, जो आपका ग्राहक न बन जाए।'

'अगर धन मेरे जीवन का आदर्श होता, तो आज मैं इस दशा में न होता। मुझे भी धन कमाने की कला आती है। आज चाहूँ, तो लाखों कमा सकता हूँ; लेकिन यहाँ तो धन को कभी कुछ समझा ही नहीं। साहित्य की सेवा अपने जीवन का ध्येय है और रहेगा।'

'कम-से-कम मेरा नाम तो ग्राहकों में लिखवा दीजिए।'

'आपका नाम ग्राहकों में नहीं, संरक्षकों में लिखूँगा।'

'संरक्षकों में रानियों-महारानियों को रखिए, जिनकी थोड़ी-सी खुशामद करके आप अपने पत्र को लाभ की चीज बना सकते हैं।'

'मेरी रानी-महारानी आप हैं। मैं तो आपके सामने किसी रानी-महारानी की हकीकत नहीं समझता। जिसमें दया और विवेक है, वही मेरी रानी है। खुशामद से मुझे घृणा है।'

कामिनी ने चुटकी ली – 'लेकिन मेरी खुशामद तो आप कर रहे हैं सम्पादकजी!'

सम्पादकजी ने गम्भीर होकर श्रद्धापूर्ण स्वर में कहा – 'यह खुशामद नहीं है देवीजी, हृदय के सच्चे उद्‌गार हैं।'

रायसाहब ने पुकारा – 'सम्पादकजी, जरा इधर आइएगा। मिस मालती आपसे कुछ कहना चाहती हैं।'

सम्पादकजी की वह सारी अकड़ गायब हो गयी। नम्रता और विनय की मूर्ति बने हुए आकर खड़े हो गए। मालती ने उन्हें सहृदय नेत्रों से देखकर कहा – 'मैं अभी कह रही थी कि दुनिया में मुझे सबसे ज्यादा डर सम्पादकों से लगता है। आप लोग जिसे चाहें, एक क्षण में बिगाड़ दें। मुझी से चीफ सेक्रेटरी साहब ने एक बार कहा – अगर मैं इस ब्लडी ओंकारनाथ को जेल में बन्द कर सकूँ, तो अपने को भाग्यवान समझूँ।'

ओंकारनाथ की बड़ी-बड़ी मूँछें खड़ी हो गईं। आँखों में गर्व की ज्योति चमक उठी। यों वह बहुत ही शान्त प्रकृति के आदमी थे; लेकिन ललकार सुनकर उनका पुरुषत्व उत्तेजित हो जाता था। दृढ़ता-भरे स्वर में बोले – 'इस कृपा के लिए आपका कृतज्ञ हूँ। उस बज्म (सभा) में अपना जिक्र तो आता है, चाहे किसी तरह आए। आप सेक्रेटरी

महोदय से कह दीजिएगा कि ओंकारनाथ उन आदमियों में नहीं है, जो इन धमकियों से डर जाए। उसकी कलम उसी वक्त विश्राम लेगी, जब उसकी जीवन-यात्रा समाप्त हो जाएगी। उसने अनीति और स्वेच्छाचार को जड़ से खोदकर फेंक देने का जिम्मा लिया है।'

मिस मालती ने और उकसाया - 'मगर मेरी समझ में आपकी यह नीति नहीं आती कि जब आप मामूली शिष्टाचार से अधिकारियों का सहयोग प्राप्त कर सकते हैं, तो क्यों उनसे कन्नी काटते हैं? अगर आप अपनी आलोचनाओं में आग और विष जरा कम कर दें, तो मैं वादा करती हूँ कि आपको गवर्नमेंट से काफी मदद दिला सकती हूँ। जनता को तो आपने देख लिया। उससे अपील की, उसकी खुशामद की, अपनी कठिनाइयों की कथा कही, मगर कोई नतीजा न निकला। अब जरा अधिकारियों को भी आजमा देखिए। तीसरे महीने आप मोटर पर न निकलने लगें, और सरकारी दावतों में निमन्त्रित न होने लगें तो मुझे जितना चाहें कोसिएगा। तब यही रईस और नेशनलिस्ट जो आपकी परवा नहीं करते, आपके द्वार के चक्कर लगाएँगे।'

ओंकारनाथ अभिमान के साथ बोले - 'यही तो मैं नहीं कर सकता देवीजी! मैंने अपने सिद्धान्तों को सदैव ऊँचा और पवित्र रखा है और जीते-जी उनकी रक्षा करूँगा। दौलत के पुजारी तो गली-गली मिलेंगे, मैं सिद्धान्त के पुजारियों में हूँ।'

'मैं इसे दम्भ कहती हूँ।'

'आपकी इच्छा।'

'धन की आपको परवा नहीं?'

'सिद्धान्तों का खून करके नहीं।'

'तो आपके पत्र में विदेशी वस्तुओं के विज्ञापन क्यों होते हैं? मैंने किसी भी दूसरे पत्र में इतने विदेशी विज्ञापन नहीं देखे। आप बनते तो हैं आदर्शवादी और सिद्धान्तवादी, पर अपने फायदे के लिए देश का धन विदेश भेजते हुए आपको जरा भी खेद नहीं होता? आप किसी तर्क से इस नीति का समर्थन नहीं कर सकते।'

ओंकारनाथ के पास सचमुच कोई जवाब न था। उन्हें बगलें झाँकते देखकर रायसाहब ने उनकी हिमायत की - 'तो आखिर आप क्या चाहती हैं? इधर से भी मारे जाएँ, उधर से भी मारे जाएँ, तो पत्र कैसे चले?'

मिस मालती ने दया करना न सीखा था।

'पत्र नहीं चलता तो बन्द कीजिए। अपना पत्र चलाने के लिए आपको विदेशी वस्तुओं के प्रचार का कोई अधिकार नहीं। अगर आप मजबूर हैं, तो सिद्धान्त का ढोंग छोड़िए। मैं तो सिद्धान्तवादी पत्रों को देखकर जल उठती हूँ। जी चाहता है, दियासलाई दिखा दूँ। जो व्यक्ति कर्म और वचन में सामंजस्य नहीं रख सकता, वह और चाहे जो कुछ हो, सिद्धान्तवादी नहीं है।'

मेहता खिल उठे। थोड़ी देर पहले उन्होंने खुद इसी विचार का प्रतिपादन किया था। उन्हें मालूम हुआ कि इस रमणी में विचार की शक्ति भी है, केवल तितली नहीं। संकोच जाता रहा।

'यही बात अभी मैं कह रहा था। विचार और व्यवहार में सामंजस्य का न होना ही धूर्तता है, मक्कारी है।'

मिस मालती प्रसन्न मुख से बोली - 'तो इस विषय में आप और मैं एक हैं, और मैं भी फिलासफर होने का दावा कर सकती हूँ।'

खन्ना की जीभ में खुजली हो रही थी। बोले - 'आपका एक-एक अंग फिलासफी में डूबा हुआ है।'

मालती ने उनकी लगाम खींची - 'अच्छा, आपको भी फिलासफी में दखल है! मैं तो समझती थी, आप बहुत पहले अपनी फिलासफी को गंगा में डुबो बैठे। नहीं, आप इतने बैंकों और कम्पनियों के डाइरेक्टर न होते।'

रायसाहब ने खन्ना को सँभाला - 'तो क्या आप समझती हैं कि फिलासफरों को हमेशा फाकेमस्त रहना चाहिए?'

'जी हाँ। फिलासफर अगर मोह पर विजय न पा सके, तो फिलासफर कैसा?'

'इस लिहाज से तो शायद मिस्टर मेहता भी फिलासफर न ठहरें।'

मेहता ने जैसे आस्तीन चढ़ाकर कहा - 'मैंने तो कभी यह दावा नहीं किया रायसाहब! मैं तो इतना ही जानता हूँ कि जिन औजारों से लोहार काम करता है, उन्हीं औजारों से सोनार नहीं करता। क्या आप चाहते हैं, आप भी उसी दशा में फलें-फूलें जिसमें बबूल या ताड़? मेरे लिए धन केवल उन सुविधाओं का नाम है, जिनसे मैं अपना जीवन सार्थक कर सकूँ! धन मेरे लिए बढ़ने और फलने-फूलने वाली चीज नहीं, केवल साधन है। मुझे धन की बिलकुल इच्छा नहीं, आप वह साधन जुटा दें, जिसमें मैं अपने जीवन का उपयोग कर सकूँ।'

ओंकारनाथ समष्टिवादी थे। व्यक्ति की इस प्रधानता को कैसे स्वीकार करते?

'इसी तरह हर एक मजदूर कह सकता है कि उसे काम करने की सुविधाओं के लिए एक हजार महीने की जरूरत है।'

'अगर आप समझते हैं कि उस मजदूर के बगैर आपका काम नहीं चल सकता, तो आपको वह सुविधाएँ देनी पड़ेंगी। अगर वही काम दूसरा मजदूर थोड़ी-सी मजदूरी में कर दे, तो कोई वजह नहीं कि आप पहले मजदूर की खुशामद करें।'

'अगर मजदूरों के हाथ में अधिकार होता, तो मजदूरों के लिए स्त्री और शराब भी उतनी ही जरूरी सुविधा हो जाती, जितनी फिलासफरों के लिए।'

'तो आप विश्वास मानिए, मैं उनसे ईर्ष्या न करता।'

'जब आपका जीवन सार्थक करने के लिए स्त्री इतनी आवश्यक है, तो आप शादी क्यों नहीं कर लेते?'

मेहता ने नि-संकोच भाव से कहा - 'इसीलिए कि मैं समझता हूँ, मुक्त भोग आत्मा के विकास में बाधक नहीं होता। विवाह तो आत्मा को और जीवन को पिंजरे में बन्द कर देता है।'

खन्ना ने इसका समर्थन किया - 'बन्धन और निग्रह पुरानी थ्योरियाँ हैं। नई थ्योरी है मुक्त भोग।'

मालती ने चोटी पकड़ी - 'तो अब मिसेज खन्ना को तलाक के लिए तैयार रहना चाहिए।'

'तलाक का बिल पास तो हो।'

'शायद उसका पहला उपयोग आप ही करेंगे?'

कामिनी ने मालती की ओर विष-भरी आँखों से देखा और मुँह सिकोड़ लिया, मानो कह रही है - 'खन्ना तुम्हें मुबारक रहें, मुझे परवा नहीं।'

मालती ने मेहता की तरफ देखकर कहा - 'इस विषय में आपके क्या विचार हैं मिस्टर मेहता?'

मेहता गम्भीर हो गए। वह किसी प्रश्न पर अपना मत प्रकट करते थे, तो जैसे अपनी सारी आत्मा उसमें डाल देते थे।

'विवाह को मैं सामाजिक समझौता समझता हूँ और उसे तोड़ने का अधिकार न पुरुष को है, न स्त्री को। समझौता करने के पहले आप स्वाधीन हैं, समझौता हो जाने के बाद आपके हाथ कट जाते हैं।'

'तो आप तलाक के विरोधी हैं, क्यों?'

'पक्का?' 'और मुक्त भोगवाला सिद्धान्त?'

'वह उनके लिए है, जो विवाह नहीं करना चाहते।'

'अपनी आत्मा का सम्पूर्ण विकास सभी चाहते हैं; फिर विवाह कौन करे और क्यों करे?'

'इसीलिए कि मुक्ति सभी चाहते हैं; पर ऐसे बहुत कम हैं, जो लोभ से अपना गला छुड़ा सकें।'

'आप श्रेष्ठ किसे समझते हैं, विवाहित जीवन को या अविवाहित जीवन को?'

'समाज की दृष्टि से विवाहित जीवन को, व्यक्ति की दृष्टि अविवाहित जीवन को।'

धनुष-यज्ञ का अभिनय निकट था। दस से एक तक धनुष-यज्ञ, एक से तीन तक प्रहसन, यह प्रोग्राम था। भोजन की तैयारी शुरू हो गई। मेहमानों के लिए बँगले में रहने का अलग-अलग प्रबन्ध था। खन्ना-परिवार के लिए दो कमरे रखे गए थे। और भी कितने ही मेहमान आ गए थे। सभी अपने-अपने कमरे में गए और कपड़े बदल-बदलकर भोजनालय में जमा हो गए। यहाँ छूत-छात का कोई भेद न था। सभी जातियों और वर्णों के लोग साथ भोजन करने बैठे। केवल सम्पादक ओंकारनाथ सबसे अलग अपने कमरे में फलाहार करने गए। और कामिनी* खन्ना को सिरदर्द हो रहा था, उन्होंने भोजन करने से इनकार किया। भोजनालय में मेहमानों की संख्या पच्चीस से कम न थी। शराब भी थी और मांस भी। इस उत्सव के लिए रायसाहब अच्छी किस्म की शराब खास तौर पर खिंचवाते थे। खींची जाती थी दवा के नाम से; पर होती थी खालिस शराब। मांस भी कई तरह के पकते थे, कोफ्ते, कबाब और पुलाव। मुर्ग, मुर्गियाँ, बकरा, हिरन, तीतर, मोर जिसे जो पसन्द हो, वह खाए।

*कामिनी को लेखक ने आगे चलकर गोविन्दी के नाम से संबोधित किया है।

भोजन शुरू हो गया तो मिस मालती ने पूछा – 'सम्पादकजी कहाँ रह गए? किसी को भेजो रायसाहब, उन्हें पकड़ लाए।'

रायसाहब ने कहा – 'यह वैष्णव हैं, उन्हें यहाँ बुलाकर क्यों बेचारे का धर्म नष्ट करोगी? बड़ा ही आचारनिष्ठ आदमी है।'

'अजी और कुछ न सही, तमाशा तो रहेगा।'

सहसा एक सज्जन को देखकर उसने पुकारा – 'आप भी तशरीफ रखते हैं मिर्जा खुर्शेद, यह काम आपके सुपुर्द। आपकी लियाकत की परीक्षा हो जाएगी।'

मिर्जा खुर्शेद गोरे-चिट्टे आदमी थे, भूरी-भूरी मूँछें, नीली आँखें, दोहरी देह, चाँद के बाल सफाचट। छकलिया अचकन और चूड़ीदार पाजामा पहने थे। सूफी मुसलमान थे। दो बार हज कर आए थे; मगर शराब खूब पीते थे। कहते थे, जब हम खुदा का एक हुक्म भी कभी नहीं मानते, तो दीन के लिए क्यों जान दें! बड़े दिल्लगीबाज, बेफिक्रे जीव थे। पहले बसरे में ठीके का करोबार करते थे। लाखों कमाए, मगर शामत आई कि एक मेम से आशनाई कर बैठे। मुकदमेबाजी हुई। जेल जाते-जाते बचे। चौबीस घंटे के अन्दर मुल्क से निकल जाने का हुक्म हुआ। जो कुछ जहाँ था, वहीं छोड़ा, और सिर्फ पचास हजार लेकर भाग खड़े हुए। बम्बई में उनके एजेंट थे। सोचा था, उनसे हिसाब-किताब कर लें और जो कुछ निकलेगा, उसी में जिन्दगी काट देंगे, मगर एजेंटों ने जाल करके उनसे वह पचास हजार भी ऐंठ लिए। निराश होकर वहाँ से लखनऊ चले। गाड़ी में एक महात्मा से साक्षात्कार हुआ। महात्माजी ने उन्हें सब्ज बाग दिखाकर उनकी घड़ी, अँगूठियाँ, रुपये सब उड़ा लिए। बेचारे लखनऊ पहुँचे तो देह के कपड़ों के सिवा कुछ न था। रायसाहब से पुरानी मुलाकात थी। कुछ उनकी मदद से और कुछ अन्य मित्रों की मदद से एक जूते की दूकान खोल ली। वह अब लखनऊ की सबसे चलती हुई जूते की दूकान थी, चार-पाँच सौ रोज की बिक्री थी। जनता को उन पर थोड़े ही दिनों में इतना विश्वास हो गया कि एक बड़े भारी मुस्लिम ताल्लुकेदार को नीचा दिखाकर कौंसिल में पहुँच गए।

अपनी जगह पर बैठे-बैठे बोले – 'जी नहीं, मैं किसी का दीन नहीं बिगाड़ता। यह काम आपको खुद करना चाहिए। मजा तो जब है कि आप उन्हें शराब पिलाकर छोड़ें। यह आपके हुस्न के जादू की आजमाइश है।'

चारों तरफ से आवाजें आईं – 'हाँ-हाँ, मिस मालती, आज अपना कमाल दिखाइए।'

मालती ने मिर्जा को ललकारा – 'कुछ इनाम दोगे?'

'सौ रुपये की एक थैली!'

'हुश! सौ रुपये! लाख रुपये का धर्म बिगाड़ूँ सौ के लिए।'

'अच्छा, आप खुद अपनी फीस बताइए।'

'एक हजार, कौड़ी कम नहीं।'

'अच्छा, मंजूर।'

'जी नहीं, लाकर मेहताजी के हाथ में रख दीजिए।'

मिर्जाजी ने तुरन्त सौ रुपये का नोट जेब से निकाला और उसे दिखाते हुए खड़े होकर बोले – 'भाइयों! यह हम सब मरदों की इज्जत का मामला है। अगर मिस मालती की फरमाइश न पूरी हुई, तो हमारे लिए कहीं मुँह दिखाने की जगह न रहेगी। अगर मेरे पास रुपये होते, तो मैं मिस मालती की एक-एक अदा पर एक-एक लाख कुरबान कर देता। एक पुराने शायर ने अपने माशूक के एक काले तिल पर समरकन्द और बोखारा के सूबे कुरबान कर दिए थे। आज आप सभी साहबों की जवाँमरदी और हुस्नपरस्ती का इम्तहान है। जिसके पास जो कुछ हो सच्चे सुरमा की तरह निकालकर रख दे। आपको इल्म की कसम, माशूक की अदाओं की कसम, अपनी इज्जत की कसम, पीछे कदम न हटाइए। मरदो! रुपये खर्च हो जाएँगे, नाम हमेशा के लिए रह जाएगा। ऐसा तमाशा लाखों में भी सस्ता है। देखिए, लखनऊ के हसीनों की रानी एक जाहिद पर अपने हुस्न का मन्त्र कैसे चलाती है?'

भाषण समाप्त करते ही मिर्जाजी ने हरएक की जेब की तलाशी शुरू कर दी। पहले मिस्टर खन्ना की तलाशी हुई। उनकी जेब से पाँच रुपये निकले।

मिर्जा ने मुँह फीका करके कहा – 'वाह खन्ना साहब, वाह! नाम बड़े दर्शन छोटे। इतनी कम्पनियों के डाइरेक्टर, लाखों की आमदनी और आपकी जेब में पाँच रुपये! लाहौल विला कूवत! कहाँ हैं मेहता? आप जरा जाकर मिसेज खन्ना से कम-से-कम सौ रुपये वसूल कर लाएँ।'

खन्ना खिसियाकर बोले – 'अजी, उनके पास एक पैसा भी न होगा। कौन जानता था कि यहाँ आप तलाशी लेना शुरू करेंगे?'

'खैर, आप खामोश रहिए। हम अपनी तकदीर तो आजमा लें।'

'अच्छा, तो मैं जाकर उनसे पूछता हूँ।'

'जी नहीं, आप यहाँ से हिल नहीं सकते। मिस्टर मेहता, आप फिलासफर हैं, मनोविज्ञान के पंडित। देखिए, अपनी भद न कराइएगा।'

मेहता शराब पीकर मस्त हो जाते थे। उस मस्ती में उनका दर्शन उड़ जाता था और विनोद सजीव हो जाता था। लपककर मिसेज खन्ना के पास गए और पाँच मिनट में मुँह लटकाए लौट आए।

मिर्जा ने पूछा – 'अरे, क्या खाली हाथ?'

रायसाहब हँसे – 'काजी के घर चूहे भी सयाने।'

मिर्जा ने कहा – 'हो बड़े खुशनसीब खन्ना, खुदा की कसम!'

मेहता ने कहकहा मारा और जेब से सौ-सौ के पाँच नोट निकाले।

मिर्जा ने लपककर उन्हें गले लगा लिया।

चारों तरफ से आवाजें आने लगीं – 'कमाल है, मानता हूँ उस्ताद, क्यों न हो, फिलासफर ही जो ठहरे!'

मिर्जा ने नोटों को आँखों से लगाकर कहा – 'भाई मेहता, आज से मैं तुम्हारा शागिर्द हो गया। बताओ, क्या जादू मारा?'

मेहता अकड़कर, लाल-लाल आँखों से ताकते हुए बोले - 'अजी, कुछ नहीं। ऐसा कौन-सा बड़ा काम था। जाकर पूछा, अन्दर आऊँ? बोलीं - आप हैं मेहताजी, आइए! मैंने अन्दर जाकर कहा, वहाँ लोग ब्रिज खेल रहे हैं। अँगूठी एक हजार से कम की नहीं है। आपने तो देखा है। बस वही। आपके पास रुपये हों, तो पाँच सौ रुपये देकर एक हजार की चीज ले लीजिए। ऐसा मौका फिर न मिलेगा। मिस मालती ने इस वक्त रुपये न दिए, तो बेदाग निकल जाएँगी। पीछे से कौन देता है, शायद इसीलिए उन्होंने अँगूठी निकाली है कि पाँच सौ रुपये किसके पास धरे होंगे। मुस्कुराईं और चट अपने बटुवे से पाँच नोट निकालकर दे दिए, और बोलीं - मैं बिना कुछ लिए घर से नहीं निकलती। न जाने कब क्या जरूरत पड़े।'

खन्ना खिसियाकर बोले - 'जब हमारे प्रोफेसरों का यह हाल है, तो युनिवर्सिटी का ईश्वर ही मालिक है।'

खुर्शेद ने घाव पर नमक छिड़का - 'अरे, तो ऐसी कौन-सी बड़ी रकम है, जिसके लिए आपका दिल बैठा जाता है। खुदा झूठ न बुलवाए तो यह आपकी एक दिन की आमदनी है। समझ लीजिएगा, एक दिन बीमार पड़ गए, और जाएगा भी तो मिस मालती ही के हाथ में। आपके दर्द जिगर की दवा मिस मालती ही के पास तो है।'

मालती ने ठोकर मारी - 'देखिए मिर्जाजी, तबेले में लतिआहुज अच्छी नहीं।'

मिर्जा ने दुम हिलाई - 'कान पकड़ता हूँ देवीजी!'

मिस्टर तंखा की तलाशी हुई। मुश्किल से दस रुपये निकले, मेहता की जेब से केवल अठन्नी निकली! कई सज्जनों ने एक-एक, दो-दो रुपये खुद दे दिए। हिसाब जोड़ा गया, तो तीन सौ की कमी थी। यह कमी रायसाहब ने उदारता के साथ पूरी कर दी।

सम्पादकजी ने मेवे और फल खाए थे और जरा कमर सीधी कर रहे थे कि रायसाहब ने जाकर कहा - 'आपको मिस मालती याद कर रही हैं।'

खुश होकर बोले - 'मिस मालती मुझे याद कर रही हैं, धन्य-भाग! रायसाहब के साथ ही हाल में आ विराजे।'

उधर नौकरों ने मेजें साफ कर दी थीं। मालती ने आगे बढ़कर उनका स्वागत किया।

सम्पादकजी ने नम्रता दिखाई - 'बैठिए, तकल्लुफ न कीजिए। मैं इतना बड़ा आदमी नहीं हूँ।'

मालती ने श्रद्धा-भरे स्वर में कहा - 'आप तकल्लुफ समझते होंगे, मैं समझती हूँ, मैं अपना सम्मान बढ़ा रही हूँ; यों आप अपने को कुछ समझें और आपको शोभा भी नहीं देता है, लेकिन यहाँ जितने सज्जन जमा हैं, सभी आपकी राष्ट्र और साहित्य-सेवा से भली-भाँति परिचित हैं। आपने इस क्षेत्र में जो महत्त्वपूर्ण काम किया है, अभी चाहे लोग उसका मूल्य न समझें; लेकिन वह समय बहुत दूर नहीं है - मैं तो कहती हूँ, वह समय आ गया है - जब हरएक नगर में आपके नाम की सड़कें बनेंगी, क्लब बनेंगे, टाऊनहालों में आपके चित्र लटकाए जाएँगे। इस वक्त जो थोड़ी-बहुत जागृति

है, वह आप ही के महान उद्योग का प्रसाद है। आपको यह जानकार आनन्द होगा कि देश में अब आपके ऐसे अनुयायी पैदा हो गए हैं, जो आपके देहात-सुधार-आन्दोलन में आपका हाथ बँटाने को उत्सुक हैं, और उन सज्जनों की बड़ी इच्छा है कि यह काम संगठित रूप से किया जाए और एक देहात-सुधार-संघ स्थापित किया जाए, जिसके आप सभापति हों।'

ओंकारनाथ के जीवन में यह पहला अवसर था कि उन्हें चोटी के आदमियों में इतना सम्मान मिले। यों वह कभी-कभी आम जलसों में बोलते थे और कई सभाओं के मन्त्री और उपमन्त्री भी थे; लेकिन शिक्षित समाज ने अब तक उनकी उपेक्षा ही की थी। उन लोगों में वह किसी तरह मिल न पाते थे, इसलिए आम जलसों में उनकी निष्क्रियता और स्वार्थान्धता की शिकायत किया करते थे, और अपने पत्र में एक-एक को रगेदते थे। कलम तेज थी, वाणी कठोर, साफगोई की जगह उच्छृंखलता कर बैठते थे, इसलिए लोग उन्हें खाली ढोल समझते थे। उसी समाज में आज उनका इतना सम्मान! कहीं हैं आज 'स्वराज' और 'स्वाधीन भारत' और 'हंटर' के सम्पादक, आकर देखें और अपना कलेजा ठंडा करें। आज अवश्य ही देवताओं की उन पर कृपादृष्टि है। सदुद्योग कभी निष्फल नहीं जाता, यह ऋषियों का वाक्य है। वह स्वयं अपनी नजरों में उठ गए। कृतज्ञता से पुलकित होकर बोले - 'देवीजी, आप तो मुझे काँटों में घसीट रही हैं। मैंने तो जनता की जो कुछ भी सेवा की, अपना कर्त्तव्य समझकर की। मैं इस सम्मान को अपना नहीं, उस उद्देश्य का सम्मान समझ रहा हूँ, जिसके लिए मैंने अपना जीवन अर्पित कर दिया है, लेकिन मेरा नम्र निवेदन है कि प्रधान का पद किसी प्रभावशाली पुरूष को दिया जाए, मैं पदों में विश्वास नहीं रखता। मैं तो सेवक हूँ और सेवा करना चाहता हूँ।'

मिस मालती इसे किसी तरह स्वीकार नहीं कर सकतीं। सभापति पंडितजी को बनना पड़ेगा। नगर में उसे ऐसा प्रभावशाली व्यक्ति दूसरा नहीं दिखाई देता। जिसकी कलम में जादू है, जिसकी जबान में जादू है, जिसके व्यक्तित्त्व में जादू है, वह कैसे कहता है कि वह प्रभावशाली नहीं है। वह जमाना गया, जब धन और प्रभाव में मेल था। अब प्रतिभा और प्रभाव के मेल का युग है। सम्पादकजी को यह पद अवश्य स्वीकार करना पड़ेगा। मन्त्री मिस मालती होंगी। इस सभा के लिए एक हजार का चन्दा भी हो गया है और अभी तो सारा शहर और प्रान्त पड़ा हुआ है। चार-पाँच लाख मिल जाना मामूली बात है।

ओंकारनाथ पर कुछ नशा-सा चढ़ने लगा। उनके मन में जो एक प्रकार की फुरहरी-सी उठ रही थी, उसने गम्भीर उत्तरदायित्व का रूप धारण कर लिया। बोले - 'मगर यह आप समझ लें, मिस मालती कि यह बड़ी जिम्मेदारी का काम है और आपको अपना बहुत समय देना पड़ेगा। मैं अपनी तरफ से आपको विश्वास दिलाता हूँ कि आप सभा-भवन में मुझे सबसे पहले मौजूद पाएँगी।'

मिर्जाजी ने पुचारा दिया - 'आपका बड़े-से-बड़ा दुश्मन भी यह नहीं कह सकता कि आप अपना फर्ज अदा करने में कभी किसी से पीछे रहे।'

मिस मालती ने देखा, शराब कुछ-कुछ असर करने लगी है, तो और भी गम्भीर बनकर बोलीं – 'अगर हम लोग इस काम की महानता न समझते, तो न यह सभा स्थापित होती और न आप इसके सभापति होते। हम किसी रईस या ताल्लुकेदार को सभापति बनाकर धन खूब बटोर सकते हैं, और सेवा की आड़ में स्वार्थ सिद्ध कर सकते हैं, लेकिन यह हमारा उद्देश्य नहीं। हमारा एकमात्र उद्देश्य जनता की सेवा करना है। और उसका सबसे बड़ा साधन आपका पत्र है। हमने निश्चय किया है कि हरएक नगर और गाँव में उसका प्रचार किया जाए और जल्द-से-जल्द उसकी ग्राहक-संख्या को बीस हजार तक पहुँचा दिया जाए। प्रान्त की सभी म्युनिसिपैलिटियों और जिल्ला बोर्ड के चेयरमैन हमारे मित्र हैं। कई चेयरमैन तो यहीं विराजमान हैं। अगर हरएक ने पाँच-पाँच सौ प्रतियाँ भी ले लीं, तो पचीस हजार प्रतियाँ तो आप यकीनी समझें। फिर रायसाहब और मिर्जा साहब की यह सलाह है कि कौंसिल में इस विषय का एक प्रस्ताव रखा जाए कि प्रत्येक गाँव के लिए 'बिजली' की एक प्रति सरकारी तौर पर मँगाई जाए, या कुछ वार्षिक सहायता स्वीकार की जाए और हमें पूरा विश्वास है कि यह प्रस्ताव पास हो जाएगा।'

ओंकारनाथ ने जैसे नशे में झूमते हुए कहा – 'हमें गवर्नर के पास डेपुटेशन ले जाना होगा।'

मिर्जा खुर्शेद बोले – 'जरूर-जरूर!'

'उनसे कहना होगा कि किसी सभ्य शासन के लिए यह कितनी लज्जा और कलंक की बात है कि ग्रामोत्थान का अकेला पत्र होने पर भी 'बिजली' का अस्तित्त्व तक नहीं स्वीकार किया जाता।'

मिर्जा खुर्शेद ने कहा – 'अवश्य-अवश्य!'

'मैं गर्व नहीं करता। अभी गर्व करने का समय नहीं आया; लेकिन मुझे इसका दावा है कि ग्राम्य-संगठन के लिए 'बिजली' ने जितना उद्योग किया है...'

मिस्टर मेहता ने सुधारा – 'नहीं महाशय, तपस्या कहिए।'

'मैं मिस्टर मेहता को धन्यवाद देता हूँ। हाँ, इसे तपस्या ही कहना चाहिए, बड़ी कठोर तपस्या। 'बिजली' ने जो तपस्या की है, वह इस प्रान्त के ही नहीं, इस राष्ट्र के इतिहास में अभूतपूर्व है।'

मिर्जा खुर्शेद बोले – 'जरूर-जरूर!'

मिस मालती ने एक पेग और दिया – 'हमारे संघ ने यह निश्चय भी किया है कि कौंसिल में अब की जो जगह खाली हो, उसके लिए आपको उम्मीदवार खड़ा किया जाए। आपको केवल अपनी स्वीकृति देनी होगी। शेष सारा काम हम लोग कर लेंगे। आपको न खर्च से मतलब, न प्रोपेगैंडा, न दौड़-धूप से।'

ओंकारनाथ की आँखों की ज्योति दुगुनी हो गई। गर्वपूर्ण नम्रता से बोले – 'मैं आप लोगों का सेवक हूँ, मुझसे जो काम चाहें ले लीजिए।'

'हम लोगों को आपसे ऐसी ही आशा है। हम अब तक झूठे देवताओं के सामने नाक रगड़ते-रगड़ते हार गए और कुछ हाथ न लगा। अब हमने आपमें सच्चा

पथ-प्रदर्शक, सच्चा गुरु पाया है और इस शुभ दिन के आनन्द में आज हमें एकमन, एकप्राण होकर अपने अहंकार को, अपने दम्भ को तिलांजलि दे देना चाहिए। हममें आज से कोई ब्राह्मण नहीं है, कोई शूद्र नहीं है, कोई हिन्दू नहीं है, कोई मुसलमान नहीं है, कोई ऊँच नहीं है, कोई नीच नहीं है। हम सब एक ही माता के बालक, एक ही गोद के खेलनेवाले, एक ही थाली के खानेवाले भाई हैं। जो लोग भेद-भाव में विश्वास रखते हैं, जो लोग पृथकता और कट्टरता के उपासक हैं, उनके लिए हमारी सभा में स्थान नहीं है। जिस सभा के सभापति पूज्य ओंकारनाथजी जैसे विशाल-हृदय व्यक्ति हों, उस सभा में ऊँच-नीच का, खान-पान का और जाति-पाँति का भेद नहीं हो सकता। जो महानुभाव एकता में और राष्ट्रीयता में विश्वास न रखते हों, वे कृपा करके यहाँ से उठ जाएँ।'

रायसाहब ने शंका की – 'मेरे विचार में एकता का यह आशय नहीं है कि सब लोग खान-पान का विचार छोड़ दें। मैं शराब नहीं पीता, तो क्या मुझे इस सभा से अलग हो जाना पड़ेगा?'

मालती ने निर्मम स्वर में कहा – 'बेशक अलग हो जाना पड़ेगा। आप इस संघ में रहकर किसी तरह का भेद नहीं रख सकते हैं।'

मेहताजी ने घड़े को ठोंका – 'मुझे सन्देह है कि हमारे सभापतिजी स्वयं खान-पान की एकता में विश्वास नहीं रखते हैं।'

ओंकारनाथ का चेहरा जर्द पड़ गया। इस बदमाश ने यह क्या बेवक्त की शहनाई बजा दी। दुष्ट कहीं गड़े मुर्दे न उखाड़ने लगे, नहीं यह सारा सौभाग्य स्वप्न की भाँति शून्य में विलीन हो जाएगा।

मिस मालती ने उनके मुँह की ओर जिज्ञासा की दृष्टि से देखकर दृढ़ता से कहा – 'आपका सन्देह निराधार है मेहता महोदय! क्या आप समझते हैं कि राष्ट्र की एकता का ऐसा अनन्य उपासक, ऐसा उदारचेता पुरुष, ऐसा रसिक कवि इस निरर्थक और लज्जाजनक भेद को मान्य समझेगा? ऐसी शंका करना उसकी राष्ट्रीयता का अपमान करना है।'

ओंकारनाथ का मुख-मंडल प्रदीप्त हो गया। प्रसन्नता और सन्तोष की आभा झलक पड़ी।

मालती ने उसी स्वर में कहा – 'और इससे भी अधिक उनकी पुरुष-भावना का। एक रमणी के हाथों से शराब का प्याला पाकर वह कौन भद्र पुरुष होगा, जो इनकार कर दे? यह तो नारी-जाति का अपमान होगा, उस नारी-जाति का, जिसके नयन-बाणों से अपने हृदय को बिन्धवाने की लालसा पुरुष-मात्र में होती है, जिसकी अदाओं पर मर-मिटने के लिए बड़े-बड़े महीप लालायित रहते हैं। लाइए, बोतल और प्याले, और दौर चलने दीजिए। इस महान अवसर पर, किसी तरह की शंका, किसी तरह की आपत्ति राष्ट्रद्रोह से कम नहीं। पहले हम अपने सभापति की सेहत का जाम पीएँगे।'

बर्फ, शराब और सोडा पहले ही से तैयार था। मालती ने ओंकारनाथ को अपने हाथों से लाल विष से भरा हुआ ग्लास दिया, और उन्हें कुछ ऐसी जादू-भरी चितवन

से देखा कि उनकी सारी निष्ठा, सारी वर्ण-श्रेष्ठता काफूर हो गई। मन ने कहा – सारा आचार-विचार परिस्थितियों के अधीन है। आज तुम दरिद्र हो, किसी मोटरकार को धूल उड़ाते देखते हो, तो ऐसा बिगड़ते हो कि उसे पत्थरों से चूर-चूर कर दो; लेकिन क्या तुम्हारे मन में कार की लालसा नहीं है? परिस्थिति ही विधि है और कुछ नहीं। बाप-दादों ने नहीं पी थी, न पी हो। उन्हें ऐसा अवसर ही कब मिला था? उनकी जीविका पोथी-पत्रों पर थी। शराब लाते कहाँ से, और पीते भी तो जाते कहाँ? फिर वह तो रेलगाड़ी पर न चढ़ते थे, कल का पानी न पीते थे, अंग्रेजी पढ़ना पाप समझते थे। समय कितना बदल गया है। समय के साथ अगर नहीं चल सकते, तो वह तुम्हें पीछे छोड़कर चला जाएगा। ऐसी महिला के कोमल हाथों से विष भी मिले तो शिरोधार्य करना चाहिए। जिस सौभाग्य के लिए बड़े-बड़े राजे तरसते हैं, वह आज उनके सामने खड़ा है। क्या वह उसे ठुकरा सकते हैं?

उन्होंने ग्लास ले लिया और सिर झुकाकर अपनी कृतज्ञता दिखाते हुए एक ही साँस में पी गए, और तब लोगों को गर्व भरी आँखों से देखा, मानो कह रहे हों, 'अब तो आपको मुझ पर विश्वास आया। क्या समझते हैं, मैं निरा पोंगा पंडित हूँ। अब तो मुझे दम्भी और पाखंडी कहने का साहस नहीं कर सकते?'

हाल में ऐसा शोरगुल मचा कि कुछ न पूछो, जैसे पिटारे में बन्द कहकहे निकल पड़े हों। वाह देवीजी! क्या कहना है! कमाल है मिस मालती, कमाल है। तोड़ दिया, नमक का कानून तोड़ दिया, धर्म का किला तोड़ दिया, नेम का घड़ा फोड़ दिया!

ओंकारनाथ के कंठ के नीचे शराब का पहुँचाना था कि उनकी रसिकता वाचाल हो गई। मुस्कुराकर बोले – 'मैंने अपने धर्म की थाती मिस मालती के कोमल हाथों में सौंप दी और मुझे विश्वास है, वह उसकी यथोचित रक्षा करेंगी। उनके चरण-कमलों के इस प्रसाद पर मैं ऐसे एक हजार धर्मों को न्योछावर कर सकता हूँ।'

कहकहों से हाल गूँज उठा।

सम्पादकजी का चेहरा फूल उठा था, आँखें झुकी पड़ती थीं। दूसरा ग्लास भरकर बोले – 'यह मिस मालती की सेहत का जाम है। आप लोग पिएँ और उन्हें आशीर्वाद दें।'

लोगों ने फिर अपने-अपने ग्लास खाली कर दिए।

उसी वक्त मिर्जा खुर्शेद ने एक माला लाकर सम्पादकजी के गले में डाल दी और बोले – 'सज्जनो, फिदवी ने अभी अपने पूज्य सदर साहब की शान में एक कसीदा कहा है। आप लोगों की इजाजत हो तो सुनाऊँ।'

चारों तरफ से आवाजें आईं – 'हाँ-हाँ, जरूर सुनाइए।'

ओंकारनाथ भंग तो आए दिन पिया करते थे और उनका मस्तिष्क उसका अभ्यस्त हो गया था, मगर शराब पीने का उन्हें यह पहला अवसर था। भंग का नशा मंथर गति से एक स्वप्न की भाँति आता था और मस्तिष्क पर मेघ के समान छा जाता था। उनकी चेतना बनी रहती थी। उन्हें खुद मालूम होता था कि इस समय उनकी वाणी बड़ी लच्छेदार है, और उनकी कल्पना बहुत प्रबल। शराब का नशा उनके ऊपर

सिंह की भाँति झपटा और दबोच बैठा। वह कहते कुछ हैं, मुँह से निकलता कुछ है। फिर यह ज्ञान भी जाता रहा। वह क्या कहते हैं और क्या करते हैं, इसकी सुधि ही न रही। यह स्वप्न का रोमानी वैचित्र्य न था, जागृति का वह चक्कर था, जिसमें साकार निराकार हो जाता है।

न जाने कैसे उनके मस्तिष्क में यह कल्पना जाग उठी कि कसीदा पढ़ना कोई बड़ा अनुचित काम है। मेज पर हाथ पटककर बोले – 'नहीं, कदापि नहीं। यहाँ कोई कसीदा नईं ओगा, नयीं होगा। हम सभापति हैं। हमारा हुक्म है। हम अबी इस सबा को तोड़ सकते है। अबी तोड़ सकते हैं। सभी को निकाल सकते हैं। कोई हमारा कुछ नयीं कर सकता। हम सभापति हैं। कोई दूसरा सभापति नयीं है।'

मिर्जा ने हाथ जोड़कर कहा – 'हुजूर इस कसीदे में तो आपकी तारीफ की गई है।'

सम्पादकजी ने लाल, पर ज्योतिहीन नेत्रों से देखा – 'तुम, हमारी तारीप क्यों की? क्यों की? बोलो, क्यों हमारी तारीप की? हम किसी का नौकर नयीं है। किसी के बाप का नौकर नयीं है, किसी साले का दिया नहीं खाते। हम खुद सम्पादक हैं। हम 'बिजली' का सम्पादक है। हम उसमें सबका तारीप करेगा। देवीजी, हम तुम्हारा तारीप नयीं करेगा। हम कोई बड़ा आदमी नयीं है। हम सबका गुलाम है। हम आपका चरण-रज है। मालती देवी हमारी लक्ष्मी, हमारी सरस्वती, हमारी राधा...'

यह कहते हुए वे मालती के चरणों की तरफ झुके और मुँह के बल फर्श पर गिर पड़े। मिर्जा खुर्शेद ने दौड़कर उन्हें सँभाला और कुर्सियाँ हटाकर वहीं जमीन पर लिटा दिया। फिर उनके कानों के पास मुँह ले जाकर बोले – 'राम-राम सत्त है! कहिए तो आपका जनाजा निकालें?'

रायसाहब ने कहा – 'कल देखना कितना बिगड़ता है। एक-एक को अपने पत्र में रगेदेगा। और ऐसा रगेदेगा कि आप भी याद करेंगे! एक ही दुष्ट है, किसी पर दया नहीं करता। लिखने में तो अपना जोड़ नहीं रखता। ऐसा गधा आदमी कैसे इतना अच्छा लिखता है, यह रहस्य है।'

कई आदमियों ने सम्पादकजी को उठाया और ले जाकर उनके कमरे में लिटा दिया। उधर पंडाल में धनुष-यज्ञ हो रहा था। कई बार इन लोगों को बुलाने के लिए आदमी आ चुके थे। कई हुक्काम भी पंडाल में आ पहुँचे थे। लोग उधर जाने को तैयार हो रहे थे कि सहसा एक अफगान आकर खड़ा हो गया। गोरा रंग, बड़ी-बड़ी मूँछें, ऊँचा कद, चौड़ा सीना, आँखों में निर्भयता का उन्माद भरा हुआ, ढीला नीचा कुरता, पैरों में शलवार, जरी के काम की सदरी, सिर पर पगड़ी और कुलाह, कन्धे में चमड़े का बैग लटकाए, कन्धे पर बन्दूक रखे और कमर में तलवार बाँधे न जाने किधर से आ खड़ा हो गया और गरजकर बोला – 'खबरदार! कोई यहाँ से मत जाओ। अमारा साथ का आदमी पर डाका पड़ा है। यहाँ का जो सरदार है, वह अमारा आदमी को लूट लिया है, उसका माल तुमको देना होगा! एक-एक कौड़ी देना होगा। कहाँ है सरदार, उसको बुलाओ।'

रायसाहब ने सामने आकर क्रोध-भरे स्वर में कहा – 'कैसी लूट! कैसा डाका? यह तुम लोगों का काम है। यहाँ कोई किसी को नहीं लूटता। साफ-साफ कहो, क्या मामला है?'

अफगान ने आँखें निकालीं और बन्दूक का कुन्दा जमीन पर पटककर बोला – 'अमसे पूछता है कैसा लूट, कैसा डाका? तुम लूटता है, तुम्हारा आदमी लूटता है। अम यहाँ की कोठी का मालिक है। अमारी कोठी में पचास जवान है। अमारा आदमी रुपये तहसील कर लाता था। एक हजार। वह तुम लूट लिया, और कहता है, कैसा डाका? अम बतलाएगा, कैसा डाका होता है। अमारा पचीसों जवान अबी आता है। अम तुम्हारा गाँव लूट लेगा। कोई साला कुछ नयीं कर सकता, कुछ नयीं कर सकता।'

खन्ना ने अफगान के तेवर देखे तो चुपके से उठे कि निकल जाएँ। सरदार ने जोर से डाँटा – 'काँ जाता तुम? कोई कईं नयीं जा सकता, नयीं अम सबको कतल कर देगा। अबी फैर कर देगा। अमारा तुम कुछ नयीं कर सकता। अम तुम्हारा पुलिस से नहीं डरता। पुलिस का आदमी अमारा सकल देखकर भागता है। अमारा अपना कांसल है, अम उसको खत लिखकर लाट साहब के पास जा सकता है। अम याँ से किसी को नयीं जाने देगा। तुम अमारा एक हजार रुपया लूट लिया। अमारा रुपया नयीं देगा, तो अम किसी को जिन्दा नयीं छोड़ेगा। तुम सब आदमी दूसरों के माल को लूट करता है और याँ माशूक के साथ शराब पीता है।'

मिस मालती उसकी आँख बचाकर कमरे से निकलने लगीं कि वह बाज की तरह टूटकर उनके सामने आ खड़ा हुआ, बोला – 'तुम इन बदमाशों से अमारा माल दिलवाओं, नयीं अम तुमको उठा ले जाएगा, अपनी कोठी पर जशन मनाएगा। तुम्हारा हुसन पर अम आशिक हो गया। या तो अमको एक हजार अबी-अबी दे दे या तुमको अमारे साथ चलना पड़ेगा। तुमको अम नयीं छोड़ेगा। अम तुम्हारा आशिक हो गया है। अमारा दिल और जिगर फटा जाता है। अमारा इस जगह पचीस जवान है। इस जिला में हमारा पाँच सौ जवान काम करता है। अम अपने कबीले का खान है। अमारे कबीला में दस हजार सिपाही हैं। अम काबुल के अमीर से लड़ सकता है। अंग्रेज सरकार अमको बीस हजार सालाना खिराज देता है। अगर तुम हमारा रुपया नहीं देगा, तो अम गाँव लूट लेगा और तुम्हारा माशूक को उठा ले जाएगा। खून करने में अमको लुतफ आता है। अम खून का दरिया बहा देगा।'

मजलिस पर आतंक छा गया। मिस मालती अपना चहकना भूल गईं। खन्ना की पिंडलियाँ काँप रही थीं। बेचारे चोट-चपेट के भय से एक मंजिले बँगले में रहते थे। जीने पर चढ़ना उनके लिए सूली पर चढ़ने से कम न था। गर्मी में भी डर के मारे कमरे में सोते थे। रायसाहब को ठकुराई का अभिमान था। वह अपने ही गाँव में पठान से डर जाना हास्यास्पद समझते थे, लेकिन उसकी बन्दूक को क्या करते? उन्होंने जरा भी चीं-चपड़ किया और इसने बन्दूक चलाई। हूश तो होते ही हैं ये सब, और निशाना भी इन सबों का कितना अचूक होता है; अगर उसके हाथ में बन्दूक न होती, तो रायसाहब

उससे सींग मिलाने को भी तैयार हो जाते। मुश्किल यही था कि दुष्ट किसी को बाहर नहीं जाने देता। नहीं, दम-के-दम में सारा गाँव जमा हो जाता और इसके पूरे जत्थे को पीट-पाटकर रख देता।

आखिर उन्होंने दिल मजबूत किया और जान पर खेलकर बोले - 'हमने आपसे कह दिया कि हम चोर-डाकू नहीं हैं। मैं यहाँ की कौंसिल का मेम्बर हूँ और यह देवीजी लखनऊ की सुप्रसिद्ध डाक्टर हैं। यहाँ सभी शरीफ और इज्जतदार लोग जमा हैं। हमें बिलकुल खबर नहीं, आपके आदमियों को किसने लूटा? आप जाकर थाने में रपट कीजिए।'

खान ने जमीन पर पैर पटके, पैंतरे बदले और बन्दूक को कन्धे से उतारकर हाथ में लेता हुआ दहाड़ा - 'मत बक-बक करो। काउंसिल का मेम्बर को अम इस तरह पैरों से कुचल देता है। (जमीन पर पाँव रगड़ता है) अमारा हाथ मजबूत है, अमारा दिल मजबूत है, अम खुदाताला के सिवा और किसी से नयीं डरता। तुम अमारा रुपया नहीं देगा, तो अम (रायसाहब की तरफ इशारा कर) अभी तुमको कतल कर देगा।'

अपनी तरफ बन्दूक की नली देखकर रायसाहब झुककर मेज के बराबर आ गए। अजीब मुसीबत में जान फँसी थी। शैतान बरबस कहे जाता है, तुमने हमारे रुपये लूट लिए। न कुछ सुनता है, न कुछ समझता है, न किसी को बाहर जाने-आने देता है। नौकर-चाकर, सिपाही-प्यादे, सब धनुष-यज्ञ देखने में मग्न थे। जमींदारों के नौकर यों भी आलसी और काम-चोर होते ही हैं, जब तक दस दफे न पुकारा जाता, बोलते ही नहीं; और इस वक्त तो वे एक शुभ काम में लगे हुए थे। धनुष-यज्ञ उनके लिए केवल तमाशा नहीं, भगवान की लीला थी; अगर एक आदमी भी इधर जा जाता, तो सिपाहियों को खबर हो जाती और दम-भर में खान का सारा खानपन निकल जाता, दाढ़ी के एक-एक बाल नुच जाते। कितना गुस्सेवर है। होते भी तो ज़ल्लाद हैं! न मरने का गम, न जीने की खुशी।

मिर्जा साहब ने चकित नेत्रों से देखा - 'क्या बताऊँ, कुछ अक्ल काम नहीं करती। मैं आज अपना पिस्तौल घर ही छोड़ आया, नहीं मजा चखा देता।'

खन्ना रोना मुँह बनाकर बोले - 'कुछ रुपये देकर किसी तरह इस बला को टालिए।'

रायसाहब ने मालती की ओर देखा - 'देवीजी, अब आपकी क्या सलाह है?'

मालती का मुख-मंडल तमतमा रहा था। बोलीं - 'होगा क्या, मेरी इतनी बेइज्जती हो रही है और आप लोग बैठे देख रहे हैं! बीस मर्दों के होते एक उजड्ड पठान मेरी इतनी दुर्गति कर रहा है और आप लोगों के खून में जरा भी गर्मी नहीं आती! आपको जान इतनी प्यारी है? क्यों एक आदमी बाहर जाकर शोर नहीं मचाता? क्यों आप लोग उस पर झपटकर उसके हाथ से बन्दूक नहीं छीन लेते? बन्दूक ही तो चलाएगा? चलाने दो। एक या दो की जान ही तो जाएगी? जाने दो।'

मगर देवीजी मर जाने को जितना आसान समझती थीं, और लोग न समझते थे। कोई आदमी बाहर निकलने की हिम्मत करे और पठान गुस्से में आकर दस-पाँच

फैर कर दे, तो यहाँ सफाया हो जाएगा। बहुत होगा, पुलिस उसे फाँसी की सजा दे देगी। वह भी क्या ठीक। एक बड़े कबीले का सरदार है। उसे फाँसी देते हुए सरकार भी सोच-विचार करेगी। ऊपर से दबाव पड़ेगा। राजनीति के सामने न्याय को कौन पूछता है? हमारे ऊपर उलटे मुकदमे दायर हो जाएँ और दंडकारी पुलिस बिठा दी जाए, तो आश्चर्य नहीं; कितने मजे से हँसी-मजाक हो रहा था। अब तक ड्रामा का आनन्द उठाते होते। इस शैतान ने आकर एक नई विपत्ति खड़ी कर दी, और ऐसा जान पड़ता है, बिना दो-एक खून किए, मानेगा भी नहीं।

खन्ना ने मालती को फटकारा – 'देवीजी, आप तो हमें ऐसा लताड़ रही हैं, मानो अपनी प्राणरक्षा करना कोई पाप है। प्राण का मोह प्राणि-मात्र में होता है और हम लोगों में भी हो, तो कोई लज्जा की बात नहीं। आप हमारी जान इतनी सस्ती समझती हैं, यह देखकर मुझे खेद होता है। एक हजार का ही तो मुआमला है। आपके पास मुफ्त के एक हजार हैं, उसे देकर क्यों नहीं विदा कर देतीं? आप खुद अपनी बेइज्जती करा रही हैं, इसमें हमारा क्या दोष?'

रायसाहब ने गर्म होकर कहा – 'अगर इसने देवीजी को हाथ लगाया, तो चाहे मेरी लाश यहीं तड़पने लगे, मैं उससे भिड़ जाऊँगा। आखिर वह भी आदमी ही तो है।'

मिर्जा साहब ने सन्देह से सिर हिलाकर कहा – 'रायसाहब, आप अभी इन सबों के मिजाज से वाकिफ नहीं हैं। यह फैर करना शुरू करेगा, तो फिर किसी को जिन्दा न छोड़ेगा। इनका निशाना बेखता होता है।'

मि. तंखा बेचारे आनेवाले चुनाव की समस्या सुलझाने आए थे। दस-पाँच हजार का वारा-न्यारा करके घर जाने का स्वप्न देख रहे थे। यहाँ जीवन ही संकट में पड़ गया। बोले – 'सबसे सरल उपाय वही है, जो अभी खन्नाजी ने बतलाया। एक हजार की बात है और रुपये मौजूद हैं, तो आप लोग क्यों इतना सोच-विचार कर रहे हैं?'

मिस मालती ने तंखा को तिरस्कार-भरी आँखों से देखा।

'आप लोग इतने कायर हैं, यह मैं न समझती थी।'

'मैं भी यह न समझता था कि आपको रुपये इतने प्यारे हैं और वह भी मुफ्त के?'

'जब आप लोग मेरा अपमान देख सकते हैं, तो अपने घर की स्त्रियों का अपमान भी देख सकते होंगे?'

'तो आप भी पैसे के लिए अपने घर के पुरुषों को होम करने में संकोच न करेंगी।'

खान इतनी देर तक झल्लाया हुआ-सा इन लोगों की गिटपिट सुन रहा था। एकाएक गरजकर बोला – 'अम अब नयीं मानेगा। अम इतनी देर यहाँ खड़ा है, तुम लोग कोई जवाब नयीं देता। (जेब से सीटी निकालकर) अम तुमको एक लमहा और देता है, अगर तुम रुपया नयीं देता तो अम सीटी बजाएगा और अमारा पचीस जवान यहाँ आ जाएगा। बस!'

फिर आँखों में प्रेम की ज्वाला भरकर उसने मिस मालती को देखा।

'तुम अमारे साथ चलेगा दिलदार! अम तुम्हारे ऊपर फिदा हो जाएगा। अपना जान तुम्हारे कदमों पर रख देगा। इतना आदमी तुम्हारा आशिक है; मगर कोई सच्चा आशिक नहीं। सच्चा इश्क क्या है, अम दिखा देगा। तुम्हारा इशारा पाते ही अम अपने सीने में खंजर चुबा सकता है।'

मिर्जा ने घिघियाकर कहा – 'देवीजी, खुद के लिए इस मूजी को रुपये दे दीजिए।'

खन्ना ने हाथ जोड़कर याचना की – 'हमारे ऊपर दया करो मिस मालती।'

रायसाहब तनकर बोले – 'हर्गिज नहीं। आज जो कुछ होना है, हो जाने दीजिए। या तो हम खुद मर जाएँगे, या इन ज़ालिमों को हमेशा के लिए सबक दे देंगे।'

तंखा ने रायसाहब को डाँट बताई – 'शेर की माँद में घुसना कोई बहादुरी नहीं है। मैं इसे मूर्खता समझता हूँ।'

मगर मिस मालती के मनोभाव कुछ और ही थे। खान के लालसा-प्रदीप्त नेत्रों ने उन्हें आश्वस्त कर दिया था और अब इस कांड में उन्हें मनचलेपन का आनन्द आ रहा था। उनका हृदय कुछ देर इन नरपुंगवों के बीच में रहकर उसके बर्बर प्रेम का आनन्द उठाने के लिए ललचा रहा था। शिष्ट प्रेम की दुर्बलता और निर्जीवता का उन्हें अनुभव हो चुका था। आज अक्खड़, अनघड़ पठानों के उन्मत्त प्रेम के लिए उनका मन दौड़ रहा था, जैसे संगीत का आनन्द उठाने के बाद कोई मस्त हाथियों की लड़ाई देखने के लिए दौड़े।

उन्होंने खाँ साहब के सामने जाकर निश्शंक भाव से कहा – 'तुम्हें रुपये नहीं मिलेंगे।'

खान ने हाथ बढ़ाकर कहा – 'तो अम तुमको लूट ले जाएगा।'

'तुम इतने आदमियों के बीच से हमें नहीं ले जा सकता।'

'अम इतने आदमियों के बीच से ले जा सकता है।'

'तुमको जान से हाथ धोना पड़ेगा।'

'अम अपने माशूक के लिए अपने जिस्म का एक-एक बोटी नुचवा सकता है।'

उसने मालती का हाथ पकड़कर खींचा। उसी वक्त होरी ने कमरे में कदम रखा। वह राजा जनक का माली बना हुआ था और उसके अभिनय ने देहातियों को हँसाते-हँसाते लोटा दिया था। उसने सोचा, मालिक अभी तक क्यों नहीं आए? वह भी तो आकर देखें कि देहाती इस काम में कितने कुशल होते हैं। उनके यार-दोस्त भी देखें। कैसे मालिक को बुलाए? वह अवसर खोज रहा था, और ज्योंही मुहलत मिली, दौड़ा हुआ यहाँ आया; मगर यहाँ का दृश्य देखकर भौचक्का-सा खड़ा रह गया। सब लोग चुप्पी साधे, थर-थर काँपते, कातर नेत्रों से खान को देख रहे थे और खान मालती को अपनी तरफ खींच रहा था। उसकी सहज बुद्धि ने परिस्थिति का अनुमान कर लिया। उसी वक्त रायसाहब ने पुकारा – 'होरी, दौड़कर जा और सिपाहियों को बुला ला, जल्द दौड़!'

होरी पीछे मुड़ा था कि खान ने उसके सामने बन्दूक तानकर डाँटा – 'कहाँ जाता है सूअर, अम गोली मार देगा।'

होरी गँवार था। लाल पगड़ी देखकर उसके प्राण निकल जाते थे; लेकिन मस्त साँड पर लाठी लेकर पिल पड़ता था। वह कायर न था, मारना और मरना दोनों ही जानता था; मगर पुलिस के हथकंडों के सामने उसकी एक न चलती थी। बँधे-बँधे कौन फिरे, रिश्वत के रुपये कहाँ से लाए, बाल-बच्चों को किस पर छोड़े; मगर जब मालिक ललकारते हैं, तो फिर किसका डर? तब तो वह मौत के मुँह में भी कूद सकता है।

उसने झपटकर खान की कमर पकड़ी और ऐसा अड़ंगा मारा कि खान चारों खाने चित जमीन पर आ रहे और लगे पश्तो में गालियाँ देने। होरी उनकी छाती पर चढ़ बैठा और जोर से दाढ़ी पकड़कर खींची। दाढ़ी उसके हाथ में आ गई। खान ने तुरन्त अपनी कुलाह उतार फेंकी और जोर मारकर खड़ा हो गया। अरे! यह तो मिस्टर मेहता हैं। वही!

लोगों ने चारों तरफ से मेहता को घेर लिया। कोई उनके गले लगता, कोई उनकी पीठ पर थपकियाँ देता था और मिस्टर मेहता के चेहरे पर हँसी न थी, न गर्व; चुपचाप खड़े थे, मानो कुछ हुआ ही नहीं।

मालती ने नकली रोष से कहा – 'आपने यह बहुरूपपन कहाँ सीखा? मेरा दिल अभी तक धड़-धड़ कर रहा है।'

मेहता ने मुस्कुराते हुए कहा – 'जरा इन भले आदमियों की जवाँमर्दी की परीक्षा ले रहा था। जो गुस्ताखी हुई हो, उसे क्षमा कीजिएगा।'

यह अभिनय जब समाप्त हुआ, तो उधर रंगशाला में धनुष-यज्ञ समाप्त हो चुका था और सामाजिक प्रहसन की तैयारी हो रही थी; मगर इन सज्जनों को उससे विशेष दिलचस्पी न थी। केवल मिस्टर मेहता देखने गए और आदि से अन्त तक जमे रहे। उन्हें बड़ा मजा आ रहा था। बीच-बीच में तालियाँ बजाते थे और 'फिर कहो, फिर कहो' का आग्रह करके अभिनेताओं को प्रोत्साहन भी देते जाते थे। रायसाहब ने इस प्रहसन में एक मुकदमेबाज देहाती जमींदार का खाका उड़ाया था। कहने को तो प्रहसन था; मगर करुणा से भरा हुआ। नायक का बात-बात में कानून की धाराओं का उल्लेख करना, पत्नी पर केवल इसलिए मुकदमा दायर कर देना कि उसने भोजन तैयार करने में जरा-सी देर कर दी, फिर वकीलों के नखरे और देहाती गवाहों की चालाकियाँ और झाँसे, पहले गवाही के लिए चट-पट तैयार हो जाना; मगर इजलास पर तलबी के समय खूब मनावन करना और नाना प्रकार की फरमाइशें करके उल्लू बनाना, ये सभी दृश्य देखकर लोग हँसी के मारे लोटे जाते थे। सबसे सुन्दर वह दृश्य था, जिसमें वकील गवाहों को उनके बयान रटा रहा था। गवाहों का बार-बार भूलें करना, वकील का बिगड़ना, फिर नायक का देहाती बोली में गवाहों को समझाना और अन्त में इजलास पर गवाहों का बदल जाना, ऐसा सजीव और सत्य था कि मिस्टर मेहता उछल पड़े और तमाशा

समाप्त होने पर नायक को गले लगा लिया और सभी नटों को एक-एक मेडल देने की घोषणा की। रायसाहब के प्रति उनके मन में श्रद्धा के भाव जाग उठे। रायसाहब स्टेज के पीछे ड्रामे का संचालन कर रहे थे। मेहता दौड़कर उनके गले लिपट गए और मुग्ध होकर बोले – 'आपकी दृष्टि इतनी पैनी है, इसका मुझे अनुमान न था।'

दूसरे दिन जलपान के बाद शिकार का प्रोग्राम था। वहीं किसी नदी के तट पर बाग में भोजन बने, खूब जल-क्रीड़ा की जाए और शाम को लोग घर आएँ। देहाती जीवन का आनन्द उठाया जाए। जिन मेहमानों को विशेष काम था, वह तो बिदा हो गए, केवल वे ही लोग बचे रहे जिनकी रायसाहब से घनिष्ठता थी। मिसेज खन्ना के सिर में दर्द था, न जा सकीं, और सम्पादकजी इस मंडली से जले हुए थे और इनके विरुद्ध एक लेख-माला निकालकर इनकी खबर लेने के विचार में मग्न थे। सब-के-सब छटे हुए गुंडे हैं। हराम के पैसे उड़ाते हैं और मूँछों पर ताव देते हैं। दुनिया में क्या हो रहा है, इन्हें क्या खबर। इनके पड़ोस में कौन मर रहा है, इन्हें क्या परवा। इन्हें तो अपने भोग-विलास से काम है। यह मेहता, जो फिलासफर बना फिरता है, उसे यही धुन है कि जीवन को सम्पूर्ण बनाओ। महीने में एक हजार मार लेते हो, तुम्हें अख्तियार है, जीवन को सम्पूर्ण बनाओ या परिपूर्ण बनाओ। जिसको यह फिक्र दबाए डालती है कि लड़कों का ब्याह कैसे हो, या बीमार स्त्री के लिए वैद्य कैसे आए या अब की घर का किराया किसके घर से आएगा, वह अपना जीवन कैसे सम्पूर्ण बनाए! छूटे साँड बने दूसरों के खेतों में मुँह मारते फिरते हो और समझते हो, संसार में सब सुखी हैं। तुम्हारी आँखें तब खुलेंगी, जब क्रान्ति होगी और तुमसे कहा जाएगा – बचा, खेतों में चलकर हल जोतो। तब देखें, तुम्हारा जीवन कैसे सम्पूर्ण होता है। और वह जो है मालती, जो बहत्तर घाटों का पानी पीकर भी मिस बनी फिरती है! शादी नहीं करेगी, इससे जीवन बन्धन में पड़ जाता है, और बन्धन में जीवन का पूरा विकास नहीं होता। बस, जीवन का पूरा विकास इसी में है कि दुनिया को लूटे जाओ और निर्द्वन्द्व विलास किए जाओ। सारे बन्धन तोड़ दो, धर्म और समाज को गोली मारो, जीवन के कर्त्तव्यों को पास न फटकने दो, बस तुम्हारा जीवन सम्पूर्ण हो गया। इससे ज्यादा आसान और क्या होगा! माँ-बाप से नहीं पटती, उन्हें धता बताओ, शादी मत करो, यह बन्धन है; बच्चे होंगे, यह मोहपाश है; मगर टैक्स क्यों देते हो? कानून भी तो बन्धन है, उसे क्यों नहीं तोड़ते? उससे क्यों कन्नी काटते हो? जानते हो न कि कानून की जरा भी अवज्ञा की और बेड़ियाँ पड़ जाएँगी। बस वही बन्धन तोड़ो, जिसमें अपनी भोग-लिप्सा में बाधा न पड़ती। रस्सी को साँप बनाकर पीटो और तीसमारखाँ बनो। जीते साँप के पास जाओ ही क्यों, वह फुंकार भी मारेगा तो लहरें आने लगेंगी। उसे आते देखो, तो दुम दबाकर भागो। यह तुम्हारा सम्पूर्ण जीवन है!

आठ बजे शिकार-पार्टी चली। खन्ना ने कभी शिकार न खेला था, बन्दूक की आवाज से काँपते थे; लेकिन मिस मालती जा रही थीं, वह कैसे रुक सकते थे। मिस्टर तंखा को अभी तक इलेक्शन के विषय में बातचीत करने का अवसर न मिला था। शायद

वहाँ वह अवसर मिल जाए। रायसाहब अपने इस इलाके में बहुत दिनों से नहीं गए थे। वहाँ का रंग-ढंग देखना चाहते थे। कभी-कभी इलाके में आने-जाने से आदमियों से एक सम्बन्ध भी हो जाता है और रोब भी रहता है। कारकुन और प्यादे भी सचेत रहते हैं। मिर्जा खुर्शेद को जीवन के नए अनुभव प्राप्त करने का शौक था, विशेषकर ऐसे, जिनमें कुछ साहस दिखाना पड़े। मिस मालती अकेले कैसे रहतीं! उन्हें तो रसिकों का जमघट चाहिए। केवल मिस्टर मेहता शिकार खेलने के सच्चे उत्साह से जा रहे थे। रायसाहब की इच्छा तो थी कि भोजन की सामग्री, रसोइया, कहार, खिदमतगार, सब साथ चलें, लेकिन मिस्टर मेहता ने इसका विरोध किया।

खन्ना ने कहा – 'आखिर वहाँ भोजन करेंगे या भूखों मरेंगे?'

मेहता ने जवाब दिया – 'भोजन क्यों न करेंगे, लेकिन आज हम लोग खुद अपना सारा काम करेंगे। देखना तो चाहिए कि नौकरों के बगैर हम जिन्दा रह सकते हैं या नहीं। मिस मालती पकाएँगी और हम लोग खाएँगे। देहातों में हाँडियाँ और पत्तल मिल ही जाते हैं, और ईंधन की कोई कमी नहीं। शिकार हम करेंगे ही।'

मालती ने गिला किया – 'क्षमा कीजिए। आपने रात मेरी कलाई इतने जोर से पकड़ी कि अभी तक दर्द हो रहा है।'

'काम तो हम लोग करेंगे, आप केवल बताती जाइएगा।'

मिर्जा खुर्शेद बोले – 'अजी आप लोग तमाशा देखते रहिएगा, मैं सारा इन्तजाम कर दूँगा। बात ही कौन-सी है। जंगल में हाँडी और बर्तन ढूँढ़ना हिमाकत है। हिरन का शिकार कीजिए, भूनिए, खाइए और दरख्त के साये में खर्राटे लीजिए।'

यही प्रस्ताव स्वीकृत हुआ। दो मोटरें चलीं। एक मिस मालती ड्राइव कर रही थीं, दूसरी खुद रायसाहब। कोई बीस-पचीस मील पर पहाड़ी प्रान्त शुरू हो गया। दोनों तरफ ऊँची पर्वत-माला दौड़ी चली आ रही थी। सड़क भी पेंचदार होती जाती थी। कुछ दूर की चढ़ाई के बाद एकाएक ढाल आ गया और मोटर नीचे की ओर चली। दूर से नदी का पाट नजर आया, किसी रोगी की भाँति, दुर्बल, निस्पन्द कगार पर एक घने वटवृक्ष की छाँह में कारें रोक दी गईं और लोग उतरे। यह सलाह हुई कि दो-दो की टोली बने और शिकार खेलकर बारह बजे तक यहाँ आ जाएँ। मिस मालती मेहता के साथ चलने को तैयार हो गईं। खन्ना मन में ऐंठकर रह गए। जिस विचार से आए थे, उसमें जैसे पंचर हो गया; अगर जानते, मालती दगा देगी, तो घर लौट जाते लेकिन रायसाहब का साथ उतना रोचक न होते हुए भी बुरा न था। उनसे बहुत-सी मुआमले की बातें करनी थीं। खुर्शेद और तंखा बच रहे। उनकी टोली बनी-बनाई थी। तीनों टोलियाँ एक-एक तरफ चल दीं।

कुछ दूर तक पथरीली पगडंडी पर मेहता के साथ चलने के बाद मालती ने कहा – 'तुम तो चले ही जाते हो। जरा दम ले लेने दो।'

मेहता मुस्कुराए – 'अभी तो हम एक मील भी नहीं आए। अभी से थक गईं?'

'थकी नहीं; लेकिन क्यों न जरा दम ले लो।'

'जब तक कोई शिकार हाथ न आ जाए, हमें आराम करने का अधिकार नहीं।'

'मैं शिकार खेलने न आई थी।'

मेहता ने अनजान बनकर कहा - 'अच्छा, यह मैं न जानता था। फिर क्या करने आई थीं?'

'अब तुमसे क्या बताऊँ!'

हिरनों का एक झुंड चरता हुआ नजर आया। दोनों एक चट्टान की आड़ में छिप गए और निशाना बाँधकर गोली चलाई। निशाना खाली गया। झुंड भाग निकला।

मालती ने पूछा - 'अब?'

'कुछ नहीं, चलो फिर शिकार मिलेगा।'

दोनों कुछ देर तक चुपचाप चलते रहे। फिर मालती ने जरा रुककर कहा - 'गर्मी के मारे बुरा हाल हो रहा है। आओ, इस वृक्ष के नीचे बैठ जाएँ।'

'अभी नहीं। तुम बैठना चाहती हो, तो बैठो। मैं तो नहीं बैठता।'

'बड़े निर्दयी हो तुम, सच कहती हूँ।'

'जब तक कोई शिकार न मिल जाए। मैं बैठ नहीं सकता।'

'तब तो तुम मुझे मार ही डालोगे। अच्छा बताओ, रात तुमने मुझे इतना क्यों सताया? मुझे तुम्हारे ऊपर बड़ा क्रोध आ रहा था। याद है, तुमने मुझे क्या कहा था? तुम हमारे साथ चलेगा दिलदार? मैं न जानती थी, तुम इतने शरीर हो। अच्छा सच कहना, तुम उस वक्त मुझे अपने साथ ले जाते?'

मेहता ने कोई जवाब न दिया, मानो सुना ही नहीं।

दोनों कुछ दूर चलते रहे। एक तो जेठ की धूप, दूसरे पथरीला रास्ता। मालती थककर बैठ गई।

मेहता खड़े-खड़े बोले - 'अच्छी बात है, तुम आराम कर लो। मैं यहीं आ जाऊँगा।'

'मुझे अकेले छोड़कर चले जाओगे?'

'मैं जानता हूँ, तुम अपनी रक्षा कर सकती हो!'

'कैसे जानते हो?'

'नए युग की देवियों की यही सिफत है। वह मर्द का आश्रय नहीं चाहतीं। उससे कन्धा मिलाकर चलना चाहती हैं।'

मालती ने झेंपते हुए कहा - 'तुम कोरे फिलासफर हो मेहता, सच।'

सामने वृक्ष पर एक मोर बैठा हुआ था। मेहता ने निशाना साधा और बन्दूक चलाई, मोर उड़ गया।

मालती प्रसन्न होकर बोली - 'बहुत अच्छा हुआ। मेरा शाप पड़ा।'

मेहता ने बन्दूक कन्धे पर रखकर कहा - 'तुमने मुझे नहीं, अपने आपको शाप दिया। शिकार मिल जाता, तो मैं तुम्हें दस मिनट की मुहलत देता। अब तो तुमको फौरन चलना पड़ेगा।'

मालती उठकर मेहता का हाथ पकड़ती हुई बोली – 'फिलासफरों के शायद हृदय नहीं होता। तुमने अच्छा किया, विवाह नहीं किया। उस गरीब को मार ही डालते; मगर मैं यों न छोड़ूँगी। तुम मुझे छोड़कर नहीं जा सकते।'

मेहता ने एक झटके से हाथ छुड़ा लिया और आगे बढ़े।

मालती सजल नेत्र होकर बोली – 'मैं कहती हूँ, मत जाओ। नहीं मैं इसी चट्टान पर सिर पटक दूँगी।'

मेहता ने तेजी से कदम बढ़ाए। मालती उन्हें देखती रही। जब वह बीस कदम निकल गए, तो झुँझलाकर उठी और उनके पीछे दौड़ी। अकेले विश्राम करने में कोई आनन्द न था।

समीप आकर बोली – 'मैं तुम्हें इतना पशु न समझती थी।'

'मैं जो हिरन मारूँगा, उसकी खाल तुम्हें भेंट करूँगा।'

'खाल जाए भाड़ में। मैं अब तुमसे बात न करूँगी।'

'कहीं हम लोगों के हाथ कुछ न लगा और दूसरों ने अच्छे शिकार मारे तो मुझे बड़ी झेंप होगी।'

एक चौड़ा नाला मुँह फैलाए बीच में खड़ा था। बीच की चट्टानें उसके दाँतों-सी लगती थीं। धार में इतना वेग था कि लहरें उछली पड़ती थीं। सूर्य मध्याह्न पर आ पहुँचा था और उसकी प्यासी किरणें जल में क्रीड़ा कर रही थीं।

मालती ने प्रसन्न होकर कहा – 'अब तो लौटना पड़ा।'

'क्यों? उस पार चलेंगे। यहीं तो शिकार मिलेंगे।'

'धारा में कितना वेग है! मैं तो बह जाऊँगी।'

'अच्छी बात है। तुम यहीं बैठो, मैं जाता हूँ।'

'हाँ, आप जाइए। मुझे अपनी जान से बैर नहीं है।'

मेहता ने पानी में कदम रखा और पाँव साधते हुए चले। ज्यों-ज्यों आगे जाते थे, पानी गहरा होता जाता था। यहाँ तक कि छाती तक आ गया।

मालती अधीर हो उठी। शंका से मन चंचल हो उठा। ऐसी विकलता तो उसे कभी न होती थी। ऊँचे स्वर में बोली – 'पानी गहरा है। ठहर जाओ, मैं भी आती हूँ।'

'नहीं-नहीं, तुम फिसल जाओगी। धार तेज है।'

'कोई हरज नहीं, मैं आ रही हूँ। आगे न बढ़ना, खबरदार।'

मालती साड़ी ऊपर चढ़ाकर नाले में पैठी। मगर दस हाथ आते-आते पानी उसकी कमर तक आ गया।

मेहता घबराए। दोनों हाथ से उसे लौट जाने को कहते हुए बोले – 'तुम यहाँ मत आओ मालती! यहाँ तुम्हारी गर्दन तक पानी है।'

मालती ने एक कदम और आगे बढ़कर कहा – 'होने दो! तुम्हारी यही इच्छा है कि मैं मर जाऊँ तो तुम्हारे पास ही मरूँगी।'

मालती पेट तक पानी में थी। धार इतनी तेज थी कि मालूम होता था, कदम उखड़ा। मेहता लौट पड़े और मालती को एक हाथ से पकड़ लिया।

मालती ने नशीली आँखों में रोष भरकर कहा – 'मैंने तुम्हारे-जैसा बेदर्द आदमी कभी न देखा था। बिलकुल पत्थर हो। खैर; आज सता लो, जितना सताते बने; मैं भी कभी समझूँगी।'

मालती के पाँव उखड़ते हुए मालूम हुए। वह बन्दूक सँभालती हुई उनसे चिमट गई।

मेहता ने आश्वासन देते हुए कहा – 'तुम यहाँ खड़ी नहीं रह सकतीं। मैं तुम्हें अपने कन्धे पर बिठाए लेता हूँ।'

मालती ने भृकुटी टेढ़ी करके कहा – 'तो उस पार जाना क्या इतना जरूरी है?'

मेहता ने कुछ उत्तर न दिया। बन्दूक कनपटी से कन्धे पर दबा ली और मालती को दोनों हाथों से उठाकर कन्धे पर बैठा लिया।

मालती अपनी पुलक को छिपाती हुई बोली – 'अगर कोई देख ले?'

'भद्दा तो लगता है।'

दो पग के बाद उसने करुण स्वर में कहा – 'अच्छा बताओ, मैं यहीं पानी में डूब जाऊँ, तो तुम्हें रंज हो या न हो? मैं तो समझती हूँ, तुम्हें बिलकुल रंज न होगा।'

मेहता ने आहत स्वर से कहा – 'तुम समझती हो, मैं आदमी नहीं हूँ?'

'मैं तो यही समझती हूँ, क्यों छिपाऊँ।'

'सच कहती हो मालती?'

'तुम क्या समझते हो?'

'मैं! कभी बतलाऊँगा।'

पानी मेहता की गर्दन तक आ गया। कहीं अगला कदम उठाते ही सिर तक न आ जाए। मालती का हृदय धक्-धक् करने लगा। बोली – 'मेहता, ईश्वर के लिए अब आगे मत जाओ, नहीं मैं पानी में कूद पड़ूँगी।'

उस संकट में मालती को ईश्वर याद आया, जिसका वह मजाक उड़ाया करती थी। जानती थी, ईश्वर कहीं बैठा नहीं है, जो आकर उन्हें उबार लेगा; लेकिन मन को जिस अवलम्बन और शक्ति की जरूरत थी, वह और कहाँ मिल सकती थी?

पानी कम होने लगा था। मालती ने प्रसन्न होकर कहा – 'अब तुम मुझे उतार दो।'

'नहीं-नहीं, चुपचाप बैठी रहो। कहीं आगे कोई गढा मिल जाए।'

'तुम समझते होगे, यह कितनी स्वार्थिनी है।'

'मुझे इसकी मजदूरी दे देना।'

मालती के मन में गुदगुदी हुई।

'क्या मजदूरी लोगे?'

'यही कि जब तुम्हें जीवन में ऐसा ही कोई अवसर आए, तो मुझे बुला लेना।'

किनारे आ गए। मालती ने रेत पर अपनी साड़ी का पानी निचोड़ा, जूते का पानी निकाला, मुँह-हाथ धोया, पर ये शब्द अपने रहस्यमय आशय के साथ उसके सामने नाचते रहे।

उसने इस अनुभव का आनन्द उठाते हुए कहा – यह दिन याद रहेगा।

मेहता ने पूछा – 'तुम बहुत डर रही थीं।'

'पहले तो डरी, लेकिन फिर मुझे विश्वास हो गया कि तुम हम दोनों की रक्षा कर सकते हो।'

मेहता ने गर्व से मालती को देखा – 'उनके मुख पर परिश्रम की लाली के साथ तेज था।'

'मुझे यह सुनकर कितना आनन्द आ रहा है, तुम यह समझ सकोगी मालती?'

'तुमने समझाया कब? उलटे और जंगलों में घसीटते फिरते हो; और अभी फिर लौटती बार यही नाला पार करना पड़ेगा। तुमने कैसी आफत में जान डाल दी। मुझे तुम्हारे साथ रहना पड़े, तो एक दिन न पटे।'

मेहता मुस्कुराए। इन शब्दों का संकेत खूब समझ रहे थे।

'तुम मुझे इतना दुष्ट समझती हो! और जो मैं कहूँ कि तुमसे प्रेम करता हूँ। मुझसे विवाह करोगी?'

'ऐसे काठ-कठोर से कौन विवाह करेगा। रात-दिन जलाकर मार डालोगे।'

और मधुर नेत्रों से देखा, मानो कह रही हो – 'इसका आशय तुम खूब समझते हो। इतने बुद्धू नहीं हो।'

मेहता ने जैसे सचेत होकर कहा – 'तुम सच कहती हो मालती! मैं किसी रमणी को प्रसन्न नहीं रख सकता। मुझसे कोई स्त्री प्रेम का स्वाँग नहीं कर सकती। मैं उसके अन्तस्तल तक पहुँच जाऊँगा। फिर उससे अरुचि हो जाएगी।'

मालती काँप उठी। इन शब्दों में कितना सत्य था।

उसने पूछा – 'बताओ, तुम कैसे प्रेम से सन्तुष्ट होंगे?'

'बस यही कि जो मन में हो, वही मुख पर हो। मेरे लिए रंग-रूप और हाव-भाव और नाजो-अन्दाज का मूल्य उतना ही है, जितना होना चाहिए। मैं वह भोजन चाहता हूँ, जिससे आत्मा की तृप्ति हो। उत्तेजक और शोषक पदार्थों की मुझे जरूरत नहीं।'

मालती ने ओठ सिकोड़कर ऊपर को साँस खींचते हुए कहा – 'तुमसे कोई पेश न पाएगा। एक ही घाघ हो। अच्छा बताओ, मेरे विषय में तुम्हारा क्या खयाल है?'

मेहता ने नटखटपन से मुस्कुराकर कहा – 'तुम सब कुछ कर सकती हो, बुद्धिमती हो, चतुर हो, प्रतिभावान हो, दयालु हो, चंचल हो, स्वाभिमानी हो, त्याग कर सकती हो; लेकिन प्रेम नहीं कर सकतीं।'

मालती ने पैनी दृष्टि से ताककर कहा – 'झूठे हो तुम, बिलकुल झूठे। मुझे तुम्हारा यह दावा निस्सार मालूम होता है कि तुम नारी-हृदय तक पहुँच जाते हो।'

दोनों नाले के किनारे-किनारे चले जा रहे थे। बारह बज चुके थे; पर अब मालती को न विश्राम की इच्छा थी, न लौटने की। आज के सम्भाषण में उसे एक ऐसा आनन्द आ रहा था, जो उसके लिए बिलकुल नया था। उसने कितने ही विद्वानों और नेताओं को एक मुस्कान में, एक चितवन में, एक रसीले वाक्य में उल्लू बनाकर छोड़ दिया था। ऐसी बालू की दीवार पर वह जीवन का आधार नहीं रख सकती थी। आज उसे वह कठोर, ठोस, पत्थर-सी भूमि मिल गई थी, जो फावड़ों से चिनगारियाँ निकाल रही थी और उसकी कठोरता उसे उत्तरोत्तर मोह लेती थी।

धाँय की आवाज हुई। एक लालसर नाले पर उड़ा जा रहा था। मेहता ने निशाना मारा। चिड़िया चोट खाकर भी कुछ दूर उड़ी, फिर बीच धार में गिर पड़ी और लहरों के साथ बहने लगी।

'अब?'

'अभी जाकर लाता हूँ। जाती कहाँ है?'

यह कहने के साथ वह रेत में दौड़े और बन्दूक किनारे पर रख गड़ाप से पानी में कूद पड़े और बहाव की ओर तैरने लगे; मगर आध मील तक पूरा जोर लगाने पर भी चिड़िया न पा सके; चिड़िया मरकर भी जैसे उड़ी जा रही थी।

सहसा उन्होंने देखा, एक युवती किनारे की झोंपड़ी से निकली, चिड़िया को बहते देखकर साड़ी को जाँघों तक चढ़ाया और पानी में घुस पड़ी। एक क्षण में उसने चिड़िया पकड़ ली और मेहता को दिखाती हुई बोली - 'पानी से निकल आओ बाबूजी, तुम्हारी चिड़िया यह है।' मेहता युवती की चपलता और साहस देखकर मुग्ध हो गए। तुरन्त किनारे की ओर हाथ चलाए और दो मिनट में युवती के पास जा खड़े हुए।

युवती का रंग था तो काला और वह भी गहरा, कपड़े बहुत ही मैले और फूहड़, आभूषण के नाम पर केवल हाथों में दो-दो मोटी चूड़ियाँ, सिर के बाल उलझे अलग-अलग। मुख-मंडल का कोई भाग ऐसा नहीं, जिसे सुन्दर या सुघड़ कहा जा सके; लेकिन उस स्वच्छ, निर्मल जलवायु ने उसके कालेपन में ऐसा लावण्य भर दिया था और प्रकृति की गोद में पलकर उसके अंग इतने सुडौल, सुगठित और स्वच्छन्द हो गए थे कि यौवन का चित्र खींचने के लिए उससे सुन्दर कोई रूप न मिलता। उसका सबल स्वास्थ्य जैसे मेहता के मन में बल और तेज भर रहा था।

मेहता ने उसे धन्यवाद देते हुए कहा - 'तुम बड़े मौके से पहुँच गईं, नहीं मुझे न जाने कितनी दूर तैरना पड़ता।'

युवती ने प्रसन्नता से कहा - 'मैंने तुम्हें तैरते आते देखा, तो दौड़ी। शिकार खेलने आए होगे?'

'हाँ, आए तो थे शिकार ही खेलने, मगर दोपहर हो गई और यही चिड़िया मिली है।'

'तेंदुआ मारना चाहो, तो मैं उसका ठौर दिखा दूँ। रात को यहाँ रोज पानी पीने आता है। कभी-कभी दोपहर में भी आ जाता है।'

फिर जरा सकुचाकर सिर झुकाए बोली – 'उसकी खाल हमें देनी पड़ेगी। चलो मेरे द्वार पर। वहाँ पीपल की छाया है। यहाँ धूप में कब तक खड़े रहोगे? कपड़े भी तो गीले हो गए हैं।'

मेहता ने उसकी देह में चिपकी हुई गीली साड़ी की ओर देखकर कहा – 'तुम्हारे कपड़े भी तो गीले हैं।'

उसने लापरवाही से कहा – 'ऊँह हमारा क्या, हम तो जंगल के हैं। दिन-दिन भर धूप और पानी में खड़े रहते हैं। तुम थोड़े ही रह सकते हो।'

लड़की कितनी समझदार है और बिलकुल गँवार।

'तुम खाल लेकर क्या करोगी?'

'हमारे दादा बाजार में बेचते हैं। यही तो हमारा काम है।'

'लेकिन दोपहरी यहाँ काटें, तो तुम खिलाओगी क्या?'

युवती ने लजाते हुए कहा – 'तुम्हारे लायक हमारे घर में क्या है? मक्के की रोटियाँ खाओ, जो धरी हैं। चिड़िये का सालन पका दूँगी। तुम बताते जाना, जैसे बनाना हो। थोड़ा-सा दूध भी है। हमारी गैया को एक बार तेंदुए ने घेरा था। उसे सींगों से भगाकर भाग आई, तब से तेंदुआ उससे डरता है।'

'लेकिन मैं अकेला नहीं हूँ। मेरे साथ एक औरत भी है।'

'तुम्हारी घरवाली होगी?'

'नहीं, घरवाली तो अभी नहीं है, जान-पहचान की है।'

'तो मैं दौड़कर उनको बुला लाती हूँ। तुम चलकर छाँह में बैठो।'

'नहीं-नहीं, मैं बुला लाता हूँ?'

'तुम थक गए होगे। शहर का रहैया जंगल में काहे आते होंगे। हम तो जंगली आदमी हैं। किनारे ही तो खड़ी होंगी।'

जब तक मेहता कुछ बोलें, वह हवा हो गई। मेहता ऊपर चढ़कर पीपल की छाँह में बैठे। इस स्वच्छन्द जीवन से उनके मन में अनुराग उत्पन्न हुआ। सामने की पर्वतमाला दर्शन-तत्त्व की भाँति अगम्य और अत्यन्त फैली हुई, मानो ज्ञान का विस्तार कर रही हो, मानो आत्मा उस ज्ञान को, उस प्रकाश को, उस अगम्यता को, उसके प्रत्यक्ष विराट रूप में देख रही हो। दूर के एक बहुत ऊँचे शिखर पर एक छोटा-सा मन्दिर था, जो उस अगम्यता में बुद्धि की भाँति ऊँचा, पर खोया हुआ-सा खड़ा था, मानो वहाँ तक पर मारकर पक्षी विश्राम लेना चाहता है और कहीं स्थान नहीं पाता।

मेहता इन्हीं विचारों में डूबे हुए थे कि युवती मिस मालती को साथ लिए आ पहुँची, एक वन-पुष्प की भाँति धूप में खिली हुई, दूसरी गमले के फूल की भाँति धूप में मुरझाई और निर्जीव।

मालती ने बेदिली के साथ कहा – 'पीपल की छाँह बहुत अच्छी लग रही है क्या? और यहाँ भूख के मारे प्राण निकले जा रहे हैं।'

युवती दो बड़े-बड़े मटके उठा लाई और बोली - 'तुम तब तक यहीं बैठो, मैं अभी दौड़कर पानी लाती हूँ, फिर चूल्हा जला दूँगी; और मेरे हाथ का खाओ, तो मैं एक छन में बाटियाँ सेंक दूँगी, नहीं, अपने आप सेंक लेना। हाँ, गेहूँ का आटा मेरे घर में नहीं है और यहाँ कहीं कोई दुकान भी नहीं है कि ला दूँ।'

मालती को मेहता पर क्रोध आ रहा था। बोली - 'तुम यहाँ क्यों आकर पड़ रहे?'

मेहता ने चिढ़ाते हुए कहा - 'एक दिन जरा इस जीवन का आनन्द भी तो उठाओ। देखो, मक्के की रोटियों में कितना स्वाद है।'

'मुझसे मक्के की रोटियाँ खाई ही न जाएँगी, और किसी तरह निगल भी जाऊँ तो हजम न होंगी। तुम्हारे साथ आकर मैं बहुत पछता रही हूँ। रास्ते-भर दौड़ा के मार डाला और अब यहाँ लाकर पटक दिया!'

मेहता ने कपड़े उतार दिए थे और केवल एक नीला जाँघिया पहने बैठे हुए थे, युवती को मटके ले जाते देखा, तो उसके हाथ से मटके छीन लिए और कुएँ पर पानी भरने चले। दर्शन के गहरे अध्ययन में भी उन्होंने अपने स्वास्थ्य की रक्षा की थी और दोनों मटके लेकर चलते हुए उनकी मांसल और चौड़ी छाती और मछलीदार जाँघें किसी यूनानी प्रतिमा के सुगठित अंगों की भाँति उनके पुरुषार्थ का परिचय दे रही थीं। युवती उन्हें पानी खींचते हुए अनुराग-भरी आँखों से देख रही थी। वह अब उसकी दया के पात्र नहीं, श्रद्धा के पात्र हो गए थे।

कुआँ बहुत गहरा था, कोई साठ हाथ, मटके भरे थे और मेहता कसरत का अभ्यास करते रहने पर भी एक मटका खींचते-खींचते शिथिल हो गए। युवती ने दौड़कर उनके हाथ से रस्सी छीन ली और बोली - 'तुमसे न खिंचेगा। तुम जाकर खाट पर बैठो, मैं खींचे लेती हूँ।'

मेहता अपने पुरुषत्व का यह अपमान न सह सके। रस्सी उसके हाथ से फिर ले ली और जोर मारकर एक क्षण में दूसरा मटका भी खींच लिया और दोनों हाथों में मटके लिए, आकर झोंपड़ी के द्वार पर खड़े हो गए। युवती ने चटपट आग जलाई, लालसर के पंख झुलस डाले। छुरे से उसकी बोटियाँ बनाईं और चूल्हे में आग जलाकर माँस चढ़ा दिया और चूल्हे के दूसरे ऐले पर कढ़ाई में दूध उबालने लगी।

और मालती भौहें चढ़ाए, खाट पर खिन्न मन पड़ी इस तरह यह दृश्य देख रही थी, मानो उसके ऑपरेशन की तैयारी हो रही हो।

मेहता झोंपड़ी के द्वार पर खड़े होकर, युवती के गृह-कौशल को अनुरक्त नेत्रों से देखते हुए बोले - 'मुझे भी तो कोई काम बताओ, मैं क्या करूँ?'

युवती ने मीठी झिड़की के साथ कहा - 'तुम्हें कुछ नहीं करना है, जाकर बाई के पास बैठो, बेचारी बहुत भूखी है। दूध गरम हुआ जाता है, उसे पिला देना।'

उसने एक घड़े से आटा निकाला और गूँथने लगी। मेहता उसके अंगों का विलास देखते रहे। युवती भी रह-रहकर उन्हें कनखियों से देखकर अपना काम करने लगती थी।

मालती ने पुकारा – 'तुम वहाँ क्या खड़े हो? मेरे सिर में जोर का दर्द हो रहा है। आधा सिर ऐसा फटा पड़ता है, जैसे गिर जाएगा।'

मेहता ने आकर कहा – 'मालूम होता है, धूप लग गई है।'

'मैं क्या जानती थी, तुम मुझे मार डालने के लिए यहाँ ला रहे हो।'

'तुम्हारे साथ कोई दवा भी तो नहीं है?'

'क्या मैं किसी मरीज को देखने आ रही थी, जो दवा लेकर चलती? मेरा एक दवाओं का बक्स है, वह सेमरी में है!! उफ! सिर फटा जाता है।'

मेहता ने उसके सिर की ओर जमीन पर बैठकर धीरे-धीरे उसका सिर सहलाना शुरू किया। मालती ने आँखें बन्द कर लीं।

युवती हाथों में आटा भरे, सिर के बाल बिखेरे, आँखें धुएँ से लाल और सजल, सारी देह पसीने में तर, जिससे उसका उभरा हुआ वक्ष साफ झलक रहा था, आकर खड़ी हो गई और मालती को आँखें बन्द किए पड़ी देखकर बोली – 'बाई को क्या हो गया है?'

मेहता बोले – 'सिर में बड़ा दर्द है।'

'पूरे सिर में है कि आधे में?'

'आधे में बतलाती हैं।'

'दाईं ओर है, कि बाईं ओर?'

'बाईं ओर।'

'मैं अभी दौड़के एक दवा लाती हूँ। घिसकर लगाते ही अच्छा हो जाएगा।'

'तुम इस धूप में कहाँ जाओगी?'

युवती ने सुना ही नहीं। वेग से एक ओर जाकर पहाड़ियों में छिप गई। कोई आधा घंटे बाद मेहता ने उसे ऊँची पहाड़ी पर चढ़ते देखा। दूर से बिलकुल गुड़िया-सी लग रही थी। मन में सोचा – इस जंगली छोकरी में सेवा का कितना भाव और कितना व्यावहारिक ज्ञान है। लू और धूप में आसमान पर चढ़ी चली जा रही है।

मालती ने आँखें खोलकर देखा – 'कहाँ गई वह कलूटी। गजब की काली है, जैसे आबनूस का कुन्दा हो। इसे भेज दो, रायसाहब से कह आए, कार यहाँ भेज दें। इस तपिश में मेरा दम निकल जाएगा।'

'कोई दवा लेने गई है। कहती है, उससे आधा-सिर का दर्द बहुत जल्द आराम हो जाता है!'

'इनकी दवाएँ इन्हीं को फायदा करती हैं, मुझे न करेंगी। तुम तो इस छोकरी पर लट्टू हो गए हो। कितने छिछोरे हो! जैसी रूह वैसे फरिश्ते!'

मेहता को कटु सत्य कहने में संकोच न होता था।

'कुछ बातें तो उसमें ऐसी हैं कि अगर तुममें होतीं, तो तुम सचमुच देवी हो जातीं।'

'उसकी खूबियाँ उसे मुबारक, मुझे देवी बनने की इच्छा नहीं।'

'तुम्हारी इच्छा हो, तो मैं जाकर कार लाऊँ, यद्यपि कार यहाँ आ भी सकेगी, मैं नहीं कह सकता।'

'उस कलूटी को क्यों नहीं भेज देते?'

'वह तो दवा लेने गई है, फिर भोजन पकाएगी।'

'तो आज आप उसके मेहमान हैं! शायद रात को भी यहीं रहने का विचार होगा। रात को शिकार भी तो अच्छे मिलते हैं।'

मेहता ने इस आक्षेप से चिढ़कर कहा - 'इस युवती के प्रति मेरे मन में जो प्रेम और श्रद्धा है, वह ऐसी है कि अगर मैं उसकी ओर वासना से देखूँ तो आँखें फूट जाएँ। मैं अपने किसी घनिष्ठ मित्र के लिए भी इस धूप और लू में उस ऊँची पहाड़ी पर न जाता। और हम केवल घड़ी-भर के मेहमान हैं, यह वह जानती है। वह किसी गरीब औरत के लिए भी इसी तत्परता से दौड़ जाएगी। मैं विश्व-बन्धुत्व और विश्व-प्रेम पर केवल लेख लिख सकता हूँ, केवल भाषण दे सकता हूँ; वह उस प्रेम और त्याग का व्यवहार कर सकती है। कहने से करना कहीं कठिन है। इसे तुम भी जानती हो।'

मालती ने उपहास भाव से कहा - 'बस-बस, वह देवी है। मैं मान गई। उसके वक्ष में उभार है, नितम्बों में भारीपन है, देवी होने के लिए और क्या चाहिए।'

मेहता तिलमिला उठे। तुरन्त उठे और कपड़े पहने, जो सूख गए थे, बन्दूक उठाई और चलने को तैयार हुए। मालती ने फुंकार मारी - 'तुम नहीं जा सकते, मुझे अकेली छोड़कर।'

'तब कौन जाएगा?'

'वही तुम्हारी देवी।'

मेहता हतबुद्धि-से खड़े थे। नारी पुरुष पर कितनी आसानी से विजय पा सकती है। इसका आज उन्हें जीवन में पहला अनुभव हुआ।

वह दौड़ती-हाँफती चली आ रही थी। वही कलूटी युवती, हाथ में एक झाड़ लिए हुए। समीप आकर मेहता को कहीं जाने को तैयार देखकर बोली - 'मैं वह जड़ी खोज लाई। अभी घिसकर लगाती हूँ, लेकिन तुम कहाँ जा रहे हो? मांस तो पक गया होगा, मैं रोटियाँ सेंक देती हूँ। दो-एक खा लेना। बाई दूध पी लेगी। ठंडा हो जाए, तो चले जाना।'

उसने निस्संकोच भाव से मेहता के अचकन की बटनें खोल दीं। मेहता अपने को बहुत रोके हुए थे। जी होता था, इस गँवारिन के चरणों को चूम लें।

मालती ने कहा - 'अपनी दवाई रहने दो। नदी के किनारे, बरगद के नीचे हमारी मोटरकार खड़ी है। वहाँ और लोग होंगे। उनसे कहना, कार यहाँ लाएँ। दौड़ी हुई जा।'

युवती ने दीन नेत्रों से मेहता को देखा। इतनी मेहनत से बूटी लाई, उसका यह अनादर! इस गँवारिन की दवा इन्हें नहीं जंची, तो न सही, उसका मन रखने को ही जरा-सी लगवा लेतीं, तो क्या होता।

उसने बूटी जमीन पर रखकर पूछा - 'तब तक तो चूल्हा ठंडा हो जाएगा बाईजी। कहो तो रोटियाँ सेंककर रख दूँ। बाबूजी खाना खा लें, तुम दूध पी लो और दोनों जने आराम करो। तब तक मैं मोटरवाले को बुला लाऊँगी।'

वह झोंपड़ी में गई, बुझी हुई आग फिर जलाई। देखा तो मांस उबल गया था। कुछ जल भी गया था। जल्दी-जल्दी रोटियाँ सेंकीं, दूध गर्म था, उसे ठंडा किया और एक कटोरे में मालती के पास लाई। मालती ने कटोरे के भद्देपन पर मुँह बनाया; लेकिन दूध त्याग न सकी। मेहता झोंपड़ी के द्वार पर बैठकर एक थाली में मांस और रोटियाँ खाने लगे। युवती खड़ी पंखा झलरही थी।

मालती ने युवती से कहा – 'उन्हें खाने दो। कहीं भागे नहीं जाते हैं। तू जाकर गाड़ी ला।'

युवती ने मालती की ओर एक बार सवाल की आँखों से देखा, वह क्या चाहती हैं। इनका आशय क्या है? उसे मालती के चेहरे पर रोगियों की-सी नम्रता और कृतज्ञता और याचना न दिखाई दी। उसकी जगह अभिमान और प्रमाद की झलक थी। गँवारिन मनोभावों के पहचानने में चतुर थी। बोली – 'मैं किसी की लौंडी नहीं हूँ बाईजी! तुम बड़ी हो, अपने घर की बड़ी हो। मैं तुमसे कुछ माँगने तो नहीं जाती। मैं गाड़ी लेने न जाऊँगी।'

मालती ने डाँटा – 'अच्छा, तूने गुस्ताखी पर कमर बाँधी! बता, तू किसके इलाके में रहती है?'

'यह रायसाहब का इलाका है।'

'तो तुझे उन्हीं रायसाहब के हाथों हंटरों से पिटवाऊँगी।'

'मुझे पिटवाने से तुम्हें सुख मिले तो पिटवा लेना बाईजी! कोई रानी-महारानी थोड़ी हूँ कि लस्कर भेजनी पड़ेगी।'

मेहता ने दो-चार कौर निगले थे कि मालती की यह बातें सुनीं। कौर कंठ में अटक गया। जल्दी से हाथ धोया और बोले – 'यह नहीं जाएगी। मैं जा रहा हूँ।'

मालती भी खड़ी हो गई –'उसे जाना पड़ेगा।'

मेहता ने अंग्रेजी में कहा – 'उसका अपमान करके तुम अपना सम्मान बढ़ा नहीं रही हो मालती!'

मालती ने फटकार बताई – 'ऐसी ही लौंडियाँ मर्दों को पसन्द आती हैं, जिनमें और कोई गुण हो या न हो, उनकी टहल दौड़-दौड़कर प्रसन्न मन से करें और अपना भाग्य सराहें कि इस पुरुष ने मुझसे यह काम करने को तो कहा। वह देवियाँ हैं, शक्तियाँ हैं, विभूतियाँ हैं। मैं समझती थी, वह पुरुषत्व तुममें कम-से-कम नहीं है; लेकिन अन्दर से, संस्कारों से, तुम भी वही बर्बर हो।'

मेहता मनोविज्ञान के पंडित थे। मालती के मनोरहस्यों को समझ रहे थे। ईर्ष्या का ऐसा अनोखा उदाहरण उन्हें कभी न मिला था। उस रमणी से, जो इतनी मृदु स्वभाव, इतनी उदार, इतनी प्रसन्नमुख थी, ईर्ष्या की ऐसी प्रचंड ज्वाला!

बोले – 'कुछ भी कहो, मैं उसे न जाने दूँगा। उसकी सेवाओं और कृपाओं का यह पुरस्कार देकर मैं अपनी नजर में नीच नहीं बन सकता।'

मेहता के स्वर में कुछ ऐसा तेज था कि मालती धीरे से उठी और चलने को तैयार हो गई। उसने जलकर कहा – 'अच्छा, तो मैं ही जाती हूँ, तुम उसके चरणों की पूजा करके पीछे आना।'

मालती दो-तीन कदम चली गई, तो मेहता ने युवती से कहा – 'अब मुझे आज्ञा दो बहन; तुम्हारा यह नेह, तुम्हारी निःस्वार्थ सेवा हमेशा याद रहेगी।'

युवती ने दोनों हाथों से, सजल नेत्र होकर उन्हें प्रणाम किया और झोंपड़ी के अन्दर चली गई।

दूसरी टोली रायसाहब और खन्ना की थी। रायसाहब तो अपने उसी रेशमी कुरते और रेशमी चादर में थे। मगर खन्ना ने शिकारी सूट डाटा था, जो शायद आज ही के लिए बनवाया गया था; क्योंकि खन्ना को असामियों के शिकार से इतनी फुरसत कहाँ थी कि जानवरों का शिकार करते। खन्ना ठिंगने, इकहरे, रूपवान आदमी थे। गेहुँआ रंग, बड़ी-बड़ी आँखें, मुँह पर चेचक के दाग; बातचीत में बड़े कुशल।

कुछ देर चलने के बाद खन्ना ने मिस्टर मेहता का जिक्र छेड़ दिया, जो कल से ही उनके मस्तिष्क में राहु की भाँति समाए हुए थे।

बोले – 'यह मेहता भी कुछ अजीब आदमी है। मुझे तो कुछ बना हुआ मालूम होता है।'

रायसाहब मेहता की इज्जत करते थे और उन्हें सच्चा और निष्कपट आदमी समझते थे; पर खन्ना से लेन-देन का व्यवहार था, कुछ स्वभाव से शान्तिप्रिय भी थे, विरोध न कर सके। बोले – 'मैं तो उन्हें केवल मनोरंजन की वस्तु समझता हूँ। कभी उनसे बहस नहीं करता और करना भी चाहूँ तो उतनी विद्या कहाँ से लाऊँ? जिसने जीवन के क्षेत्र में कभी कदम ही नहीं रखा, वह अगर जीवन के विषय में कोई नया सिद्धान्त अलापता है, तो मुझे उस पर हँसी आती है। मजे से एक हजार माहवार फटकारते हैं, न जोरू न जाँता, न कोई चिन्ता न बाधा, वह दर्शन न बघारे तो कौन बघारे? आप निर्द्वन्द्व रहकर जीवन को सम्पूर्ण बनाने का स्वप्न देखते हैं। ऐसे आदमी से क्या बहस की जाए।'

'मैंने सुना, चरित्र का अच्छा नहीं है।'

'बेफिक्री में चरित्र अच्छा रह ही कैसे सकता है। समाज में रहो और समाज के कर्त्तव्यों और मर्यादाओं का पालन करो, तब पता चले!'

'मालती न जाने क्या देखकर उन पर लट्टू हुई जाती है।'

'मैं समझता हूँ, वह केवल तुम्हें जला रही है।'

'मुझे वह क्या जलाएँगी। बेचारी! मैं उन्हें खिलौने से ज्यादा नहीं समझता।'

'यह तो न कहो मिस्टर खन्ना, मिस मालती पर जान तो देते हो तुम।'

'यों तो मैं आपको भी यही इलजाम दे सकता हूँ।'

'मैं सचमुच खिलौना समझता हूँ। आप इन्हें प्रतिमा बनाए हुए हैं।'

खन्ना ने जोर से कहकहा मारा, हालाँकि हँसी की कोई बात न थी।

'अगर एक लोटा जल चढ़ा देने से वरदान मिल जाए, तो क्या बुरा है!

अबकी रायसाहब ने जोर से कहकहा मारा, जिसका कोई प्रयोजन न था।

'तब आपने उस देवी को समझा ही नहीं। आप जितनी ही उसकी पूजा करेंगे, उतना ही वह आपसे दूर भागेगी। जितना ही दूर भागिएगा, उतना ही आपकी ओर दौड़ेगी।'

'तब तो उन्हें आपकी ओर दौड़ना चाहिए था।'

'मेरी ओर! मैं उस रसिक-समाज से बिलकुल बाहर हूँ मिस्टर खन्ना, सच कहता हूँ। मुझमें जितनी बुद्धि, जितना बल है, वह इस इलाके के प्रबन्ध में ही खर्च हो जाता है। घर के जितने प्राणी हैं, सभी अपनी-अपनी धुन में मस्त; कोई उपासना में, कोई विषय-वासना में। कोऊ काहू में मगन, कोऊ काहू में मगन। और इन सब अजगरों को भक्ष्य देना मेरा काम है, कर्त्तव्य है। मेरे बहुत-से ताल्लुकेदार भाई भोग-विलास करते हैं, यह सब मैं जानता हूँ। मगर वह लोग घर फूँककर तमाशा देखते हैं। कर्ज का बोझ सिर पर लदा जा रहा है, रोज डिग्रियाँ हो रही हैं। जिससे लेते हैं, उसे देना नहीं जानते, चारों तरफ बदनाम। मैं तो ऐसी जिन्दगी से मर जाना अच्छा समझता हूँ! मालूम नहीं, किस संस्कार से मेरी आत्मा में जरा-सी जान बाकी रह गई, जो मुझे देश और समाज के बन्धन में बाँधे हुए है। सत्याग्रह-आन्दोलन छिड़ा। मेरे सारे भाई शराब-कबाब में मस्त थे। मैं अपने को न रोक सका। जेल गया और लाखों रुपये की जेरबारी उठाई और अभी तक उसका तावान दे रहा हूँ। मुझे उसका पछतावा नहीं है। बिलकुल नहीं। मुझे उसका गर्व है। मैं उस आदमी को आदमी नहीं समझता, जो देश और समाज की भलाई के लिए उद्योग न करे और बलिदान न करे। मुझे क्या अच्छा लगता है कि निर्जीव किसानों का रक्त चूसूँ और अपने परिवारवालों की वासनाओं की तृप्ति के साधन जुटाऊँ; मगर करूँ क्या? जिस व्यवस्था में पला और जिया, उससे घृणा होने पर भी उसका मोह त्याग नहीं सकता और उसी चरखे में रात-दिन पड़ा रहता हूँ कि किसी तरह इज्जत-आबरू बची रहे, और आत्मा की हत्या न होने पाए। ऐसा आदमी मिस मालती क्या, किसी भी मिस के पीछे नहीं पड़ सकता, और पड़े तो उसका सर्वनाश ही समझिए। हाँ, थोड़ा-सा मनोरंजन कर लेना दूसरी बात है।'

मिस्टर खन्ना भी साहसी आदमी थे, संग्राम में आगे बढ़नेवाले। दो बार जेल हो आए थे। किसी से दबना न जानते थे। खद्दर पहनते थे और फ्रांस की शराब पीते थे। अवसर पड़ने पर बड़ी-बड़ी तकलीफें झेल सकती थे। जेल में शराब छुई तक नहीं, और ए क्लास में रहकर भी सी क्लास की रोटियाँ खाते रहे, हालाँकि उन्हें हर तरह का आराम मिल सकता था; मगर रण-क्षेत्र में जानेवाला रथ भी तो बिना तेल के नहीं चल सकता। उनके जीवन में थोड़ी-सी रसिकता लाजिमी थी। बोले – 'आप संन्यासी बन सकते हैं, मैं तो नहीं बन सकता। मैं तो समझता हूँ, जो भोगी नहीं हैं, वह संग्राम में पूरे उत्साह से नहीं जा सकता। जो रमणी से प्रेम नहीं कर सकता, उसके देश-प्रेम में मुझे विश्वास नहीं।'

रायसाहब मुस्कुराए – 'आप मुझी पर आवाजें कसने लगे।'

'आवाज नहीं है, तत्त्व की बात है।'

'शायद हो।'

'आप अपने दिल के अन्दर पैठकर देखिए तो पता चले!'

'मैंने तो पैठकर देखा है, और मैं आपको विश्वास दिलाता हूँ, वहाँ और चाहे जितनी बुराइयाँ हों, विषय की लालसा नहीं है।'

'तब मुझे आपके ऊपर दया आती है। आप जो इतने दुःखी और निराश और चिन्तित हैं, इसका एकमात्र कारण आपका निग्रह है। मैं तो यह नाटक खेलकर रहूँगा, चाहे दु-खान्त ही क्यों न हो! वह मुझसे मजाक करती है, दिखाती है कि मुझे तेरी परवाह नहीं है; लेकिन मैं हिम्मत हारनेवाला मनुष्य नहीं हूँ। मैं अब तक उसका मिजाज नहीं समझ पाया। कहाँ निशाना ठीक बैठेगा, इसका निश्चय न कर सका।'

'लेकिन वह कुंजी आपको शायद ही मिले। मेहता शायद आपसे बाजी मार ले जाएँ।'

एक हिरन कई हिरनियों के साथ चर रहा था, बड़े सींगों वाला, बिलकुल काला। रायसाहब ने निशाना बाँधा। खन्ना ने रोका – 'क्यों हत्या करते हो यार? बेचारा चर रहा है, चरने दो। धूप तेज हो गई। आइए कहीं बैठ जाएँ। आपसे कुछ बातें करनी हैं।'

रायसाहब ने बन्दूक चलाई, मगर हिरन भाग गया। बोले – 'एक शिकार मिला भी तो निशाना खाली गया।'

'एक हत्या से बचे।'

'आपके इलाके में ऊख होती है?'

'बड़ी कसरत से।'

'तो फिर क्यों न हमारे शुगर मिल में शामिल हो जाइए? हिस्से धड़ाधड़ बिक रहे हैं। आप ज्यादा नहीं एक हजार हिस्से खरीद लें?'

'गजब किया, मैं इतने रुपये कहाँ से लाऊँगा?'

'इतने नामी इलाकेदार और आपको रुपये की कमी! कुल पचास हजार ही तो होते हैं। उनमें भी अभी 25 फीसदी ही देना है।'

'नहीं भाई साहब, मेरे पास इस वक्त बिलकुल रुपये नहीं हैं।'

'रुपये जितने चाहें, मुझसे लीजिए। बैंक आपका है। हाँ, अभी आपने अपनी जिन्दगी इंश्योर्ड न कराई होगी। मेरी कम्पनी में एक अच्छी-सी पालिसी लीजिए। सौ-दो सौ रुपये तो आप बड़ी आसानी से हर महीने दे सकते हैं। और इकट्ठी रकम मिल जाएगी – चालीस-पचास हजार। लड़कों के लिए इससे अच्छा प्रबन्ध आप नहीं कर सकते। हमारी नियमावली देखिए। हम पूर्ण सहकारिता के सिद्धान्त पर काम करते हैं। दफ्तर और कर्मचारियों के खर्च के सिवा नफे की एक पाई भी किसी की जेब में नहीं जाती। आपको आश्चर्य होगा कि इस नीति से कम्पनी चल कैसे रही है। और मेरी सलाह से थोड़ा-सा स्पेकुलेशन का काम भी शुरू कर दीजिए। यह तो आप सैकड़ों

करोड़पति बने हुए हैं, सब इसी स्पेकुलेशन से बने हैं। रुई, शक्कर, गेहूँ, रबर किसी जिन्स का सट्टा कीजिए। मिनटों में लाखों का वारा-न्यारा होता है। काम जरा अटपटा है। बहुत-से लोग गच्चा खा जाते हैं, लेकिन वही, जो अनाड़ी हैं। आप जैसे अनुभवी, सुशिक्षित और दूरन्देश लोगों के लिए इससे ज्यादा नफे का काम ही नहीं। बाजार का चढ़ाव-उतार कोई आकस्मिक घटना नहीं। इसका भी विज्ञान है। एक बार उसे गौर से देख दीजिए, फिर क्या मजाल कि धोखा हो जाए।'

रायसाहब कम्पनियों पर अविश्वास करते थे, दो-एक बार इसका उन्हें कड़वा अनुभव हो भी चुका था, लेकिन मिस्टर खन्ना को उन्होंने अपनी आँखों से बढ़ते देखा था और उनकी कार्यक्षमता के कायल हो गए थे। अभी दस साल पहले जो व्यक्ति बैंक में क्लर्क था, वह केवल अपने अध्यवसाय, पुरुषार्थ और प्रतिभा से शहर में पुजता था। उनकी सलाह की उपेक्षा न की जा सकती थी। इस विषय में अगर खन्ना उनके पथ-प्रदर्शक हो जाएँ, तो उन्हें बहुत कुछ कामयाबी हो सकती है। ऐसा अवसर क्यों छोड़ा जाए? तरह-तरह के प्रश्न करते रहे।

सहसा एक देहाती एक बड़ी-सी टोकरी में कुछ जड़ें, कुछ पत्तियाँ, कुछ फल लिए, जाता नजर आया।

खन्ना ने पूछा - 'अरे, क्या बेचता है!'

देहाती सकपका गया। डरा, कहीं बेगार में न पकड़ जाए। बोला - 'कुछ तो नहीं मालिक! यही घास-पात है?'

'क्या करेगा इनका?'

'बेचूँगा मालिक! जड़ी-बूटी है।'

'कौन-कौन सी जड़ी बूटी है, बता?'

देहाती ने अपना औषधालय खोलकर दिखलाया। मामूली चीजें थीं, जो जंगल के आदमी उखाड़कर ले जाते हैं और शहर में अत्तारों के हाथ दो-चार आने में बेच आते हैं। जैसे मकोय, कंघी, सहदेइया, कुकरौंधे, धतूरे के बीज, मदार के फूल, करजे, घुमची आदि। हरएक चीज दिखाता था और रटे हुए शब्दों में उसके गुण भी बयान करता जाता था - 'यह मकोय है सरकार! ताप हो, मंदाग्नि हो, तिल्ली हो, धड़कन हो, शूल हो, खाँसी हो, एक खोराक में आराम हो जाता है। यह धतूरे के बीज हैं मालिक, गठिया हो, बाई हो...'

खन्ना ने दाम पूछा - उसने आठ आने कहे। खन्ना ने एक रुपया फेंक दिया और उसे पड़ाव तक रख आने का हुक्म दिया। गरीब ने मुँह-माँगा दाम ही नहीं पाया, उसका दुगुना पाया। आशीर्वाद देता चला गया।

रायसाहब ने पूछा - 'आप यह घास-पात लेकर क्या करेंगे?'

खन्ना ने मुस्कुराकर कहा - 'इनकी अशर्फियाँ बनाऊँगा। मैं कीमियागर हूँ। यह आपको शायद नहीं मालूम।'

'तो यार, वह मन्त्र हमें सिखा दो।'

'हाँ-हाँ, शौक से। मेरी शागिर्दी कीजिए। पहले सवा सेर लड्डू लाकर चढ़ाइए, तब बताऊँगा। बात यह है कि मेरा तरह-तरह के आदमियों से साबका पड़ता है। कुछ ऐसे लोग भी आते हैं, जो जड़ी-बूटियों पर जान देते हैं। उनको इतना मालूम हो जाए कि यह किसी फकीर की दी हुई बूटी है, फिर आपकी खुशामद करेंगे, नाक रगड़ेंगे, और आप वह चीज उन्हें दे दें, तो हमेशा के लिए आपके ऋणी हो जाएँगे। एक रुपये में अगर दस-बीस बुद्धुओं पर एहसान का नमदा कसा जा सके, तो क्या बुरा है? जरा-से एहसान से बड़े-बड़े काम निकल जाते हैं।'

रायसाहब ने कुतूहल से पूछा - 'मगर इन बूटियों के गुण आपको याद कैसे रहेंगे?'

खन्ना ने कहकहा मारा - 'आप भी रायसाहब! बड़े मजे की बातें करते हैं। जिस बूटी में जो गुण चाहे बता दीजिए, वह आपकी लियाकत पर मुनहसर है। सेहत तो रुपये में आठ आने विश्वास से होती है। आप जो इन बड़े-बड़े अफसरों को देखते हैं, और इन लम्बी पूँछवाले विद्वानों को, और इन रईसों को, ये सब अन्धविश्वासी होते हैं। मैं तो वनस्पति-शास्त्र के प्रोफेसर को जानता हूँ, जो कुकरौंधे का नाम भी नहीं जानते। इन विद्वानों का मजाक तो हमारे स्वामीजी खूब उड़ाते हैं। आपको तो कभी उनके दर्शन न हुए होंगे। अबकी आप आएँगे, उनसे मिलाऊँगा। जब से मेरे बगीचे में ठहरे हैं, रात-दिन लोगों का ताँता लगा रहता है। माया तो उन्हें छू भी नहीं गई। केवल एक बार दूध पीते हैं। ऐसा विद्वान महात्मा मैंने आज तक नहीं देखा। न जाने कितने वर्ष हिमालय पर तप करते रहे। पूरे सिद्ध पुरुष हैं। आप उनसे अवश्य दीक्षा लीजिए। मुझे विश्वास है, आपकी यह सारी कठिनाइयाँ छूमन्तर हो जाएँगी। आपको देखते ही आपका भूत-भविष्य सब कह सुनाएँगे। ऐसे प्रसन्न-मुख हैं कि देखते ही मन खिल उठता है। ताज्जुब तो यह है कि खुद इतने बड़े महात्मा हैं; मगर संन्यास और त्याग, मन्दिर और मठ, सम्प्रदाय और पन्थ, इन सबको ढोंग कहते हैं, पाखंड कहते हैं, रूढ़ियों के बन्धन को तोड़ो और मनुष्य बनो; देवता बनने का खयाल छोड़ो। देवता बनकर तुम मनुष्य न रहोगे।'

रायसाहब के मन में शंका हुई। महात्माओं में उन्हें भी वह विश्वास था, जो प्रभुतावालों में आमतौर पर होता है। दुःखी प्राणी को आत्मचिन्तन में जो शान्ति मिलती है, उसके लिए वह भी लालायित रहते थे। जब आर्थिक कठिनाइयों से निराश हो जाते, मन में आता, संसार से मुँह मोड़कर एकान्त में जा बैठें और मोक्ष की चिन्ता करें। संसार के बन्धनों को वह भी साधारण मनुष्यों की भाँति आत्मोन्नति के मार्ग की बाधाएँ समझते थे और इनसे दूर हो जाना ही उनके जीवन का भी आदर्श था; लेकिन संन्यास और त्याग के बिना बन्धनों को तोड़ने का और क्या उपाय है?

'लेकिन जब वह संन्यास को ढोंग कहते हैं, और खुद क्यों संन्यास लिया है?'

'उन्होंने संन्यास कब लिया है साहब, वह तो कहते हैं - 'आदमी को अन्त तक काम करते रहना चाहिए। विचार-स्वातन्त्र्य उनके उपदेशों का तत्त्व है।'

'मेरी समझ में कुछ नहीं आ रहा। विचार-स्वातन्त्र्य का आशय क्या है?'

'समझ में तो मेरे भी कुछ नहीं आता, अबकी आइए, तो उनसे बातें हों। वह प्रेम को जीवन का सत्य कहते हैं। और इसकी ऐसी सुन्दर व्याख्या करते हैं कि मन मुग्ध हो जाता है।'

'मिस मालती को उनसे मिलाया या नहीं?'

'आप भी दिल्लगी करते हैं। मालती को भला इनसे क्या मिलाता...'

वाक्य पूरा न हुआ था कि सामने झाड़ी में सरसराहट की आवाज सुनकर चौंक पड़े और प्राण-रक्षा की प्रेरणा से रायसाहब के पीछे आ गए। झाड़ी में से एक तेंदुआ निकला और मन्द गति से सामने की ओर चला।

रायसाहब ने बन्दूक उठाई और निशाना बाँधना चाहते थे कि खन्ना ने कहा - 'यह क्या करते हैं आप? ख्वाहमख्वाह उसे छेड़ रहे हैं। कहीं लौट पड़े तो?'

'लौट क्या पड़ेगा, वहीं ढेर हो जाएगा।'

'तो मुझे उस टीले पर चढ़ जाने दीजिए। मैं शिकार का ऐसा शौकीन नहीं हूँ।'

'तब क्या शिकार खेलने चले थे?'

'शामत और क्या!'

रायसाहब ने बन्दूक नीचे कर ली।

'बड़ा अच्छा शिकार निकल गया। ऐसे अवसर कम मिलते हैं।'

'मैं तो अब यहाँ नहीं ठहर सकता। खतरनाक जगह है।'

'एकाध शिकार तो मार लेने दीजिए। खाली हाथ लौटते शर्म आती है।'

'आप मुझे कृपा करके कार के पास पहुँचा दीजिए, फिर चाहें तेंदुए का शिकार कीजिए या चीते का।'

'आप बड़े डरपोक हैं मिस्टर खन्ना, सच।'

'व्यर्थ में अपनी जान खतरे में डालना बहादुरी नहीं है!'

'अच्छा तो आप खुशी से लौट सकते हैं।'

'अकेला?'

'रास्ता बिलकुल साफ है।'

'जी नहीं। आपको मेरे साथ चलना पड़ेगा।'

रायसाहब ने बहुत समझाया; मगर खन्ना ने एक न मानी। मारे भय के उनका चेहरा पीला पड़ गया था। उस वक्त अगर झाड़ी में से एक गिलहरी भी निकल आती, तो वह चीख मारकर गिर पड़ते। बोटी-बोटी काँप रही थी। पसीने से तर हो गए थे! रायसाहब को लाचार होकर उनके साथ लौटना पड़ा।

जब दोनों आदमी बड़ी दूर निकल आए, तो खन्ना के होश ठिकाने आए।

बोले - 'खतरे से नहीं डरता; लेकिन खतरे के मुँह में उँगली डालना हिमाकत है।'

'अजी, जाओ भी। जरा-सा तेंदुआ देख लिया, तो जान निकल गई।'

'मैं शिकार खेलना उस जमाने का संस्कार समझता हूँ, जब आदमी पशु था। तब से संस्कृति बहुत आगे बढ़ गई है।'

'मैं मिस मालती से आपकी कलई खोलूँगा'

'मैं अहिंसावादी होना लज्जा की बात नहीं समझता।'

'अच्छा, तो यह आपका अहिंसावाद था। शाबाश!'

खन्ना ने गर्व से कहा – 'जी हाँ, यह मेरा अहिंसावाद था। आप बुद्ध और शंकर के नाम पर गर्व करते हैं और पशुओं की हत्या करते हैं, लज्जा आपको आनी चाहिए, न कि मुझे।'

कुछ दूर दोनों फिर चुपचाप चलते रहे। तब खन्ना बोले – 'तो आप कब तक आएँगे? मैं चाहता हूँ, आप पालिसी का फार्म आज ही भर दें और शक्कर के हिस्सों का भी। मेरे पास दोनों फार्म भी मौजूद हैं।'

रायसाहब ने चिन्तित स्वर में कहा – 'जरा सोच लेने दीजिए।'

'इसमें सोचने की जरूरत नहीं।'

तीसरी टोली मिर्जा खुर्शेद और मिस्टर तंखा की थी। मिर्जा खुर्शेद के लिए भूत और भविष्य सादे कागज की भाँति था। वह वर्तमान में रहते थे। न भूत का पछतावा था, न भविष्य की चिन्ता। जो कुछ सामने आ जाता था, उसमें जी-जान से लग जाते थे। मित्रों की मंडली में वह विनोद के पुतले थे। कौंसिल में उनसे ज्यादा उत्साही मेम्बर कोई न था। जिस प्रश्न के पीछे पड़ जाते, मिनिस्टरों को रुला देते। किसी के साथ रू-रियायत करना न जानते थे। बीच-बीच में परिहास भी करते जाते थे। उनके लिए आज जीवन था, कल का पता नहीं। गुस्सेवर भी ऐसे थे कि ताल ठोंककर सामने आ जाते थे। नम्रता के सामने दंडवत करते थे; लेकिन जहाँ किसी ने शान दिखाई और यह हाथ धोकर उसके पीछे पड़े। न अपना लेना याद रखते थे, न दूसरों का देना। शौक था शायरी का और शराब का। औरत केवल मनोरंजन की वस्तु थी। बहुत दिन हुए हृदय का दिवाला निकाल चुके थे।

मिस्टर तंखा दाँव-पेंच के आदमी थे, सौदा पटाने में, मुआमला सुलझाने में, अड़ंगा लगाने में, बालू से तेल निकालने में, गला दबाने में, दुम झाड़कर निकल जाने में बड़े सिद्धहस्त। कहिए रेत में नाव चला दें, पत्थर पर दूब उगा दें। ताल्लुकेदारों को महाजनों से कर्ज दिलाना, नई कम्पनियाँ खोलना, चुनाव के अवसर पर उम्मेदवार खड़े करना, यही उनका व्यवसाय था। खासकर चुनाव के समय उनकी तकदीर चमकती थी। किसी पोढ़े उम्मेदवार को खड़ा करते, दिलोजान से उसका काम करते और दस-बीस हजार बना लेते। जब कांग्रेस का जोर था, तो कांग्रेस के उम्मेदवारों के सहायक थे। जब साम्प्रदायिक दल का जोर हुआ, तो हिन्दूसभा की ओर से काम करने लगे; मगर इस उलटफेर के समर्थन के लिए उनके पास ऐसी दलीलें थीं कि कोई उँगली न दिखा सकता था। शहर के सभी रईस, सभी हुक्काम, सभी अमीरों से उनका याराना था। दिल में चाहे लोग उनकी नीति पसन्द न करें, पर वह स्वभाव के इतने नम्र थे कि कोई मुँह पर कुछ न कह सकता था।

मिर्जा खुर्शेद ने रूमाल से माथे का पसीना पोंछकर कहा – 'आज तो शिकार खेलने के लायक दिन नहीं है। आज तो कोई मुशायरा होना चाहिए था।'

वकील ने समर्थन किया – 'जी हाँ, वहीं बाग में। बड़ी बहार रहेगी।'

थोड़ी देर के बाद मिस्टर तंखा ने मामले की बात छेड़ी।

'अबकी चुनाव में बड़े-बड़े गुल खिलेंगे। आपके लिए भी मुश्किल है।'

मिर्जा विरक्त मन से बोले – 'अबकी मैं खड़ा न हूँगा।'

तंखा ने पूछा – 'क्यों?'

'मुफ्त की बकबक कौन करे? फायदा ही क्या! मुझे अब इस डेमॉक्रेसी में भक्ति नहीं रही। जरा-सा काम और महीनों की बहस। हाँ, जनता की आँखों में धूल झोंकने के लिए अच्छा स्वाँग है। इससे तो कहीं अच्छा है कि एक गवर्नर रहे, चाहे वह हिन्दुस्तानी हो, या अंग्रेज, इससे बहस नहीं। एक इंजिन जिस गाड़ी को बड़े मजे से हजारों मील खींच ले जा सकता है, उसे दस हजार आदमी मिलकर भी उतनी तेजी से नहीं खींच सकते। मैं तो यह सारा तमाशा देखकर कौंसिल से बेजार हो गया हूँ। मेरा बस चले, तो कौंसिल में आग लगा दूँ। जिसे हम डेमॉक्रेसी कहते हैं, वह व्यवहार में बड़े-बड़े व्यापारियों और जमींदारों का राज्य है, और कुछ नहीं। चुनाव में वही बाजी ले जाता है, जिसके पास रुपये हैं। रुपये के जोर से उसके लिए सभी सुविधाएँ तैयार हो जाती हैं। बड़े-बड़े पंडित, बड़े-बड़े मौलवी, बड़े-बड़े लिखने और बोलनेवाले, जो अपनी जबान और कलम से पब्लिक को जिस तरफ चाहें फेर दें, सभी सोने के देवता के पैरों पर माथा रगड़ते हैं। मैंने तो इरादा कर लिया है, अब इलेक्शन के पास न जाऊँगा! मेरा प्रोपेगैंडा अब डेमॉक्रेसी के खिलाफ होगा।'

मिर्जा साहब ने कुरान की आयतों से सिद्ध किया कि पुराने जमाने के बादशाहों के आदर्श कितने ऊँचे थे। आज तो हम उसकी तरफ ताक भी नहीं सकते। हमारी आँखों में चकाचौंध आ जाएगी। बादशाह को खजाने की एक कौड़ी भी निजी खर्च में लाने का अधिकार न था। वह किताबें नकल करके, कपड़े सीकर, लड़कों को पढ़ाकर अपना गुजर करता था। मिर्जा ने आदर्श महीपों की एक लम्बी सूची गिना दी। कहाँ तो वह प्रजा को पालनेवाला बादशाह, और कहाँ आजकल के मन्त्री और मिनिस्टर, पाँच-छः, सात, आठ हजार माहवार मिलना चाहिए। यह लूट है या डेमॉक्रेसी!

हिरनों का एक झुंड चरता हुआ नजर आया! मिर्जा के मुख पर शिकार का जोश चमक उठा। बन्दूक सँभाली और निशाना मारा। एक काला-सा हिरन गिर पड़ा। वह मारा! इस उन्मत्त ध्वनि के साथ मिर्जा भी बेतहाशा दौड़े-बिलकुल बच्चों की तरह उछलते, कूदते, तालियाँ बजाते।

समीप ही एक वृक्ष पर एक आदमी लकड़ियाँ काट रहा था। वह भी चट-पट वृक्ष से उतरकर मिर्जाजी के साथ दौड़ा। हिरन की गर्दन में गोली लगी थी, उसके पैरों में कम्पन हो रहा था और आँखें पथरा गई थीं।

लकड़हारे ने हिरन को करुण नेत्रों से देखकर कहा – 'अच्छा पट्ठा था, मन-भर से कम न होगा। हुकुम हो, तो मैं उठाकर पहुँचा दूँ?'

मिर्जा कुछ बोले नहीं। हिरन की टँगी हुई, दीन वेदना से भरी आँखें देख रहे थे। अभी एक मिनट पहले इसमें जीवन था। जरा-सा पत्ता भी खड़कता, तो कान खड़े करके चौकड़ियाँ भरता हुआ निकल भागता। अपने मित्रों और बाल-बच्चों के साथ ईश्वर की उगाई हुई घास खा रहा था, मगर अब निस्पन्द पड़ा है। उसकी खाल उधेड़ लो, उसकी बोटियाँ कर डालो, उसका कीमा बना डालो, उसे खबर न होगी। उसके क्रीड़ामय जीवन में जो आकर्षण था, जो आनन्द था, वह क्या इस निर्जीव शव में है? कितनी सुन्दर गठन थी, कितनी प्यारी आँखें, कितनी मनोहर छवि? उसकी छलांगें हृदय में आनन्द की तरंगें पैदा कर देती थीं, उसकी चौकड़ियों के साथ हमारा मन भी चौकड़ियाँ भरने लगता था। उसकी स्फूर्ति जीवन-सा बिखेरती चलती थी, जैसे फूल सुगन्ध बिखेरती चलती थी, जैसे फूल सुगन्ध बिखेरता है; लेकिन अब! उसे देखकर ग्लानि होती है।

लकड़हारे ने पूछा – 'कहाँ पहुँचाना होगा मालिक? मुझे भी दो-चार पैसे दे देना!'

मिर्जाजी जैसे ध्यान से चौंक पड़े। बोले – 'अच्छा, उठा ले। कहाँ चलेगा?'

'जहाँ हुकुम हो मालिक।'

'नहीं, जहाँ तेरी इच्छा हो, वहाँ ले जा। मैं तुझे देता हूँ!'

लकड़हारे ने मिर्जा की ओर कुतूहल से देखा। कानों पर विश्वास न आया।

'अरे नहीं मालिक, हुजूर ने सिकार किया है, तो हम कैसे खा लें।'

'नहीं-नहीं, मैं खुशी से कहता हूँ, तुम इसे ले जाओ। तुम्हारा घर यहाँ से कितनी दूर है?'

'कोई आधा कोस होगा मालिक!'

'तो मैं भी तुम्हारे साथ चलूँगा। देखूँगा, तुम्हारे बाल-बच्चे कैसे खुश होते हैं।'

'ऐसे तो मैं न ले जाऊँगा सरकार! आप इतनी दूर से आए; इस कड़ी धूप में सिकार किया, मैं कैसे उठा ले जाऊँ।'

'उठा-उठा, देर न कर। मुझे मालूम हो गया, तू भला आदमी है।'

लकड़हारे ने डरते-डरते और रह-रहकर मिर्जाजी के मुख की ओर सशंक नेत्रों से देखते हुए कि कहीं बिगड़ न जाएँ, हिरन को उठाया। सहसा उसने हिरन को छोड़ दिया और खड़ा होकर बोला – 'मैं समझ गया मालिक, हुजूर ने इसकी हलाली नहीं की।'

मिर्जाजी ने हँसकर कहा – 'बस-बस, तूने खूब समझा। अब उठा ले और चल।'

मिर्जाजी धर्म के इतने पाबन्द न थे। दस साल से उन्होंने नमाज न पढ़ी थी। दो महीने में एक दिन व्रत रख लेते थे। बिलकुल निराहार, निर्जल; मगर लकड़हारे को इस खयाल से जो सन्तोष हुआ था कि हिरन अब इन लोगों के लिए अखाद्य हो गया है, उसे फीका न करना चाहते थे।

लकड़हारे ने हलके मन से हिरन को गर्दन पर रख लिया और घर की ओर चला। तंखा अभी तटस्थ-से वहीं पेड़ के नीचे खड़े थे। धूप में हिरन के पास जाने

का कष्ट क्यों उठाते? कुछ समझ में न आ रहा था कि मुआमला क्या है; लेकिन जब लकड़हारे को उलटी दिशा में जाते देखा, तो आकर मिर्जा से बोले – 'आप उधर कहाँ जा रहे हैं हजरत! क्या रास्ता भूल गए?'

मिर्जा ने अपराधी भाव से मुस्कुराकर कहा – 'मैंने शिकार इस गरीब आदमी को दे दिया। अब जरा इसके घर चल रहा हूँ। आप भी आइए न।'

तंखा ने मिर्जा को कुतूहल की दृष्टि से देखा और बोले – 'आप अपने होश में हैं या नहीं?'

'कह नहीं सकता। मुझे खुद नहीं मालूम।'

'शिकार इसे क्यों दे दिया?'

'इसलिए कि उसे पाकर इसे जितनी खुशी होगी, मुझे या आपको न होगी।'

तंखा खिसियाकर बोले – 'जाइए! सोचा था, खूब कबाब उड़ाएँगे, सो आपने सारा मजा किरकिरा कर दिया। खैर, रायसाहब और मेहता कुछ-न-कुछ लाएँगे ही। कोई गम नहीं। मैं इस इलेक्शन के बारे में कुछ अर्ज करना चाहता हूँ। आप नहीं खड़े होना चाहते न सही, आपकी जैसी मर्जी; लेकिन आपको इसमें क्या ताम्मुल है कि जो लोग खड़े हो रहे हैं, उनसे इसकी अच्छी कीमत वसूल ली जाए? मैं आपसे सिर्फ इतना चाहता हूँ कि आप किसी पर यह भेद न खुलने दें कि आप नहीं खड़े हो रहे हैं। सिर्फ इतनी मेहरबानी कीजिए मेरे साथ! ख्वाजा जमाल ताहिर इसी शहर से खड़े हो रहे हैं। रईसों के वोट सोलहों आने उनकी तरफ हैं ही, हुक्काम भी उनके मददगार हैं। फिर भी पब्लिक पर आपका जो असर है, इससे उनकी कोर दब रही है। आप चाहें तो आपको उनसे दस-बीस हजार रुपये महज यह जाहिर कर देने के मिल सकते हैं कि आप उनकी खातिर बैठ जाते हैं... नहीं, मुझे अर्ज कर लेने दीजिए। इस मुआमले में आपको कुछ नहीं करना है। आप बेफिक्र बैठे रहिए। मैं आपकी तरफ से एक मेनिफेस्टो निकाल दूँगा और उसी शाम को आप मुझसे दस हजार नकद वसूल कर लीजिए।'

मिर्जा साहब ने उनकी ओर हिकारत से देखकर कहा – 'मैं ऐसे रुपये पर और आप पर लानत भेजता हूँ।'

मिस्टर तंखा ने जरा भी बुरा नहीं माना। माथे पर बल तक न आने दिया।

'मुझ पर जितनी लानत चाहें भेजें; मगर रुपये पर लानत भेजकर आप अपना ही नुकसान कर रहे हैं।'

'मैं ऐसी रकम को हराम समझता हूँ।'

'आप शरीयत के इतने पाबन्द तो नहीं हैं।'

'लूट की कमाई को हराम समझने के लिए शूरा का पाबन्द होने की जरूरत नहीं है।'

'तो इस मुआमले में क्या आप अपना फैसला तब्दील नहीं कर सकते?'

'जी नहीं?'

'अच्छी बात है, इसे जाने दीजिए। किसी बीमा कम्पनी के डाइरेक्टर बनने में तो आपको कोई एतराज नहीं है? आपको कम्पनी का एक हिस्सा भी न खरीदना पड़ेगा। आप सिर्फ अपना नाम दे दीजिएगा।'

'जी नहीं, मुझे यह भी मंजूर नहीं है। मैं कई कम्पनियों का डाइरेक्टर, कई का मैनेजिंग एजेंट, कई का चेयरमैन था। दौलत मेरे पाँव चूमती थी। मैं जानता हूँ, दौलत से आराम और तकल्लुफ के कितने सामान जमा किए जा सकते हैं; मगर यह भी जानता हूँ कि दौलत इन्सान को कितना खुद-गरज बना देती है, कितना ऐश-पसन्द, कितना मक्कार, कितना बेगैरत।'

वकील साहब को फिर कोई प्रस्ताव करने का साहस न हुआ। मिर्जाजी की बुद्धि और प्रभाव में उनका जो विश्वास था, वह बहुत कम हो गया। उनके लिए धन ही सबकुछ था और ऐसे आदमी से, जो लक्ष्मी को ठोकर मारता हो, उनका कोई मेल न हो सकता था।

लकड़हारा हिरन को कन्धे पर रखे लपका चला जा रहा था। मिर्जा ने भी कदम बढ़ाया; पर स्थूलकाय तंखा पीछे रह गए।

उन्होंने पुकारा - 'जरा सुनिए, मिर्जाजी, आप तो भागे जा रहे हैं।'

मिर्जाजी ने बिना रुके हुए जवाब दिया - 'वह गरीब बोझ लिए इतनी तेजी से चला जा रहा है। हम क्या अपना बदन लेकर भी उसके बराबर नहीं चल सकते?'

लकड़हारे ने हिरन को एक ठूँठ पर उतारकर रख दिया था और दम लेने लगा था।

मिर्जा साहब ने आकर पूछा - 'थक गए, क्यों?'

लकड़हारे ने सकुचाते हुए कहा - 'बहुत भारी है सरकार!'

'तो लाओ, कुछ दूर मैं ले चलूँ।'

लकड़हारा हँसा। मिर्जा डील-डौल में उससे कही ऊँचे और मोटे-ताजे थे, फिर भी वह दुबला-पतला आदमी उनकी इस बात पर हँसा। मिर्जाजी पर जैसे चाबुक पड़ गया।

'तुम हँसे क्यों? क्या तुम समझते हो, मैं इसे नहीं उठा सकता?'

लकड़हारे ने मानो क्षमा माँगी - 'सरकार, आप लोग बड़े आदमी हैं। बोझ उठाना तो हम जैसे मजूरों का ही काम है।'

'मैं तुम्हारा दुगुना जो हूँ।'

'इससे क्या होता है मालिक!'

मिर्जाजी का पुरुषत्व अपना और अपमान न सह सका। उन्होंने बढ़कर हिरन को गर्दन पर उठा लिया और चले; मगर मुश्किल से पचास कदम चले होंगे कि गर्दन फटने लगी; पाँव थर-थराने लगे और आँखों में तितलियाँ उड़ने लगीं। कलेजा मजबूत किया और एक बीस कदम और चले। कम्बख्त कहाँ रह गया? जैसे इस लाश में सीसा भर दिया हो। जरा मिस्टर तंखा की गर्दन पर रख दूँ, तो मजा आए।

मशक की तरह जो फूले चलते हैं, जरा इसका मजा भी देखें; लेकिन बोझा उतारें कैसे? दोनों अपने दिल में कहेंगे, बड़ी जवाँमर्दी दिखाने चले थे। पचास कदम में ही बोल गए।

लकड़हारे ने चुटकी ली – 'कहो मालिक, कैसे रंग-ढंग हैं? बहुत हलका है न?'

मिर्जाजी को बोझ कुछ हलका मालूम होने लगा। बोले – 'उतनी दूर तो ले ही जाऊँगा, जितनी दूर तुम लाए हो।'

'कई दिन गर्दन दुःखेगी मालिक!'

'तुम क्या समझते हो, मैं यों ही फूला हुआ हूँ!'

'नहीं मालिक, अब तो ऐसा नहीं समझता। मुदा आप हैरान न हों; वह चट्टान है, उस पर उतार दीजिए।'

'मैं अभी इसे इतनी ही दूर और ले जा सकता हूँ।'

'मगर यह अच्छा तो नहीं लगता कि मैं ठाला चलूँ और आप लदे रहें।'

मिर्जा साहब ने चट्टान पर हिरन को उतारकर रख दिया। वकील साहब भी आ पहुँचे।

मिर्जा ने दाना फेंका – 'अब आपको भी कुछ दूर ले चलना पड़ेगा जनाब!'

वकील साहब की नजरों में अब मिर्जाजी का कोई महत्त्व न था। बोले – 'मुआफ कीजिए। मुझे अपनी पहलवानी का दावा नहीं है।'

'बहुत भारी नहीं है, सच।'

'अजी, रहने भी दीजिए!'

'आप अगर इसे सौ कदम ले चलें, तो मैं वादा करता हूँ, आप मेरे सामने जो तजवीज रखेंगे, उसे मंजूर कर लूँगा।'

'मैं इन चकमों में नहीं आता।'

'मैं चकमा नहीं दे रहा हूँ, वल्लाह। आप जिस हलके से कहेंगे, खड़ा हो जाऊँगा। जब हुक्म देंगे, बैठ जाऊँगा। जिस कम्पनी का डाइरेक्टर, मेम्बर, मुनीम, कनवेनर, जो कुछ कहिएगा, बन जाऊँगा! बस, सौ कदम ले चलिए। मेरी तो ऐसे ही दोस्तों से निभती है, जो मौका पड़ने पर सबकुछ कर सकते हों।'

तंखा का मन चुलबुला उठा। मिर्जा अपने कौल के पक्के हैं। इसमें कोई सन्देह न था। हिरन ऐसा क्या बहुत भारी होगा। आखिर मिर्जा इतनी दूर ले ही आए। बहुत ज्यादा थके तो नहीं जान पड़ते; अगर इनकार करते हैं, तो सुनहरा अवसर हाथ से जाता है। आखिर ऐसा क्या कोई पहाड़ है। बहुत होगा, चार-पाँच पँसेरी होगा। दो-चार दिन गर्दन ही तो दुःखेगी! जेब में रुपये हों, तो थोड़ी-सी बीमारी सुख की वस्तु है।

'सौ कदम की रही।'

'हाँ, सौ कदम। मैं गिनता चलूँगा।'

'देखिए, निकल न जाइएगा।'

'निकल जानेवाले पर लानत भेजता हूँ।'

तंखा ने जूते का फीता फिर से बाँधा, कोट उतारकर लकड़हारे को दिया, पतलून ऊपर चढ़ाया, रूमाल से मुँह पोंछा और इस तरह हिरन को देखा, मानो ओखली में सिर देने जा रहे हों। फिर हिरन को उठाकर गर्दन पर रखने की चेष्टा की। दो-तीन बार जोर लगाने पर लाश गर्दन पर तो आ गई; पर गर्दन न उठ सकी। कमर झुक गई, हाँफ उठे और लाश को जमीन पर पटकनेवाले थे कि मिर्जा ने उन्हें सहारा देकर आगे बढ़ाया।

तंखा ने एक डग इस तरह उठाया, जैसे दलदल में पाँव रख रहे हों। मिर्जा ने बढ़ावा दिया – 'शाबाश! मेरे शेर, वाह-वाह!'

तंखा ने एक डग और रखा। मालूम हुआ गर्दन टूटी जाती है।

'मार लिया मैदान! जीते रहो पट्ठे!'

तंखा, दो डग और बढ़े। आँखें निकली पड़ती थीं।

'बस, एक बार और जोर मारो दोस्त! सौ कदम की शर्त गलत। पचास कदम की ही रही।'

वकील साहब का बुरा हाल था। वह बेजान हिरन शेर की तरह उनको दबोचे हुए, उनका हृदय-रक्त चूस रहा था। सारी शक्तियाँ जवाब दे चुकी थीं। केवल लोभ, किसी लोहे की धरन की तरह छत को सँभाले हुए था। एक से पच्चीस हजार तक की गोटी थी। मगर अन्त में वह शहतीर भी जवाब दे गई। लोभी की कमर भी टूट गई। आँखों के सामने अँधेरा छा गया। सिर में चक्कर आया और वह शिकार गर्दन पर लिए पथरीली जमीन पर गिर पड़े।

मिर्जा ने तुरन्त उन्हें उठाया और अपने रूमाल से हवा करते हुए उनकी पीठ ठोंकी।

'जोर तो यार, तुमने खूब मारा; लेकिन तकदीर के खोटे हो।'

तंखा ने हाँफते हुए लम्बी साँस खींचकर कहा – 'आपने तो आज मेरी जान ही ले ली थी। दो मन से कम न होगा ससुर।'

मिर्जा ने हँसते हुए कहा – 'लेकिन भाईजान, मैं भी तो इतनी दूर उठाकर लाया ही था।'

वकील साहब ने खुशामद करनी शुरू की – 'मुझे तो आपकी फरमाइश पूरी करनी थी। आपको तमाशा देखना था, वह आपने देख लिया। अब आपको अपना वादा पूरा करना होगा।'

'आपने मुआहदा कब पूरा किया?'

'कोशिश तो जान तोड़कर की।'

'इसकी सनद नहीं।'

लकड़हारे ने फिर हिरन उठा लिया था और भागा चला जा रहा था। वह दिखा देना चाहता था कि तुम लोगों ने काँख-कूँखकर दस कदम इसे उठा लिया, तो यह न समझो कि पास हो गए। इस मैदान में मैं दुर्बल होने पर भी तुमसे आगे रहूँगा। हाँ, कागद तुम चाहे जितना काला करो और झूठे मुकदमे चाहे जितने बनाओ।

एक नाला मिला, जिसमें बहुत थोड़ा पानी था। नाले के उस पार टीले पर एक छोटा-सा पाँच-छह-घरों का पुरवा था और कई लड़के इमली के नीचे खेल रहे थे। लकड़हारे को देखते ही सबों ने दौड़कर उसका स्वागत किया और लगे पूछने – 'किसने मारा बापू? कैसे मारा, कहाँ मारा, कैसे गोली लगी, कहाँ लगी, इसी को क्यों लगी, और हिरनों को क्यों न लगी?' लकड़हारा हूँ-हाँ करता इमली के नीचे पहुँचा और हिरन को उतारकर पास की झोंपड़ी से दोनों महानुभावों के लिए खाट लेने दौड़ा। उसके चारों लड़के और लड़कियों ने शिकार को अपने चार्ज में ले लिया और अन्य लड़कों को भगाने की चेष्टा करने लगे।

सबसे छोटे बालक ने कहा – 'यह हमारा है।'

उसकी बड़ी बहन ने, जो चौदह-पन्द्रह साल की थी, मेहमानों की ओर देखकर छोटे भाई को डाँटा – 'चुप, नहीं सिपाई पकड़ ले जाएगा।'

मिर्जा ने लड़के को छेड़ा – 'तुम्हारा नहीं, हमारा है।'

बालक ने हिरन पर बैठकर अपना कब्जा सिद्ध कर दिया और बोला – 'बापू तो लाए हैं।'

बहन ने सिखाया – 'कह दे भैया, तुम्हारा है।'

इन बच्चों की माँ बकरी के लिए पत्तियाँ तोड़ रही थी। दो नए भले आदमियों को देखकर जरा-सा घूँघट निकाल लिया और शरमाई कि उसकी साड़ी कितनी मैली, कितनी फटी, कितनी उटंगी है। वह इस वेश में मेहमानों के सामने कैसे जाए? और गए बिना काम नहीं चलता। पानी-वानी देना है।

अभी दोपहर होने में कुछ कसर थी; लेकिन मिर्जा साहब ने दोपहरी इसी गाँव में काटने का निश्चय किया। गाँव के आदमियों को जमा किया। शराब मँगवाई, शिकार पका, समीप के बाजार से घी और मैदा मँगाया और सारे गाँव को भोज दिया। छोटे-बड़े स्त्री-पुरुष सबों ने दावत उड़ाई। मर्दों ने खूब शराब पी और मस्त होकर शाम तक गाते रहे। और मिर्जाजी बालकों के साथ बालक, शराबियों के साथ शराबी, बूढ़ों के साथ बूढ़े, जवानों के साथ जवान बने हुए थे। इतनी देर में सारे गाँव से उनका इतना घनिष्ठ परिचय हो गया था, मानो यहीं के निवासी हों। लड़के तो उन पर लदे पड़ते थे। कोई उनकी फुँदनेदार टोपी सिर पर रखे लेता था, कोई उनकी राइफल कन्धे पर रखकर अकड़ता हुआ चलता था, कोई उनकी कलाई की घड़ी खोलकर अपनी कलाई पर बाँध लेता था। मिर्जा ने खुद खूब देशी शराब पी और झूम-झूमकर जंगली आदमियों के साथ गाते रहे।

जब ये लोग सूर्यास्त के समय यहाँ से बिदा हुए तो गाँव-भर के नर-नारी इन्हें बड़ी दूर तक पहुँचाने आए। कई तो रोते थे। ऐसा सौभाग्य उन गरीबों के जीवन में शायद पहली ही बार आया हो कि किसी शिकारी ने उनकी दावत की हो। जरूर यह कोई राजा हैं, नहीं तो इतना दरियाव दिल किसका होता है। इनके दर्शन फिर काहे को होंगे!

कुछ दूर चलने के बाद मिर्जा ने पीछे फिरकर देखा और बोले – 'बेचारे कितने खुश थे। काश, मेरी जिन्दगी में ऐसे मौके रोज आते। आज का दिन बड़ा मुबारक था।'

तंखा ने बेरुखी के साथ कहा - 'आपके लिए मुबारक होगा, मेरे लिए तो मनहूस ही था। मतलब की कोई बात न हुई। दिन-भर जंगलों और पहाड़ों की खाक छानने के बाद अपना-सा मुँह लिए लौट जाते हैं।'

मिर्जा ने निर्दयता से कहा - 'मुझे आपके साथ हमदर्दी नहीं है।'

दोनों आदमी जब बरगद के नीचे पहुँचे, तो दोनों टोलियाँ लौट चुकी थीं। मेहता मुँह लटकाए हुए थे। मालती विमन-सी अलग बैठी थी, जो नई बात थी। रायसाहब और खन्ना, दोनों भूखे रह गए थे और किसी के मुँह से बात न निकलती थी। वकील साहब इसलिए दुःखी थे कि मिर्जा ने उनके साथ बेवफाई की। अकेले मिर्जा साहब प्रसन्न थे और वह प्रसन्नता अलौकिक थी।

जब से होरी के घर में गाय आ गई है, घर की श्री ही कुछ और हो गई है। धनिया का घमंड तो उसके सँभाल से बाहर हो-हो जाता है। जब देखो, गाय की चर्चा।

भूसा छिज गया था। ऊख में थोड़ी-सी चोरी बो दी गई थी। उसी की कुट्टी काटकर जानवरों को खिलाना पड़ता था। आँखें आकाश की ओर लगी रहती थीं कि कब पानी बरसे और घास निकले। आधा आसाढ़ बीत गया और वर्षा न हुई।

सहसा एक दिन बादल उठे और आसाढ़ का पहला दौंगड़ा गिरा। किसान खरीफ बोने के लिए हल ले-लेकर निकले कि रायसाहब के कारकुन ने कहला भेजा, जब तक बाकी न चुक जाएगी, किसी को खेत में हल न ले जाने दिया जाएगा। किसानों पर जैसे वज्रपात हो गया। और कभी तो इतनी कड़ाई न होती थी, अबकी यह कैसा हुक्म। कोई गाँव छोड़कर भागा थोड़ा ही जाता है; अगर खेतों में हल न चले, तो रुपये कहाँ से आ जाएँगे? निकालेंगे तो खेत ही से। सब मिलकर कारकुन के पास जाकर रोए। कारकुन का नाम था पंडित गोसेराम। आदमी बुरे न थे; मगर मालिक का हुक्म था। उसे कैसे टालें? अभी उस दिन रायसाहब ने होरी से कैसी दया और धर्म की बातें की थीं और आज असामियों पर यह जुल्म। होरी मालिक के पास जाने को तैयार हुआ; लेकिन फिर सोचा, उन्होंने कारकुन को एक बार जो हुक्म दे दिया, उसे क्यों टालने लगे? वह अगुवा बनकर क्यों बुरा बने? जब और कोई कुछ नहीं बोलता, तो वही आग में क्यों कूदे? जो सबके सिर पड़ेगी, वह भी झेल लेगा।

किसानों में खलबली मची हुई थी। सभी गाँव के महाजनों के पास रुपये के लिए दौड़े। गाँव में मँगरू साह की आजकल चढ़ी हुई थी। इस साल सन में उसे अच्छा फायदा हुआ था। गेहूँ और अलसी में भी उसने कुछ कम नहीं कमाया था। पंडित दातादीन और दुलारी सहुआइन भी लेन-देन करती थी। सबसे बड़े महाजन थे झिंगुरीसिंह। वह शहर के एक बड़े महाजन के एजेंट थे। उनके नीचे कई आदमी और थे, जो आस-पास के देहातों में घूम-घूमकर लेन-देन करते थे। इनके अतिरिक्त और भी कई छोटे-मोटे महाजन थे, जो दो आने रुपये ब्याज पर बिना लिखा-पढ़ी के रुपये देते थे। गाँववालों को लेन-देन का कुछ ऐसा शौक था कि जिसके पास दस-बीस रुपये जमा हो जाते, वही

महाजन बन बैठता था। एक समय होरी ने भी महाजनी की थी। उसी का यह प्रभाव था कि लोग अभी तक यही समझते थे कि होरी के पास दबे हुए रुपये हैं। आखिर वह धन गया कहाँ? बँटवारे में निकला नहीं, होरी ने कोई तीर्थ, व्रत, भोज किया नहीं; गया तो कहाँ गया? जूते जाने पर भी उनके घट्ठे बने रहते हैं।

किसी ने किसी देवता को सीधा किया, किसी ने किसी को? किसी ने आना रुपया ब्याज देना स्वीकार किया, किसी ने दो आना। होरी में आत्मसम्मान का सर्वथा लोप न हुआ था। जिन लोगों के रुपये उस पर बाकी थे, उनके पास कौन मुँह लेकर जाए? झिंगुरीसिंह के सिवा उसे और कोई न सूझा। वह पक्का कागज लिखाते थे, नजराना अलग लेते थे, दस्तूरी अलग, स्टाम्प की लिखाई अलग। उस पर एक साल का ब्याज पेशगी काटकर रुपया देते थे। पचीस रुपये का कागज लिखा, तो मुश्किल से सत्रह रुपये हाथ लगते थे; मगर इस गाढ़े समय में और क्या किया जाए? रायसाहब की जबरदस्ती है, नहीं इस समय किसी के सामने क्यों हाथ फैलाना पड़ता?

झिंगुरीसिंह बैठे दातून कर रहे थे। नाटे, मोटे, खल्वाट, काले, लम्बी नाक और बड़ी-बड़ी मूँछोंवाले आदमी थे, बिलकुल विदूषक-जैसे। और थे भी बड़े हँसोड़। इस गाँव को अपनी ससुराल बनाकर मर्दों से साले या ससुर और औरतों से साली या सलहज का नाता जोड़ लिया था। रास्ते में लड़के उन्हें चिढ़ाते – 'पंडितजी पाल्लगी!' और झिंगुरीसिंह उन्हें चटपट आशीर्वाद देते– तुम्हारी आँखें फूटें, घुटना टूटे, मिर्गी आए, घर में आग लग जाए आदि। लड़के इस आशीर्वाद से कभी न अघाते थे; मगर लेन-देन में बड़े कठोर थे। सूद की एक पाई न छोड़ते थे और वादे पर बिना रुपये लिए द्वार से न टलते थे।

होरी ने सलाम करके अपनी विपत्ति-कथा सुनाई।

झिंगुरीसिंह ने मुस्कुराकर कहा – 'वह सब पुराना रुपया क्या कर डाला?'

'पुराने रुपये होते ठाकुर, तो महाजनी से अपना गला न छुड़ा लेता, कि सूद भरते किसी को अच्छा लगता है?'

'गड़े रुपये न निकलें, चाहे सूद कितना ही देना पड़े। तुम लोगों की यही नीति है।'

'कहाँ के गड़े रुपये बाबू साहब, खाने को तो होता नहीं। लड़का जवान हो गया; ब्याह का कहीं ठिकाना नहीं। बड़ी लड़की भी ब्याहने जोग हो गई। रुपये होते, तो किस दिन के लिए गाड़ रखते?'

झिंगुरीसिंह ने जब से उसके द्वार पर गाय देखी थी, उस पर दाँत लगाए हुए थे। गाय का डील-डौल और गठन कह रहा था कि उसमें पाँच सेर से कम दूध नहीं है। मन में सोच लिया था, होरी को किसी अरदब में डालकर गाय को उड़ा लेना चाहिए। आज वह अवसर आ गया।

बोले – 'अच्छा भई, तुम्हारे पास कुछ नहीं है, अब राजी हुए। जितने रुपये चाहो, ले जाओ, लेकिन तुम्हारे भले के लिए कहते हैं, कुछ गहने-गांठे हों, तो गिरो रखकर रुपये ले लो। इसटाम लिखोगे, तो सूद बढ़ेगा और झमेले में पड़ जाओगे।'

होरी ने कसम खाई कि घर में गहने ने नाम कच्चा सूत भी नहीं है। धनिया के हाथों में कड़े हैं, वह भी गिलट के।

झिंगुरीसिंह ने सहानुभूति का रंग मुँह पर पोतकर कहा – 'तो एक बात करो, यह नई गाय जो लाए हो, इसे हमारे हाथ बेच दो। सूद, इसटाम सब झगड़ों से बच जाओ; चार आदमी जो दाम कहें, वह हमसे ले लो। हम जानते हैं, तुम उसे अपने शौक से लाए हो और बेचना नहीं चाहते; लेकिन यह संकट तो टालना ही पड़ेगा।'

होरी पहले तो इस प्रस्ताव पर हँसा, उस पर शान्त मन से विचार भी न करना चाहता था; लेकिन ठाकुर ने ऊँच-नीच सुझाया, महाजनी के हथकंडों का ऐसा भीषण रूप दिखाया कि उसके मन में भी यह बात बैठ गई। ठाकुर ठीक ही तो कहते हैं, जब हाथ में रुपये आ जाएँ, गाय ले लेना। तीस रुपये का कागज लिखने पर कहीं पचीस रुपये मिलेंगे और तीन-चार साल तक न दिए गए, तो पूरे सौ हो जाएँगे। पहले का अनुभव यही बता रहा था कि कर्ज वह मेहमान है, जो एक बार आकर जाने का नाम नहीं लेता।

बोला – 'मैं घर जाकर सबसे सलाह कर लूँ, तो बताऊँ।'

'सलाह नहीं करना है, उनसे कह देना है कि रुपये उधार लेने में अपनी बर्बादी के सिवा और कुछ नहीं।'

'मैं समझ रहा हूँ ठाकुर, अभी आके जवाब देता हूँ।'

लेकिन घर आकर उसने ज्योंही वह प्रस्ताव किया कि कुहराम मच गया। धनिया तो कम चिल्लाई, दोनों लड़कियों ने तो दुनिया सिर पर उठा ली। नहीं देते अपनी गाय, रुपये जहाँ से चाहो लाओ। सोना ने तो यहाँ तक कह डाला, इससे तो कहीं अच्छा है, मुझे बेच डाले। गाय से कुछ बेसी ही मिल जाएगा। होरी असमंजस में पड़ गया। दोनों लड़कियाँ सचमुच गाय पर जान देती थीं। रूपा तो उसके गले से लिपट जाती थी और बिना उसे खिलाए कौर मुँह में न डालती थी। गाय कितने प्यार से उसका हाथ चाटती थी, कितनी स्नेहभरी आँखों से उसे देखती थी। उसका बछड़ा कितना सुन्दर होगा। अभी से उसका नामकरण हो गया था – मटरू। वह उसे अपने साथ लेकर सोएगी। इस गाय के पीछे दोनों बहनों में कई बार लड़ाइयाँ हो चुकी थीं। सोना कहती, मुझे ज्यादा चाहती है, रूपा कहती, मुझे। इसका निर्णय अभी तक न हो सका था। और दोनों दावे कायम थे।

मगर होरी ने आगा-पीछा सुझाकर धनिया को किसी तरह राजी कर लिया। एक मित्र से गाय उधार लेकर बेच देना भी बहुत वैसी बात है; लेकिन बिपत में तो आदमी का धरम तक चला जाता है, यह कौन-सी बड़ी बात है। ऐसा न हो तो लोग विपत से इतना डरें क्यों? गोबर ने भी विशेष आपत्ति न की। वह आजकल दूसरी ही धुन में मस्त था। यह तय किया कि जब दोनों लड़कियाँ रात को सो जाएँ, तो गाय झिंगुरीसिंह के पास पहुँचा दी जाए।

दिन किसी तरह कट गया। साँझ हुई। दोनों लड़कियाँ आठ बजते-बजते खा-पीकर सो गईं। गोबर इस करुण दृश्य से भागकर कहीं चला गया था। वह गाय

को जाते कैसे देख सकेगा? अपने आँसुओं को कैसे रोक सकेगा? होरी भी ऊपर ही से कठोर बना हुआ था। मन उसका चंचल था। ऐसा कोई माई का लाल नहीं, जो इस वक्त उसे पचीस रुपये उधार दे-दे, चाहे फिर पचास रुपये ही ले ले। वह गाय के सामने जाकर खड़ा हुआ, तो उसे ऐसा जान पड़ा कि उसकी काली-काली सजीव आँखों में आँसू भरे हुए हैं और वह कह रही है – 'क्या चार दिन में तुम्हारा मन मुझसे भर गया? तुमने तो वचन दिया था कि जीते-जी इसे न बेचूँगा। यही वचन था तुम्हारा। मैंने तो तुमसे कभी किसी बात का गिला नहीं किया। जो कुछ रूखा-सूखा तुमने दिया, वही खाकर सन्तुष्ट हो गई। बोलो!'

धनिया ने कहा – 'लड़कियाँ तो सो गईं। अब इसे ले क्यों नहीं जाते? जब बेचना ही है, तो अभी बेच दो।'

होरी ने काँपते हुए स्वर में कहा – 'मेरा तो हाथ नहीं उठता धनिया! उसका मुँह नहीं देखती? रहने दो, रुपये सूद पर ले लूँगा। भगवान ने चाहा तो सब अदा हो जाएँगे, तीन-चार सौ होते ही क्या हैं। एक बार ऊख लग जाए।'

धनिया ने गर्व-भरे प्रेम से उसकी ओर देखा – 'और क्या! इतनी तपस्या के बाद तो घर में गऊ आई। उसे भी बेच दो। ले लो कल रुपये। जैसे और सब चुकाए जाएँगे, वैसे इसे भी चुका देंगे।'

भीतर बड़ी उमस हो रही थी। हवा बन्द थी। एक पत्ती न हिलती थी। बादल छाए हुए थे; पर वर्षा के लक्षण न थे! होरी ने गाय को बाहर बाँध दिया। धनिया ने टोका भी, कहाँ लिए जाते हो? पर होरी ने सुना नहीं, बोला – 'बाहर हवा में बाँधे देता हूँ। आराम से रहेगी। उसके भी तो जान है।' गाय बाँधकर वह अपने मँझले भाई शोभा को देखने गया। शोभा को इधर कई महीने से दमे का आरजा हो गया था। दवा-दारू की जुगत नहीं। खाने-पीने का प्रबन्ध नहीं, और काम करना पड़ता था जी तोड़कर, इसीलिए उसकी दशा दिन-दिन बिगड़ती जाती थी। शोभा सहनशील आदमी था, लड़ाई-झगड़े से कोसों भागनेवाला। किसी से मतलब नहीं। अपने काम से काम। होरी उसे चाहता था। और वह भी होरी का अदब करता था। दोनों में रुपये-पैसे की बातें होने लगीं। रायसाहब का यह नया फरमान आलोचनाओं का केन्द्र बना हुआ था।

कोई ग्यारह बजते-बजते होरी लौटा और भीतर जा रहा था कि उसे भास हुआ, जैसे गाय के पास कोई आदमी खड़ा है। पूछा – 'कौन खड़ा है वहाँ?'

हीरा बोला – 'मैं हूँ दादा, तुम्हारे कौड़े में आग लेने आया था।'

हीरा उसके कौड़े में आग लेने आया है, इस जरा-सी बात में होरी को भाई की आत्मीयता का परिचय मिला। गाँव में और भी तो कौड़े हैं। कहीं से आग मिल सकती थी। हीरा उसके कौड़े में आग ले रहा है, तो अपना ही समझकर तो। सारा गाँव इस कौड़े में आग लेने आता था। गाँव में सबसे सम्पन्न यही कौड़ा था; मगर हीरा का आना दूसरी बात थी। और उस दिन की लड़ाई के बाद! हीरा के मन में कपट नहीं रहता। गुस्सैल है, लेकिन दिल का साफ।

उसने स्नेह-भरे स्वर में पूछा – 'तमाखू है कि ला दूँ?'

'नहीं, तमाखू तो है दादा।'

'सोभा तो आज बहुत बेहाल है।'

'कोई दवाई नहीं खाता, तो क्या किया जाए। उसके लेखे तो सारे बैद, डाक्टर, हकीम अनाड़ी हैं। भगवान के पास जितनी अक्कल थी, वह उसके और उसकी घरवाली के हिस्से पड़ गई।'

होरी ने चिन्ता से कहा – 'यही तो बुराई है उसमें। अपने सामने किसी को गिनता ही नहीं। और चिढ़ने तो बीमारी में सभी हो जाते हैं। तुम्हें याद है कि नहीं, जब तुम्हें इफिंजा हो गया था, तो दवाई उठाकर फेंक देते थे। मैं तुम्हारे दोनों हाथ पकड़ता था, तब तुम्हारी भाभी तुम्हारे मुंह में दवाई डालती थीं। उस पर तुम उसे हजारों गालियाँ देते थे।'

'हाँ दादा, भला वह बात भूल सकता हूँ? तुमने इतना न किया होता, तो तुमसे लड़ने के लिए कैसे बचा रहता।

होरी को ऐसा मालूम हुआ कि हीरा का स्वर भारी हो गया है। उसका गला भी भर आया।

'बेटा, लड़ाई-झगड़ा तो जिन्दगी का धरम है। इससे जो अपने हैं, वह पराए थोड़े ही हो जाते हैं। जब घर में चार आदमी रहते हैं, तभी तो लड़ाई-झगड़े भी होते हैं। जिसके कोई है ही नहीं, उसके कौन लड़ाई करेगा?'

दोनों ने साथ चिलम पी। तब हीरा अपने घर गया, होरी अन्दर भोजन करने चला।

धनिया रोष से बोली – 'देखी अपने सपूत की लीला? इतनी रात गई और अभी उसे अपने सैर से छुट्टी नहीं मिली। मैं सब जानती हूँ। मुझको सारा पता मिल गया है। भोला की वह राँड लड़की नहीं है, झुनिया! उसी के फेर में पड़ा रहता है!'

होरी के कानों में भी इस बात की भनक पड़ी थी, पर उसे विश्वास न आया था। गोबर बेचारा इन बातों को क्या जाने।

बोला – 'किसने कहा तुमसे?'

धनिया प्रचंड हो गई – 'तुमसे छिपी होगी, और तो सभी जगह चर्चा चल रही है। यह भुग्गा, वह बहत्तर घाट का पानी पिए हुए। इसे उँगलियों पर नचा रही है, और वह समझता है, वह इस पर जान देती है। तुम उसे समझा दो, नहीं कोई ऐसी-वैसी हो गई, तो कहीं के न रहेंगे।'

होरी का दिल उमंग पर था। चुहल की सूझी – 'झुनिया देखने-सुनने में तो बुरी नहीं है। उसी से कर ले सगाई। ऐसी सस्ती मेहरिया और कहाँ मिली जाती है?'

धनिया को यह चुहल तीर-सा लगा – 'झुनिया इस घर में आए, तो मुँह झुलस दूँ राँड का। गोबर की चहेती है, तो उसे लेकर जहाँ चाहे रहे।'

'और जो गोबर इसी घर में लाए?'

'तो यह दोनों लड़कियाँ किसके गले बाँधोगे? फिर बिरादरी में तुम्हें कौन पूछेगा, कोई द्वार पर खड़ा तक तो होगा नहीं।'

'उसे इसकी क्या परवाह!'

'इस तरह नहीं छोड़ूँगी लाला को। मर-मरके पाला है और झुनिया आकर राज करेगी। मुँह में आग लगा दूँगी राँड के।'

सहसा गोबर आकर घबराई हुई आवाज में बोला - 'दादा, सुन्दरिया को क्या हो गया? क्या काले नाग ने छू लिया? वह तो पड़ी तड़प रही है।'

होरी चौके में जा चुका था। थाली सामने छोड़कर बाहर निकल आया और बोला - 'क्या असगुन मुँह से निकालते हो। अभी तो मैं देखे आ रहा हूँ। लेटी थी।'

तीनों बाहर गए। चिराग लेकर देखा। सुन्दरिया के मुँह से फिचकुर निकल रहा था। आँखें पथरा गई थीं, पेट फूल गया था और चारों पाँव फैल गए थे। धनिया सिर पीटने लगी। होरी पंडित दातादीन के पास दौड़ा। गाँव में पशु-चिकित्सा के वही आचार्य थे। पंडितजी सोने जा रहे थे। दौड़े हुए आए। दम-के-दम में सारा गाँव जमा हो गया। गाय को किसी ने कुछ खिला दिया। लक्षण स्पष्ट थे। साफ विष दिया गया है; लेकिन गाँव में कौन ऐसा मुद्दई है; जिसने विष दिया हो; ऐसी वारदात तो इस गाँव में कभी हुई नहीं; लेकिन बाहर का कौन आदमी गाँव में आया! होरी की किसी से दुश्मनी भी न थी कि उस पर सन्देह किया जाए। हीरा से कुछ कहा-सुनी हुई थी; मगर वह भाई-भाई का झगड़ा था। सबसे ज्यादा दुःखी तो हीरा ही था। धमकियाँ दे रहा था जिसने यह हत्यारों का काम किया है, उसे पाए तो खून पी जाए। वह लाख गुस्सैल हो, पर नीच काम नहीं कर सकता।

आधी रात तक जमघट रहा। सभी होरी के दुःख में दुःखी थे और वधिक को गालियाँ देते थे। वह इस समय पकड़ा जा सकता, तो उसके प्राणों की कुशल न थी। जब यह हाल है तो कोई जानवरों को बाहर कैसे बाँधेगा? अभी रात-बिरात सभी जानवर बाहर पड़े रहते थे। किसी तरह की चिन्ता न थी; लेकिन अब तो एक नई विपत्ति आ खड़ी हुई थी। क्या गाय थी कि बस देखता रहे! पूजने जोग। पाँच सेर से कम दूध न था। सौ-सौ का एक-एक बछड़ा होता। आते देर न हुई और यह वज्र गिर पड़ा।

जब सब लोग अपने-अपने घर चले गए, तो धनिया होरी को कोसने लगी - 'तुम्हें कोई लाख समझाए, करोगे अपने मन की। तुम गाय खोलकर आँगन से चले, तब तक मैं जूझती रही कि बाहर न ले जाओ। हमारे दिन पतले हैं, न जाने कब क्या हो जाए; लेकिन नहीं, उसे गर्मी लग रही है। अब तो खूब ठंडी हो गई है और तुम्हारा कलेजा भी ठंडा हो गया। ठाकुर माँगते थे; दे दिया होता, तो एक बोझ सिर से उतर जाता और निहोरा का निहोरा होता; मगर यह तमाचा कैसे पड़ता? कोई बुरी बात होनेवाली होती है तो मति पहले ही हर जाती है। इतने दिन मजे में घर में बँधती रही; न गर्मी लगी, न जूड़ी आई। इतनी जल्दी सबको पहचान गई थी कि मालूम ही न होता था कि बाहर से आई है। बच्चे उसके सींगों से खेलते रहते थे। सिर तक न

हिलाती थी। जो कुछ नाँद में डाल दो, चाट-पोंछकर साफ कर देती थी। लच्छमी थी, अभागों के घर क्या रहती?' सोना और रूपा भी यह हलचल सुनकर जाग गई थीं और बिलख-बिलखकर रो रही थीं। उसकी सेवा का भार अधिकतर उन्हीं दोनों पर था। उनकी संगिनी हो गई थी। दोनों खाकर उठतीं, तो एक-एक टुकड़ा रोटी उसे अपने हाथों से खिलातीं। कैसा जीभ निकालकर खा लेती थी, और जब तक उनके हाथ का कौर न पा लेती, खड़ी ताकती रहती। भाग्य फूट गए!

गोबर और दोनों लड़कियाँ रो-धोकर सो गई थीं। होरी भी लेटा। धनिया उसके सिरहाने पानी का लोटा रखने आई, तो होरी ने धीरे से कहा - 'तेरे पेट में बात पचती नहीं; कुछ सुन पाएगी, तो गाँव-भर में ढिंढोरा पीटती फिरेगी।'

धनिया ने आपत्ति की - 'भला सुनूँ; मैंने कौन-सी बात पीट दी कि यों ही नाम बदनाम कर दिया।'

'अच्छा, तेरा सन्देह किसी पर होता है?'

'मेरा सन्देह तो किसी पर नहीं होता। कोई बाहरी आदमी था।'

'किसी से कहेगी तो नहीं?'

'कहूँगी नहीं, तो गाँववाले मुझे गहने कैसे गढ़वा देंगे!'

'अगर किसी से कहा, तो मार ही डालूँगा।'

'मुझे मारकर सुखी न रहोगे। अब दूसरी मेहरिया नहीं मिली जाती। जब तक हूँ, तुम्हारा घर सँभाले हुए हूँ जिस दिन मर जाऊँगी, सिर पर हाथ धरकर रोओगे। अभी मुझमें सारी बुराइयाँ ही बुराइयाँ हैं, तब आँखों से आँसू निकलेंगे।'

'मेरा सन्देह हीरा पर होता है।'

'झूठ, बिलकुल झूठ! हीरा इतना नीच नहीं है। वह मुँह का ही खराब है।'

'मैंने अपनी आँखों से देखा। सच, तेरे सिर की सौंह।'

'तुमने अपनी आँखों देखा! कब?'

'वही, मैं सोभा को देखकर आया, तो वह सुन्दरिया की नाँद के पास खड़ा था। मैंने पूछा - कौन है, तो बोला, मैं हूँ हीरा, कौड़े में से आग लेने आया था। थोड़ी देर मुझसे बातें करता रहा। मुझे चिलम पिलाई। वह उधर गया, मैं भीतर आया और वहीं गोबर ने पुकार मचाई। मालूम होता है, मैं गाय बाँधकर सोभा के घर गया हूँ, और इसने आकर कुछ खिला दिया है। साइत फिर यह देखने आया था कि मरी या नहीं।'

धनिया ने लम्बी साँस लेकर कहा - 'इस तरह के होते हैं भाई, जिन्हें भाई का गला काटने में भी हिचक नहीं होती। उफ्फोह! हीरा मन का इतना काला है! और दाढ़ीजार को मैंने पाल-पोसकर बड़ा किया।'

'अच्छा, जा सो रह, मगर किसी से भूलकर भी जिकर न करना।'

'कौन, सबेरा होते ही लाला को थाने न पहुँचाऊँ, तो अपने असल बाप की नहीं। यह हत्यारा भाई कहने जोग है! यही भाई का काम है! वह बैरी है, पक्का बैरी और बैरी को मारने में पाप नहीं, छोड़ने में पाप है।'

होरी ने धमकी दी – 'मैं कहे देता हूँ धनिया, अनर्थ हो जाएगा।'

धनिया आवेश में बोली – 'अनर्थ नहीं, अनर्थ का बाप हो जाए। मैं बिना लाला को बड़े घर भिजवाए, मानूँगी नहीं। तीन साल चक्की पिसवाऊँगी, तीन साल। वहाँ से छूटेंगे, तो हत्या लगेगी। तीरथ करना पड़ेगा। भोज देना पड़ेगा। इस धोखे में न रहें लाला! और गवाही दिलाऊँगी तुमसे, बेटे के सिर पर हाथ रखकर।'

उसने भीतर जाकर किवाड़ बन्द कर लिए और होरी बाहर अपने को कोसता पड़ा रहा। जब स्वयं उसके पेट में बात न पची, तो धनिया के पेट में क्या पचेगी? अब यह चुड़ैल माननेवाली नहीं! जिद पर आ जाती है, तो किसी की सुनती ही नहीं। आज उसने जीवन में सबसे बड़ी भूल की।

चारों ओर नीरव अन्धकार छाया हुआ था। दोनों बैलों के गले की घंटियाँ कभी-कभी बज उठती थीं। दस कदम पर मृतक गाय पड़ी हुई थी और होरी घोर पश्चाताप में करवटें बदल रहा था। अन्धकार में प्रकाश की रेखा कहीं नजर न आती थी।

प्रातःकाल होरी के घर में एक पूरा हंगामा हो गया। होरी धनिया को मार रहा था। धनिया उसे गालियाँ दे रही थी। दोनों लड़कियाँ बाप के पाँवों से लिपटी चिल्ला रही थीं और गोबर माँ को बचा रहा था। बार-बार होरी का हाथ पकड़कर पीछे ढकेल देता; पर ज्योंही धनिया के मुँह से कोई गाली निकल जाती, होरी अपने हाथ छुड़ा कर उसे दो-चार घूँसे और लात जमा देता। उसका बूढ़ा क्रोध जैसे किसी गुप्त संचित शक्ति को निकाल लाया हो। सारे गाँव में हलचल पड़ गई। लोग समझाने के बहाने तमाशा देखने आ पहुँचे। शोभा लाठी टेकता आ खड़ा हुआ। दातादीन ने डाँटा – 'यह क्या है होरी, तुम बावले हो गए हो क्या? कोई इस तरह घर की लच्छमी पर हाथ छोड़ता है! तुम्हें तो यह रोग न था। क्या हीरा की छूत तुम्हें भी लग गई?'

होरी ने पालागन करके कहा – 'महाराज, तुम इस बखत न बोलो। मैं आज इसकी बान छुड़ाकर तब दम लूँगा। मैं जितना ही तरह देता हूँ, उतना ही यह सिर चढ़ती जाती है।'

धनिया सजल क्रोध में बोली – 'महाराज, तुम गवाह रहना। मैं आज इसे और इसके हत्यारे भाई को जेहल भेजवाकर तब पानी पिऊँगी। इसके भाई ने गाय को माहुर खिलाकर मार डाला। अब जो मैं थाने में रपट लिखाने जा रही हूँ, तो यह हत्यारा मुझे मारता है। इसके पीछे अपनी जिन्दगी चौपट कर दी, उसका यह इनाम दे रहा है।'

होरी ने दाँत पीस कर और आँखें निकालकर कहा – 'फिर वही बात मुँह से निकाली। तूने देखा था हीरा को माहुर खिलाते?'

'तू कसम खा जा कि तूने हीरा को गाय की नाँद के पास खड़े नहीं देखा?'

'हाँ, मैंने नहीं देखा, कसम खाता हूँ।'

'बेटे के माथे पर हाथ रखके कसम खा!'

होरी ने गोबर के माथे पर काँपता हुआ हाथ रखकर काँपते हुए स्वर में कहा – 'मैं बेटे की कसम खाता हूँ कि मैंने हीरा को नाँद के पास नहीं देखा।'

धनिया ने जमीन पर थूक कर कहा – 'थुड़ी है तेरी झुठाई पर। तूने खुद मुझसे कहा कि हीरा चोरों की तरह नाँद के पास खड़ा था। और अब भाई के पक्ष में झूठ बोलता है। थुड़ी है! अगर मेरे बेटे का बाल भी बाँका हुआ, तो घर में आग लगा दूँगी। सारी गृहस्थी में आग लगा दूँगी। भगवान, आदमी मुँह से बात कहकर इतनी बेसरमी से मुकर जाता है!'

होरी पाँव पटककर बोला – 'धनिया, गुस्सा मत दिला, नहीं बुरा होगा।'

'मार तो रहा है, और मार ले। जा, तू अपने बाप का बेटा होगा तो आज मुझे मारकर तब पानी पिएगा। पापी ने मारते-मारते मेरा भुरकस निकाल दिया, फिर भी इसका जी नहीं भरा। मुझे मारकर समझता है, मैं बड़ा वीर हूँ। भाइयों के सामने भीगी बिल्ली बन जाता है, पापी कहीं का, हत्यारा!'

फिर वह बैन कहकर रोने लगी – 'इस घर में आ कर उसने क्या नहीं झेला, किस-किस तरह पेट-तन नहीं काटा, किस तरह एक-एक लत्ते को तरसी, किस तरह एक-एक पैसा प्राणों की तरह संचा, किस तरह घर-भर को खिला कर आप पानी पीकर सो रही। और आज उन सारे बलिदानों का यह पुरस्कार! भगवान बैठे यह अन्याय देख रहे हैं और उसकी रक्षा को नहीं दौड़ते। गज की और द्रौपदी की रक्षा करने बैकुंठ से दौड़े थे। आज क्यों नींद में सोए हुए हैं?'

जनमत धीरे-धीरे धनिया की ओर आने लगा। इसमें अब किसी को सन्देह नहीं रहा कि हीरा ने ही गाय को जहर दिया। होरी ने बिलकुल झूठी कसम खाई है, इसका भी लोगों को विश्वास हो गया। गोबर को भी बाप की इस झूठी कसम और उसके फलस्वरूप आनेवाली विपत्ति की शंका ने होरी के विरुद्ध कर दिया। उस पर जो दातादीन ने डाँट बताई, तो होरी परास्त हो गया। चुपके से बाहर चला गया, सत्य ने विजय पाई।

दातादीन ने शोभा से पूछा – 'तुम कुछ जानते हो शोभा, क्या बात हुई?'

शोभा जमीन पर बैठा हुआ बोला – 'मैं तो महाराज, आठ दिन से बाहर नहीं निकला। होरी दादा कभी-कभी जाकर कुछ दे आते हैं, उसी से काम चलता है। रात भी वह मेरे पास गए थे। किसने क्या किया, मैं कुछ नहीं जानता। हाँ, कल साँझ को हीरा मेरे घर खुरपी माँगने गया था। कहता था, एक जड़ी खोदना है। फिर तब से मेरी उससे भेंट नहीं हुई।'

धनिया इतनी शह पा कर बोली – 'पंडित दादा, यह उसी का काम है। शोभा के घर से खुरपी माँग कर लाया और कोई जड़ी खोदकर गाय को खिला दी। उस रात को जो झगड़ा हुआ था, उसी दिन से वह खार खाए बैठा था।'

दातादीन बोले – 'यह बात साबित हो गई, तो उसे हत्या लगेगी। पुलिस कुछ करे या न करे, धरम तो बिना दंड दिए न रहेगा। चली तो जा रुपिया, हीरा को बुला

ला। कहना, पंडित दादा बुला रहे हैं। अगर उसने हत्या नहीं की है, तो गंगाजली उठा ले और चौरे पर चढ़कर कसम खाए।'

धनिया बोली – 'महाराज, उसके कसम का भरोसा नहीं। चटपट खा लेगा। जब इसने झूठी कसम खा ली, जो बड़ा धर्मात्मा बनता है, तो हीरा का क्या विश्वास?'

अब गोबर बोला – 'खा लें झूठी कसम। बंस का अन्त हो जाए। बूढ़े जीते रहें। जवान जीकर क्या करेंगे!'

रूपा एक क्षण में आकर बोली – 'काका घर में नहीं हैं, पंडित दादा! काकी कहती हैं, कहीं चले गए हैं।'

दातादीन ने लम्बी दाढ़ी फटकारकर कहा – 'तूने पूछा नहीं, कहाँ चले गए हैं? घर में छिपा बैठा न हो। देख तो सोना, भीतर तो नहीं बैठा है?'

धनिया ने टोका – 'उसे मत भेजो दादा! हीरा के सिर हत्या सवार है, न जाने क्या कर बैठे।'

दातादीन ने खुद लकड़ी सँभाली और खबर लाए कि हीरा सचमुच कहीं चला गया है। पुनिया कहती है, लुटिया-डोर और डंडा सब लेकर गए हैं। पुनिया ने पूछा भी, कहाँ जाते हो, पर बताया नहीं। उसने पाँच रुपये आले में रखे थे। रुपये वहाँ नहीं हैं। साइत रुपये भी लेता गया।

धनिया शीतल हृदय से बोली – 'मुँह में कालिख लगाकर कहीं भागा होगा।'

शोभा बोला – 'भागके कहाँ जाएगा? गंगा नहाने न चला गया हो।'

धनिया ने शंका की – 'गंगा जाता तो रुपये क्यों ले जाता, और आजकल कोई परब भी तो नहीं है।'

इस शंका का कोई समाधान न मिला। धारणा दृढ़ हो गई।

आज होरी के घर भोजन नहीं पका। न किसी ने बैलों को सानी-पानी दिया। सारे गाँव में सनसनी फैली हुई थी। दो-दो, चार-चार आदमी जगह-जगह जमा होकर इसी विषय की आलोचना कर रहे थे। हीरा अवश्य कहीं भाग गया। पुनिया अलग रो रही थी, कुछ कहा न सुना, न जाने कहाँ चल दिए।

जो कुछ कसर रह गई थी, वह संध्या-समय हलके के थानेदार ने आ कर पूरी कर दी। गाँव के चौकीदार ने इस घटना की रपट की, जैसा उसका कर्त्तव्य था, और थानेदार साहब भला, अपने कर्त्तव्य से कब चूकनेवाले थे? अब गाँववालों को भी उनका सेवा-सत्कार करके अपने कर्त्तव्य का पालन करना चाहिए। दातादीन, झिंगुरीसिंह, नोखेराम, उनके चारों प्यादे, मँगरू साह और लाला पटेश्वरी, सभी आ पहुँचे और दारोगाजी के सामने हाथ बाँधकर खड़े हो गए। होरी की तलबी हुई। जीवन में यह पहला अवसर था कि वह दारोगा के सामने आया। ऐसा डर रहा था, जैसे फाँसी हो जाएगी। धनिया को पीटते समय उसका एक-एक अंग फड़क रहा था। दारोगा के सामने कछुए की भाँति भीतर सिमटा जाता था। दारोगा ने उसे आलोचक नेत्रों से देखा और उसके हृदय तक पहुँच गए। आदमियों की नस पहचानने का उन्हें अच्छा अभ्यास था। किताबी मनोविज्ञान में कोरे, पर व्यावहारिक मनोविज्ञान के मर्मज्ञ थे। यकीन हो गया,

आज अच्छे का मुँह देखकर उठे हैं। और होरी का चेहरा कहे देता था, इसे केवल एक घुड़की काफी है।

दारोगा ने पूछा – 'तुझे किस पर शुबहा है?'

होरी ने जमीन छुई और हाथ बाँधकर बोला – 'मेरा सुबहा किसी पर नहीं है सरकार, गाय अपनी मौत से मरी है। बुड्ढी हो गई थी।'

धनिया भी आकर पीछे खड़ी हो गई थी। तुरन्त बोली – 'गाय मारी है तुम्हारे भाई हीरा ने। सरकार ऐसे बौड़म नहीं हैं कि जो कुछ तुम कह दोगे, वह मान लेंगे। यहाँ जाँच-तहकीकात करने आए हैं।'

दारोगाजी ने पूछा – 'यह कौन औरत है?'

कई आदमियों ने दारोगाजी से कुछ बातचीत करने का सौभाग्य प्राप्त करने के लिए चढ़ा-ऊपरी की। एक साथ बोले और अपने मन को इस कल्पना से संतोष दिया कि पहले मैं बोला – 'होरी की घरवाली है सरकार!'

'तो इसे बुलाओ, मैं पहले इसी का बयान लिखूँगा। वह कहाँ है हीरा?'

विशिष्ट जनों ने एक स्वर से कहा – 'वह तो आज सबेरे से ही कहीं चला गया है सरकार!'

'मैं उसके घर की तलाशी लूँगा।'

तलाशी। होरी की साँस तले-ऊपर होने लगी। उसके भाई हीरा के घर की तलाशी होगी और हीरा घर में नहीं है। और फिर होरी के जीते-जी, उसके देखते यह तलाशी न होने पाएगी; और धनिया से अब उसका कोई सम्बन्ध नहीं। जहाँ चाहे जाए। जब वह उसकी इज्जत बिगाड़ने पर आ गई है, तो उसके घर में कैसे रह सकती है? जब गली-गली ठोकर खाएगी, तब पता चलेगा।

गाँव के विशिष्ट जनों ने इस महान संकट को टालने के लिए कानाफूसी शुरू की।

दातादीन ने गंजा सिर हिलाकर कहा – 'यह सब कमाने का ढंग है। पूछो, हीरा के घर में क्या रखा है?'

पटेश्वरीलाला बहुत लम्बे थे; पर लम्बे होकर भी बेवकूफ न थे। अपना लम्बा, काला मुँह और लम्बा करके बोले – 'और यहाँ आया है किसलिए, और जब आया है, बिना कुछ लिए दिए गया कब है?'

झिंगुरीसिंह ने होरी को बुलाकर कान में कहा – 'निकालो जो कुछ देना हो। यों गला न छूटेगा।'

दारोगाजी ने अब जरा गरजकर कहा – 'मैं हीरा के घर की तलाशी लूँगा।'

होरी के मुख का रंग ऐसा उड़ गया था, जैसे देह का सारा रक्त सूख गया हो। तलाशी उसके घर हुई तो, उसके भाई के घर हुई तो, एक ही बात है। हीरा अलग सही; पर दुनिया तो जानती है, वह उसका भाई है, मगर इस वक्त उसे कुछ बस नहीं। उसके पास रुपये होते, तो इसी वक्त पचास रुपये ला कर दारोगाजी के चरणों पर रख

देता और कहता – 'सरकार, मेरी इज्जत अब आपके हाथ है।' मगर उसके पास तो जहर खाने को भी एक पैसा नहीं है। धनिया के पास चाहे दो-चार रुपये पड़े हों, पर वह चुड़ैल भला क्यों देने लगी? मृत्युदंड पाए हुए आदमी की भाँति सिर झुकाए, अपने अपमान की वेदना का तीव्र अनुभव करता हुआ चुपचाप खड़ा रहा।

दातादीन ने होरी को सचेत किया – 'अब इस तरह खड़े रहने से काम न चलेगा होरी; रुपये की कोई जुगत करो।'

होरी दीन स्वर में बोला – 'अब मैं क्या अरज करूँ महाराज! अभी तो पहले ही की गठरी सिर पर लदी है, और किस मुँह से माँगूँ, लेकिन इस संकट से उबार लो। जीता रहा, तो कौड़ी-कौड़ी चुका दूँगा। मैं मर भी जाऊँ तो गोबर तो है ही।'

नेताओं में सलाह होने लगी। दारोगाजी को क्या भेंट किया जाए? दातादीन ने पचास का प्रस्ताव किया। झिंगुरीसिंह के अनुमान में सौ से कम पर सौदा न होगा। नोखेराम भी सौ के पक्ष में थे। और होरी के लिए सौ और पचास में कोई अन्तर न था। इस तलाशी का संकट उसके सिर से टल जाए। पूजा चाहे कितनी ही चढ़ानी पड़े। मरे को मन-भर लकड़ी से जलाओ, या दस मन से; उसे क्या चिन्ता!

मगर पटेश्वरी से यह अन्याय न देखा गया। कोई डाका या कतल तो कुछ हुआ नहीं। केवल तलाशी हो रही है। इसके लिए बीस रुपये बहुत हैं।

नेताओं ने धिक्कारा – 'तो फिर दारोगाजी से बातचीत करना। हम लोग नगीच न जाएँगे। कौन घुड़कियाँ खाए?'

होरी ने पटेश्वरी के पाँव पर अपना सिर रख दिया – 'भैया, मेरा उद्धार करो। जब तक जिऊँगा, तुम्हारी ताबेदारी करूँगा।'

दारोगाजी ने फिर अपने विशाल वक्ष और विशालतर उदर की पूरी शक्ति से कहा – 'कहाँ है हीरा का घर? मैं उसके घर की तलाशी लूँगा।'

पटेश्वरी ने आगे बढ़कर दारोगा जी के कान में कहा – 'तलाशी लेकर क्या करोगे हुजूर, उसका भाई आपकी ताबेदारी के लिए हाजिर है।'

दोनों आदमी जरा अलग जाकर बातें करने लगे।

'कैसा आदमी है?'

'बहुत ही गरीब हुजूर! भोजन का ठिकाना भी नहीं!'

'सच?'

'हाँ, हुजूर, ईमान से कहता हूँ।'

'अरे, तो क्या एक पचासे का डौल भी नहीं है?'

'कहाँ की बात हुजूर! दस मिल जाएँ, तो हजार समझिए। पचास तो पचास जनम में भी मुमकिन नहीं और वह भी जब कोई महाजन खड़ा हो जाएगा।'

दारोगा जी ने एक मिनट तक विचार करके कहा – 'तो फिर उसे सताने से क्या फायदा? मैं ऐसों को नहीं सताता, जो आप ही मर रहे हों।'

पटेश्वरी ने देखा, निशाना और आगे जा पड़ा। बोले – 'नहीं हुजूर, ऐसा न कीजिए, नहीं फिर हम कहाँ जाएँगे। हमारे पास दूसरी और कौन-सी खेती है?'

'तुम इलाके के पटवारी हो जी, कैसी बातें करते हो?'

'जब ऐसा ही कोई अवसर आ जाता है, तो आपकी बदौलत हम भी कुछ पा जाते हैं, नहीं पटवारी को कौन पूछता है?'

'अच्छा जाओ, तीस रुपये दिलवा दो; बीस रुपये हमारे, दस रुपये तुम्हारे।'

'चार मुखिया हैं, इसका खयाल कीजिए।'

'अच्छा आधे-आध पर रखो, जल्दी करो। मुझे देर हो रही है।'

पटेश्वरी ने झिंगुरी से कहा झिंगुरी ने होरी को इशारे से बुलाया, अपने घर ले गए, तीस रुपये गिनकर उसके हवाले किए और एहसान से दबाते हुए बोले – 'आज ही कागद लिखा लेना। तुम्हारा मुँह देखकर रुपये दे रहा हूँ, तुम्हारी भलमनसी पर।'

होरी ने रुपये लिए और अँगोछे के कोर में बाँधे प्रसन्न-मुख आ कर दारोगा जी की ओर चला।

सहसा धनिया झपटकर आगे आई और अंगोछी एक झटके के साथ उसके हाथ से छीन ली। गाँठ पक्की न थी। झटका पाते ही खुल गई और सारे रुपये जमीन पर बिखर गए। नागिन की तरह फुंकारकर बोली – 'ये रुपये कहाँ लिए जा रहा है, बता? भला चाहता है, तो सब रुपये लौटा दे, नहीं कहे देती हूँ। घर के परानी रात-दिन मरें और दाने-दाने को तरसें, लत्ता भी पहनने को मयस्सर न हो और अँजुली-भर रुपये लेकर चला है इज्जत बचाने! ऐसी बड़ी है तेरी इज्जत! जिसके घर में चूहे लोटें, वह भी इज्जतवाला है! दारोगा तलासी ही तो लेगा। ले-ले जहाँ चाहे तलासी। एक तो सौ रुपये की गाय गई, उस पर यह पलोथन! वाह री तेरी इज्जत!'

होरी खून का घूँट पीकर रह गया। सारा समूह जैसे थर्रा उठा। नेताओं के सिर झुक गए। दारोगा का मुँह जरा-सा निकल आया। अपने जीवन में उसे ऐसी लताड़ न मिली थी।

होरी स्तम्भित-सा खड़ा रहा। जीवन में आज पहली बार धनिया ने उसे भरे अखाड़े में पटकनी दी, आकाश तका दिया। अब वह कैसे सिर उठाए!

मगर दारोगा जी इतनी जल्दी हार माननेवाले न थे। खिसिया कर बोले – 'मुझे ऐसा मालूम होता है, कि इस शैतान की खाला ने हीरा को फँसाने के लिए खुद गाय को जहर दे दिया।'

धनिया हाथ मटकाकर बोली – 'हाँ, दे दिया। अपनी गाय थी, मार डाली, फिर किसी दूसरे का जानवर तो नहीं मारा? तुम्हारे तहकीकात में यही निकलता है, तो यही लिखो। पहना दो मेरे हाथ में हथकड़ियाँ। देख लिया तुम्हारा न्याय और तुम्हारे अक्कल की दौड़। गरीबों का गला काटना दूसरी बात है। दूध का दूध और पानी का पानी करना दूसरी बात।'

होरी आँखों से अंगारे बरसाता धनिया की ओर लपका, पर गोबर सामने आकर खड़ा हो गया और उग्र भाव से बोला – 'अच्छा दादा, अब बहुत हुआ। पीछे हट जाओ, नहीं मैं कहे देता हूँ, मेरा मुँह न देखोगे। तुम्हारे ऊपर हाथ न उठाऊँगा। ऐसा कपूत नहीं हूँ। यहीं गले में फाँसी लगा लूँगा।'

होरी पीछे हट गया और धनिया शेर होकर बोली – 'तू हट जा गोबर, देखूँ तो क्या करता है मेरा। दारोगा जी बैठे हैं। इसकी हिम्मत देखूँ। घर में तलाशी होने से इसकी इज्जत जाती है। अपने मेहरिया को सारे गाँव के सामने लतियाने से इसकी इज्जत नहीं जाती! यही तो वीरों का धरम है। बड़ा वीर है, तो किसी मर्द से लड़। जिसकी बाँह पकड़कर लाया, उसे मारकर बहादुर कहलाएगा। तू समझता होगा, मैं इसे रोटी-कपड़ा देता हूँ। आज से अपना घर सँभाल। देख तो इसी गाँव में तेरी छाती पर मूँग दलकर रहती हूँ कि नहीं, और उससे अच्छा खाऊँ-पहनूँगी। इच्छा हो, देख ले।'

होरी परास्त हो गया। उसे ज्ञात हुआ, स्त्री के सामने पुरुष कितना निर्बल, कितना निरुपाय है।

नेताओं ने रुपये चुनकर उठा लिए थे और दारोगा जी को वहाँ से चलने का इशारा कर रहे थे। धनिया ने एक ठोकर और जमाई – 'जिसके रुपये हों, ले जाकर उसे दे दो। हमें किसी से उधार नहीं लेना है। और जो देता है, तो उसी से लेना। मैं दमड़ी भी न दूँगी, चाहे मुझे हाकिम के इजलास तक ही चढ़ना पड़े। हम बाकी चुकाने को पचीस रुपये माँगते थे, किसी ने न दिया। आज अँजुली-भर रुपये ठनाठन निकाल के दे दिए। मैं सब जानती हूँ। यहाँ तो बाँट-बखरा होने वाला था, सभी के मुँह मीठे होते। ये हत्यारे गाँव के मुखिया हैं, गरीबों का खून चूसनेवाले! सूद-ब्याज, डेढ़ी-सवाई, नजर-नजराना, घूस-घास जैसे भी हो, गरीबों को लूटो। उस पर सुराज चाहिए। जेल से सुराज न मिलेगा। सुराज मिलेगा धरम से, न्याय से।'

नेताओं के मुँह में कालिख-सी लगी हुई थी। दारोगाजी के मुँह पर झाड़ू-सी फिरी हुई थी। इज्जत बचाने के लिए हीरा के घर की ओर चले।

रास्ते में दारोगा ने स्वीकार किया – 'औरत है बड़ी दिलेर!'

पटेश्वरी बोले – 'दिलेर है हुजूर, कर्कशा है। ऐसी औरत को तो गोली मार दें।'

'तुम लोगों का काफिया तंग कर दिया उसने। चार-चार तो मिलते ही।'

'हुजूर के भी तो पन्द्रह रुपये गए।'

'मेरे कहाँ जा सकते हैं? वह न देगा, गाँव के मुखिया देंगे और पन्द्रह रुपये की जगह पूरे पचास रुपये। आप लोग चटपट इन्तजाम कीजिए।'

पटेश्वरीलाल ने हँसकर कहा – 'हुजूर बड़े दिल्लगीबाज हैं।'

दातादीन बोले – 'बड़े आदमियों के यही लक्षण हैं। ऐसे भाग्यवानों के दर्शन कहाँ होते हैं?'

दारोगा जी ने कठोर स्वर में कहा – 'यह खुशामद फिर कीजिएगा। इस वक्त तो मुझे पचास रुपये दिलवाइए, नकद, और यह समझ लो कि आनाकानी की, तो तुम

चारों के घर की तलाशी लूँगा। बहुत मुमकिन है कि तुमने हीरा और होरी को फँसाकर उनसे सौ-पचास ऐंठने के लिए पाखंड रचा हो।'

नेतागण अभी तक यही समझ रहे हैं, दारोगा जी विनोद कर रहे हैं।

झिंगुरीसिंह ने आँखें मारकर कहा - 'निकालो पचास रुपये पटवारी साहब!'

नोखेराम ने उनका समर्थन किया - 'पटवारी साहब का इलाका है। उन्हें जरूर आपकी खातिर करनी चाहिए।'

पंडित नोखेराम की चौपाल आ गई। दारोगा जी एक चारपाई पर बैठ गए और बोले - 'तुम लोगों ने क्या निश्चय किया? रुपये निकालते हो या तलाशी करवाते हो?'

दातादीन ने आपत्ति की - 'मगर हुजूर...'

'मैं अगर-मगर कुछ नहीं सुनना चाहता।'

झिंगुरीसिंह ने साहस किया - 'सरकार, यह तो सरासर...'

'मैं पन्द्रह मिनट का समय देता हूँ। अगर इतनी देर में पूरे पचास रुपये न आए, तो तुम चारों के घर की तलाशी होगी। और गंडासिंह को जानते हो? उसका मारा पानी भी नहीं माँगता?'

पटेश्वरीलाल ने तेज स्वर से कहा - 'आपको अख्तियार है, तलाशी ले लें। यह अच्छी दिल्लगी है, काम कौन करे, पकड़ा कौन जाए।'

'मैंने पच्चीस साल थानेदारी की है, जानते हो?'

'लेकिन ऐसा अन्धेर तो कभी नहीं हुआ।'

'तुमने अभी अन्धेर नहीं देखा। कहो तो वह भी दिखा दूँ? एक-एक को पाँच-पाँच साल के लिए भेजवा दूँ। यह मेरे बाएँ हाथ का खेल है। डाके में सारे गाँव को काले पानी भेजवा सकता हूँ। इस धोखे में न रहना!'

चारों सज्जन चौपाल के अन्दर जाकर विचार करने लगे।

फिर क्या हुआ, किसी को मालूम नहीं। हाँ, दारोगा जी प्रसन्न दिखाई दे रहे थे और चारों सज्जनों के मुँह पर फटकार बरस रही थी।

दारोगा जी घोड़े पर सवार होकर चले, तो चारों नेता दौड़ रहे थे। घोड़ा दूर निकल गया तो चारों सज्जन लौटे, इस तरह मानो किसी प्रियजन का संस्कार करके श्मशान से लौट रहे हों।

सहसा दातादीन बोले - 'मेरा सराप न पड़े तो मुँह न दिखाऊँ।'

नोखेराम ने समर्थन किया - 'ऐसा धन कभी फलते नहीं देखा।'

पटेश्वरी ने भविष्यवाणी की - 'हराम की कमाई हराम में जाएगी।'

झिंगुरीसिंह को आज ईश्वर की न्यायपरता में सन्देह हो गया था। भगवान न जाने कहाँ हैं कि यह अन्धेर देखकर भी पापियों को दंड नहीं देते।

इस वक्त इन सज्जनों की तस्वीर खींचने लायक थी।

हीरा का कहीं पता न चला और दिन गुजरते जाते थे। होरी से जहाँ तक दौड़-धूप हो सकी, की; फिर हारकर बैठ रहा। खेती-बारी की भी फिक्र करनी थी। अकेला आदमी क्या-क्या करता? और अब अपनी खेती से ज्यादा फिक्र थी पुनिया की खेती की। पुनिया अब अकेली होकर और भी प्रचंड हो गई थी। होरी को अब उसकी खुशामद करते बीतती थी। हीरा था, तो वह पुनिया को दबाए रहता था। उसके चले जाने से अब पुनिया पर कोई आँकुस न रह गया था। होरी की पट्टीदारी हीरा से थी। पुनिया अबला थी। उससे वह क्या तनातनी करता? और पुनिया उसके स्वभाव से परिचित थी और उसकी सज्जनता का उसे खूब दंड देती थी। खैरियत यही हुई कि कारकुन साहब ने पुनिया से बकाया लगान वसूल करने की कोई सख्ती न की, केवल थोड़ी-सी पूजा लेकर राजी हो गए। नहीं, होरी अपने बकाया के साथ उसकी बकाया चुकाने के लिए भी कर्ज लेने को तैयार था। सावन में धान की रोपाई की ऐसी धूम रही कि मजूर न मिले और होरी अपने खेतों में धान न रोप सका, लेकिन पुनिया के खेतों में कैसे न रोपाई होती? होरी ने पहर रात-रात तक काम करके उसके धान रोपे। अब होरी ही तो उसका रक्षक है! अगर पुनिया को कोई कष्ट हुआ, तो दुनिया उसी को तो हँसेगी। नतीजा यह हुआ कि होरी को खरीफ की फसल में बहुत थोड़ा अनाज मिला, और पुनिया के बखार में धान रखने की जगह न रही।

होरी और धनिया में उस दिन से बराबर मनमुटाव चला आता था। गोबर से भी होरी की बोल-चाल बन्द थी। माँ-बेटे ने मिलकर जैसे उसका बहिष्कार कर दिया था। अपने घर में परदेशी बना हुआ था। दो नावों पर सवार होनेवालों की जो दुर्गति होती है, वही उसकी हो रही थी। गाँव में भी अब उसका उतना आदर न था। धनिया ने अपने साहस से स्त्रियों का ही नहीं, पुरुषों का नेतृत्व भी प्राप्त कर लिया था। महीनों तक आसपास के इलाकों में इस कांड की खूब चर्चा रही। यहाँ तक कि वह अलौकिक रूप तक धारण करता जाता था – 'धनिया नाम है उसका जी। भवानी का इष्ट है उसे। दारोगा जी ने ज्योंही उसके आदमी के हाथ में हथकड़ी डाली कि धनिया ने भवानी का सुमिरन किया। भवानी उसके सिर आ गई। फिर तो उसमें इतनी शक्ति आ गई कि उसने एक झटके में पति की हथकड़ी तोड़ डाली और दारोगा की मूँछें पकड़कर उखाड़ लीं, फिर उसकी छाती पर चढ़ बैठी। दारोगा ने जब बहुत मानता की, तब जाकर उसे छोड़ा।' कुछ दिन तो लोग धनिया के दर्शनों को आते रहे। वह बात अब पुरानी पड़ गई थी; लेकिन गाँव में धनिया का सम्मान बहुत बढ़ गया था। उसमें अद्भुत साहस है और समय पड़ने पर वह मर्दों के भी कान काट सकती है।

मगर धीरे-धीरे धनिया में एक परिवर्तन हो रहा था। होरी को पुनिया की खेती में लगे देखकर भी वह कुछ न बोलती थी। और यह इसलिए नहीं कि वह होरी से विरक्त हो गई थी; बल्कि इसलिए कि पुनिया पर अब उसे भी दया आती थी। हीरा का घर से भाग जाना, उसकी प्रतिशोध-भावना की तुष्टि के लिए काफी था।

इसी बीच में होरी को ज्वर आने लगा। फस्ली बुखार फैला था ही। होरी उसकी चपेट में आ गया। और कई साल के बाद जो ज्वर आया, तो उसने सारी बकाया चुका ली। एक महीने तक होरी खाट पर पड़ा रहा। इस बीमारी ने होरी को तो कुचल डाला ही, पर धनिया पर भी विजय पा गई। पति जब मर रहा है, तो उससे कैसा बैर? ऐसी दशा में तो बैरियों से भी बैर नहीं रहता, वह तो अपना पति है। लाख बुरा हो; पर उसी के साथ जीवन के पचीस साल कटे हैं, सुख किया है तो उसी के साथ, दुःख भोगा है तो उसी के साथ। अब तो चाहे वह अच्छा है या बुरा, अपना है। दाढ़ीजार ने मुझे सबके सामने मारा, सारे गाँव के सामने मेरा पानी उतार लिया, लेकिन तब से कितना लज्जित है कि सीधे ताकता नहीं। खाने आता है तो सिर झुकाए खाकर उठ जाता है, डरता रहता है कि मैं कुछ कह न बैठूँ।

होरी जब अच्छा हुआ, तो पति-पत्नी में मेल हो गया था।

एक दिन धनिया ने कहा - 'तुम्हें इतना गुस्सा कैसे आ गया? मुझे तो तुम्हारे ऊपर कितना ही गुस्सा आए, मगर हाथ न उठाऊँगी।'

होरी लजाता हुआ बोला - 'अब उसकी चर्चा न कर धनिया! मेरे ऊपर कोई भूत सवार था। इसका मुझे कितना दुःख हुआ है, वह मैं ही जानता हूँ।'

'और जो मैं भी उस क्रोध में डूब मरी होती!'

'तो क्या मैं रोने के लिए बैठा रहता? मेरी लहाश भी तेरे साथ चिता पर जाती।'

'अच्छा चुप रहो, बेबात की बात मत बको।'

'गाय गई सो गई, मेरे सिर पर एक विपत्ति डाल गई। पुनिया की फिकर मुझे मारे डालती है।'

'इसीलिए तो कहते हैं, भगवान घर का बड़ा न बनाए। छोटों को कोई नहीं हँसता। नेकी-बदी सब बड़ों के सिर जाती है।'

माघ के दिन थे। मघावट लगी हुई थी। घटाघोट अँधेरा छाया हुआ था। एक तो जाड़ों की रात, दूसरे माघ की वर्षा। मौत का-सा सन्नाटा छाया हुआ था। अँधेरा तक न सूझता था। होरी भोजन करके पुनिया के मटर के खेत की मेंड़ पर अपनी मँड़ैया में लेटा हुआ था। चाहता था, शीत को भूल जाय और सो रहे; लेकिन तार-तार कम्बल और फटी हुई मिर्जई और शीत के झोंकों से गीली पुआल। इतने शत्रुओं के सम्मुख आने का नींद में साहस न था। आज तमाखू भी न मिला कि उसी से मन बहलाता। उपला सुलगा लाया था, पर शीत में वह भी बुझ गया। बेवाय फटे पैरों को पेट में डाल कर और हाथों को जाँघों के बीच में दबाकर और कम्बल में मुँह छिपाकर अपनी ही गर्म साँसों से अपने को गर्म करने की चेष्टा कर रहा था। पाँच साल हुए, यह मिर्जई बनवाई थी। धनिया ने एक प्रकार से जबरदस्ती बनवा दी थी, वही जब एक बार काबुली से कपड़े लिए थे, जिसके पीछे कितनी साँसता हुई, कितनी गालियाँ खानी पड़ीं। और कम्बल उसके जन्म से भी पहले का है। बचपन में अपने बाप के साथ वह इसी में सोता था, जवानी में गोबर को लेकर इसी कम्बल में उसके जाड़े कटे थे और बुढ़ापे

में आज वही बूढ़ा कम्बल उसका साथी है, पर अब वह भोजन को चबाने वाला दाँत नहीं, दुःखनेवाला दाँत है।

जीवन में ऐसा तो कोई दिन ही नहीं आया कि लगान और महाजन को देकर कभी कुछ बचा हो। और बैठे-बैठाए यह एक नया जंजाल पड़ गया। न करो तो दुनिया हँसे, करो तो यह संशय बना रहे कि लोग क्या कहते हैं। सब यह समझते हैं कि वह पुनिया को लूट लेता है, उसकी सारी उपज घर में भर लेता है। एहसान तो क्या होगा, उलटा कलंक लग रहा है। और उधर भोला कई बेर याद दिला चुके हैं कि कहीं कोई सगाई का डौल करो, अब काम नहीं चलता। सोभा उससे कई बार कह चुका है कि पुनिया के विचार उसकी ओर से अच्छे नहीं हैं। न हों। पुनिया की गृहस्थी तो उसे सँभालनी ही पड़ेगी, चाहे हँस कर सँभाले या रोकर।

धनिया का दिल भी अभी तक साफ नहीं हुआ। अभी तक उसके मन में मलाल बना हुआ है। मुझे सब आदमियों के सामने उसको मारना न चाहिए था। जिसके साथ पचीस साल गुजर गए, उसे मारना और सारे गाँव के सामने, मेरी नीचता थी; लेकिन धनिया ने भी तो मेरी आबरू उतारने में कोई कसर न छोड़ी। मेरे सामने से कैसा कतराकर निकल जाती है, जैसे कभी की जान-पहचान ही नहीं। कोई बात कहनी होती है, तो सोना या रूपा से कहलाती है। देखता हूँ उसकी साड़ी फट गई है; मगर कल मुझसे कहा भी, तो सोना की साड़ी के लिए, अपनी साड़ी का नाम तक न लिया। सोना की साड़ी अभी दो-एक महीने थेगलियाँ लगा कर चल सकती है। उसकी साड़ी तो मारे पेबन्दों के बिलकुल कथरी हो गई है। और फिर मैं ही कौन उसका मनुहार कर रहा हूँ? अगर मैं ही उसके मन की दो-चार बातें करता रहता, तो कौन छोटा हो जाता? यही तो होता, वह थोड़ा-सा अदरावन कराती, दो-चार लगने वाली बात कहती, तो क्या मुझे चोट लग जाती, लेकिन मैं बुड्ढा होकर भी उल्लू बना रह गया। वह तो कहो, इस बीमारी ने आकर उसे नर्म कर दिया, नहीं जाने कब तक मुँह फुलाए रहती।

और आज उन दोनों में जो बातें हुई थीं, वह मानो भूखे का भोजन थीं। वह दिल से बोली थी और होरी गद्‌गद हो गया था। उसके जी में आया, उसके पैरों पर सिर रख दे और कहे - 'मैंने तुझे मारा है तो ले मैं सिर झुकाए लेता हूँ, जितना चाहे मार ले, जितनी गालियाँ देना चाहे दे ले।'

सहसा उसे मँड़ैया के सामने चूड़ियों की झंकार सुनाई दी। उसने कान लगाकर सुना। हाँ, कोई है। पटवारी की लड़की होगी, चाहे पंडित की घरवाली हो। मटर उखाड़ने आई होगी। न जाने क्यों इन लोगों की नीयत इतनी खोटी है। सारे गाँव से अच्छा पहनते हैं, सारे गाँव से अच्छा खाते हैं, घर में हजारों रुपये गड़े हैं, लेन-देन करते हैं, ड्योढ़ी-सवाई चलाते हैं, घूस लेते हैं, दस्तूरी लेते हैं, एक-न-एक मामला खड़ा करके हमा-सुमा को पीसते ही रहते हैं, फिर भी नीयत का यह हाल! बाप जैसा होगा, वैसी ही सन्तान भी होगी। और आप नहीं आते, औरतों को भेजते हैं। अभी उठकर हाथ पकड़ लूँ तो क्या पानी रह जाए! नीच कहने को नीच हैं; जो ऊँचे हैं, उनका मन तो

और नीचा है। औरत जात का हाथ पकड़ते भी तो नहीं बनता; आँखों देखकर मक्खी निगलनी पड़ती है। उखाड़ ले भाई, जितना तेरा जी चाहे। समझ ले, मैं नहीं हूँ। बड़े आदमी अपनी लाज न रखें, छोटों को तो उनकी लाज रखनी ही पड़ती है।

मगर नहीं, यह तो धनिया है। पुकार रही है।

धनिया ने पुकारा - 'सो गए कि जागते हो?'

होरी झटपट उठा और मँड़ैया के बाहर निकल आया। आज मालूम होता है, देवी प्रसन्न हो गई, उसे वरदान देने आई हैं, इसके साथ ही इस बादल-बूँदी और जाड़े-पाले में इतनी रात गए उसका आना शंकाप्रद भी था। जरूर कोई-न-कोई बात हुई है।

बोला - 'ठंडी के मारे नींद भी आती है? तू इस जाड़े-पाले में कैसे आई? कुसल तो है?'

'हाँ, सब कुसल है।'

'गोबर को भेजकर मुझे क्यों नहीं बुलवा लिया?'

धनिया ने कोई उत्तर न दिया। मँड़ैया में आ कर पुआल पर बैठती हुई बोली - 'गोबर ने तो मुँह में कालिख लगा दी, उसकी करनी क्या पूछते हो! जिस बात को डरती थी, वह होकर रही।'

'क्या हुआ? किसी से मार-पीट कर बैठा?'

'अब मैं क्या जानूँ, क्या कर बैठा, चलकर पूछो उसी राँड से?'

'किस राँड से? क्या कहती है तू? बौरा तो नहीं गई?'

'हाँ, बौरा क्यों न जाऊँगी! बात ही ऐसी हुई है कि छाती दुगनी हो जाए।'

होरी के मन में प्रकाश की एक लम्बी रेखा ने प्रवेश किया।

'साफ-साफ क्यों नहीं कहती। किस राँड को कह रही है?'

'उसी झुनिया को, और किसको!'

'तो झुनिया क्या यहाँ आई है?'

'और कहाँ जाती, पूछता कौन है?'

'गोबर क्या घर में नहीं है?'

'गोबर का कहीं पता नहीं। जाने कहाँ भाग गया। इसे पाँच महीने का पेट है।'

होरी सबकुछ समझ गया। गोबर को बार-बार अहिराने जाते देखकर वह खटका था जरूर, मगर उसे ऐसा खिलाड़ी न समझता था। युवकों में रसिकता होती ही है, इसमें कोई नई बात नहीं। मगर जिस रुई के गाले को उसने नीले आकाश में हवा के झोंके से उड़ते देखकर केवल मुस्कुरा दिया था, वह सारे आकाश में छाकर उसके मार्ग को इतना अन्धकारमय बना देगा, यह तो कोई देवता भी न जान सकता था। गोबर ऐसा लम्पट! वह सरल गँवार, जिसे वह अभी बच्चा समझता था; लेकिन उसे भोज की चिन्ता न थी, पंचायत का भय न था, झुनिया घर में कैसे रहेगी, इसकी चिन्ता भी उसे न थी। उसे चिन्ता थी गोबर की। लड़का लज्जाशील है, अनाड़ी है, आत्माभिमानी है, कहीं कोई नादानी न कर बैठे।

घबराकर बोला – 'झुनिया ने कुछ कहा नहीं, गोबर कहाँ गया? उससे कह कर ही गया होगा?'

धनिया झुँझला कर बोली – 'तुम्हारी अक्ल तो घास खा गई है। उसकी चहेती तो यहाँ बैठी है, भागकर जाएगा कहाँ? यहीं कहीं छिपा बैठा होगा। दूध थोड़े ही पीता है कि खो जाएगा। मुझे तो इस कलमुँही झुनिया की चिन्ता है कि इसे क्या करूँ? अपने घर में मैं तो छन-भर भी न रहने दूँगी। जिस दिन गाय लाने गया है, उसी दिन से दोनों में तक-झक होने लगी। पेट न रहता तो अभी बात न खुलती। मगर जब पेट रह गया, तो झुनिया लगी घबड़ाने। कहने लगी, कहीं भाग चलो। गोबर टालता रहा। एक औरत को साथ ले के कहाँ जाए, कुछ न सूझा। आखिर जब आज वह सिर हो गई कि मुझे यहाँ से ले चलो, नहीं मैं परान दे दूँगी, तो बोला – तू चलकर मेरे घर में रह, कोई कुछ न बोलेगा, मैं अम्माँ को मना लूँगा। यह गधी उसके साथ चल पड़ी। कुछ दूर तो आगे-आगे आता रहा, फिर न जाने किधर सरक गया। यह खड़ी-खड़ी उसे पुकारती रही। जब रात भीग गई और वह न लौटा, भागी यहाँ चली आई। मैंने तो कह दिया, जैसा किया है, वैसा फल भोग। चुड़ैल ने लेके मेरे लड़के को चौपट कर दिया। तब से बैठी रो रही है। उठती ही नहीं। कहती है, अपने घर कौन मुँह लेकर जाऊँ। भगवान ऐसी सन्तान से तो बाँझ ही रखे तो अच्छा। सबेरा होते-होते सारे गाँव में काँव-काँव मच जाएगी। ऐसा जी होता है, माहुर खा लूँ। मैं तुमसे कहे देती हूँ, मैं अपने घर में न रखूँगी। गोबर को रखना हो, अपने सिर पर रखे। मेरे घर में ऐसी छत्तीसियों के लिए जगह नहीं है और अगर तुम बीच में बोले, तो फिर या तो तुम्हीं रहोगे, या मैं ही रहूँगी।'

होरी बोला – 'तुझसे बना नहीं। उसे घर में आने ही न देना चाहिए था।'

'सबकुछ कहके हार गई। टलती ही नहीं। धरना दिए बैठी है।'

'अच्छा चल, देखूँ कैसे नहीं उठती, घसीटकर बाहर निकाल दूँगा।'

'दाढ़ीजार भोला सबकुछ देख रहा था; पर चुप्पी साधे बैठा रहा। बाप भी ऐसे बेहया होते हैं!'

'वह क्या जानता था, इनके बीच में क्या खिचड़ी पक रही है।'

'जानता क्यों नहीं था? गोबर रात-दिन घेरे रहता था तो क्या उसकी आँखें फूट गईं थीं! सोचना चाहिए था न, कि यहाँ क्यों दौड़-दौड़ आता है।'

'चल, मैं झुनिया से पूछता हूँ न!'

दोनों मँड़ैया से निकलकर गाँव की ओर चले। होरी ने कहा – 'पाँच घड़ी के ऊपर रात गई होगी।'

धनिया बोली – 'हाँ, और क्या, मगर कैसा सोता पड़ गया है! कोई चोर आए, तो सारे गाँव को मूस ले जाए।'

'चोर ऐसे गाँव में नहीं आते। धनियों के घर जाते हैं।'

धनिया ने ठिठककर होरी का हाथ पकड़ लिया और बोली – 'देखो, हल्ला न मचाना; नहीं सारा गाँव जाग उठेगा और बात फैल जाएगी।'

होरी ने कठोर स्वर में कहा – 'मैं यह कुछ नहीं जानता। हाथ पकड़ कर घसीट लाऊँगा और गाँव के बाहर कर दूँगा। बात तो एक दिन खुलनी ही है, फिर आज ही क्यों न खुल जाए? वह मेरे घर आई क्यों? जाए जहाँ गोबर है। उसके साथ कुकरम किया, तो क्या हमसे पूछकर किया था?'

धनिया ने फिर उसका हाथ पकड़ा और धीरे से बोली – 'तुम उसका हाथ पकड़ोगे तो वह चिल्लाएगी।'

'तो चिल्लाया करे।'

'मुदा इतनी रात गए, अँधेरे सन्नाटे रात में जाएगी कहाँ, यह तो सोचो!'

'जाए जहाँ उसके सगे हों। हमारे घर में उसका क्या रखा है?'

'हाँ, लेकिन इतनी रात गए घर से निकालना उचित नहीं। पाँव भारी है, कहीं डर-डरा जाए, तो और आफत हो। ऐसी दशा में कुछ करते-धरते भी तो नहीं बनता!'

'हमें क्या करना है, मरे या जीए। जहाँ चाहे जाए। क्यों अपने मुँह में कालिख लगाऊँ? मैं तो गोबर को भी निकाल बाहर करूँगा।'

धनिया ने गम्भीर चिन्ता से कहा – 'कालिख जो लगनी थी, वह तो अब लग चुकी। वह अब जीते-जी नहीं छूट सकती। गोबर ने नौका डुबा दी।'

'गोबर ने नहीं, डुबाई इसी ने। वह तो बच्चा था। इसके पंजे में आ गया।'

'किसी ने डुबाई, अब तो डूब गई।'

दोनों द्वार के सामने पहुँच गए। सहसा धनिया ने होरी के गले में हाथ डालकर कहा – 'देखो तुम्हें मेरी सौंह, उस पर हाथ न उठाना। वह तो आप ही रो रही है। भाग की खोटी न होती, तो यह दिन ही क्यों आता?'

होरी की आँखें आर्द्र हो गईं। धनिया का यह मातृ-स्नेह उस अँधेरे में भी जैसे दीपक के समान उसकी चिन्ता-जर्जर आकृति को शोभा प्रदान करने लगा। दोनों ही के हृदय में जैसे अतीत-यौवन सचेत हो उठा। होरी को इस गत-यौवना में भी वही कोमल हृदय बालिका नजर आई, जिसने पच्चीस साल पहले उसके जीवन में प्रवेश किया था। उस आलिंगन में कितना अथाह वात्सल्य था, जो सारे कलंक, सारी बाधाओं और सारी मूलबद्ध परंपराओं को अपने अन्दर समेट लेता था।

दोनों ने द्वार पर आकर किवाड़ों के दराज से अन्दर झाँका। दीवट पर तेल की कुप्पी जल रही थी और उसके मध्यम प्रकाश में झुनिया घुटने पर सिर रखे, द्वार की ओर मुँह किए, अंधकार में उस आनन्द को खोज रही थी, जो एक क्षण पहले अपने मोहिनी छवि दिखाकर विलीन हो गया था। वह आफत की मारी, व्यंग-बाणों से आहत और जीवन के आघातों से व्यथित किसी वृक्ष की छाँह खोजती फिरती थी, और उसे एक भवन मिल गया था, जिसके आश्रय में वह अपने को सुरक्षित और सुखी समझ रही थी; पर आज वह भवन अपना सारा सुख-विलास लिए अलादीन के राजमहल की

भाँति गायब हो गया था और भविष्य एक विकराल दानव के समान उसे निगल जाने को खड़ा था।

एकाएक द्वार खुलते और होरी को आते देखकर वह भय से काँपती हुई उठी और होरी के पैरों पर गिरकर रोती हुई बोली – 'दादा, अब तुम्हारे सिवाय मुझे दूसरा ठौर नहीं है, चाहे मारो चाहे काटो; लेकिन अपने द्वार से दुरदुराओ मत।'

होरी ने झुककर उसकी पीठ पर हाथ फेरते हुए प्यार-भरे स्वर में कहा – 'डर मत बेटी, डर मत। तेरा घर है, तेरा द्वार है, तेरे हम हैं। आराम से रह। जैसी तू भोला की बेटी है, वैसी ही मेरी बेटी है। जब तक हम जीते हैं, किसी बात की चिन्ता मत कर। हमारे रहते, कोई तुझे तिरछी आँखों से न देख सकेगा। भोज-भात जो लगेगा, वह हम सब दे लेंगे, तू खातिर-जमा रख।'

झुनिया, सान्त्वना पाकर और भी होरी के पैरों से चिमट गई और बोली – 'दादा, अब तुम्हीं मेरे बाप हो, और अम्माँ, तुम्हीं मेरी माँ हो। मैं अनाथ हूँ। मुझे सरन दो, नहीं मेरे काका और भाई मुझे कच्चा ही खा जाएँगे।'

धनिया अपनी करुणा के आवेश को अब न रोक सकी। बोली – 'तू चल घर में बैठ, मैं देख लूँगी काका और भैया को। संसार में उन्हीं का राज नहीं है। बहुत करेंगे, अपने गहने ले लेंगे। फेंक देना उतारकर।'

अभी जरा देर पहले धनिया ने क्रोध के आवेश में झुनिया को कुलटा और कलंकिनी और कलमुँही, न जाने क्या-क्या कह डाला था। झाड़ मारकर घर से निकालने जा रही थी। अब जो झुनिया ने स्नेह, क्षमा और आश्वासन से भरे यह वाक्य सुने, तो होरी के पाँव छोड़कर धनिया के पाँव से लिपट गई और वही साध्वी, जिसने होरी के सिवा किसी पुरुष को आँख भरकर देखा भी न था, इस पापिष्ठा को गले लगाए, उसके आँसू पोंछ रही थी और उसके त्रस्त हृदय को कोमल शब्दों से शान्त कर रही थी, जैसे कोई चिड़िया अपने बच्चे को परों में छिपाए बैठी हो।

होरी ने धनिया को संकेत किया कि इसे कुछ खिला-पिला दे और झुनिया से पूछा – 'क्यों बेटी, तुझे कुछ मालूम है, गोबर किधर गया?'

झुनिया ने सिसकते हुए कहा – 'मुझसे तो कुछ नहीं कहा। मेरे कारन तुम्हारे ऊपर...यह कहते-कहते उसकी आवाज आँसुओं में डूब गई।'

होरी अपनी व्याकुलता न छिपा सका।

'जब तूने आज उसे देखा, तो कुछ दुःखी था?'

'बातें तो हँस-हँसकर कह रहे थे। मन का हाल भगवान जाने।'

'तेरा मन क्या कहता है, है गाँव में ही कि कहीं बाहर चला गया?'

'मुझे तो शंका होती है, कहीं बाहर चले गए हैं।'

'यही मेरा मन भी कहता है, कैसी नादानी की। हम उसके दुसमन थोड़े ही थे। जब भली या बुरी एक बात हो गई, तो उसे निभानी पड़ती है। इस तरह भागकर तो उसने हमारी जान आफत में डाल दी।'

धनिया ने झुनिया का हाथ पकड़कर अन्दर ले जाते हुए कहा – 'कायर कहीं का! जिसकी बाँह पकड़ी, उसका निबाह करना चाहिए कि मुँह में कालिख लगाकर भाग जाना चाहिए। अब जो आए, तो घर में बैठने न दूँ।'

होरी वहीं पुआल पर लेटा। गोबर कहाँ गया? यह प्रश्न उसके हृदयाकाश में किसी पक्षी की भाँति मँडराने लगा।

ऐसे असाधारण कांड पर गाँव में जो हलचल मचना चाहिए, वह मचा और महीनों तक मचता रहा। झुनिया के दोनों भाई लाठियाँ लिए गोबर को खोजते फिरते थे। भोला ने कसम खाई कि अब न झुनिया का मुँह देखेंगे और न इस गाँव का। होरी से उन्होंने अपनी सगाई की जो बातचीत की थी, वह अब टूट गई। अब वह अपने गाय के दाम लेंगे और नकद, और इसमें विलम्ब हुआ तो होरी पर दावा करके उसका घर-द्वार नीलाम करा लेंगे। गाँववालों ने होरी को जाति-बाहर कर दिया। कोई उसका हुक्का नहीं पीता, न उसके घर का पानी पीता है। पानी बन्द कर देने की कुछ बातचीत थी; लेकिन धनिया का चंडी-रूप सब देख चुके थे, इसलिए किसी की आगे आने की हिम्मत न पड़ी।

धनिया ने सबको सुना-सुनाकर कह दिया – 'किसी ने उसे पानी भरने से रोका, तो उसका और अपना खून कर देगी।' इस ललकार ने सभी के पित्ते पानी कर दिए। सबसे दुःखी है झुनिया, जिसके कारण यह सब उपद्रव हो रहा था, और गोबर की कोई खोज-खबर न मिलना, इस दुःख को और भी दारुण बना रहा है। सारे दिन मुँह छिपाए घर में पड़ी रहती है। बाहर निकले तो चारों ओर से वाग्बाणों की ऐसी वर्षा हो कि जान बचना मुश्किल हो जाए। दिन-भर घर के धन्धे करती रहती है और जब अवसर पाती है, रो लेती है। हरदम थर-थर काँपती रहती है कि कहीं धनिया कुछ कह न बैठे। अकेला भोजन तो नहीं पका सकती; क्योंकि कोई उसके हाथ का खाएगा नहीं, बाकी सारा काम उसने अपने ऊपर ले लिया। गाँव में जहाँ चार स्त्री-पुरुष जमा हो जाते हैं, यही कुत्सा होने लगती है।

एक दिन धनिया हाट से चली आ रही थी कि रास्ते में पंडित दातादीन मिल गए! धनिया ने सिर नीचा कर लिया और चाहती थी कि कतराकर निकल जाए; पर पंडितजी छेड़ने का अवसर पा कर कब चूकनेवाले थे? छेड़ ही तो दिया – 'गोबर का कुछ सर-सन्देश मिला कि नहीं धनिया? ऐसा कपूत निकला कि घर की सारी मरजाद बिगाड़ दी।'

धनिया के मन में स्वयं यही भाव आते रहते थे। उदास मन से बोली – 'बुरे दिन आते हैं, बाबा, तो आदमी की मति फिर जाती है, और क्या कहूँ।'

दातादीन बोले – 'तुम्हें इस दुष्टा को घर में न रखना चाहिए था। दूध में मक्खी पड़ जाती है, तो आदमी उसे निकालकर फेंक देता है और दूध पी जाता है। सोचो,

कितनी बदनामी और जग-हँसाई हो रही है। वह कुलटा घर में न रहती, तो कुछ न होता। लड़कों से इस तरह की भूल-चूक होती रहती है! जब तक बिरादरी को भात न दोगे, बाम्हनों को भोज न दोगे, कैसे उद्धार होगा? उसे घर में न रखते, तो कुछ न होता। होरी तो पागल है ही, तू कैसे धोखा खा गई?'

दातादीन का लड़का मातादीन एक चमारिन से फँसा हुआ था। इसे सारा गाँव जानता था; पर वह तिलक लगाता था, पोथी-पत्रे बाँचता था, कथा-भागवत कहता था, धर्म-संस्कार कराता था। उसकी प्रतिष्ठा में जरा भी कमी न थी। वह नित्य स्नान-पूजा करके अपने पापों का प्रायश्चित कर लेता था। धनिया जानती थी, झुनिया को आश्रय देने ही से यह सारी विपत्ति आई है। उसे न जाने कैसे दया आ गई, नहीं उसी रात को झुनिया को निकाल देती, तो क्यों इतना उपहास होता; लेकिन यह भय भी होता था कि तब उसके लिए नदी या कुआँ के सिवा और ठिकाना कहाँ था? एक प्राण का मूल्य देकर - एक नहीं दो प्राणों का - वह अपने मरजाद की रक्षा कैसे करती? फिर झुनिया के गर्भ में जो बालक है, वह धनिया ही के हृदय का टुकड़ा तो है। हँसी के डर से उसके प्राण कैसे ले लेती! और फिर झुनिया की नम्रता और दीनता भी उसे निरस्त्र करती रहती थी। वह जली-भुनी बाहर से आती; पर ज्योंही झुनिया लोटे का पानी लाकर रख देती और उसके पाँव दबाने लगती, उसका क्रोध पानी हो जाता। बेचारी अपनी लज्जा और दुःख से आप ही दबी हुई है, उसे और क्या दबाए, मरे को क्या मारे?

उसने तीव्र स्वर में कहा - 'हमको कुल-परतिसठा इतनी प्यारी नहीं है महाराज, कि उसके पीछे एक जीव की हत्या कर डालते। ब्याहता न सही; पर उसकी बाँह तो पकड़ी है मेरे बेटे ने ही। किस मुँह से निकाल देती? वही काम बड़े-बड़े करते हैं, मुदा उनसे कोई नहीं बोलता, उन्हें कलंक ही नहीं लगता। वही काम छोटे आदमी करते हैं, तो उनकी मरजाद बिगड़ जाती है। नाक कट जाती है। बड़े आदमियों को अपनी नाक दूसरों की जान से प्यारी होगी, हमें तो अपनी नाक इतनी प्यारी नहीं।'

दातादीन हार माननेवाले जीव न थे। वह इस गाँव के नारद थे। यहाँ की वहाँ, वहाँ की यहाँ, यही उनका व्यवसाय था। वह चोरी तो न करते थे, उसमें जान-जोखिम था पर चोरी के माल में हिस्सा बँटाने के समय अवश्य पहुँच जाते थे। कहीं पीठ में धूल न लगने देते थे। जमींदार को आज तक लगान की एक पाई न दी थी, कुर्की आती, तो कुएँ में गिरने चलते, नोखेराम के किए कुछ न बनता, मगर असामियों को सूद पर रुपये उधार देते थे। किसी स्त्री को कोई आभूषण बनवाना है, दातादीन उसकी सेवा के लिए हाजिर हैं। शादी-ब्याह तय करने में उन्हें बड़ा आनन्द आता है, यश भी मिलता है, दक्षिणा भी मिलती है। बीमारी में दवा-दारू भी करते हैं, झाड़-फूँक भी, जैसी मरीज की इच्छा हो। और सभा-चतुर इतने हैं कि जवानों में जवान बन जाते हैं, बालकों में बालक और बूढ़ों में बूढ़े। चोर के भी मित्र हैं और साह के भी। गाँव में किसी को उन पर विश्वास नहीं है; पर उनकी वाणी में कुछ ऐसा आकर्षण है कि लोग बार-बार धोखा खाकर भी उन्हीं की शरण में जाते हैं।

सिर और दाढ़ी हिलाकर बोले – 'यह तू ठीक कहती है धनिया! धर्मात्मा लोगों का यही धरम है; लेकिन लोक-रीति का निबाह तो करना ही पड़ता है।'

इसी तरह एक दिन लाला पटेश्वरी ने होरी को छेड़ा। वह गाँव में पुण्यात्मा मशहूर थे। पूर्णमासी को नित्य सत्यनारायण की कथा सुनते; पर पटवारी होने के नाते खेत बेगार में जुतवाते थे, सिंचाई बेगार में करवाते थे और असामियों को एक-दूसरे से लड़ाकर रकमें मारते थे। सारा गाँव उनसे काँपता था! गरीबों को दस-दस, पाँच-पाँच कर्ज देकर उन्होंने कई हजार की सम्पत्ति बना ली थी। फसल की चीजें असामियों से लेकर कचहरी और पुलिस के अमलों को भेंट करते रहते थे। इससे इलाके भर में उनकी अच्छी धाक थी। अगर कोई उनके हत्थे नहीं चढ़ा, तो वह दारोगा गंडासिंह थे, जो हाल में इस इलाके में आए थे। परमार्थी भी थे। बुखार के दिनों में सरकारी कुनैन बाँट कर यश कमाते थे, कोई बीमार-आराम हो, तो उसकी कुशल पूछने अवश्य जाते थे। छोटे-छोटे झगड़े आपस में ही तय करा देते थे। शादी-ब्याह में अपनी पालकी, कालीन और महफिल के सामान मँगनी देकर लोगों का उबार कर देते थे। मौका पा कर न चूकते थे, पर जिसका खाते थे, उसका काम भी करते थे।

बोले – 'यह तुमने क्या रोग पाल लिया होरी?'

होरी ने पीछे फिरकर पूछा – 'तुमने क्या कहा लाला – मैंने सुना नहीं।'

पटेश्वरी पीछे से कदम बढ़ाते हुए बराबर आ कर बोले – 'यही कह रहा था कि धनिया के साथ क्या तुम्हारी बुद्धि भी घास खा गई? झुनिया को क्यों नहीं उसके बाप के घर भेज देते, सेंत-मेंत में अपने हँसी करा रहे हो। न जाने किसका लड़का लेकर आ गई और तुमने घर में बैठा लिया। अभी तुम्हारी दो-दो लड़कियाँ ब्याहने को बैठी हुई हैं, सोचो, कैसे बेड़ा पार होगा?'

होरी इस तरह की आलोचनाएँ और शुभकामनाएँ सुनते-सुनते तंग आ गया था। खिन्न होकर बोला – 'यह सब मैं समझता हूँ लाला! लेकिन तुम्हीं बताओ, मैं क्या करूँ! मैं झुनिया को निकाल दूँ, तो भोला उसे रख लेंगे? अगर वह राजी हों, तो आज मैं उनके घर पहुँचा दूँ। अगर तुम उन्हें राजी कर दो, तो जनम-भर तुम्हारा औसान मानूँ; मगर वहाँ तो उनके दोनों लड़के खून करने को उतारू हो रहे हैं। फिर मैं उसे कैसे निकाल दूँ? एक तो नालायक आदमी मिला कि उसकी बाँह पकड़कर दगा दे गया। मैं भी निकाल दूँगा, तो इस दशा में वह कहीं मेहनत-मजूरी भी तो न कर सकेगी। कहीं डूब-धस मरी तो किसे अपराध लगेगा! रहा लड़कियों का ब्याह, सो भगवान मालिक है। जब उसका समय आएगा, कोई-कोई रास्ता निकल ही आएगा। लड़की तो हमारी बिरादरी में आज तक कभी कुँआरी नहीं रही। बिरादरी के डर से हत्यारे का काम नहीं कर सकता।'

होरी नम्र स्वभाव का आदमी था। सदा सिर झुकाकर चलता और चार बातें सुनकर गम खा लेता था। हीरा को छोड़कर गाँव में कोई उसका अहित न चाहता था, पर समाज इतना बड़ा अनर्थ कैसे सह ले! और उसकी मुटमर्दी तो देखो कि समझाने पर भी नहीं समझता। स्त्री-पुरुष दोनों जैसे समाज को चुनौती दे रहे हैं कि देखें, कोई

उनका क्या कर लेता है। तो समाज भी दिखा देगा कि उसकी मर्यादा तोड़नेवाले सुख की नींद नहीं सो सकते।

उसी रात को इस समस्या पर विचार करने के लिए गाँव के विधाताओं की बैठक हुई।

दातादीन बोले – 'मेरी आदत किसी की निन्दा करने की नहीं है। संसार में क्या-क्या कुकर्म नहीं होता; अपने से क्या मतलब? मगर वह राँड धनिया तो मुझसे लड़ने पर उतारू हो गई। भाइयों का हिस्सा दबाकर हाथ में चार पैसे हो गए, तो अब कुपन्थ के सिवा और क्या सूझेगी? नीच जात, जहाँ पेट-भर रोटी खाई और टेढ़े चले, इसी से तो सासतरों में कहा है – नीच जात लतियाए अच्छा।'

पटेश्वरी ने नारियल का कश लगाते हुए कहा – 'यही तो इनमें बुराई है कि चार पैसे देखे और आँखें बदलीं। आज होरी ने ऐसी हेकड़ी जताई कि मैं अपना-सा मुँह लेकर रह गया। न जाने अपने को क्या समझता है! अब सोचो, इस अनीति का गाँव में क्या फल होगा? झुनिया को देखकर दूसरी विधवाओं का मन बढ़ेगा कि नहीं? आज भोला के घर में यह बात हुई। कल हमारे-तुम्हारे घर में भी होगी। समाज तो भय के बल से चलता है। आज समाज का आँकुस जाता रहे, फिर देखो संसार में क्या-क्या अनर्थ होने लगते हैं।'

झिंगुरीसिंह दो स्त्रियों के पति थे। पहली स्त्री पाँच लड़के-लड़कियाँ छोड़ कर मरी थी। उस समय इनकी अवस्था पैंतालीस के लगभग थी; पर आपने दूसरा ब्याह किया और जब उससे कोई सन्तान न हुई, तो तीसरा ब्याह कर डाला। अब इनकी पचास की अवस्था थी और दो जवान पत्नियाँ घर में बैठी थीं। उन दोनों ही के विषय में तरह-तरह की बातें फैल रही थीं, पर ठाकुर साहब के डर से कोई कुछ कह न सकता था, और कहने का अवसर भी तो हो। पति की आड़ में सब कुछ जायज है। मुसीबत तो उसकी है, जिसे कोई आड़ नहीं। ठाकुर साहब स्त्रियों पर बड़ा कठोर शासन रखते थे और उन्हें घमंड था कि उनकी पत्नियों का घूँघट तक किसी ने न देखा होगा। मगर घूँघट की आड़ में क्या होता है, उसकी उन्हें क्या खबर?

बोले – 'ऐसी औरत का तो सिर काट ले। होरी ने इस कुलटा को घर में रखकर समाज में विष बोया है। ऐसे आदमी को गाँव में रहने देना सारे गाँव को भ्रष्ट करना है। रायसाहब को इसकी सूचना देनी चाहिए। साफ-साफ कह देना चाहिए, अगर गाँव में यह अनीति चली तो किसी की आबरू सलामत न रहेगी।'

पंडित नोखेराम कारकुन बड़े कुलीन ब्राह्मण थे। इनके दादा किसी राजा के दीवान थे; पर अपना सब कुछ भगवान के चरणों में भेंट करके साधु हो गए थे। इनके बाप ने भी राम-नाम की खेती में उम्र काट दी। नोखेराम ने भी वही भक्ति तरके में पाई थी। प्रातःकाल पूजा पर बैठ जाते थे और दस बजे तक बैठे राम-नाम लिखा करते थे; मगर भगवान के सामने से उठते ही इनकी मानवता इस अवरोध से विकृत होकर उनके मन, वचन और कर्म सभी को विषाक्त कर देती थी। इस प्रस्ताव में उनके अधिकार

का अपमान होता था। फूले हुए गालों में धँसी हुई आँखें निकालकर बोले – 'इसमें रायसाहब से क्या पूछना है। मैं जो चाहूँ, कर सकता हूँ। लगा दो सौ रुपये डाँड़। आप गाँव छोड़कर भागेगा। इधर बेदखली भी दायर किए देता हूँ।'

पटेश्वरी ने कहा – 'मगर लगान तो बेबाक कर चुका है?'

झिंगुरीसिंह ने समर्थन किया – 'हाँ, लगान के लिए ही तो हमसे तीस रुपये लिए हैं।'

नोखेराम ने घमंड के साथ कहा – 'लेकिन अभी रसीद तो नहीं दी। सबूत क्या है कि लगान बेबाक कर दिया?'

सर्वसम्मति से यही तय हुआ कि होरी पर सौ रुपये तावान लगा दिया जाए। केवल एक दिन गाँव के आदमियों को बटोरकर उनकी मंजूरी ले लेने का अभिनय आवश्यक था। सम्भव था, इसमें दस-पाँच दिन की देर हो जाती। पर आज ही रात को झुनिया के लड़का पैदा हो गया। और दूसरे ही दिन गाँव वालों की पंचायत बैठ गई। होरी और धनिया, दोनों अपनी किस्मत का फैसला सुनने के लिए बुलाए गए। चौपाल में इतनी भीड़ थी कि कहीं तिल रखने की जगह न थी। पंचायत ने फैसला किया कि होरी पर सौ रुपये नकद और तीस मन अनाज डाँड़ लगाया जाए।

धनिया भरी सभा में रुँधे हुए कंठ से बोली – 'पंचो, गरीब को सताकर सुख न पाओगे, इतना समझ लेना। हम तो मिट जाएँगे, कौन जाने, इस गाँव में रहें या न रहें, लेकिन मेरा सराप तुमको भी जरूर से जरूर लगेगा। मुझसे इतना कड़ा जरीबाना इसलिए लिया जा रहा है कि मैंने अपने बहू को क्यों अपने घर में रखा। क्यों उसे घर से निकालकर सड़क की भिखारिन नहीं बना दिया। यही न्याय है-ऐं?'

पटेश्वरी बोले – 'वह तेरी बहू नहीं है, हरजाई है।'

होरी ने धनिया को डाँटा – 'तू क्यों बोलती है धनिया! पंच में परमेसर रहते हैं। उनका जो न्याय है, वह सिर आँखों पर। अगर भगवान की इच्छा है कि हम गाँव छोड़कर भाग जाएँ तो हमारा क्या बस। पंचो, हमारे पास जो कुछ है, वह अभी खलिहान में है। एक दाना भी घर में नहीं आया, जितना चाहो, ले लो। सब लेना चाहो, सब ले लो। हमारा भगवान मालिक है, जितनी कमी पड़े, उसमें हमारे दोनों बैल ले लेना।'

धनिया दाँत कटकटा कर बोली – 'मैं एक दाना न अनाज दूँगी, न कौड़ी डाँड़। जिसमें बूता हो, चलकर मुझसे ले। अच्छी दिल्लगी है! सोचा होगा, डाँड़ के बहाने इसकी सब जैजात ले लो और नजराना लेकर दूसरों को दे दो। बाग-बगीचा बेचकर मजे से तर माल उड़ाओ। धनिया के जीते-जी यह नहीं होने का और तुम्हारी लालसा तुम्हारे मन में ही रहेगी। हमें नहीं रहना है बिरादरी में। बिरादरी में रहकर हमारी मुकुत न हो जाएगी। अब भी अपने पसीने की कमाई खाते हैं, तब भी अपने पसीने की कमाई खाएँगे।'

होरी ने उसके सामने हाथ जोड़कर कहा – 'धनिया, तेरे पैरों पड़ता हूँ, चुप रह। हम सब बिरादरी के चाकर हैं, उसके बाहर नहीं जा सकते। वह जो डाँड़ लगाती

है, उसे सिर झुकाकर मंजूर कर। नक्कू बन कर जीने से तो गले में फाँसी लगा लेना अच्छा है। आज मर जाएँ, तो बिरादरी ही तो मिट्टी को पार लगाएगी? बिरादरी ही तारेगी तो तरेंगे। पंचों, मुझे अपने जवान बेटे का मुँह देखना नसीब न हो, अगर मेरे पास खलिहान में अनाज के सिवा और कोई चीज हो। मैं बिरादरी से दगा न करूँगा। पंचों को मेरे बाल-बच्चों पर दया आए, तो उनकी कुछ परवरिस करें, नहीं मुझे तो उनकी आज्ञा पालनी है।'

धनिया झल्लाकर वहाँ से चली गई और होरी पहर रात तक खलिहान से अनाज ढो-ढोकर झिंगुरीसिंह की चौपाल में ढेर करता रहा। बीस मन जौ था, पाँच मन गेहूँ और इतना ही मटर, थोड़ा-सा चना और तेलहन भी था। अकेला आदमी और दो गृहस्थियों का बोझ। यह जो कुछ हुआ, धनिया के पुरुषार्थ से हुआ। झुनिया भीतर का सारा काम कर लेती थी और धनिया अपनी लड़कियों के साथ खेती में जुट गई थी। दोनों ने सोचा था, गेहूँ और तेलहन से लगान की एक किस्त अदा हो जाएगी और हो सके तो थोड़ा-थोड़ा सूद भी दे देंगे। जौ खाने के काम आएगा। लंगे-तंगे पाँच-छः महीने कट जाएँगे, तब तक जुआर, मक्का, साँवा, धान के दिन आ जाएँगे। वह सारी आशा मिट्टी में मिल गई। अनाज तो हाथ से गए ही, सौ रुपये की गठरी और सिर पर लद गई। भोजन का कहीं ठिकाना नहीं। और गोबर का क्या हाल हुआ, भगवान जाने। न हाल न हवाल। अगर दिल का इतना कच्चा था, तो ऐसा काम ही क्यों किया? मगर होनहार को कौन टाल सकता है! बिरादरी का वह आतंक था कि होरी अपने सिर पर लादकर अनाज ढो रहा था, मानो अपने हाथों अपने कब्र खोद रहा हो। जमींदार, साहूकार, सरकार, किसका इतना रोब था? कल बाल-बच्चे क्या खाएँगे, इसकी चिन्ता प्राणों को सोखे लेती थी; पर बिरादरी का भय पिशाच की भाँति सिर पर सवार आँकुस दिए जा रहा था। बिरादरी से पृथक जीवन की वह कोई कल्पना ही न कर सकता था। शादी-ब्याह, मूँडन-छेदन, जन्म-मरण सब कुछ बिरादरी के हाथ में है। बिरादरी उसके जीवन में वृक्ष की भाँति जड़ जमाए हुए थी और उसकी नसें उसके रोम-रोम में बिंधी हुई थीं। बिरादरी से निकलकर उसका जीवन विशृंखल हो जाएगा - तार-तार हो जाएगा।

जब खलिहान में केवल डेढ़-दो मन जौ रह गया, तो धनिया ने दौड़ कर उसका हाथ पकड़ लिया और बोली - 'अच्छा अब रहने दो। ढो तो चुके बिरादरी की लाज! बच्चों के लिए भी कुछ छोड़ोगे कि सब बिरादरी के भाड़ में झोंक दोगे? मैं तुमसे हार जाती हूँ। मेरे भाग्य में तुम्हीं जैसे बुद्धू का संग लिखा था।'

होरी ने अपना हाथ छुड़ाकर टोकरी में अनाज भरते हुए कहा - 'यह न होगा धनिया, पंचों की आँख बचा कर एक दाना भी रख लेना मेरे लिए हराम है। मैं ले जाकर सब-का-सब वहाँ ढेर कर देता हूँ। फिर पंचों के मन में दया उपजेगी, तो कुछ मेरे बाल-बच्चों के लिए देंगे, नहीं भगवान मालिक है।'

धनिया तिलमिला कर बोली - 'यह पंच नहीं हैं, राछस हैं, पक्के राछस! यह सब हमारी जगह-जमीन छीनकर माल मारना चाहते हैं। डाँड़ तो बहाना है। मैं समझती

जाती हूँ, पर तुम्हारी आँखें नहीं खुलतीं। तुम इन पिशाचों से दया की आसा रखते हो? सोचते हो, दस-पाँच मन निकालकर तुम्हें दे देंगे। मुँह धो रखो।'

जब होरी ने न माना और टोकरी सिर पर रखने लगा, तो धनिया ने दोनों हाथों से पूरी शक्ति के साथ टोकरी पकड़ ली और बोली - 'इसे तो मैं न ले जाने दूँगी, चाहे तुम मेरी जान ही ले लो। मर-मरकर हमने कमाया, पहर रात-रात को सींचा, अगोरा, इसलिए कि पंच लोग मूँछों पर ताव दे कर भोग लगाएँ और हमारे बच्चे दाने-दाने को तरसें! तुमने ही सब कुछ नहीं कर लिया है। मैं भी अपनी बच्चियों के साथ सती हुई हूँ। सीधे से टोकरी रख दो, नहीं आज सदा के लिए नाता टूट जाएगा। कहे देती हूँ।'

होरी सोच में पड़ गया। धनिया के कथन में सत्य था। उसे अपने बाल-बच्चों की कमाई छीनकर तावान देने का क्या अधिकार है? वह घर का स्वामी इसलिए है कि सबका पालन करे, इसलिए नहीं कि उनकी कमाई छीन कर बिरादरी की नजर में सुर्खरू बने। टोकरी उसके हाथ से छूट गई। धीरे से बोला - 'तू ठीक कहती है धनिया, दूसरों के हिस्से पर मेरा कोई जोर नहीं है। जो कुछ बचा है, वह ले जा। मैं जाकर पंचों से कहे देता हूँ।'

धनिया अनाज की टोकरी घर में रखकर अपनी दोनों लड़कियों के साथ पोते के जन्मोत्सव में गला फाड़-फाड़कर सोहर गा रही थी, जिससे सारा गाँव सुन ले। आज यह पहला मौका था कि ऐसे शुभ अवसर पर बिरादरी की कोई औरत न थी। सौर से झुनिया ने कहला भेजा था, सोहर गाने का काम नहीं है लेकिन धनिया कब मानने लगी! अगर बिरादरी को उसकी परवा नहीं है, तो वह भी बिरादरी की परवा नहीं करती।

उसी वक्त होरी अपने घर को अस्सी रुपये पर झिंगुरीसिंह के हाथ गिरों रख रहा था। डाँड़ के रुपये का इसके सिवा वह कोई प्रबंध न कर सकता था। बीस रुपये तो तेलहन, गेहूँ और मटर से मिल गए। शेष के लिए घर लिखना पड़ा। नोखेराम तो चाहते थे कि बैल बिकवा लिए जाएँ, लेकिन पटेश्वरी और दातादीन ने इसका विरोध किया। बैल बिक गए, तो होरी खेती कैसे करेगा? बिरादरी उसकी जायदाद से रुपये वसूल करे; पर ऐसा तो न करे कि वह गाँव छोड़कर भाग जाए। इस तरह बैल बच गए।

होरी रेहननामा लिखकर कोई ग्यारह बजे रात घर आया, तो धनिया ने पूछा - 'इतनी रात तक वहाँ क्या करते रहे?'

होरी ने जुलाहे का गुस्सा दाढ़ी पर उतारते हुए कहा - 'करता क्या रहा, इस लौंडे की करनी भरता रहा। अभागा आप तो चिनगारी छोड़ कर भागा, आग मुझे बुझानी पड़ रही है। अस्सी रुपये में घर रेहन लिखना पड़ा। करता क्या! अब हुक्का खुल गया। बिरादरी ने अपराध क्षमा कर दिया।'

धनिया ने ओठ चबाकर कहा - 'न हुक्का खुलता, तो हमारा क्या बिगड़ जाता था? चार-पाँच महीने नहीं किसी का हुक्का पिया, तो क्या छोटे हो गए? मैं कहती हूँ, तुम इतने भोंदू क्यों हो? मेरे सामने तो बड़े बुद्धिमान बनते हो, बाहर तुम्हारा मुँह क्यों बन्द हो जाता है? ले-देके बाप-दादों की निसानी एक घर बच रहा था, आज तुमने

उसका भी वारा-न्यारा कर दिया। इसी तरह कल यह तीन-चार बीघे जमीन है, इसे भी लिख देना और तब गली-गली भीख माँगना। मैं पूछती हूँ, तुम्हारे मुँह में जीभ न थी कि उन पंचों से पूछते, तुम कहाँ के बड़े धर्मात्मा हो, जो दूसरों पर डाँड़ लगाते फिरते हो, तुम्हारा तो मुँह देखना भी पाप है।'

होरी ने डाँटा - 'चुप रह, बहुत चढ़-चढ़ कर न बोल। बिरादरी के चक्कर में अभी पड़ी नहीं है, नहीं मुँह से बात न निकलती।'

धनिया उत्तेजित हो गई - 'कौन-सा पाप किया है, जिसके लिए बिरादरी से डरें? किसी की चोरी की है, किसी का माल काटा है? मेहरिया रख लेना पाप नहीं है, हाँ, रखके छोड़ देना पाप है। आदमी का बहुत सीधा होना भी बुरा है। उसके सीधेपन का फल यही होता है कि कुत्ते भी मुँह चाटने लगते हैं। आज उधर तुम्हारी वाह-वाह हो रही होगी कि बिरादरी की कैसी मरजाद रख ली। मेरे भाग फूट गए थे कि तुम-जैसे मर्द से पाला पड़ा। कभी सुख की रोटी न मिली।'

'मैं तेरे बाप के पाँव पड़ने गया था? वही तुझे मेरे गले बाँध गया था।'

'पत्थर पड़ गया था उनकी अक्कल पर और उन्हें क्या कहूँ? न जाने क्या देखकर लट्टू हो गए। ऐसे कोई बड़े सुन्दर भी तो न थे तुम!'

विवाद विनोद के क्षेत्र में आ गया। अस्सी रुपये गए, लाख रुपये का बालक तो मिल गया! उसे तो कोई न छीन लेगा। गोबर घर लौट आए, धनिया अलग झोंपड़ी में भी सुखी रहेगी।

होरी ने पूछा - 'बच्चा किसको पड़ा है?'

धनिया ने प्रसन्न मुख होकर जवाब दिया - 'बिलकुल गोबर को पड़ा है। सच!'

'रिष्ट-पुष्ट तो है?' 'हाँ, अच्छा है।'

रात को गोबर झुनिया के साथ चला, तो ऐसा काँप रहा था, जैसे उसकी नाक कटी हुई हो। झुनिया को देखते ही सारे गाँव में कुहराम मच जाएगा लोग चारों ओर से कैसी हाय-हाय मचाएँगे, धनिया कितनी गालियाँ देगी, यह सोच-सोचकर उसके पाँव पीछे रह जाते थे। होरी का तो उसे भय न था। वह केवल एक बार दहाड़ेंगे फिर शान्त हो जाएँगे। डर था धनिया का, जहर खाने लगेगी, घर में आग लगाने लगेगी। नहीं, इस वक्त वह झुनिया के साथ घर नहीं जा सकता।

लेकिन कहीं धनिया ने झुनिया को घर में घुसने ही न दिया और झाड़ू लेकर मारने दौड़ी, तो वह बेचारी कहाँ जाएगी? अपने घर तो लौट ही नहीं सकती। कहीं कुएँ में कूद पड़े या गले में फाँसी लगा ले, तो क्या हो? उसने लम्बी साँस ली। किसकी शरण ले?

मगर अम्माँ इतनी निर्दयी नहीं हैं कि मारने दौड़ें। क्रोध में दो-चार गालियाँ देंगी! लेकिन जब झुनिया उनके पाँव पकड़कर रोने लगेगी, तो उन्हें जरूर दया आ जाएगी। तब तक वह खुद कहीं छिपा रहेगा। जब उपद्रव शान्त हो जाएगा तब वह एक दिन धीरे

से आएगा और अम्माँ को मना लेगा। अगर इस बीच उसे कहीं मजूरी मिल जाए और दो-चार रुपये लेकर घर लौटे, तो फिर धनिया का मुँह बन्द हो जाएगा।

झुनिया बोली - 'मेरी छाती धक-धक कर रही है। मैं क्या जानती थी, तुम मेरे गले यह रोग मढ़ दोगे। न जाने किस बुरी साइत में तुमको देखा। न तुम गाय लेने आते, न यह सब कुछ होता। तुम आगे-आगे जाकर जो कुछ कहना-सुनना हो, कह-सुन लेना। मैं पीछे से जाऊँगी।'

गोबर ने कहा - 'नहीं-नहीं, पहले तुम जाना और कहना, मैं बाजार से सौदा बेचकर घर जा रही थी। रात हो गई है, अब कैसे जाऊँ? तब तक मैं आ जाऊँगा।'

झुनिया ने चिन्तित मन से कहा - 'तुम्हारी अम्माँ बड़ी गुस्सैल हैं। मेरा तो जी काँपता है। कहीं मुझे मारने लगें तो क्या करूँगी?'

गोबर ने धीरज दिलाया - 'अम्माँ की आदत ऐसी नहीं। हम लोगों तक को तो कभी एक तमाचा मारा नहीं, तुम्हें क्या मारेंगी! उनको जो कुछ कहना होगा, मुझे कहेंगी; तुमसे तो बोलेंगी भी नहीं।'

गाँव समीप आ गया। गोबर ने ठिठककर कहा - 'अब तुम जाओ।'

झुनिया ने अनुरोध किया - 'तुम भी देर न करना।'

'नहीं-नहीं, छनभर में आता हूँ, तू चल तो।'

'मेरा जी न जाने कैसा हो रहा है! तुम्हारे ऊपर क्रोध आता है।'

'तुम इतना डरती क्यों हो? मैं तो आ ही रहा हूँ।'

'इससे तो कहीं अच्छा था कि किसी दूसरी जगह भाग चलते।'

'जब अपना घर है तो क्यों कहीं भागें? तुम नाहक डर रही हो।'

'जल्दी से आओगे न?'

'हाँ-हाँ, अभी आता हूँ।'

'मुझसे दगा तो नहीं कर रहे हो? मुझे घर भेजकर आप कहीं चलते बनो?'

'इतना नीच नहीं हूँ झूना! जब तेरी बाँह पकड़ी है, तो मरते दम तक निभाऊँगा।'

झुनिया घर की ओर चली। गोबर एक क्षण दुविधा में पड़ा रहा। फिर एकाएक सिर पर मँडराने वाली धिक्कार की कल्पना भयंकर रूप धारण करके उसके सामने खड़ी हो गई। कहीं सचमुच अम्माँ मारने दौड़ें, तो क्या हो? उसके पाँव जैसे धरती से चिमट गए। उसके और उसके घर के बीच केवल आमों का छोटा-सा बाग था। झुनिया की काली परछाईं धीरे-धीरे जाती हुई दीख रही थी। उसकी ज्ञानेन्द्रियाँ बहुत तेज हो गई थीं। उसके कानों में ऐसी भनक पड़ी जैसे अम्माँ झुनिया को गाली दे रही हैं। उसके मन की कुछ ऐसी दशा हो रही थी, मानो सिर पर गड़ाँसे का हाथ पड़नेवाला हो। देह का सारा रक्त जैसे सूख गया हो। एक क्षण के बाद उसने देखा, जैसे धनिया घर से निकलकर कहीं जा रही हो। दादा के पास जाती होगी! साइत दादा खा-पीकर मटर अगोरने चले गए हैं। वह मटर के खेत की ओर चला। जौ-गेहूँ के खेतों को रौंदता हुआ वह इस तरह भागा जा रहा था, मानो पीछे दौड़ आ रही है। वह है दादा की मँड़ैया। वह रुक

गया और दबे पाँव आकर मँड़ैया के पीछे बैठ गया। उसका अनुमान ठीक निकला। वह पहुँचा ही था कि धनिया की बोली सुनाई दी। ओह! गजब हो गया! अम्माँ इतनी कठोर हैं। एक अनाथ लड़की पर इन्हें तनिक भी दया नहीं आती। और जो मैं सामने जाकर फटकार दूँ कि तुमको झुनिया से बोलने का कोई मजाल नहीं है, तो सारी सेखी निकल जाए। अच्छा! दादा भी बिगड़ रहे हैं। केले के लिए आज ठीकरा भी तेज हो गया। मैं जरा अदब करता हूँ, उसी का फल है। यह तो दादा भी वहीं जा रहे हैं। अगर झुनिया को इन्होंने मारा-पीटा तो मुझसे न सहा जाएगा। भगवान! अब तुम्हारा ही भरोसा है। मैं न जानता था, इस विपत में जान फँसेगी। झुनिया मुझे अपने मन में कितना धूर्त, कायर और नीच समझ रही होगी; मगर उसे मार कैसे सकते हैं? घर से निकाल भी कैसे सकते हैं? क्या घर में मेरा हिस्सा नहीं है? अगर झुनिया पर किसी ने हाथ उठाया, तो आज महाभारत हो जाएगा। माँ-बाप जब तक लड़कों की रक्षा करें, तब तक माँ-बाप हैं। जब उनमें ममता ही नहीं है, तो कैसे माँ-बाप!

होरी ज्यों ही मँड़ैया से निकला, गोबर भी दबे पाँव धीरे-धीरे पीछे चला; लेकिन द्वार पर प्रकाश देखकर उसके पाँव बँध गए। उस प्रकाश-रेखा के अन्दर वह पाँव नहीं रख सकता। वह अँधेरे में ही दीवार से चिमटकर खड़ा हो गया। उसकी हिम्मत ने जवाब दे दिया। हाय! बेचारी निरपराध झुनिया पर यह लोग झल्ला रहे हैं, और वह कुछ नहीं कर सकता। उसने खेल-खेल में जो एक चिनगारी फेंक दी थी, वह सारे खलिहान को भस्म कर देगी, यह उसने न समझा था। और अब उसमें इतना साहस न था कि सामने आकर कहे – 'हाँ, मैंने चिनगारी फेंकी थी।' जिन टिकौनों से उसने अपने मन को सँभाला था, वे सब इस भूकम्प में नीचे आ रहे और वह झोंपड़ा नीचे गिर पड़ा। वह पीछे लौटा। अब वह झुनिया को क्या मुँह दिखाए।

वह सौ कदम चला; पर इस तरह, जैसे कोई सिपाही मैदान से भागे। उसने झुनिया से प्रीति और विवाह की जो बातें की थीं, वह सब याद आने लगीं। वह अभिसार की मीठी स्मृतियाँ याद आईं, जब वह अपने उन्मत्त उसाँसों में, अपनी नशीली चितवनों में मानो अपने प्राण निकालकर उसके चरणों पर रख देता था। झुनिया किसी वियोगी पक्षी की भाँति अपने छोटे-से घोंसले में एकान्त-जीवन काट रही थी। वहाँ नर का मत्त आग्रह न था, न वह उद्दीप्त उल्लास, न शावकों की मीठी आवाजें; मगर बहेलिए का जाल और छल भी तो वहाँ न था। गोबर ने उसके एकान्त घोंसले में जाकर उसे कुछ आनन्द पहुँचाया या नहीं, कौन जाने; पर उसे विपत्ति में तो डाल ही दिया। वह सँभल गया। भागता हुआ सिपाही मानो अपने एक साथी का बढ़ावा सुनकर पीछे लौट पड़ा।

उसने द्वार पर आकर देखा, तो किवाड़ बन्द हो गए थे। किवाड़ों के दराजों से प्रकाश की रेखाएँ बाहर निकल रही थीं। उसने एक दराज से बाहर झाँका। धनिया और झुनिया बैठी हुई थीं। होरी खड़ा था। झुनिया की सिसकियाँ सुनाई दे रही थीं और धनिया उसे समझा रही थी – 'बेटी, तू चलकर घर में बैठ। मैं तेरे काका और भाइयों को देख लूँगी। जब तक हम जीते हैं, किसी बात की चिन्ता नहीं है। हमारे रहते कोई

तुझे तिरछी आँखों देख भी न सकेगा।' गोबर गद्गद हो गया। आज वह किसी लायक होता, तो दादा और अम्माँ को सोने से मढ़ देता और कहता - अब तुम कुछ परवा न करो, आराम से बैठे खाओ और जितना दान-पुन चाहो, करो। झुनिया के प्रति अब उसे कोई शंका नहीं है। वह उसे जो आश्रय देना चाहता था, वह मिल गया। झुनिया उसे दगाबाज समझती है, तो समझे। वह तो अब तभी घर आएगा, जब वह पैसे के बल से सारे गाँव का मुँह बन्द कर सके और दादा और अम्माँ उसे कुल का कलंक न समझकर कुल का तिलक समझें।

मन पर जितना ही गहरा आघात होता है उसकी प्रतिक्रिया भी उतनी गहरी होती है। इस अपकीर्ति और कलंक ने गोबर के अन्तस्तल को मथकर वह रत्न निकाल लिया, जो अभी तक छिपा पड़ा था। आज पहली बार उसे अपने दायित्व का ज्ञान हुआ और उसके साथ ही संकल्प भी। अब तक वह कम-से-कम काम करना और ज्यादा-से-ज्यादा खाना अपना हक समझता था। उसके मन में कभी यह विचार ही नहीं उठा कि घरवालों के साथ उसका भी कुछ कर्त्तव्य है। आज माता-पिता की उदात्त क्षमा ने जैसे उसके हृदय में प्रकाश डाल दिया। जब धनिया और झुनिया भीतर चली गईं, तो वह होरी की उसी मँड़ैया में जा बैठा और भविष्य के मनसूबे बाँधने लगा।

शहर के बेलदारों को पाँच-छः आने रोज मिलते हैं, यह उसने सुन रखा था। बाहर उसे छः आने रोज मिलें और वह एक आने में गुजर कर ले, तो पाँच आने रोज बच जाएँ। महीने में दस रुपये होते हैं, और साल-भर में सवा सौ। वह सवा-सौ की थैली लेकर घर आए, तो किसकी मजाल है, जो उसके सामने मुँह खोल सके? यही दातादीन और यही पटेसरी आकर उसकी हाँ में हाँ मिलाएँगे और झुनिया तो मारे गर्व के फूल जाए। दो-चार साल वह इसी तरह कमाता रहे, तो घर का सारा दलिद्दर मिट जाए। अभी तो सारे घर की कमाई भी सवा सौ नहीं होती। अब वह अकेला सवा सौ कमाएगा। यही तो लोग कहेंगे कि मजूरी करता है। कहने दो। मजूरी करना कोई पाप तो नहीं है। और सदा छः आने ही थोड़े मिलेंगे। जैसे-जैसे वह काम में होशियार होगा, मजूरी भी तो बढ़ेगी। तब वह दादा से कहेगा, अब तुम घर में बैठकर भगवान का भजन करो। इस खेती में जान खपाने के सिवा और क्या रखा है? सबसे पहले वह एक पछाईं गाय लाएगा, जो चार-पाँच सेर दूध देगी और दादा से कहेगा, तुम गऊ माता की सेवा करो। इससे तुम्हारा लोक भी बनेगा, और परलोक भी।

और क्या, एक आने में उसका गुजर आराम से न होगा? घर-द्वार लेकर क्या करना है? किसी के ओसारे में पड़ा रहेगा। सैकड़ों मन्दिर हैं, धरमसाले हैं। और फिर जिसकी वह मजूरी करेगा, क्या वह उसे रहने के लिए जगह न देगा? आटा रुपये का दस सेर आता है। एक आने में ढाई पाव हुआ। एक आने का तो वह आटा ही खा जाएगा। लकड़ी, दाल, नमक, साग यह सब कहाँ से आएगा? दोनों जून के लिए सेर भर तो आटा ही चाहिए। ओह! खाने की तो कुछ न पूछो। मुट्ठी-भर चने में भी काम चल सकता है। हलुवा और पूरी खाकर भी काम चल सकता है। जैसी कमाई हो। वह

आध सेर आटा खाकर दिन-भर मजे से काम कर सकता है। इधर-उधर से उपले चुन लिए, लकड़ी का काम चल गया। कभी एक पैसे की दाल ले ली, कभी आलू। आलू भूनकर भुरता बना लिया। यहाँ दिन काटना है कि चैर करना है! पत्तल पर आटा गूँधा, उपलों पर बाटियाँ सेंकीं, आलू भूनकर भुरता बनाया और मजे से खाकर सो रहे। घर ही पर कौन दोनों जून रोटी मिलती है, एक जून चबेना ही मिलता है। यहाँ भी एक जून चबेने पर काटेंगे।

उसे शंका हुई; अगर कभी मजूरी न मिली, तो वह क्या करेगा? मगर मजूरी क्यों न मिलेगी? जब वह जी तोड़कर काम करेगा, तो सौ आदमी उसे बुलाएँगे। काम सबको प्यारा होता है, चाम नहीं प्यारा होता। यहाँ भी तो सूखा पड़ता है, पाला गिरता है, ऊख में दीमक लगते हैं, जौ में गेरुई लगती है, सरसों में लाही लग जाती है। उसे रात को कोई काम मिल जाएगा, तो उसे भी न छोड़ेगा। दिन-भर मजूरी की; रात कहीं चौकीदारी कर लेगा। दो आने भी रात के काम में मिल जाएँ, तो चाँदी है। जब वह लौटेगा, तो सबके लिए साड़ियाँ लाएगा। झुनिया के लिए हाथ का कंगन जरूर बनवाएगा और दादा के लिए एक मुँड़ासा लाएगा।

इन्हीं मनमोदकों का स्वाद लेता हुआ वह सो गया; लेकिन ठंड में नींद कहाँ! किसी तरह रात काटी और तड़के उठकर लखनऊ की सड़क पकड़ ली। बीस कोस ही तो है। साँझ तक पहुँच जाएगा। गाँव का कौन आदमी वहाँ आता-जाता है और वह अपना ठिकाना नहीं लिखेगा, नहीं दादा दूसरे ही दिन सिर पर सवार हो जाएँगे। उसे कुछ पछतावा था, तो यही कि झुनिया से क्यों न साफ-साफ कह दिया – अभी तू घर जा, मैं थोड़े दिनों में कुछ कमा कर लौटूँगा; लेकिन तब वह घर जाती ही क्यों? कहती –'मैं भी तुम्हारे साथ लौटूँगी। उसे वह कहाँ-कहाँ बाँधे फिरता?'

दिन चढ़ने लगा। रात को कुछ न खाया था। भूख मालूम होने लगी। पाँव लड़खड़ाने लगे। कहीं बैठकर दम लेने की इच्छा होती थी। बिना कुछ पेट में डाले, वह अब नहीं चल सकता; लेकिन पास एक पैसा भी नहीं है। सड़क के किनारे झड़-बेरियों के झाड़ थे। उसने थोड़े से बेर तोड़ लिए और उदर को बहलाता हुआ चला। एक गाँव में गुड़ पकने की सुगन्ध आई। अब मन न माना। कोल्हाड़ में जाकर लोटा-डोर माँगा और पानी भर कर चुल्लू से पीने बैठा कि एक किसान ने कहा – 'अरे भाई, क्या निराला ही पानी पियोगे? थोड़ा-सा मीठा खा लो। अबकी और चला लें कोल्हू और बना लें खाँड़। अगले साल तक मिल तैयार हो जाएगी, सारी ऊख खड़ी बिक जाएगी। गुड़ और खाँड़ के भाव चीनी मिलेगी, तो हमारा गुड़ कौन लेगा?' उसने एक कटोरे में गुड़ की कई पिंडियाँ लाकर दीं। गोबर ने गुड़ खाया, पानी पिया। तमाखू तो पीते होगे? गोबर ने बहाना किया। अभी चिलम नहीं पीता। बुड्ढे ने प्रसन्न होकर कहा – 'बड़ा अच्छा करते हो भैया! बुरा रोग है। एक बेर पकड़ ले, तो जिन्दगी-भर नहीं छोड़ता।'

इंजन को कोयला-पानी भी मिल गया। चाल तेज हुई। जाड़े के दिन, न जाने कब दोपहर हो गया। एक जगह देखा, एक युवती एक वृक्ष के नीचे पति से सत्याग्रह

किए बैठी थी। पति सामने खड़ा उसे मना रहा था। दो-चार राहगीर तमाशा देखने खड़े हो गए थे। गोबर भी खड़ा हो गया। मानलीला से रोचक और कौन जीवन-नाटक होगा!

युवती ने पति की ओर घूरकर कहा – 'मैं न जाऊँगी, न जाऊँगी।'

पुरुष ने जैसे अल्टिमेटम दिया – 'न जाएगी?'

'न जाऊँगी।'

'न जाएगी?'

'न जाऊँगी।'

पुरुष ने उसके केश पकड़कर घसीटना शुरू किया। युवती भूमि पर लोट गई।

पुरुष ने हारकर कहा – 'मैं फिर कहता हूँ, उठकर चल।'

स्त्री ने उसी दृढ़ता से कहा – 'मैं तेरे घर सात जनम न जाऊँगी, बोटी-बोटी काट डाल।'

'मैं तेरा गला काट लूँगा।'

'तो फाँसी पाओगे।'

पुरुष ने उसके केश छोड़ दिए और सिर पर हाथ रखकर बैठ गया। पुरुषत्व अपने चरम सीमा तक पहुँच गया। उसके आगे अब उसका कोई बस नहीं है।

एक क्षण में वह फिर खड़ा हुआ और परास्त होकर बोला – 'आखिर तू क्या चाहती है?'

युवती भी उठ बैठी और निश्चल भाव से बोली – 'मैं यही चाहती हूँ, तू मुझे छोड़ दे।'

'कुछ मुँह से कहेगी, क्या बात हुई?'

'मेरे भाई-बाप को कोई क्यों गाली दे?'

'किसने गाली दी, तेरे भाई-बाप को?'

'जाकर अपने घर में पूछ!'

'चलेगी तभी तो पूछूँगा?'

'तू क्या पूछेगा? कुछ दम भी है। जाकर अम्माँ के आँचल में मुँह ढाँप कर सो। वह तेरी माँ होगी। मेरी कोई नहीं है। तू उसकी गालियाँ सुन। मैं क्यों सुनूँ? एक रोटी खाती हूँ, तो चार रोटी का काम करती हूँ। क्यों किसी की धौंस सहूँ? मैं तेरा एक पीतल का छल्ला भी तो नहीं जानती!'

राहगीरों को इस कलह में अभिनय का आनन्द आ रहा था; मगर उसके जल्द समाप्त होने की कोई आशा न थी। मंजिल खोटी होती थी। एक-एक करके लोग खिसकने लगे। गोबर को पुरुष की निर्दयता बुरी लग रही थी। भीड़ के सामने तो कुछ न कह सकता था। मैदान खाली हुआ तो बोला – 'भाई, मर्द और औरत के बीच में बोलना तो न चाहिए, मगर इतनी बेदरदी भी अच्छी नहीं होती।'

पुरुष ने कौड़ी की-सी आँखें निकालकर कहा – 'तुम कौन हो?'

गोबर ने निःशंक भाव से कहा - 'मैं कोई हूँ, लेकिन अनुचित बात देख कर सभी को बुरा लगता है।'

पुरुष ने सिर हिलाकर कहा - 'मालूम होता है, अभी मेहरिया नहीं आई, तभी इतना दर्द है!'

'मेहरिया आएगी, तो भी उसके झोंटे पकड़ कर न खींचूँगा।'

'अच्छा, तो अपनी राह लो। मेरी औरत है, मैं उसे मारूँगा, काटूँगा। तुम कौन होते हो बोलनेवाले! चले जाओ सीधे से, यहाँ मत खड़े हो।'

गोबर का गर्म खून और गर्म हो गया। वह क्यों चला जाए? सड़क सरकार की है। किसी के बाप की नहीं है। वह जब तक चाहे, वहाँ खड़ा रह सकता है। वहाँ से उसे हटाने का किसी को अधिकार नहीं है।

पुरुष ने ओठ चबाकर कहा - 'तो तुम न जाओगे? आऊँ?'

गोबर ने अँगोछा कमर में बाँध लिया और समर के लिए तैयार होकर बोला - 'तुम आओ या न आओ। मैं तो तभी जाऊँगा, जब मेरी इच्छा होगी।'

'तो मालूम होता है, हाथ-पैर तुड़ा के जाओगे?'

'यह कौन जानता है, किसके हाथ-पाँव टूटेंगे।'

'तो तुम न जाओगे?'

'ना।'

पुरुष मुट्ठी बाँधकर गोबर की ओर झपटा। उसी क्षण युवती ने उसकी धोती पकड़ ली और उसे अपनी ओर खींचती हुई गोबर से बोली - 'तुम क्यों लड़ाई करने पर उतारू हो रहे हो जी, अपनी राह क्यों नहीं जाते? यहाँ कोई तमाशा है? हमारा आपस का झगड़ा है। कभी वह मुझे मारता है, कभी मैं उसे डाँटती हूँ। तुमसे मतलब?'

गोबर यह धिक्कार पाकर चलता बना। दिल में कहा - 'यह औरत मार खाने ही लायक है।'

गोबर आगे निकल गया, तो युवती ने पति को डाँटा - 'तुम सबसे लड़ने क्यों लगते हो? उसने कौन-सी बुरी बात कही थी कि तुम्हें चोट लग गई। बुरा काम करोगे, तो दुनिया बुरा कहेगी ही; मगर है किसी भले घर का और अपनी बिरादरी का ही जान पड़ता है। क्यों उसे अपनी बहन के लिए नहीं ठीक कर लेते?'

पति ने सन्देह के स्वर में कहा - 'क्या अब तक क्वाँरा बैठा होगा?'

'तो पूछ ही क्यों न लो?'

पुरुष ने दस कदम दौड़कर गोबर को आवाज दी और हाथ से ठहर जाने का इशारा किया। गोबर ने समझा, शायद फिर इसके सिर भूत सवार हुआ, तभी ललकार रहा है। मार खाए बिना न मानेगा। अपने गाँव में कुत्ता भी शेर हो जाता है, लेकिन आने दो।

लेकिन उसके मुख पर समर की ललकार न थी, मैत्री का निमन्त्रण था। उसने गाँव और नाम और जात पूछी। गोबर ने ठीक-ठीक बता दिया। उस पुरुष का नाम कोदई था।

कोदई ने मुस्कराकर कहा – 'हम दोनों में लड़ाई होते-होते बची। तुम चले आए, तो मैंने सोचा, तुमने ठीक ही कहा। मैं नाहक तुमसे तन बैठा। कुछ खेती-बारी घर में होती है न?'

गोबर ने बताया – 'उसके मौरूसी पाँच बीघे खेत हैं और एक हल की खेती होती है।'

'मैंने तुम्हें जो भला-बुरा कहा है, उसकी माफी दे दो भाई! क्रोध में आदमी अंधा हो जाता है। औरत गुन-सहूर में लच्छिमी है, मुदा कभी-कभी न जाने कौन-सा भूत इस पर सवार हो जाता है। अब तुम्हीं बताओ, माता पर मेरा क्या बस है? जन्म तो उन्होंने दिया है, पाला-पोसा तो उन्होंने है। जब कोई बात होगी, तो मैं जो कुछ कहूँगा, लुगाई ही से कहूँगा। उस पर अपना बस है। तुम्हीं सोचो, मैं कुपद तो नहीं कह रहा हूँ? हाँ, मुझे उसके बाल पकड़ कर घसीटना न था; लेकिन औरत-जात बिना कुछ ताड़ना दिए काबू में भी तो नहीं रहती। चाहती है, माँ से अलग हो जाऊँ। तुम्हीं सोचो, कैसे अलग हो जाऊँ और किससे अलग हो जाऊँ! अपनी माँ से? जिसने जन्म दिया? यह मुझसे न होगा। औरत रहे या जाए।'

गोबर को भी राय बदलनी पड़ी। बोला – 'माता का आदर करना तो सबका धरम ही है भाई। माता से कौन उरिन हो सकता है?'

कोदई ने उसे अपने घर चलने का नेवता दिया। आज वह किसी तरह लखनऊ नहीं पहुँच सकता। कोस दो-कोस जाते-जाते साँझ हो जाएगी। रात को कहीं टिकना ही पड़ेगा।

गोबर ने विनोद किया – 'लुगाई मान गई?'

'न मानेगी तो क्या करेगी।'

'मुझे तो उसने ऐसी फटकार बताई कि मैं लजा गया।'

'वह खुद पछता रही है। चलो, जरा माता जी को समझा देना। मुझसे तो कुछ कहते नहीं बनता। उन्हें भी सोचना चाहिए कि बहू को बाप-भाई की गाली क्यों देती हैं। हमारी भी बहन है। चार दिन में उसकी सगाई हो जाएगी। उसकी सास हमें गालियाँ देगी, तो उससे सुना न जाएगा? सब दोस लुगाई ही का नहीं है। माता का भी दोस है। जब हर बात में वह अपनी बेटी का पच्छ करेंगी, तो हमें बुरा लगेगा ही। इसमें इतनी बात अच्छी है कि घर से रूठकर चली जाए, पर गाली का जवाब गाली से नहीं देती।'

गोबर को रात के लिए कोई ठिकाना चाहिए था ही। कोदई के साथ हो लिया। दोनों फिर उसी जगह आए, जहाँ युवती बैठी हुई थी। वह अब गृहिणी बन गई थी। जरा-सा घूँघट निकाल लिया था और लजाने लगी थी।

कोदई ने मुस्कुराकर कहा – 'यह तो आते ही न थे। कहते थे, ऐसी डाँट सुनने के बाद उनके घर कैसे जाएँ?'

युवती ने घूँघट की आड़ से गोबर को देखकर कहा – 'इतनी ही डाँट में डर गए? लुगाई आ जाएगी, तब कहाँ भागोगे?'

गाँव समीप ही था। गाँव क्या था, पुरवा था, दस-बारह घरों का, जिसमें आधे खपरैल के थे, आधे फूस के। कोदई ने अपने घर पहुँचकर खाट निकाली, उस पर एक दरी डाल दी, शर्बत बनाने को कह, चिलम भर लाया। और एक क्षण में वही युवती लोटे में शर्बत लेकर आई और गोबर को पानी का एक छींटा मार कर मानो क्षमा माँग ली। वह अब उसका ननदोई हो रहा था। फिर क्यों न अभी से छेड़-छाड़ शुरू कर दे।

गोबर अँधेरे ही मुँह उठा और कोदई से बिदा माँगी। सबको मालूम हो गया था कि उसका ब्याह हो चुका है, इसलिए उससे कोई विवाह-सम्बन्धी चर्चा नहीं की। उसके शील-स्वभाव ने सारे घर को मुग्ध कर लिया था। कोदई की माता को तो उसने ऐसे मीठे शब्दों में और उसके मातृपद की रक्षा करते हुए, ऐसा उपदेश दिया कि उसने प्रसन्न होकर आशीर्वाद दिया था।

'तुम बड़ी हो माताजी, पूज्य हो। पुत्र माता के रिन से सौ जन्म लेकर भी उरिन नहीं हो सकता, लाख जनम लेकर भी उरिन नहीं हो सकता। करोड़ जनम लेकर भी नहीं...'

बुढ़िया इस संख्यातीत श्रद्धा पर गद्‌गद हो गई। इसके बाद गोबर ने जो कुछ कहा, उसमें बुढ़िया को अपना मंगल ही दिखाई दिया। वैद्य एक बार रोगी को चंगा कर दे, फिर रोगी उसके हाथों विष भी खुशी से पी लेगा - अब जैसे आज ही बहू घर से रूठकर चली गई, तो किसकी हेठी हुई। बहू को कौन जानता है? किसकी लड़की है, किसकी नातिन है, कौन जानता है! सम्भव है, उसका बाप घसियारा ही रहा हो...।

बुढ़िया ने निश्चयात्मक भाव से कहा - 'घसियारा तो है ही बेटा, पक्का घसियारा। सबेरे उसका मुँह देख लो, तो दिन-भर पानी न मिले।'

गोबर बोला - 'तो ऐसे आदमी की क्या हँसी हो सकती है! हँसी हुई तुम्हारी और तुम्हारे आदमी की। जिसने पूछा, यही पूछा कि किसकी बहू है? फिर वह अभी लड़की है, अबोध, अल्हड़। नीच माता-पिता की लड़की है, अच्छी कहाँ से बन जाय! तुमको तो बूढ़े तोते को राम-नाम पढ़ाना पड़ेगा। मारने से तो वह पढ़ेगा नहीं, उसे तो सहज स्नेह ही से पढ़ाया जा सकता है। ताड़ना भी दो; लेकिन उसके मुँह मत लगो। उसका तो कुछ नहीं बिगड़ता, तुम्हारा अपमान होता है।'

जब गोबर चलने लगा, तो बुढ़िया ने खाँड़ और सत्तू मिलाकर उसे खाने को दिया। गाँव के और कई आदमी मजूरी की टोह में शहर जा रहे थे। बातचीत में रास्ता कट गया और नौ बजते-बजते सब लोग अमीनाबाद के बाजार में जा पहुँचे। गोबर हैरान था, इतने आदमी नगर में कहाँ से आ गए? आदमी पर आदमी गिरा पड़ता था।

उस दिन बाजार में चार-पाँच सौ मजदूरों से कम न थे। राज और बढ़ई और लोहार और बेलदार और खाट बुननेवाले और टोकरी ढोनेवाले और संगतराश सभी जमा हैं। और उसके हाथ तो कोई औजार भी नहीं है। कोई क्या जानेगा कि वह क्या

काम कर सकता है। कोई उसे क्यों रखने लगा? बिना औजार के उसे कौन पूछेगा?

धीरे-धीरे एक-एक करके मजूरों को काम मिलता जा रहा था! कुछ लोग निराश होकर घर लौटे जा रहे थे। अधिकतर वह बूढ़े और निकम्मे बच रहे थे, जिनका कोई पुछत्तर न था। और उन्हीं में गोबर भी था। लेकिन अभी आज उसके पास खाने को है। कोई गम नहीं।

सहसा मिर्जा खुर्शेद ने मजूरों के बीच में आ कर ऊँची आवाज से कहा - 'जिसको छः आने रोज पर काम करना हो, वह मेरे साथ आए। सबको छः आने मिलेंगे। पाँच बजे छुट्टी मिलेगी।'

दस-पाँच राजों और बढ़इयों को छोड़कर सबके-सब उनके साथ चलने को तैयार हो गए।

चार सौ फटे-हालों की एक विशाल सेना सज गई। आगे मिर्जा थे, कन्धे पर मोटा सोटा रखे हुए। पीछे भुखमरों की लम्बी कतार थी, जैसे भेड़ें हों।

एक बूढ़े ने मिर्जा से पूछा - 'कौन काम करना है मालिक?'

मिर्जा ने जो काम बतलाया, उस पर सब और भी चकित हो गए। केवल एक कबड्डी खेलना! यह कैसा आदमी है, जो कबड्डी खेलने के छः आना रोज दे रहा है। सनकी तो नहीं है कोई! बहुत धन पाकर आदमी सनक ही जाता है। बहुत पढ़ लेने से भी आदमी पागल हो जाते हैं। कुछ लोगों को सन्देह होने लगा, कहीं यह कोई मखौल तो नहीं है! यहाँ से घर पर ले जाकर कह दे, कोई काम नहीं है, तो कौन इसका क्या कर लेगा! वह चाहे कबड्डी खेलाए, चाहे आँखमिचौनी, चाहे गुल्ली-डंडा, मजूरी पेशगी दे दे। ऐसे झक्कड़ आदमी का क्या भरोसा?

गोबर ने डरते-डरते कहा - 'मालिक, हमारे पास कुछ खाने को नहीं है। पैसे मिल जाएँ तो कुछ लेकर खा लूँ।'

मिर्जा ने झट छः आने पैसे उसके हाथ में रख दिए और ललकारकर बोले - 'मजूरी सबको चलते-चलते पेशगी दे दी जाएगी। इसकी चिन्ता मत करो।'

मिर्जा साहब ने शहर के बाहर थोड़ी-सी जमीन ले रखी थी। मजूरों ने जाकर देखा, तो एक बड़ा अहाता घिरा हुआ था और उसके अन्दर केवल एक छोटी-सी फूस की झोंपड़ी थी, जिसमें तीन-चार कुर्सियाँ थीं, एक मेज। थोड़ी-सी किताबें मेज पर रखी हुई थीं। झोंपड़ी बेलों और लताओं से ढंकी हुई बहुत सुन्दर लगती थी। अहाते में एक तरफ आम और नींबू और अमरूद के पौधे लगे हुए थे, दूसरी तरफ कुछ फूल। बड़ा हिस्सा परती था। मिर्जा ने सबको कतार में खड़ा करके पहले ही मजूरी बाँट दी। अब किसी को उनके पागलपन में सन्देह न रहा।

गोबर पैसे पहले ही पा चुका था, मिर्जा ने उसे बुलाकर पौधे सींचने का काम सौंपा। उसे कबड्डी खेलने को न मिलेगी। मन में ऐंठकर रह गया। इन बुड्ढों को उठा-उठाकर पटकता; लेकिन कोई परवाह नहीं। बहुत कबड्डी खेल चुका है। पैसे तो पूरे मिल गए।

आज युगों के बाद इन जरा-ग्रस्तों को कबड्डी खेलने का सौभाग्य मिला। अधिकतर तो ऐसे थे, जिन्हें याद भी न आता था कि कभी कबड्डी खेली या नहीं। दिनभर शहर में पिसते थे। पहर रात गए घर पहुँचते थे और जो कुछ रूखा-सूखा मिल जाता था, खाकर पड़े रहते थे। प्रातःकाल फिर वही चरखा शुरू हो जाता था। जीवन नीरस, निरानंद, केवल एक ढर्रा मात्र हो गया था। आज जो यह अवसर मिला, तो बूढ़े भी जवान हो गए। अधमरे बूढ़े ठठरियाँ लिए, मुँह में दाँत न पेट में आँत, जाँघ के ऊपर धोतियाँ या तहमद चढ़ाए ताल ठोक-ठोककर उछल रहे थे, मानो उन बूढ़ी हड्डियों में जवानी धँस पड़ी हो। चटपट पाली बन गई, दो नायक बन गए। गोइयों का चुनाव होने लगा और बारह बजते-बजते खेल शुरू हो गया। जाड़ों की ठंडी धूप ऐसी क्रीड़ाओं के लिए आदर्श ऋतु है।

इधर अहाते के फाटक पर मिर्जा साहब तमाशाइयों को टिकट बाँट रहे थे। उन पर इस तरह कोई-न-कोई सनक हमेशा सवार रहती थी। अमीरों से पैसा लेकर गरीबों को बाँट देना। इस बूढ़ी कबड्डी का विज्ञापन कई दिन से हो रहा था। बड़े-बड़े पोस्टर चिपकाए गए थे, नोटिस बाँटे गए थे। यह खेल अपने ढंग का निराला होगा, बिलकुल अभूतपूर्व। भारत के बूढ़े आज भी कैसे पोढ़े हैं, जिन्हें यह देखना हो, आएँ और अपनी आँखें तृप्त कर लें। जिसने यह तमाशा न देखा, वह पछताएगा। ऐसा सुअवसर फिर न मिलेगा। टिकट दस रुपये से लेकर दो आने तक के थे। तीन बजते-बजते सारा अहाता भर गया। मोटरों और फिटनों का ताँता लगा हुआ था। दो हजार से कम की भीड़ न थी। रईसों के लिए कुर्सियों और बेंचों का इंतजाम था। साधारण जनता के लिए साफ-सुथरी जमीन।

मिस मालती, मेहता, खन्ना, तंखा और रायसाहब सभी विराजमान थे।

खेल शुरू हुआ तो मिर्जा ने मेहता से कहा – 'आइए डाक्टर साहब, एक गोई हमारी और आपकी हो जाए।'

मिस मालती बोलीं – 'फिलासफर का जोड़ फिलासफर ही से हो सकता है।'

मिर्जा ने मूँछों पर ताव देकर कहा – 'तो क्या आप समझती हैं, मैं फिलासफर नहीं हूँ? मेरे पास पुछल्ला नहीं है, लेकिन हूँ मैं फिलासफर; आप मेरा इम्तहान ले सकते हैं मेहता जी!'

मालती ने पूछा – 'अच्छा बतलाइए, आप आइडियलिस्ट हैं या मेटीरियलिस्ट?'

'मैं दोनों हूँ।'

'यह क्योंकर?'

'बहुत अच्छी तरह। जब जैसा मौका देखा, वैसा बन गया।'

'तो आपका अपना कोई निश्चय नहीं है।'

'जिस बात का आज तक कभी निश्चय न हुआ, और न कभी होगा, उसका निश्चय मैं भला क्या कर सकता हूँ; और लोग आँखें फोड़कर और किताबें चाटकर जिस नतीजे पर पहुँचते हैं, वहाँ मैं यों ही पहुँच गया। आप बता सकती हैं, किसी फिलासफर ने अक्लीगद्दे लड़ाने के सिवाय और कुछ किया है?'

डाक्टर मेहता ने अचकन के बटन खोलते हुए कहा – 'तो चलिए हमारी और आपकी हो ही जाए। और कोई माने या न माने, मैं आपको फिलासफर मानता हूँ।'

मिर्जा ने खन्ना से पूछा – 'आपके लिए भी कोई जोड़ ठीक करूँ?'

मालती ने पुचारा दिया – 'हाँ, हाँ, इन्हें जरूर ले जाइए मिस्टर तंखा के साथ।'

खन्ना झेंपते हुए बोले – 'जी नहीं, मुझे क्षमा कीजिए।'

मिर्जा ने रायसाहब से पूछा – 'आपके लिए कोई जोड़ लाऊँ?'

रायसाहब बोले – 'मेरा जोड़ तो ओंकारनाथ का है, मगर वह आज नजर ही नहीं आते।'

मिर्जा और मेहता भी नंगी देह, केवल जाँघिए पहने हुए मैदान में पहुँच गए। एक इधर, दूसरा उधर। खेल शुरू हो गया।

जनता बूढ़े कुलेलों पर हँसती थी, तालियाँ बजाती थी, गालियाँ देती थी, ललकारती थी, बाजियाँ लगाती थी। वाह! जरा इन बूढ़े बाबा को देखो! किस शान से जा रहे हैं, जैसे सबको मारकर ही लौटेंगे। अच्छा, दूसरी तरफ से भी उन्हीं के बड़े भाई निकले। दोनों कैसे पैंतरे बदल रहे हैं! इन हड्डियों में अभी बहुत जान है। इन लोगों ने जितना घी खाया है, उतना अब हमें पानी भी मयस्सर नहीं। लोग कहते हैं, भारत धनी हो रहा है। होता होगा। हम तो यही देखते हैं कि इन बुड्ढों-जैसे जीवट के जवान भी आज मुश्किल से निकलेंगे। वह उधरवाले बुड्ढों ने इसे दबोच लिया। बेचारा छूट निकलने के लिए कितना जोर मार रहा है; मगर अब नहीं जा सकते बच्चा! एक को तीन लिपट गए। इस तरह लोग अपनी दिलचस्पी जाहिर कर रहे थे; उनका सारा ध्यान मैदान की ओर था। खिलाड़ियों के आघात-प्रतिघात, उछल-कूद, धर-पकड़ और उनके मरने-जीने में तन्मय हो रहे थे। कभी चारों तरफ से कहकहे पड़ते, कभी कोई अन्याय या धाँधली देखकर लोग 'छोड़ दो, छोड़ दो' का गुल मचाते। कुछ लोग तैश में आकर पाली की तरफ दौड़ते, लेकिन जो थोड़े-से सज्जन शामियाने में ऊँचे दरजे के टिकट लेकर बैठे थे, उन्हें इस खेल में विशेष आनन्द न मिल रहा था। वे इससे अधिक महत्त्व की बातें कर रहे थे।

खन्ना ने जिंजर का ग्लास खाली करके सिगार सुलगाया और रायसाहब से बोले – 'मैंने आपसे कह दिया, बैंक इससे कम सूद पर किसी तरह राजी न होगा और यह रिआयत भी मैंने आपके साथ की है; क्योंकि आपके साथ घर का मुआमला है।'

रायसाहब ने मूँछों में मुस्कुराहट को लपेटकर कहा – 'आपकी नीति में घरवालों को ही उलटे छुरे से हलाल करना चाहिए?'

'यह आप क्या फरमा रहे हैं?'

'ठीक कह रहा हूँ। सूर्यप्रताप सिंह से आपने केवल सात फीसदी लिया है, मुझसे नौ फीसदी माँग रहे हैं और उस पर अहसान भी रखते हैं। क्यों न हो!'

खन्ना ने कहकहा मारा, मानो यह कथन हँसने के ही योग्य था।

'उन शर्तों पर मैं आपसे भी वही सूद ले लूँगा। हमने उनकी जायदाद रेहन रख ली और शायद यह जायदाद फिर उनके हाथ न जाएगी।'

'मैं भी अपनी कोई जायदाद निकाल दूँगा। नौ परसेंट देने से यह कहीं अच्छा है कि फालतू जायदाद अलग कर दूँ। मेरी जैकसन रोडवाली कोठी आप निकलवा दें। कमीशन ले लीजिएगा।'

'उस कोठी का सुभीते से निकलना जरा मुश्किल है। आप जानते हैं, वह जगह बस्ती से कितनी दूर है; मगर खैर, देखूँगा। आप उसकी कीमत का क्या अन्दाजा करते हैं?'

रायसाहब ने एक लाख पचीस हजार बताए। पन्द्रह बीघे जमीन भी तो है उसके साथ। खन्ना स्तम्भित हो गए। बोले – 'आप आज से पन्द्रह साल पहले का स्वप्न देख रहे हैं रायसाहब! आपको मालूम होना चाहिए कि इधर जायदादों के मूल्य में पचास परसेंट की कमी हो गई है।'

रायसाहब ने बुरा मानकर कहा – 'जी नहीं, पन्द्रह साल पहले उसकी कीमत डेढ़ लाख थी।'

'मैं खरीददार की तलाश में रहूँगा; मगर मेरा कमीशन पाँच प्रतिशत होगा आपसे।'

'औरों से शायद दस प्रतिशत हो क्यों; क्या करोगे इतने रुपये लेकर?'

'आप जो चाहें दे दीजिएगा। अब तो राजी हुए। शुगर के हिस्से अभी तक आपने न खरीदे? अब बहुत थोड़े-से हिस्से बच रहे हैं। हाथ मलते रह जाइएगा। इंश्योरेंस की पॉलिसी भी आपने न ली। आपमें टाल-मटोल की बुरी आदत है। जब अपने लाभ की बातों का इतना टाल-मटोल है, तब दूसरों को आप लोगों से क्या लाभ हो सकता है! इसी से कहते हैं, रियासत आदमी की अक्ल चर जाती है। मेरा बस चले तो मैं ताल्लुकेदारी की रियासतें जब्त कर लूँ।'

मिस्टर तंखा मालती पर जाल फेंक रहे थे। मालती ने साफ कह दिया था कि वह एलेक्शन के झमेले में नहीं पड़ना चाहती; पर तंखा इतनी आसानी से हार मानने वाले व्यक्ति न थे। आकर कुहनियों के बल मेज पर टिककर बोले – 'आप जरा उस मुआमले पर फिर विचार करें। मैं कहता हूँ, ऐसा मौका शायद आपको फिर न मिले। रानी साहब चन्दा को आपके मुकाबले में रुपये में एक आना भी चांस नहीं है। मेरी इच्छा केवल यह है कि कौंसिल में ऐसे लोग जाएँ, जिन्होंने जीवन में कुछ अनुभव प्राप्त किया है और जनता की कुछ सेवा की है। जिस महिला ने भोग-विलास के सिवा कुछ जाना ही नहीं, जिसने जनता को हमेशा अपनी कार का पेट्रोल समझा, जिसकी सबसे मूल्यवान सेवा वे पार्टियाँ हैं, जो वह गर्वनरों और सेक्रेटरियों को दिया करती हैं, उनके लिए इस कौंसिल में स्थान नहीं है। नई कौंसिल में बहुत कुछ अधिकार प्रतिनिधियों के हाथ में होगा और मैं नहीं चाहता कि वह अधिकार अनाधिकारियों के हाथ में जाए।'

मालती ने पीछा छुड़ाने के लिए कहा – 'लेकिन साहब, मेरे पास दस-बीस हजार एलेक्शन पर खर्च करने के लिए कहाँ हैं? रानी साहब तो दो-चार लाख खर्च कर सकती हैं। मुझे भी साल में हजार-पाँच सौ रुपये उनसे मिल जाते हैं, यह रकम भी हाथ से निकल जाएगी।'

'पहले आप यह बता दें कि आप जाना चाहती हैं या नहीं?'

'जाना तो चाहती हूँ, मगर फ्री पास मिल जाएगा!'

'तो यह मेरा जिम्मा रहा। आपको फ्री पास मिल जाएगा।'

'जी नहीं, क्षमा कीजिए। मैं हार की जिल्लत नहीं उठाना चाहती। जब रानी साहब रुपये की थैलियाँ खोल देंगी और एक-एक वोट पर एक-एक अशर्फी चढ़ने लगेगी, तो शायद आप भी उधर वोट देंगे।'

'आपके खयाल में एलेक्शन महज रुपये से जीता जा सकता है।'

'जी नहीं, व्यक्ति भी एक चीज है। लेकिन मैंने केवल एक बार जेल जाने के सिवा और क्या जन-सेवा की है? और सच पूछिए तो उस बार भी मैं अपने मतलब ही से गई थी, उसी तरह जैसे रायसाहब और खन्ना गए थे। इस नई सभ्यता का आधार धन है। विद्या और सेवा और कुल और जाति सब धन के सामने हेय है। कभी-कभी इतिहास में ऐसे अवसर आ जाते हैं, जब धन को आन्दोलन के सामने नीचा देखना पड़ता है; मगर इसे अपवाद समझिए। मैं अपनी ही बात कहती हूँ। कोई गरीब औरत दवाखाने में आ जाती है, तो घंटों उससे बोलती तक नहीं। पर कोई महिला कार पर आ गई, तो द्वार तक जाकर उसका स्वागत करती हूँ और उसकी ऐसी उपासना करती हूँ, मानो साक्षात देवी है। मेरा और रानी साहब का कोई मुकाबला नहीं। जिस तरह के कौंसिल बन रहे हैं, उसके लिए रानी साहब ही ज्यादा उपयुक्त हैं।'

उधर मैदान में मेहता की टीम कमजोर पड़ती जाती थी। आधे से ज्यादा खिलाड़ी मर चुके थे। मेहता ने अपने जीवन में कभी कबड्डी न खेली थी। मिर्जा इस फन के उस्ताद थे। मेहता की तातीलें अभिनय के अभ्यास में कटती थीं। रूप भरने में वह अच्छे-अच्छों को चकित कर देते थे। और मिर्जा के लिए सारी दिलचस्पी अखाड़े में थी, पहलवानों के भी और परियों के भी।

मालती का ध्यान उधर भी लगा हुआ था। उठकर रायसाहब से बोली - 'मेहता की पार्टी तो बुरी तरह पिट रही है।'

रायसाहब और खन्ना में इंश्योरेंस की बातें हो रही थीं। रायसाहब उस प्रसंग से ऊबे हुए मालूम होते थे। मालती ने मानो उन्हें एक बन्धन से मुक्त कर दिया। उठकर बोले - 'जी हाँ, पिट तो रही है। मिर्जा पक्का खिलाड़ी है।'

'मेहता को यह क्या सनक सूझी! व्यर्थ अपनी भद्द करा रहे हैं।'

'इसमें काहे की भद्द? दिल्लगी ही तो है।'

'मेहता की तरफ से जो बाहर निकलता है, वही मर जाता है।'

एक क्षण के बाद उसने पूछा - 'क्या इस खेल में हाफ टाइम नहीं होता?'

खन्ना को शरारत सूझी। बोले - 'आप चले थे मिर्जा से मुकाबला करने। समझते थे, यह भी फिलासफी है।'

'मैं पूछती हूँ, इस खेल में हाफ टाइम नहीं होता?'

खन्ना ने फिर चिढ़ाया - 'अब खेल ही खतम हुआ जाता है। मजा आएगा तब, जब मिर्जा मेहता को दबोचकर रगड़ेंगे और मेहता साहब 'चीं' बोलेंगे।'

'मैं तुमसे नहीं पूछती। रायसाहब से पूछती हूँ।'

रायसाहब बोले – इस खेल में हाफ टाइम! एक ही एक आदमी तो सामने आता है।

'अच्छा, मेहता का एक आदमी और मर गया।'

खन्ना बोले – 'आप देखती रहिए! इसी तरह सब मर जाएँगे और आखिर में मेहता साहब भी मरेंगे।'

मालती जल गई – 'आपकी तो हिम्मत न पड़ी बाहर निकलने की।'

'मैं गँवारों के खेल नहीं खेलता। मेरे लिए टेनिस है।'

'टेनिस में भी मैं तुम्हें सैकड़ों गेम दे चुकी हूँ।'

'आपसे जीतने का दावा ही कब है?'

'अगर दावा हो, तो मैं तैयार हूँ।'

मालती उन्हें फटकार बताकर फिर अपनी जगह पर आ बैठी। किसी को मेहता से हमदर्दी नहीं है। कोई यह नहीं कहता कि अब खेल खत्म कर दिया जाए। मेहता भी अजीब बुद्धू आदमी हैं, कुछ धाँधली क्यों नहीं कर बैठते। यहाँ भी अपनी न्यायप्रियता दिखा रहे हैं। अभी हारकर लौटेंगे तो चारों तरफ से तालियाँ पड़ेंगी। अब शायद बीस आदमी उनकी तरफ और होंगे और लोग कितने खुश हो रहे हैं।

ज्यों-ज्यों अन्त समीप आता जाता था, लोग अधीर होते जाते थे और पाली की तरफ बढ़ते जाते थे। रस्सी का जो एक कठघरा-सा बनाया गया था, वह तोड़ दिया गया। स्वयं-सेवक रोकने की चेष्टा कर रहे थे; पर उस उत्सुकता के उन्माद में उनकी एक न चलती थी। यहाँ तक कि ज्वार अन्तिम बिन्दु तक आ पहुँचा और मेहता अकेले बच गए और अब उन्हें गूँगे का पार्ट खेलना पड़ेगा। अब सारा दारमदार उन्हीं पर है; अगर वह बचकर अपनी पाली में लौट आते हैं, तो उनका पक्ष बचता है। नहीं, हार का सारा अपमान और लज्जा लिए हुए उन्हें लौटना पड़ता है, वह दूसरे पक्ष के जितने आदमियों को छूकर अपनी पाली में आएँगे, वह सब मर जाएँगे और उतने ही आदमी उनकी तरफ जी उठेंगे। सबकी आँखें मेहता की ओर लगी हुई थीं। वह मेहता चले। जनता ने चारों ओर से आकर पाली को घेर लिया। तन्मयता अपनी पराकाष्ठा पर थी। मेहता कितने शान्त भाव से शत्रुओं की ओर जा रहे हैं। उनकी प्रत्येक गति जनता पर प्रतिबिम्बित हो जाती है, किसी की गर्दन टेढ़ी हुई जाती है, कोई आगे को झुक पड़ता है, वातावरण गर्म हो गया। पारा ज्वाला-बिन्दु पर आ पहुँचा है। मेहता शत्रु-दल में घुसे। दल पीछे हटता जाता है। उनका संगठन इतना दृढ़ है कि मेहता की पकड़ या स्पर्श में कोई नहीं आ रहा है। बहुतों को आशा थी कि मेहता कम-से-कम अपने पक्ष के दस-पाँच आदमियों को तो जिला ही लेंगे, वे निराश होते जा रहे हैं।

सहसा मिर्जा एक छलाँग मारते हैं और मेहता की कमर पकड़ लेते हैं। मेहता अपने को छुड़ाने के लिए जोर मार रहे हैं। मिर्जा को पाली की तरफ खींचे लिए आ रहे

हैं। लोग उन्मत्त हो जाते हैं। अब इसका पता चलना मुश्किल है कि कौन खिलाड़ी है, कौन तमाशाई। सब एक में एक गड्डमड्ड हो गए हैं। मिर्जा और मेहता में मल्लयुद्ध हो रहा है। मिर्जा के कई बुड्ढे मेहता की तरफ लपके और उनसे लिपट गए। मेहता जमीन पर चुपचाप पड़े हुए हैं; अगर वह किसी तरह खींच-खांचकर दो हाथ और ले जाएँ, तो उनके पचासों आदमी जी उठते हैं, मगर वह एक इंच भी नहीं खिसक सकते। मिर्जा उनकी गर्दन पर बैठे हुए हैं। मेहता का मुख लाल हो रहा है। आँखें बीर-बहूटी बनी हुई हैं। पसीना टपक रहा है, और मिर्जा अपने स्थूल शरीर का भार लिए उनकी पीठ पर हुमच रहे हैं।

मालती ने समीप जाकर उत्तेजित स्वर में कहा - 'मिर्जा खुर्शेद, यह फेयर नहीं है। बाजी ड्रान रही।'

खुर्शेद ने मेहता की गर्दन पर एक धस्सा लगाकर कहा - 'जब तक यह 'ची' न बोलेंगे, मैं हरगिज न छोड़ूँगा। क्यों नहीं 'ची' बोलते?'

मालती और आगे बढ़ी - 'ची बुलाने के लिए आप इतनी जबरदस्ती नहीं कर सकते।'

मिर्जा ने मेहता की पीठ पर हुमचकर कहा - 'बेशक कर सकता हूँ। आप इनसे कह दें, 'ची' बोलें, मैं अभी उठा जाता हूँ।'

मेहता ने एक बार उठने की चेष्टा की; पर मिर्जा ने उनकी गर्दन दबा दी।

मालती ने उनका हाथ पकड़कर घसीटने की कोशिश करके कहा - 'यह खेल नहीं, अदावत है।'

'अदावत ही सही।'

'आप न छोड़ेंगे?'

उसी वक्त जैसे कोई भूकम्प आ गया। मिर्जा साहब जमीन पर पड़े हुए थे और मेहता दौड़े हुए पाली की ओर भागे जा रहे थे और हजारों आदमी पागलों की तरह टोपियाँ और पगड़ियाँ और छड़ियाँ उछाल रहे थे। कैसे यह कायापलट हुई, कोई समझ न सका।

मिर्जा ने मेहता को गोद में उठा लिया और लिए हुए शामियाने तक आए। प्रत्येक मुख पर यह शब्द थे - 'डाक्टर साहब ने बाजी मार ली।' और प्रत्येक आदमी इस हारी हुई बाजी के एकबारगी पलट जाने पर विस्मित था। सभी मेहता के जीवट और धैर्य का बखान कर रहे थे।

मजदूरों के लिए पहले से नारंगियाँ मँगा ली गई थीं। उन्हें एक-एक नारंगी देकर विदा किया गया। शामियाने में मेहमानों के चाय-पानी का आयोजन था। मेहता और मिर्जा एक ही मेज पर आमने-सामने बैठे। मालती मेहता के बगल में बैठी।

मेहता ने कहा - 'मुझे आज एक नया अनुभव हुआ। महिला की सहानुभूति हार को जीत बना सकती है।'

मिर्जा ने मालती की ओर देखा – 'अच्छा! यह बात थी! जभी तो मुझे हैरत हो रही थी कि आप एकाएक कैसे ऊपर आ गए।'

मालती शर्म से लाल हुई जाती थी – 'आप बड़े बेमुरौवत आदमी हैं मिर्जाजी! मुझे आज मालूम हुआ।'

'कुसूर इनका था। यह क्यों 'ची' नहीं बोलते थे?'

'मैं तो 'ची' न बोलता, चाहे आप मेरी जान ही ले लेते।'

कुछ देर मित्रों में गप-शप होती रही। फिर धन्यवाद के और मुबारकबाद के भाषण हुए और मेहमान लोग विदा हुए। मालती को भी एक विजिट करनी थी। वह भी चली गई। केवल मेहता और मिर्जा रह गए। उन्हें अभी स्नान करना था। मिट्टी में सने हुए थे। कपड़े कैसे पहनते? गोबर पानी खींच लाया और दोनों दोस्त नहाने लगे।

मिर्जा ने पूछा – 'शादी कब तक होगी?'

मेहता ने अचंभे में आकर पूछा – 'किसकी?'

'आपकी।'

'मेरी शादी! किसके साथ हो रही है?'

'वाह! आप तो ऐसा उड़ रहे हैं, गोया यह भी छिपाने की बात है।'

'नहीं-नहीं, मैं सच कहता हूँ, मुझे बिलकुल खबर नहीं है। क्या मेरी शादी होने जा रही है?'

'और आप क्या समझते हैं, मिस मालती आपकी कम्पेनियन बन कर रहेंगी?'

मेहता गम्भीर भाव से बोले – 'आपका खयाल बिलकुल गलत है मिर्जाजी! मिस मालती हसीन हैं, खुशमिजाज हैं, समझदार हैं, रोशनखयाल हैं और भी उनमें कितनी खूबियाँ हैं! लेकिन मैं अपनी जीवन-संगिनी में जो बात देखना चाहता हूँ, वह उनमें नहीं है और न शायद हो सकती है। मेरे जेहन में औरत वफा और त्याग की मूर्ति है, जो अपनी बेजबानी से, अपनी कुर्बानी से, अपने को बिलकुल मिटाकर पति की आत्मा का एक अंश बन जाती है। देह पुरुष की रहती है पर आत्मा स्त्री की होती है। आप कहेंगे, मर्द अपने को क्यों नहीं मिटाता? औरत ही से क्यों इसकी आशा करता है? मर्द में वह सामर्थ्य ही नहीं है। वह अपने को मिटाएगा, तो शून्य हो जाएगा। वह किसी खोह में जा बैठेगा और सर्वात्मा में मिल जाने का स्वप्न देखेगा। वह तेजप्रधान जीव है, और अहंकार में यह समझकर कि वह ज्ञान का पुतला है, सीधा ईश्वर में लीन होने की कल्पना किया करता है। स्त्री पृथ्वी की भाँति धैर्यवान है, शान्ति-सम्पन्न है, सहिष्णु है। पुरुष में नारी के गुण आ जाते हैं, तो वह महात्मा बन जाता है। नारी में पुरुष के गुण आ जाते हैं, तो वह कुलटा हो जाती है। पुरुष आकर्षित होता है स्त्री की ओर, जो सर्वांश में स्त्री हो। मालती ने अभी तक मुझे आकर्षित नहीं किया। मैं आपसे किन शब्दों में कहूँ कि स्त्री मेरी नजरों में क्या है। संसार में जो कुछ सुन्दर है, उसी की प्रतिमा को मैं स्त्री कहता हूँ; मैं उससे यह आशा रखता हूँ कि उसे मार ही डालूँ तो भी प्रतिहिंसा का भाव उसमें न आए; अगर मैं उसकी आँखों के सामने किसी स्त्री को प्यार करूँ तो

भी उसकी ईर्ष्या न जागे। ऐसी नारी पाकर मैं उसके चरणों में गिर पड़ूँगा और उस पर अपने को अर्पण कर दूँगा।'

मिर्जा ने सिर हिलाकर कहा – 'ऐसी औरत आपको इस दुनिया में तो शायद ही मिले।'

मेहता ने हाथ मारकर कहा – 'एक नहीं हजारों, वरना दुनिया वीरान हो जाती।'

'ऐसी एक ही मिसाल दीजिए।'

'मिसेज खन्ना को ही ले लीजिए।'

'लेकिन खन्ना!'

'खन्ना अभागे हैं, जो हीरा पाकर काँच का टुकड़ा समझ रहे हैं। सोचिए, कितना त्याग है और उसके साथ ही कितना प्रेम है। खन्ना के रूपासक्त मन में शायद उसके लिए रत्ती-भर भी स्थान नहीं है; लेकिन आज खन्ना पर कोई आफत आ जाए, तो वह अपने को उन पर न्योछावर कर देगी। खन्ना आज अन्धे या कोढ़ी हो जाएँ, तो भी उसकी वफादारी में फर्क न आएगा। अभी खन्ना उसकी कद्र नहीं कर सकते हैं, मगर आप देखेंगे, एक दिन यही खन्ना उसके चरण धो-धोकर पिएँगे। मैं ऐसी बीबी नहीं चाहता, जिससे मैं आइंस्टीन के सिद्धान्त पर बहस कर सकूँ, या जो मेरी रचनाओं के प्रूफ देखा करे। मैं ऐसी औरत चाहता हूँ, जो मेरे जीवन को पवित्र और उज्ज्वल बना दे, अपने प्रेम और त्याग से।'

खुर्शेद ने दाढ़ी पर हाथ फेरते हुए जैसे कोई भूली हुई बात याद करके कहा – 'आपका खयाल बहुत ठीक है मिस्टर मेहता! ऐसी औरत अगर कहीं मिल जाए, तो मैं भी शादी कर लूँ लेकिन मुझे उम्मीद नहीं है कि मिले।'

मेहता ने हँसकर कहा – 'आप भी तलाश में रहिए, मैं भी तलाश में हूँ। शायद कभी तकदीर जागे।'

'मगर मिस मालती आपको छोड़नेवाली नहीं। कहिए लिख दूँ।'

'ऐसी औरतों से मैं केवल मनोरंजन कर सकता हूँ, ब्याह नहीं। ब्याह तो आत्मसमर्पण है।'

'अगर ब्याह आत्मसमर्पण है तो प्रेम क्या है?'

'प्रेम जब आत्मसमर्पण का रूप लेता है, तभी ब्याह है; उसके पहले ऐयाशी है।'

मेहता ने कपड़े पहने और विदा हो गए। शाम हो गई थी। मिर्जा ने जाकर देखा, तो गोबर अभी तक पेड़ों को सींच रहा था। मिर्जा ने प्रसन्न होकर कहा – 'जाओ, अब तुम्हारी छुट्टी है। कल फिर आओगे?'

गोबर ने कातर भाव से कहा – 'मैं कहीं नौकरी चाहता हूँ मालिक!'

'नौकरी करना है, तो हम तुझे रख लेंगे।'

'कितना मिलेगा हुजूर?'

'जितना तू माँगे।'

'मैं क्या माँगूँ। आप जो चाहे दे दें।'

'हम तुम्हें पन्द्रह रुपये देंगे और खूब कसकर काम लेंगे।'

गोबर मेहनत से नहीं डरता। उसे रुपये मिलें, तो वह आठों पहर काम करने को तैयार है, पन्द्रह रुपये मिलें, तो क्या पूछना। वह तो प्राण भी दे देगा।

बोला – 'मेरे लिए कोठरी मिल जाए, वहीं पड़ा रहूँगा।'

'हाँ-हाँ, जगह का इन्तजाम मैं कर दूँगा। इसी झोंपड़ी में एक किनारे तुम भी पड़ रहना।'

गोबर को जैसे स्वर्ग मिल गया।

होरी की फसल सारी की सारी डाँड़ की भेंट हो चुकी थी। वैशाख तो किसी तरह कटा, मगर जेठ लगते-लगते घर में अनाज का एक दाना न रहा। पाँच-पाँच पेट खानेवाले और घर में अनाज नदारद। दोनों जून न मिले, एक जून तो मिलना ही चाहिए। भर-पेट न मिले, आधा पेट तो मिले। निराहार कोई कै दिन रह सकता है! उधार ले तो किससे? गाँव के छोटे-बड़े महाजनों से तो मुँह चुराना पड़ता था। मजूरी भी करे, तो किसकी? जेठ में अपना ही काम ढेरों था। ऊख की सिंचाई लगी हुई थी; लेकिन खाली पेट मेहनत भी कैसे हो!

साँझ हो गई थी। छोटा बच्चा रो रहा था। माँ को भोजन न मिले, तो दूध कहाँ से निकले? सोना परिस्थिति समझती थी, मगर रूपा क्या समझे! बार-बार रोटी-रोटी चिल्ला रही थी। दिन-भर तो कच्ची अमिया से जी बहला; मगर अब तो कोई ठोस चीज चाहिए। होरी दुलारी सहुआइन से अनाज उधार माँगने गया था; पर वह दूकान बन्द करके पैठ चली गई थी। मँगरू साह ने केवल इनकार ही न किया, लताड़ भी दी – 'उधार माँगने चले हैं, तीन साल से धेला सूद नहीं दिया, उस पर उधार दिए जाओ। अब आकबत में देंगे। खोटी नीयत हो जाती है, तो यही हाल होता है। भगवान से भी यह अनीति नहीं देखी जाती। कारकुन की डाँट पड़ी, तो कैसे चुपके से रुपये उगल दिए। मेरे रुपये, रुपये ही नहीं हैं। और मेहरिया है कि उसका मिजाज ही नहीं मिलता।'

वहाँ से रुआँसा होकर उदास बैठा था कि पुन्नी आग लेने आई। रसोई के द्वार पर जाकर देखा तो अँधेरा पड़ा हुआ था। बोली – 'आज रोटी नहीं बना रही हो क्या भाभीजी? अब तो बेला हो गई।'

जब से गोबर भागा था, पुन्नी और धनिया में बोलचाल हो गई थी। होरी का एहसान भी मानने लगी थी। हीरा को अब वह गालियाँ देती थी – 'हत्यारा, गऊ-हत्या करके भागा। मुँह में कालिख लगी है, घर कैसे आए? और आए भी तो घर के अन्दर पाँव न रखने दूँ। गऊ-हत्या करते इसे लाज भी न आई। बहुत अच्छा होता, पुलिस बाँधकर ले जाती और चक्की पिसवाती!'

धनिया कोई बहाना न कर सकी। बोली – 'रोटी कहाँ से बने, घर में दाना तो है ही नहीं। तेरे महतो ने बिरादरी का पेट भर दिया, बाल-बच्चे मरें या जिएँ। अब बिरादरी झाँकती तक नहीं।'

पुन्नी की फसल अच्छी हुई थी, और वह स्वीकार करती थी कि यह होरी का पुरुषार्थ है। हीरा के साथ कभी इतनी बरक्कत न हुई थी।

बोली – 'अनाज मेरे घर से क्यों नहीं मँगवा लिया? वह भी तो महतो ही की कमाई है कि किसी और की? सुख के दिन आएँ, तो लड़ लेना, दुःख तो साथ रोने ही से कटता है। मैं क्या ऐसी अन्धी हूँ कि आदमी का दिल नहीं पहचानती? महतो ने न सँभाला होता, तो आज मुझे कहाँ सरन मिलती?'

वह उलटे पाँव लौटी और सोना को भी साथ लेती गई। एक क्षण में दो डल्ले अनाज से भरे लाकर आँगन में रख दिए। दो मन से कम जौ न था। धनिया अभी कुछ कहने न पाई थी कि वह फिर चल दी और एक क्षण में एक बड़ी-सी टोकरी अरहर की दाल से भरी हुई लाकर रख दी और बोली – 'चलो, मैं आग जलाए देती हूँ।'

धनिया ने देखा तो जौ के ऊपर एक छोटी-सी डलिया में चार-पाँच सेर आटा भी था। आज जीवन में पहली बार वह परास्त हुई। आँखों में प्रेम और कृतज्ञता के मोती भरकर बोली – 'सब-का-सब उठा लाई कि घर में कुछ छोड़ा? कहीं भागा जाता था?'

आँगन में बच्चा खटोले पर पड़ा रो रहा था। पुनिया उसे गोद में लेकर दुलराती हुई बोली – 'तुम्हारी दया से अभी बहुत है भाभीजी! पन्द्रह मन तो जौ हुआ है और दस मन गेहूँ। पाँच मन मटर हुआ, तुमसे क्या छिपाना है। दोनों घरों का काम चल जाएगा। दो-तीन महीने में फिर मकई हो जाएगी। आगे भगवान मालिक है।'

झुनिया ने आकर आँचल से छोटी सास के चरण छुए। पुनिया ने असीस दिया। सोना आग जलाने चली, रूपा ने पानी के लिए कलसा उठाया। रुकी हुई गाड़ी चल निकली। जल में अवरोध के कारण जो चक्कर था, फेन था, शोर था, गति की तीव्रता थी, वह अवरोध के हट जाने से शान्त मधुर-ध्वनि के साथ सम, धीमी, एक-रस धार में बहने लगी।

पुनिया बोली – 'महतो को डाँड़ देने की ऐसी जल्दी क्या पड़ी थी?'

धनिया ने कहा – 'बिरादरी में सुरखरू कैसे होते?'

'भाभी, बुरा न मानो तो, एक बात कहूँ?'

'कह, बुरा क्यों मानूँगी?'

'न कहूँगी, कहीं तुम बिगड़ने न लगो?'

'कहती हूँ, कुछ न बोलूँगी, कह तो।'

'तुम्हें झुनिया को घर में रखना न चाहिए था।'

'तब क्या करती? वह डूब मरती थी।'

'मेरे घर में रख देती। तब तो कोई कुछ न कहता।'

'यह तो तू आज कहती है। उस दिन भेज देती, तो झाड़ू लेकर दौड़ती!'

'इतने खरच में तो गोबर का ब्याह हो जाता।'

'होनहार को कौन टाल सकता है पगली! अभी इतने ही से गला नहीं छूटा, भोला अब अपनी गाय के दाम माँग रहा है। तब तो गाय दी थी कि मेरी सगाई कहीं ठीक कर दो। अब कहता है, मुझे सगाई नहीं करनी, मेरे रुपये दे दो। उसके दोनों

बेटे लाठी लिए फिरते हैं। हमारे कौन बैठा है, जो उससे लड़े! इस सत्यानासी गाय ने आकर घर चौपट कर दिया।'

कुछ और बातें करके पुनिया आग लेकर चली गई। होरी सब कुछ देख रहा था। भीतर आकर बोला – 'पुनिया दिल की साफ है।'

'हीरा भी तो दिल का साफ था?'

धनिया ने अनाज तो रख लिया था; पर मन में लज्जित और अपमानित हो रही थी। यह दिनों का फेर है कि आज उसे यह नीचा देखना पड़ा।

'तू किसी का औसान नहीं मानती, यही तुझमें बुराई है।'

'औसान क्या मानूँ? मेरा आदमी उसकी गिरस्ती के पीछे जान नहीं दे रहा है? फिर मैंने दान थोड़े ही लिया है। उसका एक-एक दाना भर दूँगी।'

मगर पुनिया अपने जिठानी के मनोभाव समझकर भी होरी का एहसान चुकाती जाती थी। जब यहाँ अनाज चुक जाता, मन-दो-मन दे जाती; मगर जब चौमासा आ गया और वर्षा न हुई तो समस्या अत्यंत जटिल हो गई। सावन का महीना आ गया था और बगूले उठ रहे थे। कुओं का पानी भी सूख गया था, और ऊख ताप से जली जा रही थी। नदी से थोड़ा-थोड़ा पानी मिलता था मगर उसके पीछे आए दिन लाठियाँ निकलती थीं। यहाँ तक कि नदी ने भी जवाब दे दिया। जगह-जगह चोरियाँ होने लगीं, डाके पड़ने लगे। सारे प्रान्त में हाहाकार मच गया। बारे कुशल हुई कि भादों में वर्षा हो गई और किसानों के प्राण हरे हुए। कितना उछाह था उस दिन! प्यासी पृथ्वी जैसे अघाती ही न थी और प्यासे किसान ऐसे उछल रहे थे, मानो पानी नहीं, अशर्फियाँ बरस रही हों। बटोर लो, जितना बटोरते बने। खेतों में जहाँ बगूले उठते थे, वहाँ हल चलने लगे। बालवृंद निकल-निकलकर तालाबों और पोखरों और गड़हियों का मुआयना कर रहे थे। ओहो! तालाब तो आधा भर गया, और वहाँ से गड़हिया की तरफ दौड़े।

मगर अब कितना ही पानी बरसे, ऊख तो बिदा हो गई। एक-एक हाथ ही होके रह जाएगी, मक्का और जुआर और कोदों से लगान थोड़े ही चुकेगा, महाजन का पेट थोड़े ही भरा जाएगा। हाँ, गौओं के लिए चारा हो गया और आदमी जी गया।

जब माघ बीत गया और भोला के रुपये न मिले, तो एक दिन वह झल्लाया हुआ होरी के घर आ धमका और बोला – 'यही है तुम्हारा कौल? इसी मुँह से तुमने ऊख पेरकर मेरे रुपये देने का वादा किया था? अब तो ऊख पेर चुके। लाओ रुपये मेरे हाथ में।'

होरी जब अपनी विपत्ति सुनाकर और सब तरह से चिरौरी करके हार गया और भोला द्वार से न हटा, तो उसने झुँझलाकर कहा – 'तो महतो, इस बखत तो मेरे पास रुपये नहीं हैं और न मुझे कहीं उधार ही मिल सकते हैं। मैं कहाँ से लाऊँ? दाने-दाने की तंगी हो रही है। बिस्वास न हो, घर में आ कर देख लो। जो कुछ मिले, उठा ले जाओ।'

भोला ने निर्मम भाव से कहा - 'मैं तुम्हारे घर में क्यों तलासी लेने जाऊँ और न मुझे इससे मतलब है कि तुम्हारे पास रुपये हैं या नहीं। तुमने ऊख पेर कर रुपये देने को कहा था। ऊख पेर चुके। अब मेरे रुपये मेरे हवाले करो।'

'तो फिर जो कहो, वह करूँ?'

'मैं क्या कहूँ?'

'मैं तुम्हीं पर छोड़ता हूँ।'

'मैं तुम्हारे दोनों बैल खोल ले जाऊँगा।'

होरी ने उसकी ओर विस्मय-भरी आँखों से देखा, मानो अपने कानों पर विश्वास न आया हो। फिर हतबुद्धि-सा सिर झुकाकर रह गया। भोला क्या उसे भिखारी बनाकर छोड़ देना चाहते हैं? दोनों बैल चले गए, तब तो उसके दोनों हाथ ही कट जाएँगे।

दीन स्वर में बोला - 'दोनों बैल ले लोगे, तो मेरा सर्वनाश हो जाएगा। अगर तुम्हारा धरम यही कहता है, तो खोल ले जाओ।'

'तुम्हारे बनने-बिगड़ने की मुझे परवा नहीं है। मुझे अपने रुपये चाहिए।'

'और जो मैं कहूँ, मैंने रुपये दे दिए?'

भोला सन्नाटे में आ गया। उसे अपने कानों पर विश्वास न आया। होरी इतनी बड़ी बेईमानी कर सकता है, यह सम्भव नहीं।

उग्र होकर बोला - 'अगर तुम हाथ में गंगाजली लेकर कह दो कि मैंने रुपये दे दिए, तो सबर कर लूँ।'

'कहने को मन तो चाहता है, मरता क्या न करता; लेकिन कहूँगा नहीं।'

'तुम कह ही नहीं सकते।'

'हाँ भैया, मैं नहीं कह सकता। हँसी कर रहा था।'

एक क्षण तक वह दुविधा में पड़ा रहा। फिर बोला - 'तुम मुझसे इतना बैर क्यों पाल रहे हो भोला भाई! झुनिया मेरे घर में आ गई, तो मुझे कौन-सा सरग मिल गया? लड़का अलग हाथ से गया, दो सौ रुपया डाँड़ अलग भरना पड़ा। मैं तो कहीं का न रहा। और अब तुम भी मेरी जड़ खोद रहे हो। भगवान जानते हैं, मुझे बिलकुल न मालूम था कि लौंडा क्या कर रहा है। मैं तो समझता था, गाना सुनने जाता होगा। मुझे तो उस दिन पता चला, जब आधी रात को झुनिया घर में आ गई। उस बखत मैं घर में न रखता, तो सोचो, कहाँ जाती? किसकी होकर रहती?'

झुनिया बरौठे के द्वार पर छिपी खड़ी यह बातें सुन रही थी। बाप को अब वह बाप नहीं, शत्रु समझती थी। डरी, कहीं होरी बैलों को दे न दें। जाकर रूपा से बोली - 'अम्माँ को जल्दी से बुला ला। कहना, बड़ा काम है, बिलम न करो।'

धनिया खेत में गोबर फेंकने गई थी, बहू का सन्देश सुना, तो आकर बोली - 'काहे बुलाया बहू, मैं तो घबड़ा गई।'

'काका को तुमने देखा है न?'

'हाँ देखा, कसाई की तरह द्वार पर बैठा हुआ है। मैं तो बोली भी नहीं।'

'हमारे दोनों बैल माँग रहे हैं, दादा से।'

धनिया के पेट की आँतें भीतर सिमट गईं।

'दोनों बैल माँग रहे हैं?'

'हाँ, कहते हैं या तो हमारे रुपये दो, या हम दोनों बैल खोल ले जाएँगे।'

'तेरे दादा ने क्या कहा?'

'उन्होंने कहा, तुम्हारा धरम कहता हो, तो खोल ले जाओ।'

'तो खोल ले जाए; लेकिन इसी द्वार पर आकर भीख न माँगे, तो मेरे नाम पर थूक देना। हमारे लहू से उसकी छाती जुड़ाती हो, तो जुड़ा ले।'

वह इसी तैश में बाहर आकर होरी से बोली - 'महतो दोनों बैल माँग रहे हैं, तो दे क्यों नहीं देते? उनका पेट भरे, हमारे भगवान मालिक हैं। हमारे हाथ तो नहीं काट लेंगे? अब तक अपनी मजूरी करते थे, अब दूसरों की मजूरी करेंगे। भगवान की मरजी होगी, तो फिर बैल-बधिए हो जाएँगे, और मजूरी ही करते रहे, तो कौन बुराई है। बूड़े-सूखे और पोत-लगान का बोझ तो न रहेगा। मैं न जानती थी, यह हमारे बैरी हैं, नहीं, गाय लेकर अपने सिर पर विपत्ति क्यों लेती! उस निगोड़ी का पौरा जिस दिन से आया, घर तहस-नहस हो गया।'

भोला ने अब तक जिस शस्त्र को छिपा रखा था, अब उसे निकालने का अवसर आ गया। उसे विश्वास हो गया, बैलों के सिवा इन सबों के पास कोई अवलम्ब नहीं है। बैलों को बचाने के लिए ये लोग सब कुछ करने को तैयार हो जाएँगे। अच्छे निशानेबाज की तरह मन को साधकर बोला - 'अगर तुम चाहते हो कि हमारी बेइज्जती हो और तुम चैन से बैठो, तो यह न होगा। तुम अपने दो सौ को रोते हो। यहाँ लाख रुपये की आबरू बिगड़ गई। तुम्हारी कुशल इसी में है कि जैसे झुनिया को घर में रखा था। वैसे ही घर से उसे निकाल दो, फिर न हम बैल माँगेंगे, न गाय का दाम माँगेंगे। उसने हमारी नाक कटवाई है, तो मैं भी उसे ठोकरें खाते देखना चाहता हूँ। वह यहाँ रानी बनी बैठी रहे, और हम मुँह में कालिख लगाए उसके नाम को रोते रहें, यह नहीं देख सकता। वह मेरी बेटी है, मैंने उसे गोद में खिलाया है, और भगवान साखी हैं, मैंने उसे कभी बेटों से कम नहीं समझा; लेकिन आज उसे भीख माँगते और घूर पर दाने चुनते देखकर मेरी छाती सीतल हो जाएगी। जब बाप होकर मैंने अपना हिरदा इतना कठोर बना लिया है, तब सोचो, मेरे दिल पर कितनी बड़ी चोट लगी होगी। इस मुँहजली ने सात पुस्त का नाम डुबा दिया। और तुम उसे घर में रखे हुए हो, यह मेरी छाती पर मूँग दलना नहीं तो और क्या है!'

धनिया ने जैसे पत्थर की लकीर खींचते हुए कहा - 'तो महतो, मेरी भी सुन लो। जो बात तुम चाहते हो, वह न होगी। सौ जनम न होगी। झुनिया हमारी जान के साथ है। तुम बैल ही तो ले जाने को कहते हो, ले जाओ; अगर इससे तुम्हारी कटी हुई नाक जुड़ती हो तो जोड़ लो; पुरखों की आबरू बचती हो, तो बचा लो। झुनिया से बुराई जरूर हुई। जिस दिन उसने मेरे घर में पाँव रखा, मैं झाड़ू लेकर मारने को उठी

थी; लेकिन जब उसकी आँखों से झर-झर आँसू बहने लगे, तो मुझे उस पर दया आ गई। तुम अब बूढ़े हो गए महतो! पर आज भी तुम्हें सगाई की धुन सवार है। फिर वह तो अभी बच्चा है।'

भोला ने अपील-भरी आँखों से होरी को देखा - 'सुनते हो होरी इसकी बातें! अब मेरा दोष नहीं। मैं बिना बैल लिए न जाऊँगा।'

होरी ने दृढ़ता से कहा - 'ले जाओ।'

'फिर रोना मत कि मेरे बैल खोल ले गए!'

'नहीं रोऊँगा।'

भोला बैलों की पगहिया खोल ही रहा था कि झुनिया चकतियोंदार साड़ी पहने, बच्चे को गोद में लिए, बाहर निकल आई और कम्पित स्वर में बोली - 'काका, लो मैं इस घर से निकल जाती हूँ और जैसी तुम्हारी मनोकामना है, उसी तरह भीख माँगकर अपना और बच्चे का पेट पालूँगी, और जब भीख भी न मिलेगी, तो कहीं डूब मरूँगी।'

भोला खिसियाकर बोला - 'दूर हो मेरे सामने से। भगवान न करे, मुझे फिर तेरा मुँह देखना पड़े। कुलच्छिनी, कुल-कलंकिनी कहीं की! अब तेरे लिए डूब मरना ही उचित है।'

झुनिया ने उसकी ओर ताका भी नहीं। उसमें वह क्रोध था, जो अपने को खा जाना चाहता है, जिसमें हिंसा नहीं, आत्मसमर्पण है। धरती इस वक्त मुँह खोलकर उसे निगल लेती, तो वह कितना धन्य मानती! उसने आगे कदम उठाया।

लेकिन वह दो कदम भी न गई थी कि धनिया ने दौड़कर उसे पकड़ लिया और हिंसा-भरे स्नेह से बोली - 'तू कहाँ जाती है बहू, चल घर में। यह तेरा घर है, हमारे जीते भी और हमारे मरने के पीछे भी। डूब मरे वह, जिसके अपनी सन्तान से बैर हो। इस भले आदमी को मुँह से ऐसी बात कहते लाज नहीं आती। मुझ पर धौंस जमाता है नीच! ले जा, बैलों का रकत पी...'

झुनिया रोती हुई बोली - 'अम्माँ, जब अपना बाप होके मुझे धिक्कार रहा है, तो मुझे डूब ही मरने दो। मुझ अभागिनी के कारन तो तुम्हें दुःख ही मिला। जब से आई, तुम्हारा घर मिट्टी में मिल गया। तुमने इतने दिन मुझे जिस परेम से रखा, माँ भी न रखती। भगवान मुझे फिर जनम दें, तो तुम्हारी कोख से दें, यही मेरी अभिलाषा है।'

धनिया उसको अपनी ओर खींचती हुई बोली - 'यह तेरा बाप नहीं है, तेरा बैरी है, हत्यारा। माँ होती तो अलबत्ता उसे कलंक होता। ला सगाई। मेहरिया जूतों से न पीटे, तो कहना!'

झुनिया सास के पीछे-पीछे घर में चली गई। उधर भोला ने जाकर दोनों बैलों को खूँटों से खोला और हाँकता हुआ घर चला, जैसे किसी नेवते में जाकर पूरियों के बदले जूते पड़े हों - 'अब करो खेती और बजाओ बंसी। मेरा अपमान करना चाहते हैं सब, न जाने कब का बैर निकाल रहे हैं। नहीं ऐसी लड़की को कौन भला आदमी

अपने घर में रखेगा? सबके सब बेसरम हो गए हैं। लौंडे का कहीं ब्याह न होता था इसी से। और इस राँड़ झुनिया की ढिठाई देखो कि आकर मेरे सामने खड़ी हो गई। दूसरी लड़की होती, तो मुँह न दिखाती। आँखों का पानी मर गया है। सबके सब दुष्ट और मूरख भी हैं। समझते हैं, झुनिया अब हमारी हो गई। यह नहीं समझते, जो अपने बाप के घर न रही, वह किसी के घर नहीं रहेगी। समय खराब है, नहीं बीच बाजार में इस चुड़ैल धनिया के झोंटे पकड़कर घसीटता। मुझे कितनी गालियाँ देती थी।'

फिर उसने दोनों बैलों को देखा, कितने तैयार हैं। 'अच्छी जोड़ी है। जहाँ चाहूँ, सौ रुपये में बेच सकता हूँ। मेरे अस्सी रुपये खरे हो जाएँगे।'

अभी वह गाँव के बाहर भी न निकला था कि पीछे से दातादीन, पटेश्वरी, शोभा और दस-बीस आदमी और दौड़े आते दिखाई दिए। भोला का लहू सर्द हो गया। अब फौजदारी हुई; बैल भी छिन जाएँगे, मार भी पड़ेगी। वह रुक गया कमर कसकर। मरना ही है तो लड़कर मरेगा।

दातादीन ने समीप आकर कहा – 'यह तुमने क्या अनर्थ किया भोला, ऐं! उसके बैल खोल लाए, वह कुछ बोला नहीं, इसी से शेर हो गए। सब लोग अपने-अपने काम में लगे थे, किसी को खबर भी न हुई। होरी ने जरा-सा इशारा कर दिया होता, तो तुम्हारा एक-एक बाल नुच जाता। भला चाहते हो, तो ले चलो बैल, जरा भी भलमनसी नहीं है तुममें!'

पटेश्वरी बोले – 'यह उसके सीधेपन का फल है। तुम्हारे रुपये उस पर आते हैं, तो जाकर दीवानी में दावा करो, डिग्री कराओ। बैल खोल लाने का तुम्हें क्या अख्तियार है? अभी फौजदारी में दावा कर दे तो बँधे-बँधे फिरो।'

भोला ने दबकर कहा – 'तो लाला साहब, हम कुछ जबरदस्ती थोड़े ही खोल लाए। होरी ने खुद दिए।'

पटेश्वरी ने भोला से कहा – 'तुम बैलों को लौटा दो भोला। किसान अपने बैल खुशी से तो देता नहीं। इन्हें हल में जोतेगा।'

भोला बैलों के सामने खड़ा हो गया – 'हमारे रुपये दिलवा दो, हमें बैलों को लेकर क्या करना है?'

'हम बैल लिए जाते हैं; अपने रुपये के लिए दावा करो और नहीं तो मारकर गिरा दिए जाओगे। रुपये दिए थे नगद तुमने? एक कुलच्छिनी गाय बेचारे के सिर मढ़ दी और अब उसके बैल खोले लिए जाते हो।'

भोला बैलों के सामने से न हटा। खड़ा रहा गुमसुम, दृढ़, मानो मर कर ही हटेगा। पटवारी से दलील करके वह कैसे पेश पाता?

दातादीन ने एक कदम आगे बढ़कर अपनी झुकी कमर को सीधा करके ललकारा – 'तुम सब खड़े ताकते क्या हो, मारके भगा दो इसको। हमारे गाँव से बैल खोल ले जाएगा।'

बंशी बलिष्ठ युवक था। उसने भोला को जोर से धक्का दिया। भोला सँभल न सका, गिर पड़ा। उठना चाहता था कि बंशी ने फिर एक घूँसा दिया।

होरी दौड़ता हुआ आ रहा था। भोला ने उसकी ओर दस कदम बढ़ कर पूछा – 'ईमान से कहना होरी महतो, मैंने बैल जबरदस्ती खोल लिए?'

दातादीन ने इसका भावार्थ किया – 'यह कहते हैं कि होरी ने अपनी खुशी से बैल मुझे दे दिए। हम को उल्लू बनाते हैं।'

होरी ने सकुचाते हुए कहा – 'यह मुझसे कहने लगे या तो झुनिया को घर से निकाल दो, या मेरे रुपये दो, नहीं तो मैं बैल खोल ले जाऊँगा। मैंने कहा, मैं बहू को तो न निकालूँगा, न मेरे पास रुपये हैं; अगर तुम्हारा धरम कहे, तो बैल खोल लो। बस, मैंने इनके धरम पर छोड़ दिया और इन्होंने बैल खोल लिए।'

पटेश्वरी ने मुँह लटकाकर कहा – 'जब तुमने धरम पर छोड़ दिया, तब काहे की जबरदस्ती। उसके धरम ने कहा लिए जाता है। जाओ भैया, बैल तुम्हारे हैं।'

दातादीन ने समर्थन किया – 'हाँ, जब धरम की बात आ गई, तो कोई क्या कहे। सब के सब होरी को तिरस्कार की आँखों से देखते परास्त होकर लौट पड़े और विजयी भोला शान से गर्दन उठाए बैलों को ले चला।'

मालती बाहर से तितली है, भीतर से मधुमक्खी। उसके जीवन में हँसी ही हँसी नहीं है, केवल गुड़ खाकर कौन जी सकता है! और जिए भी तो वह कोई सुखी जीवन न होगा। वह हँसती है, इसलिए कि उसे इसके भी दाम मिलते हैं। उसका चहकना और चमकना, इसलिए नहीं है कि वह चहकने को ही जीवन समझती है, या उसने निजत्व को अपनी आँखों में इतना बढ़ा लिया है कि जो कुछ करे, अपने ही लिए करे। नहीं, वह इसलिए चहकती है और विनोद करती है कि इससे उसके कर्त्तव्य का भार कुछ हलका हो जाता है। उसके बाप उन विचित्र जीवों में थे, जो केवल जबान की मदद से लाखों के वारे-न्यारे करते थे। बड़े-बड़े जमींदारों और रईसों की जायदादें बिकवाना, उन्हें कर्ज दिलाना या उनके मुआमलों को अफसरों से मिलकर तय करा देना, यही उनका व्यवसाय था। दूसरे शब्दों में दलाल थे। इस वर्ग के लोग बड़े प्रतिभावान होते हैं। जिस काम से कुछ मिलने की आशा हो, वह उठा लेंगे, किसी-न-किसी तरह उसे निभा भी देंगे। किसी राजा की शादी किसी राजकुमारी से ठीक करवा दी और दस-बीस हजार उसी में मार लिए। यही दलाल जब छोटे-छोटे सौदे करते हैं, तो टाउट कहे जाते हैं, और हम उनसे घृणा करते हैं। बड़े-बड़े काम करके वही टाउट राजाओं के साथ शिकार खेलता है और गर्वनरों की मेज पर चाय पीता है। मिस्टर कौल उन्हीं भाग्यवानों में थे। उनके तीन लड़कियाँ ही लड़कियाँ थीं। उनका विचार था कि तीनों को इंग्लैंड भेजकर शिक्षा के शिखर पर पहुँचा दें। अन्य बहुत से बड़े आदमियों की तरह उनका भी खयाल था कि इंग्लैंड में शिक्षा पाकर आदमी कुछ और हो जाता है। शायद वहाँ की जलवायु में बुद्धि को तेज कर देने की कोई शक्ति है; मगर उनकी यह कामना एक-तिहाई से ज्यादा पूरी न हुई।

मालती इंग्लैंड में ही थी कि उन पर फालिज गिरा और बेकाम कर गया। अब बड़ी मुश्किल से दो आदमियों के सहारे उठते-बैठते थे। जबान तो बिलकुल बन्द ही हो गई। और जब जबान ही बन्द हो गई, तो आमदनी भी बन्द हो गई। जो कुछ थी, जबान ही की कमाई थी। कुछ बचा कर रखने की उनकी आदत न थी। अनियमित आय थी, और अनियमित खर्च था, इसलिए इधर कई साल से बहुत तंगहाल हो रहे थे। सारा दायित्व मालती पर आ पड़ा। मालती के चार-पाँच सौ रुपये में वह भोग-विलास और ठाठ-बाट तो क्या निभता! हाँ इतना था कि दोनों लड़कियों की शिक्षा होती जाती थी और भलेमानसों की तरह जिन्दगी बसर होती थी। मालती सुबह से पहर रात तक दौड़ती रहती थी। चाहती थी कि पिता सात्विकता के साथ रहें, लेकिन पिताजी को शराब-कबाब का ऐसा चस्का पड़ा था कि किसी तरह गला न छोड़ता था। कहीं से कुछ न मिलता, तो एक महाजन से अपने बँगले पर प्रोनोट लिखकर हजार दो हजार ले लेते थे। महाजन उनका पुराना मित्र था, जिसने उनकी बदौलत लेन-देन में लाखों कमाए थे, और मुरौवत के मारे कुछ बोलता न था, उसके पच्चीस हजार चढ़ चुके थे, और जब चाहता, कुर्की करा सकता था मगर मित्रता की लाज निभाता जाता था। आत्मसेवियों में जो निर्लज्जता आ जाती है, वह कौल में भी थी। रोज तकाजे हुआ करें, उन्हें परवा न थी। मालती उनके अपव्यय पर झुंझलाती रहती थी लेकिन उसकी माता जो साक्षात देवी थीं और इस युग में भी पति की सेवा को नारी-जीवन का मुख्य हेतु समझती थीं, उसे समझाती रहती थीं, इसलिए गृह-युद्ध न होने पाता था।

सन्ध्या हो गई थी। हवा में अभी तक गर्मी थी। आकाश में धुन्ध छाया हुआ था। मालती और उसकी दोनों बहनें बँगले के सामने घास पर बैठी हुई थीं। पानी न पाने के कारण वहाँ की दूब जल गई थी और भीतर की मिट्टी निकल आई थी।

मालती ने पूछा - 'माली क्या बिलकुल पानी नहीं देता?'

मँझली बहन सरोज ने कहा - 'पड़ा-पड़ा सोया करता है सूअर। जब कहो, तो बीस बहाने निकालने लगता है।'

सरोज बी.ए में पढ़ती थी, दुबली-पतली, लम्बी, पीली, रूखी, कटु। उसे किसी की कोई बात पसन्द न आती थी। हमेशा ऐब निकालती रहती थी। डाक्टरों की सलाह थी कि वह कोई परिश्रम न करे और पहाड़ पर रहे; लेकिन घर की स्थिति ऐसी न थी कि उसे पहाड़ पर भेजा जा सकता।

सबसे छोटी वरदा को सरोज से इसलिए द्वेष था कि सारा घर सरोज को हाथों में लिए रहता था; वह चाहती थी जिस बीमारी में इतना स्वाद है, वह उसे ही क्यों नहीं हो जाती। गोरी-सी, गर्वशील, स्वस्थ, चंचल आँखोंवाली बालिका थी, जिसके मुख पर प्रतिभा की झलक थी। सरोज के सिवा उसे सारे संसार से सहानुभूति थी। सरोज के कथन का विरोध करना उसका स्वभाव था। बोली - दिन-भर दादाजी बाजार भेजते रहते हैं, फुरसत ही कहाँ पाता है। मरने की छुट्टी तो मिलती नहीं, पड़ा-पड़ा सोएगा!

सरोज ने डाँटा - 'दादाजी उसे कब बाजार भेजते हैं री, झूठी कहीं की!'

'रोज भेजते हैं, रोज। अभी आज ही भेजा था। कहो तो बुलाकर पुछवा दूँ?'

'पुछवाएगी, बुलाऊँ?'

मालती डरी। दोनों गुथ जाएँगी, तो बैठना मुश्किल कर देंगी। बात बदल कर बोली – 'अच्छा खैर, होगा। आज डाक्टर मेहता का तुम्हारे यहाँ भाषण हुआ था, सरोज?'

सरोज ने नाक सिकोड़कर कहा – 'हाँ, हुआ तो था, लेकिन किसी ने पसन्द नहीं किया। आप फरमाने लगे – संसार में स्त्रियों का क्षेत्र पुरुषों से बिलकुल अलग है। स्त्रियों का पुरुषों के क्षेत्र में आना इस युग का कलंक है। सब लड़कियों ने तालियाँ और सीटियाँ बजानी शुरू कीं। बेचारे लज्जित होकर बैठ गए। कुछ अजीब-से आदमी मालूम होते हैं। आपने यहाँ तक कह डाला कि प्रेम केवल कवियों की कल्पना है। वास्तविक जीवन में इसका कहीं निशान नहीं। लेडी हुक्कू ने उनका खूब मजाक उड़ाया।'

मालती ने कटाक्ष किया – 'लेडी हुक्कू ने? इस विषय में वह कुछ बोलने का साहस रखती हैं! तुम्हें डाक्टर साहब का भाषण आदि से अन्त तक सुनना चाहिए था। उन्होंने दिल में लड़कियों को क्या समझा होगा?'

'पूरा भाषण सुनने का सब्र किसे था? वह तो जैसे घाव पर नमक छिड़कते थे।'

'फिर उन्हें बुलाया ही क्यों? आखिर उन्हें औरतों से कोई बैर तो है नहीं। जिस बात को हम सत्य समझते हैं, उसी का तो प्रचार करते हैं। औरतों को खुश करने के लिए वह उनकी-सी कहनेवालों में नहीं हैं और फिर अभी यह कौन जानता है कि स्त्रियाँ जिस रास्ते पर चलना चाहती हैं, वही सत्य है। बहुत सम्भव है, आगे चलकर हमें अपनी धारणा बदलनी पड़े।'

उसने फ्रांस, जर्मनी और इटली की महिलाओं के जीवन आदर्श बतलाए और कहा – 'शीघ्र ही वीमेंस लीग की ओर से मेहता का भाषण होने वाला है।'

सरोज को कुतूहल हुआ।

'मगर आप भी तो कहती हैं कि स्त्रियों और पुरुषों के अधिकार समान होने चाहिए।'

'अब भी कहती हूँ, लेकिन दूसरे पक्षवाले क्या कहते हैं, वह भी तो सुनना चाहिए। सम्भव है, हमीं गलती पर हों।'

यह लीग इस नगर की नई संस्था है और मालती के उद्योग से खुली है। नगर की सभी शिक्षित महिलाएँ उसमें शरीक हैं। मेहता के पहले भाषण ने महिलाओं में बड़ी हलचल मचा दी थी और लीग ने निश्चय किया था, कि उनका खूब दंदाशिकन जवाब दिया जाए। मालती ही पर यह भार डाला गया था। मालती कई दिन तक अपने पक्ष के समर्थन में युक्तियाँ और प्रमाण खोजती रही। और भी कई देवियाँ अपने भाषण लिख रही थीं। उस दिन जब मेहता शाम को लीग के हाल में पहुँचे, तो जान पड़ता था, हाल फट जाएगा। उन्हें गर्व हुआ। उनका भाषण सुनने के लिए इतना उत्साह! और

वह उत्साह केवल मुख पर और आँखों में न था। आज सभी देवियाँ सोने और रेशम से लदी हुई थीं, मानो किसी बारात में आई हों। मेहता को परास्त करने के लिए शक्ति से काम लिया था और यह कौन कह सकता है कि जगमगाहट शक्ति का अंग नहीं है। मालती ने तो आज के लिए नए फैशन की साड़ी निकाली थी, नए काट के जम्पर बनवाए थे। और रंग-रोगन और फूलों से खूब सजी हुई थी, मानो उसका विवाह हो रहा हो। वीमेंस लीग में इतना बड़ा समारोह और कभी न हुआ था। डाक्टर मेहता अकेले थे, फिर भी देवियों के दिल काँप रहे थे। सत्य की एक चिनगारी असत्य के एक पहाड़ को भस्म कर सकती है।

सबसे पीछे की सफ में मिर्जा, खन्ना और सम्पादक जी भी विराज रहे थे। रायसाहब भाषण शुरू होने के बाद आए और पीछे खड़े हो गए।

मिर्जा ने कहा – 'आ जाइए आप भी, खड़े कब तक रहिएगा?'

रायसाहब बोले – 'नहीं भाई, यहाँ मेरा दम घुटने लगेगा।'

'तो मैं खड़ा रहता हूँ। आप बैठिए।'

रायसाहब ने उनके कन्धे दबाए – 'तकल्लुफ नहीं, बैठे रहिए? मैं थक जाऊँगा, तो आपको उठा दूँगा और बैठ जाऊँगा, अच्छा मिस मालती सभानेत्री हुईं? खन्ना साहब कुछ इनाम दिलवाइए।'

खन्ना ने रोनी सूरत बनाकर कहा – 'अब मिस्टर मेहता पर ही निगाह है। मैं तो गिर गया।'

मिस्टर मेहता का भाषण शुरू हुआ –

'देवियो, जब मैं इस तरह आपको सम्बोधित करता हूँ, तो आपको कोई बात खटकती नहीं। आप इस सम्मान को अपना अधिकार समझती हैं; लेकिन आपने किसी महिला को पुरुषों के प्रति 'देवता' का व्यवहार करते सुना है? उसे आप देवता कहें, तो वह समझेगा, आप उसे बना रही हैं। आपके पास दान देने के लिए दया है, श्रद्धा है, त्याग है। पुरुष के पास दान के लिए क्या है? वह देवता नहीं, लेवता है। वह अधिकार के लिए हिंसा करता है, संग्राम करता है, कलह करता है...'

तालियाँ बजीं। रायसाहब ने कहा – 'औरतों को खुश करने का इसने कितना अच्छा ढंग निकाला।'

'बिजली' सम्पादक को बुरा लगा – 'कोई नई बात नहीं। मैं कितनी ही बार यह भाव व्यक्त कर चुका हूँ।'

मेहता आगे बढ़े – 'इसलिए जब मैं देखता हूँ, हमारी उन्नत विचारों वाली देवियाँ उस दया और श्रद्धा और त्याग के जीवन से असन्तुष्ट होकर संग्राम और कलह और हिंसा के जीवन की ओर दौड़ रही हैं और समझ रही हैं कि यही सुख-स्वर्ग है, तो मैं उन्हें बधाई नहीं दे सकता।'

मिसेज खन्ना ने मालती की ओर सगर्व नेत्रों से देखा। मालती ने गर्दन झुका ली।

खुर्शेद बोले – 'अब कहिए। मेहता दिलेर आदमी है। सच्ची बात कहता है और मुँह पर।'

'बिजली' सम्पादक ने नाक सिकोड़ी – 'अब वह दिन लद गए, जब देवियाँ इन चकमों में आ जाती थीं। उनके अधिकार हड़पते जाओ और कहते जाओ, आप तो देवी हैं, लक्ष्मी हैं, माता हैं।'

मेहता आगे बढ़े – 'स्त्री को पुरुष के रूप में, पुरुष के कर्म में रत देख कर मुझे उसी तरह वेदना होती है, जैसे पुरुष को स्त्री के रूप में, स्त्री के कर्म करते देखकर। मुझे विश्वास है, ऐसे पुरुषों को आप अपने विश्वास और प्रेम का पात्र नहीं समझतीं और मैं आपको विश्वास दिलाता हूँ, ऐसी स्त्री भी पुरुष के प्रेम और श्रद्धा का पात्र नहीं बन सकती।'

खन्ना के चेहरे पर दिल की खुशी चमक उठी।

रायसाहब ने चुटकी ली – 'आप बहुत खुश हैं खन्नाजी!'

खन्ना बोले – 'मालती मिलें, तो पूछूँ, अब कहिए।'

मेहता आगे बढ़े – 'मैं प्राणियों के विकास में स्त्री के पद को पुरुषों के पद से श्रेष्ठ समझता हूँ, उसी तरह जैसे प्रेम और त्याग और श्रद्धा को हिंसा और संग्राम और कलह से श्रेष्ठ समझता हूँ। अगर हमारी देवियाँ सृष्टि और पालन के देव-मन्दिर से हिंसा और कलह के दानव-क्षेत्र में आना चाहती हैं, तो उससे समाज का कल्याण न होगा। मैं इस विषय में दृढ़ हूँ। पुरुष ने अपने अभिमान में अपनी कीर्ति को अधिक महत्त्व दिया। वह अपने भाई का स्वत्व छीनकर और उसका रक्त बहाकर समझने लगा, उसने बहुत बड़ी विजय पाई। जिन शिशुओं को देवियों ने अपने रक्त से सिरजा और पाला, उन्हें बम और मशीनगन और सहस्रों टैंकों का शिकार बनाकर वह अपने को विजेता समझता है। और जब हमारी ही माताएँ उसके माथे पर केसर का तिलक लगाकर और उसे अपने असीसों का कवच पहनाकर हिंसा-क्षेत्र में भेजती हैं, तो आश्चर्य है कि पुरुष ने विनाश को ही संसार के कल्याण की वस्तु समझा और उसकी हिंसा-प्रवृत्ति दिन-दिन बढ़ती गई और आज हम देख रहे हैं कि यह दानवता प्रचंड होकर समस्त संसार को रौंदती, प्राणियों को कुचलती, हरी-भरी खेतियों को जलाती और गुलजार बस्तियों को वीरान करती चली जाती है। देवियो, मैं आपसे पूछता हूँ, क्या आप इस दानवलीला में सहयोग दे कर, इस संग्राम-क्षेत्र में उतरकर संसार का कल्याण करेंगी? मैं आपसे विनती करता हूँ, नाश करनेवालों को अपना काम करने दीजिए, आप अपने धर्म का पालन किए जाइए।'

खन्ना बोले – 'मालती की तो गर्दन ही नहीं उठती।'

रायसाहब ने इन विचारों का समर्थन किया – 'मेहता कहते तो यथार्थ ही हैं।'

'बिजली' सम्पादक बिगड़े – 'मगर कोई बात तो नहीं कही। नारी-आन्दोलन के विरोधी इन्हीं ऊटपटाँग बातों की शरण लिया करते हैं। मैं इसे मानता ही नहीं कि त्याग और प्रेम से संसार ने उन्नति की। संसार ने उन्नति की पौरुष से, पराक्रम से, बुद्धि-बल से, तेज से।'

खुर्शेद ने कहा – 'अच्छा, सुनने दीजिएगा या अपनी ही गाए जाइएगा?'

मेहता का भाषण जारी था – 'देवियो, मैं उन लोगों में नहीं हूँ, जो कहते हैं, स्त्री और पुरुष में समान शक्तियाँ हैं, समान प्रवृत्तियाँ हैं, और उनमें कोई विभिन्नता नहीं है। इससे भयंकर असत्य की मैं कल्पना नहीं कर सकता। यह वह असत्य है, जो युग-युगांतरों से संचित अनुभव को उसी तरह ढँक लेना चाहता है, जैसे बादल का एक टुकड़ा सूर्य को ढँक लेता है। मैं आपको सचेत किए देता हूँ कि आप इस जाल में न फँसें। स्त्री पुरुष से उतनी ही श्रेष्ठ है, जितना प्रकाश अँधेरे से। मनुष्य के लिए क्षमा और त्याग और अहिंसा जीवन के उच्चतम आदर्श हैं। नारी इस आदर्श को प्राप्त कर चुकी है। पुरुष धर्म और अध्यात्म और ऋषियों का आश्रय लेकर उस लक्ष्य पर पहुँचने के लिए सदियों से जोर मार रहा है; पर सफल नहीं हो सका। मैं कहता हूँ, उसका सारा अध्यात्म और योग एक तरफ और नारियों का त्याग एक तरफ।'

तालियाँ बजीं। हाल हिल उठा। रायसाहब ने गद्गद होकर कहा – 'मेहता वही कहते हैं, जो इनके दिल में है।'

ओंकारनाथ ने टीका की – 'लेकिन बातें सभी पुरानी हैं, सड़ी हुई।'

'पुरानी बात भी आत्मबल के साथ कही जाती है, तो नई हो जाती है।'

'जो एक हजार रुपये हर महीने फटकार कर विलास में उड़ता हो, उसमें आत्मबल जैसी वस्तु नहीं रह सकती। यह केवल पुराने विचार की नारियों और पुरुषों को प्रसन्न करने के ढंग हैं।'

खन्ना ने मालती की ओर देखा – 'यह क्यों फूली जा रही हैं? इन्हें तो शरमाना चाहिए।'

खुर्शेद ने खन्ना को उकसाया। अब तुम भी एक तकरीर कर डालो खन्ना, नहीं मेहता तुम्हें उखाड़ फेंकेगा। आधा मैदान तो उसने अभी मार लिया है।

खन्ना खिसियाकर बोले – 'मेरी न कहिए। मैंने कितनी चिड़ियाँ फँसाकर छोड़ दी हैं।'

रायसाहब ने खुर्शेद की तरफ आँख मारकर कहा – 'आजकल आप महिला-समाज की तरफ आते-जाते हैं। सच कहना, कितना चन्दा दिया?'

खन्ना पर झेंप छा गई – 'मैं ऐसे समाजों को चन्दे नहीं दिया करता, जो कला का ढोंग रचकर दुराचार फैलाते हैं।'

मेहता का भाषण जारी था –

'पुरुष कहता है, जितने दार्शनिक और वैज्ञानिक आविष्कारक हुए हैं, वह सब पुरुष थे। जितने बड़े-बड़े महात्मा हुए हैं, वह सब पुरुष थे। सभी योद्धा, सभी राजनीति के आचार्य, बड़े-बड़े नाविक सब कुछ पुरुष थे; लेकिन इन बड़ों-बड़ों के समूहों ने मिलकर किया क्या? महात्माओं और धर्म-प्रवर्तकों ने संसार में रक्त की नदियाँ बहाने और वैमनस्य की आग भड़काने के सिवा और क्या किया, योद्धाओं ने भाइयों की गर्दनें काटने के सिवा और क्या यादगार छोड़ी, राजनीतिज्ञों की निशानी अब केवल लुप्त साम्राज्यों के खँडहर रह गए हैं, और आविष्कारकों ने मनुष्य को मशीन का गुलाम बना

देने के सिवा और क्या समस्या हल कर दी? पुरुषों की इस रची हुई संस्कृति में शान्ति कहाँ है? सहयोग कहाँ है?'

ओंकारनाथ उठ कर जाने को हुए - 'विलासियों के मुँह से बड़ी-बड़ी बातें सुनकर मेरी देह भस्म हो जाती है।'

खुर्शेद ने उनका हाथ पकड़कर बैठाया - 'आप भी सम्पादकजी निरे पोंगा ही रहे। अजी यह दुनिया है, जिसके जी में जो आता है, बकता है। कुछ लोग सुनते हैं और तालियाँ बजाते है चलिए, किस्सा खतम। ऐसे-ऐसे बेशुमार मेहते आएँगे और चले जाएँगे और दुनिया अपनी रफ्तार से चलती रहेगी। बिगड़ने की कौन-सी बात है?'

'असत्य सुनकर मुझसे सहा नहीं जाता!'

रायसाहब ने उन्हें और चढ़ाया - 'कुलटा के मुँह से सतियों की-सी बात सुनकर किसका जी न जलेगा!'

ओंकारनाथ फिर बैठ गए। मेहता का भाषण जारी था-

'मैं आपसे पूछता हूँ, क्या बाज को चिड़ियों का शिकार करते देखकर हंस को यह शोभा देगा कि वह मानसरोवर की आनन्दमयी शान्ति को छोड़कर चिड़ियों का शिकार करने लगे? और अगर वह शिकारी बन जाए, तो आप उसे बधाई देंगी? हंस के पास उतनी तेज चोंच नहीं है, उतने तेज चंगुल नहीं हैं, उतनी तेज आँखें नहीं हैं, उतने तेज पंख नहीं हैं और उतनी तेज रक्त की प्यास नहीं है। उन अस्त्रों का संचय करने में उसे सदियाँ लग जाएँगी, फिर भी वह बाज बन सकेगा या नहीं, इसमें सन्देह है; मगर बाज बने या न बने, वह हंस न रहेगा - वह हंस जो मोती चुगता है।'

खुर्शेद ने टीका की - 'यह तो शायरों की-सी दलीलें हैं। मादा बाज भी उसी तरह शिकार करती है, जैसे नर बाज।'

ओंकारनाथ प्रसन्न हो गए - 'उस पर आप फिलासफर बनते हैं, इसी तर्क के बल पर!'

खन्ना ने दिल का गुबार निकाला - 'फिलासफर नहीं फिलासफर की दुम है। फिलासफर वह है जो...'

ओंकारनाथ ने बात पूरी की - 'जो सत्य से जौ-भर भी न टले।'

खन्ना को यह समस्या-पूर्ति नहीं रुची - 'मैं सत्य-वत्य नहीं जानता। मैं तो फिलासफर उसे कहता हूँ, जो फिलासफर हो सच्चा!'

खुर्शेद ने दाद दी-फिलासफर की आपने कितनी सच्ची तारीफ की है। वाह, सुभानल्ला! फिलासफर वह है जो फिलासफर हो। क्यों न हो!

मेहता आगे चले - 'मैं नहीं कहता, देवियों को विद्या की जरूरत नहीं है। है और पुरुषों से अधिक। मैं नहीं कहता, देवियों को शक्ति की जरूरत नहीं है। है और पुरुषों से अधिक; लेकिन वह विद्या और शक्ति नहीं, जिससे पुरुष ने संसार को हिंसाक्षेत्र बना डाला है। अगर वही विद्या और वही शक्ति आप भी ले लेंगी, तो संसार मरुस्थल हो जाएगा। आपकी विद्या और आपका अधिकार हिंसा और विध्वंस में नहीं, सृष्टि और

पालन में है। क्या आप समझती हैं, वोटों से मानव जाति का उद्धार होगा, या दफ्तरों में और अदालतों में जबान और कलम चलाने से? इन नकली, अप्राकृतिक, विनाशकारी अधिकारों के लिए आप वह अधिकार छोड़ देना चाहती हैं, जो आपको प्रकृति ने दिए हैं?'

सरोज अब तक बड़ी बहन के अदब से जब्त किए बैठी थी। अब न रहा गया। फुफकार उठी – 'हमें वोट चाहिए, पुरुषों के बराबर।'

और कई युवतियों ने हाँक लगाई – 'वोट! वोट!'

ओंकारनाथ ने खड़े होकर ऊँचे स्वर में कहा – 'नारी-जाति के विरोधियों की पगड़ी नीची हो।'

मालती ने मेज पर हाथ पटककर कहा – 'शान्त रहो, जो लोग पक्ष या विपक्ष में कुछ कहना चाहेंगे, उन्हें पूरा अवसर दिया जाएगा।'

मेहता बोले – 'वोट नए युग का माया-जाल है, मरीचिका है, कलंक है, धोखा है; उसके चक्कर में पड़कर आप न इधर की होंगी, न उधर की। कौन कहता है कि आपका क्षेत्र संकुचित है और उसमें आपको अभिव्यक्ति का अवकाश नहीं मिलता। हम सभी पहले मनुष्य हैं, पीछे और कुछ। हमारा जीवन हमारा घर है। वहीं हमारी सृष्टि होती है, वहीं हमारा पालन होता है, वहीं जीवन के सारे व्यापार होते हैं। अगर वह क्षेत्र परिमित है, तो अपरिमित कौन-सा क्षेत्र है? क्या वह संघर्ष, जहाँ संगठित अपहरण है? जिस कारखाने में मनुष्य और उसका भाग्य बनता है, उसे छोड़कर आप उन कारखानों में जाना चाहती हैं, जहाँ मनुष्य पीसा जाता है, जहाँ उसका रक्त निकाला जाता है?'

मिर्जा ने टोका – 'पुरुषों के जुल्म ने ही उनमें बगावत की यह स्पिरिट पैदा की है।'

मेहता बोले – 'बेशक, पुरुषों ने अन्याय किया है; लेकिन इसका यह जवाब नहीं है। अन्याय को मिटाइए, लेकिन अपने को मिटाकर नहीं।'

मालती बोली – 'नारियाँ इसलिए अधिकार चाहती हैं कि उनका सदुपयोग करें और पुरुषों को उनका दुरुपयोग करने से रोकें।'

मेहता ने उत्तर दिया – 'संसार में सबसे बड़े अधिकार सेवा और त्याग से मिलते हैं और वह आपको मिले हुए हैं। उन अधिकारों के सामने वोट कोई चीज नहीं। मुझे खेद है, हमारी बहनें पश्चिम का आदर्श ले रही हैं, जहाँ नारी ने अपना पद खो दिया है और स्वामिनी से गिरकर विलास की वस्तु बन गई है। पश्चिम की स्त्री स्वच्छन्द होना चाहती है, इसीलिए कि वह अधिक से अधिक विलास कर सके। हमारी माताओं का आदर्श कभी विलास नहीं रहा। उन्होंने केवल सेवा के अधिकार से सदैव गृहस्थी का संचालन किया है। पश्चिम में जो चीजें अच्छी हैं, वह उनसे लीजिए। संस्कृति में सदैव आदान-प्रदान होता आया है; लेकिन अन्धी नकल तो मानसिक दुर्बलता का ही लक्षण है! पश्चिम की स्त्री आज गृह-स्वामिनी नहीं रहना चाहती। भोग की विदग्ध लालसा ने उसे उच्छृंखल बना दिया है। वह अपनी लज्जा और गरिमा को, जो उसकी सबसे बड़ी

विभूति थी, चंचलता और आमोद-प्रमोद पर होम कर रही है। जब मैं वहाँ की शिक्षित बालिकाओं को अपने रूप का, या भरी हुई गोल बाँहों या अपनी नग्नता का प्रदर्शन करते देखता हूँ, तो मुझे उन पर दया आती है। उनकी लालसाओं ने उन्हें इतना पराभूत कर दिया है कि वे अपने लज्जा की भी रक्षा नहीं कर सकतीं। नारी की इससे अधिक और क्या अधोगति हो सकती है?'

रायसाहब ने तालियाँ बजाईं। हाल तालियों से गूँज उठा, जैसे पटाखों की लड़ियाँ छूट रही हों।

मिर्जा साहब ने सम्पादक जी से कहा – 'जवाब तो आपके पास भी न होगा?'

सम्पादकजी ने विरक्त मन से कहा – 'सारे व्याख्यान में इन्होंने यही एक बात सत्य कही है।'

'तब तो आप भी मेहता के मुरीद हुए!'

'जी नहीं, अपने लोग किसी के मुरीद नहीं होते। मैं इसका जवाब ढूँढ़ निकालूँगा, 'बिजली' में देखिएगा।'

'इसके माने यह हैं कि आप हक की तलाश नहीं करते, सिर्फ पक्ष के लिए लड़ना चाहते हैं।'

रायसाहब ने आड़े हाथों लिया – 'इसी पर आपको अपने सत्य-प्रेम का अभिमान है?'

सम्पादकजी अविचल रहे – 'वकील का काम अपने मुवक्किल का हित देखना है, सत्य या असत्य का निराकरण नहीं।'

'तो यों कहिए कि आप औरतों के वकील हैं?'

'मैं उन सभी का वकील हूँ, जो निर्बल हैं, निस्सहाय हैं, पीड़ित हैं।'

'बड़े बेहया हो यार!'

मेहता जी कह रहे थे – 'और यह पुरुषों का षड्यन्त्र है। देवियों को ऊँचे शिखर से खींचकर अपने बराबर बनाने के लिए, उन पुरुषों का, जो कायर हैं, जिनमें वैवाहिक जीवन का दायित्व सँभालने की क्षमता नहीं है, जो स्वच्छन्द काम-क्रीड़ा की तरंगों से साँड़ों की भाँति दूसरों की हरी-भरी खेती में मुँह डाल कर अपने कुत्सित लालसाओं को तृप्त करना चाहते हैं। पश्चिम में इनका षड्यन्त्र सफल हो गया और देवियाँ तितलियाँ बन गईं। मुझे यह कहते हुए शर्म आती है कि इस त्याग और तपस्या की भूमि भारत में भी कुछ वही हवा चलने लगी है। विशेषकर हमारी शिक्षित बहनों पर वह जादू बड़ी तेजी से चढ़ रहा है। वह गृहिणी का आदर्श त्यागकर तितलियों का रंग पकड़ रही हैं।'

सरोज उत्तेजित होकर बोली – 'हम पुरुषों से सलाह नहीं माँगतीं। अगर वह अपने बारे में स्वतन्त्र हैं, तो स्त्रियाँ भी अपने विषय में स्वतन्त्र हैं। युवतियाँ अब विवाह को पेशा नहीं बनाना चाहतीं। वह केवल प्रेम के आधार पर विवाह करेंगी।'

जोर से तालियाँ बजीं, विशेषकर अगली पंक्तियों में, जहाँ महिलाएँ थीं।

मेहता ने जवाब दिया – 'जिसे तुम प्रेम कहती हो, वह धोखा है, उद्दीप्त लालसा का विकृत रूप, उसी तरह जैसे संन्यास केवल भीख माँगने का संस्कृत रूप है। वह प्रेम अगर वैवाहिक जीवन में कम है, तो मुक्त विलास में बिलकुल नहीं है। सच्चा आनन्द, सच्ची शान्ति केवल सेवा-व्रत में है। वही अधिकार का स्रोत है, वही शक्ति का उद्गम है। सेवा ही वह सीमेंट है, जो दम्पति को जीवनपर्यन्त स्नेह और साहचर्य में जोड़े रख सकता है, जिस पर बड़े-बड़े आघातों का भी कोई असर नहीं होता। जहाँ सेवा का अभाव है, वहीं विवाह-विच्छेद है, परित्याग है, अविश्वास है। और आपके ऊपर, पुरुष-जीवन की नौका की कर्णधार होने के कारण जिम्मेदारी ज्यादा है। आप चाहें तो नौका को आँधी और तूफानों में पार लगा सकती हैं। और आपने असावधानी की, तो नौका डूब जाएगी और उसके साथ आप भी डूब जाएँगी।'

भाषण समाप्त हो गया। विषय विवाद-ग्रस्त था और कई महिलाओं ने जवाब देने की अनुमति माँगी; मगर देर बहुत हो गई थी। इसलिए मालती ने मेहता को धन्यवाद देकर सभा भंग कर दी। हाँ, यह सूचना दे दी गई कि अगले रविवार को इसी विषय पर कई देवियाँ अपने विचार प्रकट करेंगी।

रायसाहब ने मेहता को बधाई दी – 'आपने मन की बातें कहीं मिस्टर मेहता। मैं आपके एक-एक शब्द से सहमत हूँ।'

मालती हँसी – 'आप क्यों न बधाई देंगे, चोर-चोर मौसेरे भाई जो होते हैं; मगर यह सारा उपदेश गरीब नारियों ही के सिर क्यों थोपा जाता है? उन्हीं के सिर क्यों आदेश और मर्यादा और त्याग सब कुछ पालन करने का भार पटका जाता है?'

मेहता बोले – 'इसलिए कि वह बात समझती हैं।'

खन्ना ने मालती की ओर अपनी बड़ी-बड़ी आँखों से देखकर मानो उसके मन की बात समझने की चेष्टा करते हुए कहा – 'डाक्टर साहब के ये विचार मुझे तो कोई सौ साल पिछड़े हुए मालूम होते हैं।'

मालती ने कटु होकर पूछा – 'कौन से विचार?'

'यही सेवा और कर्त्तव्य आदि।'

'तो आपको ये विचार सौ साल पिछड़े हुए मालूम होते हैं! तो कृपा करके अपने ताजे विचार बतलाइए। दम्पति कैसे सुखी रह सकते हैं, इसका ताजा नुसखा आपके पास है?'

खन्ना खिसिया गए। बात कही मालती को खुश करने के लिए, वह तिनक उठी। बोले – 'यह नुस्खा तो मेहता साहब को मालूम होगा।'

'डाक्टर साहब ने तो बतला दिया और आपके खयाल में वह सौ साल पुराना है, तो नया नुस्खा आपको बतलाना चाहिए। आपको ज्ञात नहीं कि दुनिया में ऐसी बहुत-सी बातें हैं, जो कभी पुरानी हो ही नहीं सकतीं। समाज में इस तरह की समस्याएँ हमेशा उठती रहती हैं और हमेशा उठती रहेंगी।

मिसेज खन्ना बरामदे में चली गई थीं। मेहता ने उनके पास जाकर प्रणाम करते हुए पूछा – 'मेरे भाषण के विषय में आपकी क्या राय है?'

मिसेज खन्ना ने आँखें झुकाकर कहा – 'अच्छा था, बहुत अच्छा; मगर अभी आप अविवाहित हैं, तभी नारियाँ देवियाँ हैं, श्रेष्ठ हैं, कर्णधार हैं। विवाह कर लीजिए तो पूछूँगी, अब नारियाँ क्या हैं? और विवाह आपको करना पड़ेगा, क्योंकि आप विवाह से मुँह चुरानेवाले मर्दों को कायर कह चुके हैं।'

मेहता हँसे – 'उसी के लिए तो जमीन तैयार कर रहा हूँ।'

'मिस मालती से जोड़ा भी अच्छा है।'

'शर्त यही है कि वह कुछ दिन आपके चरणों में बैठकर आपसे नारी-धर्म सीखें।'

'वही स्वार्थी पुरुषों की बात! आपने पुरुष-कर्त्तव्य सीख लिया है?'

'यही सोच रहा हूँ किससे सीखूँ।'

'मिस्टर खन्ना आपको बहुत अच्छी तरह सिखा सकते हैं।'

मेहता ने कहकहा मारा – 'नहीं, मैं पुरुष-कर्त्तव्य भी आप ही से सीखूँगा।'

'अच्छी बात है, मुझी से सीखिए। पहली बात यही है कि भूल जाइए कि नारी श्रेष्ठ है और सारी जिम्मेदारी उसी पर है, श्रेष्ठ पुरुष है और उसी पर गृहस्थी का सारा भार है। नारी में सेवा और संयम और कर्त्तव्य सब कुछ वही पैदा करता है; अगर उसमें इन बातों का अभाव है तो नारी में भी अभाव रहेगा। नारियों में आज जो यह विद्रोह है, इसका कारण पुरुष का इन गुणों से शून्य हो जाना है।'

मिर्जा साहब ने आकर मेहता को गोद में उठा लिया और बोले – 'मुबारक!'

मेहता ने प्रश्न की आँखों से देखा – 'आपको मेरी तकरीर पसन्द आई?'

'तकरीर तो खैर जैसी थी, मगर कामयाब खूब रही। आपने परी को शीशे में उतार लिया। अपनी तकदीर सराहिए कि जिसने आज तक किसी को मुँह नहीं लगाया, वह आपका कलमा पढ़ रही है।'

मिसेज खन्ना दबी जबान से बोलीं – 'जब नशा ठहर जाए, तो कहिए।'

मेहता ने विरक्त भाव से कहा – 'मेरे जैसे किताब के कीड़ों को कौन औरत पसन्द करेगी देवी जी! मैं तो पक्का आदर्शवादी हूँ।'

मिसेज खन्ना ने अपने पति को कार की तरफ जाते देखा, तो उधर चली गईं। मिर्जा भी बाहर निकल गए। मेहता ने मंच पर से अपनी छड़ी उठाई और बाहर जाना चाहते थे कि मालती ने आकर उनका हाथ पकड़ लिया और आग्रह-भरी आँखों से बोली – 'आप अभी नहीं जा सकते। चलिए, पापा से आपकी मुलाकात कराऊँ और आज वहीं खाना खाइए।'

मेहता ने कान पर हाथ रखकर कहा – 'नहीं, मुझे क्षमा कीजिए। वहाँ सरोज मेरी जान खाएगी। मैं इन लड़कियों से बहुत घबराता हूँ।'

'नहीं-नहीं, मैं जिम्मा लेती हूँ, जो वह मुँह भी खोले।'

'अच्छा, आप चलिए, मैं थोड़ी देर में आऊँगा।'

'जी नहीं, यह न होगा। मेरी कार सरोज लेकर चल दी। आप मुझे पहुँचाने तो चलेंगे ही।'

दोनों मेहता की कार में बैठे। कार चली।

एक क्षण बाद मेहता ने पूछा – 'मैंने सुना है, खन्ना साहब अपनी बीवी को मारा करते हैं। तब से मुझे इनकी सूरत से नफरत हो गई। जो आदमी इतना निर्दयी हो, उसे मैं आदमी नहीं समझता। उस पर आप नारी-जाति के बड़े हितैषी बनते हैं। तुमने उन्हें कभी समझाया नहीं?'

मालती उद्विग्न होकर बोली – 'ताली हमेशा दो हथेलियों से बजती है, यह आप भूल जाते हैं।'

'मैं तो ऐसे किसी कारण की कल्पना ही नहीं कर सकता कि कोई पुरुष अपनी स्त्री को मारे।'

'चाहे स्त्री कितनी ही बदजबान हो?'

'हाँ, कितनी ही।'

'तो आप एक नए किस्म के आदमी हैं।'

'अगर मर्द बदमिजाज है, तो तुम्हारी राय में उस मर्द पर हंटरों की बौछार करनी चाहिए, क्यों?'

'स्त्री जितनी क्षमाशील हो सकती है, पुरुष नहीं हो सकता। आपने खुद आज यह बात स्वीकार की है।'

'तो औरत की क्षमाशीलता का यही पुरस्कार है! मैं समझता हूँ, तुम खन्ना को मुँह लगाकर उसे और भी शह देती हो। तुम्हारा वह जितना आदर करता है, तुमसे उसे जितनी भक्ति है, उसके बल पर तुम बड़ी आसानी से उसे सीधा कर सकती हो; मगर तुम उसकी सफाई देकर स्वयं उस अपराध में शरीक हो जाती हो।'

मालती उत्तेजित होकर बोली – 'तुमने इस समय यह प्रसंग व्यर्थ ही छेड़ दिया। मैं किसी की बुराई नहीं करना चाहती; मगर अभी आपने गोविन्दी देवी को पहचाना नहीं? आपने उनकी भोली-भाली शान्त मुद्रा देखकर समझ लिया, वह देवी हैं। मैं उन्हें इतना ऊँचा स्थान नहीं देना चाहती। उन्होंने मुझे बदनाम करने का जितना प्रयत्न किया है, मुझ पर जैसे-जैसे आघात किए हैं, वह बयान करूँ, तो आप दंग रह जाएँगे और तब आपको मानना पड़ेगा कि ऐसी औरत के साथ यही व्यवहार होना चाहिए।'

'आखिर उन्हें आपसे इतना द्वेष है, इसका कोई कारण तो होगा?'

'कारण उनसे पूछिए। मुझे किसी के दिल का हाल क्या मालूम?'

'उनसे बिना पूछे भी अनुमान किया जा सकता है और वह यह है – अगर कोई पुरुष मेरे और मेरी स्त्री के बीच में आने का साहस करे, तो मैं उसे गोली मार दूँगा, और उसे न मार सकूँगा, तो अपनी छाती में मार लूँगा। इसी तरह अगर मैं किसी स्त्री को अपने और अपनी स्त्री के बीच में लाना चाहूँ, तो मेरी पत्नी को भी अधिकार है कि वह जो चाहे, करे। इस विषय में मैं कोई समझौता नहीं कर सकता। यह अवैज्ञानिक

मनोवृत्ति है, जो हमने अपने बनैले पूर्वजों से पाई है और आजकल कुछ लोग इसे असभ्य और असामाजिक व्यवहार कहेंगे; लेकिन मैं अभी तक उस मनोवृत्ति पर विजय नहीं पा सका और न पाना चाहता हूँ। इस विषय में मैं कानून की परवाह नहीं करता। मेरे घर में मेरा कानून है।'

मालती ने तीव्र स्वर में पूछा – 'लेकिन आपने यह अनुमान कैसे कर लिया कि मैं आपके शब्दों में खन्ना और गोविन्दी के बीच आना चाहती हूँ? आप ऐसा अनुमान करके मेरा अपमान कर रहे हैं। मैं खन्ना को अपनी जूतियों की नोंक के बराबर भी नहीं समझती।'

मेहता ने अविश्वास-भरे स्वर में कहा – 'यह आप दिल से नहीं कह रही हैं मिस मालती! क्या आप सारी दुनिया को बेवकूफ समझती हैं? जो बात सभी समझ रहे हैं, अगर वही बात मिसेज खन्ना भी समझें, तो मैं उन्हें दोष नहीं दे सकता।'

मालती ने तिनककर कहा – 'दुनिया को दूसरों को बदनाम करने में मजा आता है। यह उसका स्वभाव है। मैं उसका स्वभाव कैसे बदल दूँ; लेकिन यह व्यर्थ का कलंक है। हाँ, मैं इतनी बेमुरौवत नहीं हूँ कि खन्ना को अपने पास आते देखकर दुतकार देती। मेरा काम ही ऐसा है कि मुझे सभी का स्वागत और सत्कार करना पड़ता है। अगर कोई इसका कुछ और अर्थ निकालता है, तो वह... वह...'

मालती का गला भर्रा गया और उसने मुँह फेरकर रूमाल से आँसू पोंछे। फिर एक मिनट बाद बोली – 'औरों के साथ तुम भी मुझ... मुझ... इसका दुःख है... मुझे तुमसे ऐसी आशा न थी।'

फिर कदाचित उसे अपनी दुर्बलता पर खेद हुआ। वह प्रचंड होकर बोली – 'आपको मुझ पर आक्षेप करने का कोई अधिकार नहीं है; अगर आप भी उन्हीं मर्दों में हैं, जो किसी स्त्री-पुरुष को साथ देखकर उँगली उठाए बिना नहीं रह सकते, तो शौक से उठाइए। मुझे रत्ती-भर परवा नहीं। अगर कोई स्त्री आपके पास बार-बार किसी-न-किसी बहाने से आए, आपको अपना देवता समझे, हरएक बात में आपसे सलाह ले, आपके चरणों के नीचे आँखें बिछाए, आपका इशारा पाते ही आग में कूदने को तैयार हो, तो मैं दावे से कह सकती हूँ, आप उसकी उपेक्षा न करेंगे। अगर आप उसे ठुकरा सकते हैं, तो आप मनुष्य नहीं हैं। उसके विरुद्ध आप कितने ही तर्क और प्रमाण ला कर रख दें; लेकिन मैं मानूँगी नहीं। मैं तो कहती हूँ, उपेक्षा तो दूर रही ठुकराने की बात ही क्या, आप उस नारी के चरण धो-धोकर पिएँगे, और बहुत दिन गुजरने के पहले वह आपकी हृदयेश्वरी होगी। मैं आपसे हाथ जोड़ कर कहती हूँ, मेरे सामने खन्ना का कभी नाम न लीजिएगा।'

मेहता ने इस ज्वाला में मानो हाथ सेंकते हुए कहा – 'शर्त यही है कि मैं खन्ना को आपके साथ न देखूँ।'

'मैं मानवता की हत्या नहीं कर सकती। वह आएँगे तो मैं उन्हें दुर-दुराऊँगी नहीं।'

'उनसे कहिए, अपनी स्त्री के साथ सज्जनता से पेश आएँ।'

'मैं किसी के निजी मुआमले में दखल देना उचित नहीं समझती। न मुझे इसका अधिकार है!'

'तो आप किसी की जबान नहीं बन्द कर सकतीं।'

मालती का बँगला आ गया। कार रुक गई। मालती उतर पड़ी और बिना हाथ मिलाए चली गई। वह यह भी भूल गई कि उसने मेहता को भोजन की दावत दी है। वह एकान्त में जाकर खूब रोना चाहती है। गोविन्दी ने पहले भी आघात किए हैं, पर आज उसने जो आघात किया है, वह बहुत गहरा, बड़ा चौड़ा और बड़ा मर्मभेदी है।

रायसाहब को खबर मिली कि इलाके में एक वारदात हो गई है और होरी से गाँव के पंचों ने जुरमाना वसूल कर लिया है, तो फौरन नोखेराम को बुलाकर जवाब-तलब किया - क्यों उन्हें इसकी इत्तला नहीं दी गई। ऐसे नमकहराम दगाबाज आदमी के लिए उनके दरबार में जगह नहीं है।

नोखेराम ने इतनी गालियाँ खाईं, तो जरा गर्म होकर बोले - 'मैं अकेला थोड़ा ही था। गाँव के और पंच भी तो थे। मैं अकेला क्या कर लेता?'

रायसाहब ने उनकी तोंद की तरफ भाले-जैसी नुकीली दृष्टि से देखा - 'मत बको जी! तुम्हें उसी वक्त कहना चाहिए था, जब तक सरकार को इत्तला न हो जाए, मैं पंचों को जुरमाना न वसूल करने दूँगा। पंचों को मेरे और मेरी रिआया के बीच में दखल देने का हक क्या है? इस डाँड़-बाँध के सिवा इलाके में और कौन-सी आमदनी है? वसूली सरकार के घर गई। बकाया असामियों ने दबा लिया। तब मैं कहाँ जाऊँ? क्या खाऊँ, तुम्हारा सिर। यह लाखों रुपये साल का खर्च कहाँ से आए? खेद है कि दो पुश्तों से कारिन्दगीरी करने पर मुझे आज तुम्हें यह बात बतलानी पड़ती है। कितने रुपये वसूल हुए थे होरी से?'

नोखेराम ने सिटपिटाकर कहा - 'अस्सी रुपये!'

'नकद?'

'नकद उसके पास कहाँ थे हुजूर! कुछ अनाज दिया, बाकी में अपना घर लिख दिया।'

रायसाहब ने स्वार्थ का पक्ष छोड़कर होरी का पक्ष लिया - 'अच्छा, तो आपने और बगुलाभगत पंचों ने मिलकर मेरे एक मातबर असामी को तबाह कर दिया। मैं पूछता हूँ, तुम लोगों को क्या हक था कि मेरे इलाके में मुझे इत्तिला दिए बगैर मेरे असामी से जुरमाना वसूल करते? इसी बात पर अगर मैं चाहूँ, तो आपको, उस जालिए पटवारी और उस धूर्त पंडित को सात-सात साल के लिए जेल भिजवा सकता हूँ। आपने समझ लिया कि आप ही इलाके के बादशाह हैं। मैं कहे देता हूँ, आज शाम तक जुरमाने की पूरी रकम मेरे पास पहुँच जाए, वरना बुरा होगा। मैं एक-एक से चक्की पिसवाकर छोड़ूँगा। जाइए, हाँ, होरी को और उसके लड़के को मेरे पास भेज दीजिएगा।'

नोखेराम ने दबी जबान से कहा – 'उसका लड़का तो गाँव छोड़कर भाग गया। जिस रात को यह वारदात हुई उस रात को भागा।'

रायसाहब ने रोष से कहा – 'झूठ मत बोलो। तुम्हें मालूम है, झूठ से मेरे बदन में आग लग जाती है। मैंने आज तक कभी नहीं सुना कि कोई युवक अपनी प्रेमिका को उसके घर से लाकर फिर खुद भाग जाए। अगर उसे भागना ही होता, तो वह उस लड़की को लाता क्यों? तुम लोगों की इसमें भी जरूर कोई शरारत है। तुम गंगा में डूबकर भी अपनी सफाई दो, तो मानने का नहीं। तुम लोगों ने अपने समाज की प्यारी मर्यादा की रक्षा के लिए उसे धमकाया होगा। बेचारा भाग न जाता, तो क्या करता!'

नोखेराम इसका प्रतिवाद न कर सके। 'मालिक जो कुछ कहें, वह ठीक है।' वह यह भी न कह सके कि आप खुद चलकर झूठ-सच की जाँच कर लें। बड़े आदमियों का क्रोध पूरा समर्पण चाहता है। अपने खिलाफ एक शब्द भी नहीं सुन सकता।

पंचों ने रायसाहब का फैसला सुना, तो नशा हिरन हो गया। अनाज तो अभी तक ज्यों-का-त्यों पड़ा था; पर रुपये तो कब के गायब हो गए। होरी का मकान रेहन लिखा गया था; पर उस मकान को देहात में कौन पूछता था? जैसे हिन्दू स्त्री पति के साथ घर की स्वामिनी है, और पति त्याग दे, तो कहीं की नहीं रहती, उसी तरह यह घर होरी के लिए लाख रुपये का है, पर उसकी असली कीमत कुछ भी नहीं। और इधर रायसाहब बिना रुपये लिए मानने के नहीं। यही होरी जाकर रो आया होगा। पटेश्वरीलाल सबसे ज्यादा भयभीत थे। उनकी तो नौकरी ही चली जाएगी। चारों सज्जन इस गहन समस्या पर विचार कर रहे थे, पर किसी की अक्ल काम न करती थी। एक दूसरे पर दोष रखता था। फिर खूब झगड़ा हुआ।

पटेश्वरी ने अपनी लम्बी शंकाशील गर्दन हिलाकर कहा – 'मैं मना करता था कि होरी के विषय में हमें चुप्पी साधकर रह जाना चाहिए। गाय के मामले में सबको तावान देना पड़ा। इस मामले में तावान ही से गला न छूटेगा, नौकरी से हाथ धोना पड़ेगा; मगर तुम लोगों को रुपये की पड़ी थी। निकालो बीस-बीस रुपये। अब भी कुशल है। कहीं रायसाहब ने रपट कर दी, तो सब जने बँध जाओगे।'

दातादीन ने ब्रह्मतेज दिखा कर कहा – 'मेरे पास बीस रुपये की जगह बीस पैसे भी नहीं हैं। ब्राह्मणों को भोज दिया गया, होम हुआ। क्या इसमें कुछ खरच ही नहीं हुआ? रायसाहब की हिम्मत है कि मुझे जेल ले जाएँ। ब्रह्म बनकर घर का घर मिटा दूँगा। अभी उन्हें किसी ब्राह्मण से पाला नहीं पड़ा।'

झिंगुरीसिंह ने भी कुछ इसी आशय के शब्द कहे। वह रायसाहब के नौकर नहीं हैं। उन्होंने होरी को मारा नहीं, पीटा नहीं; कोई दबाव नहीं डाला। होरी अगर प्रायश्चित करना चाहता था, तो उन्होंने इसका अवसर दिया। इसके लिए कोई उन पर अपराध नहीं लगा सकता; मगर नोखेराम की गर्दन इतनी आसानी से न छूट सकती थी। यहाँ मजे से बैठे राज करते थे। वेतन तो दस रुपये से ज्यादा न था; पर एक हजार साल की ऊपर की आमदनी थी, सैकड़ों आदमियों पर हुकूमत, चार-चार प्यादे हाजिर, बेगार

में सारा काम हो जाता था, थानेदार तक कुर्सी देते थे, यह चैन उन्हें और कहाँ था! और पटेश्वरी तो नौकरी के बदौलत महाजन बने हुए थे। कहाँ जा सकते थे? दो-तीन दिन इसी चिन्ता में पड़े रहे कि कैसे इस विपत्ति से निकलें। आखिर उन्हें एक मार्ग सूझ ही गया। कभी-कभी कचहरी में उन्हें दैनिक 'बिजली' देखने को मिल जाता था। यदि एक गुमनाम पत्र उसके सम्पादक की सेवा में भेज दिया जाए कि रायसाहब किस तरह असामियों से जुरमाना वसूल करते हैं, तो बच्चा को लेने के देने पड़ जाएँ। नोखेराम भी सहमत हो गए। दोनों ने मिलकर किसी तरह एक पत्र लिखा और रजिस्ट्री से भेज दिया।

सम्पादक ओंकारनाथ तो ऐसे पत्रों की ताक में रहते थे। पत्र पाते ही तुरन्त रायसाहब को सूचना दी। उन्हें एक ऐसा समाचार मिला है, जिस पर विश्वास करने की उनकी इच्छा नहीं होती; पर संवाददाता ने ऐसे प्रमाण दिए हैं कि सहसा अविश्वास भी नहीं किया जा सकता। क्या यह सच है कि रायसाहब ने अपने इलाके के एक असामी से अस्सी रुपये तावान इसलिए वसूल किए कि उसके पुत्र ने एक विधवा को घर में डाल लिया था? सम्पादक का कर्त्तव्य उन्हें मजबूर करता है कि वह मुआमले की जाँच करें और जनता के हितार्थ उसे प्रकाशित कर दें। रायसाहब इस विषय में जो कुछ कहना चाहें, सम्पादकजी उसे भी प्रकाशित कर देंगे। सम्पादकजी दिल से चाहते हैं कि यह खबर गलत हो; लेकिन उसमें कुछ भी सत्य हुआ, तो वह उसे प्रकाश में लाने के लिए विवश हो जाएँगे। मैत्री उन्हें कर्त्तव्य-पथ से नहीं हटा सकती।

रायसाहब ने यह सूचना पाई, तो सिर पीट लिया। पहले तो उनको ऐसी उत्तेजना हुई कि जाकर ओंकारनाथ को गिनकर पचास हंटर जमाएँ और कह दें, जहाँ वह पत्र छापना, वहाँ यह समाचार भी छाप देना; लेकिन इसका परिणाम सोचकर मन को शान्त किया और तुरन्त उनसे मिलने चले। अगर देर की, और ओंकारनाथ ने वह संवाद छाप दिया, तो उनके सारे यश में कालिमा पुत जाएगी।

ओंकारनाथ सैर करके लौटे थे और आज के पत्र के लिए सम्पादकीय लेख लिखने की चिन्ता में बैठे हुए थे; पर मन पक्षी की भाँति उड़ा-उड़ा फिरता था। उनकी धर्मपत्नी ने रात में उन्हें कुछ ऐसी बातें कह डाली थीं, जो अभी तक काँटों की तरह चुभ रही थीं। उन्हें कोई दरिद्र कह ले, अभागा कह ले, बुद्धू कह ले वह जरा भी बुरा न मानते थे; लेकिन यह कहना कि उनमें पुरुषत्व नहीं है, यह उनके लिए असह्य था। और फिर अपनी पत्नी को यह कहने का क्या हक है? उससे तो यह आशा की जाती है कि कोई इस तरह का आक्षेप करे, तो उसका मुँह बन्द कर दे। बेशक वह ऐसी खबरें नहीं छापते, ऐसी टिप्पणियाँ नहीं करते कि सिर पर कोई आफत आ जाए। फूँक-फूँककर कदम रखते हैं। इन काले कानूनों के युग में वह और कर ही क्या सकते हैं; मगर वह क्यों साँप के बिल में हाथ नहीं डालते? इसलिए तो कि उनके घरवालों को कष्ट न उठाने पड़ें। और उनकी सहिष्णुता का उन्हें यह पुरस्कार मिल रहा है? क्या अन्धेर है! उनके पास रुपये नहीं हैं, तो बनारसी साड़ी कैसे मँगा दें? डाक्टर, सेठ और प्रोफेसर भाटिया और न जाने किस-किसकी स्त्रियाँ बनारसी साड़ी पहनती हैं, तो क्या करें? क्यों

उनकी पत्नी इन साड़ीवालियों को अपनी खद्दर की साड़ी से लज्जित नहीं करती? उनकी खुद तो यह आदत है कि किसी बड़े आदमी से मिलने जाते हैं, तो मोटे-से-मोटे कपड़े पहन लेते हैं और कोई कुछ आलोचना करे, तो उसका मुँहतोड़ जवाब देने को तैयार रहते हैं। उनकी पत्नी में क्यों वही आत्माभिमान नहीं है? वह क्यों दूसरों का ठाट-बाट देखकर विचलित हो जाती है? उसे समझना चाहिए कि वह एक देश-भक्त पुरुष की पत्नी है। देश-भक्त के पास अपनी भक्ति के सिवा और क्या सम्पत्ति है? इसी विषय को आज के अग्रलेख का विषय बनाने की कल्पना करते-करते उनका ध्यान रायसाहब के मुआमले की ओर जा पहुँचा। रायसाहब सूचना का क्या उत्तर देते हैं, यह देखना है। अगर वह अपनी सफाई देने में सफल हो जाते हैं, तब तो कोई बात नहीं; लेकिन अगर वह यह समझें कि ओंकारनाथ दबाव, भय या मुलाहजे में आकर अपने कर्त्तव्य से मुँह फेर लेंगे तो यह उनका भ्रम है। इस सारे तप और साधना का पुरस्कार उन्हें इसके सिवा और क्या मिलता है कि अवसर पड़ने पर वह इन कानूनी डकैतों का भंडाफोड़ करें। उन्हें खूब मालूम है कि रायसाहब बड़े प्रभावशाली जीव हैं। कौंसिल के मेम्बर तो हैं ही, अधिकारियों में भी उनकी काफी रसूख है। वह चाहें, तो उन पर झूठे मुकदमे चलवा सकते हैं, अपने गुंडों से राह चलते पिटवा सकते हैं; लेकिन ओंकार इन बातों से नहीं डरता। जब तक उसकी देह में प्राण है, वह आततायियों की खबर लेता रहेगा।

सहसा मोटरकार की आवाज सुनकर वह चौंके। तुरन्त कागज लेकर अपना लेख आरंभ कर दिया। और एक ही क्षण में रायसाहब ने उनके कमरे में कदम रक्खा।

ओंकारनाथ ने न उनका स्वागत किया, न कुशल-क्षेम पूछा, न कुर्सी दी। उन्हें इस तरह देखा, मानो कोई मुलाजिम उनकी अदालत में आया हो और रोब मिले हुए स्वर में पूछा – :आपको मेरा पुरजा मिल गया था? मैं वह पत्र लिखने के लिए बाध्य था, मेरा कर्त्तव्य यह था कि स्वयं उसकी तहकीकात करता; लेकिन मुरौवत में सिद्धान्तों की कुछ-न-कुछ हत्या करनी ही पड़ती है। क्या उस संवाद में कुछ सत्य है?'

रायसाहब उसका सत्य होना अस्वीकार न कर सके। हालाँकि अभी तक उन्हें जुरमाने के रुपये नहीं मिले थे और वह उनके पाने से साफ इनकार कर सकते थे; लेकिन वह देखना चाहते थे कि यह महाशय किस पहलू पर चलते हैं।

ओंकारनाथ ने खेद प्रकट करते हुए कहा – 'तब तो मेरे लिए उस संवाद को प्रकाशित करने के सिवा और कोई मार्ग नहीं है। मुझे इसका दुःख है कि मुझे अपने एक परम हितैषी मित्र की आलोचना करनी पड़ रही है; लेकिन कर्त्तव्य के आगे व्यक्ति कोई चीज नहीं। सम्पादक अगर अपना कर्त्तव्य न पूरा कर सके, तो उसे इस आसन पर बैठने का कोई हक नहीं है।'

रायसाहब कुरसी पर डट गए और पान की गिलौरियाँ मुँह में भरकर बोले – 'लेकिन यह आपके हक में अच्छा न होगा। मुझे जो कुछ होना है, पीछे होगा, आपको तत्काल दंड मिल जाएगा; अगर आप मित्रों की परवाह नहीं करते, तो मैं भी उसी कैंड़े का आदमी हूँ।'

ओंकारनाथ ने शहीद का गौरव धारण करके कहा – 'इसका तो मुझे कभी भय नहीं हुआ। जिस दिन मैंने पत्र-सम्पादन का भार लिया, उसी दिन प्राणों का मोह छोड़ दिया, और मेरे समीप एक सम्पादक की सबसे शानदार मौत यही है कि वह न्याय और सत्य की रक्षा करता हुआ अपना बलिदान कर दे।'

'अच्छी बात है। मैं आपकी चुनौती स्वीकार करता हूँ। मैं अब तक आपको मित्र समझता आया था; मगर अब आप लड़ने ही पर तैयार हैं, तो लड़ाई ही सही। आखिर मैं आपके पत्र को पँचगुना चन्दा क्यों देता हूँ? केवल इसलिए कि वह मेरा गुलाम बना रहे। मुझे परमात्मा ने रईस बनाया है। पचहत्तर रुपया देता हूँ, इसलिए कि आपका मुँह बन्द रहे। जब आप घाटे का रोना रोते हैं और सहायता की अपील करते हैं, और ऐसी शायद ही कोई तिमाही जाती हो, जब आपकी अपील न निकलती हो, तो मैं ऐसे मौके पर आपकी कुछ-न-कुछ मदद कर देता हूँ। किसलिए? दीपावली, दशहरा, होली में आपके यहाँ बैना भेजता हूँ, और साल में पच्चीस बार आपकी दावत करता हूँ, किसलिए? आप रिश्वत और कर्त्तव्य दोनों साथ-साथ नहीं निभा सकते।'

ओंकारनाथ उत्तेजित होकर बोले – 'मैंने कभी रिश्वत नहीं ली।'

रायसाहब ने फटकारा – 'अगर यह व्यवहार रिश्वत नहीं है तो रिश्वत क्या है, जरा मुझे समझा दीजिए! क्या आप समझते हैं, आपको छोड़कर और सभी गधे हैं, जो निःस्वार्थ-भाव से आपका घाटा पूरा करते हैं? निकालिए अपनी बही और बतलाइए, अब तक आपको मेरी रियासत से कितना मिल चुका है? मुझे विश्वास है, हजारों की रकम निकलेगी। अगर आपको स्वदेशी-स्वदेशी चिल्लाकर विदेशी दवाओं और वस्तुओं का विज्ञापन छापने में शरम नहीं आती, तो मैं अपने असामियों से डाँड़, तावान और जुर्माना लेते क्यों शरमाऊँ? यह न समझिए कि आप ही किसानों के हित का बीड़ा उठाए हुए हैं। मुझे किसानों के साथ जलना-मरना है, मुझसे बढ़कर दूसरा उनका हितेच्छु नहीं हो सकता; लेकिन मेरी गुजर कैसे हो? अफसरों को दावतें कहाँ से दूँ, सरकारी चन्दे कहाँ से दूँ, खानदान के सैकड़ों आदमियों की जरूरत कैसे पूरी करूँ? मेरे घर का क्या खर्च है, यह शायद आप जानते हैं, तो क्या मेरे घर में रुपये फलते हैं? आएगा तो असामियों ही के घर से। आप समझते होंगे, जमींदार और ताल्लुकेदार सारे संसार का सुख भोग रहे हैं। उनकी असली हालत का आपको ज्ञान नहीं; अगर वह धर्मात्मा बनकर रहें, तो उनका जिन्दा रहना मुश्किल हो जाए। अफसरों को डालियाँ न दें, तो जेलखाना घर हो जाए। हम बिच्छू नहीं हैं कि अनायास ही सबको डंक मारते फिरें। न गरीबों का गला दबाना कोई बड़े आनन्द का काम है लेकिन मर्यादाओं का पालन तो करना ही पड़ता है। जिस तरह आप मेरी रईसी का फायदा उठाना चाहते हैं, उसी तरह और सभी हमें सोने की मुर्गी समझते हैं। आइए मेरे बँगले पर तो दिखाऊँ कि सुबह से शाम तक कितने निशाने मुझ पर पड़ते हैं। कोई काश्मीर से शाल-दुशाला लिए चला आ रहा है, कोई इत्र और तम्बाकू का एजेंट है, कोई पुस्तकों और पत्रिकाओं का, कोई जीवन बीमे का, कोई ग्रामोफोन लिए सिर पर सवार है, कोई कुछ। चन्दे वाले तो अनगिनती। क्या

सबके सामने अपना दुःखड़ा लेकर बैठ जाऊँ? ये लोग मेरे द्वार पर दुःखड़ा सुनाने आते हैं? आते हैं मुझे उल्लू बनाकर मुझसे कुछ ऐंठने के लिए। आज मर्यादा का विचार छोड़ दूँ, तो तालियाँ पिटने लगें। हुक्काम को डालियाँ न दूँ, तो बागी समझा जाऊँ। तब आप अपने लेखों से मेरी रक्षा न करेंगे। कांग्रेस में शरीक हुआ, उसका तावान अभी तक देता जाता हूँ। काली किताब में नाम दर्ज हो गया। मेरे सिर पर कितना कर्ज है, यह भी कभी आपने पूछा है? अगर सभी महाजन डिग्रियाँ करा लें, तो मेरे हाथ की यह अँगूठी तक बिक जाएगी। आप कहेंगे, क्यों यह आडम्बर पालते हो? कहिए, सात पुश्तों से जिस वातावरण में पला हूँ, उससे अब निकल नहीं सकता। घास छीलना मेरे लिए असम्भव है। आपके पास जमीन नहीं, जायदाद नहीं, मर्यादा का झमेला नहीं, आप निर्भीक हो सकते हैं; लेकिन आप भी दुम दबाए बैठे रहते हैं। आपको कुछ खबर है, अदालतों में कितनी रिश्वतें चल रही हैं, कितने गरीबों का खून हो रहा है, कितनी देवियाँ भ्रष्ट हो रही हैं! है बूता लिखने का? सामग्री मैं देता हूँ, प्रमाण सहित।'

ओंकारनाथ कुछ नर्म होकर बोले - 'जब कभी अवसर आया है, मैंने कदम पीछे नहीं हटाया।'

रायसाहब भी कुछ नर्म हुए - 'हाँ, मैं स्वीकार करता हूँ कि दो-एक मौकों पर आपने जवाँमरदी दिखाई है; लेकिन आपकी निगाह हमेशा अपने लाभ की ओर रही है, प्रजा-हित की ओर नहीं। आँखें न निकालिए और न मुँह लाल कीजिए। जब कभी आप मैदान में आए हैं, उसका शुभ परिणाम यही हुआ कि आपके सम्मान और प्रभाव और आमदनी में इजाफा हुआ है; अगर मेरे साथ भी आप वही चाल चल रहे हों, तो आपकी खातिर करने को तैयार हूँ। रुपये न दूँगा; क्योंकि वह रिश्वत है। आपकी पत्नीजी के लिए कोई आभूषण बनवा दूँगा। है मंजूर? अब मैं आपसे सत्य कहता हूँ कि आपको जो संवाद मिला, वह गलत है; मगर यह भी कह देना चाहता हूँ कि अपने और सभी भाइयों की तरह मैं भी असामियों से जुर्माना लेता हूँ और साल में दस-पाँच हजार रुपये मेरे हाथ लग जाते हैं, और अगर आप मेरे मुँह से यह कौर छीनना चाहेंगे, तो आप घाटे में रहेंगे। आप भी संसार में सुख से रहना चाहते हैं, मैं भी चाहता हूँ। इससे क्या फायदा कि आप न्याय और कर्त्तव्य का ढोंग रचकर मुझे भी जेरबार करें, खुद भी जेरबार हों। दिल की बात कहिए। मैं आपका बैरी नहीं हूँ। आपके साथ कितनी ही बार एक चौके में एक मेज पर खा चुका हूँ। मैं यह भी जानता हूँ कि आप तकलीफ में हैं। आपकी हालत शायद मेरी हालत से भी खराब है। हाँ, अगर आपने हरिश्चन्द्र बनने की कसम खा ली है, तो आपकी खुशी। मैं चलता हूँ।'

रायसाहब कुरसी से उठ खड़े हुए। ओंकारनाथ ने उनका हाथ पकड़कर संधिभाव से कहा - 'नहीं-नहीं, अभी आपको बैठना पड़ेगा। मैं अपनी पोजीशन साफ कर देना चाहता हूँ। आपने मेरे साथ जो सलूक किए हैं, उनके लिए मैं आपका आभारी हूँ; लेकिन सिद्धान्त की बात आ गई है और आप जानते हैं, सिद्धान्त प्राणों से भी प्यारे होते हैं।'

रायसाहब कुरसी पर बैठकर जरा मीठे स्वर में बोले – 'अच्छा भाई, जो चाहे लिखो। मैं तुम्हारे सिद्धान्त को तोड़ना नहीं चाहता। और तो क्या होगा, बदनामी होगी। हाँ, कहाँ तक नाम के पीछे-पीछे मरूँ! कौन ऐसा ताल्लुकेदार है, जो असामियों को थोड़ा-बहुत नहीं सताता। कुत्ता हड्डी की रखवाली करे तो खाए क्या? मैं इतना ही कर सकता हूँ, आगे आपको इस तरह की कोई शिकायत न मिलेगी; अगर आपको मुझ पर कुछ विश्वास है, तो इस बार क्षमा कीजिए। किसी दूसरे सम्पादक से मैं इस तरह खुशामद न करता। उसे सरे बाजार पिटवाता लेकिन मुझसे आपकी दोस्ती है, इसलिए दबना ही पड़ेगा। यह समाचार-पत्रों का युग है। सरकार तक उनसे डरती है, मेरी हस्ती क्या! आप जिसे चाहें, बना दें। खैर, यह झगड़ा खतम कीजिए। कहिए, आजकल पत्र की क्या दशा है? कुछ ग्राहक बढ़े?'

ओंकारनाथ ने अनिच्छा के भाव से कहा – 'किसी-न-किसी तरह काम चल जाता है और वर्तमान परिस्थिति में मैं इससे अधिक आशा नहीं रखता। मैं इस तरफ धन और भोग की लालसा लेकर नहीं आया था, इसलिए मुझे शिकायत नहीं है। मैं जनता की सेवा करने आया था और वह यथाशक्ति किए जाता हूँ। राष्ट्र का कल्याण हो, यही मेरी कामना है। एक व्यक्ति के सुख-दुःख का कोई मूल्य नहीं।'

रायसाहब ने जरा और सहृदय होकर कहा – 'यह सब ठीक है भाई साहब; लेकिन सेवा करने के लिए भी जीना जरूरी है। आर्थिक चिन्ताओं में आप एकाग्रचित्त होकर सेवा भी तो नहीं कर सकते। क्या ग्राहक-संख्या बिलकुल नहीं बढ़ रही है?'

'बात यह है कि मैं अपने पत्र का आदर्श गिराना नहीं चाहता; अगर मैं आज सिनेमा-स्टारों के चित्र और चरित्र छापने लगूँ तो मेरे ग्राहक बढ़ सकते हैं; लेकिन अपनी तो वह नीति नहीं। और भी कितने ही ऐसे हथकंडे हैं, जिनसे पत्रों द्वारा धन कमाया जा सकता है, लेकिन मैं उन्हें गर्हित समझता हूँ।'

'इसी का यह फल है कि आज आपका इतना सम्मान है। मैं एक प्रस्ताव करना चाहता हूँ। मालूम नहीं, आप उसे स्वीकार करेंगे या नहीं। आप मेरी ओर से सौ आदमियों के नाम फ्री कापी जारी कर दीजिए। चन्दा मैं दे दूँगा।'

ओंकारनाथ ने कृतज्ञता से सिर झुकाकर कहा – 'मैं धन्यवाद के साथ आपका दान स्वीकार करता हूँ। खेद यही है कि पत्रों की ओर से जनता कितनी उदासीन है। स्कूल और कालिजों और मन्दिरों के लिए धन की कमी नहीं है, पर आज तक एक भी ऐसा दानी न निकला, जो पत्रों के प्रचार के लिए दान देता, हालाँकि जन-शिक्षा का उद्देश्य जितने कम खर्च में पत्रों से पूरा हो सकता है, और किसी तरह नहीं हो सकता। जैसे शिक्षालयों को संस्थाओं द्वारा सहायता मिला करती है, ऐसे ही अगर पत्रकारों को मिलने लगे, तो इन बेचारों को अपना जितना समय और स्थान विज्ञापनों की भेंट करना पड़ता है, वह क्यों करना पड़े? मैं आपका बड़ा अनुगृहीत हूँ।'

रायसाहब बिदा हो गए। ओंकारनाथ के मुख पर प्रसन्नता की झलक न थी। रायसाहब ने किसी तरह की शर्त न की थी, कोई बन्धन न लगाया था पर ओंकारनाथ

आज इतनी करारी फटकार पाकर भी इस दान को अस्वीकार न कर सके। परिस्थिति ऐसी आ पड़ी थी कि उन्हें उबरने का कोई उपाय ही न सूझ रहा था। प्रेस के कर्मचारियों का तीन महीने का वेतन बाकी पड़ा हुआ था। कागजवाले के एक हजार से ऊपर आ रहे थे; यही क्या कम था कि उन्हें हाथ नहीं फैलाना पड़ा।

उनकी स्त्री गोमती ने आकर विद्रोह के स्वर में कहा – 'क्या अभी भोजन का समय नहीं आया या यह भी कोई नियम है कि जब तक एक न बज जाए, जगह से न उठो? कब तक कोई चूल्हा अगोरता रहे?'

ओंकारनाथ ने दुःखी आँखों से पत्नी की ओर देखा। गोमती का विद्रोह उड़ गया। वह उनकी कठिनाइयों को समझती थी। दूसरी महिलाओं के वस्त्राभूषण देखकर कभी-कभी उसके मन में विद्रोह के भाव जाग उठते थे और वह पति को दो-चार जली कटी सुना जाती थी; पर वास्तव में यह क्रोध उनके प्रति नहीं, अपने दुर्भाग्य के प्रति था, और इसकी थोड़ी-सी आँच अनायास ही ओंकारनाथ तक पहुँच जाती थी। वह उनका तपस्वी जीवन देखकर मन में कुढ़ती थी और उनसे सहानुभूति भी रखती थी। बस, उन्हें थोड़ा-सा सनकी समझती थी। उनका उदास मुँह देखकर पूछा – 'क्यों उदास हो, पेट में कुछ गड़बड़ है क्या?'

ओंकारनाथ को मुस्कुराना पड़ा – 'कौन उदास है, मैं? मुझे तो जितनी खुशी है, उतनी अपने विवाह के दिन भी न हुई थी। आज सबेरे पन्द्रह सौ की बोहनी हुई। किसी भाग्यवान् का मुँह देखा था।'

गोमती को विश्वास न आया बोली – 'झूठे हो। तुम्हें पन्द्रह सौ कहाँ से मिल जाते हैं? पन्द्रह रुपये कहो, मान लेती हूँ।'

'नहीं-नहीं, तुम्हारे सिर की कसम, पन्द्रह सौ मारे। अभी रायसाहब आए थे। सौ ग्राहकों का चन्दा अपनी तरफ से देने का वचन दे गए हैं।'

गोमती का चेहरा उतर गया – 'तो मिल चुके?'

'नहीं, रायसाहब वादे के पक्के हैं।'

'मैंने किसी ताल्लुकेदार को वादे का पक्का देखा ही नहीं। दादा एक ताल्लुकेदार के नौकर थे। साल-साल भर तलब नहीं मिलती थी। उसे छोड़कर दूसरे की नौकरी की। उसने दो साल तक एक पाई न दी। एक बार दादा गरम पड़े, तो मारकर भगा दिया। इनके वादों का कोई करार नहीं।'

'मैं आज ही बिल भेजता हूँ।'

'भेजा करो। कह देंगे, कल आना। कल अपने इलाके पर चले जाएँगे। तीन महीने में लौटेंगे।'

ओंकारनाथ संशय में पड़ गए। ठीक तो है, कहीं रायसाहब पीछे से मुकर गए तो वह क्या कर लेंगे? फिर भी दिल मजबूत करके कहा – 'ऐसा नहीं हो सकता। कम-से-कम रायसाहब को मैं इतना धोखेबाज नहीं समझता। मेरा उनके यहाँ कुछ बाकी नहीं है।'

गोमती ने उसी सन्देह के भाव से कहा – 'इसी से तो मैं तुम्हें बुद्धू कहती हूँ। जरा किसी ने सहानुभूति दिखाई और तुम फूल उठे। मोटे रईस हैं। इनके पेट में ऐसे कितने वादे हजम हो सकते हैं। जितने वादे करते हैं, अगर सब पूरा करने लगें, तो भीख माँगने की नौबत आ जाए। मेरे गाँव के ठाकुर साहब तो दो-दो, तीन-तीन साल तक बनियों का हिसाब न करते थे। नौकरों का हिसाब तो नाम के लिए देते थे। साल-भर काम लिया, जब नौकर ने वेतन माँगा, मार कर निकाल दिया। कई बार इसी नादिहेन्दी में स्कूल से उनके लड़कों के नाम कट गए। आखिर उन्होंने लड़के को घर बुला लिया। एक बार रेल का टिकट उधार माँगा था। यह रायसाहब भी तो उन्हीं के भाईबन्द हैं। चलो भोजन करो और चक्की पीसो, जो तुम्हारे भाग्य में लिखा है। यह समझ लो कि ये बड़े आदमी तुम्हें फटकारते रहें, वही अच्छा है। यह तुम्हें एक पैसा देंगे, तो उसका चौगुना अपने असामियों से वसूल कर लेंगे। अभी उनके विषय में जो कुछ चाहते हो, लिखते हो। तब तो ठकुरसोहाती ही करनी पड़ेगी।'

पंडितजी भोजन कर रहे थे; पर कौर मुँह में फँसा जान पड़ता था। आखिर बिना दिल का बोझ हलका किए, भोजन करना कठिन हो गया। बोले – 'अगर रुपये न दिए, तो ऐसी खबर लूँगा कि याद करेंगे। उनकी चोटी मेरे हाथ में है। गाँव के लोग झूठी खबर नहीं दे सकते। सच्ची खबर देते तो उनकी जान निकलती है, झूठी खबर क्या देंगे! रायसाहब के खिलाफ एक रिपोर्ट मेरे पास आई है। छाप दूँ, बचा को घर से निकलना मुश्किल हो जाए। मुझे यह खैरात नहीं दे रहे हैं, बड़े दबसट में पड़कर इस राह पर आए हैं। पहले धमकियाँ दिखा रहे थे। जब देखा, इससे काम न चलेगा, तो यह चारा फेंका। मैंने भी सोचा, एक इनके ठीक हो जाने से तो देश से अन्याय मिटा जाता नहीं, फिर क्यों न इस दान को स्वीकार कर लूँ? मैं अपने आदर्श से गिर गया हूँ जरूर; लेकिन इतने पर भी रायसाहब ने दगा की, तो मैं भी शठता पर उतर आऊँगा। जो गरीबों को लूटता है, उसको लूटने के लिए अपनी आत्मा को बहुत समझाना न पड़ेगा।'

गाँव में खबर फैल गई कि रायसाहब ने पंचों को बुलाकर खूब डाँटा और इन लोगों ने जितने रुपये वसूल किए थे, वह सब इनके पेट से निकाल लिए। वह तो इन लोगों को जेहल भेजवा रहे थे; लेकिन इन लोगों ने हाथ-पाँव जोड़े, थूककर चाटा, तब जाके उन्होंने छोड़ा। धनिया का कलेजा शीतल हो गया, गाँव में घूम-घूमकर पंचों को लज्जित करती फिरती – 'आदमी न सुने गरीबों की पुकार, भगवान तो सुनते हैं। लोगों ने सोचा था, इनसे डाँड़ लेकर मजे से फुलौड़ियाँ खाएँगे। भगवान ने ऐसा तमाचा लगाया कि फुलौड़ियाँ मुँह से निकल पड़ीं। एक-एक के दो-दो भरने पड़े। अब चाटो मेरा मकान लेकर।'

मगर बैलों के बिना खेती कैसे हो? गाँवों में बुआई शुरू हो गई। कार्तिक के महीने में किसान के बैल मर जाएँ, तो उसके दोनों हाथ कट जाते हैं। होरी के दोनों

हाथ कट गए थे। और सब लोगों के खेतों में हल चल रहे थे। बीज डाले जा रहे थे। कहीं-कहीं गीत की तानें सुनाई देती थीं। होरी के खेत किसी अनाथ अबला के घर की भाँति सूने पड़े थे। पुनिया के पास भी गोई थी; शोभा के पास भी गोई थी; मगर उन्हें अपने खेतों की बुआई से कहाँ फुरसत कि होरी की बुआई करें। होरी दिन-भर इधर-उधर मारा-मारा फिरता था। कहीं इसके खेत में जा बैठता, कहीं उसकी बुआई करा देता। इस तरह कुछ अनाज मिल जाता। धनिया, रूपा, सोना सभी दूसरों की बुआई में लगी रहती थीं। जब तक बुआई रही, पेट की रोटियाँ मिलती गईं, विशेष कष्ट न हुआ। मानसिक वेदना तो अवश्य होती थी; पर खाने-भर को मिल जाता था। रात को नित्य स्त्री-पुरुष में थोड़ी-सी लड़ाई हो जाती थी।

यहाँ तक कि कार्तिक का महीना बीत गया और गाँव में मजदूरी मिलनी भी कठिन हो गई। अब सारा दारमदार ऊख पर था, जो खेतों में खड़ी थी।

रात का समय था। सर्दी खूब पड़ रही थी। होरी के घर में आज कुछ खाने को न था। दिन को तो थोड़ा-सा भुना हुआ मटर मिल गया था; पर इस वक्त चूल्हा जलाने का कोई डौल न था और रूपा भूख के मारे व्याकुल थी और द्वार पर कौड़े के सामने बैठी रो रही थी। घर में जब अनाज का एक दाना भी नहीं है, तो क्या माँगे, क्या कहे!

जब भूख न सही गई तो वह आग माँगने के बहाने पुनिया के घर गई। पुनिया बाजरे की रोटियाँ और बथुए का साग पका रही थी। सुगन्ध से रूपा के मुँह में पानी भर आया।

पुनिया ने पूछा - 'क्या अभी तेरे घर आग नहीं जली, क्या री?'

रूपा ने दीनता से कहा - 'आज तो घर में कुछ था ही नहीं, आग कहाँ से जलती?'

'तो फिर आग काहे को माँगने आई है?'

'दादा तमाखू पिएँगे।'

पुनिया ने उपले की आग उसकी ओर फेंक दी; मगर रूपा ने आग उठाई नहीं और समीप जाकर बोली - 'तुम्हारी रोटियाँ महक रही हैं काकी! मुझे बाजरे की रोटियाँ बड़ी अच्छी लगती हैं।'

पुनिया ने मुस्कुराकर पूछा - 'खाएगी?'

'अम्माँ डाँटेंगी।'

'अम्माँ से कौन कहने जाएगा।'

रूपा ने पेट-भर रोटियाँ खाईं और जूठे मुँह भागी हुई घर चली गई।

होरी मन-मारे बैठा था कि पंडित दातादीन ने आकर पुकारा। होरी की छाती धड़कने लगी। क्या कोई नई विपत्ति आनेवाली है? आ कर उनके चरण छुए और कौड़े के सामने उनके लिए माँची रख दी।

दातादीन ने बैठते हुए अनुग्रह भाव से कहा - 'अबकी तो तुम्हारे खेत परती पड़ गए होरी! तुमने गाँव में किसी से कुछ कहा नहीं, नहीं भोला की मजाल थी कि

तुम्हारे द्वार से बैल खोल ले जाता! यहीं लहास गिर जाती। मैं तुमसे जनेऊ हाथ में लेकर कहता हूँ होरी, मैंने तुम्हारे ऊपर डाँड़ न लगाया था। धनिया मुझे नाहक बदनाम करती फिरती है। यह लाला पटेश्वरी और झिंगुरीसिंह की कारस्तानी है। मैं तो लोगों के कहने से पंचायत में बैठ-भर गया था। वह लोग तो और कड़ा दंड लगा रहे थे। मैंने कह-सुनके कम कराया मगर अब सब जने सिर पर हाथ धरे रो रहे हैं। समझे थे, यहाँ उन्हीं का राज है। यह न जानते थे कि गाँव का राजा कोई और है। तो अब अपने खेतों की बुआई का क्या इंतजाम कर रहे हो?'

होरी ने करुण कंठ से कहा – 'क्या बताऊँ महाराज, परती रहेंगे।'

'परती रहेंगे? यह तो बड़ा अनर्थ होगा!'

'भगवान की यही इच्छा है, तो अपना क्या बस।'

'मेरे देखते तुम्हारे खेत कैसे परती रहेंगे? कल मैं तुम्हारी बुआई करा दूँगा। अभी खेत में कुछ तरी है। उपज दस दिन पीछे होगी, इसके सिवा और कोई बात नहीं। हमारा-तुम्हारा आधा साझा रहेगा। इसमें न तुम्हें कोई टोटा है, न मुझे। मैंने आज बैठे-बैठे सोचा, तो चित्त बड़ा दुःखी हुआ कि जुते-जुताए खेत परती रहे जाते हैं!'

होरी सोच में पड़ गया। चौमासे-भर इन खेतों में खाद डाली, जोता और आज केवल बुआई के लिए आधी फसल देनी पड़ रही है। उस पर एहसान कैसा जता रहे हैं; लेकिन इससे तो अच्छा यही है कि खेत परती पड़ जाएँ। और कुछ न मिलेगा, लगान तो निकल ही आएगा। नहीं, अबकी बेबाकी न हुई, तो बेदखली आई धरी है।

उसने यह प्रस्ताव स्वीकार कर लिया।

दातादीन प्रसन्न होकर बोले – 'चलो, मैं अभी बीज तौल दूँ, जिससे सबेरे का झंझट न रहे। रोटी तो खा ली है न?'

होरी ने लजाते हुए आज घर में चूल्हा न जलने की कथा कही।

दातादीन ने मीठे उलाहने के भाव से कहा – 'अरे! तुम्हारे घर में चूल्हा नहीं जला और तुमने मुझसे कहा भी नहीं! हम तुम्हारे बैरी तो नहीं थे। इसी बात पर तुमसे जी कुढ़ता है। अरे भले आदमी, इसमें लाज-सरम की कौन बात है! हम सब एक ही तो हैं। तुम सुद्र हुए तो क्या, हम बाम्हन हुए तो क्या, हैं तो सब एक ही घर के। दिन सबके बराबर नहीं जाते। कौन जाने, कल मेरे ही ऊपर कोई संकट आ पड़े, तो मैं तुमसे अपना दुःख न कहूँगा तो किससे कहूँगा? अच्छा जो हुआ चलो, बेंग ही के साथ तुम्हें मन-दो-मन अनाज खाने को भी तौल दूँगा।'

आध घंटे में होरी मन-भर जौ का टोकरा सिर पर रखे आया और घर की चक्की चलने लगी। धनिया रोती थी और साहस के साथ जौ पीसती थी। भगवान उसे किस कुकर्म का यह दंड दे रहे हैं!

दूसरे दिन से बुआई शुरू हुई। होरी का सारा परिवार इस तरह काम में जुटा हुआ था, मानो सब कुछ अपना ही है। कई दिन के बाद सिंचाई भी इसी तरह हुई।

दातादीन को सेंत-मेंत के मजूर मिल गए। अब कभी-कभी उनका लड़का मातादीन भी घर में आने लगा। जवान आदमी था, बड़ा रसिक और बातचीत का मीठा। दातादीन जो कुछ छीन-झपटकर लाते थे, वह उसे भाँग-बूटी में उड़ाता था। एक चमारिन से उसकी आशनाई हो गई थी, इसलिए अभी तक ब्याह न हुआ था। वह रहती अलग थी; पर सारा गाँव यह रहस्य जानते हुए भी कुछ न बोल सकता था। हमारा धर्म है हमारा भोजन। भोजन पवित्र रहे, फिर हमारे धर्म पर कोई आँच नहीं आ सकती। रोटियाँ ढाल बन कर अधर्म से हमारी रक्षा करती हैं।

अब साझे की खेती होने से मातादीन को झुनिया से बातचीत करने का अवसर मिलने लगा। वह ऐसे दाँव से आता, जब घर में झुनिया के सिवा और कोई न होता; कभी किसी बहाने से, कभी किसी बहाने से। झुनिया रूपवती न थी; लेकिन जवान थी और उसकी चमारिन प्रेमिका से अच्छी थी। कुछ दिन शहर में रह चुकी थी, पहनना-ओढ़ना, बोलना-चालना जानती थी और लज्जाशील भी थी, जो स्त्री का सबसे बड़ा आकर्षण है। मातादीन कभी-कभी उसके बच्चे को गोद में उठा लेता और प्यार करता। झुनिया निहाल हो जाती थी।

एक दिन उसने झुनिया से कहा – 'तुम क्या देखकर गोबर के साथ आईं झूना?'

झुनिया ने लजाते हुए कहा – 'भाग खींच लाया महाराज, और क्या कहूँ।'

मातादीन दुःखी मन से बोला – 'बड़ा बेवफा आदमी है। तुम जैसी लच्छमी को छोड़कर न जाने कहाँ मारा-मारा फिर रहा है। चंचल सुभाव का आदमी है, इसी से मुझे शंका होती है कि कहीं और न फँस गया हो। ऐसे आदमियों को गोली मार देनी चाहिए। आदमी का धरम है, जिसकी बाँह पकड़े, उसे निभाए। यह क्या कि एक आदमी की जिन्दगी खराब कर दी और दूसरा घर ताकने लगे।'

युवती रोने लगी। मातादीन ने इधर-उधर ताककर उसका हाथ पकड़ लिया और समझाने लगा – 'तुम उसकी क्यों परवा करती हो झूना, चला गया, जाने दो। तुम्हारे लिए किस बात की कमी है? रुपये-पैसे, गहना-कपड़ा, जो चाहो मुझसे लो।'

झुनिया ने धीरे से हाथ छुड़ा लिया और पीछे हटकर बोली – 'सब तुम्हारी दया है महाराज! मैं तो कहीं की न रही। घर से भी गई, यहाँ से भी गई। न माया मिली, न राम ही हाथ आए। दुनिया का रंग-ढंग न जानती थी। इसकी मीठी-मीठी बातें सुनकर जाल में फँस गई।'

मातादीन ने गोबर की बुराई करनी शुरू की – 'वह तो निरा लफंगा है, घर का न घाट का। जब देखो, माँ-बाप से लड़ाई। कहीं पैसा पा जाए, चट जुआ खेल डालेगा, चरस और गाँजे में उसकी जान बसती थी, सोहदों के साथ घूमना, बहू-बेटियों को छेड़ना, यही उसका काम था। थानेदार साहब बदमाशी में उसका चालान करनेवाले थे, हम लोगों ने बहुत खुशामद की, तब जाकर छोड़ा। दूसरों के खेत-खलिहान से अनाज उड़ा लिया करता। कई बार तो खुद उसी ने पकड़ा था, पर गाँव-घर का समझ कर छोड़ दिया।'

सोना ने बाहर आकर कहा – 'भाभी, अम्माँ ने कहा है, अनाज निकाल कर धूप में डाल दो, नहीं तो चोकर बहुत निकलेगा। पंडित ने जैसे बखार में पानी डाल दिया हो।'

मातादीन ने अपनी सफाई दी – 'मालूम होता है, तेरे घर बरसात नहीं हुई। चौमासे में लकड़ी तक गीली हो जाती है, अनाज तो अनाज ही है।'

यह कहता हुआ वह बाहर चला गया। सोना ने आकर उसका खेल बिगाड़ दिया।

सोना ने झुनिया से पूछा – 'मातादीन क्या करने आए थे?'

झुनिया ने माथा सिकोड़कर कहा – 'पगहिया माँग रहे थे। मैंने कह दिया, यहाँ पगहिया नहीं है।'

'यह सब बहाना है। बड़ा खराब आदमी है।'

'मुझे तो बड़ा भला आदमी लगता है। क्या खराबी है उसमें?'

'तुम नहीं जानती? सिलिया चमारिन को रखे हुए है।'

'तो इसी से खराब आदमी हो गया?'

'और काहे से आदमी खराब कहा जाता है?'

'तुम्हारे भैया भी तो मुझे लाए हैं। वह भी खराब आदमी हैं?'

सोना ने इसका जवाब न देकर कहा – 'मेरे घर में फिर कभी आएगा, तो दुतकार दूँगी।'

'और जो उससे तुम्हारा ब्याह हो जाए?'

सोना लजा गई – 'तुम तो भाभी, गाली देती हो।'

'क्यों, इसमें गाली की क्या बात है?'

'मुझसे बोले, तो मुँह झुलस दूँ।'

तो क्या तुम्हारा ब्याह किसी देवता से होगा? गाँव में ऐसा सुन्दर, सजीला जवान दूसरा कौन है?'

'तो तुम चली जाओ उसके साथ, सिलिया से लाख दर्जे अच्छी हो।'

'मैं क्यों चली जाऊँ? मैं तो एक के साथ चली आई। अच्छा है या बुरा।'

'तो मैं भी जिसके साथ ब्याह होगा, उसके साथ चली जाऊँगी, अच्छा हो या बुरा।'

'और जो किसी बूढ़े के साथ ब्याह हो गया?'

सोना हँसी – 'मैं उसके लिए नरम-नरम रोटियाँ पकाऊँगी, उसकी दवाइयाँ कूटूँ-छानूँगी, उसे हाथ पकड़कर उठाऊँगी, जब मर जाएगा तो मुँह ढाँपकर रोऊँगी।'

'और जो किसी जवान के साथ हुआ?'

'तब तुम्हारा सिर, हाँ नहीं तो!'

'अच्छा बताओ, तुम्हें बूढ़ा अच्छा लगता है कि जवान?'

'जो अपने को चाहे, वही जवान है, न चाहे वही बूढ़ा है।'

'दैव करे, तुम्हारा ब्याह किसी बूढ़े से हो जाए, तो देखूँ, तुम उसे कैसे चाहती हो। तब मनाओगी, किसी तरह यह निगोड़ा मर जाए, तो किसी जवान को लेकर बैठ जाऊँ।'

'मुझे तो उस बूढ़े पर दया आए।'

इस साल इधर एक शक्कर का मिल खुल गया था। उसके कारिन्दे और दलाल गाँव-गाँव घूमकर किसानों की ऊख मोल ले लेते थे। वही मिल था, जो मिस्टर खन्ना ने खोला था। एक दिन उसका कारिन्दा गाँव में भी आया। किसानों ने उससे भाव-ताव किया, तो मालूम हुआ, गुड़ बनाने में कोई बचत नहीं है; जब घर में ऊख पेरकर भी यही दाम मिलता है, तो पेरने की मेहनत क्यों उठाई जाए? सारा गाँव ऊख बेचने को तैयार हो गया; अगर कुछ कम भी मिले, तो परवाह नहीं। तत्काल तो मिलेगा। किसी को बैल लेना था, किसी को बाकी चुकाना था, कोई महाजन से गला छुड़ाना चाहता था। होरी को बैलों की गोई लेनी थी। अबकी ऊख की पैदावार अच्छी न थी, इसलिए यह डर भी था कि माल न पड़ेगा। और जब गुड़ के भाव मिल की चीनी मिलेगी, तो गुड़ लेगा ही कौन? सभी ने बयाने ले लिए। होरी को कम-से-कम सौ रुपये की आशा थी। इतने में एक मामूली गोई आ जाएगी लेकिन महाजनों को क्या करे! दातादीन, मँगरू, दुलारी, झिंगुरीसिंह सभी तो प्राण खा रहे थे। अगर महाजनों को देने लगेगा, तो सौ रुपये सूद-भर को भी न होंगे! कोई ऐसी जुगत न सूझती थी कि ऊख के रुपये हाथ आ जाएँ और किसी को खबर न हो। जब बैल घर आ जाएँगे, तो कोई क्या कर लेगा? गाड़ी लदेगी, तो सारा गाँव देखेगा ही, तौल पर जो रुपये मिलेंगे, वह सबको मालूम हो जाएँगे। सम्भव है, मँगरू और दातादीन हमारे साथ-साथ रहें। इधर रुपये मिले, उधर उन्होंने गर्दन पकड़ी।

शाम को गिरधर ने पूछा - 'तुम्हारी ऊख कब तक जाएगी होरी काका?'

होरी ने झाँसा दिया - 'अभी तो कुछ ठीक नहीं है भाई, तुम कब तक ले जाओगे?'

गिरधर ने भी झाँसा दिया - 'अभी तो मेरा भी कुछ ठीक नहीं है काका!'

और लोग भी इसी तरह की उड़नघाइयाँ बताते थे, किसी को किसी पर विश्वास न था। झिंगुरीसिंह के सभी रिनियाँ थे, और सबकी यही इच्छा थी कि झिंगुरीसिंह के हाथ रुपये न पड़ने पाएँ, नहीं वह सब-का-सब हजम कर जाएगा। और जब दूसरे दिन असामी फिर रुपये माँगने जाएगा, तो नया कागज, नया नजराना, नई तहरीर। दूसरे दिन शोभा आकर बोला - 'दादा, कोई ऐसा उपाय करो कि झिंगुरी को हैजा हो जाए। ऐसा गिरे कि फिर न उठे।'

होरी ने मुस्कुराकर कहा - 'क्यों, उसके बाल-बच्चे नहीं हैं?'

'उसके बाल-बच्चों को देखें कि अपने बाल-बच्चों को? वह तो दो-दो मेहरियों को आराम से रखता है, यहाँ तो एक को रूखी रोटी भी मयस्सर नहीं। सारी जमा ले लेगा। एक पैसा भी घर न लाने देगा।'

'मेरी तो हालत और भी खराब है भाई, अगर रुपये हाथ से निकल गए, तो तबाह हो जाऊँगा। गोई के बिना तो काम न चलेगा।'

'अभी तो दो-तीन दिन ऊख ढोते लगेंगे। ज्यों ही सारी ऊख पहुँच जाए, जमादार से कहें कि भैया कुछ ले ले, मगर ऊख चटपट तौल दे, दाम पीछे देना। इधर झिंगुरी से कह देंगे, अभी रुपये नहीं मिले।'

होरी ने विचार करके कहा – 'झिंगुरीसिंह हमसे-तुमसे कई गुना चतुर है सोभा! जाकर मुनीम से मिलेगा और उसी से रुपये ले लेगा। हम-तुम ताकते रह जाएँगे। जिस खन्ना बाबू का मिल है, उन्हीं खन्ना बाबू की महाजनी कोठी भी है। दोनों एक हैं।'

शोभा निराश होकर बोला – 'न जाने इन महाजनों से कभी गला छूटेगा कि नहीं।'

होरी बोला – 'इस जनम में तो कोई आशा नहीं है भाई! हम राज नहीं चाहते, भोग-विलास नहीं चाहते, खाली मोटा-झोटा पहनना, और मोटा-झोटा खाना और मरजाद के साथ रहना चाहते हैं। वह भी नहीं सधता।'

शोभा ने धूर्तता के साथ कहा – 'मैं तो दादा, इन सबों को अबकी चकमा दूँगा। जमादार को कुछ दे दिलाकर इस बात पर राजी कर लूँगा कि रुपये के लिए हमें खूब दौड़ाएँ। झिंगुरी कहाँ तक दौड़ेंगे।'

होरी ने हँसकर कहा – 'यह सब कुछ न होगा भैया! कुशल इसी में है कि झिंगुरीसिंह के हाथ-पाँव जोड़ो। हम जाल में फँसे हुए हैं। जितना ही फड़फड़ाओगे, उतना ही और जकड़ते जाओगे।'

'तुम तो दादा, बूढ़ों की-सी बातें कर रहे हो। कठघरे में फँसे बैठे रहना तो कायरता है। फन्दा और जकड़ जाए बला से; पर गला छुड़ाने के लिए जोर तो लगाना ही पड़ेगा। यही तो होगा झिंगुरी घर-द्वार नीलाम करा लेंगे; करा लें नीलाम! मैं तो चाहता हूँ कि हमें कोई रुपये न दे, हमें भूखों मरने दे, लातें खाने दे, एक पैसा भी उधार न दे; लेकिन पैसावाले उधार न दें; तो सूद कहाँ से पाएँ? एक हमारे ऊपर दावा करता है, तो दूसरा हमें कुछ कम सूद पर रुपये उधार देकर अपने जाल में फँसा लेता है। मैं तो उसी दिन रुपये लेने जाऊँगा, जिस दिन झिंगुरी कहीं चला गया होगा।'

होरी का मन भी विचलित हुआ – 'हाँ, यह ठीक है।'

'ऊख तुलवा देंगे। रुपये दाँव-घात देखकर ले आएँगे।'

'बस-बस, यही चाल चलो।'

दूसरे दिन प्रातःकाल गाँव के कई आदमियों ने ऊख काटनी शुरू की। होरी भी अपने खेत में गँड़ासा लेकर पहुँचा। उधर से शोभा भी उसकी मदद को आ गया। पुनिया, झुनिया, धनिया, सोना सभी खेत में जा पहुँचीं। कोई ऊख काटता था, कोई छीलता था, कोई पूले बाँधता था। महाजनों ने जो ऊख कटते देखी, तो पेट में चूहे दौड़े। एक तरफ से दुलारी दौड़ी, दूसरी तरफ से मँगरू साह, तीसरी ओर से मातादीन और पटेश्वरी और झिंगुरी के पियादे। दुलारी हाथ-पाँव में मोटे-मोटे चाँदी के कड़े पहने, कानों में सोने की झुमकी, आँखों में काजल लगाए, बूढ़े यौवन को रँगे-रँगाए आकर बोली – 'पहले मेरे रुपये दे दो, तब ऊख काटने दूँगी। मैं जितना ही गम खाती हूँ, उतना ही तुम शेर होते

हो। दो साल से एक धेला सूद नहीं दिया, पचास तो मेरे सूद के होते हैं।'

होरी ने घिघियाकर कहा - 'भाभी, ऊख काट लेने दो, इनके रुपये मिलते हैं, तो जितना हो सकेगा, तुमको भी दूँगा। न गाँव छोड़कर भागा जाता हूँ, न इतनी जल्द मौत ही आई जाती है। खेत में खड़ी ऊख तो रुपये न देगी?'

दुलारी ने उसके हाथ से गँड़ासा छीनकर कहा - 'नीयत इतनी खराब हो गई है तुम लोगों की; तभी तो बरक्कत नहीं होती।'

आज पाँच साल हुए, होरी ने दुलारी से तीस रुपये लिए थे। तीन साल में उसके सौ रुपये हो गए, तब स्टाम्प लिखा गया। दो साल में उस पर पचास रुपया सूद चढ़ गया था।

होरी बोला - 'सहुआइन, नीयत तो कभी खराब नहीं की, और भगवान चाहेंगे, तो पाई-पाई चुका दूँगा। हाँ, आजकल तंग हो गया हूँ, जो चाहे कह लो।'

सहुआइन को जाते देर नहीं हुई कि मँगरू साह पहुँचे। काला रंग, तोंद कमर के नीचे लटकती हुई, दो बड़े-बड़े दाँत सामने जैसे काट खाने को निकले हुए, सिर पर टोपी, गले में चादर, उम्र अभी पचास से ज्यादा नहीं; पर लाठी के सहारे चलते थे। गठिया का मरज हो गया था। खाँसी भी आती थी। लाठी टेककर खड़े हो गए और होरी को डाँट बताई - पहले हमारे रुपये दे दो होरी, तब ऊख काटो। हमने रुपये उधार दिए थे, खैरात नहीं थे। तीन-तीन साल हो गए, न सूद न ब्याज; मगर यह न समझना कि तुम मेरे रुपये हजम कर जाओगे। मैं तुम्हारे मुर्दे से भी वसूल कर लूँगा।

शोभा मसखरा था। बोला - 'तब काहे को घबड़ाते हो साहजी, इनके मुर्दे ही से वसूल कर लेना। नहीं, एक-दो साल के आगे-पीछे दोनों ही सरग में पहुँचोगे। वहीं भगवान के सामने अपना हिसाब चुका लेना।'

मँगरू ने शोभा को बहुत बुरा-भला कहा - 'जमादार, बेईमान इत्यादि। लेने की बेर तो दुम हिलाते हो, जब देने की बारी आती है, तो गुर्राते हो। घर बिकवा लूँगा; बैल-बधिये नीलाम करा लूँगा।'

शोभा ने फिर छेड़ा - 'अच्छा, ईमान से बताओ साह, कितने रुपये दिए थे, जिसके अब तीन सौ रुपये हो गए हैं?'

'जब तुम साल के साल सूद न दोगे, तो आप ही बढ़ेंगे।'

'पहले-पहल कितने रुपये दिए थे तुमने? पचास ही तो।'

'कितने दिन हुए, यह भी तो देख।'

'पाँच-छः साल हुए होंगे?'

'दस साल हो गए पूरे; ग्यारहवाँ जा रहा है।'

'पचास रुपये के तीन सौ रुपये लेते तुम्हें जरा भी सरम नहीं आती!'

'सरम कैसी, रुपये दिए हैं कि खैरात माँगते हैं।'

होरी ने इन्हें भी चिरौरी-विनती करके विदा किया। दातादीन ने होरी के साझे में खेती की थी। बीज देकर आधी फसल ले लेंगे। इस वक्त कुछ छेड़-छाड़ करना

नीति-विरुद्ध था। झिंगुरीसिंह ने मिल के मैनेजर से पहले ही सब कुछ कह-सुन रखा था। उनके प्यादे गाड़ियों पर ऊख लदवाकर नाव पर पहुँचा रहे थे। नदी गाँव से आध मील पर थी। एक गाड़ी दिन-भर में सात-आठ चक्कर कर लेती थी। और नाव एक खेवे में पचास गाड़ियों का बोझ लाद लेती थी। इस तरह किफायत पड़ती थी। इस सुविधा का इन्तजाम करके झिंगुरीसिंह ने सारे इलाके को एहसान से दबा दिया था।

तौल शुरू होते ही झिंगुरीसिंह ने मिल के फाटक पर आसन जमा लिया। हरएक की ऊख तौलाते थे, दाम का पुरजा लेते थे, खजांची से रुपये वसूल करते थे और अपना पावना काटकर असामी को दे देते थे। असामी कितना ही रोए, चीखे, किसी की न सुनते थे। मालिक का यही हुक्म था। उनका क्या बस!

होरी को एक सौ बीस रुपये मिले! उसमें से झिंगुरीसिंह ने अपने पूरे रुपये सूद समेत काट कर कोई पचीस रुपये होरी के हवाले किए।

होरी ने रुपये की ओर उदासीन भाव से देखकर कहा - 'यह लेकर मैं क्या करूँगा ठाकुर, यह भी तुम्हीं ले लो। मेरी लिए मजूरी बहुत मिलेगी।'

झिंगुरी ने पचीसों रुपये जमीन पर फेंककर कहा - 'लो या फेंक दो, तुम्हारी खुशी। तुम्हारे कारन मालिक की घुड़कियाँ खाईं और अभी रायसाहब सिर पर सवार हैं कि डाँड़ के रुपये अदा करो। तुम्हारी गरीबी पर दया करके इतने रुपये दिए देता हूँ, नहीं एक धेला भी न देता। अगर रायसाहब ने सख्ती की तो उलटे और घर से देने पड़ेंगे।'

होरी ने धीरे से रुपये उठा लिए और बाहर निकला कि नोखेराम ने ललकारा। होरी ने जाकर पचीसों रुपये उनके हाथ पर रख दिए, और बिना कुछ कहे जल्दी से भाग गया। उसका सिर चक्कर खा रहा था। शोभा को इतने ही रुपये मिले थे। वह बाहर निकला, तो पटेश्वरी ने घेरा।

शोभा बदल पड़ा। बोला - 'मेरे पास रुपये नहीं हैं; तुम्हें जो कुछ करना हो, कर लो।'

पटेश्वरी ने गर्म होकर कहा - 'ऊख बेची है कि नहीं?'

'हाँ, बेची है।'

'तुम्हारा यही वादा तो था कि ऊख बेचकर रुपये दूँगा!'

'हाँ, था तो।'

'फिर क्यों नहीं देते! और सब लोगों को दिए हैं कि नहीं?'

'हाँ, दिए हैं।'

'तो मुझे क्यों नहीं देते?'

'मेरे पास अब जो कुछ बचा है वह बाल-बच्चों के लिए है।'

पटेश्वरी ने बिगड़कर कहा - 'तुम रुपये दोगे शोभा, और हाथ जोड़ कर और आज ही। हाँ, अभी जितना चाहो, बहक लो। एक रपट में जाओगे छः महीने को, पूरे छः महीने को, न एक दिन बेस, न एक दिन कम। यह जो नित्य जुआ खेलते हो, वह एक रपट में निकल जाएगा। मैं जमींदार या महाजन का नौकर नहीं हूँ, सरकार

बहादुर का नौकर हूँ, जिसका दुनिया-भर में राज है और जो तुम्हारे महाजन और जमींदार, दोनों का मालिक है।'

पटेश्वरी लाला आगे बढ़ गए। शोभा और होरी कुछ दूर चुपचाप चले। मानो इस धिक्कार ने उन्हें संज्ञाहीन कर दिया हो। तब होरी ने कहा - 'शोभा, इसके रुपये दे दो। समझ लो, ऊख में आग लग गई थी। मैंने भी यही सोच कर, मन को समझाया है।'

शोभा ने आहत कंठ से कहा - 'हाँ, दे दूँगा दादा! न दूँगा तो जाऊँगा कहाँ?'

सामने से गिरधर ताड़ी पिए झूमता चला आ रहा था। दोनों को देख कर बोला - 'झिंगुरिया ने सारे का सारा ले लिया होरी काका! चबेना को भी एक पैसा न छोड़ा। हत्यारा कहीं का! रोया, गिड़गिड़ाया; पर इस पापी को दया न आई।'

शोभा ने कहा - 'ताड़ी तो पिए हुए हो, उस पर कहते हो, एक पैसा भी न छोड़ा!'

गिरधर ने पेट दिखाकर कहा - 'साँझ हो गई, जो पानी की बूँद भी कंठ तले गई हो, तो गोमांस बराबर। एक इकन्नी मुँह में दबा ली थी। उसकी ताड़ी पी ली। सोचा, साल-भर पसीना गारा है, तो एक ताड़ी तो पी लूँ; मगर सच कहता हूँ, नसा नहीं है। एक आने में क्या नसा होगा? हाँ, झूम रहा हूँ जिसमें लोग समझें, खूब पिए हुए है। बड़ा अच्छा हुआ काका, बेबाकी हो गई। बीस लिए, उसके एक सौ साठ भरे, कुछ हद है!'

होरी घर पहुँचा, तो रूपा पानी लेकर दौड़ी, सोना चिलम भर लाई, धनिया ने चबेना और नमक लाकर रख दिया और आशा-भरी आँखों से उसकी ओर ताकने लगीं। झुनिया भी चौखट पर आ खड़ी हुई थी। होरी उदास बैठा था। कैसे मुँह-हाथ धोए, कैसे चबेना खाए। ऐसा लज्जित और ग्लानित था, मानो हत्या करके आया हो।

धनिया ने पूछा - 'कितने की तौल हुई?'

'एक सौ बीस मिले; पर सब वहीं लुट गए, धेला भी न बचा।'

धनिया सिर से पाँव तक भस्म हो उठी। मन में ऐसा उद्वेग उठा कि अपना मुँह नोंच ले। बोली - 'तुम जैसा घामड़ आदमी भगवान ने क्यों रचा, कहीं मिलते तो उनसे पूछती। तुम्हारे साथ सारी जिन्दगी तलख हो गई, भगवान मौत भी नहीं देते कि जंजाल से जान छूटे। उठाकर सारे रुपये बहनोइयों को दे दिए। अब और कौन आमदनी है, जिससे गोई आएगी? हल में क्या मुझे जोतोगे, या आप जुतोगे? मैं कहती हूँ, तुम बूढ़े हुए, तुम्हें इतनी अक्ल भी नहीं आई कि गोई-भर के रुपये तो निकाल लेते! कोई तुम्हारे हाथ से छीन थोड़े लेता। पूस की यह ठंड और किसी की देह पर लत्ता नहीं। ले जाओ सबको नदी में डुबा दो। सिसक-सिसककर मरने से तो एक दिन मर जाना फिर भी अच्छा है। कब तक पुआल में घुसकर रात काटेंगे और पुआल में घुस भी लें, तो पुआल खाकर रहा तो न जाएगा। तुम्हारी इच्छा हो, घास ही खाओ, हमसे तो घास न खाई जाएगी।'

यह कहते-कहते वह मुस्कुरा पड़ी। इतनी देर में उसकी समझ में यह बात आने लगी थी कि महाजन जब सिर पर सवार हो जाए, और अपने हाथ में रुपये हों और महाजन जानता हो कि इसके पास रुपये हैं, तो असामी कैसे अपनी जान बचा सकता है!

होरी सिर नीचा किए अपने भाग्य को रो रहा था। धनिया का मुस्कुराना उसे न दिखाई दिया। बोला - 'मजूरी तो मिलेगी। मजूरी करके खाएँगे।'

धनिया ने पूछा - 'कहाँ है इस गाँव में मजूरी? और कौन मुँह लेकर मजूरी करोगे? महतो नहीं कहलाते!'

होरी ने चिलम के कई कश लगाकर कहा - 'मजूरी करना कोई पाप नहीं है। मजूर बन जाए तो किसान हो जाता है। किसान बिगड़ जाय तो मजूर हो जाता है। मजूरी करना भाग्य में न होता तो यह सब विपत क्यों आती? क्यों गाय मरती? क्यों लड़का नालायक निकल जाता?'

धनिया ने बहू और बेटियों की ओर देखकर कहा - 'तुम सब की सब क्यों घेरे खड़ी हो, जाकर अपना-अपना काम देखो। वह और हैं जो हाट-बाजार से आते हैं, तो बाल-बच्चों के लिए दो-चार पैसे की कोई चीज लिए आते हैं। यहाँ तो यह लोभ रहा होगा कि रुपये तुड़ाएँ कैसे? एक कम न हो जाएगा; इसी से इनकी कमाई में बरक्कत नहीं होती। जो खरच करते हैं, उन्हें मिलता है। जो न खा सकें, न पहन सकें, उन्हें रुपये मिलें ही क्यों? जमीन में गाड़ने के लिए?'

होरी ने खिलखिलाकर पूछा - 'कहाँ है वह गाड़ी हुई थाती?'

'जहाँ रखी है, वहीं होगी। रोना तो यही है कि यह जानते हुए भी पैसे के लिए मरते हो! चार पैसे की कोई चीज लाकर बच्चों के हाथ पर रख देते तो पानी में न पड़ जाते। झिंगुरी से तुम कह देते कि एक रुपया मुझे दे दो, नहीं मैं तुम्हें एक पैसा न दूँगा, जाकर अदालत में लेना, तो वह जरूर दे देता।'

होरी लज्जित हो गया। अगर वह झल्लाकर पचीसों रुपये नोखेराम को न दे देता, तो नोखे क्या कर लेते? बहुत होता बकाया पर दो-चार आना सूद ले लेते; मगर अब तो चूक हो गई।

झुनिया ने भीतर जाकर सोना से कहा - 'मुझे तो दादा पर बड़ी दया आती है। बेचारे दिन-भर के थके-माँदे घर आए, तो अम्माँ कोसने लगीं। महाजन गला दबाए था, तो क्या करते बेचारे!'

'तो बैल कहाँ से आएँगे?'

'महाजन अपने रुपये चाहता है। उसे तुम्हारे घर के दुःखड़ों से क्या मतलब?'

'अम्माँ वहाँ होतीं, तो महाजन को मजा चखा देतीं। अभागा रोकर रह जाता।'

झुनिया ने दिल्लगी की - 'तो यहाँ रुपये की कौन कमी है? तुम महाजन से जरा हँसकर बोल दो, देखो सारे रुपये छोड़ देता है कि नहीं। सच कहती हूँ, दादा का सारा दुःख-दलिद्दर दूर हो जाए।'

सोना ने दोनों हाथों से उसका मुँह दबाकर कहा - 'बस, चुप ही रहना, नहीं कहे देती हूँ। अभी जाकर अम्माँ से मातादीन की सारी कलई खोल दूँ तो रोने लगो।'

झुनिया ने पूछा - 'क्या कह देगी अम्माँ से? कहने को कोई बात भी हो। जब वह किसी बहाने से घर में आ जाते हैं, तो क्या कह दूँ कि निकल जाओ, फिर

मुझसे कुछ ले तो नहीं जाते? कुछ अपना ही दे जाते हैं। सिवाय मीठी-मीठी बातों के वह झुनिया से कुछ नहीं पा सकते! और अपनी मीठी बातों को महँगे दामों बेचना भी मुझे आता है। मैं ऐसी अनाड़ी नहीं हूँ कि किसी के झाँसे में आ जाऊँ। हाँ, जब जान जाऊँगी कि तुम्हारे भैया ने वहाँ किसी को रख लिया है, तब की नहीं चलाती। तब मेरे ऊपर किसी का कोई बन्धन न रहेगा। अभी तो मुझे विश्वास है कि वह मेरे हैं और मेरे कारन उन्हें गली-गली ठोकर खाना पड़ रहा है। हँसने-बोलने की बात न्यारी है, पर मैं उनसे विश्वासघात न करूँगी। जो एक से दो का हुआ, वह किसी का नहीं रहता।'

शोभा ने आकर होरी को पुकारा और पटेश्वरी के रुपये उसके हाथ में रखकर बोला - 'भैया, तुम जाकर ये रुपये लाला को दे दो, मुझे उस घड़ी न जाने क्या हो गया था।'

होरी रुपये लेकर उठा ही था कि शंख की ध्वनि कानों में आई। गाँव के उस सिरे पर ध्यानसिंह नाम के एक ठाकुर रहते थे। पल्टन में नौकर थे और कई दिन हुए, दस साल के बाद रजा लेकर आए थे। बगदाद, अदन, सिंगापुर, बर्मा - चारों तरफ घूम चुके थे। अब ब्याह करने की धुन में थे। इसीलिए पूजा-पाठ करके ब्राह्मणों को प्रसन्न रखना चाहते थे।

होरी ने कहा - 'जान पड़ता है सातों अध्याय पूरे हो गए। आरती हो रही है।'

शोभा बोला - 'हाँ, जान तो पड़ता है, चलो आरती ले लो।'

होरी ने चिन्तित भाव से कहा - 'तुम जाओ, मैं थोड़ी देर में आता हूँ।'

ध्यानसिंह जिस दिन आए थे, सब के घर सेर-सेर भर मिठाई बैना भेजी थी। होरी से जब कभी रास्ते में मिल जाते, कुशल पूछते। उनकी कथा में जाकर आरती में कुछ न देना अपमान की बात थी।

आरती का थाल उन्हीं के हाथ में होगा। उनके सामने होरी कैसे खाली हाथ आरती ले लेगा! इससे तो कहीं अच्छा है कि वह कथा में जाए ही नहीं। इतने आदमियों में उन्हें क्या याद आएगी कि होरी नहीं आया। कोई रजिस्टर लिए तो बैठा नहीं है कि कौन आया, कौन नहीं आया। वह जाकर खाट पर लेट रहा।

मगर उसका हृदय मसोस-मसोसकर रह जाता था। उसके पास एक पैसा भी नहीं है! ताँबे का एक पैसा! आरती के पुण्य और माहात्म्य का उसे बिलकुल ध्यान न था। बात थी केवल व्यवहार की। ठाकुरजी की आरती तो वह केवल श्रद्धा की भेंट देकर ले सकता था; लेकिन मर्यादा कैसे तोड़े, सबकी आँखों में हेठा कैसे बने!

सहसा वह उठ बैठा। क्यों मर्यादा की गुलामी करे? मर्यादा के पीछे आरती का पुण्य क्यों छोड़े? लोग हँसेंगे, हँस लें। उसे परवा नहीं है। भगवान उसे कुकर्म से बचाए रखें, और वह कुछ नहीं चाहता।

वह ठाकुर के घर की ओर चल पड़ा।

खन्ना और गोविन्दी में नहीं पटती। क्यों नहीं पटती, यह बताना कठिन है। ज्योतिष के हिसाब से उनके ग्रहों में कोई विरोध है, हालाँकि विवाह के समय ग्रह और नक्षत्र खूब मिला लिए गए थे। काम-शास्त्र के हिसाब से इस अनबन का कोई रहस्य हो सकता है, और मनोविज्ञानवाले कुछ और ही कारण खोज सकते हैं। हम तो इतना ही जानते हैं कि उनमें नहीं पटती। खन्ना धनवान हैं, रसिक हैं, मिलनसार हैं, रूपवान हैं, अच्छे-खासे पढ़े-लिखे हैं और नगर के विशिष्ट पुरुषों में हैं। गोविन्दी अप्सरा न हो, पर रूपवती अवश्य हैं; गेहुँआ रंग, लज्जाशील आँखें, जो एक बार सामने उठकर फिर झुक जाती हैं, कपोलों पर लाली न हो, पर चिकनापन है, गात कोमल, अंगविन्यास सुडौल, गोल बाँहें, मुख पर एक प्रकार की अरुचि, जिसमें कुछ गर्व की झलक भी है, मानो संसार के व्यवहार और व्यापार को हेय समझती है।

खन्ना के पास विलास के ऊपरी साधनों की कमी नहीं, अव्वल दरजे का बँगला है, अव्वल दरजे का फर्नीचर, अव्वल दरजे की कार और अपार धन; पर गोविन्दी की दृष्टि में जैसे इन चीजों का कोई मूल्य नहीं। इस खारे सागर में वह प्यासी पड़ी रहती है। बच्चों का लालन-पालन और गृहस्थी के छोटे-मोटे काम ही उसके लिए सब कुछ हैं। वह इनमें इतनी व्यस्त रहती है कि भोग की ओर उसका ध्यान ही नहीं जाता। आकर्षण क्या वस्तु है और कैसे उत्पन्न हो सकता है, इसकी ओर उसने कभी विचार नहीं किया। वह पुरुष का खिलौना नहीं है, न उसके भोग की वस्तु, फिर क्यों आकर्षण बनने की चेष्टा करे? अगर पुरुष उसका असली सौन्दर्य देखने के लिए आँखें नहीं रखता, कामिनियों के पीछे मारा-मारा फिरता है, तो वह उसका दुर्भाग्य है। वह उसी प्रेम और निष्ठा से पति की सेवा किए जाती है, जैसे द्वेष और मोह-जैसी भावनाओं को उसने जीत लिया है। और यह अपार सम्पत्ति तो वह जैसे उसकी आत्मा को कुचलती रहती है, इन आडम्बरों और पाखंडों से मुक्त होने के लिए उसका मन सदैव ललचाया करता है। अपने सरल और स्वाभाविक जीवन में वह कितनी सुखी रह सकती थी, इसका वह नित्य स्वप्न देखती रहती है। तब क्यों मालती उसके मार्ग में आकर बाधक हो जाती! क्यों वेश्याओं के मुजरे होते, क्यों यह सन्देह और बनावट और अशान्ति उसके जीवन-पथ में काँटा बनती! बहुत पहले जब वह बालिका-विद्यालय में पढ़ती थी, उसे कविता का रोग लग गया था, जहाँ दुःख और वेदना ही जीवन का तत्त्व है, सम्पत्ति और विलास तो केवल इसलिए है कि उसकी होली जलाई जाए, जो मनुष्य को असत्य और अशान्ति की ओर ले जाता है। वह अब कभी-कभी कविता रचती थी, लेकिन सुनाए किसे? उसकी कविता केवल मन की तरंग या भावना की उड़ान न थी; उसके एक-एक शब्द में उसके जीवन की व्यथा और उसके आँसुओं की ठंडी जलन भरी होती थी - किसी ऐसे प्रदेश में जा बसने की लालसा, जहाँ वह पाखंडों और वासनाओं से दूर अपनी शान्त कुटिया में सरल आनन्द का उपभोग करे। खन्ना उसकी कविताएँ देखते, तो उनका मजाक उड़ाते और कभी-कभी फाड़कर फेंक देते।

और सम्पत्ति की यह दीवार दिन-दिन ऊँची होती जाती थी और दम्पति को एक-दूसरे से दूर और पृथक करती जाती थी। खन्ना अपने ग्राहकों के साथ जितना ही मीठा और नम्र था, घर में उतना ही कटु और उद्दंड। अक्सर क्रोध में गोविन्दी को अपशब्द कह बैठता, शिष्टता उसके लिए दुनिया को ठगने का एक साधन थी, मन का संस्कार नहीं। ऐसे अवसरों पर गोविन्दी अपने एकान्त कमरे में जा बैठती और रात की रात रोया करती और खन्ना दीवानखाने में मुजरे सुनता या क्लब में जाकर शराबें उड़ाता। लेकिन यह सब कुछ होने पर भी खन्ना उसका सर्वस्व था। वह दलित और अपमानित होकर भी खन्ना की लौंडी थी। उनसे लड़ेगी, जलेगी, रोएगी; पर रहेगी उन्हीं की। उनसे पृथक जीवन की वह कोई कल्पना ही न कर सकती थी।

आज मिस्टर खन्ना किसी बुरे आदमी का मुँह देखकर उठे थे। सवेरे ही पत्र खोला, तो उनके कई स्टाकों का दर गिर गया था, जिसमें उन्हें कई हजार की हानि होती थी। शक्कर मिल के मजदूरों ने हड़ताल कर दी थी और दंगा-फसाद करने पर आमादा थे। नफे की आशा से चाँदी खरीदी थी; मगर उसका दर आज और भी ज्यादा गिर गया था। रायसाहब से जो सौदा हो रहा था और जिसमें उन्हें खासे नफे की आशा थी, वह कुछ दिनों के लिए टलता हुआ जान पड़ता था। फिर रात को बहुत पी जाने के कारण इस वक्त सिर भारी था और देह टूट रही थी। इधर शोफर ने कार के इंजन में कुछ खराबी पैदा हो जाने की बात कही थी और लाहौर में उनके बैंक पर एक दीवानी मुकदमा दायर हो जाने का समाचार भी मिला था। बैठे मन में झुँझला रहे थे कि उसी वक्त गोविन्दी ने आकर कहा - 'भीष्म का ज्वर आज भी नहीं उतरा, किसी डाक्टर को बुला दो।'

भीष्म उनका सबसे छोटा पुत्र था, और जन्म से ही दुर्बल होने के कारण उसे रोज एक-न-एक शिकायत बनी रहती थी। आज खाँसी है, तो कल बुखार; कभी पसली चल रही है, कभी हरे-पीले दस्त आ रहे हैं। दस महीने का हो गया था; पर लगता था, पाँच-छः महीने का। खन्ना की धारणा हो गई थी कि यह लड़का बचेगा नहीं; इसलिए उसकी ओर से उदासीन रहते थे; पर गोविन्दी इसी कारण उसे और सब बच्चों से ज्यादा चाहती थी।

खन्ना ने पिता के स्नेह का भाव दिखाते हुए कहा - 'बच्चों को दवाओं का आदी बना देना ठीक नहीं, और तुम्हें दवा पिलाने का मरज है। जरा कुछ हुआ और डाक्टर बुलाओ। एक रोज और देखो, आज तीसरा ही दिन तो है। शायद आज आप-ही-आप उतर जाए।'

गोविन्दी ने आग्रह किया - 'तीन दिन से नहीं उतरा। घरेलू दवाएँ करके हार गई।'

खन्ना ने पूछा - 'अच्छी बात है, बुला देता हूँ, किसे बुलाऊँ?'

'बुला लो डाक्टर नाग को।'

'अच्छी बात है, उन्हीं को बुलाता हूँ, मगर यह समझ लो कि नाम हो जाने से ही कोई अच्छा डाक्टर नहीं हो जाता। नाग फीस चाहे जितनी चाहे ले लें, उनकी दवा

से किसी को अच्छा होते नहीं देखा। वह तो मरीजों को स्वर्ग भेजने के लिए मशहूर हैं।'

'तो चाहे जिसे बुला लो, मैंने तो नाग को इसलिए कहा था कि वह कई बार आ चुके हैं।'

'मिस मालती को क्यों न बुला लूँ? फीस भी कम और बच्चों का हाल लेडी डाक्टर जैसा समझेगी, कोई मर्द डाक्टर नहीं समझ सकता।'

गोविन्दी ने जलकर कहा – 'मैं मिस मालती को डाक्टर नहीं समझती।'

खन्ना ने भी तेज आँखों से देखकर कहा – 'तो वह इंग्लैंड घास खोदने गई थी, और हजारों आदमियों को आज जीवन-दान दे रही है, यह सब कुछ नहीं है?'

'होगा, मुझे उन पर भरोसा नहीं है। वह मरदों के दिल का इलाज कर लें। और किसी की दवा उनके पास नहीं है।'

बस ठन गई। खन्ना गरजने लगे। गोविन्दी बरसने लगी। उनके बीच में मालती का नाम आ जाना मानो लड़ाई का अल्टिमेटम था।

खन्ना ने सारे कागजों को जमीन पर फेंककर कहा – 'तुम्हारे साथ जिन्दगी तलख हो गई।'

गोविन्दी ने नुकीले स्वर में कहा – 'तो मालती से ब्याह कर लो न! अभी क्या बिगड़ा है, अगर वहाँ दाल गले।'

'तुम मुझे क्या समझती हो?'

'यही कि मालती तुम-जैसों को अपना गुलाम बनाकर रखना चाहती है, पति बनाकर नहीं।'

'तुम्हारी निगाह में मैं इतना जलील हूँ?'

और उन्होंने इसके विरुद्ध प्रमाण देना शुरू किया। मालती जितना उनका आदर करती है, उतना शायद ही किसी का करती हो। रायसाहब और राजा साहब को मुँह तक नहीं लगाती; लेकिन उनसे एक दिन भी मुलाकात न हो, तो शिकायत करती है...

गोविन्दी ने इन प्रमाणों को एक फूँक में उड़ा दिया – 'इसलिए कि वह तुम्हें सबसे बड़ा आँखों का अन्धा समझती है, दूसरों को इतनी आसानी से बेवकूफ नहीं बना सकती।'

खन्ना ने डींग मारी – 'वह चाहें तो आज मालती से विवाह कर सकते हैं। आज, अभी...'

मगर गोविन्दी को बिलकुल विश्वास नहीं – 'तुम सात जन्म नाक रगड़ो, तो भी वह तुमसे विवाह न करेगी। तुम उसके टट्टू हो, तुम्हें घास खिलाएगी, कभी-कभी तुम्हारा मुँह सहलाएगी, तुम्हारे पुट्ठों पर हाथ फेरेगी; लेकिन इसलिए कि तुम्हारे ऊपर सवारी गाँठे। तुम्हारे जैसे एक हजार बुद्धू उसकी जेब में हैं।'

गोविन्दी आज बहुत बढ़ी जाती थी। मालूम होता है, आज वह उनसे लड़ने पर तैयार होकर आई है। डाक्टर के बुलाने का तो केवल बहाना था। खन्ना अपनी योग्यता और दक्षता और पुरुषत्व पर इतना बड़ा आक्षेप कैसे सह सकते थे!

'तुम्हारे खयाल में मैं बुद्धू और मूर्ख हूँ, तो ये हजारों क्यों मेरे द्वार पर नाक रगड़ते हैं? कौन राजा या ताल्लुकेदार है, जो मुझे दंडवत नहीं करता? सैकड़ों को उल्लू बना कर छोड़ दिया।'

'यही तो मालती की विशेषता है कि जो औरों को सीधे उस्तरे से मूँड़ता है, उसे वह उलटे छुरे से मूँड़ती है।'

'तुम मालती की चाहे जितनी बुराई करो, तुम उसकी पाँव की धूल भी नहीं हो।'

'मेरी दृष्टि में वह वेश्याओं से भी गई-बीती है, क्योंकि वह परदे की आड़ से शिकार खेलती है।'

दोनों ने अपने-अपने अग्निबाण छोड़ दिए। खन्ना ने गोविन्दी को चाहे दूसरी कठोर से कठोर बात कही होती, उसे इतनी बुरी न लगती; पर मालती से उसकी यह घृणित तुलना उसकी सहिष्णुता के लिए भी असह्य थी। गोविन्दी ने भी खन्ना को चाहे जो कुछ कहा होता, वह इतने गर्म न होते; लेकिन मालती का यह अपमान वह नहीं सह सकते। दोनों एक-दूसरे के कोमल स्थलों से परिचित थे। दोनों के निशाने ठीक बैठे और दोनों तिलमिला उठे। खन्ना की आँखें लाल हो गईं। गोविन्दी का मुँह लाल हो गया। खन्ना आवेश में उठे और उसके दोनों कान पकड़कर जोर से ऐंठे और तीन तमाचे लगा दिए। गोविन्दी रोती हुई अन्दर चली गई।

जरा देर में डाक्टर नाग आए और सिविल सर्जन मि. टाड आए और भिषगाचार्य नीलकंठ शास्त्री आए; पर गोविन्दी बच्चे को लिए अपने कमरे में बैठी रही। किसने क्या कहा, क्या तशखीश की, उसे कुछ मालूम नहीं। जिस विपत्ति की कल्पना वह कर रही थी, वह आज उसके सिर पर आ गई। खन्ना ने आज जैसे नाता तोड़ लिया, जैसे उसे घर से खदेड़कर द्वार बन्द कर लिया। जो रूप का बाजार लगाकर बैठती है, जिसकी परछाईं भी वह अपने ऊपर पड़ने नहीं देना चाहती... वह उस पर परोक्ष रूप से शासन करे? यह न होगा। खन्ना उसके पति हैं, उन्हें उसको समझाने-बुझाने का अधिकार है, उनकी मार को भी वह शिरोधार्य कर सकती है; पर मालती का शासन? असम्भव! मगर बच्चे का ज्वर जब तक शान्त न हो जाए, वह हिल नहीं सकती। आत्माभिमान को भी कर्त्तव्य के सामने सिर झुकाना पड़ेगा।

दूसरे दिन बच्चे का ज्वर उतर गया था। गोविन्दी ने एक ताँगा मँगवाया और घर से निकली। जहाँ उसका इतना अनादर है, वहाँ अब वह नहीं रह सकती। आघात इतना कठोर था कि बच्चों का मोह भी टूट गया था। उनके प्रति उसका जो धर्म था, उसे वह पूरा कर चुकी है। शेष जो कुछ है, वह खन्ना का धर्म है। हाँ, गोद के बालक को वह किसी तरह नहीं छोड़ सकती। वह उसकी जान के साथ है। और इस घर से वह केवल अपने प्राण लेकर निकलेगी। और कोई चीज उसकी नहीं है। इन्हें यह दावा है कि वह उसका पालन करते हैं। गोविन्दी दिखा देगी कि वह उनके आश्रय से निकलकर भी जिन्दा रह सकती है। तीनों बच्चे उस समय खेलने गए थे। गोविन्दी का मन हुआ,

एक बार उन्हें प्यार कर ले मगर वह कहीं भागी तो नहीं जाती। बच्चों को उससे प्रेम होगा, तो उसके पास आएँगे, उसके घर में खेलेंगे। वह जब जरूरत समझेगी, खुद बच्चों को देख आया करेगी। केवल खन्ना का आश्रय नहीं लेना चाहती।

साँझ हो गई थी। पार्क में रौनक थी। लोग हरी घास पर लेटे हवा का आनन्द लूट रहे थे। गोविन्दी हजरतगंज होती हुई चिड़ियाघर की तरफ मुड़ी ही थी कि कार पर मालती और खन्ना सामने से आते हुए दिखाई दिए। उसे मालूम हुआ, खन्ना ने उसकी तरफ इशारा करके कुछ कहा और मालती मुस्कुराई। नहीं, शायद यह उसका भ्रम हो। खन्ना मालती से उसकी निन्दा न करेंगे; मगर कितनी बेशर्म है। सुना है, इसकी अच्छी प्रैक्टिस है, घर की भी सम्पन्न है, फिर भी यों अपने को बेचती फिरती है। न जाने क्यों ब्याह नहीं कर लेती; लेकिन उससे ब्याह करेगा ही कौन? नहीं, यह बात नहीं। पुरुषों में भी ऐसे बहुत हो गए, जो उसे पाकर अपने को धन्य मानेंगे; लेकिन मालती खुद तो किसी को पसन्द करे? और ब्याह में कौन-सा सुख रखा हुआ है? बहुत अच्छा करती है, जो ब्याह नहीं करती। अभी सब उसके गुलाम हैं। तब वह एक की लौंडी होकर रह जाएगी। बहुत अच्छा कर रही है। अभी तो यह महाशय भी उसके तलवे चाटते हैं, कहीं इनसे ब्याह कर ले, तो उस पर शासन करने लगें, मगर इनसे वह क्यों ब्याह करेगी? और समाज में दो-चार ऐसी स्त्रियाँ बनी रहें, तो अच्छा; पुरुषों के कान तो गर्म करती रहें।

आज गोविन्दी के मन में मालती के प्रति बड़ी सहानुभूति उत्पन्न हुई। वह मालती पर आक्षेप करके उसके साथ अन्याय कर रही है। क्या मेरी दशा को देखकर उसकी आँखें न खुलती होंगी? विवाहित जीवन की दुर्दशा आँखों देखकर अगर वह इस जाल में नहीं फँसती, तो क्या बुरा करती है?

चिड़ियाघर में चारों तरफ सन्नाटा छाया हुआ था। गोविन्दी ने ताँगा रोक दिया और बच्चे को लिए हरी दूब की तरफ चली; मगर दो ही तीन कदम चली थी कि चप्पल पानी में डूब गई। अभी थोड़ी देर पहले लान सींचा गया था और घास के नीचे पानी बह रहा था। उस उतावली में उसने पीछे न फिरकर एक कदम और आगे रखा तो पाँव कीचड़ में सन गए। उसने पाँव की ओर देखा। अब यहाँ पाँव धोने के लिए पानी कहाँ से मिलेगा? उसकी सारी मनोव्यथा लुप्त हो गई। पाँव धोकर साफ करने की नई चिन्ता हुई। उसकी विचारधारा रुक गई। जब तक पाँव साफ न हो जाए, वह कुछ नहीं सोच सकती।

सहसा उसे एक लम्बा पाइप घास में छिपा नजर आया, जिसमें से पानी बह रहा था। उसने जाकर पाँव धोए, चप्पल धोए, हाथ-मुँह धोया, थोड़ा-सा पानी चुल्लू में लेकर पिया और पाइप के उस पार सूखी जमीन पर जा बैठी। उदासी से मौत की याद तुरन्त आती है। कहीं वह बैठे-बैठे मर जाए, तो क्या होगा? ताँगेवाला तुरन्त जाकर खन्ना को खबर देगा। खन्ना सुनते ही खिल उठेंगे लेकिन दुनिया को दिखाने के लिए आँखों पर रूमाल रख लेंगे। बच्चों के लिए खिलौने और तमाशे माँ से प्यारे हैं। यह है उसका जीवन; जिसके लिए कोई चार बूँद आँसू बहानेवाला भी नहीं। तब उसे वह

दिन याद आया, जब उसकी सास जीती थी और खन्ना उड़नछू न हुए थे। तब सास का बात-बात पर बिगड़ना बुरा लगता था; आज उसे सास के उस क्रोध में स्नेह का रस घुला जान पड़ रहा था। तब वह सास से रूठ जाती थी और सास उसे दुलारकर मनाती थी। आज वह महीनों रूठी पड़ी रहे, किसे परवा है?

एकाएक उसका मन उड़कर माता के चरणों में जा पहुँचा। हाय! आज मेरी अम्माँ होतीं, तो क्यों उसकी यह दुर्दशा होती! उसके पास और कुछ न था, स्नेह-भरी गोद तो थी, प्रेम-भरा अंचल तो था, जिसमें मुँह डालकर वह रो लेती; लेकिन नहीं, वह रोएगी नहीं, उस देवी को स्वर्ग में दुःखी न बनाएगी। मेरे लिए वह जो कुछ ज्यादा से ज्यादा कर सकती थी, वह कर गई! मेरे कर्मों की साथिन होना तो उनके वश की बात न थी। और वह क्यों रोए? वह अब किसी के अधीन नहीं है। वह अपने गुजर-भर को कमा सकती है। वह कल ही गाँधी-आश्रम से चीजें लेकर बेचना शुरू कर देगी। शर्म किस बात की? यही तो होगा, लोग उँगली दिखाकर कहेंगे – वह जा रही है खन्ना की बीबी; लेकिन इस शहर में रहूँ क्यों? किसी दूसरे शहर में क्यों न चली जाऊँ, जहाँ मुझे कोई जानता ही न हो। दस-बीस रुपये कमा लेना ऐसा क्या मुश्किल है। अपने पसीने की कमाई तो खाऊँगी, फिर तो कोई मुझ पर रोब न जमाएगा। यह महाशय इसीलिए तो इतना मिजाज करते हैं कि मेरा पालन करते हैं। मैं अब खुद अपना पालन करूँगी।

सहसा उसने मेहता को अपनी तरफ आते देखा। उसे उलझन हुई। इस वक्त वह संपूर्ण एकान्त चाहती थी। किसी से बोलने की इच्छा न थी; मगर यहाँ भी एक महाशय आ ही गए। उस पर बच्चा भी रोने लगा।

मेहता ने समीप आकर विस्मय से पूछा – 'आप इस वक्त यहाँ कैसे आ गईं?'

गोविन्दी ने बालक को चुप कराते हुए कहा – 'उसी तरह जैसे आप आ गए।'

मेहता ने मुस्कुराकर कहा – 'मेरी बात न चलाइए। धोबी का कुत्ता, न घर का न घाट का। लाइए, मैं बच्चे को चुप कर दूँ।'

'आपने यह कला कब सीखी?'

'अभ्यास करना चाहता हूँ। इसकी परीक्षा जो होगी।'

'अच्छा! परीक्षा के दिन करीब आ गए?'

'यह तो मेरी तैयारी पर है। जब तैयार हो जाऊँगा, बैठ जाऊँगा। छोटी-छोटी उपाधियों के लिए हम पढ़-लिखकर आँखें फोड़ लिया करते हैं। यह तो जीवन-व्यापार की परीक्षा है।'

'अच्छी बात है, मैं भी देखूँगी, आप किस ग्रेड में पास होते हैं।'

यह कहते हुए उसने बच्चे को उनकी गोद में दे दिया। उन्होंने बच्चे को कई बार उछाला, तो वह चुप हो गया। बालकों की तरह डींग मारकर बोले – देखा आपने कैसा मन्तर के जोर से चुप कर दिया। अब मैं भी कहीं से बच्चा लाऊँगा।

गोविन्दी ने विनोद किया – 'बच्चा ही लाइएगा, या उसकी माँ भी?'

मेहता ने विनोद-भरी निराशा से सिर हिलाकर कहा – 'ऐसी औरत तो कहीं मिलती ही नहीं।'

'क्यों, मिस मालती नहीं हैं? सुन्दरी, शिक्षित, गुणवती, मनोहारिणी; और आप क्या चाहते हैं?'

'मिस मालती में वह एक बात भी नहीं है, जो मैं अपनी स्त्री में देखना चाहता हूँ।'

गोविन्दी ने इस कुत्सा का आनन्द लेते हुए कहा – 'उसमें क्या बुराई है सुनूँ। भौंरे तो हमेशा घेरे रहते हैं। मैंने सुना है, आजकल पुरुषों को ऐसी ही औरतें पसन्द आती हैं।'

मेहता ने बच्चे के हाथों से अपनी मूँछों की रक्षा करते हुए कहा – 'मेरी स्त्री कुछ और ही ढंग की होगी, जिसकी मैं पूजा कर सकूँगा।'

गोविन्दी अपने हँसी न रोक सकी – 'तो आप स्त्री नहीं, कोई प्रतिमा चाहते हैं। स्त्री तो ऐसी शायद ही कहीं मिले।'

'जी नहीं, ऐसी एक देवी इसी शहर में है।'

'सच! मैं भी उसके दर्शन करती, और उसी तरह बनने की चेष्टा करती।'

'आप उसे खूब जानती हैं। एक लखपती की पत्नी है, पर विलास को तुच्छ समझती है, जो उपेक्षा और अनादर सहकर भी अपने कर्त्तव्य से विचलित नहीं होती, जो मातृत्व की वेदी पर अपने को बलिदान करती है, जिसके लिए त्याग ही सबसे बड़ा अधिकार है, और जो इस योग्य है कि उसकी प्रतिमा बनाकर पूजी जाए।'

गोविन्दी के हृदय में आनन्द का कम्पन हुआ। समझकर भी न समझने का अभिनय करती हुई बोली – 'ऐसी स्त्री की आप तारीफ करते हैं। मेरी समझ में तो वह दया की पात्र है। वह आदर्श नारी है और जो आदर्श नारी हो सकती है, वही आदर्श पत्नी भी हो सकती है।'

मेहता ने आश्चर्य से कहा – 'आप उसका अपमान करती हैं।'

'लेकिन वह आदर्श इस युग के लिए नहीं है।'

'वह आदर्श सनातन है और अमर है। मनुष्य उसे विकृत करके अपना सर्वनाश कर रहा है।'

गोविन्दी का अन्तःकरण खिला जा रहा था। ऐसी फुरेरियाँ वहाँ कभी न उठी थीं। जितने आदमियों से उसका परिचय था, उनमें मेहता का स्थान सबसे ऊँचा था। उनके मुख से यह प्रोत्साहन पाकर वह मतवाली हुई जा रही थी।

उसी नशे में बोली – 'तो चलिए, मुझे उनके दर्शन करा दीजिए।'

मेहता ने बालक के कपोलों में मुँह छिपाकर कहा – 'वह तो यहीं बैठी हुई है।'

'कहाँ, मैं तो नहीं देख रही हूँ।'

'उसी देवी से बोल रहा हूँ।'

गोविन्दी ने जोर से कहकहा मारा – 'आपने आज मुझे बनाने की ठान ली, क्यों?'

मेहता ने श्रद्धानत होकर कहा – 'देवीजी, आप मेरे साथ अन्याय कर रही हैं, और मुझसे ज्यादा अपने साथ। संसार में ऐसे बहुत कम प्राणी हैं, जिनके प्रति मेरे मन

में श्रद्धा हो। उन्हीं में एक आप हैं। आपका धैर्य और त्याग और शील और प्रेम अनुपम है। मैं अपने जीवन में सबसे बड़े सुख की जो कल्पना कर सकता हूँ, वह आप जैसी किसी देवी के चरणों की सेवा है। जिस नारीत्व को मैं आदर्श मानता हूँ, आप उसकी सजीव प्रतिमा हैं।'

गोविन्दी की आँखों से आनन्द के आँसू निकल पड़े। इस श्रद्धा-कवच को धारण करके वह किस विपत्ति का सामना न करेगी? उसके रोम-रोम में जैसे मृदु-संगीत की ध्वनि निकल पड़ी। उसने अपने रमणीत्व का उल्लास मन में दबाकर कहा - 'आप दार्शनिक क्यों हुए मेहताजी? आपको तो कवि होना चाहिए था।'

मेहता सरलता से हँसकर बोले - 'क्या आप समझती हैं, बिना दार्शनिक हुए ही कोई कवि हो सकता है? दर्शन तो केवल बीच की मंजिल है।'

'तो अभी आप कवित्व के रास्ते में हैं; लेकिन आप यह भी जानते हैं, कवि को संसार में कभी सुख नहीं मिलता?'

'जिसे संसार दुःख कहता है, वही कवि के लिए सुख है। धन और ऐश्वर्य, रूप और बल, विद्या और बुद्धि, ये विभूतियाँ संसार को चाहे कितना ही मोहित कर लें, कवि के लिए यहाँ जरा भी आकर्षण नहीं है, उसके मोद और आकर्षण की वस्तु तो बुझी हुई आशाएँ और मिटी हुई स्मृतियाँ और टूटे हुए हृदय के आँसू हैं। जिस दिन इन विभूतियों में उसका प्रेम न रहेगा, उस दिन वह कवि न रहेगा। दर्शन जीवन के इन रहस्यों से केवल विनोद करता है, कवि उनमें लय हो जाता है। मैंने आपकी दो-चार कविताएँ पढ़ी हैं और उनमें जितनी पुलक, जितना कम्पन, जितनी मधुर व्यथा, जितना रुलानेवाला उन्माद पाया है, वह मैं ही जानता हूँ। प्रकृति ने हमारे साथ कितना बड़ा अन्याय किया है कि आप-जैसी कोई दूसरी देवी नहीं बनाई।'

गोविन्दी ने हसरत भरे स्वर में कहा - 'नहीं मेहता जी, यह आपका भ्रम है। ऐसी नारियाँ यहाँ आपको गली-गली में मिलेंगी और मैं तो उन सबसे गई-बीती हूँ। जो स्त्री अपने पुरुष को प्रसन्न न रख सके, अपने को उसके मन की न बना सके, वह भी कोई स्त्री है? मैं तो कभी-कभी सोचती हूँ कि मालती से यह कला सीखूँ। जहाँ मैं असफल हूँ, वहाँ वह सफल है। मैं अपनों को भी अपना नहीं बना सकती, वह दूसरों को भी अपना बना लेती है। क्या यह उसके लिए श्रेय की बात नहीं?'

मेहता ने मुँह बनाकर कहा - 'शराब अगर लोगों को पागल कर देती है, तो इसलिए उसे क्या पानी से अच्छा समझा जाए, जो प्यास बुझाता है, जिलाता है, और शान्त करता है?'

गोविन्दी ने विनोद की शरण लेकर कहा - 'कुछ भी हो, मैं तो यह देखती हूँ कि पानी मारा-मारा फिरता है और शराब के लिए घर-द्वार बिक जाते हैं, और शराब जितनी ही तेज और नशीली हो, उतनी ही अच्छी। मैं तो सुनती हूँ, आप भी शराब के उपासक हैं?'

गोविन्दी निराशा की उस दशा को पहुँच गई थी, जब आदमी को सत्य और धर्म में भी सन्देह होने लगता है; लेकिन मेहता का ध्यान उधर न गया। उनका ध्यान तो वाक्य के अन्तिम भाग पर ही चिमटकर रह गया। अपने मसलेहत पर उन्हें जितनी लज्जा और क्षोभ आज हुआ, उतना बड़े-बड़े उपदेश सुनकर भी न हुआ था। तर्कों का उनके पास जवाब था और मुँह-तोड़, लेकिन इस मीठी चुटकी का उन्हें कोई जवाब न सूझा। वह पछताए कि कहाँ उन्हें शराब की युक्ति सूझी। उन्होंने खुद मालती की शराब से उपमा दी थी। उनका वार अपने ही सिर पर पड़ा।

लज्जित होकर बोले – 'देवी जी, मैं स्वीकार करता हूँ कि मुझमें यह आशक्ति है। मैं अपने लिए उसकी जरूरत बतलाकर और उसके विचारोत्तेजक गुणों के प्रमाण देकर गुनाह का उज्र न करूँगा, जो गुनाह से भी बदतर है। आज आपके सामने प्रतिज्ञा करता हूँ कि शराब की एक बूँद भी कंठ के नीचे न जाने दूँगा।'

गोविन्दी ने सन्नाटे में आकर कहा – 'यह आपने क्या किया मेहता जी! मैं ईश्वर से कहती हूँ, मेरा यह आशय न था, मुझे इसका दुःख है।'

'नहीं, आपको प्रसन्न होना चाहिए कि आपने एक व्यक्ति का उद्धार कर दिया।'

'मैंने आपका उद्धार कर दिया! मैं तो खुद अपने उद्धार की याचना करने जा रही हूँ।'

'मुझसे? धन्य भाग।'

गोविन्दी ने करुण स्वर में कहा – 'हाँ, आपके सिवा मुझे कोई ऐसा नहीं नजर आता, जिसे मैं अपनी कथा सुनाऊँ। देखिए, यह बात अपने ही तक रखिएगा, हालाँकि आपको यह याद दिलाने की जरूरत नहीं। मुझे अब अपना जीवन असह्य हो गया है। मुझसे अब तक जितनी तपस्या हो सकी, मैंने की लेकिन अब नहीं सहा जाता। मालती मेरा सर्वनाश किए डालती है। मैं अपने किसी शस्त्र से उस पर विजय नहीं पा सकती। आपका उस पर प्रभाव है। वह जितना आपका आदर करती है, शायद और किसी मर्द का नहीं करती। अगर आप किसी तरह मुझे उसके पंजे से छुड़ा दें, तो मैं जनम-भर आपकी ऋणी रहूँगी। उसके हाथों मेरा सौभाग्य लुटा जा रहा है। आप अगर मेरी रक्षा कर सकते हैं, तो कीजिए। मैं आज घर से यह इरादा करके चली थी कि फिर लौटकर न आऊँगी। मैंने बड़ा जोर मारा कि मोह के सारे बन्धनों को तोड़ कर फेंक दूँ; लेकिन औरत का हृदय बड़ा दुर्बल है मेहता जी! मोह उसका प्राण है। जीवन रहते मोह तोड़ना उसके लिए असम्भव है। मैंने आज तक अपनी व्यथा अपने मन में रखी, लेकिन आज मैं आपसे आँचल फैलाकर भिक्षा माँगती हूँ। मालती से मेरा उद्धार कीजिए। मैं इस मायाविनी के हाथों मिटी जा रही हूँ...'

उसका स्वर आँसुओं में डूब गया। वह फूट-फूटकर रोने लगी।

मेहता अपनी नजरों में कभी इतने ऊँचे न उठे थे; उस वक्त भी नहीं, जब उनकी रचना को फ्रांस की एकाडमी ने शताब्दी की सबसे उत्तम कृति कह कर उन्हें बधाई दी थी। जिस प्रतिमा की वह सच्चे दिल से पूजा करते थे, जिसे मन में वह अपनी इष्टदेवी

समझते थे और जीवन के असूझ प्रसंगों में जिससे आदेश पाने की आशा रखते थे, वह आज उनसे भिक्षा माँग रही थी। उन्हें अपने अन्दर ऐसी शक्ति का अनुभव हुआ कि वह पर्वत को भी फाड़ सकते हैं; समुद्र को तैरकर पार कर सकते हैं। उन पर नशा-सा छा गया, जैसे बालक काठ के घोड़े पर सवार होकर समझ रहा हो, वह हवा में उड़ रहा है। काम कितना असाध्य है, इसकी सुधि न रही। अपने सिद्धान्तों की कितनी हत्या करनी पड़ेगी, बिलकुल खयाल न रहा। आश्वासन के स्वर में बोले – 'मुझे न मालूम था कि आप उससे इतनी दुःखी हैं। मेरी बुद्धि का दोष, आँखों का दोष, कल्पना का दोष। और क्या कहूँ, वरना आपको इतनी वेदना क्यों सहनी पड़ती।'

गोविन्दी को शंका हुई। बोली – 'लेकिन सिंहनी से उसका शिकार छीनना आसान नहीं है, यह समझ लीजिए।'

मेहता ने दृढ़ता से कहा – 'नारी-हृदय धरती के समान है, जिससे मिठास भी मिल सकती है, कड़वापन भी। उसके अन्दर पड़नेवाले बीज में जैसी शक्ति हो।'

'आप पछता रहे होंगे, कहाँ से आज इससे मुलाकात हो गई।'

'मैं अगर कहूँ कि मुझे आज ही जीवन का वास्तविक आनन्द मिला है, तो शायद आपको विश्वास न आए!'

'मैंने आपके सिर पर इतना बड़ा भार रख दिया।'

मेहता ने श्रद्धा-मधुर स्वर में कहा – 'आप मुझे लज्जित कर रही हैं देवी जी! मैं कह चुका, मैं आपका सेवक हूँ। आपके हित में मेरे प्राण भी निकल जाएँ, तो मैं अपना सौभाग्य समझूँगा। इसे कवियों का भावावेश न समझिए, यह मेरे जीवन का सत्य है। मेरे जीवन का क्या आदर्श है, आपको यह बतला देने का मोह मुझसे नहीं रुक सकता। मैं प्रकृति का पुजारी हूँ और मनुष्य को उसके प्राकृतिक रूप में देखना चाहता हूँ, जो प्रसन्न होकर हँसता है, दुःखी होकर रोता है और क्रोध में आकर मार डालता है। जो दुःख और सुख दोनों का दमन करते हैं, जो रोने को कमजोरी और हँसने को हलकापन समझते हैं, उनसे मेरा कोई मेल नहीं। जीवन मेरे लिए आनन्दमय क्रीड़ा है, सरल, स्वच्छंद, जहाँ कुत्सा, ईर्ष्या और जलन के लिए कोई स्थान नहीं। मैं भूत की चिन्ता नहीं करता, भविष्य की परवाह नहीं करता। मेरे लिए वर्तमान ही सब कुछ है। भविष्य की चिन्ता हमें कायर बना देती है, भूत का भार हमारी कमर तोड़ देता है। हममें जीवन की शक्ति इतनी कम है कि भूत और भविष्य में फैला देने से वह और भी क्षीण हो जाती है। हम व्यर्थ का भार अपने ऊपर लादकर, रूढ़ियों और विश्वासों के इतिहास के मलबे के नीचे दबे पड़े हैं; उठने का नाम नहीं लेते, वह सामर्थ्य ही नहीं रही! जो शक्ति, जो स्फूर्ति मानव-धर्म को पूरा करने में लगनी चाहिए थी, सहयोग में, भाई-चारे में, वह पुरानी अदावतों का बदला लेने और बाप-दादों का ऋण चुकाने की भेंट हो जाती है। और जो यह ईश्वर और मोक्ष का चक्कर है, इस पर तो मुझे हँसी आती है। यह मोक्ष और उपासना अहंकार की पराकाष्ठा है, जो हमारी मानवता को नष्ट किए डालती है। जहाँ जीवन है, क्रीड़ा है, चमक है, प्रेम है, वहीं ईश्वर है और जीवन को सुखी बनाना

ही उपासना है, और मोक्ष है। ज्ञानी कहता है, होंठों पर मुस्कुराहट न आए, आँखों में आँसू न आए। मैं कहता हूँ, अगर तुम हँस नहीं सकते और रो नहीं सकते, तो तुम मनुष्य नहीं हो, पत्थर हो। वह ज्ञान जो मानवता को पीस डाले, ज्ञान नहीं है, कोल्हू है। मगर क्षमा कीजिए, मैं तो एक पूरी स्पीच ही दे गया। अब देर हो रही है, चलिए, मैं आपको पहुँचा दूँ। बच्चा भी मेरी गोद में सो गया।'

गोविन्दी ने कहा – 'मैं तो ताँगा लाई हूँ।'

'ताँगे को यहीं से विदा कर देता हूँ।'

मेहता ताँगे के पैसे चुकाकर लौटे, तो गोविन्दी ने कहा – 'लेकिन आप मुझे कहाँ ले जाएँगे?'

मेहता ने चौंककर पूछा – 'क्यों, आपके घर पहुँचा दूँगा।'

'वह मेरा घर नहीं है मेहताजी!'

'और क्या मिस्टर खन्ना का घर है?'

'यह भी क्या पूछने की बात है? अब वह घर मेरा नहीं रहा। जहाँ अपमान और धिक्कार मिले, उसे मैं अपना घर नहीं कह सकती, न समझ सकती हूँ।'

मेहता ने दर्द-भरे स्वर में, जिसका एक-एक अक्षर उनके अन्तःकरण से निकल रहा था, कहा – 'नहीं देवीजी, वह घर आपका है, और सदैव रहेगा। उस घर की आपने सृष्टि की है, उसके प्राणियों की सृष्टि की है। और प्राण जैसे देह का संचालन करता है, प्राण निकल जाए, तो देह की क्या गति होगी? मातृत्व महान गौरव का पद है देवीजी! और गौरव के पद में कहाँ अपमान और धिक्कार और तिरस्कार नहीं मिला? माता का काम जीवन-दान देना है। जिसके हाथों में इतनी अतुल शक्ति है, उसे इसकी क्या परवाह कि कौन उससे रूठता है, कौन बिगड़ता है। प्राण के बिना जैसे देह नहीं रह सकती, उसी तरह प्राण का भी देह ही सबसे उपयुक्त स्थान है। मैं आपको धर्म और त्याग का क्या उपदेश दूँ? आप तो उसकी सजीव प्रतिमा हैं। मैं तो यही कहूँगा कि...'

गोविन्दी ने अधीर होकर कहा – 'लेकिन मैं केवल माता ही तो नहीं हूँ, नारी भी तो हूँ?'

मेहता ने एक मिनट तक मौन रहने के बाद कहा – 'हाँ, हैं; लेकिन मैं समझता हूँ कि नारी केवल माता है, और इसके उपरांत वह जो कुछ है, वह सब मातृत्व का उपक्रम मात्र है। मातृत्व संसार की सबसे बड़ी साधना, सबसे बड़ी तपस्या, सबसे बड़ा त्याग और सबसे महान विजय है। एक शब्द में उसे लय कहूँगा – जीवन की, व्यक्तित्व की और नारीत्व की भी। आप मिस्टर खन्ना के विषय में इतना ही समझ लें कि वह अपने होश में नहीं हैं। वह जो कुछ कहते हैं या करते हैं, वह उन्माद की दशा में करते हैं; मगर यह उन्माद शान्त होने में बहुत दिन न लगेंगे, और वह समय बहुत जल्द आएगा, जब वह आपको अपनी इष्टदेवी समझेंगे।'

गोविन्दी ने इसका कुछ जवाब न दिया। धीरे-धीरे कार की ओर चली। मेहता ने बढ़कर कार का द्वार खोल दिया। गोविन्दी अन्दर जा बैठी। कार चली; मगर दोनों मौन थे।

गोविन्दी जब अपने द्वार पर पहुँचकर कार से उतरी, तो बिजली के प्रकाश में मेहता ने देखा, उसकी आँखें सजल हैं।

बच्चे घर से निकल आए और 'अम्माँ-अम्माँ' कहते हुए माता से लिपट गए। गोविन्दी के मुख पर मातृत्व की उज्ज्वल! गौरवमयी ज्योति चमक उठी।

उसने मेहता से कहा - 'इस कष्ट के लिए आपको बहुत धन्यवाद!' और सिर नीचा कर लिया। आँसू की एक बूँद उसके कपोल पर आ गिरी थी।

मेहता की आँखें भी सजल हो गईं - 'इस ऐश्वर्य और विलास के बीच में भी यह नारी-हृदय कितना दुःखी है!'

मिर्जा खुर्शेद का हाता क्लब भी है, कचहरी भी, अखाड़ा भी। दिन-भर जमघट लगा रहता है। मुहल्ले में अखाड़े के लिए कहीं जगह नहीं मिलती थी। मिर्जा ने एक छप्पर डलवाकर अखाड़ा बनवा दिया है; वहाँ नित्य सौ पचास लड़न्तिए आ जुटते हैं। मिर्जा जी भी उनके साथ जोर करते हैं। मुहल्ले की पंचायतें भी यहीं होती हैं। मियाँ-बीबी और सास-बहू और भाई-भाई के झगड़े-टंटे यहीं चुकाए जाते हैं। मुहल्ले के सामाजिक जीवन का यहीं केन्द्र है और राजनीतिक आन्दोलन का भी। आए दिन सभाएँ होती रहती हैं। यहीं स्वयंसेवक टिकते हैं, यहीं उनके प्रोग्राम बनते हैं, यहीं से नगर का राजनैतिक संचालन होता है। पिछले जलसे में मालती नगर कांग्रेस-कमेटी की सभानेत्री चुन ली गई हैं। तब से इस स्थान की रौनक और भी बढ़ गई।

गोबर को यहाँ रहते साल-भर हो गया। अब वह सीधा-सादा ग्रामीण युवक नहीं है। उसने बहुत कुछ दुनिया देख ली और संसार का रंग-ढंग भी कुछ-कुछ समझने लगा है। मूल में वह अब भी देहाती है, पैसे को दाँत से पकड़ता है, स्वार्थ को कभी नहीं छोड़ता, और परिश्रम से जी नहीं चुराता, न कभी हिम्मत हारता है; लेकिन शहर की हवा उसे भी लग गई है। उसने पहले महीने तो केवल मजूरी की और आधा पेट खाकर थोड़े से रुपये बचा लिए। फिर वह कचालू और मटर और दही-बड़े के खोंचे लगाने लगा। इधर ज्यादा लाभ देखा, तो नौकरी छोड़ दी। गर्मियों में शर्बत और बरफ की दूकान उठा दी और जाड़ों में गर्म चाय पिलाने लगा। अब उसकी रोजाना आमदनी ढाई-तीन रुपये से कम नहीं। उसने अंग्रेजी फैशन के बाल कटवा लिए हैं, महीन धोती और पम्प-शू पहनता है। एक लाल ऊनी चादर खरीद ली है और पान-सिगरेट का शौकीन हो गया है। सभाओं में आने-जाने से उसे कुछ-कुछ राजनीतिक ज्ञान भी हो चला है। राष्ट्र और वर्ग का अर्थ समझने लगा है। सामाजिक रूढ़ियों की प्रतिष्ठा और लोक-निन्दा का भय अब उसमें बहुत कम रह गया है। आए दिन की पंचायतों ने उसे निस्संकोच बना दिया है। जिस बात के पीछे वह यहाँ घर से दूर, मुँह छिपाए पड़ा हुआ है, उसी तरह की, बल्कि उससे भी कहीं निन्दास्पद बातें यहाँ नित्य हुआ करती हैं, और कोई भागता नहीं। फिर वही क्यों इतना डरे और मुँह चुराए!

इतने दिनों में उसने एक पैसा भी घर नहीं भेजा। वह माता-पिता को रुपये-पैसे के मामले में इतना चतुर नहीं समझता। वे लोग तो रुपये पाते ही आकाश में उड़ने लगेंगे! दादा को तुरन्त गया करने की और अम्माँ को गहने बनवाने की धुन सवार हो जाएगी। ऐसे व्यर्थ के कामों के लिए उसके पास रुपये नहीं हैं। अब वह छोटा-मोटा महाजन है। पड़ोस के एक्केवालों, गाड़ीवानों और धोबियों को सूद पर रुपये उधार देता है। इस दस-ग्यारह महीने में ही उसने अपनी मेहनत और किफायत और पुरुषार्थ से अपना स्थान बना लिया है और अब झुनिया को यहीं लाकर रखने की बात सोच रहा है।

तीसरे पहर का समय है। वह सड़क के नल पर नहाकर आया है और शाम के लिए आलू उबाल रहा है कि मिर्जा खुर्शेद आकर द्वार पर खड़े हो गए। गोबर अब उनका नौकर नहीं है; पर अदब उसी तरह करता है और उनके लिए जान देने को तैयार रहता है। द्वार पर जाकर पूछा – 'क्या हुक्म है सरकार?'

मिर्जा ने खड़े-खड़े कहा – 'तुम्हारे पास कुछ रुपये हों, तो दे दो। आज तीन दिन से बोतल खाली पड़ी हुई है, जी बहुत बेचैन हो रहा है।'

गोबर ने इसके पहले भी दो-तीन बार मिर्जाजी को रुपये दिए थे, पर अब तक वसूल न कर सका था। तकाजा करते डरता था और मिर्जाजी रुपये लेकर देना न जानते थे। उनके हाथ में रुपये टिकते ही न थे। इधर आए, उधर गायब। यह तो न कह सका, मैं रुपये न दूँगा या मेरे पास रुपये नहीं हैं, शराब की निन्दा करने लगा – 'आप इसे छोड़ क्यों नहीं देते सरकार? क्या इसके पीने से कुछ फायदा होता है?'

मिर्जा जी ने कोठरी के अन्दर खाट पर बैठते हुए कहा – 'तुम समझते हो, मैं छोड़ना नहीं चाहता और शौक से पीता हूँ! मैं इसके बगैर जिन्दा नहीं रह सकता। तुम अपने रुपये के लिए न डरो। मैं एक-एक कौड़ी अदा कर दूँगा।'

गोबर अविचलित रहा – 'मैं सच कहता हूँ मालिक! मेरे पास इस समय रुपये होते तो आपसे इनकार करता?'

'दो रुपये भी नहीं दे सकते?'

'इस समय तो नहीं हैं।'

'मेरी अँगूठी गिरो रख लो।'

गोबर का मन ललचा उठा; मगर बात कैसे बदले।

बोला – 'यह आप क्या कहते हैं मालिक, रुपये होते तो आपको दे देता, अँगूठी की कौन बात थी?'

मिर्जाजी ने अपने स्वर में बड़ा दीन आग्रह भरकर कहा – 'मैं फिर तुमसे कभी न माँगूँगा गोबर! मुझसे खड़ा नहीं हुआ जा रहा है। इस शराब की बदौलत मैंने लाखों की हैसियत बिगाड़ दी और भिखारी हो गया। अब मुझे भी जिद पड़ गई है कि चाहे भीख ही माँगनी पड़े, इसे छोड़ूँगा नहीं।'

जब गोबर ने अबकी बार इनकार किया, तो मिर्जा साहब निराश होकर चले गए। शहर में उनके हजारों मिलनेवाले थे। कितने ही उनकी बदौलत बन गए थे। कितनों

ही को गाढ़े समय पर मदद की थी; पर ऐसों से वह मिलना भी न पसन्द करते थे। उन्हें ऐसे हजारों लटके मालूम थे, जिससे वह समय-समय पर रुपयों के ढेर लगा देते थे; पर पैसे की उनकी निगाह में कोई कद्र न थी। उनके हाथ में रुपये जैसे काटते थे। किसी-न-कसी बहाने उड़ा कर ही उनका चित्त शान्त होता था।

गोबर आलू छीलने लगा। साल-भर के अन्दर ही वह इतना काइयाँ हो गया था और पैसा जोड़ने में इतना कुशल कि अचरज होता था। जिस कोठरी में वह रहता है, वह मिर्जा साहब ने दी है। इस कोठरी और बरामदे का किराया बड़ी आसानी से पाँच रुपया मिल सकता है। गोबर लगभग साल-भर से उसमें रहता है; लेकिन मिर्जा ने न कभी किराया माँगा, न उसने दिया। उन्हें शायद खयाल भी न था कि इस कोठरी का कुछ किराया भी मिल सकता है।

थोड़ी देर में एक एक्केवाला रुपये माँगने आया। अलादीन नाम था, सिर घुटा हुआ, खिचड़ी दाढ़ी, और काना। उसकी लड़की विदा हो रही थी। पाँच रुपये की उसे जरूरत थी। गोबर ने एक आना रुपया सूद पर दे दिए।

अलादीन ने धन्यवाद देते हुए कहा - 'भैया, अब बाल-बच्चों को बुला लो। कब तक हाथ से ठोकते रहोगे?'

गोबर ने शहर के खर्च का रोना रोया - 'थोड़ी आमदनी में गृहस्थी कैसे चलेगी?'

अलादीन बीड़ी जलाता हुआ बोला - 'खरच अल्लाह देगा भैया! सोचो, कितना आराम मिलेगा? मैं तो कहता हूँ, जितना तुम अकेले खरच करते हो, उसी में गृहस्थी चल जाएगी। औरत के हाथ में बड़ी बरक्कत होती है। खुदा कसम, जब मैं अकेला यहाँ रहता था, तो चाहे कितना ही कमाऊँ, खा-पी सब बराबर। बीड़ी-तमाखू को भी पैसा न रहता। उस पर हैरानी। थके-माँदे आओ, तो घोड़े को खिलाओ और टहलाओ। फिर नानबाई की दुकान पर दौड़ो। नाक में दम आ गया। जब से घरवाली आ गई है, उसी कमाई में उसकी रोटियाँ भी निकल आती हैं और आराम भी मिलता है। आखिर आदमी आराम के लिए ही तो कमाता है। जब जान खपाकर भी आराम न मिला, तो जिन्दगी ही गारत हो गई। मैं तो कहता हूँ, तुम्हारी कमाई बढ़ जाएगी भैया! जितनी देर में आलू और मटर उबालते हो, उतनी देर में दो-चार प्याले चाय बेच लोगे। अब चाय बारहों मास चलती है! रात को लेटोगे तो घरवाली पाँव दबाएगी। सारी थकान मिट जाएगी।'

यह बात गोबर के मन में बैठ गई। जी उचाट हो गया। अब तो वह झुनिया को लाकर ही रहेगा। आलू चूल्हे पर चढ़े रह गए, उसने घर चलने की तैयारी कर दी; मगर याद आया कि होली आ रही है, इसलिए होली का सामान भी लेता चले। कृपण लोगों में उत्सवों पर दिल खोलकर खर्च करने की जो एक प्रवृत्ति होती है, वह उसमें भी सजग हो गई। आखिर इसी दिन के लिए तो कौड़ी-कौड़ी जोड़ रहा था। वह माँ, बहनों और झुनिया के लिए एक-एक जोड़ी साड़ी ले जाएगा। होरी के लिए एक धोती और एक चादर। सोना के लिए तेल की शीशी ले जाएगा, और एक जोड़ा चप्पल। रूपा के लिए जापानी चूड़ियाँ और झुनिया के लिए एक पिटारी, जिसमें तेल, सिंदूर और आईना होगा।

बच्चे के लिए टोप और फ्राक, जो बाजार में बना-बनाया मिलता है। उसने रुपये निकाले और बाजार चला। दोपहर तक सारी चीजें आ गईं। बिस्तर भी बँध गया, मुहल्लेवालों को खबर हो गई, गोबर घर जा रहा है। कई मर्द-औरतें उसे विदा करने आए। गोबर ने उन्हें अपना घर सौंपते हुए कहा - 'तुम्हीं लोगों पर छोड़े जाता हूँ। भगवान ने चाहा तो होली के दूसरे दिन लौटूँगा।'

एक युवती ने मुस्कुराकर कहा - 'मेहरिया को बिना लिए न आना; नहीं घर में न घुसने पाओगे।'

दूसरी प्रौढ़ा ने शिक्षा दी - 'हाँ, और क्या, बहुत दिनों तक चूल्हा फूँक चुके। ठिकाने से रोटी तो मिलेगी।'

गोबर ने सबको राम-राम किया। हिन्दू भी थे, मुसलमान भी थे, सभी में मित्रभाव था, सब एक-दूसरे के दुःख-दर्द के साथी। रोजा रखने वाले रोजा रखते थे। एकादशी रखनेवाले एकादशी। कभी-कभी विनोद-भाव से एक-दूसरे पर छींटे भी उड़ा लेते थे। गोबर अलादीन की नमाज को उठा-बैठी कहता, अलादीन पीपल के नीचे स्थापित सैकड़ों छोटे-बड़े शिवलिंगों को बटखरे बनाता; लेकिन साम्प्रदायिक द्वेष का नाम भी न था। गोबर घर जा रहा है। सब उसे हँसी-खुशी विदा करना चाहते हैं।

इतने में भूरे एक्का लेकर आ गया। अभी दिन-भर का धावा मारकर आया था। खबर मिली, गोबर जा रहा है। वैसे ही एक्का उधर फेर दिया। घोड़े ने आपत्ति की। उसे कई चाबुक लगाए। गोबर ने एक्के पर सामान रखा, एक्का बढ़ा, पहुँचानेवाले गली के मोड़ तक पहुँचाने आए, तब गोबर ने सबको राम-राम किया और एक्के पर बैठ गया।

सड़क पर एक्का सरपट दौड़ा जा रहा था। गोबर घर जाने की खुशी में मस्त था। भूरे उसे घर पहुँचाने की खुशी में मस्त था। और घोड़ा था पानीदार। घोड़ा चला जा रहा था। बात की बात में स्टेशन आ गया।

गोबर ने प्रसन्न होकर एक रुपया कमर से निकालकर भूरे की तरफ बढ़ाकर कहा - 'लो, घरवालों के लिए मिठाई लेते जाना।'

भूरे ने कृतज्ञता-भरे तिरस्कार से उसकी ओर देखा - 'तुम मुझे गैर समझते हो भैया! एक दिन जरा एक्के पर बैठ गए तो मैं तुमसे इनाम लूँगा। जहाँ तुम्हारा पसीना गिरे, वहाँ खून गिराने को तैयार हूँ। इतना छोटा दिल नहीं पाया। और ले भी लूँ तो घरवाली मुझे जीता छोड़ेगी?'

गोबर ने फिर कुछ न कहा, लज्जित होकर अपना असबाब उतारा और टिकट लेने चल दिया।

फागुन अपनी झोली में नवजीवन की विभूति लेकर आ पहुँचा था। आम के पेड़ दोनों हाथों से बौर की सुगन्ध बाँट रहे थे, और कोयल आम की डालियों में छिपी हुई संगीत का गुप्त दान कर रही थी।

गाँवों में ऊख की बुआई लग गई थी। अभी धूप नहीं निकली; पर होरी खेत में पहुँच गया है। धनिया, सोना, रूपा, तीनों तलैया से ऊख के भीगे हुए गट्ठे निकाल-निकालकर खेत में ला रही हैं, और होरी गँड़ासे से ऊख के टुकड़े कर रहा है। अब वह दातादीन की मजदूरी करने लगा है। किसान नहीं मजूर है। दातादीन से अब उसका पुरोहित-जजमान का नाता नहीं, मालिक-मजदूर का नाता है।

दातादीन ने आकर डाँटा - 'हाथ और फुरती से चलाओ होरी! इस तरह तो तुम दिन-भर में न काट सकोगे।'

होरी ने आहत अभिमान के साथ कहा - 'चला ही तो रहा हूँ महाराज, बैठा तो नहीं हूँ।'

दातादीन मजूरों से रगड़कर काम लेते थे, इसलिए उनके यहाँ कोई मजूर टिकता न था। होरी उनका स्वभाव जानता था; पर जाता कहाँ!

पंडित उसके सामने खड़े होकर बोले - 'चलाने-चलाने में भेद है। एक चलाना वह है कि घड़ी-भर में काम तमाम, दूसरा चलाना वह है कि दिन-भर में भी एक बोझ ऊख न कटे।'

होरी ने विष का घूँट पीकर और जोर से हाथ चलाना शुरू किया। इधर महीनों से उसे पेट-भर भोजन न मिलता था। प्रायः एक जून तो चबैने पर ही कटता था। दूसरे जून भी कभी आधा पेट भोजन मिला, कभी कड़ाका हो गया। कितना चाहता था कि हाथ और जल्दी उठे, मगर हाथ जवाब दे रहा था। इस पर दातादीन सिर पर सवार थे। क्षण-भर दम ले लेने पाता, तो ताजा हो जाता; लेकिन दम कैसे ले? घुड़कियाँ पड़ने का भय था।

धनिया और तीनों लड़कियाँ ऊख के गट्ठे लिए गीली साड़ियों से लथपथ, कीचड़ में सनी हुई आईं, और गट्ठे पटककर दम मारने लगीं कि दातादीन ने डाँट बताई - 'यहाँ तमाशा क्या देखती है धनिया? जा अपना काम कर। पैसे सेंत में नहीं आते। पहर-भर में तू एक खेप लाई है। इस हिसाब से तो दिन-भर में भी ऊख न ढुल पाएगी।'

धनिया ने त्योरी बदलकर कहा - 'क्या जरा दम भी न लेने दोगे महाराज! हम भी तो आदमी हैं। तुम्हारी मजूरी करने से बैल नहीं हो गए। जरा मूड़ पर एक गट्ठा लादकर लाओ तो हाल मालूम हो।'

दातादीन बिगड़ उठे - 'पैसे देते हैं काम करने के लिए, दम मारने के लिए नहीं। दम लेना है, तो घर जाकर दम लो।'

धनिया कुछ कहने ही जा रही थी कि होरी ने फटकार बताई - 'तू जाती क्यों नहीं धनिया? क्यों हुज्जत कर रही है?'

धनिया ने बीड़ा उठाते हुए कहा - 'जा तो रही हूँ, लेकिन चलते हुए बैल को औंगी न देना चाहिए।'

दातादीन ने लाल आँखें निकाल लीं - 'जान पड़ता है, अभी मिजाज ठंडा नहीं हुआ। जभी दाने-दाने को मोहताज हो।'

धनिया भला क्यों चुप रहने लगी थी – 'तुम्हारे द्वार पर भीख माँगने नहीं जाती।'

दातादीन ने पैने स्वर में कहा – 'अगर यही हाल है तो भीख भी माँगोगी।'

धनिया के पास जवाब तैयार था; पर सोना उसे खींचकर तलैया की ओर ले गई, नहीं बात बढ़ जाती; लेकिन आवाज की पहुँच के बाहर जाकर दिल की जलन निकाली – 'भीख माँगो तुम, जो भिखमंगे की जात हो। हम तो मजूर ठहरे, जहाँ काम करेंगे, वहीं चार पैसे पाएँगे।'

सोना ने उसका तिरस्कार किया – 'अम्माँ, जाने भी दो। तुम तो समय नहीं देखतीं, बात-बात पर लड़ने बैठ जाती हो।'

होरी उन्मत्त की भाँति सिर से गँड़ासा उठा-उठा कर ऊख के टुकड़ों के ढेर करता जाता था। उसके भीतर जैसे आग लगी हुई थी। उसमें अलौकिक शक्ति आ गई थी। उसमें जो पीढ़ियों का संचित पानी था, वह इस समय जैसे भाप बनकर उसे यन्त्र की-सी अन्ध-शक्ति प्रदान कर रहा था। उसकी आँखों में अँधेरा छाने लगा। सिर में फिरकी-सी चल रही थी। फिर भी उसके हाथ यन्त्र की गति से बिना थके, बिना रुके, उठ रहे थे। उसकी देह से पसीने की धारा निकल रही थी, मुँह से फिचकुर छूट रहा था, सिर में धम-धम का शब्द हो रहा था, पर उस पर जैसे कोई भूत सवार हो गया हो।

सहसा उसकी आँखों में निविड़ अन्धकार छा गया। मालूम हुआ, वह जमीन में धँसा जा रहा है। उसने सँभलने की चेष्टा से शून्य में हाथ फैला दिए और अचेत हो गया। गँड़ासा हाथ से छूट गया और वह औंधे मुँह जमीन पर पड़ गया।

उसी वक्त धनिया ऊख का गट्ठा लिए आई। देखा तो कई आदमी होरी को घेरे खड़े हैं। एक हलवाहा दातादीन से कह रहा था – 'मालिक, तुम्हें ऐसी बात न कहनी चाहिए, जो आदमी को लग जाए। पानी मरते ही मरते तो मरेगा।'

धनिया ऊख का गट्ठा पटककर पागलों की तरह दौड़ी हुई होरी के पास गई, और उसका सिर अपनी जाँघ पर रखकर विलाप करने लगी – 'तुम मुझे छोड़ कर कहाँ जाते हो? अरी सोना, दौड़कर पानी ला और जाकर सोभा से कह दे, दादा बेहाल हैं। हाय भगवान! अब, मैं कहाँ जाऊँ अब किसकी होकर रहूँगी, कौन मुझे धनिया कहकर पुकारेगा...'

लाला पटेश्वरी भागे हुए आए और स्नेह-भरी कठोरता से बोले – 'क्या करती है धनिया, होश सँभाल। होरी को कुछ नहीं हुआ। गर्मी से अचेत हो गए हैं। अभी होश आया जाता है। दिल इतना कच्चा कर लेगी तो, कैसे काम चलेगा?'

धनिया ने पटेश्वरी के पाँव पकड़ लिए और रोती हुई बोली – 'क्या करूँ लालाजी, जी नहीं मानता। भगवान ने सब कुछ हर लिया। मैं सबर कर गई। अब सबर नहीं होता। हाय रे, मेरा हीरा!'

सोना पानी लाई। पटेश्वरी ने होरी के मुँह पर पानी के छींटे दिए। कई आदमी अपनी-अपनी अँगोछियों से हवा कर रहे थे। होरी की देह ठंडी पड़ गई थी। पटेश्वरी को भी चिन्ता हुई; पर धनिया को वह बराबर साहस देते जाते थे।

धनिया अधीर होकर बोली – 'ऐसा कभी नहीं हुआ था। लाला, कभी नहीं।'

पटेश्वरी ने पूछा – 'रात को कुछ खाया था?'

धनिया बोली – 'हाँ, रोटियाँ पकाई थीं; लेकिन आजकल हमारे ऊपर जो बीत रही है, वह क्या तुमसे छिपा है? महीनों से भरपेट रोटी नसीब नहीं हुई। कितना समझाती हूँ, जान रखकर काम करो; लेकिन आराम तो हमारे भाग्य में लिखा ही नहीं।'

सहसा होरी ने आँखें खोल दीं और उड़ती हुई नजरों से इधर-उधर ताका।

धनिया जैसे जी उठी। विह्वल होकर उसके गले से लिपटकर बोली – 'अब कैसा जी है तुम्हारा? मेरे तो परान नहों में समा गए थे।'

होरी ने कातर स्वर में कहा – 'अच्छा हूँ। न जाने कैसा जी हो गया था।'

धनिया ने स्नेह में डूबी भर्त्सना से कहा – 'देह में दम तो है नहीं, काम करते हो जान देकर। लड़कों का भाग था, नहीं तुम तो ले ही डूबे थे!'

पटेश्वरी ने हँसकर कहा – 'धनिया तो रो-पीट रही थी।'

होरी ने आतुरता से पूछा – 'सचमुच तू रोती थी धनिया?'

धनिया ने पटेश्वरी को पीछे ढकेलकर कहा – 'इन्हें बकने दो तुम। पूछो, वह क्यों कागद छोड़कर घर से दौड़े आए थे?'

पटेश्वरी ने चिढ़ाया – 'तुम्हीं हीरा-हीरा कहकर रोती थीं। अब लाज के मारे मुकरती है। छाती पीट रही थी।'

होरी ने धनिया को सजल नेत्रों से देखा – 'पगली है और क्या! अब न जाने कौन-सा सुख देखने के लिए मुझे जिलाए रखना चाहती है।'

दो आदमी होरी को टिकाकर घर लाए और चारपाई पर लिटा दिया। दातादीन तो कुढ़ रहे थे कि बुआई में देर हुई जाती है, पर मातादीन इतना निर्दयी न था। दौड़कर घर से गर्म दूध लाया, और एक शीशी में गुलाबजल भी लेता आया। और दूध पीकर होरी में जैसे जान आ गई।

उसी वक्त गोबर एक मजदूर के सिर पर अपना सामान लादे आता दिखाई दिया।

गाँव के कुत्ते पहले तो भूँकते हुए उसकी तरफ दौड़े। फिर दुम हिलाने लगे। रूपा ने कहा – 'भैया आए,' और तालियाँ बजाती हुई दौड़ी। सोना भी दो-तीन कदम आगे बढ़ी; पर अपने उछाह को भीतर ही दबा गई। एक साल में उसका यौवन कुछ और संकोचशील हो गया था। झुनिया भी घूँघट निकाले द्वार पर खड़ी हो गई।

गोबर ने माँ-बाप के चरण छुए और रूपा को गोद में उठाकर प्यार किया। धनिया ने उसे आशीर्वाद दिया और उसका सिर अपने छाती से लगा कर मानो अपने मातृत्व का पुरस्कार पा गई। उसका हृदय गर्व से उमड़ा पड़ता था। आज तो वह रानी है। इस फटे-हाल में भी रानी है। कोई उसकी आँखें देखे, उसका मुख देखे, उसका हृदय देखे, उसकी चाल देखे। रानी भी लजा जाएगी। गोबर कितना बड़ा हो गया है और पहन-ओढ़कर कैसा भलामानस लगता है। धनिया के मन में कभी अमंगल की

शंका न हुई थी। उसका मन कहता था, गोबर कुशल से है और प्रसन्न है। आज उसे आँखों से देखकर मानो उसको जीवन के धूल-धक्कड़ में गुम हुआ रत्न मिल गया है; मगर होरी ने मुँह फेर लिया था।

गोबर ने पूछा – 'दादा को क्या हुआ है, अम्माँ?'

धनिया घर का हाल कहकर उसे दुःखी न करना चाहती थी। बोली – 'कुछ नहीं है बेटा, जरा सिर दर्द है। चलो, कपड़े उतारो, हाथ-मुँह धोओ। कहाँ थे तुम इतने दिन? भला, इस तरह कोई घर से भागता है? और कभी एक चिट्ठी तक न भेजी? आज साल-भर के बाद जाके सुधि ली है। तुम्हारी राह देखते-देखते आँखें फूट गईं। यही आसा बँधी रहती थी कि कब वह दिन आएगा और कब तुम्हें देखूँगी। कोई कहता था, मिरच भाग गया, कोई डमरा टापू बताता था। सुन-सुनकर जान सूखी जाती थी। कहाँ रहे इतने दिन?'

गोबर ने शर्माते हुए कहा – 'कहीं दूर नहीं गया था अम्माँ, यहाँ लखनऊ में तो था।'

'और इतने नियरे रहकर भी कभी एक चिट्ठी न लिखी?'

उधर सोना और रूपा भीतर गोबर का सामान खोलकर चीज का बाँट-बखरा करने में लगी हुई थीं; लेकिन झुनिया दूर खड़ी थी। उसके मुख पर आज मान का शोख रंग झलक रहा है। गोबर ने उसके साथ जो व्यवहार किया है, आज वह उसका बदला लेगी। असामी को देखकर महाजन उससे वह रुपये वसूल करने को भी व्याकुल हो रहा है, जो उसने बट्टेखाते में डाल दिए थे। बच्चा उन चीजों की ओर लपक रहा था और चाहता था, सब-का-सब एक साथ मुँह में डाल ले, पर झुनिया उसे गोद से उतरने न देती थी।

सोना बोली – 'भैया तुम्हारे लिए आईना-कंघी लाए हैं भाभी।'

झुनिया ने उपेक्षा भाव से कहा – 'मुझे ऐना-कंघी न चाहिए। अपने पास रखे रहें।'

रूपा ने बच्चे की चमकीली टोपी निकाली – 'ओ हो! यह तो चुन्नू की टोपी है। और उसे बच्चे के सिर पर रख दिया।'

झुनिया ने टोपी उतारकर फेंक दी और सहसा गोबर को अन्दर आते देखकर वह बालक को लिए अपनी कोठरी में चली गई। गोबर ने देखा, सारा सामान खुला पड़ा है। उसका जी तो चाहता है, पहले झुनिया से मिलकर अपना अपराध क्षमा कराए; लेकिन अन्दर जाने का साहस नहीं होता। वहीं बैठ गया और चीजें निकाल-निकाल हरएक को देने लगा। मगर रूपा इसलिए फूल गई कि उसके लिए चप्पल क्यों नहीं लाए, और सोना उसे चिढ़ाने लगी, तू क्या करेगी चप्पल लेकर, अपनी गुड़िया से खेल। हम तो तेरी गुड़िया देखकर नहीं रोते, तू मेरी चप्पल देखकर क्यों रोती है? मिठाई बाँटने की जिम्मेदारी धनिया ने अपने ऊपर ली। इतने दिनों के बाद लड़का कुशल से घर आया है। वह गाँव-भर में बैना बँटवाएगी। एक गुलाबजामुन रूपा के लिए ऊँट के मुँह में जीरे

के समान था। वह चाहती थी, हाँडी उसके सामने रख दी जाए, वह कूद-कूद खाए!

अब सन्दूक खुला और उसमें से साड़ियाँ निकलने लगीं। सभी किनारेदार थीं; जैसी पटेश्वरी लाला के घर में पहनी जाती हैं, मगर हैं बड़ी हलकी। ऐसी महीन साड़ियाँ भला कै दिन चलेंगी! बड़े आदमी जितनी महीन साड़ियाँ चाहें पहनें, उनकी मेहरियों को बैठने और सोने के सिवा और कौन काम है! यहाँ तो खेत-खलिहान सभी कुछ है। अच्छा! होरी के लिए धोती के अतिरिक्त एक दुपट्टा भी है।

धनिया प्रसन्न होकर बोली - 'यह तुमने बड़ा अच्छा किया बेटा! इनका दुपट्टा बिलकुल तार-तार हो गया था।'

गोबर को उतनी देर में घर की परिस्थिति का अन्दाज हो गया था। धनिया की साड़ी में कई पैबन्द लगे हुए थे। सोना की साड़ी सिर पर फटी हुई थी और उसमें से उसके बाल दिखाई दे रहे थे। रूपा की धोती में चारों तरफ झालरें-सी लटक रही थीं। सभी के चेहरे रूखे, किसी की देह पर चिकनाहट नहीं। जिधर देखो, विपन्नता का साम्राज्य था।

लड़कियाँ तो साड़ियों में मगन थीं। धनिया को लड़के के लिए भोजन की चिन्ता हुई। घर में थोड़ा-सा जौ का आटा साँझ के लिए सँचकर रखा हुआ था। इस वक्त तो चबैने पर कटती थी; मगर गोबर अब वह गोबर थोड़े ही है। उससे जौ का आटा खाया भी जाएगा? परदेश में न जाने क्या-क्या खाता-पीता रहा होगा। जाकर दुलारी की दूकान से गेहूँ का आटा; चावल, घी उधार लाई। इधर महीनों से सहुआइन एक पैसे की चीज भी उधार न देती थी; पर आज उसने एक बार भी न पूछा, पैसे कब दोगी।

उसने पूछा - 'गोबर तो खूब कमा के आया है न?'

धनिया बोली - 'अभी तो कुछ नहीं खुला दीदी! अभी मैंने भी कुछ कहना उचित न समझा। हाँ, सबके लिए किनारदार साड़ियाँ लाया है। तुम्हारे आसिरबाद से कुशल से लौट आया, मेरे लिए तो यही बहुत है।'

दुलारी ने असीस दिया - 'भगवान करे, जहाँ रहे कुशल से रहे। माँ-बाप को और क्या चाहिए! लड़का समझदार है। और छोकरों की तरह उड़ाऊ नहीं है। हमारे रुपये अभी न मिलें, तो ब्याज तो दे दो। दिन-दिन बोझ बढ़ ही तो रहा है।'

इधर सोना चुन्नू को उसका फ्राक और टोप और जूता पहनाकर राजा बना रही थी। बालक इन चीजों को पहनने से ज्यादा हाथ में लेकर खेलना पसन्द करता था। अन्दर गोबर और झुनिया के मान-मनौवल का अभिनय हो रहा था।

झुनिया ने तिरस्कार-भरी आँखों से देखकर कहा - 'मुझे लाकर यहाँ बैठा दिया। आप परदेस की राह ली। फिर न खोज न खबर ली कि मरती है या जीती है। साल-भर के बाद अब जाकर तुम्हारी नींद टूटी है। कितने बड़े कपटी हो तुम! मैं तो सोचती हूँ कि तुम मेरे पीछे-पीछे आ रहे हो और आप उड़े, तो साल-भर के बाद लौटे। मर्दों का विश्वास ही क्या, कहीं कोई और ताक ली होगी, सोचा होगा। एक घर के लिए है ही, एक बाहर के लिए भी हो जाए।'

गोबर ने सफाई दी – 'झुनिया, मैं भगवान को साक्षी देकर कहता हूँ, जो मैंने कभी किसी की ओर ताका भी हो। लाज और डर के मारे घर से भागा जरूर; मगर तेरी याद एक छन के लिए भी मन से न उतरती थी। अब तो मैंने तय कर लिया है कि तुझे भी लेता जाऊँगा; इसीलिए आया हूँ। तेरे घर वाले तो बहुत बिगड़े होंगे?'

'दादा तो मेरी जान लेने पर ही उतारू थे।'

'सच!'

'तीनों जने यहाँ चढ़ आए थे। अम्माँ ने ऐसा डाँटा कि मुँह लेकर रह गए। हाँ, हमारे दोनों बैल खोल ले गए।'

'इतनी बड़ी जबरदस्ती! और दादा कुछ बोले नहीं?'

'दादा अकेले किस-किससे लड़ते! गाँववाले तो नहीं ले जाने देते थे, लेकिन दादा ही भलमनसी में आ गए, तो और लोग क्या करते?

'तो आजकल खेती-बारी कैसे हो रही है?'

'खेती-बारी सब टूट गई। थोड़ी-सी पंडित महाराज के साझे में है। ऊख बोई ही नहीं गई।'

गोबर की कमर में इस समय दो सौ रुपये थे। उसकी गर्मी यों भी कम न थी। यह हाल सुनकर तो उसके बदन में आग ही लग गई।

बोला – 'तो फिर पहले मैं उन्हीं से जाकर समझता हूँ। उनकी यह मजाल कि मेरे द्वार पर से बैल खोल ले जाएँ! यह डाका है, खुला हुआ डाका। तीन-तीन साल को चले जाएँगे तीनों। यों न देंगे, तो अदालत से लूँगा। सारा घमंड तोड़ दूँगा।'

वह उसी आवेश में चला था कि झुनिया ने पकड़ लिया और बोली- 'तो चले जाना, अभी ऐसी क्या जल्दी है? कुछ आराम कर लो, कुछ खा-पी लो। सारा दिन तो पड़ा है। यहाँ बड़ी-बड़ी पंचायत हुई। पंचायत ने अस्सी रुपये डाँड़ के लगाए। तीस मन अनाज ऊपर। उसी में तो और तबाही आ गई।'

सोना बालक को कपड़े-जूते पहनाकर लाई। कपड़े पहनकर वह जैसे सचमुच राजा हो गया था। गोबर ने उसे गोद में ले लिया; पर इस समय बालक के प्यार में उसे आनन्द न आया। उसका रक्त खौल रहा था और कमर के रुपये आँच और तेज कर रहे थे। वह एक-एक से समझेगा। पंचों को उस पर डाँड़ लगाने का अधिकार क्या है? कौन होता है कोई उसके बीच में बोलने वाला? उसने एक औरत रख ली, तो पंचों के बाप का क्या बिगाड़ा? अगर इसी बात पर वह फौजदारी में दावा कर दे, तो लोगों के हाथों में हथकड़ियाँ पड़ जाएँ। सारी गृहस्थी तहस-नहस हो गई। क्या समझ लिया है उसे इन लोगों ने!

बच्चा उसकी गोद में जरा-सा मुस्कुराया, फिर जोर से चीख उठा, जैसे कोई डरावनी चीज देख ली हो।

झुनिया ने बच्चे को उसकी गोद से ले लिया और बोली – 'अब जाकर नहा-धो लो। किस सोच में पड़ गए? यहाँ सबसे लड़ने लगे, तो एक दिन निबाह न हो। जिसके

पास पैसे हैं, वही बड़ा आदमी है, वही भला आदमी। पैसे न हों, तो उस पर सभी रोब जमाते हैं।'

'मेरा गधापन था कि घर से भागा; नहीं देखता, कैसे कोई एक धेला डाँड़ लेता है।'

'सहर की हवा खा आए हो, तभी ये बातें सूझने लगी हैं, नहीं घर से भागते ही क्यों!'

'यही जी चाहता है कि लाठी उठाऊँ और पटेश्वरी, दातादीन, झिंगुरी, सब सालों को पीटकर गिरा दूँ और उनके पेट से रुपये निकाल लूँ।'

'रुपये की बहुत गर्मी चढ़ी है साइत। लाओ निकालो, देखूँ, इतने दिन में क्या कमा लाए हो?'

उसने गोबर की कमर में हाथ लगाया। गोबर खड़ा होकर बोला - 'अभी क्या कमाया; हाँ, अब तुम चलोगी, तो कमाऊँगा। साल-भर तो सहर का रंग-ढंग पहचानने ही में लग गया।'

'अम्माँ जाने देंगी, तब तो?'

'अम्माँ क्यों न जाने देंगी? उनसे मतलब?'

'वाह! मैं उनकी राजी बिना न जाऊँगी। तुम तो छोड़कर चलते बने। और मेरा कौन था यहाँ? वह अगर घर में न घुसने देतीं तो मैं कहाँ जाती? जब तक जीऊँगी, उनका जस गाऊँगी और तुम भी क्या परदेस ही करते रहोगे?'

'और यहाँ बैठकर क्या करूँगा? कमाओ और मरो, इसके सिवा यहाँ और क्या रखा है? थोड़ी-सी अकल हो और आदमी काम करने से न डरे, तो वहाँ भूखों नहीं मर सकता। यहाँ तो अक्कल कुछ काम ही नहीं करती। दादा क्यों मुँह फुलाए हुए हैं?'

'अपने भाग बखानो कि मुँह फुलाकर छोड़ देते हैं। तुमने उपद्रव तो इतना बड़ा किया था कि उस क्रोध में पा जाते, तो मुँह लाल कर देते।'

'तो तुम्हें भी खूब गालियाँ देते होंगे?'

'कभी नहीं, भूलकर भी नहीं। अम्माँ तो पहले बिगड़ी थीं; लेकिन दादा ने तो कभी कुछ नहीं कहा, जब बुलाते हैं, बड़े प्यार से। मेरा सिर भी दुःखता है, तो बेचैन हो जाते हैं। अपने बाप को देखते तो मैं इन्हें देवता समझती हूँ। अम्माँ को समझाया करते हैं, बहू को कुछ न कहना। तुम्हारे ऊपर सैकड़ों बार बिगड़ चुके हैं कि इसे घर में बैठाकर आप न जाने कहाँ निकल गया। आजकल पैसे-पैसे की तंगी है। ऊख के रुपये बाहर ही बाहर उड़ गए। अब तो मजूरी करनी पड़ती है। आज बेचारे खेत में बेहोश हो गए। रोना-पीटना मच गया। तब से पड़े हैं।'

मुँह-हाथ धोकर और खूब बाल बनाकर गोबर गाँव की दिग्विजय करने निकला। दोनों चाचाओं के घर जाकर राम-राम कर आया। फिर और मित्रों से मिला। गाँव में कोई विशेष परिवर्तन न था। हाँ, पटेश्वरी की नई बैठक बन गई थी और झिंगुरीसिंह ने दरवाजे पर नया कुआँ खुदवा लिया था। गोबर के मन में विद्रोह और भी ताल ठोंकने

लगा। जिससे मिला, उसने उसका आदर किया, और युवकों ने तो उसे अपना हीरो बना लिया और उसके साथ लखनऊ जाने को तैयार हो गए। साल ही भर में वह क्या से क्या हो गया था।

सहसा झिंगुरीसिंह अपने कुएँ पर नहाते मिल गए, गोबर निकला; मगर सलाम न किया, न बोला। वह ठाकुर को दिखा देना चाहता था, मैं तुम्हें कुछ नहीं समझता।

झिंगुरीसिंह ने खुद ही पूछा - 'कब आए गोबर, मजे में तो रहे? कहीं नौकर थे लखनऊ में?'

गोबर ने हेकड़ी के साथ कहा - 'लखनऊ गुलामी करने नहीं गया था। नौकरी है तो गुलामी। मैं व्यापार करता था।'

ठाकुर ने कुतूहल-भरी आँखों से उसे सिर से पाँव तक देखा - 'कितना रोज पैदा करते थे?'

गोबर ने छुरी को भाला बनाकर उनके ऊपर चलाया - 'यही कोई ढाई-तीन रुपये मिल जाते थे। कभी चटक गई तो चार भी मिल गए। इससे बेसी नहीं।'

झिंगुरी बहुत नोच-खचोट करके भी पचीस-तीस से ज्यादा न कमा पाते थे। और यह गँवार लौंडा सौ रुपये कमाने लगा। उनका मस्तक नीचा हो गया। अब किस दावे से उस पर रोब जमा सकते हैं? वर्ण में वह जरूर ऊँचे हैं; लेकिन वर्ण कौन देखता है! उससे स्पर्द्धा करने का यह अवसर नहीं, अब तो उसकी चिरौरी करके उससे कुछ काम निकाला जा सकता है। बोले- इतनी कमाई कम नहीं है बेटा, जो खरच करते बने। गाँव में तीन आने भी नहीं मिलते। भवनिया (उनके जेठे पुत्र का नाम था) को भी कहीं कोई काम दिला दो, तो भेज दूँ। न पढ़े न लिखे, एक-न-एक उपद्रव करता रहता है। कहीं मुनीमी खाली हो तो कहना, नहीं साथ ही लेते जाना। तुम्हारा तो मित्र है। तलब थोड़ी हो, कुछ गम नहीं। हाँ, चार पैसे की ऊपर की गुंजाइस हो।

गोबर ने अभिमान-भरी हँसी के साथ कहा - 'यह ऊपरी आमदनी की चाट आदमी को खराब कर देती है ठाकुर; लेकिन हम लोगों की आदत कुछ ऐसी बिगड़ गई है कि जब तक बेईमानी न करें, पेट ही नहीं भरता। लखनऊ में मुनीमी मिल सकती है, लेकिन हरएक महाजन ईमानदार चौकस आदमी चाहता है। मैं भवानी को किसी के गले बाँध तो दूँ; लेकिन पीछे इन्होंने कहीं हाथ लपकाया, तो वह मेरी गर्दन पकड़ेगा। संसार में इलम की कदर नहीं है ईमान की कदर है।'

यह तमाचा लगाकर गोबर आगे निकल गया। झिंगुरी मन में ऐंठकर रह गए। लौंडा कितने घमंड की बातें करता है, मानो धर्म का अवतार ही तो है।

इसी तरह गोबर ने दातादीन को भी रगड़ा। भोजन करने जा रहे थे। गोबर को देखकर प्रसन्न होकर बोले - 'मजे में तो रहे गोबर? सुना, वहाँ कोई अच्छी जगह पा गए हो। मातादीन को भी किसी हीले से लगा दो न? भंग पीकर पड़े रहने के सिवा यहाँ और कौन काम है!'

गोबर ने बनाया - 'तुम्हारे घर में किस बात की कमी है महाराज, जिस जजमान के द्वार पर जाकर खड़े हो जाओ, कुछ न कुछ मार ही लाओगे। जनम में लो, मरन

में लो, सादी में लो, गमी में लो, खेती करते हो, लेन-देन करते हो, दलाली करते हो, किसी से कुछ भूल-चूक हो जाए, तो डाँड़ लगा कर उसका घर लूट लेते हो। इतनी कमाई से पेट नहीं भरता? क्या करोगे बहुत-सा धन बटोरकर कि साथ ले जाने की कोई जुगुत निकाल ली है?'

दातादीन ने देखा, गोबर कितनी ढिठाई से बोल रहा है; अदब और लिहाज जैसे भूल गया। अभी शायद नहीं जानता कि बाप मेरी गुलामी कर रहा है। सच है, छोटी नदी को उमड़ते देर नहीं लगती; मगर चेहरे पर मैल नहीं आने दिया। जैसे बड़े लोग बालकों से मूँछें उखड़वाकर भी हँसते हैं, उन्होंने भी इस फटकार को हँसी में लिया और विनोद-भाव से बोले – 'लखनऊ की हवा खाके तू बड़ा चंट हो गया गोबर! ला, क्या कमा के लाया है, कुछ निकाल। सच कहता हूँ गोबर, तुम्हारी बहुत याद आती थी। अब तो रहोगे कुछ दिन?'

'हाँ, अभी तो रहूँगा कुछ दिन। उन पंचों पर दावा करना है, जिन्होंने डाँड़ के बहाने मेरे डेढ़ सौ रुपये हजम किए हैं। देखूँ, कौन मेरा हुक्का-पानी बन्द करता है और कैसे बिरादरी मुझे जात से बाहर करती है?'

यह धमकी देकर वह आगे बढ़ा। उसकी हेकड़ी ने उसके युवक भक्तों को रोब में डाल दिया था।

एक ने कहा – 'कर दो नालिस गोबर भैया! बुड्ढा काला साँप है – जिसके काटे मन्तर नहीं। तुमने अच्छी डाँट बताई। पटवारी के कान भी जरा गरमा दो। बड़ा मुतफन्नी है दादा! बाप-बेटे में आग लगा दे, भाई-भाई में आग लगा दे। कारिन्दे से मिलकर असामियों का गला काटता है। अपने खेत पीछे जोतो, पहले उसके खेत जोत दो। अपनी सिंचाई पीछे करो, पहले उसकी सिंचाई कर दो।'

गोबर ने मूँछों पर ताव देकर कहा – 'मुझसे क्या कहते हो भाई, साल-भर में भूल थोड़े ही गया। यहाँ मुझे रहना ही नहीं है, नहीं एक-एक को नचाकर छोड़ता। अबकी होली धूम-धाम से मनाओ और होली का स्वाँग बनाकर इन सबों को खूब भिगो-भिगोकर लगाओ।'

होली का प्रोग्राम बनने लगा। खूब भंग घुटे, दूधिया भी, नमकीन भी, और रंगों के साथ कालिख भी बने और मुखियों के मुँह पर कालिख ही पोती जाए। होली में कोई बोल ही क्या सकता है! फिर स्वाँग निकले और पंचों की भद्द उड़ाई जाए। रुपये-पैसे की कोई चिन्ता नहीं। गोबर भाई कमाकर आए हैं।

भोजन करके गोबर भोला से मिलने चला। जब तक अपनी जोड़ी ला कर अपने द्वार पर बाँध न दे, उसे चैन नहीं। वह लड़ने-मरने को तैयार था।

होरी ने कातर स्वर में कहा – 'राढ़ मत बढ़ाओ बेटा! भोला गोई ले गए, भगवान उनका भला करे; लेकिन उनके रुपये तो आते ही थे।'

गोबर ने उत्तेजित होकर कहा – 'दादा, तुम बीच में न बोलो। उनकी गाय पचास की थी। हमारी गोई डेढ़ सौ में आई थी। तीन साल हमने जोती। फिर भी सौ की

थी ही। वह अपने रुपये के लिए दावा करते, डिग्री कराते, या जो चाहते कहते, हमारे द्वार से जोड़ी क्यों खोल ले गए? और तुम्हें क्या कहूँ? इधर गोई खो बैठे, उधर डेढ़ सौ रुपये डाँड़ के भरे। यह है गऊ होने का फल। मेरे सामने जोड़ी खोल ले जाते, तो देखता। तीनों को यहाँ जमीन पर सुला देता। और पंचों से तो बात तक न करता। देखता, कौन मुझे बिरादरी से अलग करता है; लेकिन तुम बैठे ताकते रहे।'

होरी ने अपराधी की भाँति सिर झुका लिया; लेकिन धनिया यह अनीत कैसे देख सकती थी? बोली – 'बेटा, तुम भी अन्धेर करते हो। हुक्का-पानी बन्द हो जाता, तो गाँव में निर्वाह कैसे होता! जवान लड़की बैठी है, उसका भी कहीं ठिकाना लगाना है कि नहीं? मरने-जीने में आदमी बिरादरी...'

गोबर ने बात काटी – 'हुक्का-पानी सब तो था, बिरादरी में आदर भी था, फिर मेरा ब्याह क्यों नहीं हुआ? बोलो। इसलिए कि घर में रोटी न थी। रुपये हों तो न हुक्का-पानी का काम है, न जात-बिरादरी का। दुनिया पैसे की है, हुक्का-पानी कोई नहीं पूछता।'

धनिया तो बच्चे का रोना सुनकर भीतर चली गई और गोबर भी घर से निकला। होरी बैठा सोच रहा था। लड़के की अकल जैसे खुल गई है। कैसी बेलाग बात कहता है। उसकी वक्र बुद्धि ने होरी की धर्म और नीति को परास्त कर दिया था।

सहसा होरी ने उससे पूछा – 'मैं भी चला चलूँ?'

'मैं लड़ाई करने नहीं जा रहा हूँ दादा, डरो मत। मेरी ओर तो कानून है, मैं क्यों लड़ाई करने लगा?'

'मैं भी चलूँ तो कोई हरज है?'

'हाँ, बड़ा हरज है। तुम बनी बात बिगाड़ दोगे।'

होरी चुप हो गया और गोबर चल दिया।

पाँच मिनट भी न हुए होंगे कि धनिया बच्चे को लिए बाहर निकली और बोली – 'क्या गोबर चला गया, अकेले? मैं कहती हूँ, तुम्हें भगवान कभी बुद्धि देंगे या नहीं! भोला क्या सहज में गोई देगा? तीनों उस पर टूट पड़ेंगे बाज की तरह। भगवान ही कुशल करें। अब किससे कहूँ, दौड़कर गोबर को पकड़ ले। तुमसे तो मैं हार गई।'

होरी ने कोने से डंडा उठाया और गोबर के पीछे दौड़ा। गाँव के बाहर आकर उसने निगाह दौड़ाई। एक क्षीण-सी रेखा क्षितिज से मिली हुई दिखाई दी। इतनी ही देर में गोबर इतनी दूर कैसे निकल गया! होरी की आत्मा उसे धिक्कारने लगी। उसने क्यों गोबर को रोका नहीं? अगर वह डाँटकर कह देता, भोला के घर मत जाओ, गोबर कभी न जाता। और अब उससे दौड़ा भी तो नहीं जाता। वह हारकर वहीं बैठ गया और बोला – 'उसकी रक्षा करो महावीर स्वामी!'

गोबर उस गाँव में पहुँचा तो देखा, कुछ लोग बरगद के नीचे बैठे जुआ खेल रहे हैं। उसे देखकर लोगों ने समझा, पुलिस का सिपाही है। कौड़ियाँ समेटकर भागे कि सहसा जंगी ने उसे पहचानकर कहा – 'अरे, यह तो गोबरधन है।'

गोबर ने देखा, जंगी पेड़ की आड़ में खड़ा झाँक रहा है। बोला – 'डरो मत जंगी भैया, मैं हूँ। राम-राम! आज ही आया हूँ। सोचा, चलूँ सबसे मिलता आऊँ, फिर न जाने कब आना हो! मैं तो भैया, तुम्हारे आसिरबाद से बड़े मजे में निकल गया। जिस राजा की नौकरी में हूँ, उन्होंने मुझसे कहा है कि एक-दो आदमी मिल जाएँ तो लेते आना। चौकीदारी के लिए चाहिए। मैंने कहा, सरकार ऐसे आदमी दूँगा कि चाहे जान चली जाए, मैदान से हटनेवाले नहीं, इच्छा हो तो मेरे साथ चलो। अच्छी जगह है।'

जंगी उसका ठाट-बाट देखकर रोब में आ गया। उसे कभी चमरौधे जूते भी मयस्सर न हुए थे। और गोबर चमाचम बूट पहने हुए था और साफ-सुथरी, धारीदार कमीज, सँवारे हुए बाल, पूरा बाबू साहब बना हुआ। फटेहाल गोबर और इस परिष्कृत गोबर में बड़ा अन्तर था। हिंसा भाव तो यों ही समय के प्रभाव से शान्त हो गया था और बचा-खुचा अब शान्त हो गया। जुआड़ी था ही, उस पर गाँजे की लत। और घर में बड़ी मुश्किल से पैसे मिलते थे। मुँह में पानी भर आया। बोला – 'चलूँगा क्यों नहीं, यहाँ पड़ा-पड़ा मक्खी ही तो मार रहा हूँ। कै रुपये मिलेंगे?'

गोबर ने बड़े आत्मविश्वास से कहा – 'इसकी कुछ चिन्ता न करो। सब कुछ अपने ही हाथ में है। जो चाहोगे, वह हो जाएगा। हमने सोचा, जब घर में ही आदमी है, तो बाहर क्यों जाएँ?'

जंगी ने उत्सुकता से पूछा – 'काम क्या करना पड़ेगा?'

'काम चाहे चौकीदारी करो, चाहे तगादे पर जाओ। तगादे का काम सबसे अच्छा। असामी से गठ गए। आकर मालिक से कह दिया, घर पर है नहीं, चाहो, तो रुपये-आठ आने रोज बना सकते हो।'

'रहने की जगह भी मिलती है?'

'जगह की कौन कमी? पूरा महल पड़ा है। पानी का नल, बिजली। किसी बात की कमी नहीं है। कामता हैं कि कहीं गए हैं?'

'दूध लेकर गए हैं। मुझे कोई बाजार नहीं जाने देता। कहते हैं, तुम तो गाँजा पी जाते हो। मैं अब बहुत कम पीता हूँ भैया, लेकिन दो पैसे रोज तो चाहिए ही। तुम कामता से कुछ न कहना। मैं तुम्हारे साथ चलूँगा।'

'हाँ-हाँ बेखटके चलो। होली के बाद।'

'तो पक्की रही।'

दोनों आदमी बातें करते भोला के द्वार पर आ पहुँचे। भोला बैठे सुतली कात रहे थे। गोबर ने लगकर उनके चरण छुए और इस वक्त उसका गला सचमुच भर आया। बोला – 'काका, मुझसे जो कुछ भूल-चूक हुई, उसे क्षमा करो।'

भोला ने सुतली कातना बन्द कर दिया और पथरीले स्वर में बोला – 'काम तो तुमने ऐसा ही किया था गोबर, कि तुम्हारा सिर काट लूँ तो भी पाप न लगे; लेकिन अपने द्वार पर आए हो, अब क्या कहूँ! जाओ, जैसा मेरे साथ किया, उसकी सजा भगवान देंगे। कब आए?'

गोबर ने खूब नमक-मिर्च लगाकर अपने भाग्योदय का वृत्तान्त कहा, और जंगी को अपने साथ ले जाने की अनुमति माँगी। भोला को जैसे बेमाँगे वरदान मिल गया। जंगी घर पर एक-न-एक उपद्रव करता रहता था। बाहर चला जाएगा, तो चार पैसे पैदा तो करेगा। न किसी को कुछ दे, अपना बोझ तो उठा लेगा।

गोबर ने कहा - 'नहीं काका, भगवान ने चाहा और इनसे रहते बना तो साल-दो-साल में आदमी बन जाएँगे।'

'हाँ, जब इनसे रहते बने।'

'सिर पर आ पड़ती है, तो आदमी आप सँभल जाता है।'

'तो कब तक जाने का विचार है?'

'होली करके चला जाऊँगा। यहाँ खेती-बारी का सिलसिला फिर जमा दूँ, तो निश्चिन्त हो जाऊँ।'

'होरी से कहो, अब बैठके राम-राम करें।'

'कहता तो हूँ, लेकिन जब उनसे बैठा जाए।'

'वहाँ किसी वैद से तो तुम्हारी जान-पहचान होगी। खाँसी बहुत दिक कर रही है। हो सके तो कोई दवाई भेज देना।'

'एक नामी वैद तो मेरे पड़ोस में ही रहते हैं। उनसे हाल कहके दवा बनवाकर भेज दूँगा। खाँसी रात को जोर करती है कि दिन को?'

'नहीं बेटा, रात को। आँख नहीं लगती। नहीं वहाँ कोई डौल हो, तो मैं भी वहीं चल कर रहूँ। यहाँ तो कुछ परता नहीं पड़ता।'

'रोजगार का जो मजा वहाँ है काका, यहाँ क्या होगा? यहाँ रुपये का दस सेर दूध भी कोई नहीं पूछता। हलवाइयों के गले लगाना पड़ता है। वहाँ पाँच-छः सेर के भाव से चाहो तो घड़ी में मनों दूध बेच लो।

जंगी गोबर के लिए दूधिया शर्बत बनाने चला गया था। भोला ने एकान्त देखकर कहा - 'और भैया! अब इस जंजाल से जी ऊब गया है। जंगी का हाल देखते ही हो। कामता दूध लेकर जाता है। सानी-पानी, खोलना-बाँधना, सब मुझे करना पड़ता है। अब तो यही जी चाहता है कि सुख से कहीं एक रोटी खाऊँ और पड़ा रहूँ। कहाँ तक हाय-हाय करूँ। रोज लड़ाई-झगड़ा। किस-किसके पाँव सहलाऊँ? खाँसी आती है, रात को उठा नहीं जाता; पर कोई एक लोटे पानी को भी नहीं पूछता। पगहिया टूट गई है; मुदा किसी को इसकी सुधि नहीं है। जब मैं बनाऊँगा तभी बनेगी।'

गोबर ने आत्मीयता के साथ कहा - 'तुम चलो लखनऊ काका। पाँच सेर का दूध बेचो, नगद। कितने ही बड़े-बड़े अमीरों से मेरी जान-पहचान है। मन-भर दूध की निकासी का जिम्मा मैं लेता हूँ। मेरी चाय की दूकान भी है। दस सेर दूध तो मैं ही नित लेता हूँ। तुम्हें किसी तरह का कष्ट न होगा।'

जंगी दूधिया शर्बत ले आया। गोबर ने एक गिलास शर्बत पीकर कहा - 'तुम तो खाली साँझ-सबेरे चाय की दूकान पर बैठ जाओ काका, तो एक रुपया कहीं नहीं गया है।'

भोला ने एक मिनट के बाद संकोच-भरे भाव से कहा – 'क्रोध में बेटा, आदमी अंधा हो जाता है। मैं तुम्हारी गोई खोल लाया था। उसे लेते जाना। यहाँ कौन खेती-बारी होती है।'

'मैंने तो एक नई गोई ठीक कर ली है काका!'

'नहीं-नहीं, नई गोई लेकर क्या करोगे? इसे लेते जाओ।'

'तो मैं तुम्हारे रुपये भिजवा दूँगा।'

'रुपये कहीं बाहर थोड़े ही हैं बेटा, घर में ही तो हैं। बिरादरी का ढकोसला है, नहीं तुममें और हममें कौन भेद है? सच पूछो तो मुझे खुश होना चाहिए था कि झुनिया भले घर में है, आराम से है। और मैं उसके खून का प्यासा बन गया था।'

सन्ध्या के समय गोबर यहाँ से चला, तो गोई उसके साथ थी और दही की दो हाँडियाँ लिए जंगी पीछे-पीछे आ रहा था।

देहातों में साल के छः महीने किसी-न-किसी उत्सव में ढोल-मजीरा बजता रहता है। होली के एक महीना पहले से एक महीना बाद तक फाग उड़ती है; आषाढ़ लगते ही आल्हा शुरू हो जाता है और सावन-भादों में कजलियाँ होती हैं। कजलियों के बाद रामायण-गान होने लगता है। सेमरी भी अपवाद नहीं है। महाजन की धमकियाँ और कारिन्दे की बोलियाँ इस समारोह में बाधा नहीं डाल सकतीं। घर में अनाज नहीं है, देह पर कपड़े नहीं हैं, गाँठ में पैसे नहीं हैं, कोई परवाह नहीं। जीवन की आनन्दवृत्ति तो दबाई नहीं जा सकती, हँसे बिना तो जिया नहीं जा सकता।

यों होली में गाने-बजाने का मुख्य स्थान नोखेराम की चौपाल थी। वहीं भँग बनती थी, वहीं रंग उड़ता था, वहीं नाच होता था। इस उत्सव में कारिन्दा साहब के दस-पाँच रुपये खर्च हो जाते थे। और किसमें यह सामर्थ्य थी कि अपने द्वार पर जलसा कराता?

लेकिन अबकी गोबर ने गाँव के सारे नवयुवकों को अपने द्वार पर खींच लिया है और नोखेराम की चौपाल खाली पड़ी हुई है। गोबर के द्वार पर भंग घुट रही है, पान के बीड़े लग रहे हैं, रंग घोला जा रहा है, फर्श बिछा हुआ है, गाना हो रहा है, और चौपाल में सन्नाटा छाया हुआ है। भंग रखी हुई है, पीसे कौन? ढोल-मजीरा सब मौजूद है; पर गाए कौन? जिसे देखो, गोबर के द्वार की ओर दौड़ा चला जा रहा है, यहाँ भंग में गुलाब-जल और केसर और बादाम की बहार है। हाँ-हाँ, सेर-भर बादाम गोबर खुद लाया। पीते ही चोला तर हो जाता है, आँखें खुल जाती हैं। खमीरा तमाखू लाया है, खास बिसवाँ की! रंग में भी केवड़ा छोड़ा है। रुपये कमाना भी जानता है और खरच करना भी जानता है। गाड़कर रख लो, तो कौन देखता है? धन की यही शोभा है। और केवल भंग ही नहीं है। जितने गानेवाले हैं, सबका नेवता भी है। और गाँव में न नाचनेवालों की कमी है, न गानेवालों की, न अभिनय करनेवालों की। शोभा ही लँगड़ों की ऐसी नकल करता है कि क्या कोई करेगा और बोली की नकल करने में तो

उसका सानी नहीं है! जिसकी बोली कहो, उसकी बोले - आदमी की भी, जानवर की भी। गिरधर नकल करने में बेजोड़ है। वकील की नकल वह करे, पटवारी की नकल वह करे, थानेदार की, चपरासी की, सेठ की-सभी की नकल कर सकता है। हाँ, बेचारे के पास वैसा सामान कहाँ है, मगर अबकी गोबर ने उसके लिए सामान मँगा दिया है, और उसकी नकलें देखने जोग होंगी।

यह चर्चा इतनी फैली कि साँझ से ही तमाशा देखनेवाले जमा होने लगे। आसपास के गाँवों से दर्शकों की टोलियाँ आने लगीं। दस बजते-बजते तीन-चार हजार आदमी जमा हो गए। और जब गिरधर झिंगुरीसिंह का रूप धरे अपनी मंडली के साथ खड़ा हुआ, तो लोगों को खड़े होने की जगह भी न मिलती थी। वही खल्वाट सिर, वही बड़ी मूँछें, और वही तोंद! बैठे भोजन कर रहे हैं और पहली ठकुराइन बैठी पंखा झल रही हैं।

ठाकुर ठकुराइन को रसिक नेत्रों से देखकर कहते हैं - 'अब भी तुम्हारे ऊपर वह जोबन है कि कोई जवान देख ले, तो तड़प जाए। और ठकुराइन फूलकर कहती हैं - जभी तो नई नवेली लाए।'

'उसे तो लाया हूँ तुम्हारी सेवा करने के लिए। वह तुम्हारी क्या बराबरी करेगी?'

छोटी बीवी यह वाक्य सुन लेती है और मुँह फुलाकर चली जाती है।

दूसरे दृश्य में ठाकुर खाट पर लेटे हैं और छोटी बहू मुँह फेरे हुए जमीन पर बैठी है। ठाकुर बार-बार उसका मुँह अपनी ओर फेरने की विफल चेष्टा करके कहते हैं - 'मुझसे क्यों रूठी हो मेरी लाड़ली?'

'तुम्हारी लाड़ली जहाँ हो, वहाँ जाओ। मैं तो लौंडी हूँ, दूसरों की सेवा-टहल करने के लिए आई हूँ।'

'तुम मेरी रानी हो। तुम्हारी सेवा-टहल करने के लिए वह बुढ़िया है।'

पहली ठकुराइन सुन लेती हैं और झाड़ू लेकर घर में घुसती हैं और कई झाड़ू उन पर जमाती हैं। ठाकुर साहब जान बचाकर भागते हैं।

फिर दूसरी नकल हुई, जिसमें ठाकुर ने दस रुपये का दस्तावेज लिख कर पाँच रुपये दिए, शेष नजराने और तहरीर और दस्तूरी और ब्याज में काट लिए।

किसान आकर ठाकुर के चरण पकड़कर रोने लगता है। बड़ी मुश्किल से ठाकुर रुपये देने पर राजी होते हैं। जब कागज लिख जाता है और असामी के हाथ में पाँच रुपये रख दिए जाते हैं तो वह चकराकर पूछता है -

'यह तो पाँच ही हैं मालिक!'

'पाँच नहीं, दस हैं। घर जाकर गिनना।'

'नहीं सरकार, पाँच हैं!'

'एक रुपया नजराने का हुआ कि नहीं?'

'हाँ, सरकार!'

'एक तहरीर का?'

'हाँ, सरकार!'

'एक कागद का?'

'हाँ, सरकार!'

'एक दस्तूरी का?'

'हाँ, सरकार!'

'एक सूद का?'

'हाँ, सरकार!'

'पाँच नगद, दस हुए कि नहीं?'

'हाँ, सरकार! अब यह पाँचों भी मेरी ओर से रख लीजिए।'

'कैसा पागल है?'

'नहीं सरकार, एक रुपया छोटी ठकुराइन का नजराना है, एक रुपया बड़ी ठकुराइन का। एक रुपया छोटी ठकुराइन के पान खाने को, एक बड़ी ठकुराइन के पान खाने को। बाकी बचा एक, वह आपके क्रिया-करम के लिए।'

इसी तरह नोखेराम और पटेश्वरी और दातादीन की बारी-बारी से सबकी खबर ली गई। और फबतियों में चाहे कोई नयापन न हो और नकलें पुरानी हों; लेकिन गिरधारी का ढंग ऐसा हास्यजनक था, दर्शक इतने सरल हृदय थे कि बेबात की बात में भी हँसते थे। रात-भर भँड़ैती होती रही और सताए हुए दिल, कल्पना में प्रतिशोध पाकर प्रसन्न होते रहे। आखिरी नकल समाप्त हुई, तो कौवे बोल रहे थे।

सबेरा होते ही जिसे देखो, उसी की जबान पर वही रात के गाने, वही नकल, वही फिकरे मुखिये तमाशा बन गए। जिधर निकलते हैं, उधर ही दो-चार लड़के पीछे लग जाते हैं और वही फिकरे कसते हैं। झिंगुरीसिंह तो दिल्लगीबाज आदमी थे, इसे दिल्लगी में लिया; मगर पटेश्वरी में चिढ़ने की बुरी आदत थी। और पंडित दातादीन तो इतने तुनुक मिजाज थे कि लड़ने पर तैयार हो जाते थे। वह सबसे सम्मान पाने के आदी थे। कारिन्दा की तो बात ही क्या, रायसाहब तक उन्हें देखते ही सिर झुका देते थे। उनकी ऐसी हँसी उड़ाई जाए और अपने ही गाँव में-यह उनके लिए असह्य था। अगर उनमें ब्रह्मतेज होता तो इन दुष्टों को भस्म कर देते। ऐसा शाप देते कि सब-के-सब भस्म हो जाते; लेकिन इस कलियुग में शाप का असर ही जाता रहा। इसलिए उन्होंने कलियुगवाला हथियार निकाला। होरी के द्वार पर आए और आँखें निकालकर बोले – 'क्या आज भी तुम काम करने न चलोगे होरी? अब तो तुम अच्छे हो गए। मेरा कितना हरज हो गया, यह तुम नहीं सोचते।'

गोबर देर से सोया था। अभी-अभी उठा था और आँखें मलता हुआ बाहर आ रहा था कि दातादीन की आवाज कान में पड़ी। पालागन करना तो दूर रहा, उलटे और हेकड़ी दिखाकर बोला – 'अब वह तुम्हारी मजूरी न करेंगे। हमें अपनी ऊख जो बोनी है।'

दातादीन ने सुरती फाँकते हुए कहा – 'काम कैसे नहीं करेंगे? साल के बीच में काम नहीं छोड़ सकते। जेठ में छोड़ना हो छोड़ दें, करना हो करें। उसके पहले नहीं छोड़ सकते।'

गोबर ने जम्हाई लेकर कहा – 'उन्होंने तुम्हारी गुलामी नहीं लिखी है। जब तक इच्छा थी, काम किया। अब नहीं इच्छा है, नहीं करेंगे। इसमें कोई जबरदस्ती नहीं कर सकता।'

'तो होरी काम नहीं करेंगे?'

'ना!'

'तो हमारे रुपये सूद समेत दे दो। तीन साल का सूद होता है सौ रुपया। असल मिलाकर दो सौ होते हैं। हमने समझा था, तीन रुपये महीने सूद में कटते जाएँगे; लेकिन तुम्हारी इच्छा नहीं है, तो मत करो। मेरे रुपये दे दो। धन्ना सेठ बनते हो, तो धन्ना सेठ का काम करो।'

होरी ने दातादीन से कहा – 'तुम्हारी चाकरी से मैं कब इनकार करता हूँ महाराज? लेकिन हमारी ऊख भी तो बोने को पड़ी है।'

गोबर ने बाप को डाँटा – 'कैसी चाकरी और किसकी चाकरी? यहाँ कोई किसी का चाकर नहीं। सभी बराबर हैं। अच्छी दिल्लगी है। किसी को सौ रुपये उधार दे दिए और उससे सूद में जिन्दगी-भर काम लेते रहे। मूल ज्यों का त्यों! यह महाजनी नहीं है, खून चूसना है।'

'तो रुपये दे दो, भैया, लड़ाई काहे की। मैं आने रुपये ब्याज लेता हूँ। तुम्हें गाँव-घर का समझकर आध आने रुपये पर दिया था।'

'हम तो एक रुपया सैकड़ा देंगे। एक कौड़ी बेसी नहीं। तुम्हें लेना हो तो लो, नहीं अदालत से ले लेना। एक रुपया सैकड़ा ब्याज कम नहीं होता।'

'मालूम होता है, रुपये की गर्मी हो गई है।'

'गर्मी उन्हें होती है, जो एक के दस लेते हैं। हम तो मजूर हैं। हमारी गर्मी पसीने के रास्ते बह जाती है। मुझे याद है, तुमने बैल के लिए तीस रुपये दिए थे। उसके सौ हुए। और अब सौ के दो सौ हो गए। इसी तरह तुम लोगों ने किसानों को लूट-लूटकर मजूर बना डाला और आप उनकी जमीन के मालिक बन बैठे। तीस के दो सौ! कुछ हद है! कितने दिन हुए होंगे दादा?'

होरी ने कातर कंठ से कहा – 'यही आठ-नौ साल हुए होंगे।'

गोबर ने छाती पर हाथ रखकर कहा – 'नौ साल में तीस रुपये के दो सौ! एक रुपये के हिसाब से कितना होता है?'

उसने जमीन पर एक ठीकरे से हिसाब लगाकर कहा – 'दस साल में छत्तीस रुपये होते हैं। असल मिलाकर छाछठ। उसके सत्तर रुपये ले लो। इससे बेसी मैं एक कौड़ी न दूँगा।'

दातादीन ने होरी को बीच में डालकर कहा – 'सुनते हो होरी, गोबर का फैसला? मैं अपने दो सौ छोड़ के सत्तर ले लूँ, नहीं अदालत करूँ। इस तरह का व्यवहार हुआ तो कै दिन संसार चलेगा? और तुम बैठे सुन रहे हो; मगर यह समझ लो, मैं ब्राह्मण हूँ, मेरे रुपये हजम करके तुम चैन न पाओगे। मैंने ये सत्तर रुपये भी छोड़े, अदालत

भी न जाऊँगा, जाओ। अगर मैं ब्राह्मण हूँ, तो अपने पूरे दो सौ रुपये लेकर दिखा दूँगा! और तुम मेरे द्वार पर आवोगे और हाथ बाँधकर दोगे।'

दातादीन झल्लाए हुए लौट पड़े। गोबर अपनी जगह बैठा रहा। मगर होरी के पेट में धर्म की क्रांति मची हुई थी। अगर ठाकुर या बनिए के रुपये होते, तो उसे ज्यादा चिन्ता न होती; लेकिन ब्राह्मण के रुपये! उसकी एक पाई भी दब गई, तो हड्डी तोड़कर निकलेगी। भगवान न करें कि ब्राह्मण का कोप किसी पर गिरे। बंस में कोई चिल्लू-भर पानी देनेवाला, घर में दिया जलाने वाला भी नहीं रहता। उसका धर्म-भीरु मन त्रस्त हो उठा। उसने दौड़कर पंडितजी के चरण पकड़ लिए और आर्त्त स्वर में बोला - 'महाराज, जब तक मैं जीता हूँ, तुम्हारी एक-एक पाई चुकाऊँगा। लड़के की बातों पर मत जाओ। मामला तो हमारे-तुम्हारे बीच में हुआ है। वह कौन होता है?'

दातादीन जरा नरम पड़े - 'जरा इसकी जबरदस्ती देखो, कहता है, दो सौ रुपये के सत्तर लो या अदालत जाओ। अभी अदालत की हवा नहीं खाई है, जभी। एक बार किसी के पाले पड़ जाएँगे, तो फिर यह ताव न रहेगा। चार दिन सहर में क्या रहे, तानासाह हो गए।'

'मैं कहता हूँ महाराज, मैं तुम्हारी एक-एक पाई चुकाऊँगा।'

'तो कल से हमारे यहाँ काम करने आना पड़ेगा।'

'अपनी ऊख बोना है महाराज, नहीं तुम्हारा ही काम करता।'

दातादीन चले गए तो गोबर ने तिरस्कार की आँखों से देखकर कहा - 'गए थे देवता को मनाने। तुम्हीं लोगों ने तो इन सबों का मिजाज बिगाड़ दिया है। तीस रुपये दिए, अब दो सौ रुपये लेगा, और डाँट ऊपर से बताएगा और तुमसे मजूरी कराएगा और काम कराते-कराते मार डालेगा।'

होरी ने अपने विचार में सत्य का पक्ष लेकर कहा - 'नीति हाथ से न छोड़नी चाहिए बेटा; अपनी-अपनी करनी अपने हाथ है। हमने जिस ब्याज पर रुपये लिए, वह तो देने ही पड़ेंगे। फिर ब्राह्मण ठहरे। इनका पैसा हमें न पचेगा? ऐसा माल तो इन्हीं लोगों को पचता है।'

गोबर ने त्योरियाँ चढ़ाईं - 'नीति छोड़ने को कौन कह रहा है? और कौन कह रहा है कि ब्राह्मण का पैसा दबा लो? मैं तो यही कहता हूँ कि इतना सूद नहीं देंगे। बैंकवाले बारह आने सूद लेते हैं। तुम एक रुपये ले लो। और क्या किसी को लूट लोगे?'

'उनका रोयाँ जो दुःखी होगा?'

'हुआ करे। उनके दुःखी होने के डर से हम बिल क्यों खोदें?'

'बेटा, जब तक मैं जीता हूँ, मुझे अपने रास्ते चलने दो। जब मैं मर जाऊँ, तो तुम्हारी जो इच्छा हो, वह करना।'

'तो फिर तुम्हीं देना। मैं तो अपने हाथों अपने पाँव में कुल्हाड़ी न मारूँगा। मेरा गधापन था कि तुम्हारे बीच में बोला - तुमने खाया है, तुम भरो। मैं क्यों अपनी जान दूँ?'

यह कहता हुआ गोबर भीतर चला गया। झुनिया ने पूछा – 'आज सबेरे-सबेरे दादा से क्यों उलझ पड़े?'

गोबर ने सारा वृत्तान्त कह सुनाया और अन्त में बोला – 'इनके ऊपर रिन का बोझ इसी तरह बढ़ता जाएगा। मैं कहाँ तक भरूँगा। उन्होंने कमा-कमाकर दूसरों का घर भरा है। मैं क्यों उनकी खोदी हुई खंदक में गिरूँ? इन्होंने मुझसे पूछकर करज नहीं लिया। न मेरे लिए लिया। मैं उसका देनदार नहीं हूँ।'

उधर मुखियों में गोबर को नीचा दिखाने के लिए षड्यन्त्र रचा जा रहा था। यह लौंडा शिंकजे में न कसा गया, तो गाँव में ऊधम मचा देगा। प्यादे से फर्जी हो गया है न, टेढ़े तो चलेगा ही। जाने कहाँ से इतना कानून सीख आया है? कहता है, रुपये सैकड़े सूद से बेसी न दूँगा। लेना हो लो, नहीं अदालत जाओ। रात इसने गाँव के लौंडों को बटोरकर कितना अनर्थ किया। लेकिन मुखियों में भी ईर्ष्या की कमी न थी। सभी अपने बराबरवालों के परिहास पर प्रसन्न थे। पटेश्वरी और नोखेराम में बातें हो रही थीं। पटेश्वरी ने कहा – 'मगर सबों को घर-घर की रत्ती-रत्ती का हाल मालूम है। झिंगुरीसिंह को तो सबों ने ऐसा रगेटा कि कुछ न पूछो। दोनों ठकुराइनों की बातें सुन-सुनकर लोग हँसी के मारे लोट गए।'

नोखेराम ने ठट्ठा मारकर कहा – 'मगर नकल सच्ची थी। मैंने कई बार उनकी छोटी बेगम को द्वार पर खड़े लौंडों से हँसी करते देखा है।'

'और बड़ी रानी काजल और सेंदुर और महावर लगाकर जवान बनी रहती है।'

'दोनों में रात-दिन छिड़ी रहती है। झिंगुरी पक्का बेहया है। कोई दूसरा होता तो पागल हो जाता।'

'सुना, तुम्हारी बड़ी भद्दी नकल की। चमरिया के घर में बन्द कराके पिटवाया।'

'मैं तो बचा पर बकाया लगान का दावा करके ठीक कर दूँगा। वह भी क्या याद करेंगे कि किसी से पाला पड़ा था।'

'लगान तो उसने चुका दिया है न?'

'लेकिन रसीद तो मैंने नहीं दी! सबूत क्या है लगान चुका दिया? और यहाँ कौन हिसाब-किताब देखता है? आज ही प्यादा भेजकर बुलाता हूँ।'

होरी और गोबर, दोनों ऊख के लिए खेत सींच रहे थे। अबकी ऊख की खेती होने की आशा तो थी नहीं, इसलिए खेत परती पड़ा हुआ था। अब बैल आ गए हैं, तो ऊख क्यों न बोई जाए!

मगर दोनों जैसे छत्तीस बने हुए थे। न बोलते थे, न ताकते थे। होरी बैलों को हाँक रहा था और गोबर मोट ले रहा था। सोना और रूपा, दोनों खेत में पानी दौड़ा रही थीं कि उनमें झगड़ा हो गया। विवाद का विषय यह था कि झिंगुरीसिंह की छोटी ठकुराइन पहले खुद खाकर पति को खिलाती है या पति को खिलाकर तब खुद खाती है। सोना कहती थी, पहले वह खुद खाती है। रूपा का मत इसके प्रतिकूल था।

रूपा ने जिरह की - 'अगर वह पहले खाती है, तो क्यों मोटी नहीं है? ठाकुर क्यों मोटे हैं? अगर ठाकुर उन पर गिर पड़े, तो ठकुराइन पिस जाएँ।'

सोना ने प्रतिवाद किया - 'तू समझती है, अच्छा खाने से लोग मोटे हो जाते हैं। अच्छा खाने से लोग बलवान हो जाते हैं, मोटे नहीं होते। मोटे होते हैं घास-पात खाने से।'

'तो ठकुराइन ठाकुर से बलवान है?'

'और क्या! अभी उस दिन दोनों में लड़ाई हुई, तो ठकुराइन ने ठाकुर को ऐसा ढकेला कि उनके घुटने फूट गए।'

'तो तू भी पहले आप खाकर तब जीजा को खिलाएगी?'

'और क्या!'

'अम्माँ तो पहले दादा को खिलाती हैं।'

'तभी तो जब तब दादा डाँट देते हैं। मैं बलवान होकर अपने मरद को काबू में रखूँगी। तेरा मरद तुझे पीटेगा, तेरी हड्डी तोड़कर रख देगा।'

रूपा रुआँसी होकर बोली - 'क्यों पीटेगा, मैं मार खाने का काम ही न करूँगी।'

'वह कुछ न सुनेगा। तूने जरा भी कुछ कहा और वह मार चलेगा। मारते-मारते तेरी खाल उधेड़ लेगा।'

रूपा ने बिगड़कर सोना की साड़ी दाँतों से फाड़ने की चेष्टा की और असफल होने पर चुटकियाँ काटने लगी।

सोना ने और चिढ़ाया - 'वह तेरी नाक भी काट लेगा।'

इस पर रूपा ने बहन को दाँत से काट खाया। सोना की बाँह लहुआ गई। उसने रूपा को जोर से ढकेल दिया। वह गिर पड़ी और उठकर रोने लगी। सोना भी दाँतों के निशान देखकर रो पड़ी।

उन दोनों का चिल्लाना सुनकर गोबर गुस्से से भरा हुआ आया और दोनों को दो-दो घूँसे जड़ दिए। दोनों रोती हुई खेत से निकलकर घर चल दीं। सिंचाई का काम रुक गया। इस पर पिता-पुत्र में एक झड़प हो गई।

होरी ने पूछा - 'पानी कौन चलाएगा? दौड़े-दौड़े गए, दोनों को भगा आए। अब जाकर मना क्यों नहीं लाते?'

'तुम्हीं ने इन सबों को बिगाड़ रखा है।'

'इस तरह मारने से और निर्लज्ज हो जाएँगी।'

'दो जून खाना बन्द कर दो, आप ठीक हो जाएँ।'

'मैं उनका बाप हूँ, कसाई नहीं हूँ।'

पाँव में एक बार ठोकर लग जाने के बाद किसी कारण से बार-बार ठोकर लगती है और कभी-कभी अँगूठा पक जाता है और महीनों कष्ट देता है। पिता और पुत्र के सद्भाव को आज उसी तरह की चोट लग गई थी और उस पर यह तीसरी चोट पड़ी।

गोबर ने घर जाकर झुनिया को खेत में पानी देने के लिए साथ कर लिया। झुनिया बच्चे को लेकर खेत में गई। धनिया और उसकी दोनों बेटियाँ ताकती रहीं। माँ को भी गोबर की यह उद्दंडता बुरी लगती थी। रूपा को मारता तो वह बुरा न मानती, मगर जवान लड़की को मारना, यह उसके लिए असह्य था।

आज ही रात को गोबर ने लखनऊ लौट जाने का निश्चय कर लिया। यहाँ अब वह नहीं रह सकता। जब घर में उसकी कोई पूछ नहीं है, तो वह क्यों रहे। वह लेन-देन के मामले में बोल नहीं सकता। लड़कियों को जरा मार दिया तो लोग ऐसे जामे के बाहर हो गए, मानो वह बाहर का आदमी है। तो इस सराय में वह न रहेगा।

दोनों भोजन करके बाहर आए थे कि नोखेराम के प्यादे ने आकर कहा – 'चलो, कारिन्दा साहब ने बुलाया है।'

होरी ने गर्व से कहा – 'रात को क्यों बुलाते हैं; मैं तो बाकी दे चुका हूँ।'

प्यादा बोला – 'मुझे तो तुम्हें बुलाने का हुक्म मिला है। जो कुछ अरज करना हो, वहीं चलकर करना।'

होरी की इच्छा न थी; मगर जाना पड़ा। गोबर विरक्त-सा बैठा रहा। आध घंटे में होरी लौटा तो चिलम भरकर पीने लगा। अब गोबर से न रहा गया। पूछा – 'किस मतलब से बुलाया था?'

होरी ने भर्राई हुई आवाज में कहा – 'मैंने पाई-पाई लगान चुका दिया। वह कहते हैं, तुम्हारे ऊपर दो साल का बाकी है। अभी उसी दिन मैंने ऊख बेची, पचीस रुपये वहीं उनको दे दिए, और आज वह दो साल का बाकी निकालते हैं। मैंने कह दिया, मैं एक धेला न दूँगा।'

गोबर ने पूछा – 'तुम्हारे पास रसीद तो होगी?'

'रसीद कहाँ देते हैं?'

'तो तुम बिना रसीद लिए रुपये देते ही क्यों हो?'

'मैं क्या जानता था, वह लोग बेईमानी करेंगे। यह सब तुम्हारी करनी का फल है। तुमने रात को उनकी हँसी उड़ाई, यह उसी का दंड है। पानी में रहकर मगर से बैर नहीं किया जाता। सूद लगाकर सत्तर रुपये बाकी निकाल दिए। ये किसके घर से आएँगे?'

गोबर ने अपनी सफाई देते हुए कहा – 'तुमने रसीद ले ली होती तो मैं लाख उनकी हँसी उड़ाता, तुम्हारा बाल बाँका न कर सकते। मेरी समझ में नहीं आता कि लेन-देन में तुम सावधानी से क्यों काम नहीं लेते। यों रसीद नहीं देते, तो डाक से रुपया भेजो। यही तो होगा, एकाध रुपया महसूल पड़ जाएगा। इस तरह की धाँधली तो न होगी।'

'तुमने यह आग न लगाई होती, तो कुछ न होता। अब तो सभी मुखिया बिगड़े हुए हैं। बेदखली की धमकी दे रहे हैं। दैव जाने कैसे बेड़ा पार लगेगा!'

'मैं जाकर उनसे पूछता हूँ।'

'तुम जाकर और आग लगा दोगे।'

'अगर आग लगानी पड़ेगी, तो आग भी लगा दूँगा। यह बेदखली करते हैं, करें। मैं उनके हाथ में गंगाजली रखकर अदालत में कसम खिलाऊँगा। तुम दुम दबाकर बैठे रहो। मैं इसके पीछे जान लड़ा दूँगा। मैं किसी का एक पैसा दबाना नहीं चाहता, न अपना एक पैसा खोना चाहता हूँ।'

वह उसी वक्त उठा और नोखेराम की चौपाल में जा पहुँचा। देखा तो सभी मुखिया लोगों का केबिनेट बैठा हुआ है। गोबर को देखकर सब-के-सब सतर्क हो गए। वातावरण में षड्‌यन्त्र की-सी कुंठा भरी हुई थी।

गोबर ने उत्तेजित कंठ से पूछा - 'यह क्या बात है कारिन्दा साहब, कि आपको दादा ने हाल तक का लगान चुकता कर दिया और आप अभी दो साल का बाकी निकाल रहे हैं? यह कैसा गोलमाल है?'

नोखेराम ने मसनद पर लेटकर रोब दिखाते हुए कहा - 'जब तक होरी है, मैं तुमसे लेन-देन की कोई बातचीत नहीं करना चाहता।'

गोबर ने आहत स्वर में कहा - 'तो मैं घर में कुछ नहीं हूँ?'

'तुम अपने घर में सब कुछ होगे। यहाँ तुम कुछ नहीं हो।'

'अच्छी बात है, आप बेदखली दायर कीजिए। मैं अदालत में तुमसे गंगाजली उठवाकर रुपये दूँगा; इसी गाँव से एक सौ सहादतें दिलाकर साबित कर दूँगा कि तुम रसीद नहीं देते। सीधे-सादे किसान हैं, कुछ बोलते नहीं, तो तुमने समझ लिया कि सब काठ के उल्लू हैं। रायसाहब वहीं रहते हैं, जहाँ मैं रहता हूँ। गाँव के सब लोग उन्हें हौवा समझते होंगे, मैं नहीं समझता। रत्ती-रत्ती हाल कहूँगा और देखूँगा, तुम कैसे मुझसे दोबारा रुपये वसूल कर लेते हो।'

उसकी वाणी में सत्य का बल था। डरपोक प्राणियों में सत्य भी गूँगा हो जाता है। वही सीमेंट, जो ईंट पर चढ़कर पत्थर हो जाता है, मिट्टी पर चढ़ा दिया जाए, तो मिट्टी हो जाएगा। गोबर की निर्भीक स्पष्टवादिता ने उस अनीत के बख्तर को बेध डाला, जिससे सज्जित होकर नोखेराम की दुर्बल आत्मा अपने को शक्तिमान समझ रही थी।

नोखेराम ने जैसे कुछ याद करने का प्रयास करके कहा - 'तुम इतना गर्म क्यों हो रहे हो, इसमें गर्म होने की कौन बात है। अगर होरी ने रुपये दिए हैं, तो कहीं-न-कहीं तो टाँके गए होंगे। मैं कल कागज निकालकर देखूँगा। अब मुझे कुछ-कुछ याद आ रहा है कि शायद होरी ने रुपये दिए थे। तुम निसाखातिर रहो; अगर रुपये यहाँ आ गए हैं, तो कहीं जा नहीं सकते। तुम थोड़े-से रुपये के लिए झूठ थोड़े ही बोलोगे और न मैं ही इन रुपयों से धनी हो जाऊँगा।'

गोबर ने चौपाल से आकर होरी को ऐसा लथाड़ा कि बेचारा स्वार्थ-भीरु बूढ़ा रुआँसा हो गया - 'तुम तो बच्चों से भी गए बीते हो, जो बिल्ली की म्याऊँ सुनकर चिल्ला उठते हैं। कहाँ-कहाँ तुम्हारी रक्षा करता फिरूँगा। मैं तुम्हें सत्तर रुपये दिए जाता हूँ। दातादीन ले तो देकर भरपाई लिखा देना। इसके ऊपर तुमने एक पैसा भी दिया, तो फिर मुझसे एक पैसा भी न पाओगे। मैं परदेश में इसलिए नहीं पड़ा हूँ कि तुम

अपने को लुटवाते रहो और मैं कमाकर भरता रहूँ। मैं कल चला जाऊँगा; लेकिन इतना कहे देता हूँ, किसी से एक पैसा उधार मत लेना और किसी को कुछ मत देना। मँगरू, दुलारी, दातादीन-सभी से एक रुपया सैकड़े सूद कराना होगा।'

धनिया भी खाना खाकर बाहर निकल आई। बोली - 'अभी क्यों जाते हो बेटा, दो-चार दिन और रहकर ऊख की बोनी करा लो और कुछ लेन-देन का हिसाब भी ठीक कर लो, तो जाना।'

गोबर ने शान जमाते हुए कहा - 'मेरा दो-तीन रुपये रोज का घाटा हो रहा है, यह भी समझती हो! यहाँ मैं बहुत-बहुत चार आने की मजूरी ही तो करता हूँ। और अबकी मैं झुनिया को भी लेता जाऊँगा। वहाँ मुझे खाने-पीने की बड़ी तकलीफ होती है।'

धनिया ने डरते-डरते हुए कहा - 'जैसी तुम्हारी इच्छा; लेकिन वहाँ वह कैसे अकेले घर सँभालेगी, कैसे बच्चे की देखभाल करेगी?'

'अब बच्चे को देखूँ कि अपना सुभीता देखूँ, मुझसे चूल्हा नहीं फूँका जाता।'

'ले जाने को मैं नहीं रोकती, लेकिन परदेश में बाल-बच्चों के साथ रहना, न कोई आगे न पीछे; सोचो कितना झंझट है।'

'परदेस में संगी-साथी निकल ही आते हैं अम्माँ, और यह तो स्वारथ का संसार है। जिसके साथ चार पैसे गम खाओ, वही अपना। खाली हाथ तो माँ-बाप भी नहीं पूछते।'

धनिया कटाक्ष समझ गई। उसके सिर से पाँव तक आग लग गई। बोली - 'माँ-बाप को भी तुमने उन्हीं पैसे के यारों में समझ लिया?'

'आँखों देख रहा हूँ।'

'नहीं देख रहे हो माँ-बाप का मन इतना निठुर नहीं होता। हाँ, लड़के अलबत्ता जहाँ चार पैसे कमाने लगे कि माँ-बाप से आँखें फेर लीं। इसी गाँव में एक-दो नहीं, दस-बीस परतोख दे दूँ। माँ-बाप करज-कवाम लेते हैं किसके लिए? लड़के-लड़कियों ही के लिए कि अपने भोग-विलास के लिए?'

'क्या जाने तुमने किसके लिए करज लिया? मैंने तो एक पैसा भी नहीं जाना।'

'बिना पाले ही इतने बड़े हो गए?'

'पालने में तुम्हारा क्या लगा? जब तक बच्चा था, दूध पिला दिया। फिर लावारिस की तरह छोड़ दिया। जो सबने खाया, वही मैंने खाया। मेरे लिए दूध नहीं आता था, मक्खन नहीं बँधा था। और तुम भी चाहती हो, और दादा भी चाहते हैं कि मैं सारा करजा चुकाऊँ, लगान दूँ, लड़कियों का ब्याह करूँ। जैसे मेरी जिन्दगी तुम्हारा देना भरने ही के लिए है। मेरे भी तो बाल-बच्चे हैं?'

धनिया सन्नाटे में आ गई। एक क्षण में उसके जीवन का मृदु-स्वप्न जैसे टूट गया। अब तक वह मन में प्रसन्न थी कि अब उसका दुःख-दरिद्र सब दूर हो गया। जब से गोबर घर आया, उसके मुख पर हास की एक छटा खिली रहती थी। उसकी वाणी में मृदुता और व्यवहारों में उदारता आ गई। भगवान ने उस पर दया की है, तो

उसे सिर झुकाकर चलना चाहिए। भीतर की शान्ति बाहर सौजन्य बन गई थी। ये शब्द तपते हुए बालू की तरह हृदय पर पड़े और चने की भाँति सारे अरमान झुलस गए। उसका सारा घमंड चूर-चूर हो गया। इतना सुन लेने के बाद अब जीवन में क्या रस रह गया? जिस नौका पर बैठकर इस जीवन-सागर को पार करना चाहती थी, वह टूट गई, तो किस सुख के लिए जिए!

लेकिन नहीं! उसका गोबर इतना स्वार्थी नहीं है। उसने कभी माँ की बात का जवाब नहीं दिया, कभी किसी बात के लिए जिद नहीं की। जो कुछ रूखा-सूखा मिल गया, वही खा लेता था। वही भोला-भाला, शील-स्नेह का पुतला आज क्यों ऐसी दिल तोड़नेवाली बातें कर रहा है? उसकी इच्छा के विरुद्ध तो किसी ने कुछ नहीं कहा। माँ-बाप दोनों ही उसका मुँह जोहते रहते हैं। उसने खुद ही लेन-देन की बात चलाई; नहीं उससे कौन कहता है कि तू माँ-बाप का देना चुका। माँ-बाप के लिए यही क्या कम सुख है कि वह इज्जत-आबरू के साथ भलेमानसों की तरह कमाता-खाता है। उससे कुछ हो सके, तो माँ-बाप की मदद कर दे। नहीं हो सकता, तो माँ-बाप उसका गला न दबाएँगे। झुनिया को ले जाना चाहता है, खुशी से ले जाए। धनिया ने तो केवल उसकी भलाई के खयाल से कहा था कि झुनिया को वहाँ ले जाने में उसे जितना आराम मिलेगा, उससे कहीं ज्यादा झंझट बढ़ जाएगी। उसमें ऐसी कौन-सी लगनेवाली बात थी कि वह इतना बिगड़ उठा। हो न हो, यह आग झुनिया ने लगाई है। वही बैठे-बैठे उसे मन्तर पढ़ा रही है। यहाँ सौक-सिंगार करने को नहीं मिलता; घर का कुछ-न-कुछ काम भी करना ही पड़ता है। वहाँ रुपये-पैसे हाथ में आएँगे, मजे से चिकना खाएगी, चिकना पहनेगी और टाँग फैलाकर सोएगी। दो आदमियों की रोटी पकाने में क्या लगता है, वहाँ तो पैसा चाहिए। सुना, बाजार में पकी-पकाई रोटियाँ मिल जाती हैं। यह सारा उपद्रव उसी ने खड़ा किया है, शहर में कुछ दिन रह भी चुकी है। वहाँ का दाना-पानी मुँह लगा हुआ है। यहाँ कोई पूछता न था। यह भोंदू मिल गया। इसे फाँस लिया। जब यहाँ पाँच महीने का पेट लेकर आई थी, तब कैसी म्याँव-म्याँव करती थी। तब यहाँ सरन न मिली होती, तो आज कहीं भीख माँगती होती। यह उसी नेकी का बदला है! इसी चुड़ैल के पीछे डाँड़ देना पड़ा, बिरादरी में बदनामी हुई, खेती टूट गई, सारी दुर्गत हो गई। और आज यह चुड़ैल जिस पत्तल में खाती है, उसी में छेद कर रही है। पैसे देखे, तो आँख हो गई। तभी ऐंठी-ऐंठी फिरती है, मिजाज नहीं मिलता। आज लड़का चार पैसे कमाने लगा है न! इतने दिनों बात नहीं पूछी, तो सास का पाँव दबाने के लिए तेल लिए दौड़ती थी। डाइन उसके जीवन की निधि को उसके हाथ से छीन लेना चाहती है।

दुखित स्वर में बोली - 'यह मन्तर तुम्हें कौन दे रहा है बेटा, तुम तो ऐसे न थे। माँ-बाप तुम्हारे ही हैं, बहनें तुम्हारी ही हैं, घर तुम्हारा ही है। यहाँ बाहर का कौन है? और हम क्या बहुत दिन बैठे रहेंगे? घर की मरजाद बनाए रहोगे, तो तुम्हीं को सुख होगा। आदमी घरवालों ही के लिए धन कमाता है कि और किसी के लिए? अपना पेट तो सुअर भी पाल लेता है। मैं न जानती थी, झुनिया नागिन बनकर हमीं को डसेगी।'

गोबर ने तिनककर कहा – 'अम्माँ, मैं नादान नहीं हूँ कि झुनिया मुझे मन्तर पढ़ाएगी। तुम उसे नाहक कोस रही हो। तुम्हारी गिरस्ती का सारा बोझ मैं नहीं उठा सकता। मुझसे जो कुछ हो सकेगा, तुम्हारी मदद कर दूँगा। लेकिन अपने पाँवों में बेड़ियाँ नहीं डाल सकता।'

झुनिया भी कोठरी से निकलकर बोली – 'अम्माँ, जुलाहे का गुस्सा डाढ़ी पर न उतारो। कोई बच्चा नहीं हैं कि उन्हें फोड़ लूँगी। अपना-अपना भला-बुरा सब समझते हैं। आदमी इसीलिए नहीं जन्म लेता कि सारी उम्र तपस्या करता रहे और एक दिन खाली हाथ मर जाए। सब जिन्दगी का कुछ सुख चाहते हैं, सबकी लालसा होती है कि हाथ में चार पैसे हों।'

धनिया ने दाँत पीसकर कहा – 'अच्छा झुनिया, बहुत ज्ञान न बघार। अब तू भी अपना भला-बुरा सोचने योग हो गई है। जब यहाँ आकर मेरे पैरों पर सिर रक्खे रो रही थी, तब अपना भला-बुरा नहीं सूझा था? उस घड़ी हम भी अपना भला-बुरा सोचने लगते, तो आज तेरा कहीं पता न होता।'

इसके बाद संग्राम छिड़ गया। ताने-मेहने, गाली-गलौज, थुक्का-फजीहत, कोई बात न बची। गोबर भी बीच-बीच में डंक मारता जाता था। होरी बरौठे में बैठा सब कुछ सुन रहा था। सोना और रूपा आँगन में सिर झुकाए खड़ी थीं; दुलारी, पुनिया और कई स्त्रियाँ बीच-बचाव करने आ पहुँची थीं। गरजन के बीच में कभी-कभी बूँदें भी गिर जाती थीं। दोनों ही अपने-अपने भाग्य को रो रही थीं। दोनों ही ईश्वर को कोस रही थीं, और दोनों अपनी-अपनी निर्दोषिता सिद्ध कर रही थीं। झुनिया गड़े मुर्दे उखाड़ रही थी। आज उसे हीरा और शोभा से विशेष सहानुभूति हो गई थी, जिन्हें धनिया ने कहीं का न रखा था। धनिया की आज तक किसी से न पटी थी, तो झुनिया से कैसे पट सकती है? धनिया अपनी सफाई देने की चेष्टा कर रही थी; लेकिन न जाने क्या बात थी कि जनमत झुनिया की ओर था। शायद इसलिए कि झुनिया संयम हाथ से न जाने देती थी और धनिया आपे से बाहर थी। शायद इसलिए कि झुनिया कमाऊ पुरुष की स्त्री थी और उसे प्रसन्न रखने में ज्यादा मसलहत थी।

तब होरी ने आँगन में आकर कहा – 'मैं तेरे पैरों पड़ता हूँ धनिया, चुप रह। मेरे मुँह में कालिख मत लगा। हाँ, अभी मन न भरा हो तो और सुन।'

धनिया फुंकार मारकर उधर दौड़ी – 'तुम भी मोटी डाल पकड़ने चले। मैं ही दोसी हूँ। वह तो मेरे ऊपर फूल बरसा रही है?'

संग्राम का क्षेत्र बदल गया।

'जो छोटों के मुँह लगे, वह छोटा।'

धनिया किस तर्क से झुनिया को छोटा मान ले?

होरी ने व्यथित कंठ से कहा – 'अच्छा, वह छोटी नहीं, बड़ी सही। जो आदमी नहीं रहना चाहता, क्या उसे बाँधकर रखेगी? उनके हाथ-पाँव हो गए। अब तू क्या चाहती है, वे दाना-चारा लाकर खिलाएँ। माँ-बाप का धरम सोलहों आना लड़कों के

साथ है। लड़कों का माँ-बाप के साथ एक आना भी धरम नहीं है। जो जाता है, उसे असीस देकर विदा कर दे। हमारा भगवान मालिक है। जो कुछ भोगना बदा है, भोगेंगे। चालीस सात सैंतालीस साल इसी तरह रोते-धोते कट गए। दस-पाँच साल हैं, वह भी यों ही कट जाएँगे।'

उधर गोबर जाने की तैयारी कर रहा था। इस घर का पानी भी उसके लिए हराम है। माता होकर जब उसे ऐसी-ऐसी बातें कहे, तो अब वह उसका मुँह भी न देखेगा।

देखते ही देखते उसका बिस्तर बँध गया। झुनिया ने भी चुँदरी पहन ली। मुन्नू भी टोप और फ्राक पहन कर राजा बन गया।

होरी ने आर्द्र कंठ से कहा - 'बेटा, तुमसे कुछ कहने का मुँह तो नहीं है; लेकिन कलेजा नहीं मानता। क्या जरा जाकर अपनी अभागिनी माता के पाँव छू लोगे, तो कुछ बुरा होगा? जिस माता की कोख से जनम लिया और रक्त पीकर पले हो, उसके साथ इतना भी नहीं कर सकते?'

गोबर ने मुँह फेरकर कहा - 'मैं उसे अपनी माता नहीं समझता।'

होरी ने आँखों में आँसू लाकर कहा - 'जैसी तुम्हारी इच्छा। जहाँ रहो, सुखी रहो।'

झुनिया ने सास के पास जाकर उसके चरणों को आँचल से छुआ। धनिया के मुँह से असीस का एक शब्द भी न निकला। उसने आँखें उठाकर देखा भी नहीं। गोबर बालक को गोद में लिए आगे-आगे था। झुनिया बिस्तर बगल में दबाए पीछे। एक चमार का लड़का सन्दूक लिए था। गाँव के कई स्त्री-पुरुष गोबर को पहुँचाने गाँव के बाहर तक आए।

और धनिया बैठी रो रही थी, जैसे कोई उसके हृदय को आरे से चीर रहा हो। उसका मातृत्व रोने के समान हो रहा था, जिसमें आग लग गई हो और सब कुछ भस्म हो गया हो। बैठकर रोने के लिए भी स्थान न बचा हो।

इधर कुछ दिनों से रायसाहब की कन्या के विवाह की बातचीत हो रही थी। उसके साथ ही एलेक्शन भी सिर पर आ पहुँचा था; मगर इन सबों से आवश्यक उन्हें दीवानी में एक मुकदमा दायर करना था, जिसकी कोर्ट-फीस ही पचास हजार होती थी, ऊपर के खर्च अलग। रायसाहब के साले जो अपनी रियासत के एकमात्र स्वामी थे, ऐन जवानी में मोटर लड़ जाने के कारण गत हो गए थे, और रायसाहब अपने कुमार पुत्र की ओर से उस रियासत पर अधिकार पाने के लिए कानून की शरण लेना चाहते थे। उनके चचेरे सालों ने रियासत पर कब्जा जमा लिया था और रायसाहब को उसमें से कोई हिस्सा देने पर तैयार न थे। रायसाहब ने बहुत चाहा कि आपस में समझौता हो जाए और उनके चचेरे साले माकूल गुजारा लेकर हट जाएँ, यहाँ तक कि वह उस रियासत की आधी आमदनी छोड़ने पर तैयार थे। मगर सालों ने किसी तरह का समझौता स्वीकार न किया, और केवल लाठी के जोर से रियासत में तहसील-वसूल शुरू कर दी। रायसाहब को अदालत की शरण जाने के सिवा कोई मार्ग न रहा। मुकदमे में लाखों का

खर्च था; मगर रियासत भी बीस लाख से कम की जायदाद न थी। वकीलों ने निश्चित रूप से कह दिया था कि आपकी शर्तिया डिग्री होगी। ऐसा मौका कौन छोड़ सकता था? मुश्किल यही थी कि यह तीनों काम एक साथ आ पड़े थे और उन्हें किसी तरह टाला न जा सकता था। कन्या की अवस्था अठारह वर्ष की हो गई थी और केवल हाथ में रुपये न रहने के कारण अब तक उसका विवाह टलता जाता था। खर्च का अनुमान एक लाख का था। जिसके पास जाते, वही बड़ा-सा मुँह खोलता; मगर हाल में एक बड़ा अच्छा अवसर हाथ आ गया था। कुँवर दिग्विजयसिंह की पत्नी यक्ष्मा की भेंट हो चुकी थी, और कुँवर साहब अपने उजड़े घर को जल्द से जल्द बसा लेना चाहते थे। सौदा भी वारे से तय हो गया और कहीं शिकार हाथ से निकल न जाए, इसलिए इसी लग्न में विवाह होना परमावश्यक था।

कुँवर साहब दुर्वासनाओं के भंडार थे। शराब, गाँजा, अफीम, मदक, चरस, ऐसा कोई नशा न था, जो वह न करते हों। और ऐयाशी तो रईस की शोभा है। वह रईस ही क्या, जो ऐयाश न हो। धन का उपयोग और किया ही कैसे जाए? मगर इन सब दुर्गुणों के होते हुए भी वह ऐसे प्रतिभावान थे कि अच्छे-अच्छे विद्वान उनका लोहा मानते थे। संगीत, नाट्यकला, हस्तरेखा, ज्योतिष, योग, लाठी, कुश्ती, निशानेबाजी आदि कलाओं में अपना जोड़ न रखते थे। इसके साथ ही बड़े दबंग और निर्भीक थे। राष्ट्रीय आन्दोलन में दिल खोलकर सहयोग देते थे; हाँ, गुप्त रूप से। अधिकारियों से यह बात छिपी न थी, फिर भी उनकी बड़ी प्रतिष्ठा थी और साल में एक-दो बार गर्वनर साहब भी उनके मेहमान हो जाते थे। और अभी अवस्था तीस-बत्तीस से अधिक न थी और स्वास्थ्य तो ऐसा था कि अकेले एक बकरा खाकर हजम कर डालते थे।

रायसाहब ने समझा, बिल्ली के भागों छींका टूटा। अभी कुँवर साहब षोडशी से निवृत्त भी न हुए थे कि रायसाहब ने बातचीत शुरू कर दी। कुँवर साहब के लिए विवाह केवल अपना प्रभाव और शक्ति बढ़ाने का साधन था। रायसाहब कौंसिल के मेम्बर थे ही; यों भी प्रभावशाली थे। राष्ट्रीय संग्राम में अपने त्याग का परिचय देकर श्रद्धा के पात्र भी बन चुके थे। शादी तय होने में कोई बाधा न हो सकती थी। और वह तय हो गई।

रहा एलेक्शन। यह सोने की हँसिया थी, जिसे न उगलते बनता था, न निगलते। अब तक वह दो बार निर्वाचित हो चुके थे और दोनों ही बार उन पर एक-एक लाख की चपत पड़ी थी; मगर अबकी एक राजा साहब उसी इलाके से खड़े हो गए थे और डंके की चोट ऐलान कर दिया था कि चाहे हरएक वोटर को एक-एक हजार ही क्यों न देना पड़े, चाहे पचास लाख की रियासत मिट्टी में मिल जाए, मगर राय अमरपालसिंह को कौंसिल में न जाने दूँगा। और उन्हें अधिकारियों ने अपनी सहायता का आश्वासन भी दे दिया था। रायसाहब विचारशील थे, चतुर थे, अपना नफा-नुकसान समझते थे; मगर राजपूत थे। और पोतड़ों के रईस थे। वह चुनौती पाकर मैदान से कैसे हट जाएँ? यों उनसे राजा सूर्यप्रतापसिंह ने आकर कहा होता, भाई साहब, आप तो दो बार कौंसिल में जा चुके, अबकी बार मुझे जाने दीजिए, तो शायद रायसाहब ने उनका स्वागत किया

होता। कौंसिल का मोह अब उन्हें न था; लेकिन इस चुनौती के सामने ताल ठोकने के सिवा और कोई राह ही न थी। एक मसलहत और भी थी। मिस्टर तंखा ने उन्हें विश्वास दिलाया था कि आप खड़े हो जाएँ, पीछे राजा साहब से एक लाख की थैली लेकर बैठ जाइएगा। उन्होंने यहाँ तक कहा था कि राजा साहब बड़ी खुशी से एक लाख दे देंगे, मेरी उनसे बातचीत हो चुकी है; पर अब मालूम हुआ, राजा साहब रायसाहब को परास्त करने का गौरव नहीं छोड़ना चाहते और इसका मुख्य कारण था, रायसाहब की लड़की की शादी कुँवर साहब से ठीक होना। दो प्रभावशाली घरानों का संयोग वह अपनी प्रतिष्ठा के लिए हानिकारक समझते थे। उधर रायसाहब को ससुराली जायदाद मिलने की भी आशा थी। राजा साहब के पहलू में यह काँटा भी बुरी तरह खटक रहा था। कहीं वह जायदाद इन्हें मिल गई - और कानून रायसाहब के पक्ष में था ही - तब तो राजा साहब का एक प्रतिद्वन्द्वी खड़ा हो जाएगा, इसलिए उनका धर्म था कि रायसाहब को कुचल डालें और उनकी प्रतिष्ठा धूल में मिला दें।

बेचारे रायसाहब बड़े संकट में पड़ गए थे। उन्हें यह सन्देह होने लगा था कि केवल अपना मतलब निकालने के लिए मिस्टर तंखा ने उन्हें धोखा दिया। यह खबर मिली थी कि अब राजा साहब के पैरोकार हो गए हैं। यह रायसाहब के घाव पर नमक था। उन्होंने कई बार तंखा को बुलाया था, मगर वह या तो घर पर मिलते ही न थे, या आने का वादा करके भूल जाते थे। आखिर खुद उनसे मिलने का इरादा करके वह उनके पास जा पहुँचे। संयोग से मिस्टर तंखा घर पर मिल गए मगर रायसाहब को पूरे घंटे-भर उनकी प्रतीक्षा करनी पड़ी। यह वही मिस्टर तंखा हैं, जो रायसाहब के द्वार पर एक बार रोज हाजिरी दिया करते थे। आज इतना मिजाज हो गया है। जले बैठे थे। ज्योंही मिस्टर तंखा सजे-सजाए, मुँह में सिगार दबाए कमरे में आए और हाथ बढ़ाया कि रायसाहब ने बमगोला छोड़ दिया - 'मैं घंटे भर से यहाँ बैठा हुआ हूँ और आप निकलते-निकलते अब निकले हैं। मैं इसे अपनी तौहीन समझता हूँ।'

मिस्टर तंखा ने एक सोफे पर बैठकर निश्चिंत भाव से धुआँ उड़ाते हुए कहा - 'मुझे इसका खेद है। मैं एक जरूरी काम में लगा था। आपको फोन करके मुझसे समय ठीक कर लेना चाहिए था।'

आग में घी पड़ गया; मगर रायसाहब ने क्रोध को दबाया। वह लड़ने न आए थे। इस अपमान को पी जाने का ही अवसर था। बोले - 'हाँ, यह गलती हुई। आजकल आपको बहुत कम फुरसत रहती है शायद।'

'जी हाँ, बहुत कम, वरना मैं अवश्य आता।'

'मैं उसी मुआमले के बारे में आपसे पूछने आया था। समझौता की तो कोई आशा नहीं मालूम होती। उधर तो जंग की तैयारियाँ बड़े जोरों से हो रही हैं।'

'राजा साहब को तो आप जानते ही हैं, झक्कड़ आदमी हैं, पूरे सनकी। कोई-न-कोई धुन उन पर सवार रहती है। आजकल यही धुन है कि रायसाहब को नीचा दिखाकर रहेंगे। और उन्हें जब एक धुन सवार हो जाती है, तो फिर किसी

की नहीं सुनते, चाहे कितना ही नुकसान उठाना पड़े। कोई चालीस लाख का बोझ सिर पर है, फिर भी वही दम-खम है, वही अलल्ले-तलल्ले खर्च हैं। पैसे को तो कुछ समझते ही नहीं। नौकरों का वेतन छः-छः महीने से बाकी पड़ा हुआ है; मगर हीरा-महल बन रहा है। संगमरमर का तो फर्श है। पच्चीकारी ऐसी हो रही है कि आँखें नहीं ठहरतीं। अफसरों के पास रोज डालियाँ जाती हैं। सुना है, कोई अँग्रेज मैनेजर रखनेवाले हैं।'

'फिर आपने कैसे कह दिया था कि आप समझौता करा देंगे?'

'मुझसे जो कुछ हो सकता था, वह मैंने किया। इसके सिवा मैं और क्या कर सकता था? अगर कोई व्यक्ति अपने दो-चार लाख रुपये फूँकने ही पर तुला हुआ हो, तो मेरा क्या बस?'

रायसाहब अब क्रोध न सँभाल सके - 'खासकर जब उन दो-चार लाख रुपये में से दस-बीस हजार आपके हत्थे चढ़ने की भी आशा हो।'

मिस्टर तंखा क्यों दबते? बोले - 'रायसाहब, सब साफ-साफ न कहलाइए। यहाँ न मैं संन्यासी हूँ, न आप। हम सभी कुछ-न-कुछ कमाने ही निकले हैं। आँख के अन्धों और गाँठ के पूरों की तलाश आपको भी उतनी ही है, जितनी मुझको। आपसे मैंने खड़े होने का प्रस्ताव किया। आप एक लाख के लोभ से खड़े हो गए; अगर गोटी लाल हो जाती, तो आज आप एक लाख के स्वामी होते और बिना एक पाई कर्ज लिए कुँवर साहब से सम्बन्ध भी हो जाता और मुकदमा भी दायर हो जाता, मगर आपके दुर्भाग्य से वह चाल पट पड़ गई। जब आप ही ठाठ पर रह गए, तो मुझे क्या मिलता? आखिर मैंने झख मारकर उनकी पूँछ पकड़ी। किसी-न-किसी तरह यह वैतरणी तो पार करनी है।'

रायसाहब को ऐसा आवेश आ रहा था कि इस दुष्ट को गोली मार दें। इसी बदमाश ने सब्ज बाग दिखाकर उन्हें खड़ा किया और अब अपनी सफाई दे रहा है। पीठ में धूल भी नहीं लगने देता, लेकिन परिस्थिति जबान बन्द किए हुए थी।

'तो अब आपके किए कुछ नहीं हो सकता?'

'ऐसा ही समझिए।'

'मैं पचास हजार पर भी समझौता करने को तैयार हूँ।'

'राजा साहब किसी तरह न मानेंगे।'

'पचीस हजार पर तो मान जाएँगे?'

'कोई आशा नहीं। साफ कह चुके हैं।'

'वह कह चुके हैं या आप कह रहे हैं?'

'आप मुझे झूठा समझते हैं?'

रायसाहब ने विनम्र स्वर में कहा - 'आपको झूठा नहीं समझता; लेकिन इतना जरूर समझता हूँ कि आप चाहते, तो मुआमला हो जाता।

'तो आपका खयाल है, मैंने समझौता नहीं होने दिया?'

'नहीं, यह मेरा मतलब नहीं है। इतना ही कहना चाहता हूँ कि आप चाहते तो काम हो जाता और मैं इस झमेले में न पड़ता।'

मिस्टर तंखा ने घड़ी की तरफ देखकर कहा - 'तो रायसाहब, अगर आप साफ कहलाना चाहते हैं, तो सुनिए - अगर आपने दस हजार का चैक मेरे हाथ में रख दिया होता, तो आज निश्चय एक लाख के स्वामी होते। आप शायद चाहते होंगे, जब आपको राजा साहब से रुपये मिल जाते, तो आप मुझे हजार-दो-हजार दे देते। तो मैं ऐसी कच्ची गोली नहीं खेलता। आप राजा साहब से रुपये लेकर तिजोरी में रखते और मुझे अँगूठा दिखा देते। फिर मैं आपका क्या बना लेता? बतलाइए? कहीं नालिश-फरियाद भी तो नहीं कर सकता था।'

रायसाहब ने आहत नेत्रों से देखा - 'इसे बेईमानी समझते हैं?'

तंखा ने कुर्सी से उठते हुए कहा - 'इसे बेईमानी कौन समझता है! आजकल यही चतुराई है। कैसे दूसरों का उल्लू बनाया जा सके, यही सफल नीति है; और आप इसके आचार्य हैं।'

रायसाहब ने मुट्ठी बाँधकर कहा - 'मैं?'

'जी हाँ, आप! पहले चुनाव में मैंने जी-जान से आपकी पैरवी की। आपने बड़ी मुश्किल से रो-धोकर पाँच सौ रुपये दिए, दूसरे चुनाव में आपने एक सड़ी-सी टूटी-फूटी कार देकर अपना गला छुड़ाया। दूध का जला छाँछ भी फूँक-फूँककर पीता है।'

वह कमरे से निकल गए और कार लाने का हुक्म दिया।

रायसाहब का खून खौल रहा था। इस अशिष्टता की भी कोई हद है! एक तो घंटे-भर इन्तजार कराया और अब इतनी बेमुरौवत से पेश आकर उन्हें जबरदस्ती घर से निकाल रहा है। अगर उन्हें विश्वास होता कि वह मिस्टर तंखा को पटकनी दे सकते हैं, तो कभी न चूकते; मगर तंखा डील-डौल में उनसे सवाए थे। जब मिस्टर तंखा ने हार्न बजाया, तो वह भी आकर अपनी कार पर बैठे और सीधे मिस्टर खन्ना के पास पहुँचे।

नौ बज रहे थे, मगर खन्ना साहब अभी तक मीठी नींद का आनन्द ले रहे थे। वह दो बजे रात के पहले कभी न सोते थे और नौ बजे तक सोना स्वाभाविक ही था। यहाँ भी रायसाहब को आधा घंटा बैठना पड़ा; इसलिए जब कोई साढ़े नौ बजे मिस्टर खन्ना मुस्कुराते हुए निकले तो रायसाहब ने डाँट बताई - अच्छा! अब सरकार की नींद खुली है साढ़े नौ बजे। रुपये जमा कर लिए हैं न, जभी यह बेफिक्री है। मेरी तरह ताल्लुकेदार होते, तो अब तक आप भी किसी द्वार पर खड़े होते। बैठे-बैठे सिर में चक्कर आ जाता।

मिस्टर खन्ना ने सिगरेट-केस उनकी तरफ बढ़ाते हुए प्रसन्न मुख से कहा - 'रात सोने में बड़ी देर हो गई। इस वक्त किधर से आ रहे हैं।'

रायसाहब ने थोड़े से शब्दों में अपनी सारी कठिनाइयाँ बयान कर दीं। दिल में खन्ना को गालियाँ देते थे, जो उनका सहपाठी होकर भी सदैव उन्हें ठगने की फिक्र किया करता था; मगर मुँह पर उसकी खुशामद करते थे।

खन्ना ने ऐसा भाव बनाया, मानो उन्हें बड़ी चिन्ता हो गई है, बोले - 'मेरी तो सलाह है; आप एलेक्शन को गोली मारें, और अपने सालों पर मुकदमा दायर कर दें।

रही शादी, वह तो तीन दिन का तमाशा है। उसके पीछे जेरबार होना मुनासिब नहीं। कुँवर साहब मेरे दोस्त हैं, लेन-देन का कोई सवाल न उठने पाएगा।'

रायसाहब ने व्यंग करके कहा – 'आप यह भूल जाते हैं मिस्टर खन्ना कि मैं बैंकर नहीं, ताल्लुकेदार हूँ। कुँवर साहब दहेज नहीं माँगते, उन्हें ईश्वर ने सब-कुछ दिया है; लेकिन आप जानते हैं, यह मेरी अकेली लड़की है और उसकी माँ मर चुकी है। वह आज जिन्दा होती, तो शायद सारा घर लुटाकर भी उसे सन्तोष न होता। तब शायद मैं उसे हाथ रोककर खर्च करने का आदेश देता; लेकिन अब तो मैं उसकी माँ भी हूँ और बाप भी हूँ। अगर मुझे अपने हृदय का रक्त निकालकर भी देना पड़े, तो मैं खुशी से दे दूँगा। इस विधुर-जीवन में मैंने सन्तान-प्रेम से ही अपनी आत्मा की प्यास बुझाई है। दोनों बच्चों के प्यार में ही अपने पत्नीव्रत का पालन किया है। मेरे लिए यह असम्भव है कि इस शुभ अवसर पर अपने दिल के अरमान न निकालूँ। मैं अपने मन को तो समझा सकता हूँ, पर जिसे मैं पत्नी का आदेश समझता हूँ, उसे नहीं समझाया जा सकता। और एलेक्शन के मैदान से भागना भी मेरे लिए सम्भव नहीं है। मैं जानता हूँ, मैं हारूँगा। राजा साहब से मेरा कोई मुकाबला नहीं; लेकिन राजा साहब को इतना जरूर दिखा देना चाहता हूँ कि अमरपालसिंह नर्म चारा नहीं है।'

'और मुदकमा दायर करना तो आवश्यक ही है?'

'उसी पर तो सारा दारोमदार है। अब आप बतलाइए, आप मेरी क्या मदद कर सकते हैं?'

'मेरे डाइरेक्टरों का इस विषय में जो हुक्म है, वह आप जानते ही हैं। और राजा साहब भी हमारे डाइरेक्टर हैं, यह भी आपको मालूम है। पिछला वसूल करने के लिए बार-बार ताकीद हो रही है। कोई नया मुआमला तो शायद ही हो सके।'

रायसाहब ने मुँह लटकाकर कहा – 'आप तो मेरा डोंगा ही डुबाए देते हैं मिस्टर खन्ना!'

'मेरे पास जो कुछ निज का है, वह आपका है; लेकिन बैंक के मुआमले में तो मुझे अपने स्वामियों के आदेशों को मानना ही पड़ेगा।'

'अगर यह जायदाद हाथ आ गई, और मुझे इसकी पूरी आशा है, तो पाई-पाई अदा कर दूँगा।'

'आप बतला सकते हैं, इस वक्त आप कितने पानी में हैं?'

रायसाहब ने हिचकते हुए कहा – 'पाँच-छः लाख समझिए। कुछ कम ही होंगे।'

खन्ना ने अविश्वास के भाव से कहा – 'या तो आपको याद नहीं है, या आप छिपा रहे हैं।'

रायसाहब ने जोर देकर कहा – 'जी नहीं, मैं न भूला हूँ, और न छिपा रहा हूँ। मेरी जायदाद इस वक्त कम-से-कम पचास लाख की है और ससुराल की जायदाद भी इससे कम नहीं है। इतनी जायदाद पर दस-पाँच लाख का बोझ कुछ नहीं के बराबर है।'

'लेकिन यह आप कैसे कह सकते हैं कि ससुराली जायदाद पर भी कर्ज नहीं है?'

'जहाँ तक मुझे मालूम है, वह जायदाद बे-दाग है।'

'और मुझे यह सूचना मिली है कि उस जायदाद पर दस लाख से कम का भार नहीं है। उस जायदाद पर तो अब कुछ मिलने से रहा, और आपकी जायदाद पर भी मेरे खयाल में दस लाख से कम देना नहीं है। और वह जायदाद अब पचास लाख की नहीं, मुश्किल से पचीस लाख की है। इस दशा में कोई बैंक आपको कर्ज नहीं दे सकता। यों समझ लीजिए कि आप ज्वालामुखी के मुख पर खड़े हैं। एक हल्की-सी ठोकर आपको पाताल में पहुँचा सकती है। आपको इस मौके पर बहुत सँभलकर चलना चाहिए।'

रायसाहब ने उनका हाथ अपनी तरफ खींचकर कहा – 'यह सब मैं खूब समझता हूँ, मित्रवर! लेकिन जीवन की ट्रैजेडी और इसके सिवा क्या है कि आपकी आत्मा जो काम करना नहीं चाहती, वही आपको करना पड़े। आपको इस मौके पर मेरे लिए कम-से-कम दो लाख का इन्तजाम करना पड़ेगा!'

खन्ना ने लम्बी साँस लेकर कहा – 'माई गॉड! दो लाख। असम्भव, बिलकुल असम्भव!'

'मैं तुम्हारे द्वार पर सर पटककर प्राण दे दूँगा खन्ना, इतना समझ लो। मैंने तुम्हारे ही भरोसे यह सारे प्रोग्राम बाँधे हैं। अगर तुमने निराश कर दिया, तो शायद मुझे जहर खा लेना पड़े। मैं सूर्यप्रतापसिंह के सामने घुटने नहीं टेक सकता। कन्या का विवाह अभी दो-चार महीने टल सकता है। मुकदमा दायर करने के लिए अभी काफी वक्त है; लेकिन यह एलेक्शन सिर पर आ गया है, और मुझे सबसे बड़ी फिक्र यही है।'

खन्ना ने चकित होकर कहा – 'तो आप एलेक्शन में दो लाख लगा देंगे?'

'एलेक्शन का सवाल नहीं है भाई, यह इज्जत का सवाल है। क्या आपकी राय में मेरी इज्जत दो लाख की भी नहीं ! मेरी सारी रियासत बिक जाए, गम नहीं; मगर सूर्यप्रतापसिंह को मैं आसानी से विजय न पाने दूँगा।'

खन्ना ने एक मिनट तक धुआँ निकालने के बाद कहा – 'बैंक की जो स्थिति है, वह मैंने आपके सामने रख दी। बैंक ने एक तरह से लेन-देन का काम बन्द कर दिया है। मैं कोशिश करूँगा कि आपके साथ खास रिआयत की जाए, लेकिन Business is Business यह आप जानते हैं। मेरा कमीशन क्या रहेगा? मुझे आपके लिए खास तौर पर सिफारिश करनी पड़ेगी; राजा साहब का अन्य डाइरेक्टरों पर कितना प्रभाव है, यह भी आप जानते हैं। मुझे उनके खिलाफ गुट-बन्दी करनी पड़ेगी। यों समझ लीजिए कि मेरी जिम्मेदारी पर ही मुआमला होगा।'

रायसाहब का मुँह गिर गया। खन्ना उनके अन्तरंग मित्रों में थे। साथ के पढ़े हुए, साथ के बैठनेवाले। और वह उनसे कमीशन की आशा रखते हैं, इतने बेमुरव्वत? आखिर वह जो इतने दिनों से खन्ना की खुशामद करते हैं, वह किस दिन के लिए? बाग में फल निकले, शाक-भाजी पैदा हो, सबसे पहले खन्ना के पास डाली भेजते हैं। कोई उत्सव हो, कोई जलसा हो, सबसे पहले खन्ना को निमन्त्रण देते हैं। उसका यह जवाब है? उदास मन से बोले – 'आपकी जो इच्छा हो; लेकिन मैं आपको अपना भाई समझता था।'

खन्ना ने कृतज्ञता के भाव से कहा – 'यह आपकी कृपा है। मैंने भी सदैव आपको अपना बड़ा भाई माना है और अब भी समझता हूँ। कभी आपसे कोई पर्दा नहीं रखा, लेकिन व्यापार एक दूसरा क्षेत्र है। यहाँ कोई किसी का दोस्त नहीं, कोई किसी का भाई नहीं। जिस तरह मैं भाई के नाते आपसे यह नहीं कह सकता कि मुझे दूसरों से ज्यादा कमीशन दीजिए, उसी तरह आपको भी मेरे कमीशन में रिआयत के लिए आग्रह न करना चाहिए। मैं आपको विश्वास दिलाता हूँ, कि मैं जितनी रिआयत आपके साथ कर सकता हूँ, उतनी करूँगा। कल आप दफ्तर के वक्त आएँ और लिखा-पढ़ी कर लें। बस, बिजनेस खत्म। आपने कुछ और सुना! मेहता साहब आजकल मालती पर बे-तरह रीझे हुए हैं। सारी फिलासफी निकल गई। दिन में एक-दो बार जरूर हाजिरी दे आते हैं, और शाम को अक्सर दोनों साथ-साथ सैर करने निकलते हैं। यह तो मेरी ही शान थी कि कभी मालती के द्वार पर सलामी करने न गया। शायद अब उसी की कसर निकाल रही है। कहाँ तो यह हाल था कि जो कुछ हैं, मिस्टर खन्ना हैं। कोई काम होता, तो खन्ना के पास दौड़ी आतीं। जब रुपयों की जरूरत पड़ती, तो खन्ना के नाम पुरजा आता। और कहाँ अब मुझे देखकर मुँह फेर लेती हैं। मैंने खास उन्हीं के लिए फ्रांस से एक घड़ी मँगवाई थी। बड़े शौक से लेकर गया; मगर नहीं ली। अभी कल मेवों की डाली भेजी थी – काश्मीर से मँगवाए थे – वापस कर दी। मुझे तो आश्चर्य होता है कि आदमी कैसे इतना जल्द बदल जाता है।'

रायसाहब मन में तो उसकी बेकद्री पर खुश हुए; पर सहानुभूति दिखा कर बोले – 'अगर यह भी मान लें कि मेहता से उसका प्रेम हो गया है, तो भी व्यवहार तोड़ने का कोई कारण नहीं है।'

खन्ना व्यथित स्वर में बोल – 'यही तो रंज है भाई साहब! यह तो मैं शुरू से जानता था, वह मेरे हाथ नहीं आ सकती! मैं आपसे सत्य कहता हूँ, मैं कभी इस धोखे में नहीं पड़ा कि मालती को मुझसे प्रेम है। प्रेम-जैसी चीज उनसे मिल सकती है, इसकी मैंने कभी आशा ही नहीं की। मैं तो केवल उनके रूप का पुजारी था। साँप में विष है, यह जानते हुए भी हम उसे दूध पिलाते हैं, तोते से ज्यादा निठुर जीव और कौन होगा; लेकिन केवल उसके रूप और वाणी पर मुग्ध होकर लोग उसे पालते हैं और सोने के पिंजरे में रखते हैं। मेरे लिए भी मालती उसी तोते के समान थी। अफसोस यही है कि मैं पहले क्यों न चेत गया? इसके पीछे मैंने अपने हजारों रुपये बरबाद कर दिए भाई साहब! जब इसका रुक्का पहुँचा, मैंने तुरन्त रुपये भेजे। मेरी कार आज भी उसकी सवारी में है। उसके पीछे मैंने अपना घर चौपट कर दिया भाई साहब! हृदय में जितना रस था, वह ऊसर की ओर इतने वेग से दौड़ा कि दूसरी तरफ का उद्यान बिलकुल सूखा रह गया। बरसों हो गए, मैंने गोविन्दी से दिल खोल कर बात भी नहीं की। उसकी सेवा और स्नेह और त्याग से मुझे उसी तरह अरुचि हो गई थी, जैसे अजीर्ण के रोगी को मोहनभोग से हो जाती है। मालती मुझे उसी तरह नचाती थी, जैसे मदारी बन्दर को नचाता है। और मैं खुशी से नाचता था। वह मेरा अपमान करती थी और मैं खुशी से

हँसता था। वह मुझ पर शासन करती थी और मैं सिर झुकाता था। उसने मुझे कभी मुँह नहीं लगाया, यह मैं स्वीकार करता हूँ। उसने मुझे कभी प्रोत्साहन नहीं दिया, यह भी सत्य है, फिर भी मैं पतंग की भाँति उसके मुख-दीप पर प्राण देता था। और अब वह मुझसे शिष्टाचार का व्यवहार भी नहीं कर सकती! लेकिन भाई साहब! मैं कहे देता हूँ कि खन्ना चुप बैठनेवाला आदमी नहीं है। उसके पुरजे मेरे पास सुरक्षित हैं; मैं उससे एक-एक पाई वसूल कर लूँगा, और डाक्टर मेहता को तो मैं लखनऊ से निकालकर दम लूँगा। उनका रहना यहाँ असम्भव कर दूँगा...'

उसी वक्त हार्न की आवाज आई और एक क्षण में मिस्टर मेहता आ कर खड़े हो गए। गोरा-चिट्टा रंग, स्वास्थ्य की लालिमा गालों पर चमकती हुई, नीची अचकन, चूड़ीदार पाजामा, सुनहली ऐनक। सौम्यता के देवता-से लगते थे।

खन्ना ने उठकर हाथ मिलाया – 'आइए मिस्टर मेहता, आप ही का जिक्र हो रहा था।'

मेहता ने दोनों सज्जनों से हाथ मिलाकर कहा – 'बड़ी अच्छी साइत में घर से चला था कि आप दोनों साहबों से एक ही जगह भेंट हो गई। आपने शायद पत्रों में देखा होगा, यहाँ महिलाओं के लिए व्यायामशाला का आयोजन हो रहा है। मिस मालती उस कमेटी की सभानेत्री हैं। अनुमान किया गया है कि शाला में दो लाख रुपये लगेंगे। नगर में उसकी कितनी जरूरत है, यह आप लोग मुझसे ज्यादा जानते हैं। मैं चाहता हूँ, आप दोनों साहबों का नाम सबसे ऊपर हो। मिस मालती खुद आनेवाली थीं; पर आज उनके फादर की तबीयत अच्छी नहीं है, इसलिए न आ सकीं।'

उन्होंने चंदे की सूची रायसाहब के हाथ में रख दी। पहला नाम राजा सूर्यप्रतापसिंह का था, जिसके सामने पाँच हजार रुपये की रकम थी। उसके बाद कुँवर दिग्विजयसिंह के तीन हजार रुपये थे। इसके बाद और कई रकमें इतनी या कुछ कम थीं। मालती ने पाँच सौ रुपये दिए थे और डाक्टर मेहता ने एक हजार रुपये।

रायसाहब ने अप्रतिभ होकर कहा – 'कोई चालीस हजार तो आप लोगों ने फटकार लिए।'

मेहता ने गर्व से कहा – 'यह सब आप लोगों की दया है। और यह केवल तीन घंटों का परिश्रम है। राजा सूर्यप्रतापसिंह ने शायद ही किसी सार्वजनिक कार्य में भाग लिया हो; पर आज तो उन्होंने बे-कहे-सुने चैक लिख दिया! देश में जागृति है। जनता किसी भी शुभ काम में सहयोग देने को तैयार है। केवल उसे विश्वास होना चाहिए कि उसके दान का सद्व्यय होगा। आपसे तो मुझे बड़ी आशा है, मिस्टर खन्ना!'

खन्ना ने उपेक्षा-भाव से कहा – 'मैं ऐसे फिजूल के कामों में नहीं पड़ता। न जाने आप लोग पच्छिम की गुलामी में कहाँ तक जाएँगे। यों ही महिलाओं को घर से अरुचि हो रही है। व्यायाम की धुन सवार हो गई, तो वह कहीं की न रहेंगी। जो औरत घर का काम करती है, उसके लिए किसी व्यायाम की जरूरत नहीं। और जो घर का कोई काम नहीं करती और केवल भोग-विलास में रत है, उसके व्यायाम के लिए चंदा देना मैं अधर्म समझता हूँ।'

मेहता जरा भी निरुत्साह न हुए – 'ऐसी दशा में मैं आपसे कुछ माँगूगा भी नहीं। जिस आयोजन में हमें विश्वास न हो, उसमें किसी तरह की मदद देना वास्तव में अधर्म है। आप तो मिस्टर खन्ना से सहमत नहीं हैं रायसाहब?'

रायसाहब गहरी चिन्ता में डूबे हुए थे। सूर्यप्रताप के पाँच हजार उन्हें हतोत्साह किए डालते थे। चौंककर बोले – 'आपने मुझसे कुछ कहा?'

'मैंने कहा, आप तो इस आयोजन में सहयोग देना अधर्म नहीं समझते?'

'जिस काम में आप शरीक हैं, वह धर्म है या अधर्म, इसकी मैं परवाह नहीं करता।'

'मैं चाहता हूँ, आप खुद विचार करें और अगर आप इस आयोजन को समाज के लिए उपयोगी समझें, तो उसमें सहयोग दें। मिस्टर खन्ना की नीति मुझे बहुत पसन्द आई।'

खन्ना बोले – 'मैं तो साफ कहता हूँ और इसीलिए बदनाम हूँ।'

रायसाहब ने दुर्बल मुस्कान के साथ कहा – 'मुझमें तो विचार करने की शक्ति ही नहीं। सज्जनों के पीछे चलना ही मैं अपना धर्म समझता हूँ।'

'तो लिखिए कोई अच्छी रकम।'

'जो कहिए, वह लिख दूँ।'

'जो आपकी इच्छा।'

'आप जो कहिए, वह लिख दूँ।'

'तो दो हजार से कम क्या लिखिएगा?'

रायसाहब ने आहत स्वर में कहा – 'आपकी निगाह में मेरी यही हैसियत है?;

उन्होंने कलम उठाई और अपना नाम लिखकर उसके सामने पाँच हजार लिख दिए। मेहता ने सूची उनके हाथ से ले ली; मगर उन्हें उतनी ग्लानि हुई कि रायसाहब को धन्यवाद देना भी भूल गए। रायसाहब को चन्दे की सूची दिखाकर उन्होंने बड़ा अनर्थ किया, यह शूल उन्हें व्यथित करने लगा।

मिस्टर खन्ना ने रायसाहब को दया और उपहास की दृष्टि से देखा, मानो कह रहे हों, कितने बड़े गधे हो तुम!

सहसा मेहता रायसाहब के गले लिपट गए और उन्मुक्त कंठ से बोले – "Three cheers for Rai Sahib, Hip Hip Hurrah!"

खन्ना ने खिसियाकर कहा – 'यह लोग राजे-महराजे ठहरे, यह इन कामों में दान न दें, तो कौन दे?'

मेहता बोले – 'मैं तो आपको राजाओं का राजा समझता हूँ। आप उन पर शासन करते हैं। उनकी कोठी आपके हाथ में है।'

रायसाहब प्रसन्न हो गए – 'यह आपने बड़े मार्के की बात कही मेहता जी! हम नाम के राजा हैं। असली राजा तो हमारे बैंकर हैं।'

मेहता ने खन्ना की खुशामद का पहलू अख्तियार किया – 'मुझे आपसे कोई शिकायत नहीं है खन्नाजी! आप अभी इस काम में नहीं शरीक होना चाहते, न सही,

लेकिन कभी-न-कभी जरूर आएँगे। लक्ष्मीपतियों की बदौलत ही हमारी बड़ी-बड़ी संस्थाएँ चलती हैं। राष्ट्रीय आन्दोलन को दो-तीन साल तक किसने इतनी धूम-धाम से चलाया! इतनी धर्मशालाएँ और पाठशालाएँ कौन बनवा रहा है? आज संसार का शासन-सूत्र बैंकरों के हाथ में है। सरकार उनके हाथ का खिलौना है। मैं भी आपसे निराश नहीं हूँ। जो व्यक्ति राष्ट्र के लिए जेल जा सकता है, उसके लिए दो-चार हजार खर्च कर देना कोई बड़ी बात नहीं है। हमने तय किया है, इस शाला का बुनियादी पत्थर गोविन्दी देवी के हाथों रखा जाए। हम दोनों शीघ्र ही गवर्नर साहब से भी मिलेंगे और मुझे विश्वास है, हमें उनकी सहायता मिल जाएगी। लेडी विलसन को महिला-आन्दोलन से कितना प्रेम है, आप जानते ही हैं। राजा साहब की और अन्य सज्जनों की भी राय थी कि लेडी विलसन से ही बुनियाद रखवाई जाए; लेकिन अन्त में यह निश्चय हुआ कि यह शुभ कार्य किसी अपनी बहन के हाथों होना चाहिए। आप कम-से-कम उस अवसर पर आएँगे तो जरूर?'

खन्ना ने उपहास किया – 'हाँ, जब लार्ड विलसन आएँगे तो मेरा पहुँचना जरूरी ही है। इस तरह आप बहुत-से रईसों को फाँस लेंगे। आप लोगों को लटके खूब सूझते हैं। और हमारे रईस हैं भी इसी लायक। उन्हें उल्लू बनाकर ही मूँड़ा जा सकता है।'

जब धन जरूरत से ज्यादा हो जाता है, तो अपने लिए निकास का मार्ग खोजता है। यों न निकल पाएगा तो जुए में जाएगा, घुड़दौड़ में जाएगा ईंट-पत्थर में जाएगा, या ऐयाशी में जाएगा।

ग्यारह का अमल था। खन्ना साहब के दफ़्तर का समय आ गया। मेहता चले गए। रायसाहब भी उठे कि खन्ना ने उनका हाथ पकड़कर बैठा लिया – 'नहीं, आप जरा बैठिए। आप देख रहे हैं, मेहता ने मुझे इस बुरी तरह फाँसा है कि निकलने का कोई रास्ता ही नहीं रहा। गोविन्दी से बुनियाद का पत्थर रखवाएँगे! ऐसी दशा में मेरा अलग रहना हास्यास्पद है या नहीं? गोविन्दी कैसे राजी हो गई; मेरी समझ में नहीं आता और मालती ने कैसे उसे सहन कर लिया, यह समझना और भी कठिन है। आपका क्या खयाल है, इसमें कोई रहस्य है या नहीं?'

रायसाहब ने आत्मीयता जताई – 'ऐसे मुआमले में स्त्री को हमेशा पुरुष से सलाह ले लेनी चाहिए!'

खन्ना ने रायसाहब को धन्यवाद की आँखों से देखा – 'इन्हीं बातों पर गोविन्दी से मेरा जी जलता है, और उस पर मुझी को लोग बुरा कहते हैं। आप ही सोचिए, मुझे इन झगड़ों से क्या मतलब? इनमें तो वह पड़े, जिसके पास फालतू रुपये हों, फालतू समय हो और नाम की हवस हो। होना यही है कि दो-चार महाशय सेक्रेटरी और अंडर सेक्रेटरी और प्रधान और उपप्रधान बन कर अफसरों को दावतें देंगे, उनके कृपापात्र बनेंगे और यूनिवर्सिटी की छोकरियों को जमा करके विहार करेंगे। व्यायाम तो केवल दिखाने के दाँत हैं। ऐसी संस्था में हमेशा यही होता है और यही होगा और उल्लू बनेंगे हम, और हमारे भाई, जो धनी कहलाते हैं और यह सब गोविन्दी के कारण।'

वह एक बार कुर्सी से उठे, फिर बैठ गए। गोविन्दी के प्रति उनका क्रोध प्रचंड होता जाता था। उन्होंने दोनों हाथ से सिर को सँभालकर कहा – 'मैं नहीं समझता, मुझे क्या करना चाहिए।'

रायसाहब ने ठाकुर-सोहाती की – 'कुछ नहीं, आप गोविन्दी देवी से साफ कह दें, तुम मेहता को इनकारी खत लिख दो, छुट्टी हुई। मैं तो लाग-डाँट में फँस गया। आप क्यों फँसें?'

खन्ना ने एक क्षण इस प्रस्ताव पर विचार करके कहा – 'लेकिन सोचिए, कितना मुश्किल काम है। लेडी विलसन से इसका जिक्र आ चुका होगा, सारे शहर में खबर फैल गई होगी और शायद आज पत्रों में भी निकल जाए। यह सब मालती की शरारत है। उसी ने मुझे जिच करने का यह ढंग निकाला है।'

'हाँ, मालूम तो यही होता है।'

'वह मुझे जलील करना चाहती है।'

'आप शिलान्यास के एक दिन पहले बाहर चले जाइएगा।'

'मुश्किल है रायसाहब! कहीं मुँह दिखाने की जगह न रहेगी। उस दिन तो मुझे हैजा भी हो जाए तो वहाँ जाना पड़ेगा।'

रायसाहब आशा बाँधे हुए कल आने का वादा करके ज्यों ही निकले कि खन्ना ने अन्दर जाकर गोविन्दी को आड़े हाथों लिया – 'तुमने इस व्यायामशाला की नींव रखना क्यों स्वीकार किया?'

गोविन्दी कैसे कहे कि यह सम्मान पाकर वह मन में कितनी प्रसन्न हो रही थी; उस अवसर के लिए कितने मनोयोग से अपना भाषण लिख रही थी और कितनी ओजभरी कविता रची थी। उसने दिल में समझा था, यह प्रस्ताव स्वीकार करके वह खन्ना को प्रसन्न कर देगी। उसका सम्मान तो उसके पति का ही सम्मान है। खन्ना को इसमें आपत्ति हो सकती है, इसकी उसने कल्पना भी न की थी। इधर कई दिन से पति को कुछ सहृदय देखकर उसका मन बढ़ने लगा था। वह अपने भाषण से, और अपनी कविता से लोगों को मुग्ध कर देने का स्वप्न देख रही थी।

यह प्रश्न सुना और खन्ना की मुद्रा देखी, तो उसकी छाती धक-धक करने लगी। अपराधी की भाँति बोली – 'डाक्टर मेहता ने आग्रह किया, तो मैंने स्वीकार कर लिया।'

'डाक्टर मेहता तुम्हें कुएँ में गिरने को कहें, तो शायद इतनी खुशी से न तैयार होगी।'

गोविन्दी की जबान बन्द।

'तुम्हें जब ईश्वर ने बुद्धि नहीं दी, तो क्यों मुझसे नहीं पूछ लिया? मेहता और मालती दोनों यह चाल चलकर मुझसे दो-चार हजार ऐंठने की फिक्र में हैं। और मैंने ठान लिया है कि कौड़ी भी न दूँगा। तुम आज ही मेहता को इनकारी खत लिख दो।'

गोविन्दी ने एक क्षण सोचकर कहा – 'तो तुम्हीं लिख दो।'

'मैं क्यों लिखूँ? बात की तुमने, लिखूँ मैं?'

'डाक्टर साहब कारण पूछेंगे, तो क्या बताऊँगी?'

'बताना अपना सिर और क्या! मैं इस व्यभिचारशाला को एक धेला भी नहीं देना चाहता।'

'तो तुम्हें देने को कौन कहता है?'

खन्ना ने होंठ चबाकर कहा - 'कैसी बेसमझी की-सी बातें करती हो? तुम वहाँ नींव रखोगी और कुछ दोगी नहीं, तो संसार क्या कहेगा?'

गोविन्दी ने जैसे संगीन की नोक पर कहा - 'अच्छी बात है; लिख दूँगी।'

'आज ही लिखना होगा!'

'कह तो दिया लिखूँगी।'

खन्ना बाहर आए और डाक देखने लगे। उन्हें दफ्तर जाने में देर हो जाती थी, तो चपरासी घर पर ही डाक दे जाता था। शक्कर तेज हो गई। खन्ना का चेहरा खिल उठा। दूसरी चिट्ठी खोली। ऊख की दर नियत करने के लिए जो कमेटी बैठी थी, उसने तय कर लिया कि ऐसा नियन्त्रण नहीं किया जा सकता। धत तेरी की! वह पहले यही बात कर रहे थे; पर इस अग्निहोत्री ने गुल मचाकर जबरदस्ती कमेटी बैठाई। आखिर बचा के मुँह पर थप्पड़ लगा। यह मिलवालों और किसानों के बीच का मुआमला है। सरकार इसमें दखल देनेवाली कौन?

सहसा मिस मालती कार से उतरीं। कमल की भाँति खिली, दीपक की भाँति दमकती, स्फूर्ति और उल्लास की प्रतिमा-सी-निश्शंक, निर्द्वन्द्व, मानो उसे विश्वास है कि संसार में उसके लिए आदर और सुख का द्वार खुला हुआ है। खन्ना ने बरामदे में आकर अभिवादन किया।

मालती ने पूछा - 'क्या यहाँ मेहता आए थे?'

'हाँ, आए तो थे।'

'कुछ कहा, कहाँ जा रहे हैं?'

'यह तो कुछ नहीं कहा।'

'जाने कहाँ डुबकी लगा गए? मैं चारों तरफ घूम आई। आपने व्यायामशाला के लिए कितना दिया?'

खन्ना ने अपराधी-स्वर में कहा - 'मैंने इस मुआमले को समझा ही नहीं।'

मालती ने बड़ी-बड़ी आँखों से उन्हें तरेरा, मानों सोच रही हो कि उन पर दया करे या रोष।

'इसमें समझने की क्या बात थी, और समझ लेते आगे-पीछे, इस वक्त तो कुछ देने की बात थी। मैंने मेहता को ठेलकर यहाँ भेजा था। बेचारे डर रहे थे कि आप न जाने क्या जवाब दें। आपकी इस कंजूसी का क्या फल होगा, आप जानते हैं? यहाँ के व्यापारी समाज से कुछ न मिलेगा। आपने शायद मुझे अपमानित करने का निश्चय कर लिया है। सबकी सलाह थी कि लेडी विलसन बुनियाद रखें। मैंने गोविन्दी देवी का पक्ष लिया और लड़कर सबको राजी किया और अब आप फरमाते हैं, आपने इस मुआमले

को समझा ही नहीं। आप बैंकिंग की गुत्थियाँ समझते हैं; पर इतनी मोटी बात आपकी समझ में न आई! इसका अर्थ इसके सिवा और कुछ नहीं है, कि तुम मुझे लज्जित करना चाहते हो। अच्छी बात है, यही सही!'

मालती का मुख लाल हो गया। खन्ना घबराए, हेकड़ी जाती रही, पर इसके साथ ही उन्हें यह भी मालूम हुआ कि अगर वह काँटों में फँस गए हैं, तो मालती दलदल में फँस गई है; अगर उनकी थैलियों पर संकट आ पड़ा है, तो मालती की प्रतिष्ठा पर संकट आ पड़ा है, जो थैलियों से ज्यादा मूल्यवान है। तब उनका मन मालती की दुरावस्था का आनन्द क्यों न उठाए? उन्होंने मालती को अरदब में डाल दिया था और यद्यपि वह उसे रुष्ट कर देने का साहस खो चुके थे; पर दो-चार खरी-खरी बातें कह सुनाने का अवसर पाकर छोड़ना न चाहते थे। यह भी दिखा देना चाहते थे कि मैं निरा भोंदू नहीं हूँ। उसका रास्ता रोककर बोले – 'तुम मुझ पर इतनी कृपालु हो गई हो, इस पर मुझे आश्चर्य हो रहा है मालती!'

मालती ने भवें सिकोड़कर कहा – 'मैं इसका आशय नहीं समझी।'

'क्या अब मेरे साथ तुम्हारा वही बर्ताव है, ज़ो कुछ दिन पहले था?'

'मैं तो उसमें कोई अन्तर नहीं देखती।'

'लेकिन मैं तो आकाश-पाताल का अन्तर देखता हूँ।'

'अच्छा मान लो, तुम्हारा अनुमान ठीक है, तो फिर? मैं तुमसे एक शुभ-कार्य में सहायता माँगने आई हूँ, अपने व्यवहार की परीक्षा देने नहीं आई हूँ। और अगर तुम समझते हो, कुछ चन्दा देकर तुम यश और धन्यवाद के सिवा और कुछ पा सकते हो, तो तुम भ्रम में हो।'

खन्ना परास्त हो गए। वह ऐसे सँकरे कोने में फँस गए थे, जहाँ इधर-उधर हिलने का भी स्थान न था। क्या वह उससे यह कहने का साहस रखते हैं कि मैंने अब तक तुम्हारे ऊपर हजारों रुपये लुटा दिए, क्या उसका यही पुरस्कार है? लज्जा से उनका मुँह छोटा-सा निकल आया, जैसे सिकुड़ गया हो! झेंपते हुए बोले – 'मेरा आशय यह न था मालती, तुम बिलकुल गलत समझीं।'

मालती ने परिहास के स्वर में कहा – 'खुदा करे, मैंने गलत समझा हो, क्योंकि अगर मैं सच समझ लूँगी, तो तुम्हारे साए से भी भागूँगी। मैं रूपवती हूँ। तुम भी मेरे अनेक चाहनेवालों में से एक हो। वह मेरी कृपा थी कि जहाँ मैं औरों के उपहार लौटा देती थी, तुम्हारी सामान्य-से-सामान्य चीजें भी धन्यवाद के साथ स्वीकार कर लेती थी, और जरूरत पड़ने पर तुमसे रुपये भी माँग लेती थी। अगर तुमने अपने धनोन्माद में इसका कोई दूसरा अर्थ निकाल लिया, तो मैं तुम्हें क्षमा करूँगी। यह पुरुष-प्रकृति का अपवाद नहीं; मगर यह समझ लो कि धन ने आज तक किसी नारी के हृदय पर विजय नहीं पाई, और न कभी पाएगा।'

खन्ना एक-एक शब्द पर मानो गज-गज भर नीचे धँसते जाते थे। अब और ज्यादा चोट सहने का उनमें जीवट न था। लज्जित होकर बोले – 'मालती, तुम्हारे पैर

पड़ता हूँ, अब और जलील न करो। और न सही तो मित्र-भाव तो बना रहने दो।'

यह कहते हुए उन्होंने दराज से चैकबुक निकाली और एक हजार लिख कर डरते-डरते मालती की तरफ बढ़ाया।

मालती ने चैक लेकर निर्दय व्यंग किया – 'यह मेरे व्यवहार का मूल्य है या व्यायामशाला का चन्दा?'

खन्ना सजल आँखों से बोले – 'अब मेरी जान बख्शो, मालती, क्यों मेरे मुँह में कालिख पोत रही हो।'

मालती ने जोर से कहकहा मारा – 'देखो, डाँट बताई और एक हजार रुपये भी वसूल किए। अब तो तुम कभी ऐसी शरारत न करोगे?'

'कभी नहीं, जीते जी कभी नहीं।'

'कान पकड़ो।'

'कान पकड़ता हूँ; मगर अब तुम दया करके जाओ और मुझे एकान्त में बैठकर सोचने और रोने दो। तुमने आज मेरे जीवन का सारा आनन्द...'

मालती और जोर से हँसी – 'देखो खन्ना, तुम मेरा बहुत अपमान कर रहे हो और तुम जानते हो, रूप अपमान नहीं सह सकता। मैंने तो तुम्हारे साथ भलाई की और तुम उसे बुराई समझते हो।'

खन्ना विद्रोह-भरी आँखों से देखकर बोले – 'तुमने मेरे साथ भलाई की है या उलटी छुरी से मेरा गला रेता है?'

'क्यों, मैं तुम्हें लूट-लूटकर अपना घर भर रही थी। तुम उस लूट से बच गए।'

'क्यों घाव पर नमक छिड़क रही हो मालती! मैं भी आदमी हूँ।'

मालती ने इस तरह खन्ना की ओर देखा, मानो निश्चय करना चाहती थी कि वह आदमी है या नहीं?

'अभी तो मुझे इसका कोई लक्षण नहीं दिखाई देता।'

'तुम बिलकुल पहेली हो, आज यह साबित हो गया।'

'हाँ, तुम्हारे लिए पहेली हूँ और पहेली रहूँगी।'

यह कहती हुई वह पक्षी की भाँति फुर्र से उड़ गई और खन्ना सिर पर हाथ रखकर सोचने लगे, यह लीला है या इसका सच्चा रूप।

गोबर और झुनिया के जाने के बाद घर सुनसान रहने लगा। धनिया को बार-बार मुन्नू की याद आती रहती; बच्चे की माँ तो झुनिया थी; पर उसका पालन धनिया ही करती थी। वही उसे उबटन मलती, काजल लगाती, सुलाती और जब काम-काज से अवकाश मिलता, उसे प्यार करती। वात्सल्य का वह नशा ही उसकी विपत्ति को भुलाता रहता था। उसका भोला-भाला, मक्खन-सा मुँह देखकर वह अपनी सारी चिन्ता भूल जाती और स्नेहमय गर्व से उसका हृदय फूल उठता। वह जीवन का आधार अब न था।

उसका सूना खटोला देखकर वह रो उठती। वह कवच, जो सारी चिन्ताओं और दुराशाओं से उसकी रक्षा करता था, उससे छिन गया था। वह बार-बार सोचती, उसने झुनिया के साथ ऐसी कौन-सी बुराई की थी, जिसका उसने यह दंड दिया। डाइन ने आकर उसका सोना-सा घर मिट्टी में मिला दिया। गोबर ने तो कभी उसकी बात का जवाब भी न दिया था। इसी राँड ने उसे फोड़ा और वहाँ ले जाकर न जाने कौन-कौन-सा नाच नचाएगी। यहाँ ही वह बच्चे की कौन बहुत परवाह करती थी। उसे तो अपनी मिस्सी-काजल, माँग-चोटी से ही छुट्टी नहीं मिलती। बच्चे की देखभाल क्या करेगी? बेचारा अकेला जमीन पर पड़ा रोता होगा। बेचारा एक दिन भी तो सुख से नहीं रहने पाता। कभी खाँसी, कभी दस्त, कभी कुछ, कभी कुछ। यह सोच-सोचकर उसे झुनिया पर क्रोध आता। गोबर के लिए अब भी उसके मन में वही ममता थी। इसी चुड़ैल ने उसे कुछ खिला-पिलाकर अपने वश में कर लिया। ऐसी मायाविनी न होती, तो यह टोना ही कैसे करती? कोई बात न पूछता था। भौजाइयों की लातें खाती थी। यह भुग्गा मिल गया तो आज रानी हो गई।

होरी ने चिढ़कर कहा – 'जब देखो तब तू झुनिया ही को दोष देती है। यह नहीं समझती कि अपना सोना खोटा तो सोनार का क्या दोष? गोबर उसे न ले जाता तो क्या आप-से-आप चली जाती? शहर का दाना-पानी लगने से लौंडे की आँखें बदल गईं, ऐसा क्यों नहीं समझ लेती।'

धनिया गरज उठी – 'अच्छा, चुप रहो। तुम्हीं ने राँड को मूड़ पर चढ़ा रखा था, नहीं मैंने पहले ही दिन झाड़ू मारकर निकाल दिया होता।'

खलिहान में डाठें जमा हो गई थीं। होरी बैलों को जुखरकर अनाज माँड़ने जा रहा था। पीछे मुँह फेरकर बोला – 'मान ले, बहू ने गोबर को फोड़ ही लिया, तो तू इतना कुढ़ती क्यों है? जो सारा जमाना करता है, वही गोबर ने भी किया। अब उसके बाल-बच्चे हुए। मेरे बाल-बच्चों के लिए क्यों अपनी साँसत कराए, क्यों हमारे सिर का बोझ अपने सिर रखे!'

'तुम्हीं उपद्रव की जड़ हो।'

'तो मुझे भी निकाल दे। ले जा बैलों को, अनाज माँड़। मैं हुक्का पीता हूँ।'

'तुम चलकर चक्की पीसो, मैं अनाज माँड़ूगी।'

विनोद में दुःख उड़ गया। वही उसकी दवा है। धनिया प्रसन्न होकर रूपा के बाल गूँथने बैठ गई, जो बिलकुल उलझकर रह गए थे, और होरी खलिहान चला। रसिक बसन्त सुगन्ध और प्रमोद और जीवन की विभूति लुटा रहा था, दोनों हाथों से दिल खोलकर। कोयल आम की डालियों में छिपी अपनी रसीली, मधुर, आत्मस्पर्शी कूक से आशाओं को जगाती फिरती थी। महुए की डालियों पर मैनों की बारात-सी लगी बैठी थी। नीम और सिरस और करौंदे अपनी महक में नशा-सा घोल देते थे। होरी आमों के बाग में पहुँचा, तो वृक्षों के नीचे तारे-से खिले थे। उसका व्यथित, निराश मन भी इस व्यापक शोभा और स्फूर्ति में आ कर गाने लगा –

'हिया जरत रहत दिन-रैन।
आम की डरिया कोयल बोले
तनिक न आवत चैन।'

सामने से दुलारी सहुआइन, गुलाबी साड़ी पहने चली आ रही थी। पाँव में मोटे चाँदी के कड़े थे, गले में मोटी सोने की हँसली, चेहरा सूखा हुआ; पर दिल हरा। एक समय था, जब होरी खेत-खलिहान में उसे छेड़ा करता था। वह भाभी थी, होरी देवर था, इस नाते दोनों में विनोद होता रहता था। जब से साहजी मर गए, दुलारी ने घर से निकलना छोड़ दिया। सारे दिन दूकान पर बैठी रहती थी और वहीं से सारे गाँव की खबर लगाती रहती थी। कहीं आपस में झगड़ा हो जाए, सहुआइन वहाँ बीच-बचाव करने के लिए अवश्य पहुँचेगी। आने रुपये सूद से कम पर रुपये उधार न देती थी। और यद्यपि सूद के लोभ में मूल भी हाथ न आता था - जो रुपये लेता, खाकर बैठ रहता-मगर उसके ब्याज का दर ज्यों-का-त्यों बना रहता था। बेचारी कैसे वसूल करे? नालिश-फरियाद करने से रही, थाना-पुलिस करने से रही, केवल जीभ का बल था; पर ज्यों-ज्यों उम्र के साथ जीभ की तेजी बढ़ती जाती थी, उसकी काट घटती जाती थी। अब उसकी गालियों पर लोग हँस देते थे और मजाक में कहते - 'क्या करेगी रुपये लेकर काकी, साथ तो एक कौड़ी भी न ले जा सकेगी। गरीब को खिला-पिलाकर जितनी असीस मिल सके, ले-ले। यही परलोक में काम आएगा।' और दुलारी परलोक के नाम से जलती थी।

होरी ने छेड़ा - 'आज तो भाभी, तुम सचमुच जवान लगती हो।'

सहुआइन मगन होकर बोली - 'आज मंगल का दिन है, नजर न लगा देना। इसी मारे मैं कुछ पहनती-ओढ़ती नहीं। घर से निकली तो सभी घूरने लगते हैं, जैसे कभी कोई मेहरिया देखी ही न हो। पटेश्वरी लाला की पुरानी बान अभी तक नहीं छूटी।'

होरी ठिठक गया; बड़ा मनोरंजक प्रसंग छिड़ गया था। बैल आगे निकल गए।

'वह आजकल बड़े भगत हो गए हैं। देखती नहीं हो, हर पूरनमासी को सत्यनारायण की कथा सुनते हैं और दोनों जून मन्दिर में दर्शन करने जाते हैं।'

'ऐसे लम्पट जितने होते हैं, सभी बूढ़े होकर भगत बन जाते हैं! कुकर्म का परासचित तो करना ही पड़ता है। पूछो, मैं अब बुढ़िया हुई, मुझसे क्या हँसी।'

'तुम अभी बुढ़िया कैसे हो गईं भाभी? मुझे तो अब भी...'

'अच्छा, चुप ही रहना, नहीं डेढ़ सौ गाली दूँगी। लड़का परदेश कमाने लगा, एक दिन नेवता भी न खिलाया, सेंत-मेंत में भाभी बनाने को तैयार।'

'मुझसे कसम ले लो भाभी, जो मैंने उसकी कमाई का एक पैसा भी छुआ हो। न जाने क्या लाया, कहाँ खरच किया, मुझे भी पता नहीं। बस, एक जोड़ा धोती और एक पगड़ी मेरे हाथ लगी।'

'अच्छा कमाने तो लगा, आज नहीं कल घर सँभालेगा ही। भगवान उसे खुशी रखे। हमारे रुपये भी थोड़ा-थोड़ा देते चलो। सूद भी तो बढ़ रहा है।'

'तुम्हारी एक-एक पाई दूँगा भाभी, हाथ में पैसे आने दो। और खा ही जाएँगे, तो कोई बाहर के तो नहीं हैं, हैं तो तुम्हारे ही।'

सहुआइन ऐसी विनोद-भरी चापलूसियों से निरस्त्र हो जाती थी। मुस्कुराती हुई अपनी राह चली गई। होरी लपककर बैलों के पास पहुँच गया और उन्हें पौर में डालकर चक्कर देने लगा। सारे गाँव का यही एक खलिहान था। कहीं मँड़ाई हो रही थी, कोई अनाज ओसा रहा था, कोई गल्ला तौल रहा था! नाई-बारी, बढ़ई, लोहार, पुरोहित, भाट, भिखारी, सभी अपने-अपने जेवर लेने के लिए जमा हो गए थे। एक पेड़ के नीचे झिंगुरीसिंह खाट पर बैठे अपनी सवाई उगाह रहे थे। कई बनिए खड़े गल्ले का भाव-ताव कर रहे थे। सारे खलिहान में मंडी-की सी रौनक थी। एक खटकिन बेर और मकोय बेच रही थी और एक खोंचेवाला तेल के सेब और जलेबियाँ लिए फिर रहा था। पंडित दातादीन भी होरी से अनाज बँटवाने के लिए आ पहुँचे थे और झिंगुरीसिंह के साथ खाट पर बैठे थे।

दातादीन ने सुरती मलते हुए कहा – 'कुछ सुना, सरकार भी महाजनों से कह रही है कि सूद का दर घटा दो, नहीं डिग्री न मिलेगी।'

झिंगुरी तमाखू फाँककर बोले – 'पंडित, मैं तो एक बात जानता हूँ। तुम्हें गरज पड़ेगी तो सौ बार हमसे रुपये उधार लेने आओगे, और हम जो ब्याज चाहेंगे, लेंगे। सरकार अगर असामियों को रुपये उधार देने का कोई बन्दोबस्त न करेगी, तो हमें इस कानून से कुछ न होगा। हम दर कम लिखाएँगे; लेकिन एक सौ में पचीस पहले ही काट लेंगे। इसमें सरकार क्या कर सकती है?'

'यह तो ठीक है; लेकिन सरकार भी इन बातों को खूब समझती है। इसकी भी कोई रोक निकालेगी, देख लेना।'

'इसकी कोई रोक हो ही नहीं सकती।'

'अच्छा, अगर वह शर्त कर दे, जब तक स्टाम्प पर गाँव के मुखिया या कारिन्दा के दसखत न होंगे, वह पक्का न होगा, तब क्या करोगे?'

'असामी को सौ बार गरज होगी, मुखिया को हाथ-पाँव जोड़ के लाएगा और दसखत कराएगा। हम तो एक चौथाई काट ही लेंगे।'

'और जो फँस जाओ! जाली हिसाब लिखा और गए चौदह साल को।'

झिंगुरीसिंह जोर से हँसा – 'तुम क्या कहते हो पंडित, क्या तब संसार बदल जाएगा? कानून और न्याय उसका है, जिसके पास पैसा है। कानून तो है कि महाजन किसी असामी के साथ कड़ाई न करे, कोई जमींदार किसी कास्तकार के साथ सख्ती न करे; मगर होता क्या है। रोज ही देखते हो। जमींदार मुसक बँधवाके पिटवाता है और महाजन लात और जूते से बात करता है। जो किसान पोंढ़ा है, उससे न जमींदार बोलता है, न महाजन। ऐसे आदमियों से हम मिल जाते हैं और उनकी मदद से दूसरे आदमियों की गर्दन दबाते हैं। तुम्हारे ही ऊपर रायसाहब के पाँच सौ रुपये निकलते हैं; लेकिन नोखेराम में है इतनी हिम्मत कि तुमसे कुछ बोले? वह जानते हैं, तुमसे मेल करने ही

में उनका हित है। असामी में इतना बूता है कि रोज अदालत दौड़े? सारा काराबार इसी तरह चलता जाएगा जैसे चल रहा है। कचहरी अदालत उसी के साथ है, जिसके पास पैसा है। हम लोगों को घबराने की कोई बात नहीं।'

यह कहकर उन्होंने खलिहान का एक चक्कर लगाया और फिर खाट पर बैठते हुए बोले – 'हाँ, मतई के ब्याह का क्या हुआ? हमारी सलाह तो है कि उसका ब्याह कर डालो। अब तो बड़ी बदनामी हो रही है।'

दातादीन को जैसे ततैया ने काट खाया। इस आलोचना का क्या आशय था, वह खूब समझते थे। गर्म होकर बोले – 'पीठ पीछे आदमी जो चाहे बके, हमारे मुँह पर कोई कुछ कहे, तो उसकी मूँछें उखाड़ लूँ। कोई हमारी तरह नेमी बन तो ले। कितनों को जानता हूँ, जो कभी संध्या-वन्दन नहीं करते, न उन्हें धरम से मतलब, न करम से; न कथा से मतलब, न पुरान से। वह भी अपने को ब्राह्मण कहते हैं। हमारे ऊपर क्या हँसेगा कोई, जिसने अपने जीवन में एक एकादशी भी नागा नहीं की, कभी बिना स्नान-पूजन किए मुँह में पानी नहीं डाला। नेम का निभाना कठिन है। कोई बता दे कि हमने कभी बाजार की कोई चीज खाई हो, या किसी दूसरे के हाथ का पानी पिया हो, तो उसकी टाँग की राह निकल जाऊँ। सिलिया हमारी चौखट नहीं लाँघने पाती, चौखट; बरतन-भाँड़े छूना तो दूसरी बात है। मैं यह नहीं कहता कि मतई यह बहुत अच्छा काम कर रहा है, लेकिन जब एक बार एक बात हो गई तो यह पाजी का काम है कि औरत को छोड़ दे। मैं तो खुल्लमखुल्ला कहता हूँ, इसमें छिपाने की कोई बात नहीं। स्त्री-जाति पवित्र है।'

दातादीन अपनी जवानी में स्वयं बड़े रसिया रह चुके थे; लेकिन अपने नेम-धर्म से कभी नहीं चूके। मातादीन भी सुयोग्य पुत्र की भाँति उन्हीं के पद-चिह्नों पर चल रहा था। धर्म का मूल तत्त्व है पूजा-पाठ, कथा-व्रत और चौका-चूल्हा। जब पिता-पुत्र दोनों ही मूल तत्त्व को पकड़े हुए हैं, तो किसकी मजाल है कि उन्हें पथ-भ्रष्ट कह सके?

झिंगुरीसिंह ने कायल होकर कहा – 'मैंने तो भाई, जो सुना था, वह तुमसे कह दिया।'

दातादीन ने महाभारत और पुराणों से ब्राह्मणों द्वारा अन्य जातियों की कन्याओं के ग्रहण किए जाने की एक लम्बी सूची पेश की और यह सिद्ध कर दिया कि उनसे जो सन्तान हुई, वह ब्राह्मण कहलाई और आजकल के जो ब्राह्मण हैं, वह उन्हीं सन्तानों की सन्तान हैं। यह प्रथा आदिकाल से चली आई है और इसमें कोई लज्जा की बात नहीं।

झिंगुरीसिंह उनके पांडित्य पर मुग्ध होकर बोले – 'तब क्यों आजकल लोग वाजपेयी और सुकुल बने फिरते हैं?'

'समय-समय की परथा है और क्या! किसी में उतना तेज तो हो। बिस खाकर उसे पचाना तो चाहिए। वह सतजुग की बात थी, सतजुग के साथ गई। अब तो अपना निबाह बिरादरी के साथ मिलकर रहने में है; मगर करूँ क्या, कोई लड़कीवाला आता ही नहीं। तुमसे भी कहा, औरों से भी कहा, कोई नहीं सुनता तो मैं क्या लड़की बनाऊँ?'

झिंगुरीसिंह ने डाँटा – 'झूठ मत बोलो पंडित, मैं दो आदमियों को फाँस-फूँसकर लाया; मगर तुम मुँह फैलाने लगे, तो दोनों कान खड़े करके निकल भागे। आखिर किस बिरते पर हजार-पाँच सौ माँगते हो तुम? दस बीघे खेत और भीख के सिवा तुम्हारे पास और क्या है?'

दातादीन के अभिमान को चोट लगी। दाढ़ी पर हाथ फेरकर बोले – 'पास कुछ न सही, मैं भीख ही माँगता हूँ, लेकिन मैंने अपनी लड़कियों के ब्याह में पाँच-पाँच सौ दिए हैं; फिर लड़के के लिए पाँच सौ क्यों न माँगू? किसी ने सेंत-मेंत में मेरी लड़की ब्याह ली होती, तो मैं भी सेंत में लड़का ब्याह लेता। रही हैसियत की बात। तुम जजमानी को भीख समझो, मैं तो उसे जमींदारी समझता हूँ; बंकघर। जमींदारी मिट जाए, बंकघर टूट जाए, लेकिन जजमानी अन्त तक बनी रहेगी। जब तक हिन्दू-जाति रहेगी तब तक ब्राह्मण भी रहेंगे और जजमानी भी रहेगी। सहालग में मजे से घर बैठे सौ-दो-सौ फटकार लेते हैं। कभी भाग लड़ गया, तो चार-पाँच सौ मार लिया। कपड़े, बरतन, भोजन अलग। कहीं-न-कहीं नित ही कार-परोजन पड़ा ही रहता है। कुछ न मिले तब भी एक-दो थाल और दो-चार आने दक्षिणा मिल ही जाते हैं। ऐसा चैन न जमींदारी में है, न साहूकारी में। और फिर मेरा तो सिलिया से जितना उबार होता है, उतना ब्राह्मण की कन्या से क्या होगा? वह तो बहुरिया बनी बैठी रहेगी। बहुत होगा, रोटियाँ पका देगी। यहाँ सिलिया अकेली तीन आदमियों का काम करती है। और मैं उसे रोटी के सिवा और क्या देता हूँ? बहुत हुआ, तो साल में एक धोती दे दी।'

दूसरे पेड़ के नीचे दातादीन का निजी पैरा था। चार बैलों से मँड़ाई हो रही थी। धन्ना चमार बैलों को हाँक रहा था, सिलिया पैर से अनाज निकाल-निकालकर ओसा रही थी और मातादीन दूसरी ओर बैठा अपनी लाठी में तेल मल रहा था।

सिलिया साँवली सलोनी, छरहरी बालिका थी, जो रूपवती न होकर भी आकर्षक थी। उसके हास में, चितवन में, अंगों के विलास में हर्ष का उन्माद था, जिससे उसकी बोटी-बोटी नाचती रहती थी, सिर से पाँव तक भूसे के अणुओं में सनी, पसीने से तर, सिर के बाल आधे खुले, वह दौड़-दौड़कर अनाज ओसा रही थी, मानो तन-मन से कोई खेल खेल रही हो।

मातादीन ने कहा – 'आज साँझ तक अनाज बाकी न रहे सिलिया! तू थक गई हो तो मैं आऊँ?'

सिलिया प्रसन्न मुख बोली – 'तुम काहे को आओगे पंडित! मैं संझा तक सब ओसा दूँगी।'

'अच्छा, तो मैं अनाज ढो-ढोकर रख आऊँ। तू अकेली क्या-क्या कर लेगी?'

'तुम घबड़ाते क्यों हो, मैं ओसा दूँगी, ढोकर रख भी आऊँगी। पहर रात तक यहाँ एक दाना भी न रहेगा।'

दुलारी सहुआइन आज अपना लेहना वसूल करती फिरती थी। सिलिया उसकी दुकान से होली के दिन दो पैसे का गुलाबी रंग लाई थी। अभी तक पैसे न दिए थे।

सिलिया के पास आकर बोली - 'क्यों री सिलिया, महीना भर रंग लाए हो गया, अभी तक पैसे नहीं दिए? माँगती हूँ तो मटककर चली जाती है। आज मैं बिना पैसा लिए न जाऊँगी।'

मातादीन चुपके-से सरक गया था। सिलिया का तन और मन, दोनों लेकर भी बदले में कुछ न देना चाहता था। सिलिया अब उसकी निगाह में केवल काम करने की मशीन थी, और कुछ नहीं। उसकी ममता को वह बड़े कौशल से नचाता रहता था। सिलिया ने आँख उठा कर देखा तो मातादीन वहाँ न था। बोली - 'चिल्लाओ मत सहुआइन, यह ले लो, दो की जगह चार पैसे का अनाज। अब क्या जान लेगी? मैं मरी थोड़ी ही जाती थी।'

उसने अन्दाज से कोई सेर-भर अनाज ढेर में से निकालकर सहुआइन के फैले हुए अंचल में डाल दिया। उसी वक्त मातादीन पेड़ की आड़ से झल्लाया हुआ निकला और सहुआइन का अंचल पकड़कर बोला - 'अनाज सीधे से रख दो सहुआइन, लूट नहीं है।'

फिर उसने लाल-लाल आँखों से सिलिया को देखकर डाँटा - 'तूने अनाज क्यों दे दिया? किससे पूछकर दिया? तू कौन होती है मेरा अनाज देनेवाली?'

सहुआइन ने अनाज ढेर में डाल दिया और सिलिया हक्का-बक्का होकर मातादीन का मुँह देखने लगी। ऐसा जान पड़ा, जिस डाल पर वह निश्चिन्त बैठी हुई थी, वह टूट गई और अब वह निराधार नीचे गिरी जा रही है! खिसियाए हुए मुँह से, आँखों में आँसू भरकर सहुआइन से बोली - 'तुम्हारे पैसे मैं फिर दे दूँगी सहुआइन! आज मुझ पर दया करो।'

सहुआइन ने उसे दयार्द्र नेत्रों से देखा और मातादीन को धिक्कार-भरी आँखों से देखती हुई चली गई।

तब सिलिया ने अनाज ओसाते हुए आहत गर्व से पूछा - 'तुम्हारी चीज में मेरा कुछ अख्तियार नहीं है?'

मातादीन आँखें निकालकर बोला - 'नहीं, तुझे कोई अख्तियार नहीं है। काम करती है, खाती है। तो तू चाहे कि खा भी, लुटा भी, तो यह यहाँ न होगा। अगर तुझे यहाँ न परता पड़ता हो, कहीं और जाकर काम कर। मजूरों की कमी नहीं है। सेंत में नहीं लेते, खाना-कपड़ा देते हैं।'

सिलिया ने उस पक्षी की भाँति, जिसे मालिक ने पर काटकर पिंजरे से निकाल दिया हो, मातादीन की ओर देखा। उस चितवन में वेदना अधिक थी या भर्त्सना, यह कहना कठिन है। पर उसी पक्षी की भाँति उसका मन फड़फड़ा रहा था और ऊँची डाल पर उन्मुक्त वायु-मंडल में उड़ने की शक्ति न पाकर उसी पिंजरे में जा बैठना चाहता था, चाहे उसे बेदाना, बेपानी, पिंजरे में तीलियों से सिर टकराकर मर ही क्यों न जाना पड़े। सिलिया सोच रही थी, अब उसके लिए दूसरा कौन-सा ठौर है! वह ब्याहता न होकर भी संस्कार में और व्यवहार में और मनोभावना में ब्याहता थी, और अब मातादीन चाहे

उसे मारे या काटे, उसे दूसरा आश्रय नहीं है, दूसरा अवलम्ब नहीं है। उसे वह दिन याद आए - और अभी दो साल भी तो नहीं हुए - जब यही मातादीन उसके तलवे सहलाता था, जब उसने जनेऊ हाथ में लेकर कहा था कि सिलिया, जब तक दम में दम है, तुझे ब्याहता की तरह रखूँगा; जब वह प्रेमातुर होकर हार में और बाग में और नदी के तट पर उसके पीछे-पीछे पागलों की भाँति फिरा करता था। और आज उसका यह निष्ठुर व्यवहार! मुट्ठी-भर अनाज के लिए उसका पानी उतार लिया।

उसने कोई जवाब न दिया। कंठ में नमक के एक डले का-सा अनुभव करती हुई आहत हृदय और शिथिल हाथों से फिर काम करने लगी।

उसी वक्त उसकी माँ, बाप, दोनों भाई और कई अन्य चमारों ने न जाने किधर से आकर मातादीन को घेर लिया। सिलिया की माँ ने आते ही उसके हाथ से अनाज की टोकरी छीनकर फेंक दी और गाली देकर बोली - 'राँड, जब तुझे मजूरी ही करनी थी, तो घर की मजूरी छोड़कर यहाँ क्या करने आई! जब ब्राह्मन के साथ रहती है, तो ब्राह्मन की तरह रह। सारी बिरादरी की नाक कटवाकर भी चमारिन ही बनना था, तो यहाँ क्या घी का लोंदा लेने आई थी! चुल्लू-भर पानी में डूब नहीं मरती!'

झिंगुरीसिंह और दातादीन, दोनों दौड़े और चमारों के बदले तेवर देखकर उन्हें शान्त करने की चेष्टा करने लगे। झिंगुरीसिंह ने सिलिया के बाप से पूछा - 'क्या बात है चौधरी, किस बात का झगड़ा है?'

सिलिया का बाप हरखू साठ साल का बूढ़ा था; काला, दुबला, सूखी मिर्च की तरह पिचका हुआ; पर उतना ही तीक्ष्ण। बोला - 'झगड़ा कुछ नहीं है ठाकुर, हम आज या तो मातादीन को चमार बनाके छोड़ेंगे, या उनका और अपना रकत एक कर देंगे। सिलिया कन्या जात है, किसी-न-किसी के घर जाएगी ही। इस पर हमें कुछ नहीं कहना है; मगर उसे जो कोई भी रखे, हमारा होकर रहे। तुम हमें ब्राह्मन नहीं बना सकते, मुदा हम तुम्हें चमार बना सकते हैं। हमें ब्राह्मन बना दो, हमारी सारी बिरादरी बनने को तैयार है। जब यह समरथ नहीं है, तो फिर तुम भी चमार बनो। हमारे साथ खाओ-पिओ, हमारे साथ उठो-बैठो। हमारी इज्जत लेते हो, तो अपना धरम हमें दो।'

दातादीन ने लाठी फटकारकर कहा - 'मुँह सँभालकर बातें कर हरखुआ! तेरी बिटिया वह खड़ी है, ले जा जहाँ चाहे। हमने उसे बाँध नहीं रक्खा है। काम करती थी, मजूरी लेती थी। यहाँ मजूरों की कमी नहीं है।'

सिलिया की माँ उँगली चमकाकर बोली - 'वाह-वाह पंडित! खूब नियाव करते हो। तुम्हारी लड़की किसी चमार के साथ निकल गई होती और तुम इसी तरह की बातें करते, तो देखती। हम चमार हैं, इसलिए हमारी कोई इज्जत ही नहीं! हम सिलिया को अकेले न ले जाएँगे, उसके साथ मातादीन को भी ले जाएँगे, जिसने उसकी इज्जत बिगाड़ी है। तुम बड़े नेमी-धरमी हो। उसके साथ सोओगे लेकिन उसके हाथ का पानी न पियोगे! यही चुड़ैल है कि यह सब सहती है। मैं तो ऐसे आदमी को माहुर दे देती।'

हरखू ने अपने साथियों को ललकारा – 'सुन ली इन लोगों की बात कि नहीं! अब क्या खड़े मुँह ताकते हो?'

इतना सुनना था कि दो चमारों ने लपककर मातादीन के हाथ पकड़ लिए, तीसरे ने झपटकर उसका जनेऊ तोड़ डाला और इसके पहले कि दातादीन और झिंगुरीसिंह अपनी-अपनी लाठी सँभाल सकें, दो चमारों ने मातादीन के मुँह में एक बड़ी-सी हड्डी का टुकड़ा डाल दिया। मातादीन ने दाँत जकड़ लिए, फिर भी वह घिनौनी वस्तु उनके ओठों में तो लग ही गई। उन्हें मतली हुई और मुँह आप-से-आप खुल गया और हड्डी कंठ तक जा पहुँची। इतने में खलिहान के सारे आदमी जमा हो गए; पर आश्चर्य यह है कि कोई इन धर्म के लुटेरों से मुजाहिम न हुआ। मातादीन का व्यवहार सभी को नापसन्द था। वह गाँव की बहू-बेटियों को घूरा करता था, इसलिए मन में सभी उसकी दुर्गति से प्रसन्न थे। हाँ, ऊपरी मन से लोग चमारों पर रोब जमा रहे थे।

होरी ने कहा – 'अच्छा, अब बहुत हुआ हरखू! भला चाहते हो, तो यहाँ से चले जाओ।'

हरखू ने निडरता से उत्तर दिया – 'तुम्हारे घर में भी लड़कियाँ हैं होरी महतो, इतना समझ लो। इसी तरह गाँव की मरजाद बिगड़ने लगी, तो किसी की आबरू न बचेगी।'

एक क्षण में शत्रु पर पूरी विजय पाकर आक्रमणकारियों ने वहाँ से टल जाना ही उचित समझा। जनमत बदलते देर नहीं लगती। उससे बचे रहना ही अच्छा है।

मातादीन कै कर रहा था। दातादीन ने उसकी पीठ सहलाते हुए कहा – 'एक-एक को पाँच-पाँच साल के लिए न भेजवाया, तो कहना। पाँच-पाँच साल तक चक्की पिसवाऊँगा।'

हरखू ने हेकड़ी के साथ जवाब दिया – 'इसका यहाँ कोई गम नहीं। कौन तुम्हारी तरह बैठे मौज करते हैं? जहाँ काम करेंगे, वहीं आधा पेट दाना मिल जाएगा।'

मातादीन कै कर चुकने के बाद निर्जीव-सा जमीन पर लेट गया, मानो कमर टूट गई हो, मानो डूब मरने के लिए चुल्लू-भर पानी खोज रहा हो। जिस मर्यादा के बल पर उसकी रसिकता और घमंड और पुरुषार्थ अकड़ता फिरता था, वह मिट चुकी थी। उस हड्डी के टुकड़े ने उसके मुँह को ही नहीं, उसकी आत्मा को भी अपवित्र कर दिया था। उसका धर्म इसी खान-पान, छूत-विचार पर टिका हुआ था। आज उस धर्म की जड़ कट गई। अब वह लाख प्रायश्चित्त करे, लाख गोबर खाए और गंगाजल पिए, लाख दान-पुण्य और तीर्थ-व्रत करे, उसका मरा हुआ धर्म जी नहीं सकता। अगर अकेले की बात होती, तो छिपा ली जाती; यहाँ तो सबके सामने उसका धर्म लुटा। अब उसका सिर हमेशा के लिए नीचा हो गया। आज से वह अपने घर में अछूत समझा जाएगा। उसकी स्नेहमयी माता भी उससे घृणा करेगी। और संसार से धर्म का ऐसा लोप हो गया कि इतने आदमी केवल खड़े तमाशा देखते रहे। किसी ने चूँ तक न की। एक क्षण पहले जो लोग उसे देखते ही पालागन करते थे, अब उसे देखकर मुँह फेर लेंगे। वह किसी

मन्दिर में भी न जा सकेगा, न किसी के बरतन-भाँड़े छू सकेगा। और यह सब हुआ इस अभागिन सिलिया के कारण।

सिलिया जहाँ अनाज ओसा रही थी, वहीं सिर झुकाए खड़ी थी, मानो यह उसी की दुर्गति हो रही है। सहसा उसकी माँ ने आकर डाँटा – 'खड़ी ताकती क्या है? चल सीधे घर, नहीं बोटी-बोटी काट डालूँगी। बाप-दादा का नाम तो खूब उजागर कर चुकी है, अब क्या करने पर लगी है?'

सिलिया मूर्तिवत खड़ी रही। माता-पिता और भाइयों पर उसे क्रोध आ रहा था। यह लोग क्यों उसके बीच में बोलते हैं? वह जैसे चाहती है, रहती है, दूसरों से क्या मतलब? कहते हैं, यहाँ तेरा अपमान होता है, तब क्या कोई ब्राह्मन उसका पकाया खा लेगा? उसके हाथ का पानी पी लेगा? अभी जरा देर पहले उसका मन मातादीन के निठुर व्यवहार से खिन्न हो रहा था, पर अपने घरवालों और बिरादरी के इस अत्याचार ने उस विराग को प्रचंड अनुराग का रूप दे दिया।

विद्रोह-भरे मन से बोली – 'मैं कहीं न जाऊँगी। तू क्या यहाँ भी मुझे जीने न देगी?'

बुढ़िया कर्कश स्वर से बोली – 'तू न चलेगी?'

'नहीं।'

'चल सीधे से।'

'नहीं जाती।'

तुरन्त दोनों भाइयों ने उसके हाथ पकड़ लिए और उसे घसीटते हुए ले चले। सिलिया जमीन पर बैठ गई। भाइयों ने इस पर भी न छोड़ा। घसीटते ही रहे। उसकी साड़ी फट गई, पीठ और कमर की खाल छिल गई; पर वह जाने पर राजी न हुई।

तब हरखू ने लड़कों से कहा – 'अच्छा, अब इसे छोड़ दो। समझ लेंगे मर गई; मगर अब जो कभी मेरे द्वार पर आई तो लहू पी जाऊँगा।'

सिलिया जान पर खेलकर बोली – 'हाँ, जब तुम्हारे द्वार पर जाऊँ, तो पी लेना।'

बुढ़िया ने क्रोध के उन्माद में सिलिया को कई लातें जमाईं और हरखू ने उसे हटा न दिया होता, तो शायद प्राण ही लेकर छोड़ती।

बुढ़िया फिर झपटी, तो हरखू ने उसे धक्के देकर पीछे हटाते हुए कहा – 'तू हत्यारिन है कलिया! क्या उसे मार ही डालेगी?'

सिलिया बाप के पैरों से लिपटकर बोली – 'मार डालो दादा, सब जने मिल कर मार डालो! हाय अम्माँ, तुम इतनी निर्दयी हो; इसीलिए दूध पिला कर पाला था? सौर में ही क्यों न गला घोंट दिया? हाय! मेरे पीछे पंडित को भी तुमने भिरस्ट कर दिया। उसका धरम लेकर तुम्हें क्या मिला? अब तो वह भी मुझे न पूछेगा। लेकिन पूछे-न-पूछे, रहूँगी तो उसी के साथ। वह मुझे चाहे भूखों रखे, चाहे मार डाले, पर उसका साथ न छोडूँगी। उनकी साँसत कराके छोड़ दूँ? मर जाऊँगी, पर हरजाई न बनूँगी। एक बार जिसने बाँह पकड़ ली, उसी की रहूँगी।'

कलिया ने ओठ चबाकर कहा – 'जाने दो राँड को। समझती है, वह इसका निबाह करेगा; मगर आज ही मार कर भगा न दे तो मुँह न दिखाऊँ।'

भाइयों को भी दया आ गई। सिलिया को वहीं छोड़कर सब-के-सब चले गए। तब वह धीरे-से उठकर लँगड़ाती, कराहती, खलिहान में आकर बैठ गई और आँचल में मुँह ढाँपकर रोने लगी।

दातादीन ने जुलाहे का गुस्सा डाढ़ी पर उतारा – 'उनके साथ चली क्यों नहीं गई सिलिया! अब क्या करवाने पर लगी हुई है? मेरा सत्यानाश कराके भी न पेट नहीं भरा?'

सिलिया ने आँसू-भरी आँखें ऊपर उठाईं। उनमें तेज की झलक थी।

'उनके साथ क्यों जाऊँ? जिसने बाँह पकड़ी है, उसके साथ रहूँगी।'

पंडितजी ने धमकी दी – 'मेरे घर में पाँव रखा, तो लातों से बात करूँगा।'

सिलिया ने उद्दंडता से कहा – 'मुझे जहाँ वह रखेंगे, वहाँ रहूँगी। पेड़ तले रखें, चाहे महल में रखें।'

मातादीन संज्ञाहीन-सा बैठा था। दोपहर होने आ रही थी। धूप पत्तियों से छन-छनकर उसके चेहरे पर पड़ रही थी। माथे से पसीना टपक रहा था। पर वह मौन, निस्पन्द बैठा हुआ था।

सहसा जैसे उसने होश में आकर कहा – 'मेरे लिए अब क्या कहते हो दादा?'

दातादीन ने उसके सिर पर हाथ रखकर ढाढ़स देते हुए कहा – 'तुम्हारे लिए अभी मैं क्या कहूँ बेटा? चलकर नहाओ, खाओ, फिर पंडितों की जैसी व्यवस्था होगी, वैसा किया जाएगा। हाँ, एक बात है, सिलिया को त्यागना पड़ेगा।'

मातादीन ने सिलिया की ओर रक्त-भरे नेत्रों से देखा – 'मैं अब उसका कभी मुँह न देखूँगा; लेकिन परासचित हो जाने पर फिर तो कोई दोष न रहेगा?'

'परासचित हो जाने पर कोई दोष-पाप नहीं रहता।'

'तो आज ही पंडितों के पास जाओ।'

'आज ही जाऊँगा बेटा!'

'लेकिन पंडित लोग कहें कि इसका परासचित नहीं हो सकता, तब?'

'उनकी जैसी इच्छा।'

'तो तुम मुझे घर से निकाल दोगे?'

दातादीन ने पुत्र-स्नेह से विह्वल होकर कहा – 'ऐसा कहीं हो सकता है, बेटा! धन जाए, धरम जाए, लोक-मरजाद जाए, पर तुम्हें नहीं छोड़ सकता।'

मातादीन ने लकड़ी उठाई और बाप के पीछे-पीछे घर चला। सिलिया भी उठी और लँगड़ाती हुई उसके पीछे हो ली।

मातादीन ने पीछे फिरकर निर्मम स्वर में कहा – 'मेरे साथ मत आ। मेरा तुझसे कोई वास्ता नहीं। इतनी साँसत करवाके भी तेरा पेट नहीं भरता।

सिलिया ने धृष्टता के साथ उसका हाथ पकड़कर कहा – 'वास्ता कैसे नहीं है? इसी गाँव में तुमसे धनी, तुमसे सुन्दर, तुमसे इज्जतदार लोग हैं। मैं उनका हाथ क्यों नहीं

पकड़ती? तुम्हारी यह दुर्दशा ही आज क्यों हुई? जो रस्सी तुम्हारे गले पड़ गई है, उसे तुम लाख चाहो, नहीं छोड़ सकते। और न मैं तुम्हें छोड़कर कहीं जाऊँगी। मजूरी करूँगी, भीख माँगूँगी; लेकिन तुम्हें न छोडूँगी।'

यह कहते हुए उसने मातादीन का हाथ छोड़ दिया और फिर खलिहान में जाकर अनाज ओसाने लगी। होरी अभी तक वहाँ अनाज माँड़ रहा था। धनिया उसे भोजन करने के लिए बुलाने आई थी। होरी ने बैलों को पैरासे बाहर निकालकर एक पेड़ से बाँध दिया और सिलिया से बोला – 'तू भी जा, खा-पी आ सिलिया! धनिया यहाँ बैठी है। तेरी पीठ पर की साड़ी तो लहू से रंग गई है रे! कहीं घाव पक न जाए। तेरे घरवाले बड़े निर्दयी हैं।'

सिलिया ने उसकी ओर करुण नेत्रों से देखा – 'यहाँ निर्दयी कौन नहीं है, दादा! मैंने तो किसी को दयावान नहीं पाया।'

'क्या कहा पंडित ने?'

'कहते हैं, मेरा तुमसे कोई वास्ता नहीं।'

'अच्छा! ऐसा कहते हैं!'

'समझते होंगे, इस तरह अपने मुँह की लाली रख लेंगे, लेकिन जिस बात को दुनिया जानती है, उसे कैसे छिपा लेंगे? मेरी रोटियाँ भारी हैं, न दें। मेरे लिए क्या? मजूरी अब भी करती हूँ, तब भी करूँगी। सोने को हाथ-भर जगह तुम्हीं से माँगूँगी तो क्या तुम न दोगे?'

धनिया दयार्द्र होकर बोली – 'जगह की कौन कमी है बेटी! तू चल मेरे घर रह।'

होरी ने कातर स्वर में कहा – 'बुलाती तो है, लेकिन पंडित को जानती नहीं?'

धनिया ने निर्भीक स्वर में कहा – 'बिगड़ेंगे तो एक रोटी बेसी खा लेंगे, और क्या करेंगे! कोई उनकी दबैल हूँ? उसकी इज्जत ली, बिरादरी से निकलवाया, अब कहते हैं, मेरा तुझसे कोई वास्ता नहीं। आदमी है कि कसाई! यह उसकी नीयत का आज फल मिला है। पहले नहीं सोच लिया था। तब तो बिहार करते रहे। अब कहते हैं, मुझसे कौन वास्ता!'

होरी के विचार में धनिया गलत कर रही थी। सिलिया के घरवालों ने मतई को कितना बेधरम कर दिया, यह कोई अच्छा काम नहीं किया। सिलिया को चाहे मारकर ले जाते, चाहे दुलारकर ले जाते। वह उनकी लड़की है। मतई को क्यों बेधरम किया?

धनिया ने फटकार बताई – 'अच्छा रहने दो, बड़े न्यायी बने हो। मरद-मरद सब एक होते हैं। इसको मतई ने बेधरम किया, तब तो किसी को बुरा न लगा। अब जो मतई बेधरम हो गए, तो क्यों बुरा लगता है? क्या सिलिया का धरम, धरम ही नहीं? रखी तो चमारिन, उस पर नेमीधर्मी बनते हैं। बड़ा अच्छा किया हरखू चौधरी ने। ऐसे गुंडों की यही सजा है। तू चल सिलिया मेरे घर। न-जाने कैसे बेदरद माँ-बाप हैं कि बेचारी की सारी पीठ लहूलुहान कर दी। तुम जाके सोना को भेज दो। मैं इसे लेकर आती हूँ। होरी घर चला गया और सिलिया धनिया के पैरों पर गिरकर रोने लगी।'

सोना सत्रहवें साल में थी और इस साल उसका विवाह करना आवश्यक था। होरी तो दो साल से इसी फिक्र में था, पर हाथ खाली होने से कोई काबू न चलता था। मगर इस साल जैसे भी हो, उसका विवाह कर देना ही चाहिए, चाहे कर्ज लेना पड़े, चाहे खेत गिरों रखने पड़ें। और अकेले होरी की बात चलती, तो दो साल पहले ही विवाह हो गया होता। वह किफायत से काम करना चाहता था। पर धनिया कहती थी, कितना ही हाथ बाँधकर खर्च करो, दो-ढाई सौ लग जाएँगे। झुनिया के आ जाने से बिरादरी में इन लोगों का स्थान कुछ हेठा हो गया था और बिना सौ-दो सौ दिए कोई कुलीन वर न मिल सकता था। पिछले साल चैती में कुछ मिला था तो पंडित दातादीन का आधा साझा; मगर पंडितजी ने बीज और मजूरी का कुछ ऐसा ब्यौरा बताया कि होरी के हाथ एक-चौथाई से ज्यादा अनाज न लगा। और लगान देना पड़ गया पूरा। ऊख और सन की फसल नष्ट हो गई सन तो वर्षा अधिक होने और ऊख दीमक लग जाने के कारण। हाँ, इस साल चैती अच्छी थी और ऊख भी खूब लगी हुई थी। विवाह के लिए गल्ला तो मौजूद था; दो सौ रुपये भी हाथ आ जाएँ, तो कन्या-ऋण से उसका उद्धार हो जाए। अगर गोबर सौ रुपये की मदद कर दे, तो बाकी सौ रुपये होरी को आसानी से मिल जाएँगे। झिंगुरीसिंह और मँगरू साह, दोनों ही अब कुछ नर्म पड़ गए थे। जब गोबर परदेश में कमा रहा है, तो उनके रुपये मारे न पड़ सकते थे।

एक दिन होरी ने गोबर के पास दो-तीन दिन के लिए जाने का प्रस्ताव किया।

मगर धनिया अभी तक गोबर के वह कठोर शब्द न भूली थी। वह गोबर से एक पैसा भी न लेना चाहती थी, किसी तरह नहीं!

होरी ने झुंझलाकर कहा – 'लेकिन काम कैसे चलेगा, यह बता?'

धनिया सिर हिलाकर बोली – 'मान लो, गोबर परदेश न गया होता, तब तुम क्या करते? वही अब करो।'

होरी की जबान बन्द हो गई। एक क्षण बाद बोला – 'मैं तो तुझसे पूछता हूँ।'

धनिया ने जान बचाई – 'यह सोचना मरदों का काम है।'

होरी के पास जवाब तैयार था – 'मान ले, मैं न होता, तू ही अकेली रहती, तब तू क्या करती? वह कर।'

धनिया ने तिरस्कार-भरी आँखों से देखा – 'तब मैं कुश-कन्या भी दे देती तो कोई हँसने वाला न था।'

कुश-कन्या होरी भी दे सकता था! इसी में उसका मंगल था; लेकिन कुल-मर्यादा कैसे छोड़ दे? उसकी बहनों के विवाह में तीन-तीन सौ बराती द्वार पर आए थे। दहेज भी अच्छा ही दिया गया था। नाच-तमाशा, बाजा-गाजा, हाथी-घोड़े, सभी आए थे। आज भी बिरादरी में उसका नाम है। दस गाँव के आदमियों से उसका हेल-मेल है। कुश-कन्या देकर वह किसे मुँह दिखाएगा? इससे तो मर जाना अच्छा है। और वह क्यों कुश-कन्या दे? पेड़-पालों हैं, जमीन है और थोड़ी-सी साख भी है; अगर वह एक बीघा भी बेच

दे, तो सौ मिल जाएँ, लेकिन किसान के लिए जमीन जान से भी प्यारी है, कुल-मर्यादा से भी प्यारी है। और कुल तीन ही बीघे तो उसके पास है; अगर एक बीघा बेच दे, तो फिर खेती कैसे करेगा?

कई दिन इसी हैस-बैस में गुजरे। होरी कुछ फैसला न कर सका।

दशहरे की छुट्टियों के दिन थे। झिंगुरी, पटेश्वरी और नोखेराम तीनों ही सज्जनों के लड़के छुट्टियों में आए थे। तीनों अंग्रेजी पढ़ते थे और यद्यपि तीनों बीस-बीस साल के हो गए थे, पर अभी तक यूनिवर्सिटी में जाने का नाम न लेते थे। एक-एक क्लास में दो-दो, तीन-तीन साल पड़े रहते। तीनों की शादियाँ हो चुकी थीं। पटेश्वरी के सपूत बिन्देसरी तो एक पुत्र के पिता भी हो चुके थे। तीनों दिन भर ताश खेलते, भंग पीते और छैला बने घूमते। वे दिन में कई-कई बार होरी के द्वार की ओर ताकते हुए निकलते और कुछ ऐसा संयोग था कि जिस वक्त वे निकलते, उसी वक्त सोना भी किसी-न-किसी काम से द्वार पर आ खड़ी होती। इन दिनों वह वही साड़ी पहनती थी, जो गोबर उसके लिए लाया था। यह सब तमाशा देख-देखकर होरी का खून सूखता जाता था, मानो उसकी खेती चौपट करने के लिए आकाश में ओलेवाले पीले बादल उठे चले आते हों!

एक दिन तीनों उसी कुएँ पर नहाने जा पहुँचे, जहाँ होरी ऊख सींचने के लिए पुर चला रहा था। सोना मोट ले रही थी। होरी का खून आज खौल उठा।

उसी साँझ को वह दुलारी सहुआइन के पास गया। सोचा, औरतों में दया होती है, शायद इसका दिल पसीज जाए और कम सूद पर रुपये दे दे। मगर दुलारी अपना ही रोना ले बैठी। गाँव में ऐसा कोई घर न था, जिस पर उसके कुछ रुपये न आते हों, यहाँ तक कि झिंगुरीसिंह पर भी उसके बीस रुपये आते थे; लेकिन कोई देने का नाम न लेता था। बेचारी कहाँ से रुपये लाए?

होरी ने गिड़गिड़ाकर कहा – 'भाभी, बड़ा पुन्न होगा। तुम रुपये न दोगी, मेरे गले की फाँसी खोल दोगी। झिंगुरी और पटेसरी मेरे खेतों पर दाँत लगाए हुए हैं। मैं सोचता हूँ, बाप-दादा की यही तो निसानी है, यह निकल गई, तो जाऊँगा कहाँ? एक सपूत वह होता है कि घर की संपत बढ़ाता है, मैं ऐसा कपूत हो जाऊँ कि बाप-दादा की कमाई पर झाड़ू फेर दूँ?'

दुलारी ने कसम खाई – 'होरी, मैं ठाकुरजी के चरन छूकर कहती हूँ कि इस समय मेरे पास कुछ नहीं है। जिसने लिया, वह देता नहीं, तो मैं क्या करूँ? तुम कोई गैर तो नहीं हो। सोना भी मेरी ही लड़की है; लेकिन तुम्हीं बताओ, मैं क्या करूँ? तुम्हारा ही भाई हीरा है। बैल के लिए पचास रुपये लिए। उसका तो कहीं पता-ठिकाना नहीं, उसकी घरवाली से माँगो तो लड़ने को तैयार! शोभा भी देखने में बड़ा सीधा-सादा है; लेकिन पैसा देना नहीं जानता। और असल बात तो यह है कि किसी के पास है ही नहीं, दें कहाँ से! सबकी दशा देखती हूँ, इसी मारे सबर कर जाती हूँ। लोग किसी तरह पेट पाल रहे हैं, और क्या! खेती-बारी बेचने की मैं सलाह न दूँगी। कुछ नहीं है, मरजाद तो है।'

फिर कनफुसकियों में बोली – 'पटेसरी लाला का लौंडा तुम्हारे घर की ओर बहुत चक्कर लगाया करता है। तीनों का वही हाल है। इनसे चौकस रहना। यह सहरी हो गए, गाँव का भाई-चारा क्या समझें? लड़के गाँव में भी हैं; मगर उनमें कुछ लिहाज है, कुछ अदब है, कुछ डर है। ये सब तो छूटे साँड़ हैं। मेरी कौसल्या ससुराल से आई थी, मैंने इन सबों के ढंग देखकर उसके ससुर को बुलाकर विदा कर दिया। कोई कहाँ तक पहरा दे।'

होरी को मुस्कुराते देख कर उसने सरस ताड़ना के भाव से कहा – 'हँसोगे होरी, तो मैं भी कुछ कह दूँगी। तुम क्या किसी से कम नटखट थे? दिन में पचीसों बार किसी-न-किसी बहाने मेरी दुकान पर आया करते थे; मगर मैंने कभी ताका तक नहीं।'

होरी ने मीठे प्रतिवाद के साथ कहा – 'यह तो तुम झूठ बोलती हो भाभी! बिना कुछ रस पाए थोड़े ही आता था। चिड़िया एक बार परच जाती है, तभी दूसरी बार आँगन में आती है।'

'चल झूठे।'

'आँखों से न ताकती रही हो; लेकिन तुम्हारा मन तो ताकता ही था; बल्कि बुलाता था।'

'अच्छा रहने दो, बड़े आए अन्तरजामी बनके। तुम्हें बार-बार मँड़राते देखके मुझे दया आ जाती थी, नहीं तुम कोई ऐसे बाँके जवान न थे।'

हुसेनी एक पैसे का नमक लेने आ गया और यह परिहास बन्द हो गया। हुसेनी नमक लेकर चला गया, तो दुलारी ने फिर कहा – 'गोबर के पास क्यों नहीं चले जाते? देखते भी आओगे और साइत कुछ मिल भी जाए।'

होरी निराश मन से बोला – 'वह कुछ न देगा। लड़के चार पैसे कमाने लगते हैं, तो आँखें फिर जाती हैं। मैं तो बेहयाई करने को तैयार था; लेकिन धनिया नहीं मानती। उसकी मरजी बिना चला जाऊँ, तो घर में रहना अपाढ़ कर दे। उसका सुभाव तो जानती हो।'

दुलारी ने कटाक्ष करके कहा – 'तुम तो मेहरिया के जैसे गुलाम हो गए।'

'तुमने पूछा ही नहीं तो क्या करता?'

'मेरी गुलामी करने को कहते तो मैंने लिखा लिया होता, सच!'

'तो अब से क्या बिगड़ा है, लिखा लो न। दो सौ में लिखता हूँ, इन दामों में महँगा नहीं हूँ।'

'तब धनिया से तो न बोलोगे?'

'नहीं, कहो कसम खाऊँ।'

'और जो बोले?'

'तो मेरी जीभ काट लेना।'

'अच्छा तो जाओ, घर ठीक-ठाक करो, मैं रुपये दे दूँगी!'

होरी ने सजल नेत्रों से दुलारी के पाँव पकड़ लिए। भावावेश से मुँह बन्द हो गया।

सहुआइन ने पाँव खींचकर कहा – 'अब यही सरारत मुझे अच्छी नहीं लगती। मैं साल-भर के भीतर अपने रुपये सूद-समेत कान पकड़कर लूँगी। तुम तो व्यवहार के ऐसे सच्चे नहीं हो; लेकिन धनिया पर मुझे विश्वास है। सुना पंडित तुमसे बहुत बिगड़े हुए हैं। कहते हैं, इसे गाँव से निकालकर नहीं छोड़ा तो ब्राह्मन नहीं। तुम सिलिया को निकाल बाहर क्यों नहीं करते? बैठे-बैठाए झगड़ा मोल ले लिया।'

'धनिया उसे रखे हुए है, मैं क्या करूँ?'

'सुना है, पंडित कासी गए थे। वहाँ एक बड़ा नामी पंडित है। वह पाँच सौ माँगता है। तब परासचित कराएगा। भला, पूछो ऐसा अन्धेर कहीं हुआ है। जब धरम नष्ट हो गया तो एक नहीं, हजार परासचित करो, इससे क्या होता है! तुम्हारे हाथ का छुआ पानी कोई न पिएगा, चाहे जितना परासचित करो।'

होरी यहाँ से घर चला, तो उसका दिल उछल रहा था। जीवन में ऐसा सुखद अनुभव उसे न हुआ था। रास्ते में शोभा के घर गया और सगाई लेकर चलने के लिए नेवता दे आया। फिर दोनों दातादीन के पास सगाई की सायत पूछने गए। वहाँ से आकर द्वार पर सगाई की तैयारियों की सलाह करने लगे।

धनिया ने बाहर निकलकर कहा – 'पहर रात गई, अभी रोटी खाने की बेला नहीं आई? खाकर बैठो। गपड़चौथ करने को तो सारी रात पड़ी है।'

होरी ने उसे भी परामर्श में शरीक होने का अनुरोध करते हुए कहा – 'इसी सहालग में लगन ठीक हुआ है। बता, क्या-क्या सामान लाना चाहिए? मुझे तो कुछ मालूम नहीं।'

'जब कुछ मालूम ही नहीं, तो सलाह करने क्या बैठे हो? रुपये-पैसे का डौल भी हुआ कि मन की मिठाई खा रहे हो?'

होरी ने गर्व से कहा – 'तुझे इससे क्या मतलब? तू इतना बता दे, क्या-क्या सामान लाना होगा?'

'तो मैं ऐसी मन की मिठाई नहीं खाती।'

'तू इतना बता दे कि हमारी बहनों के ब्याह में क्या-क्या सामान आया था?'

'पहले यह बता दो, रुपये मिल गए?'

'हाँ, मिल गए, और नहीं क्या भंग खाई है!'

'तो पहले चलकर खा लो। फिर सलाह करेंगे।'

मगर जब उसने सुना कि दुलारी से बातचीत हुई है, तो नाक सिकोड़ कर बोली – 'उससे रुपये लेकर आज तक कोई उरिन हुआ है? चुड़ैल कितना कसकर सूद लेती है!'

'लेकिन करता क्या? दूसरा देता कौन है?'

'यह क्यों नहीं कहते कि इस बहाने दो गाल हँसने-बोलने गया था। बूढ़े हो गए, पर यह बान न गई।'

'तू तो धनिया, कभी-कभी बच्चों की-सी बातें करने लगती है। मेरे-जैसे फटेहालों से वह हँस-बोलेगी? सीधे मुँह बात तो करती नहीं।'

'तुम-जैसों को छोड़कर उसके पास और जाएगा ही कौन?'

'उसके द्वार पर अच्छे-अच्छे नाक रगड़ते हैं, धनिया, तू क्या जाने! उसके पास लच्छमी है।'

'उसने जरा-सी हामी भर दी, तुम चारों ओर खुशखबरी लेकर दौड़े।'

'हामी नहीं भर दी, पक्का वादा किया है।'

होरी रोटी खाने गया और शोभा अपने घर चला गया तो सोना सिलिया के साथ बाहर निकली। वह द्वार पर खड़ी सारी बातें सुन रही थी। उसकी सगाई के लिए दो सौ रुपये दुलारी से उधार लिए जा रहे हैं, यह बात उसके पेट में इस तरह खलबली मचा रही थी, जैसे ताजा चूना पानी में पड़ गया हो। द्वार पर एक कुप्पी जल रही थी, जिससे ताक के ऊपर की दीवार काली हो गई थी। दोनों बैल नाँद में सानी खा रहे थे और कुत्ता जमीन पर टुकड़े के इंतजार में बैठा हुआ था। दोनों युवतियाँ बैलों की चरनी के पास आकर खड़ी हो गईं।

सोना बोली - 'तूने कुछ सुना? दादा सहुआइन से मेरी सगाई के लिए दो सौ रुपये उधार ले रहे हैं।'

सिलिया घर का रत्ती-रत्ती हाल जानती थी। बोली - 'घर में पैसा नहीं है, तो क्या करें?'

सोना ने सामने के काले वृक्षों की ओर ताकते हुए कहा - 'मैं ऐसा नहीं करना चाहती, जिससे माँ-बाप को कर्जा लेना पड़े। कहाँ से देंगे बेचारे, बता! पहले ही कर्ज के बोझ से दबे हुए हैं। दो सौ और ले लेंगे, तो बोझा और भारी होगा कि नहीं?'

'बिना दान-दहेज के बड़े आदमियों का कहीं ब्याह होता है पगली? बिना दहेज के तो कोई बूढ़ा-ठेला ही मिलेगा। जाएगी बूढ़े के साथ?'

'बूढ़े के साथ क्यों जाऊँ? भैया बूढ़े थे जो झुनिया को ले आए? उन्हें किसने पैसे दहेज में दिए थे?'

'उसमें बाप-दादा का नाम डूबता है।'

'मैं तो सोनारीवालों से कह दूँगी, अगर तुमने एक पैसा भी दहेज लिया, तो मैं तुमसे ब्याह न करूँगी।'

सोना का विवाह सोनारी के एक धनी किसान के लड़के से ठीक हुआ था।

'और जो वह कह दे, कि मैं क्या करूँ, तुम्हारे बाप देते हैं, मेरे बाप लेते हैं, इसमें मेरा क्या अख्तियार है?'

सोना ने जिस अस्त्र को रामबाण समझा था, अब मालूम हुआ कि वह बाँस की कैन है। हताश होकर बोली - 'मैं एक बार उससे कहके देख लेना चाहती हूँ; अगर उसने कह दिया, मेरा कोई अख्तियार नहीं है, तो क्या गोमती यहाँ से बहुत दूर है? डूब मरूँगी। माँ-बाप ने मर-मरके पाला-पोसा। उसका बदला क्या यही है कि उनके घर से जाने लगूँ, तो उन्हें कर्जे से और लादती जाऊँ? माँ-बाप को भगवान ने दिया हो, तो खुशी से जितना चाहें लड़की को दें, मैं मना नहीं करती; लेकिन जब वह पैसे-पैसे

को तंग हो रहे हैं, आज महाजन नालिश करके निल्लाम करा ले, तो कल मजूरी करनी पड़ेगी, तो कन्या का धरम यही है कि डूब मरे। घर की जमीन-जैजात तो बच जाएगी, रोटी का सहारा तो रह जाएगा। माँ-बाप चार दिन मेरे नाम को रोकर सन्तोष कर लेंगे। यह तो न होगा कि मेरा ब्याह करके उन्हें जन्म-भर रोना पड़े। तीन-चार साल में दो सौ के दूने हो जाएँगे, दादा कहाँ से लाकर देंगे?'

सिलिया को जान पड़ा, जैसे उसकी आँख में नई ज्योति आ गई। आवेश में सोना को छाती से लगाकर बोली – 'तूने इतनी अक्कल कहाँ से सीख ली सोना? देखने में तो तू बड़ी भोली-भाली है।'

'इसमें अक्कल की कौन बात है चुड़ैल! क्या मेरे आँखें नहीं हैं कि मैं पागल हूँ? दो सौ मेरे ब्याह में लें। तीन-चार साल में वह दूना हो जाए। तब रुपिया के ब्याह में दो सौ और लें। जो कुछ खेती-बारी है, सब लिलाम-तिलाम हो जाए, और द्वार-द्वार भीख माँगते फिरें। यही न? इससे तो कहीं अच्छा है कि मैं अपनी जान दे दूँ। मुँह अँधेरे सोनारी चली जाना और उसे बुला लाना; मगर नहीं, बुलाने का काम नहीं। मुझे उससे बोलते लाज आएगी! तू ही मेरा यह सन्देश कह देना। देख क्या जवाब देते हैं। कौन दूर है? नदी के उस पार ही तो है। कभी-कभी ढोर लेकर इधर आ जाता है। एक बार उसकी भैंस मेरे खेत में पड़ गई थी, तो मैंने उसे बहुत गालियाँ दी थीं, हाथ जोड़ने लगा। हाँ, यह तो बता, इधर मतई से तेरी भेंट नहीं हुई? सुना, ब्राह्मन लोग उन्हें बिरादरी में नहीं ले रहे हैं।'

सिलिया ने हिकारत के साथ कहा – 'बिरादरी में क्यों न लेंगे, हाँ, बूढ़ा रुपये नहीं खरच करना चाहता। इसको पैसा मिल जाए, तो झूठी गंगा उठा ले। लड़का आजकल बाहर ओसारे में टिक्कड़ लगाता है।'

'तू इसे छोड़ क्यों नहीं देती? अपनी बिरादरी में किसी के साथ बैठ जा और आराम से रह। वह तेरा अपमान तो न करेगा।'

'हाँ रे, क्यों नहीं, मेरे पीछे उस बेचारे की इतनी दुरदशा हुई, अब मैं उसे छोड़ दूँ? अब वह चाहे पंडित बन जाए, चाहे देवता बन जाए, मेरे लिए तो वही मतई है, जो मेरे पैरों पर सिर रगड़ा करता था; और बाँभन भी हो जाए और ब्राह्मनी से ब्याह भी कर ले, फिर भी जितनी उसकी सेवा मैंने की है, वह कोई बाँभनी क्या करेगी! अभी मान-मरजाद के मोह में वह चाहे मुझे छोड़ दे; लेकिन देख लेना, फिर दौड़ा आएगा।'

'आ चुका अब। तुझे पा जाए तो कच्चा ही खा जाए।'

'तो उसे बुलाने ही कौन जाता है? अपना-अपना धरम अपने-अपने साथ है। वह अपना धरम तोड़ रहा है, तो मैं अपना धरम क्यों तोड़ूँ?'

प्रातःकाल सिलिया सोनारी की ओर चली; लेकिन होरी ने रोक लिया। धनिया के सिर में दर्द था। उसकी जगह क्यारियों को बराना था। सिलिया इनकार न कर सकी। यहाँ से जब दोपहर को छुट्टी मिली तो वह सोनारी चली।

इधर तीसरे पहर होरी फिर कुएँ पर चला तो सिलिया का पता न था। बिगड़कर बोला – 'सिलिया कहाँ उड़ गई? रहती है, रहती है, न जाने किधर चल देती है, जैसे किसी काम में जी ही नहीं लगता। तू जानती है सोना, कहाँ गई है?'

सोना ने बहाना किया – 'मुझे तो कुछ मालूम नहीं। कहती थी, धोबिन के घर कपड़े लेने जाना है, वहीं चली गई होगी।'

धनिया ने खाट से उठकर कहा – 'चलो, मैं क्यारी बराये देती हूँ। कौन उसे मजूरी देते हो जो बिगड़ रहे हो?'

'हमारे घर में रहती नहीं है? उसके पीछे सारे गाँव में बदनाम नहीं हो रहे हैं?'

'अच्छा, रहने दो, एक कोने में पड़ी हुई है, तो उससे किराया लोगे?'

'एक कोने में नहीं पड़ी हुई है, एक पूरी कोठरी लिए हुए है।'

'तो उस कोठरी का किराया होगा कोई पचास रुपये महीना।'

'उसका किराया एक पैसा सही। हमारे घर में रहती है, जहाँ जाए पूछ कर जाए। आज आती है तो खबर लेता हूँ।'

पुर चलने लगा। धनिया को होरी ने न आने दिया। रूपा क्यारी बराती थी और सोना मोट ले रही थी। रूपा गीली मिट्टी के चूल्हे और बरतन बना रही थी, और सोना सशंक आँखों से सोनारी की ओर ताक रही थी। शंका भी थी, आशा भी थी, शंका अधिक थी, आशा कम। सोचती थी, उन लोगों को रुपये मिल रहे हैं, तो क्यों छोड़ने लगे? जिनके पास पैसे हैं, वे तो पैसे पर और भी जान देते हैं। और गौरी महतो तो एक ही लालची हैं। मथुरा में दया है, धरम है; लेकिन बाप की इच्छा जो होगी, वही उसे माननी पड़ेगी; मगर सोना भी बचा को ऐसा फटकारेगी कि याद करेंगे। वह साफ कहेगी, जाकर किसी धनी की लड़की से ब्याह कर, तुझ-जैसे पुरुष के साथ मेरा निबाह न होगा। कहीं गौरी महतो मान गए, तो वह उनके चरन धो-धोकर पिएगी। उनकी ऐसी सेवा करेगी कि अपने बाप की भी न की होगी। और सिलिया को भर-पेट मिठाई खिलाएगी। गोबर ने उसे जो रुपया दिया था, उसे वह अभी तक संचे हुए थी। इस मृदु कल्पना से उसकी आँखें चमक उठीं और कपोलों पर हलकी-सी लाली दौड़ गई।

मगर सिलिया अभी तक आई क्यों नहीं? कौन बड़ी दूर है। न आने दिया होगा उन लोगों ने। अहा! वह आ रही है; लेकिन बहुत धीरे-धीरे आती है। सोना का दिल बैठ गया। अभागे नहीं माने साइत, नहीं सिलिया दौड़ती आती। तो सोना से हो चुका ब्याह। मुँह धो रखो।

सिलिया आई जरूर, पर कुएँ पर न आकर खेत में क्यारी बराने लगी। डर रही थी, होरी पूछेंगे कहाँ थी अब तक, तो क्या जवाब देगी। सोना ने यह दो घंटे का समय बड़ी मुश्किल से काटा। पुर छूटते ही वह भागी हुई सिलिया के पास पहुँची।

'वहाँ जाकर तू मर गई थी क्या! ताकते-ताकते आँखें फूट गईं!'

सिलिया को बुरा लगा – 'तो क्या मैं वहाँ सोती थी? इस तरह की बातचीत राह चलते थोड़े ही हो जाती। अवसर देखना पड़ता है। मथुरा नदी की ओर ढोर चराने

गए थे। खोजती-खोजती उसके पास गई और तेरा सन्देश कहा - ऐसा परसन हुआ कि तुझसे क्या कहूँ। मेरे पाँव पर गिर पड़ा और बोला - सिल्लो, मैंने जब से सुना है कि सोना मेरे घर में आ रही है, तब से आँखों की नींद हर गई है। उसकी वह गालियाँ मुझे फल गईं; लेकिन काका को क्या करूँ? वह किसी की नहीं सुनते।'

सोना ने टोका - 'तो न सुनें। सोना भी जिद्दिन है। जो कहा है, वह कर दिखाएगी। फिर हाथ मलते रह जाएँगे।'

'बस, उसी छन ढोरों को वहीं छोड़, मुझे लिए हुए गौरी महतो के पास गया। महतो के चार पुर चलते हैं। कुआँ भी उन्हीं का है। दस बीघे का ऊख है। महतो को देखके मुझे हँसी आ गई जैसे कोई घसियारा हो। हाँ, भाग का बली है। बाप-बेटे में खूब कहा-सुनी हुई। गौरी महतो कहते थे, तुझसे क्या मतलब, मैं चाहे कुछ लूँ या न लूँ; तू कौन होता है बोलनेवाला? मथुरा कहता था, तुमको लेना-देना है, तो मेरा ब्याह मत करो, मैं अपना ब्याह जैसा चाहूँगा, कर लूँगा। बात बढ़ गई और गौरी महतो ने पनहियाँ उतारकर मथुरा को खूब पीटा। कोई दूसरा लड़का इतनी मार खाकर बिगड़ खड़ा होता। मथुरा एक घूँसा भी जमा देता, तो महतो फिर न उठते; मगर बेचारा पचासों जूते खाकर भी कुछ न बोला। आँखों में आँसू भरे, मेरी ओर गरीबों की तरह ताकता हुआ चला गया। तब महतो मुझ पर बिगड़ने लगे। सैकड़ों गालियाँ दीं; मगर मैं क्यों सुनने लगी थी? मुझे उनका क्या डर था? मैंने सफा कह दिया - महतो, दो-तीन सौ कोई भारी रकम नहीं है, और होरी महतो इतने में बिक न जाएँगे, न तुम्हीं धनवान हो जाओगे, वह सब धन नाच-तमासे में ही उड़ जाएगा। हाँ, ऐसी बहू न पाओगे।'

सोना ने सजल नेत्रों से पूछा - 'महतो इतनी ही बात पर उन्हें मारने लगे?'

सिलिया ने यह बात छिपा रक्खी थी। ऐसी अपमान की बात सोना के कानों में न डालना चाहती थी; पर यह प्रश्न सुनकर संयम न रख सकी। बोली - 'वही गोबर भैयावाली बात थी।' महतो ने कहा - 'आदमी जूठा तभी खाता है, जब मीठा हो। कलंक चाँदी से ही धुलता है।' इस पर मथुरा बोला - 'काका, कौन घर कलंक से बचा हुआ है? हाँ, किसी का खुल गया, किसी का छिपा हुआ है। गौरी महतो भी पहले एक चमारिन से फँसे थे। उसके दो लड़के भी हैं। मथुरा के मुँह से इतना निकलना था कि डोकरे पर जैसे भूत सवार हो गया। जितना लालची है, उतना ही क्रोधी भी है। बिना लिए न मानेगा।'

दोनों घर चलीं। सोना के सिर पर चरसा, रस्सा और जुए का भारी बोझ था; पर इस समय वह उसे फूल से भी हल्का लग रहा था। उसके अन्तस्तल में जैसे आनन्द और स्फूर्ति का सोता खुल गया हो। मथुरा की वह वीर मूर्ति सामने खड़ी थी, और वह जैसे उसे अपने हृदय में बैठाकर उसके चरण आँसुओं से पखार रही थी। जैसे आकाश की देवियाँ उसे गोद में उठाए, आकाश में छाई हुई लालिमा में लिए चली जा रही हों।

उसी रात को सोना को बड़े जोर का ज्वर चढ़ आया।

तीसरे दिन गौरी महतो ने नाई के हाथ यह पत्र भेजा –

'स्वस्ती श्री सर्वोपमा जोग श्री होरी महतो को गौरीराम का राम-राम बाँचना। आगे जो हम लोगों में दहेज की बातचीत हुई थी, उस पर हमने सान्त मन से विचार किया, समझ में आया कि लेन-देन से वर और कन्या, दोनों ही के घरवाले जेरबार होते हैं। जब हमारा-तुम्हारा सम्बन्ध हो गया, तो हमें ऐसा व्यवहार करना चाहिए कि किसी को न अखरे। तुम दान-दहेज की कोई फिकर मत करना, हम तुमको सौगन्ध देते हैं। जो कुछ मोटा-महीन जुरे, बरातियों को खिला देना। हम वह भी न माँगेंगे। रसद का इंतजाम हमने कर लिया है। हाँ, तुम खुशी-खुर्रमी से हमारी जो खातिर करोगे, वह सिर झुकाकर स्वीकार करेंगे।'

होरी ने पत्र पढ़ा और दौड़े हुए भीतर जाकर धनिया को सुनाया। हर्ष के मारे उछला पड़ता था, मगर धनिया किसी विचार में डूबी बैठी रही। एक क्षण के बाद बोली – 'यह गौरी महतो की भलमनसी है; लेकिन हमें भी तो अपने मरजाद का निबाह करना है। संसार क्या कहेगा! रुपया हाथ का मैल है। उसके लिए कुल-मरजाद नहीं छोड़ा जाता। जो कुछ हमसे हो सकेगा, देंगे और गौरी महतो को लेना पड़ेगा। तुम यही जवाब लिख दो। माँ-बाप की कमाई में क्या लड़की का कोई हक नहीं है? नहीं, लिखना क्या है, चलो, मैं नाई से सन्देश कहलाए देती हूँ।'

होरी हतबुद्धि-सा आँगन में खड़ा था और धनिया उस उदारता की प्रतिक्रिया में, जो गौरी महतो की सज्जनता ने जगा दी थी, सन्देशा कह रही थी। फिर उसने नाई को रस पिलाया और विदाई देकर विदा किया।

वह चला गया तो होरी ने कहा – 'यह तूने क्या कर डाला धनिया? तेरा मिजाज आज तक मेरी समझ में न आया। तू आगे भी चलती है, पीछे भी चलती है। पहले तो इस बात पर लड़ रही थी कि किसी से एक पैसा करज मत लो, कुछ देने-दिलाने का काम नहीं है और जब भगवान ने गौरी के भीतर बैठकर यह पत्र लिखवाया, तो तूने कुल-मरजाद का राग छेड़ दिया। तेरा मरम भगवान ही जाने।'

धनिया बोली – 'मुँह देखकर बीड़ा दिया जाता है, जानते हो कि नहीं? तब गौरी अपनी सान दिखाते थे, अब वह भलमनसी दिखा रहे हैं। ईंट का जवाब चाहे पत्थर हो; लेकिन सलाम का जवाब तो गाली नहीं है।'

होरी ने नाक सिकोड़कर कहा – 'तो दिखा अपनी भलमनसी। देखें, कहाँ से रुपये लाती है।'

धनिया आँखें चमकाकर बोली – 'रुपये लाना मेरा काम नहीं, तुम्हारा काम है।'

'मैं तो दुलारी से ही लूँगा।'

'ले लो उसी से। सूद तो सभी लेंगे। जब डूबना ही है, तो क्या तालाब और क्या गंगा?'

होरी बाहर आकर चिलम पीने लगा। कितने मजे से गला छूटा जाता था; लेकिन धनिया जब जान छोड़े तब तो। जब देखो, उलटी ही चलती है। इसे जैसे कोई भूत सवार हो जाता है। घर की दशा देखकर भी इसकी आँखें नहीं खुलतीं।

लाला इधर दूसरी सगाई लाए थे। औरत के बगैर उनका जीवन नीरस था। जब तक झुनिया थी, उन्हें हुक्का-पानी दे देती थी। समय से खाने को बुला ले जाती थी। अब बेचारे अनाथ-से हो गए थे। बहुओं को घर के काम-धाम से छुट्टी न मिलती थी। उनकी क्या सेवा-सत्कार करतीं; इसलिए अब सगाई परमावश्यक हो गई थी। संयोग से एक जवान विधवा मिल गई, जिसके पति का देहान्त हुए केवल तीन महीने हुए थे। एक लड़का भी था। भोला की लार टपक पड़ी। झटपट शिकार मार लाए। जब तक सगाई न हुई, उसका घर खोद डाला।

अभी तक उनके घर में जो कुछ था, बहुओं का था। जो चाहती थीं, करती थीं, जैसे चाहती थीं, रहती थीं। जंगी जब से अपनी स्त्री को लेकर लखनऊ चला गया था, कामता की बहू ही घर की स्वामिनी थी। पाँच-छः महीनों में ही उसने तीस-चालीस रुपये अपने हाथ में कर लिए थे। सेर-आध सेर दूध-दही चोरी से बेच लेती थी। अब स्वामिनी हुई उसकी सौतेली सास। उसका नियन्त्रण बहू को बुरा लगता था और आए दिन दोनों में तकरार होती रहती थी। यहाँ तक कि औरतों के पीछे भोला और कामता में भी कहा-सुनी हो गई। झगड़ा इतना बढ़ा कि अलगौझे की नौबत आ गई और यही रीति सनातन से चली आती है कि अलगौझे के समय मार-पीट अवश्य हो। यहाँ भी उस रीति का पालन किया गया।

कामता जवान आदमी था। भोला का उस पर जो दबाव था, वह पिता के नाते था; मगर नई स्त्री लाकर बेटे से आदर पाने का अब उसे कोई हक न रहा था। कम-से-कम कामता इसे स्वीकार न करता था। उसने भोला को पटककर कई लातें जमाईं और घर से निकाल दिया। घर की चीजें न छूने दीं। गाँववालों में भी किसी ने भोला का पक्ष न लिया। नई सगाई ने उन्हें नक्कू बना दिया था। रात तो उन्होंने किसी तरह एक पेड़ के नीचे काटी, सुबह होते ही नोखेराम के पास जा पहुँचे और अपनी फरियाद सुनाई। भोला का गाँव भी उन्हीं के इलाके में था और इलाके-भर के मालिक-मुखिया जो कुछ थे, वही थे। नोखेराम को भोला पर तो क्या दया आती; पर उनके साथ एक चटपटी, रँगीली स्त्री देखी तो चटपट आश्रय देने को राजी हो गए। जहाँ उनकी गायें बँधती थी, वहीं एक कोठरी रहने को दे दी। अपने जानवरों की देखभाल, सानी-भूसे के लिए उन्हें एकाएक एक जानकार आदमी की जरूरत मालूम होने लगी। भोला को तीन रुपये महीना और सेर-भर रोजाना पर नौकर रख लिया।

नोखेराम नाटे, मोटे, खल्वाट, लम्बी नाक और छोटी-छोटी आँखोंवाले साँवले आदमी थे। बड़ा-सा पग्गड़ बाँधते, नीचा कुरता पहनते और जाड़ों में लिहाफ ओढ़कर बाहर आते-जाते थे। उन्हें तेल की मालिश कराने में बड़ा आनन्द आता था, इसलिए उनके कपड़े हमेशा मैले, चीकट रहते थे। उनका परिवार बहुत बड़ा था। सात भाई और उनके बाल-बच्चे सभी उन्हीं पर आश्रित थे। उस पर स्वयं उनका लड़का नवें दरजे में अंग्रेजी पढ़ता था और उसका बबुआई ठाठ निभाना कोई आसान काम न था। रायसाहब से उन्हें केवल बारह रुपये वेतन मिलता था; मगर खर्च सौ रुपये से कौड़ी

कम न था। इसलिए असामी किसी तरह उनके चंगुल में फँस जाए, तो बिना उसे अच्छी तरह चूसे न छोड़ते थे। पहले छः रुपये वेतन मिलता था, तब असामियों से इतनी नोच-खसोट न करते थे; जब से बारह रुपये हो गए थे, तब से उनकी तृष्णा और भी बढ़ गई थी, इसलिए रायसाहब उनकी तरक्की न करते थे।

गाँव में और तो सभी किसी-न-किसी रूप में उनका दबाव मानते थे; यहाँ तक कि दातादीन और झिंगुरीसिंह भी उनकी खुशामद करते थे, केवल पटेश्वरी उनसे ताल ठोकने को हमेशा तैयार रहते थे। नोखेराम को अगर यह जोम था कि हम ब्राह्मण हैं और कायस्थों को उँगली पर नचाते हैं, तो पटेश्वरी को भी घमंड था कि हम कायस्थ हैं, कलम के बादशाह, इस मैदान में कोई हमसे क्या बाजी ले जाएगा? फिर वह जमींदार के नौकर नहीं, सरकार के नौकर हैं, जिसके राज में सूरज कभी नहीं डूबता। नोखेराम अगर एकादशी का व्रत रखते हैं और पाँच ब्राह्मणों को भोजन कराते हैं, तो पटेश्वरी हर पूर्णमासी को सत्यनारायण की कथा सुनेंगे और दस ब्राह्मणों को भोजन कराएँगे। जब से उनका जेठा लड़का सजावल हो गया था, नोखेराम इस ताक में रहते थे कि उनका लड़का किसी तरह दसवीं पास कर ले, तो उसे भी कहीं नकलनवीसी दिला दें। इसलिए हुक्काम के पास फसली सौगातें लेकर बराबर सलामी करते रहते थे। एक और बात में पटेश्वरी उनसे बढ़े हुए थे। लोगों का खयाल था कि वह अपनी विधवा कहारिन को रखे हुए हैं। अब नोखेराम को भी अपनी शान में यह कसर पूरी करने का अवसर मिलता हुआ जान पड़ा।

भोला को ढाढ़स देते हुए बोले – 'तुम यहाँ आराम से रहो भोला, किसी बात का खटका नहीं। जिस चीज की जरूरत हो, हमसे आकर कहो। तुम्हारी घरवाली है, उसके लिए भी कोई न कोई काम निकल आएगा। बखारों में अनाज रखना, निकालना, पछोरना, फटकना क्या थोड़ा काम है?'

भोला ने अरज की – 'सरकार, एक बार कामता को बुलाकर पूछ लो, क्या बाप के साथ बेटे का यही सलूक होना चाहिए? घर हमने बनवाया, गायें-भैंसें हमने लीं। अब उसने सबकुछ हथिया लिया और हमें निकाल बाहर किया। यह अन्याय नहीं तो क्या है? हमारे मालिक तो तुम्हीं हो। तुम्हारे दरबार से इसका फैसला होना चाहिए।'

नोखेराम ने समझाया – 'भोला, तुम उससे लड़कर पेश न पाओगे, उसने जैसा किया है, उसकी सजा उसे भगवान देंगे। बेईमानी करके कोई आज तक फलीभूत हुआ है? संसार में अन्याय न होता, तो इसे नरक क्यों कहा जाता? यहाँ न्याय और धर्म को कौन पूछता है? भगवान सब देखते हैं। संसार का रत्ती-रत्ती हाल जानते हैं। तुम्हारे मन में इस समय क्या बात है, यह उनसे क्या छिपा है? इसी से तो अन्तरजामी कहलाते हैं। उनसे बचकर कोई कहाँ जाएगा? तुम चुप होके बैठो। भगवान की इच्छा हुई तो यहाँ तुम उससे बुरे न रहोगे।'

यहाँ से उठकर भोला ने होरी के पास जाकर अपना दुःखड़ा रोया। होरी ने अपनी बीती सुनाई – 'लड़कों की आजकल कुछ न पूछो भोला भाई। मर-मरकर पालो,

जवान हों, तो दुश्मन हो जाएँ। मेरे ही गोबर को देखो। माँ से लड़कर गया, और सालों हो गए; न चिट्ठी, न पत्तर। उसके लेखे तो माँ-बाप मर गए। बिटिया का ब्याह सिर पर है; लेकिन उससे कोई मतलब नहीं। खेत रेहन रखकर दो सौ रुपये लिए हैं। इज्जत-आबरू का निबाह तो करना ही होगा।'

कामता ने बाप को निकाल बाहर तो किया; लेकिन अब उसे मालूम होने लगा कि बुड्ढा कितना कामकाजी आदमी था। सबेरे उठकर सानी-पानी करना, दूध दुहना, फिर दूध लेकर बाजार जाना, वहाँ से आकर फिर सानी-पानी करना, फिर दूध दूहना, एक पखवारे में उसका हुलिया बिगड़ गया। स्त्री-पुरुष में लड़ाई हुई। स्त्री ने कहा - मैं जान देने के लिए तुम्हारे घर नहीं आई हूँ। मेरी रोटी तुम्हें भारी हो, तो मैं अपने घर चली जाऊँ। कामता डरा, यह कहीं चली जाए, तो रोटी का ठिकाना भी न रहे, अपने हाथ से ठोकना पड़े। आखिर एक नौकर रखा; लेकिन उससे काम न चला। नौकर खली-भूसा चुरा-चुराकर बेचने लगा। उसे अलग किया। फिर स्त्री-पुरुष में लड़ाई हुई। स्त्री रूठकर मैके चली गई। कामता के हाथ-पाँव फूल गए। हारकर भोला के पास आया और चिरौरी करने लगा - 'दादा, मुझसे जो कुछ भूल-चूक हुई हो, क्षमा करो। अब चलकर घर सँभालो, जैसे तुम रखोगे, वैसे ही रहूँगा।'

भोला को यहाँ मजूरों की तरह रहना अखर रहा था। पहले महीने-दो-महीने उसकी जो खातिर हुई, वह अब न थी। नोखेराम कभी-कभी उससे चिलम भरने या चारपाई बिछाने को भी कहते थे। तब बेचारा भोला जहर का घूँट पी कर रह जाता था। अपने घर में लड़ाई-दंगा भी हो, तो किसी की टहल तो न करनी पड़ेगी।

उसकी स्त्री नोहरी ने यह प्रस्ताव सुना तो, ऐंठकर बोली - 'जहाँ से लात खाए, वहाँ फिर जाओगे? तुम्हें लाज भी नहीं आती!'

भोला ने कहा - 'तो यहीं कौन सिंहासन पर बैठा हुआ हूँ?'

नोहरी ने मटककर कहा - 'तुम्हें जाना हो तो जाओ, मैं नहीं जाती।'

भोला जानता था, नोहरी विरोध करेगी। इसका कारण भी वह कुछ-कुछ समझता था, कुछ देखता भी था, उसके यहाँ से भागने का एक कारण यह भी था। यहाँ उसकी तो कोई बात न पूछता था; पर नोहरी की बड़ी खातिर होती थी। प्यादे और शहने तक उसका दबाव मानते थे। उसका जवाब सुनकर भोला को क्रोध आया; लेकिन करता क्या? नोहरी को छोड़कर चले जाने का साहस उसमें होता, तो नोहरी भी झख मारकर उसके पीछे-पीछे चली जाती। अकेले उसे यहाँ अपने आश्रय में रखने की हिम्मत नोखेराम में न थी। वह टट्टी की आड़ से शिकार खेलनेवाले जीव थे, मगर नोहरी भोला के स्वभाव से परिचित हो चुकी थी।

भोला मिन्नत करके बोला - 'देख नोहरी, दिक मत कर। अब तो यहाँ बहुएँ भी नहीं हैं। तेरे ही हाथ में सबकुछ रहेगा। यहाँ मजूरी करने से बिरादरी में कितनी बदनामी हो रही है, यह सोच!'

नोहरी ने ठेंगा दिखाकर कहा – 'तुम्हें जाना है जाओ, मैं तुम्हें रोक तो नहीं रही हूँ। तुम्हें बेटे की लातें प्यारी लगती होंगी, मुझे नहीं लगतीं। मैं अपनी मजदूरी में मगन हूँ।'

भोला को रहना पड़ा और कामता अपनी स्त्री की खुशामद करके उसे मना लाया। इधर नोहरी के विषय में कनबतियाँ होती रहीं – 'नोहरी ने आज गुलाबी साड़ी पहनी है। अब क्या पूछना है, चाहे रोज एक साड़ी पहने। सैयाँ भए कोतवाल, अब डर काहे का! भोला की आँखें फूट गई हैं क्या?'

शोभा बड़ा हँसोड़ था। सारे गाँव का विदूषक, बल्कि नारद। हर एक बात की टोह लगाता रहता था। एक दिन नोहरी उसे घर में मिल गई। कुछ हँसी कर बैठा। नोहरी ने नोखेराम से जड़ दिया। शोभा की चौपाल में तलबी हुई और ऐसी डाँट पड़ी कि उम्र-भर न भूलेगा।

एक दिन लाला पटेश्वरी प्रसाद की शामत आ गई। गर्मियों के दिन थे। लाला बगीचे में आम तुड़वा रहे थे। नोहरी बनी-ठनी उधर से निकली। लाला ने पुकारा – 'नोहरी रानी, इधर आओ, थोड़े से आम लेती जाओ, बड़े मीठे हैं।'

नोहरी को भ्रम हुआ, लाला मेरा उपहास कर रहे हैं। उसे अब घमंड होने लगा था। वह चाहती थी, लोग उसे जमींदारिन समझें और उसका सम्मान करें। घमंडी आदमी प्रायः शक्की हुआ करता है। और जब मन में चोर हो, तो शक्कीपन और भी बढ़ जाता है। वह मेरी ओर देखकर क्यों हँसा? सब लोग मुझे देखकर जलते क्यों हैं? मैं किसी से कुछ माँगने नहीं जाती। कौन बड़ी सतवन्ती है! जरा मेरे सामने आए, तो देखूँ। इतने दिनों में नोहरी गाँव के गुप्त रहस्यों से परिचित हो चुकी थी। यही लाला कहारिन को रखे हुए हैं और मुझे हँसते हैं। इन्हें कोई कुछ नहीं कहता। बड़े आदमी हैं न! नोहरी गरीब है, जात की हेठी है, इसलिए सभी उसका उपहास करते हैं। और जैसा बाप है, वैसा ही बेटा। इन्हीं का रमेसरी तो सिलिया के पीछे पागल बना फिरता है। चमारियों पर तो गिद्ध की तरह टूटते हैं, उस पर दावा है कि हम ऊँचे हैं।

उसने वहीं खड़े होकर कहा – 'तुम दानी कब से हो गए लाला! पाओ तो दूसरों की थाली की रोटी उड़ा जाओ। आज बड़े आमवाले हुए हैं। मुझसे छेड़ की तो अच्छा न होगा, कहे देती हूँ।'

ओ हो! इस अहीरिन का इतना मिजाज! नोखेराम को क्या फाँस लिया, समझती है, सारी दुनिया पर उसका राज है। बोले – 'तू तो ऐसी तिनक रही है नोहरी, जैसे अब किसी को गाँव में रहने न देगी। जरा जबान सँभालकर बातें किया कर, इतनी जल्दी अपने को न भूल जा।'

'तो क्या तुम्हारे द्वार कभी भीख माँगने आई थी?'

'नोखेराम ने छाँह न दी होती, तो भीख भी माँगती।'

नोहरी को लाल मिर्च-सा लगा। जो कुछ मुँह में आया, बका – दाढ़ीजार, लम्पट, मुँह-झौंसा और जाने क्या-क्या कहा और उसी क्रोध में भरी हुई कोठरी में गई और अपने बरतन-भाँडे निकाल-निकालकर बाहर रखने लगी।

नोखेराम ने सुना तो घबराए हुए आए और पूछा – 'यह क्या कर रही है नोहरी, कपड़े-लत्ते क्यों निकाल रही है? किसी ने कुछ कहा है?'

नोहरी मर्दों को नचाने की कला जानती थी। अपने जीवन में उसने यही विद्या सीखी थी। नोखेराम पढ़े-लिखे आदमी थे। कानून भी जानते थे। धर्म की पुस्तकें भी बहुत पढ़ी थीं। बड़े-बड़े वकीलों, बैरिस्टरों की जूतियाँ सीधी की थी, पर इस मूर्ख नोहरी के हाथ का खिलौना बने हुए थे। भौंहें सिकोड़कर बोली – समय का फेर है, यहाँ आ गई; लेकिन अपनी आबरू न गवाऊँगी।

ब्राह्मण सतेज हो उठा। मूँछें खड़ी करके बोला – 'तेरी ओर जो ताके, उसकी आँखें निकाल लूँ।'

नोहरी ने लोहे को लाल करके घन जमाया – 'लाला पटेसरी जब देखो मुझसे बेबात की बात किया करते हैं। मैं हरजाई थोड़े ही हूँ कि कोई मुझे पैसे दिखाए। गाँव-भर में सभी औरतें तो हैं, कोई उनसे नहीं बोलता। जिसे देखो, मुझी को छेड़ता है।'

नोखेराम के सिर पर भूत सवार हो गया। अपना मोटा डंडा उठाया और आँधी की तरह हरहराते हुए बाग में पहुँचकर लगे ललकारने – 'आ जा बड़ा मर्द है तो। मूँछें उखाड़ लूँगा, खोदकर गाड़ दूँगा! निकल आ सामने। अगर फिर कभी नोहरी को छेड़ा तो खून पी जाऊँगा। सारी पटवारगिरी निकाल दूँगा। जैसा खुद है, वैसा ही दूसरों को समझता है! तू है किस घमंड में?'

लाला पटेश्वरी सिर झुकाए, दम साधे जड़वत खड़े थे। जरा भी जबान खोली और शामत आई। उतना अपमान जीवन में कभी न हुआ था। एक बार लोगों ने उन्हें ताल के किनारे रात को घेरकर खूब पीटा था; लेकिन गाँव में उसकी किसी को खबर न हुई थी। किसी के पास कोई प्रमाण न था; लेकिन आज तो सारे गाँव के सामने उनकी इज्जत उतर गई। कल जो औरत गाँव में आश्रय माँगती आई थी, आज सारे गाँव पर उसका आतंक था। अब किसकी हिम्मत है; जो उसे छेड़ सके? जब पटेश्वरी कुछ नहीं कर सके, तो दूसरों की बिसात ही क्या!

अब नोहरी गाँव की रानी थी। उसे आते देखकर किसान लोग उसके रास्ते से हट जाते थे। यह खुला हुआ रहस्य था कि उसकी थोड़ी-सी पूजा करके नोखेराम से बहुत काम निकल सकता है। किसी को बँटवारा कराना हो, लगान के लिए मुहलत माँगनी हो, मकान बनाने के लिए जमीन की जरूरत हो, नोहरी की पूजा किए बगैर उसका काम सिद्ध नहीं हो सकता। कभी-कभी यह अच्छे-अच्छे असामियों को डाँट देती थी। असामी ही नहीं अब कारकुन साहब पर भी रोब जमाने लगी थी।

भोला उसके आश्रित बनकर न रहना चाहते थे। औरत की कमाई खाने से ज्यादा अधर्म उनकी दृष्टि में दूसरा काम न था। उसे कुल तीन रुपये माहवार मिलते थे, यह भी उनके हाथ न लगते। नोहरी ऊपर ही ऊपर उड़ा लेती। उन्हें तमाखू पीने को धेला मयस्सर नहीं, और नोहरी दो आने रोज के पान खा जाती थी। जिसे देखो, वही उन पर रोब जमाता था। प्यादे उससे चिलम भरवाते, लकड़ी कटवाते; बेचारा दिन-भर

का हारा-थका आता और द्वार पर पेड़ के नीचे झिंलगे खाट पर पड़ा रहता। कोई एक लुटिया पानी देनेवाला भी नहीं। दोपहर की बासी रोटियाँ रात को खानी पड़तीं और वह भी नमक या पानी और नमक के साथ।

आखिर हारकर उसने घर जाकर कामता के साथ रहने का निश्चय किया। कुछ न होगा, एक टुकड़ा रोटी तो मिल ही जाएगी, अपना घर तो है।

नोहरी बोली - 'मैं वहाँ किसी की गुलामी करने नहीं जाऊँगी।'

भोला ने जी कड़ा करके कहा - 'तुम्हें जाने को तो मैं नहीं कहता। मैं तो अपने को कहता हूँ।'

'तुम मुझे छोड़कर चले जाओगे? कहते लाज नहीं आती?'

'लाज तो घोलकर पी गया।'

'लेकिन मैंने तो अपनी लाज नहीं पी। तुम मुझे छोड़कर नहीं जा सकते।'

'तू अपने मन की है, तो मैं तेरी गुलामी क्यों करूँ?'

'पंचायत करके मुँह में कालिख लगा दूँगी, इतना समझ लेना।'

'क्या अभी कुछ कम कालिख लगी है? क्या अब भी मुझे धोखे में रखना चाहती है?'

'तुम तो ऐसा ताव दिखा रहे हो, जैसे मुझे रोज गहने ही तो गढ़वाते हो। तो यहाँ नोहरी किसी का ताव सहनेवाली नहीं है।'

भोला झल्लाकर उठे और सिरहाने से लकड़ी उठाकर चले कि नोहरी ने लपककर उनका पहुँचा पकड़ लिया। उसके बलिष्ठ पंजों से निकलना भोला के लिए मुश्किल था। चुपके से कैदी की तरह बैठ गए। एक जमाना था, जब वह औरतों को अँगुलियों पर नचाया करते थे, आज वह एक औरत के करपाश में बँधे हुए हैं और किसी तरह निकल नहीं सकते। हाथ छुड़ाने की कोशिश करके वह परदा नहीं खोलना चाहते। अपनी सीमा का अनुमान उन्हें हो गया है। मगर वह क्यों उससे निडर होकर नहीं कह देते कि तू मेरे काम की नहीं है, मैं तुझे त्यागता हूँ। पंचायत की धमकी देती है। पंचायत क्या कोई हौवा है; अगर तुझे पंचायत का डर नहीं है, तो मैं क्यों पंचायत से डरूँ?

लेकिन यह भाव शब्दों में आने का साहस न कर सकता था। नोहरी ने जैसे उन पर कोई वशीकरण डाल दिया हो।

लाला पटेश्वरी पटवारी-समुदाय के सद्गुणों के साक्षात अवतार थे। वह यह न देख सकते थे कि कोई असामी अपने दूसरे भाई की इंच-भर भी जमीन दबा ले। न वह यही देख सकते थे कि असामी किसी महाजन के रुपये दबा ले। गाँव के समस्त प्राणियों के हितों की रक्षा करना उनका परम धर्म था। समझौते या मेल-जोल में उनका विश्वास न था, यह तो निर्जीविता के लक्षण हैं! वह तो संघर्ष के पुजारी थे, जो सजीवता का लक्षण है। आए दिन इस जीवन को उत्तेजना देने का प्रयास करते रहते थे।

एक-न-एक फुलझड़ी छोड़ते रहते थे। मँगरू साह पर इन दिनों उनकी विशेष कृपा-दृष्टि थी। मँगरू साह गाँव का सबसे धनी आदमी था; पर स्थानीय राजनीति में बिलकुल भाग न लेता था। रोब या अधिकार की लालसा उसे न थी। मकान भी उसका गाँव के बाहर था, जहाँ उसने एक बाग और एक कुआँ और एक छोटा-सा शिव-मन्दिर बनवा लिया था। बाल-बच्चा कोई न था, इसलिए लेन-देन भी कम कर दिया था और अधिकतर पूजा-पाठ में ही लगा रहता था। कितने ही असामियों ने उसके रुपये हजम कर लिए थे; पर उसने किसी पर नालिश-फरियाद न की। होरी पर भी उसके सूद-ब्याज मिलाकर कोई डेढ़ सौ हो गए थे; मगर न होरी को ऋण चुकाने की कोई चिन्ता थी और न उसे वसूल करने की। दो-चार बार उसने तकाजा किया, घुड़का-डाँटा भी; मगर होरी की दशा देखकर चुप हो बैठा। अबकी संयोग से होरी की ऊख गाँव-भर के ऊपर थी। कुछ नहीं तो उसके दो-ढाई सौ सीधे हो जाएँगे, ऐसा लोगों का अनुमान था। पटेश्वरी प्रसाद ने मँगरू को सुझाया कि अगर इस वक्त होरी पर दावा कर दिया जाए, तो सब रुपये वसूल हो जाएँ। मँगरू इतना दयालु नहीं, जितना आलसी था। झंझट में पड़ना न चाहता था; मगर जब पटेश्वरी ने जिम्मा लिया कि उसे एक दिन भी कचहरी न जाना पड़ेगा, न कोई दूसरा कष्ट होगा, बैठे-बिठाए उसकी डिग्री हो जाएगी, तो उसने नालिश करने की अनुमति दे दी, और अदालत-खर्च के लिए रुपये भी दे दिए।

होरी को खबर न थी कि क्या खिचड़ी पक रही है। कब दावा दायर हुआ, कब डिग्री हुई, उसे बिलकुल पता न चला। कुर्कअमीन उसकी ऊख नीलाम करने आया, तब उसे मालूम हुआ। सारा गाँव खेत के किनारे जमा हो गया। होरी मँगरू साह के पास दौड़ा और धनिया पटेश्वरी को गालियाँ देने लगी। उसकी सहज बुद्धि ने बता दिया कि पटेश्वरी ही की कारस्तानी है, मगर मँगरू साह पूजा पर थे, मिल न सके और धनिया गालियों की वर्षा करके भी पटेश्वरी का कुछ बिगाड़ न सकी। उधर ऊख डेढ़ सौ रुपये में नीलाम हो गई और बोली भी हो गई मँगरू साह ही के नाम। कोई दूसरा आदमी न बोल सका। दातादीन में भी धनिया की गालियाँ सुनने का साहस न था।

धनिया ने होरी को उत्तेजित करके कहा – 'बैठे क्यों हो, जाकर पटवारी से पूछते क्यों नहीं, यही धरम है तुम्हारा गाँव-घर के आदमियों के साथ?'

होरी ने दीनता से कहा – 'पूछने के लिए तूने मुँह भी रखा। तेरी गालियाँ क्या उन्होंने न सुनी होंगी?'

'जो गाली खाने का काम करेगा, उसे गालियाँ मिलेंगी ही।'

'तू गालियाँ भी देगी और भाई-चारा भी निभाएगी!'

'देखूँगी, मेरे खेत के नगीच कौन जाता है?'

'मिलवाले आकर काट ले जाएँगे, तू क्या करेगी, और मैं क्या करूँगा? गालियाँ देकर अपनी जीभ की खुजली चाहे मिटा ले।'

'मेरे जीते-जी कोई मेरा खेत काट ले जाएगा?'

'हाँ-हाँ, तेरे और मेरे जीते-जी सारा गाँव मिलकर भी उसे नहीं रोक सकता। अब वह चीज मेरी नहीं, मँगरू साह की है।'

'मँगरू साह ने मर-मरकर जेठ की दुपहरी में सिंचाई और गोड़ाई की थी?'

'वह सब तूने किया; मगर अब वह चीज मँगरू साह की है। हम उनके करजदार नहीं हैं?'

ऊख तो गई; लेकिन उसके साथ ही एक नई समस्या आ पड़ी। दुलारी इसी ऊख पर रुपये देने को तैयार हुई थी। अब वह किस जमानत पर रुपये दे? अभी उसके पहले ही के दो सौ पड़े हुए थे। सोचा था, ऊख के पुराने रुपये मिल जाएँगे, तो नया हिसाब चलने लगेगा। उसकी नजर में होरी की साख दो सौ तक थी। इससे ज्यादा देना जोखिम था। सहालग सिर पर था। तिथि निश्चित हो चुकी थी। गौरी महतो ने सारी तैयारियाँ कर ली होंगी। अब विवाह का टलना असम्भव था। होरी को ऐसा क्रोध आता था कि जाकर दुलारी का गला दबा दे। जितनी चिरौरी-बिनती हो सकती थी, वह कर चुका; मगर वह पत्थर की देवी जरा भी न पसीजी। उसने चलते-चलते हाथ बाँधकर कहा - 'दुलारी, मैं तुम्हारे रुपये लेकर भाग न जाऊँगा। न इतनी जल्द मरा ही जाता हूँ। खेत हैं, पेड़-पालो हैं, घर है, जवान बेटा है। तुम्हारे रुपये मारे न जाएँगे, मेरी इज्जत जा रही है, इसे सँभालो।' मगर दुलारी ने दया को व्यापार में मिलाना स्वीकार न किया। अगर व्यापार को दया का रूप दे सकती, तो उसे कोई आपत्ति न होती। पर दया को व्यापार का रूप देना उसने न सीखा था।

होरी ने घर आकर धनिया से कहा - 'अब?'

धनिया ने उसी पर दिल का गुबार निकाला - 'यही तो तुम चाहते थे।'

होरी ने जख्मी आँखों से देखा - 'मेरा ही दोष है?'

'किसी का दोस हो, हुई तुम्हारे मन की।'

'तेरी इच्छा है कि जमीन रेहन रख दूँ?'

'जमीन रेहन रख दोगे, तो करोगे क्या?'

'मजूरी।'

मगर जमीन दोनों को एक-सी प्यारी थी। उसी पर तो उनकी इज्जत और आबरू अवलंबित थी। जिसके पास जमीन नहीं, वह गृहस्थ नहीं, मजूर है।

होरी ने कुछ जवाब न पाकर पूछा - 'तो क्या कहती है?'

धनिया ने आहत कंठ से कहा - 'कहना क्या है! गौरी बारात लेकर आएँगे। एक जून खिला देना। सबेरे बेटी विदा कर देना। दुनिया हँसेगी, हँस ले। भगवान की यही इच्छा है, कि हमारी नाक कटे, मुँह में कालिख लगे तो हम क्या करेंगे!'

सहसा नोहरी चुँदरी पहने सामने से जाती हुई दिखाई दी। होरी को देखते ही उसने जरा-सा घूँघट निकाल लिया। उससे समधी का नाता मानती थी।

धनिया से उसका परिचय हो चुका था। उसने पुकारा - 'आज किधर चलीं समधिन? आओ, बैठो।'

नोहरी ने दिग्विजय कर ली थी और अब जनमत को अपने पक्ष में बटोर लेने का प्रयास कर रही थी। आकर खड़ी हो गई।

धनिया ने उसे सिर से पाँव तक आलोचना की आँखों से देखकर कहा – 'आज इधर कैसे भूल पड़ीं?'

नोहरी ने कातर स्वर में कहा – 'ऐसे ही तुम लोगों से मिलने चली आई। बिटिया का ब्याह कब तक है?'

धनिया संदिग्ध भाव से बोली – 'भगवान के अधीन है, जब हो जाए।'

'मैंने तो सुना है, इसी सहालग में होगा। तिथि ठीक हो गई है?'

'हाँ, तिथि तो ठीक हो गई है।'

'मुझे भी नेवता देना।'

'तुम्हारी तो लड़की है, नेवता कैसा?'

'दहेज का सामान तो मँगवा लिया होगा? जरा मैं भी देखूँ।'

धनिया असमंजस में पड़ी, क्या कहे। होरी ने उसे सँभाला – 'अभी तो कोई सामान नहीं मँगवाया है, और सामान क्या करना है, कुस-कन्या तो देना है।'

नोहरी ने अविश्वास-भरी आँखों से देखा – 'कुस-कन्या क्यों दोगे महतो, पहली बेटी है, दिल खोलकर करो।'

होरी हँसा; मानो कह रहा हो, तुम्हें चारों ओर हरा दिखाई देता होगा; यहाँ तो सूखा ही पड़ा हुआ है।

'रुपये-पैसे की तंगी है, क्या दिल खोलकर करूँ। तुमसे कौन परदा है?'

'बेटा कमाता है, तुम कमाते हो; फिर भी रुपये-पैसे की तंगी? किसे विश्वास आएगा?'

'बेटा ही लायक होता, तो फिर काहे को रोना था। चिट्ठी-पत्तर तक भेजता नहीं, रुपये क्या भेजेगा? यह दूसरा साल है, एक चिट्ठी नहीं।'

इतने में सोना बैलों के चारे के लिए हरियाली का एक गट्ठा सिर पर लिए, यौवन को अपने अंचल से चुराती, बालिका-सी सरल, आई और गट्ठा वहीं पटककर अन्दर चली गई।

नोहरी ने कहा – 'लड़की तो खूब सयानी हो गई है।'

धनिया बोली – 'लड़की की बाढ़ रेंड़ की बाढ़ है। नहीं, है अभी कै दिन की!'

'वर तो ठीक हो गया है न?'

'हाँ, वर तो ठीक है। रुपये का बन्दोबस्त हो गया, तो इसी महीने में ब्याह कर देंगे।'

नोहरी दिल की ओछी थी। इधर उसने जो थोड़े-से रुपये जोड़े थे, वे उसके पेट में उछल रहे थे। अगर वह सोना के ब्याह के लिए कुछ रुपये दे दे, तो कितना यश मिलेगा। सारे गाँव में उसकी चर्चा हो जाएगी। लोग चकित होकर कहेंगे, नोहरी ने इतने रुपये दे दिए। बड़ी देवी है। होरी और धनिया, दोनों घर-घर उसका बखान करते फिरेंगे। गाँव में उसका मान-सम्मान कितना बढ़ जाएगा। वह उँगली दिखानेवालों का मुँह सी देगी। फिर किसकी हिम्मत है, जो उस पर हँसे, या उस पर आवाजें कसे? अभी

सारा गाँव उसका दुश्मन है। तब सारा गाँव उसका हितैषी हो जाएगा। इस कल्पना से उसकी मुद्रा खिल गई।

'थोड़े-बहुत से काम चलता हो, तो मुझसे लो; जब हाथ में रुपये आ जाएँ तो दे देना।'

होरी और धनिया दोनों ही ने उसकी ओर देखा। नहीं, नोहरी दिल्लगी नहीं कर रही है। दोनों की आँखों में विस्मय था; कृतज्ञता थी, सन्देह था और लज्जा थी। नोहरी उतनी बुरी नहीं है, जितना लोग समझते हैं।

नोहरी ने फिर कहा – 'तुम्हारी और हमारी इज्जत एक है। तुम्हारी हँसी हो तो क्या मेरी हँसी न होगी? कैसे भी हुआ हो, पर अब तो तुम हमारे समधी हो।'

होरी ने सकुचाते हुए कहा – 'तुम्हारे रुपये तो घर में ही हैं, जब काम पड़ेगा, ले लेंगे। आदमी अपनों ही का भरोसा तो करता है; मगर ऊपर से इन्तजाम हो जाए, तो घर के रुपये क्यों छुए।'

धनिया ने अनुमोदन किया – 'हाँ, और क्या!'

नोहरी ने अपनापन जताया – 'जब घर में रुपये हैं, तो बाहरवालों के सामने हाथ क्यों फैलाओ? सूद भी देना पड़ेगा, उस पर इस्टाम्प लिखो, गवाही कराओ, दस्तूरी दो, खुशामद करो। हाँ, मेरे रुपये में छूत लगी हो, तो दूसरी बात है।'

होरी ने सँभाला – 'नहीं, नहीं नोहरी, जब घर में काम चल जाएगा तो बाहर क्यों हाथ फैलाएँगे; लेकिन आपसवाली बात है। खेती-बारी का भरोसा नहीं। तुम्हें जल्दी कोई काम पड़ा और हम रुपये न जुटा सके, तो तुम्हें भी बुरा लगेगा और हमारी जान भी संकट में पड़ेगी। इससे कहता था। नहीं, लड़की तो तुम्हारी है।'

'मुझे अभी रुपये की ऐसी जल्दी नहीं है।'

'तो तुम्हीं से ले लेंगे। कन्यादान का फल भी क्यों बाहर जाए?'

'कितने रुपये चाहिए?'

'तुम कितने दे सकोगी?'

'सौ में काम चल जाएगा?'

होरी को लालच आया। भगवान ने छप्पर फाड़कर रुपये दिए हैं, तो जितना ले सके, उतना क्यों न ले!

'सौ में भी चल जाएगा। पाँच सौ में भी चल जाएगा। जैसा हौसला हो।'

'मेरे पास कुल दो सौ रुपये हैं, वह मैं दे दूँगी।'

'तो इतने में बड़ी खुसफैली से काम चल जाएगा। अनाज घर में है; मगर ठकुराइन, आज तुमसे कहता हूँ, मैं तुम्हें ऐसी लच्छमी न समझता था। इस जमाने में कौन किसकी मदद करता है, और किसके पास है। तुमने मुझे डूबते से बचा लिया।'

दिया-बत्ती का समय आ गया था। ठंडक पड़ने लगी थी। जमीन ने नीली चादर ओढ़ ली थी। धनिया अन्दर जाकर अँगीठी लाई। सब तापने लगे। पुआल के प्रकाश में छबीली, रँगीली, कुलटा नोहरी उनके सामने वरदान-सी बैठी थी। इस समय उसकी

उन आँखों में कितनी सहृदयता थी, कपोलों पर कितनी लज्जा, ओठों पर कितनी सत्प्रेरणा!

कुछ देर तक इधर-उधर की बातें करके नोहरी उठ खड़ी हुई और वह कहती हुई घर चली – 'अब देर हो रही है। कल तुम आकर रुपये ले लेना महतो!'

'चलो, मैं तुम्हें पहुँचा दूँ।'

'नहीं-नहीं, तुम बैठो, मैं चली जाऊँगी।'

'जी तो चाहता है, तुम्हें कन्धे पर बैठाकर पहुँचाऊँ।'

नोखेराम की चौपाल गाँव के दूसरे सिरे पर थी, और बाहर-बाहर जाने का रास्ता साफ था। दोनों उसी रास्ते से चले। अब चारों ओर सन्नाटा था।

नोहरी ने कहा – 'तनिक समझा देते रावत को। क्यों सबसे लड़ाई किया करते हैं। जब इन्हीं लोगों के बीच में रहना है, तो ऐसे रहना चाहिए न कि चार आदमी अपने हो जाएँ। और इनका हाल यह है कि सबसे लड़ाई, सबसे झगड़ा। जब तुम मुझे परदे में नहीं रख सकते, मुझे दूसरों की मजूरी करनी पड़ती है, तो यह कैसे निभ सकता है कि मैं न किसी से हँसूँ, न बोलूँ, न कोई मेरी ओर ताके, न हँसे। यह सब तो परदे में ही हो सकता है। पूछो, कोई मेरी ओर ताकता या घूरता है तो मैं क्या करूँ? उसकी आँखें तो नहीं फोड़ सकती। फिर मेल-मुहब्बत से आदमी के सौ काम निकलते हैं। जैसा समय देखो, वैसा व्यवहार करो। तुम्हारे घर हाथी झूमता था, तो अब वह तुम्हारे किस काम का? अब तो तुम तीन रुपये के मजूर हो। मेरे घर तो भैंसें लगती थीं, लेकिन अब तो मजूरिन हूँ, मगर उनकी समझ में कोई बात आती ही नहीं। कभी लड़कों के साथ रहने की सोचते हैं, कभी लखनऊ जाकर रहने की सोचते हैं। नाक में दम कर रखा है।'

होरी ने ठकुरसुहाती की – 'यह भोला की सरासर नादानी है। बूढ़े हुए, अब तो उन्हें समझ आनी चाहिए। मैं समझा दूँगा।'

'तो सबेरे आ जाना, रुपये दे दूँगी।'

'कुछ लिखा-पढ़ी...'

'तुम मेरे रुपये हजम न करोगे, मैं जानती हूँ।'

उसका घर आ गया। वह अन्दर चली गई। होरी घर लौटा।

गोबर को शहर आने पर मालूम हुआ कि जिस अड्डे पर वह अपना खोंचा लेकर बैठता था, वहाँ एक दूसरा खोंचेवाला बैठने लगा है और ग्राहक अब गोबर को भूल गए हैं। वह घर भी अब उसे पिंजरे-सा लगता था। झुनिया उसमें अकेले बैठी रोया करती। लड़का दिन-भर आँगन में या द्वार पर खेलने का आदी था। यहाँ उसके खेलने को कोई जगह न थी। कहाँ जाए? द्वार पर मुश्किल से एक गज का रास्ता था। दुर्गन्ध उड़ा करती थी। गर्मी में कहीं बाहर लेटने-बैठने की जगह नहीं। लड़का माँ को एक क्षण के लिए नहीं छोड़ता था। और जब कुछ खेलने को न हो, तो कुछ खाने और दूध पीने के सिवा वह और क्या करे? घर पर भी कभी धनिया खेलाती, कभी रूपा,

कभी सोना, कभी होरी, कभी पुनिया। यहाँ अकेली झुनिया थी और उसे घर का सारा काम करना पड़ता था।

और गोबर जवानी के नशे में मस्त था। उसकी अतृप्त लालसाएँ विषय-भोग के सागर में डूब जाना चाहती थीं। किसी काम में उसका मन न लगता। खोंचा लेकर जाता, तो घंटे-भर ही में लौट आता। मनोरंजन का कोई दूसरा सामान न था। पड़ोस के मजूर और इक्केवान रात-रात भर ताश और जुआ खेलते थे। पहले वह भी खूब खेलता था; मगर अब उसके लिए केवल मनोरंजन था, झुनिया के साथ हास-विलास। थोड़े ही दिनों में झुनिया इस जीवन से ऊब गई। वह चाहती थी, कहीं एकान्त में जाकर बैठे, खूब निश्चिंत होकर लेटे-सोए; मगर वह एकान्त कहीं न मिलता। उसे अब गोबर पर गुस्सा आता। उसने शहर के जीवन का कितना मोहक चित्र खींचा था, और यहाँ इस काल-कोठरी के सिवा और कुछ नहीं। बालक से भी उसे चिढ़ होती थी। कभी-कभी वह उसे मारकर निकाल देती और अन्दर से किवाड़ बन्द कर लेती। बालक रोते-रोते बेदम हो जाता।

उस पर विपत्ति यह कि उसे दूसरा बच्चा पैदा होनेवाला था। कोई आगे न पीछे। अक्सर सिर में दर्द हुआ करता। खाने से अरुचि हो गई थी। ऐसी तन्द्रा होती थी कि कोने में चुपचाप पड़ी रहे। कोई उससे न बोले-चाले; मगर यहाँ गोबर का निष्ठुर प्रेम स्वागत के लिए द्वार खटखटाता रहता था। स्तन में दूध नाम को नहीं; लेकिन लल्लू छाती पर सवार रहता था। देह के साथ उसका मन भी दुर्बल हो गया। वह जो संकल्प करती, उसे थोड़े-से आग्रह पर तोड़ देती। वह लेटी होती और लल्लू आकर जबरदस्ती उसकी छाती पर बैठ जाता और स्तन मुँह में लेकर चबाने लगता। वह अब दो साल का हो गया था। बड़े तेज दाँत निकल आए थे। मुँह में दूध न जाता, तो वह क्रोध में आ कर स्तन में दाँत काट लेता; लेकिन झुनिया में अब इतनी शक्ति भी न थी कि उसे छाती पर से ढकेल दे। उसे हरदम मौत सामने खड़ी नजर आती। पति और पुत्र किसी से भी उसे स्नेह न था। सभी अपने मतलब के यार हैं। बरसात के दिनों में जब लल्लू को दस्त आने लगे तो उसने दूध पीना छोड़ दिया, तो झुनिया को सिर से एक विपत्ति टल जाने का अनुभव हुआ; लेकिन एक सप्ताह के बाद बालक मर गया, तो उसकी स्मृति पुत्र-स्नेह से सजीव होकर उसे रुलाने लगी।

और जब गोबर बालक के मरने के एक ही सप्ताह बाद फिर आग्रह करने लगा, तो उसने क्रोध में जलकर कहा - 'तुम कितने पशु हो।'

झुनिया को अब लल्लू की स्मृति लल्लू से भी कहीं प्रिय थी। लल्लू जब तक सामने था, वह उससे जितना सुख पाती थी, उससे कहीं ज्यादा कष्ट पाती थी। अब लल्लू उसके मन में आ बैठा था, शान्त, स्थिर, सुशील, सुहास। उसकी कल्पना में अब वेदनामय आनन्द था, जिसमें प्रत्यक्ष की काली छाया न थी। बाहरवाला लल्लू उसके भीतरवाले लल्लू का प्रतिबिम्ब मात्र था। प्रतिबिम्ब सामने न था, जो असत्य था, अस्थिर था। सत्य रूप तो उसके भीतर था, उसकी आशाओं और शुभेच्छाओं से सजीव। दूध

की जगह वह उसे अपना रक्त पिला-पिलाकर पाल रही थी। उसे अब यह बन्द कोठरी, और वह दुर्गन्धमयी वायु और वह दोनों जून धुएँ में जलना, इन बातों का मानो ज्ञान ही न रहा। वह स्मृति उसके भीतर बैठी हुई जैसे उसे शक्ति प्रदान करती रहती। जीते-जी जो उसके जीवन का भार था, मरकर उसके प्राणों में समा गया था। उसकी सारी ममता अन्दर जाकर बाहर से उदासीन हो गई। गोबर देर में आता है या जल्द, रुचि से भोजन करता है या नहीं, प्रसन्न है या उदास, इसकी अब उसे बिलकुल चिन्ता न थी। गोबर क्या कमाता है और कैसे खर्च करता है, इसकी भी उसे परवा न थी। उसका जीवन जो कुछ था, भीतर था, बाहर वह केवल निर्जीव यन्त्र थी।

उसके शोक में भाग लेकर, उसके अन्तर्जीवन में पैठकर, गोबर उसके समीप जा सकता था, उसके जीवन का अंग बन सकता था; पर वह उसके बाह्य जीवन के सूखे तट पर आकर ही प्यासा लौट जाता था।

एक दिन उसने रूखे स्वर में कहा - 'तो लल्लू के नाम को कब तक रोए जाएगी! चार-पाँच महीने तो हो गए।'

झुनिया ने ठंडी साँस लेकर कहा - 'तुम मेरा दुःख नहीं समझ सकते। अपना काम देखो। मैं जैसी हूँ, वैसी पड़ी रहने दो।'

'तेरे रोते रहने से लल्लू लौट आएगा?'

झुनिया के पास इसका कोई जवाब न था। वह उठकर पतीली में कचालू के लिए आलू उबालने लगी। गोबर को ऐसा पाषाण-हृदय उसने न समझा था।

इस बेदर्दी ने लल्लू को उसके मन में और सजग कर दिया। लल्लू उसी का है, उसमें किसी का साझा नहीं, किसी का हिस्सा नहीं। अभी तक लल्लू किसी अंश में उसके हृदय के बाहर भी था, गोबर के हृदय में उसकी कुछ ज्योति थी। अब वह सम्पूर्ण रूप से उसका था।

गोबर ने खोंचे से निराश होकर शक्कर के मिल में नौकरी कर ली थी। मिस्टर खन्ना ने पहले मिल से प्रोत्साहित होकर हाल में यह दूसरा मिल खोल दिया था। गोबर को वहाँ बड़े सबेरे जाना पड़ता था, और दिन-भर के बाद जब वह दिया-जलते घर लौटता, तो उसकी देह में जरा भी जान न रहती। घर पर भी उसे इससे कम मेहनत न करनी पड़ती थी; लेकिन वहाँ उसे जरा भी थकन न होती थी। बीच-बीच में वह हँस-बोल भी लेता था। फिर उस खुले मैदान में, उन्मुक्त आकाश के नीचे, जैसे उसकी क्षति पूरी हो जाती थी। वहाँ उसकी देह चाहे जितना काम करे, मन स्वच्छन्द रहता था। यहाँ देह की उतनी मेहनत न होने पर भी जैसे उस कोलाहल, उस गति और तूफानी शोर का उस पर बोझ-सा लदा रहता था। यह शंका भी बनी रहती थी कि न जाने कब डाँट पड़ जाए। सभी श्रमिकों की यही दशा थी। सभी ताड़ी या शराब में दैहिक थकन और मानसिक अवसाद को डुबाया करते थे। गोबर को भी शराब का चस्का पड़ा। घर आता तो नशे में चूर, और पहर रात गए। और आकर कोई-न-कोई बहाना खोजकर झुनिया को गालियाँ देता, घर से निकालने लगता और कभी-कभी पीट भी देता।

झुनिया को अब यह शंका होने लगी कि वह रखेली है, इसी से उसका यह अपमान हो रहा है। ब्याहता होती, तो गोबर की मजाल थी कि उसके साथ यह बर्ताव करता। बिरादरी उसे दंड देती, हुक्का-पानी बन्द कर देती। उसने कितनी बड़ी भूल की कि इस कपटी के साथ घर से निकल भागी। सारी दुनिया में हँसी भी हुई और हाथ कुछ न आया। वह गोबर को अपना दुश्मन समझने लगी। न उसके खाने-पीने की परवाह करती, न अपने खाने-पीने की। जब गोबर उसे मारता, तो उसे ऐसा क्रोध आता कि गोबर का गला छुरे से रेत डाले। गर्भ ज्यों-ज्यों पूरा होता जाता है, उसकी चिन्ता बढ़ती जाती है। इस घर में तो उसकी मरन हो जाएगी। कौन उसकी देखभाल करेगा, कौन उसे सँभालेगा? और जो गोबर इसी तरह मारता-पीटता रहा, तब तो उसका जीवन नरक ही हो जाएगा।

एक दिन वह बम्बे पर पानी भरने गई, तो पड़ोस की एक स्त्री ने पूछा - 'कै महीने का है रे?'

झुनिया ने लजाकर कहा - 'क्या जाने दीदी, मैंने तो गिना-गिनाया नहीं है।'

दोहरी देह की, काली-कलूटी, नाटी, कुरूपा, बड़े-बड़े स्तनोंवाली स्त्री थी। उसका पति एक्का हाँकता था और वह खुद लकड़ी की दुकान करती थी। झुनिया कई बार उसकी दुकान से लकड़ी लाई थी। इतना ही परिचय था।

मुस्कुराकर बोली - 'मुझे तो जान पड़ता है, दिन पूरे हो गए हैं। आज ही कल में होगा। कोई दाई-वाई ठीक कर ली है?'

झुनिया ने भयातुर स्वर में कहा - 'मैं तो यहाँ किसी को नहीं जानती।'

'तेरा मर्दुआ कैसा है, जो कान में तेल डाले बैठा है?'

'उन्हें मेरी क्या फिकर!'

'हाँ देख तो रही हूँ। तुम तो सौर में बैठोगी, कोई करने-धरनेवाला चाहिए कि नहीं? सास-ननद, देवरानी-जेठानी, कोई है कि नहीं? किसी को बुला लेना था।'

'मेरे लिए सब मर गए।'

वह पानी लाकर जूठे बरतन माँजने लगी, तो प्रसव की शंका से हृदय में धड़कनें हो रही थीं। सोचने लगी - 'कैसे क्या होगा भगवान? उँह! यही तो होगा, मर जाऊँगी; अच्छा है, जंजाल से छूट जाऊँगी।'

शाम को उसके पेट में दर्द होने लगा। समझ गई विपत्ति की घड़ी आ पहुँची। पेट को एक हाथ से पकड़े हुए पसीने से तर उसने चूल्हा जलाया, खिचड़ी डाली और दर्द से व्याकुल होकर वहीं जमीन पर लेट रही। कोई दस बजे रात को गोबर आया, ताड़ी की दुर्गन्ध उड़ाता हुआ। लटपटाती हुई जबान से ऊटपटाँग बक रहा था - 'मुझे किसी की परवाह नहीं है! जिसे सौ दफे गरज हो, रहे, नहीं चला जाए। मैं किसी की ताव नहीं सह सकता। अपने माँ-बाप का ताव नहीं सहा, जिसने जनम दिया। तब दूसरों का ताव क्यों सहूँ? जमादार आँखें दिखाता है। यहाँ किसी की धौंस सहनेवाले नहीं हैं। लोगों ने पकड़ न लिया होता, तो खून पी जाता, खून! कल देखूँगा बचा को; फाँसी ही

तो होगी। दिखा दूँगा कि मर्द कैसे मरते हैं। हँसता हुआ, अकड़ता हुआ, मूँछों पर ताव देता हुआ फाँसी के तख्ते पर जाऊँ, तो सही। औरत की जात! कितनी बेवफा होती है। खिचड़ी डाल दी और टाँग पसारकर सो रही। कोई खाए या न खाए, उसकी बला से। आप मजे से फुलके उड़ाती है, मेरे लिए खिचड़ी! सता ले जितना सताते बने, तुझे भगवान सताएँगे। जो न्याय करते हैं।'

उसने झुनिया को जगाया नहीं। कुछ बोला भी नहीं। चुपके से खिचड़ी थाली में निकाली और दो-चार कौर निगलकर बरामदे में लेट रहा। पिछले पहर उसे सर्दी लगी। कोठरी में कम्बल लेने गया तो झुनिया के कराहने की आवाज सुनी। नशा उतर चुका था। पूछा – 'कैसा जी है झुनिया! कहीं दरद है क्या?'

'हाँ, पेट में जोर से दरद हो रहा है।'

'तूने पहले क्यों नहीं कहा? अब इस बखत कहाँ जाऊँ?'

'किससे कहती?'

'मैं क्या मर गया था?'

'तुम्हें मेरे मरने-जीने की क्या चिन्ता?'

गोबर घबराया, कहाँ दाई खोजने जाए? इस वक्त वह आने ही क्यों लगी? घर में कुछ है भी तो नहीं। चुड़ैल ने पहले बता दिया होता तो किसी से दो-चार रुपये माँग लाता। इन्हीं हाथों में सौ-पचास रुपये हरदम पड़े रहते थे, चार आदमी खुशामद करते थे। इस कुलच्छनी के आते ही जैसे लक्ष्मी रूठ गई। टके-टके को मुहताज हो गया।

सहसा किसी ने पुकारा – 'यह क्या तुम्हारी घरवाली कराह रही है? दरद तो नहीं हो रहा है?'

यह वही मोटी औरत थी, जिससे आज झुनिया की बातचीत हुई थी। घोड़े को दाना खिलाने उठी थी। झुनिया का कराहना सुनकर पूछने आ गई थी।

गोबर ने बरामदे में जाकर कहा – 'पेट में दर्द है। छटपटा रही है। यहाँ कोई दाई मिलेगी?'

'वह तो मैं आज उसे देखकर ही समझ गई थी। दाई कच्ची सराय में रहती है। लपककर बुला लाओ। कहना, जल्दी चल। तब तक मैं यहीं बैठी हूँ।'

'मैंने तो कच्ची सराय नहीं देखी, किधर है?'

'अच्छा, तुम उसे पंखा झलते रहो, मैं बुलाए लाती हूँ। यही कहते हैं, अनाड़ी आदमी किसी काम का नहीं। पूरा पेट और दाई की खबर नहीं।'

यह कहती हुई वह चल दी। इसके मुँह पर तो लोग इसे चुहिया कहते हैं, यही इसका नाम था; लेकिन पीठ पीछे मोटल्ली कहा करते थे। किसी को मोटल्ली कहते सुन लेती थी, तो उसके सात पुरखों तक चढ़ जाती थी।

गोबर को बैठे दस मिनट भी न हुए होंगे कि वह लौट आई और बोली – 'अब संसार में गरीबों का कैसे निबाह होगा! राँड कहती है, पाँच रुपये लूँगी-तब चलूँगी। और आठ आने रोज। बारहवें दिन एक साड़ी। मैंने कहा, तेरा मुँह झुलस दूँ। तू जा

चूल्हे में! मैं देख लूँगी। बारह बच्चों की माँ यों ही नहीं हो गई हूँ। तुम बाहर आ जाओ गोबरधन, मैं सब कर लूँगी। बखत पड़ने पर आदमी ही आदमी के काम आता है। चार बच्चे जना लिए तो दाई बन बैठी!'

वह झुनिया के पास जा बैठी और उसका सिर अपनी जाँघ पर रखकर उसका पेट सहलाती हुई बोली – 'मैं तो आज तुझे देखते ही समझ गई थी। सच पूछो, तो इसी धड़के में आज मुझे नींद नहीं आई। यहाँ तेरा कौन सगा बैठा है?'

झुनिया ने दर्द से दाँत जमाकर 'सी' करते हुए कहा – 'अब न बचूँगी दीदी! हाय! मैं तो भगवान से माँगने न गई थी। एक को पाला-पोसा। उसे तुमने छीन लिया, तो फिर इसका कौन काम था? मैं मर जाऊँ माता, तो तुम बच्चे पर दया करना। उसे पाल-पोस लेना। भगवान तुम्हारा भला करेंगे।'

चुहिया स्नेह से उसके केश सुलझाती हुई बोली – 'धीरज धर बेटी, धीरज धर। अभी छन-भर में कष्ट कटा जाता है। तूने भी तो जैसे चुप्पी साध ली थी। इसमें किस बात की लाज! मुझे बता दिया होता, तो मैं मौलवी साहब के पास से ताबीज ला देती। वही मिर्जाजी जो इस हाते में रहते हैं।'

इसके बाद झुनिया को कुछ होश न रहा। नौ बजे सुबह होश आया, तो उसने देखा, चुहिया शिशु को लिए बैठी है और वह साफ साड़ी पहने लेटी हुई है। ऐसी कमजोरी थी, मानो देह में रक्त का नाम न हो।

चुहिया रोज सबेरे आकर झुनिया के लिए हरीरा और हलवा पका जाती और दिन में भी कई बार आकर बच्चे को उबटन मल जाती और ऊपर का दूध पिला जाती। आज चौथा दिन था; पर झुनिया के स्तनों में दूध न उतरा था। शिशु रो-रोकर गला फाड़े लेता था; क्योंकि ऊपर का दूध उसे पचता न था। एक छन को भी चुप न होता था। चुहिया अपना स्तन उसके मुँह में देती। बच्चा एक क्षण चूसता; पर जब दूध न निकलता, तो फिर चीखने लगता। जब चौथे दिन साँझ तक भी झुनिया के दूध न उतरा, तो चुहिया घबराई। बच्चा सूखता चला जाता था। नखास पर एक पेंशनर डाक्टर रहते थे। चुहिया उन्हें ले आई। डाक्टर ने देख-भालकर कहा-इसकी देह में खून तो है ही नहीं, दूध कहाँ से आए? समस्या जटिल हो गई। देह में खून लाने के लिए महीनों पुष्टिकारक दवाएँ खानी पड़ेंगी, तब कहीं दूध उतरेगा। तब तक इस माँस के लोथड़े का काम तमाम हो जाएगा।

पहर रात हो गई थी। गोबर ताड़ी पिए ओसारे में पड़ा था। चुहिया बच्चे को चुप कराने के लिए उसके मुँह में अपनी छाती डाले हुए थी कि सहसा उसे ऐसा मालूम हुआ कि उसकी छाती में दूध आ गया है। प्रसन्न होकर बोली – 'ले झुनिया, अब तेरा बच्चा जी जाएगा, मेरे दूध आ गया।'

झुनिया ने चकित होकर कहा – 'तुम्हें दूध आ गया?'

'नहीं री, सच!'

'मैं तो नहीं पतियाती।'

'देख ले!'

उसने अपना स्तन दबाकर दिखाया। दूध की धार फूट निकली।

झुनिया ने पूछा - 'तुम्हारी छोटी बिटिया तो आठ साल से कम की नहीं है!'

'हाँ, आठवाँ है; लेकिन मुझे दूध बहुत होता था।'

'इधर तो तुम्हें कोई बाल-बच्चा नहीं हुआ।'

'वही लड़की पेट-पोछनी थी। छाती बिलकुल सूख गई थी; लेकिन भगवान की लीला है, और क्या!'

अब से चुहिया चार-पाँच बार आकर बच्चे को दूध पिला जाती। बच्चा पैदा तो हुआ था दुर्बल, लेकिन चुहिया का स्वस्थ दूध पीकर गदराया जाता था। एक दिन चुहिया नदी स्नान करने चली गई। बच्चा भूख के मारे छटपटाने लगा। चुहिया दस बजे लौटी, तो झुनिया बच्चे को कंधे से लगाए झुला रही थी और बच्चा रोए जाता था। चुहिया ने बच्चे को उसकी गोद से लेकर दूध पिला देना चाहा; पर झुनिया ने उसे झिड़ककर कहा - 'रहने दो। अभागा मर जाए, वही अच्छा। किसी का एहसान तो न लेना पड़े।'

चुहिया गिड़गिड़ाने लगी। झुनिया ने बड़े अदरावन के बाद बच्चा उसकी गोद में दिया।

लेकिन झुनिया और गोबर में अब भी न पटती थी। झुनिया के मन में बैठ गया था कि यह पक्का मतलबी, बेदर्द आदमी है; मुझे केवल भोग की वस्तु समझता है। चाहे मैं मरूँ या जिऊँ, उसकी इच्छा पूरी किए जाऊँ, उसे बिलकुल गम नहीं। सोचता होगा, यह मर जाएगी तो दूसरी लाऊँगा; लेकिन मुँह धो रखें बच्चू! मैं ही ऐसी अल्हड़ थी कि तुम्हारे फन्दे में आ गई। तब तो पैरों पर सिर रखे देता था। यहाँ आते ही न जाने क्यों जैसे इसका मिजाज ही बदल गया। जाड़ा आ गया था; पर न ओढ़न, न बिछावन। रोटी-दाल से जो दो-चार रुपये बचते, ताड़ी में उड़ जाते थे। एक पुराना लिहाफ था। दोनों उसी में सोते थे; लेकिन फिर भी उनमें सौ कोस का अन्तर था। दोनों एक ही करवट में रात काट देते।

गोबर का जी शिशु को गोद में लेकर खेलाने के लिए तरसकर रह जाता था। कभी-कभी वह रात को उठकर उसका प्यारा मुखड़ा देख लिया करता; लेकिन झुनिया की ओर से उसका मन खिंचता था। झुनिया भी उससे बात न करती, न उसकी कुछ सेवा ही करती और दोनों के बीच में यह मालिन्य समय के साथ लोहे के मोर्चे की भाँति गहरा, दृढ़ और कठोर होता जाता था। दोनों एक-दूसरे की बातों का उलटा ही अर्थ निकालते, वही जिससे आपस का द्वेष और भड़के। और कई दिनों तक एक-एक वाक्य को मन में पाले रहते और उसे अपना रक्त पिला-पिलाकर एक-दूसरे पर झपट पड़ने के लिए तैयार रहते, जैसे शिकारी कुत्ते हों।

उधर गोबर के कारखाने में भी आए दिन एक-न-एक हंगामा उठता रहता था। अबकी बजट में शक्कर पर ड्यूटी लगी थी। मिल के मालिकों को मजूरी घटाने का अच्छा बहाना मिल गया। ड्यूटी से अगर पाँच की हानि थी, तो मजूरी घटा देने से दस

का लाभ था। इधर महीनों से इस मिल में भी यही मसला छिड़ा हुआ था। मजूरों का संघ हड़ताल करने को तैयार बैठा हुआ था। इधर मजूरी घटी और उधर हड़ताल हुई। उसे मजूरी में धेले की कटौती भी स्वीकार न थी। जब इस तेजी के दिनों में मजूरी में एक धेले की भी बढ़ती नहीं हुई, तो अब वह घाटे में क्यों साथ दे!

मिर्जा खुर्शेद संघ के सभापति और पंडित ओंकारनाथ, 'बिजली' सम्पादक, मन्त्री थे। दोनों ऐसी हड़ताल कराने पर तुले हुए थे कि मिल-मालिकों को कुछ दिन याद रहे। मजूरों को भी हड़ताल से क्षति पहुँचेगी, यहाँ तक कि हजारों आदमी रोटियों को मोहताज हो जाएँगे, इस पहलू की ओर उनकी निगाह बिलकुल न थी। और गोबर हड़तालियों में सबसे आगे था। उद्दंड स्वभाव का था ही, ललकारने की जरूरत थी। फिर वह मारने-मरने को न डरता था। एक दिन झुनिया ने उसे जी कड़ा करके समझाया भी - 'तुम बाल-बच्चेवाले आदमी हो, तुम्हारा इस तरह आग में कूदना अच्छा नहीं।' इस पर गोबर बिगड़ उठा - 'तू कौन होती है मेरे बीच में बोलनेवाली? मैं तुझसे सलाह नहीं पूछता।' बात बढ़ गई और गोबर ने झुनिया को खूब पीटा। चुहिया ने आकर झुनिया को छुड़ाया और गोबर को डाँटने लगी। गोबर के सिर पर शैतान सवार था। लाल-लाल आँखें निकालकर बोला - 'तुम मेरे घर में मत आया करो चूहा, तुम्हारे आने का कुछ काम नहीं।'

चुहिया ने व्यंग के साथ कहा - 'तुम्हारे घर में न आऊँगी तो मेरी रोटियाँ कैसे चलेंगी! यहीं से माँग-जाँचकर ले जाती हूँ, तब तवा गर्म होता है! मैं न होती लाला, तो यह बीबी आज तुम्हारी लातें खाने के लिए बैठी न होती।'

गोबर घूँसा तानकर बोला - 'मैंने कह दिया, मेरे घर में न आया करो। तुम्हीं ने इस चुड़ैल का मिजाज आसमान पर चढ़ा दिया है।'

चुहिया वहीं डटी हुई निःशंक खड़ी थी, बोली - 'अच्छा, अब चुप रहना गोबर! बेचारी अधमरी लड़कोरी औरत को मारकर तुमने कोई बड़ी जवाँमर्दी का काम नहीं किया है। तुम उसके लिए क्या करते हो कि तुम्हारी मार सहे? एक रोटी खिला देते हो इसलिए? अपने भाग बखानों कि ऐसी गऊ औरत पा गए हो। दूसरी होती, तो तुम्हारे मुँह में झाड़ू मारकर निकल गई होती।'

मुहल्ले के लोग जमा हो गए और चारों ओर से गोबर पर फटकारें पड़ने लगीं। वही लोग, जो अपने घरों में अपनी स्त्रियों को रोज पीटते थे, इस वक्त न्याय और दया के पुतले बने हुए थे। चुहिया और शेर हो गई और फरियाद करने लगी - 'डाढ़ीजार कहता है, मेरे घर न आया करो। बीवी-बच्चा रखने चला है, यही नहीं जानता कि बीवी-बच्चों का पालन बड़े गुर्दे का काम है। इससे पूछो, मैं न होती तो आज यह बच्चा, जो बछड़े की तरह कुलेलें कर रहा है, कहाँ होता? औरत को मारकर जवानी दिखाता है। मैं न हुई तेरी बीबी, नहीं यही जूती उठाकर मुँह पर तड़ातड़ जमाती और कोठरी में ढकेल कर बाहर से किवाड़ बन्द कर देती। दाने को तरस जाते।'

गोबर झल्लाया हुआ अपने काम पर चला गया। चुहिया औरत न होकर मर्द होती, तो मजा चखा देता। औरत के मुँह क्या लगे।

मिल में असंतोष के बादल घने होते जा रहे थे। मजदूर 'बिजली' की प्रतियाँ जेब में लिए फिरते और जरा भी अवकाश पाते, तो दो-तीन मजदूर मिलकर उसे पढ़ने लगते। पत्र की बिक्री खूब बढ़ रही थी। मजदूरों के नेता 'बिजली' के कार्यालय में आधी रात तक बैठे हड़ताल की स्कीमें बनाया करते और प्रातःकाल जब पत्र में यह समाचार मोटे-मोटे अक्षरों में छपता, तो जनता टूट पड़ती और पत्र की कापियाँ दूने-तिगुने दाम पर बिक जातीं।

उधर कंपनी के डाइरेक्टर भी अपनी घात में बैठे हुए थे। हड़ताल हो जाने में ही उनका हित था। आदमियों की कमी तो है नहीं। बेकारी बढ़ी हुई है; इसके आधे वेतन पर ऐसे ही आदमी आसानी से मिल सकते हैं। माल की तैयारी में एकदम आधी बचत हो जाएगी। दस-पाँच दिन काम का हरज होगा, कुछ परवाह नहीं। आखिर यही निश्चय हो गया कि मजूरी में कमी का ऐलान कर दिया जाए। दिन और समय नियत कर दिया गया, पुलिस को सूचना दे दी गई। मजूरों को कानों-कान खबर न थी। वे अपनी घात में थे। उसी वक्त हड़ताल करना चाहते थे, जब गोदाम में बहुत थोड़ा माल रह जाए और माँग की तेजी हो।

एकाएक एक दिन जब मजूर लोग शाम को छुट्टी पाकर चलने लगे, तो डाइरेक्टरों का ऐलान सुना दिया गया। उसी वक्त पुलिस आ गई। मजूरों को अपनी इच्छा के विरुद्ध उसी वक्त हड़ताल करनी पड़ी, जब गोदाम में इतना माल भरा हुआ था कि बहुत तेज माँग होने पर भी छः महीने से पहले न उठ सकता था।

मिर्जा खुर्शेद ने यह खबर सुनी, तो मुस्कुराए, जैसे कोई मनस्वी योद्धा अपने शत्रु के रणकौशल पर मुग्ध हो गया हो। एक क्षण विचारों में डूबे रहने के बाद बोले – 'अच्छी बात है। अगर डाइरेक्टरों की यही इच्छा है, तो यही सही। हालतें उनके मुआफिक हैं; लेकिन हमें न्याय का बल है। वह लोग नए आदमी रखकर अपना काम चलाना चाहते हैं। हमारी कोशिश यह होनी चाहिए कि उन्हें एक भी नया आदमी न मिले। यही हमारी फतह होगी।'

'बिजली' कार्यालय में उसी वक्त खतरे की मीटिंग हुई, कार्य-कारिणी समिति का भी संगठन हुआ, पदाधिकारियों का चुनाव हुआ और आठ बजे रात को मजूरों का लम्बा जुलूस निकला। दस बजे रात को कल का सारा प्रोग्राम तय किया गया और यह ताकीद कर दी गई कि किसी तरह का दंगा-फसाद न होने पाए।

मगर सारी कोशिश बेकार हुईं। हड़तालियों ने नए मजूरों का टिड्डी-दल मिल के द्वार पर खड़ा देखा, तो इनकी हिंसा-वृत्ति काबू के बाहर हो गई। सोचा था, सौ-सौ, पचास-पचास आदमी रोज भर्ती के लिए आएँगे। उन्हें समझा-बुझा कर या धमकाकर भगा देंगे। हड़तालियों की संख्या देखकर नए लोग आप ही भयभीत हो जाएँगे, मगर यहाँ तो नक्शा ही कुछ और था; अगर यह सारे आदमी भर्ती हो गए, तो हड़तालियों के लिए समझौते की कोई आशा ही नहीं थी। तय हुआ कि नए आदमियों को मिल में जाने ही

न दिया जाए। बल-प्रयोग के सिवा और कोई उपाय न था। नया दल भी लड़ने-मरने पर तैयार था। उनमें अधिकांश ऐसे भुखमरे थे, जो इस अवसर को किसी तरह भी न छोड़ना चाहते थे। भूखों मर जाने या अपने बाल-बच्चों को भूखों मरते देखने से तो यह कहीं अच्छा था कि इस परिस्थिति में लड़कर मरें। दोनों दलों में फौजदारी हो गई। 'बिजली' के सम्पादक तो भाग खड़े हुए। बेचारे मिर्जाजी पिट गए और उनकी रक्षा करते हुए गोबर भी बुरी तरह घायल हो गया। मिर्जाजी पहलवान आदमी थे और मँजे हुए फिकैत, अपने ऊपर कोई गहरा वार न पड़ने दिया। गोबर गँवार था। पूरा लट्ठ मारना जानता था; पर अपनी रक्षा करना न जानता था, जो लड़ाई में मारने से ज्यादा महत्त्व की बात है। उसके एक हाथ की हड्डी टूट गई, सिर खुल गया और अन्त में वह वहीं ढेर हो गया। कंधों पर अनगिनत लाठियाँ पड़ी थीं, जिससे उसका एक-एक अंग चूर हो गया था। हड़तालियों ने उसे गिरते देखा, तो भाग खड़े हुए। केवल दस-बारह जँचे हुए आदमी मिर्जाजी को घेरकर खड़े रहे। नए आदमी विजय-पताका उड़ाते हुए मिल में दाखिल हुए और पराजित हड़ताली अपने हताहतों को उठा-उठाकर अस्पताल पहुँचाने लगे; मगर अस्पताल में इतने आदमियों के लिए जगह न थी। मिर्जाजी तो ले लिए गए। गोबर की मरहम-पट्टी करके उसके घर पहुँचा दिया गया।

झुनिया ने गोबर की वह चेष्टाहीन लोय देखी, तो उसका नारीत्व जाग उठा। अब तक उसने उसे सबल के रूप में देखा था, जो उस पर शासन करता था, डाँटता था, मारता था। आज वह अपंग था, निस्सहाय था, दयनीय था। झुनिया ने खाट पर झुककर आँसू-भरी आँखों से गोबर को देखा और घर की दशा का खयाल करके उसे गोबर पर एक ईर्ष्यामय क्रोध आया। गोबर जानता था कि घर में एक पैसा नहीं है। वह यह भी जानता था कि कहीं से एक पैसा मिलने की आशा नहीं है। यह जानते हुए भी उसके बार-बार समझाने पर भी, उसने यह विपत्ति अपने ऊपर ली। उसने कितनी बार कहा था - तुम इस झगड़े में न पड़ो। आग लगानेवाले आग लगाकर अलग हो जाएँगे, जाएगी गरीबों के सिर। लेकिन वह कब उसकी सुनने लगा था? वह तो उसकी बैरिन थी। मित्र तो वह लोग थे, जो अब मजे से मोटरों में घूम रहे हैं। उस क्रोध में एक प्रकार की तुष्टि थी, जैसे हम उन बच्चों को कुर्सी से गिर पड़ते देखकर, जो बार-बार मना करने पर खड़े होने से बाज न आते थे, चिल्ला उठते हैं - 'अच्छा हुआ, बहुत अच्छा, तुम्हारा सिर क्यों न दो हो गया!'

लेकिन एक ही क्षण में गोबर का करुण क्रन्दन सुनकर उसकी सारी संज्ञा सिहर उठी। व्यथा में डूबे हुए यह शब्द उसके मुँह से निकले - 'हाय-हाय! सारी देह भुरकस हो गई। सबों को तनिक भी दया न आई।'

वह उसी तरह बड़ी देर तक गोबर का मुँह देखती रही। वह क्षीण होती हुई आशा से जीवन का कोई लक्षण पा लेना चाहती थी। और प्रतिक्षण उसका धैर्य अस्त होनेवाले सूर्य की भाँति डूबता जाता था, और भविष्य का अन्धकार उसे अपने अन्दर समेटे लेता था।

सहसा चुहिया ने आकर पुकारा – 'गोबर का क्या हाल है, बहू! मैंने तो अभी सुना। दुकान से दौड़ी आई हूँ।'

झुनिया के रुके हुए आँसू उबल पड़े; कुछ बोल न सकी। भयभीत आँखों से चुहिया की ओर देखा।

चुहिया ने गोबर का मुँह देखा, उसकी छाती पर हाथ रखा, और आश्वासन-भरे स्वर में बोली – 'यह चार दिन में अच्छे हो जाएँगे। घबरा मत। कुशल हुई। तेरा सोहाग बलवान था। कई आदमी उसी दंगे में मर गए। घर में कुछ रुपये-पैसे हैं?'

झुनिया ने लज्जा से सिर हिला दिया।

'मैं लाए देती हूँ। थोड़ा-सा दूध लाकर गर्म कर ले।'

झुनिया ने उसके पाँव पकड़कर कहा – 'दीदी, तुम्हीं मेरी माता हो। मेरा दूसरा कोई नहीं है।'

जाड़ों की उदास सन्ध्या आज और भी उदास मालूम हो रही थी। झुनिया ने चूल्हा जलाया और दूध उबालने लगी। चुहिया बरामदे में बच्चे को लिए खिला रही थी।

सहसा झुनिया भारी कंठ से बोली – 'मैं बड़ी अभागिनी हूँ दीदी! मेरे मन में ऐसा आ रहा है, जैसे मेरे ही कारन इनकी यह दशा हुई है। जी कुढ़ता है तब मन दुःखी होता ही है, फिर गालियाँ भी निकलती हैं, सराप भी निकलता है। कौन जाने मेरी गालियों...'

इसके आगे वह कुछ न कह सकी। आवाज आँसुओं के रेले में बह गई। चुहिया ने अंचल से उसके आँसू पोंछते हुए कहा – 'कैसी बातें सोचती है बेटी! यह तेरे सिन्दूर का भाग है कि यह बच गए। मगर हाँ, इतना है कि आपस में लड़ाई हो, तो मुँह से चाहे जितना बक ले, मन में कीना न पाले। बीज अन्दर पड़ा, तो अँखुआ निकले बिना नहीं रहता।'

झुनिया ने कम्पन-भरे स्वर में पूछा – 'अब मैं क्या करूँ दीदी?'

चुहिया ने ढाढ़स दिया – 'कुछ नहीं बेटी! भगवान का नाम ले। वही गरीबों की रक्षा करते हैं।'

उसी समय गोबर ने आँखें खोलीं और झुनिया को सामने देखकर याचना-भाव से क्षीण स्वर में बोला – 'आज बहुत चोट खा गया झुनिया! मैं किसी से कुछ नहीं बोला। सबों ने अनायास मुझे मारा। कहा-सुना माफ कर! तुझे सताया था, उसी का यह फल मिला। थोड़ी देर का और मेहमान हूँ। अब न बचूँगा। मारे दरद के सारी देह फटी जाती है।'

चुहिया ने अन्दर आकर कहा – 'चुपचाप पड़े रहो। बोलो-चालो नहीं। मरोगे नहीं, इसका मेरा जुम्मा।'

गोबर के मुख पर आशा की रेखा झलक पड़ी। बोला – 'सच कहती हो, मैं मरूँगा नहीं?'

'हाँ, नहीं मरोगे। तुम्हें हुआ क्या है? जरा-सी आ गई है और हाथ की हड्डी उतर गई है। ऐसी चोटें मरदों को रोज ही लगा करती हैं। इन चोटों से कोई नहीं मरता।'

'अब मैं झुनिया को कभी न मारूँगा।'

'डरते होगे कि कहीं झुनिया तुम्हें न मारे।'

'वह मारे भी, तो न बोलूँगा।'

'अच्छे होने पर भूल जाओगे।'

'नहीं दीदी, कभी न भूलूँगा।'

गोबर इस समय बच्चों की-सी बातें किया करता। दस-पाँच मिनट अचेत-सा पड़ा रहता। उसका मन न जाने कहाँ-कहाँ उड़ता फिरता। कभी देखता, वह नदी में डूबा जा रहा है, और झुनिया उसे बचाने के लिए नदी में चली आ रही है। कभी देखता, कोई दैत्य उसकी छाती पर सवार है और झुनिया की शक्ल की कोई देवी उसकी रक्षा कर रही है। और बार-बार चौंककर पूछता - 'मैं मरूँगा तो नहीं झुनिया?'

तीन दिन उसकी यही दशा रही और झुनिया ने रात को जागकर और दिन को उसके सामने खड़े रहकर जैसे मौत से उसकी रक्षा की। बच्चे को चुहिया सँभाले रहती। चौथे दिन झुनिया एक्का लाई और सबों ने गोबर को उस पर लादकर अस्पताल पहुँचाया। वहाँ से लौटकर गोबर को मालूम हुआ कि अब वह सचमुच बच जाएगा। उसने आँखों में आँसू भरकर कहा - 'मुझे क्षमा कर दो झुन्ना!'

इन तीन-चार दिनों में चुहिया के तीन-चार रुपये खर्च हो गए थे, और अब झुनिया को उससे कुछ लेते संकोच होता था। वह भी कोई मालदार तो थी नहीं। लकड़ी की बिक्री के रुपये झुनिया को दे देती। आखिर झुनिया ने कुछ काम करने का विचार किया। अभी गोबर को अच्छे होने में महीनों लगेंगे। खाने-पीने को भी चाहिए, दवा-दारू को भी चाहिए। वह कुछ काम करके खाने-भर को तो ले ही आएगी। बचपन से उसने गऊओं का पालन और घास छीलना सीखा था। यहाँ गउएँ कहाँ थीं? हाँ, वह घास छील सकती थी। मुहल्ले के कितने ही स्त्री-पुरुष बराबर शहर के बाहर घास छीलने जाते थे और आठ-दस आने कमा लेते थे। वह प्रातःकाल गोबर को हाथ-मुँह धुलाकर और बच्चे को उसे सौंपकर घास छीलने निकल जाती और तीसरे पहर तक भूखी-प्यासी घास छीलती रहती। फिर उसे मंडी में ले जाकर बेचती और शाम को घर आती।

रात को भी वह गोबर की नींद सोती और गोबर की नींद जागती; मगर इतना कठोर श्रम करने पर भी उसका मन ऐसा प्रसन्न रहता, मानो झूले पर बैठी गा रही है, रास्ते-भर साथ की स्त्रियों और पुरुषों से चुहल और विनोद करती जाती। घास छीलते समय भी सबों में हँसी-दिल्लगी होती रहती। न किस्मत का रोना, न मुसीबत का गिला। जीवन की सार्थकता में, अपनों के लिए कठिन-से-कठिन त्याग में, और स्वाधीन सेवा में जो उल्लास है, उसकी ज्योति एक-एक अंग पर चमकती रहती। बच्चा अपने पैरों पर खड़ा होकर जैसे तालियाँ बजा-बजाकर खुश होता है, उसी का वह अनुभव कर रही थी; मानो उसके प्राणों में आनन्द का कोई सोता खुल गया हो। उसके अंगों में अब

शिथिलता नहीं, चपलता है, लचक है, सुकुमारता है। मुख पर पीलापन नहीं रहा, खून की गुलाबी चमक है। उसका यौवन जो बन्द कोठरी में पड़े-पड़े अपमान और कलह से कुंठित हो गया था, वह मानो ताजी हवा और प्रकाश पाकर लहलहा उठा है। अब उसे किसी बात पर क्रोध नहीं आता। बच्चे के जरा-सा रोने पर जो वह झुँझला उठती थी, अब जैसे उसके धैर्य और प्रेम का अन्त ही न था।

इसके खिलाफ गोबर अच्छा होते जाने पर भी कुछ उदास रहता था। जब हम अपने किसी प्रियजन पर अत्याचार करते हैं, और जब विपत्ति आ पड़ने से हममें इतनी शक्ति आ जाती है कि उसकी तीव्र व्यथा का अनुभव करें, तो उससे हमारी आत्मा में जागृति का उदय हो जाता है, और हम उस बेजा व्यवहार का प्रायश्चित करने के लिए तैयार हो जाते हैं। गोबर उसी प्रायश्चित के लिए व्याकुल हो रहा था। अब उसके जीवन का रूप बिलकुल दूसरा होगा, जिसमें कटुता की जगह मृदुता होगी, अभिमान की जगह नम्रता। उसे अब ज्ञात हुआ कि सेवा करने का अवसर बड़े सौभाग्य से मिलता है, और वह इस अवसर को कभी न भूलेगा।

मिस्टर खन्ना को मजूरों की यह हड़ताल बिलकुल बेजा मालूम होती थी। उन्होंने हमेशा जनता के साथ मिले रहने की कोशिश की थी। वह अपने को जनता का ही आदमी समझते थे। पिछले कौमी आन्दोलन में उन्होंने बड़ा जोश दिखाया था। जिले के प्रमुख नेता रहे थे, दो बार जेल गए थे और कई हजार का नुकसान उठाया था। अब भी वह मजूरों की शिकायतें सुनने को तैयार रहते थे; लेकिन यह तो नहीं हो सकता कि वह शक्कर मिल के हिस्सेदारों के हित का विचार न करें। अपना स्वार्थ त्यागने को वह तैयार हो सकते थे, अगर उनकी ऊँची मनोवृत्तियों को स्पर्श किया जाता; लेकिन हिस्सेदारों के स्वार्थ की रक्षा न करना, यह तो अधर्म था। यह तो व्यापार है, कोई सदाव्रत नहीं कि सबकुछ मजूरों को ही बाँट दिया जाए। हिस्सेदारों को यह विश्वास दिलाकर रुपये लिए गए थे कि इस काम में पन्द्रह-बीस सैकड़े का लाभ है। अगर उन्हें दस सैकड़े भी न मिले, तो वे डाइरेक्टरों को और विशेषकर मिस्टर खन्ना को धोखेबाज ही तो समझेंगे। फिर अपना वेतन वह कैसे कम कर सकते थे? और कंपनियों को देखते उन्होंने अपना वेतन कम रखा था। केवल एक हजार रुपया महीना लेते थे। कुछ कमीशन भी मिल जाता था; मगर वह इतना लेते थे, तो मिल का संचालन भी करते थे।

मजूर केवल हाथ से काम करते हैं। डाइरेक्टर अपनी बुद्धि से, विद्या से, प्रतिभा से, प्रभाव से काम करता है। दोनों शक्तियों का मोल बराबर तो नहीं हो सकता। मजूरों को यह सन्तोष क्यों नहीं होता कि मन्दी का समय है और चारों तरफ बेकारी फैली रहने के कारण आदमी सस्ते हो गए हैं। उन्हें तो एक की जगह पौन भी मिले, तो सन्तुष्ट रहना चाहिए था। और सच पूछो तो वे सन्तुष्ट हैं। उनका कोई कसूर नहीं। वे तो मूर्ख हैं, बछिया के ताऊ! शरारत तो ओंकारनाथ और मिर्जा खुर्शेद की है। यही लोग उन बेचारों को कठपुतली की तरह नचा रहे हैं, केवल थोड़े-से पैसे और यश के

लोभ में पड़ कर। यह नहीं सोचते कि उनकी दिल्लगी से कितने घर तबाह हो जाएँगे। ओंकारनाथ का पत्र नहीं चलता तो बेचारे खन्ना क्या करें! और आज उनके पत्र के एक लाख ग्राहक हो जाएँ, और उससे उन्हें पाँच लाख का लाभ होने लगे, तो क्या वह केवल अपने गुजारे-भर को लेकर शेष कार्यकर्ताओं में बाँट देंगे? कहाँ की बात! और वह त्यागी मिर्जा खुर्शेद भी तो एक दिन लखपति थे। हजारों मजूर उनके नौकर थे। तो क्या वह अपने गुजारे-भर को लेकर सब कुछ मजूरों में बाँट देते थे? वह उसी गुजारे की रकम में यूरोपियन छोकरियों के साथ विहार करते थे। बड़े-बड़े अफसरों के साथ दावतें उड़ाते थे, हजारों रुपये महीने की शराब पी जाते थे और हर साल फ्रांस और स्विट्जरलैंड की सैर करते थे। आज मजूरों की दशा पर उनका कलेजा फटता है!

इन दोनों नेताओं की तो खन्ना को परवाह न थी। उनकी नियत की सफाई में पूरा सन्देह था। न रायसाहब की ही उन्हें परवाह थी जो हमेशा खन्ना की हाँ-में-हाँ मिलाया करते थे और उनके हरएक काम का समर्थन कर दिया करते थे। अपने परिचितों में केवल एक ही ऐसा व्यक्ति था, जिसके निष्पक्ष विचार पर खन्नाजी को पूरा भरोसा था और वह डाक्टर मेहता थे। जब से उन्होंने मालती से घनिष्ठता बढ़ानी शुरू की थी, खन्ना की नजरों में उनकी इज्जत बहुत कम हो गई थी। मालती बरसों खन्ना की हृदयेश्वरी रह चुकी थी; पर उसे उन्होंने सदैव खिलौना समझा था। इसमें सन्देह नहीं कि वह खिलौना उन्हें बहुत प्रिय था। उसके खो जाने, या टूट जाने, या छिन जाने पर वह खूब रोते और वह रोए थे, लेकिन थी वह खिलौना ही। उन्हें कभी मालती पर विश्वास न हुआ। वह कभी उनके ऊपरी विलास-आवरण को छेदकर उनके अन्तःकरण तक न पहुँच सकी थी। वह अगर खुद खन्ना से विवाह का प्रस्ताव करती, तो वह स्वीकार न करते। कोई बहाना करके टाल देते।

अन्य कितने ही प्राणियों की भाँति खन्ना का जीवन भी दोहरा या दो-रुखी था। एक ओर वह त्याग और जन-सेवा और उपकार के भक्त थे, तो दूसरी ओर स्वार्थ और विलास और प्रभुता के। कौन उनका असली रुख था, यह कहना कठिन है। कदाचित उनकी आत्मा का उत्तम आधा सेवा और सहृदयता से बना हुआ था, मद्धिम आधा स्वार्थ और विलास से। पर उत्तम और मद्धिम में बराबर संघर्ष होता रहता था। और मद्धिम ही अपनी उद्दंडता और हठ के कारण सौम्य और शान्त उत्तम पर गालिब आता था। उनका मद्धिम मालती की ओर झुकता था, उत्तम मेहता की ओर; लेकिन वह उत्तम अब मद्धिम के साथ एक हो गया था। उनकी समझ में न आता था कि मेहता-जैसा आदर्शवादी व्यक्ति मालती-जैसी चंचल, विलासिनी रमणी पर कैसे आसक्त हो गया! वह बहुत प्रयास करने पर भी मेहता को वासनाओं का शिकार न स्थिर कर सकते थे और कभी-कभी उन्हें यह सन्देह भी होने लगता था कि मालती का कोई दूसरा रूप भी है, जिसे वह न देख सके या जिसे देखने की उनमें क्षमता न थी।

पक्ष और विपक्ष के सभी पहलुओं पर विचार करके उन्होंने यही नतीजा निकाला कि इस परिस्थिति में मेहता ही से उन्हें प्रकाश मिल सकता है।

डाक्टर मेहता को काम करने का नशा था। आधी रात को सोते थे और घड़ी रात रहे उठ जाते थे। कैसा भी काम हो, उसके लिए वह कहीं-न-कहीं से समय निकाल लेते थे। हाकी खेलना हो या यूनिवर्सिटी डिबेट, ग्राम्य संगठन हो या किसी शादी का नैवेद्य, सभी कामों के लिए उनके पास लगन थी और समय था। वह पत्रों में लेख भी लिखते थे और कई साल से एक बृहत दर्शन-ग्रन्थ लिख रहे थे, जो अब समाप्त होनेवाला था। इस वक्त भी वह एक वैज्ञानिक खेल ही खेल रहे थे। अपने बगीचे में बैठे हुए पौधों पर विद्युत-संचार-क्रिया की परीक्षा कर रहे थे। उन्होंने हाल में एक विद्वान-परिषद में यह सिद्ध किया था कि फसलें बिजली के जोर से बहुत थोड़े समय में पैदा की जा सकती हैं, उनकी पैदावार बढ़ाई जा सकती है और बेफसल की चीजें भी उपजाई जा सकती हैं। आजकल सबेरे के दो-तीन घंटे वह इन्हीं परीक्षाओं में लगाया करते थे।

मिस्टर खन्ना की कथा सुनकर उन्होंने कठोर मुद्रा से उनकी ओर देख कर कहा - 'क्या यह जरूरी था कि ड्यूटी लग जाने से मजूरों का वेतन घटा दिया जाए? आपको सरकार से शिकायत करनी चाहिए थी। अगर सरकार ने नहीं सुना, तो उसका दंड मजूरों को क्यों दिया जाए? क्या आपका विचार है कि मजूरों को इतनी मजूरी दी जाती है कि उसमें चौथाई कम कर देने से मजूरों को कष्ट नहीं होगा? आपके मजूर बिलों में रहते हैं - गंदे बदबूदार बिलों में - जहाँ आप एक मिनट भी रह जाएँ, तो आपको कै हो जाए। कपड़े जो पहनते हैं, उनसे आप अपने जूते भी न पोछेंगे। खाना जो वह खाते हैं, वह आपका कुत्ता भी न खाएगा। मैंने उनके जीवन में भाग लिया है। आप उनकी रोटियाँ छीनकर अपने हिस्सेदारों का पेट भरना चाहते हैं...'

खन्ना ने अधीर होकर कहा - 'लेकिन हमारे सभी हिस्सेदार तो धनी नहीं हैं। कितनों ही ने अपना सर्वस्व इसी मिल को भेंट कर दिया है और इसके नफे के सिवा उनके जीवन का कोई आधार नहीं है।'

मेहता ने इसी भाव से जवाब दिया, जैसे इस दलील का उनकी नजरों में कोई मूल्य नहीं है - 'जो आदमी किसी व्यापार में हिस्सा लेता है, वह इतना दरिद्र नहीं होता कि इसके नफे ही को जीवन का आधार समझें। हो सकता है कि नफा कम मिलने पर उसे अपना एक नौकर कम कर देना पड़े या उसके मक्खन और फलों का बिल कम हो जाए; लेकिन वह नंगा या भूखा न रहेगा। जो अपनी जान खपाते हैं, उनका हक उन लोगों से ज्यादा है, जो केवल रुपया लगाते हैं।'

यही बात पंडित ओंकारनाथ ने कही थी। मिर्जा खुर्शेद ने भी यही सलाह दी थी। यहाँ तक कि गोविन्दी ने भी मजूरों ही का पक्ष लिया था; पर खन्नाजी ने उन लोगों की परवाह न की थी; लेकिन मेहता के मुँह से वही बात सुन कर वह प्रभावित हो गए। ओंकारनाथ को वह स्वार्थी समझते थे, मिर्जा खुर्शेद को गैरजिम्मेदार और गोविन्दी को अयोग्य। मेहता की बात में चरित्र, अध्ययन और सद्भाव की शक्ति थी।

सहसा मेहता ने पूछा – 'आपने अपनी देवीजी से भी इस विषय में राय ली?'

खन्ना ने सकुचाते हुए कहा – 'हाँ, पूछा था।'

'उनकी क्या राय थी?'

'वही जो आपकी है।'

'मुझे यही आशा थी। और आप उस विदुषी को अयोग्य समझते हैं।'

उसी वक्त मालती आ पहुँची और खन्ना को देखकर बोली – 'अच्छा, आप विराज रहे हैं? मैंने मेहताजी को आज दावत दी है। सभी चीजें अपने हाथ से पकाई हैं। आपको भी नेवता देती हूँ। गोविन्दी देवी से आपका यह अपराध क्षमा करा दूँगी।'

खन्ना को कुतूहल हुआ। अब मालती अपने हाथों से खाना पकाने लगी है? मालती, वही मालती, जो खुद कभी अपने जूते न पहनती थी, जो खुद कभी बिजली का बटन तक न दबाती थी, विलास और विनोद ही जिसका जीवन है।

मुस्कुराकर कहा – 'अगर आपने पकाया है तो जरूर खाऊँगा। मैं तो कभी सोच ही न सकता था कि आप पाक-कला में भी निपुण हैं।'

मालती निःसंकोच भाव से बोली – 'इन्होंने मार-मारकर वैद्य बना दिया। इनका हुक्म कैसे टाल सकती? पुरुष देवता ठहरे।'

खन्ना ने इस व्यंग्य का आनन्द लेकर मेहता की ओर आँखें मारते हुए कहा – 'पुरुष तो आपके लिए इतने सम्मान की वस्तु न थी।'

मालती झेंपी नहीं। इस संकेत का आशय समझकर जोश-भरे स्वर में बोली – 'लेकिन अब हो गई है, इसलिए कि मैंने पुरुष का जो रूप अपने परिचितों की परिधि में देखा था, उससे यह कहीं सुन्दर है। पुरुष इतना सुन्दर, इतना कोमल हृदय...'

मेहता ने मालती की ओर दीन-भाव से देखा और बोले – 'नहीं मालती, मुझ पर दया करो, नहीं मैं यहाँ से भाग जाऊँगा।'

इन दिनों जो कोई मालती से मिलता, वह उससे मेहता की तारीफों के पुल बाँध देती, जैसे कोई नवदीक्षित अपने नए विश्वासों का ढिंढोरा पीटता फिरे। सुरुचि का ध्यान भी उसे न रहता। और बेचारे मेहता दिल में कटकर रह जाते थे। वह कड़ी और कड़वी आलोचना तो बड़े शौक से सुनते थे; लेकिन अपनी तारीफ सुनकर जैसे बेवकूफ बन जाते थे; मुँह जरा-सा निकल आता था, जैसे कोई फबती छा गई हो। और मालती उन औरतों में न थी, जो भीतर रह सके। वह बाहर ही रह सकती थी, पहले भी और अब भी; व्यवहार में भी, विचार में भी। मन में कुछ रखना वह न जानती थी। जैसे एक अच्छी साड़ी पाकर वह उसे पहनने के लिए अधीर हो जाती थी, उसी तरह मन में कोई सुन्दर भाव आए, तो वह उसे प्रकट किए बिना न चैन पाती थी।

मालती ने और समीप आकर उनकी पीठ पर हाथ रखकर मानो उनकी रक्षा करते हुए कहा – 'अच्छा भागो नहीं, अब कुछ न कहूँगी। मालूम होता है, तुम्हें अपनी निन्दा ज्यादा पसन्द है। तो निन्दा ही सुनो – खन्नाजी, यह महाशय मुझ पर अपने प्रेम का जाल...'

शक्कर-मिल की चिमनी यहाँ से साफ नजर आती थी। खन्ना ने उसकी तरफ देखा। वह चिमनी खन्ना के कीर्ति-स्तम्भ की भाँति आकाश में सिर उठाए खड़ी थी। खन्ना की आँखों में अभिमान चमक उठा। उसी वक्त उन्हें मिल के दफ्तर में जाना है। वहाँ डाइरेक्टरों की एक अर्जेंट मीटिंग करनी होगी और इस परिस्थिति को उन्हें समझाना होगा और इस समस्या को हल करने का उपाय भी बतलाना होगा।

मगर चिमनी के पास यह धुआँ कहाँ से उठ रहा है? देखते-देखते सारा आकाश बैलून की भाँति धुएँ से भर गया। सबों ने सशंक होकर उधर देखा। कहीं आग तो नहीं लग गई? आग ही मालूम होती है।

सहसा सामने सड़क पर हजारों आदमी मिल की तरफ दौड़े जाते नजर आए। खन्ना ने खड़े होकर जोर से पूछा - 'तुम लोग कहाँ दौड़े जा रहे हो?'

एक आदमी ने रुककर कहा - 'अजी, शक्कर-मिल में आग लग गई! आप देख नहीं रहे हैं?'

खन्ना ने मेहता की ओर देखा और मेहता ने खन्ना की ओर। मालती दौड़ी हुई बँगले में गई और अपने जूते पहन आई। अफसोस और शिकायत करने का अवसर न था। किसी के मुँह से एक बात न निकली। खतरे में हमारी चेतना अन्तर्मुखी हो जाती है। खन्ना की कार खड़ी थी ही। तीनों आदमी घबराए हुए आकर बैठे और मिल की तरफ भागे। चौरस्ते पर पहुँचे तो देखा, सारा शहर मिल की ओर उमड़ा चला आ रहा है। आग में आदमियों को खींचने का जादू है। कार आगे न बढ़ सकी।

मेहता ने पूछा - 'आग-बीमा तो करा लिया था न!'

खन्ना ने लम्बी साँस खींचकर कहा - 'कहाँ भाई, अभी तो लिखा-पढ़ी हो रही थी। क्या जानता था, यह आफत आनेवाली है।'

कार वहीं राम-आसरे छोड़ दी गई और तीनों आदमी भीड़ चीरते हुए मिल के सामने जा पहुँचे। देखा तो अग्नि का एक सागर आकाश में उमड़ रहा था। अग्नि की उन्मत्त लहरें एक-पर-एक दाँत पीसती थीं, जीभ लपलपाती थीं, जैसे आकाश को भी निगल जाएँगी। उस अग्नि समुद्र के नीचे ऐसा धुआँ छा गया था, मानो सावन की घटा कालिख में नहाकर नीचे उतर आई हो। उसके ऊपर जैसे आग का थरथराता हुआ, उबलता हुआ हिमाचल खड़ा था। हाते में लाखों आदमियों की भीड़ थी, पुलिस भी थी, फायर ब्रिगेड भी, सेवा समितियों के सेवक भी पर सब-के-सब आग की भीषणता से मानो शिथिल हो गए हों। फायर ब्रिगेड के छींटे उस अग्नि-सागर में जाकर जैसे बुझ जाते थे। ईंटें जल रही थीं, लोहे के गार्डर जल रहे थे और पिघली हुई शक्कर के परनाले चारों तरफ बह रहे थे। और तो और, जमीन से भी ज्वाला निकल रही थी।

दूर से मेहता और खन्ना को यह आश्चर्य हो रहा था कि इतने आदमी खड़े तमाशा क्यों देख रहे हैं, आग बुझाने में मदद क्यों नहीं करते; मगर अब इन्हें भी ज्ञात हुआ कि तमाशा देखने के सिवा और कुछ करना अपने वश से बाहर है। मिल

की दीवारों से पचास गज के अन्दर जाना जान-जोखिम था। ईंट और पत्थर के टुकड़े चटाक-चटाक टूटकर उछल रहे थे। कभी-कभी हवा का रुख इधर हो जाता था, तो भगदड़ पड़ जाती थी।

यों तीनों आदमी भीड़ के पीछे खड़े थे। कुछ समझ में न आता था, क्या करें। आखिर आग लगी कैसे! और इतनी जल्द फैल कैसे गई? क्या पहले किसी ने देखा ही नहीं? या देखकर भी बुझाने का प्रयास न किया? इस तरह के प्रश्न सभी के मन में उठ रहे थे; मगर वहाँ पूछें किससे, मिल के कर्मचारी होंगे तो जरूर; लेकिन उस भीड़ में उनका पता मिलना कठिन था।

सहसा हवा का इतना तेज झोंका आया कि आग की लपटें नीची होकर इधर लपकीं, जैसे समुद्र में ज्वार आ गया हो। लोग सिर पर पाँव रखकर भागे। एक-दूसरे पर गिरते, रेलते, जैसे कोई शेर झपटा आता हो। अग्नि-ज्वालाएँ जैसे सजीव हो गई थीं, सचेष्ट भी, जैसे कोई शेषनाग अपने सहस्र मुख से आग फुंकार रहा हो। कितने ही आदमी तो इस रेले में कुचल गए। खन्ना मुँह के बल गिर पड़े, मालती को मेहताजी दोनों हाथों से पकड़े हुए थे, नहीं जरूर कुचल गई होतीं? तीनों आदमी हाते की दीवार के पास एक इमली के पेड़ के नीचे आकर रुके। खन्ना एक प्रकार की चेतना-शून्य तन्मयता से मिल की चिमनी की ओर टकटकी लगाए खड़े थे।

मेहता ने पूछा – 'आपको ज्यादा चोट तो नहीं आई?'

खन्ना ने कोई जवाब न दिया। उसी तरफ ताकते रहे। उनकी आँखों में वह शून्यता थी, जो विक्षिप्तता का लक्षण है।

मेहता ने उनका हाथ पकड़कर फिर पूछा – 'हम लोग यहाँ व्यर्थ खड़े हैं। मुझे भय होता है, आपको चोट ज्यादा आ गई। आइए, लौट चलें।'

खन्ना ने उनकी तरफ देखा और जैसे सनककर बोले – 'जिनकी यह हरकत है, उन्हें मैं खूब जानता हूँ। अगर उन्हें इसी में सन्तोष मिलता है, तो भगवान उनका भला करे। मुझे कुछ परवा नहीं, कुछ परवा नहीं; कुछ परवा नहीं! मैं आज चाहूँ, तो ऐसी नई मिल खड़ी कर सकता हूँ। जी हाँ, बिलकुल नई मिल खड़ी कर सकता हूँ। ये लोग मुझे क्या समझते हैं? मिल ने मुझे नहीं बनाया, मैंने मिल को बनाया। और मैं फिर बना सकता हूँ; मगर जिनकी यह हरकत है, उन्हें मैं खाक में मिला दूँगा। मुझे सब मालूम है, रत्ती-रत्ती मालूम है।'

मेहता ने उनका चेहरा और उनकी चेष्टा देखी और घबराकर बोले – 'चलिए, आपको घर पहुँचा दूँ। आपकी तबीयत अच्छी नहीं है।'

खन्ना ने कहकहा मारकर कहा – 'मेरी तबीयत अच्छी नहीं है! इसलिए कि मिल जल गई। ऐसी मिलें मैं चुटकियों में खोल सकता हूँ। मेरा नाम खन्ना है, चंद्रप्रकाश खन्ना! मैंने अपना सबकुछ इस मिल में लगा दिया। पहली मिल में हमने 20 प्रतिशत नफा दिया। मैंने प्रोत्साहित होकर यह मिल खोली। इसमें आधे रुपये मेरे हैं। मैंने बैंक के दो लाख इस मिल में लगा दिए। मैं एक घंटा नहीं, आध घंटा पहले,

दस लाख का आदमी था। जी हाँ, दस लाख; मगर इस वक्त फाकेमस्त हूँ – नहीं दिवालिया हूँ! मुझे बैंक के दो लाख देना है। जिस मकान में रहता हूँ, वह अब मेरा नहीं है। जिस बर्तन में खाता हूँ, वह भी अब मेरा नहीं है। बैंक से मैं निकाल दिया जाऊँगा। जिस खन्ना को देखकर लोग जलते थे, वह खन्ना अब धूल में मिल गया है। समाज में अब मेरा कोई स्थान नहीं है, मेरे मित्र मुझे अपने विश्वास का पात्र नहीं, दया का पात्र समझेंगे। मेरे शत्रु मुझसे जलेंगे नहीं, मुझ पर हँसेंगे। आप नहीं जानते मिस्टर मेहता, मैंने अपने सिद्धान्तों की कितनी हत्या की है। कितनी रिश्वतें दी हैं, कितनी रिश्वतें ली हैं। किसानों की ऊख तौलने के लिए कैसे आदमी रखे, कैसे नकली बाट रखे। क्या कीजिएगा, यह सब सुनकर; लेकिन खन्ना अपनी यह दुर्दशा कराने के लिए क्यों जिन्दा रहे? जो कुछ होना है हो, दुनिया जितना चाहे हँसे, मित्र लोग जितना चाहें अफसोस करें, लोग जितनी गालियाँ देना चाहें दें। खन्ना अपनी आँखों से देखने और अपने कानों से सुनने के लिए जीता न रहेगा। वह बेहया नहीं है बेगैरत नहीं है!'

यह कहते-कहते खन्ना दोनों हाथों से सिर पीटकर जोर-जोर से रोने लगे।

मेहता ने उन्हें छाती से लगाकर दुखित स्वर में कहा – 'खन्नाजी, जरा धीरज से काम लीजिए। आप समझदार होकर दिल इतना छोटा करते हैं। दौलत से आदमी को जो सम्मान मिलता है, वह उसका सम्मान नहीं, उसकी दौलत का सम्मान है। आप निर्धन रहकर भी मित्रों के विश्वासपात्र रह सकते हैं और शत्रुओं के भी; बल्कि तब कोई आपका शत्रु रहेगा ही नहीं। आइए, घर चलें। जरा आराम कर लेने से आपका चित्त शान्त हो जाएगा।'

खन्ना ने कोई जवाब न दिया। तीनों आदमी चौरस्ते पर आए। कार खड़ी थी। दस मिनट में खन्ना की कोठी पर पहुँच गए।

खन्ना ने उतरकर शान्त स्वर में कहा – 'कार आप ले जाएँ। अब मुझे इसकी जरूरत नहीं है।'

मालती और मेहता भी उतर पड़े। मालती ने कहा – 'तुम चलकर आराम से लेटो, हम बैठे गप-शप करेंगे। घर जाने की तो ऐसी कोई जल्दी नहीं है।'

खन्ना ने कृतज्ञता से उसकी ओर देखा और करुण-कंठ से बोले – 'मुझसे जो अपराध हुए हैं, उन्हें क्षमा कर देना मालती! तुम और मेहता, बस तुम्हारे सिवा संसार में मेरा कोई नहीं है। मुझे आशा है, तुम मुझे अपनी नजरों से न गिराओगी। शायद दस-पाँच दिन में यह कोठी भी छोड़नी पड़े। किस्मत ने कैसा धोखा दिया!'

मेहता ने कहा – 'मैं आपसे सच कहता हूँ खन्नाजी, आज मेरी नजरों में आपकी जो इज्जत है, वह कभी न थी।'

तीनों आदमी कमरे में दाखिल हुए। द्वार खुलने की आहट पाते ही गोविन्दी भीतर से आकर बोली – 'क्या आप लोग वहीं से आ रहे हैं? महाराज तो बड़ी बुरी खबर लाया।'

खन्ना के मन में ऐसा प्रबल, न रुकनेवाला तूफानी आवेश उठा कि गोविन्दी के चरणों पर गिर पड़ें और उसे आँसुओं से धो दें। भारी गले से बोले – 'हाँ प्रिये, हम तबाह हो गए।'

उनकी निर्जीव, निराश, आहत आत्मा सान्त्वना के लिए विकल हो रही थी, सच्ची स्नेह में डूबी हुई सान्त्वना के लिए – उस रोगी की भाँति, जो जीवन-सूत्र क्षीण हो जाने पर भी वैद्य के मुख की ओर आशा-भरी आँखों से ताक रहा हो। वही गोविन्दी जिस पर उन्होंने हमेशा जुल्म किया, जिसका हमेशा अपमान किया, जिससे हमेशा बेवफाई की, जिसे सदैव जीवन का भार समझा, जिसकी मृत्यु की सदैव कामना करते रहे, वही इस समय जैसे अंचल में आशीर्वाद और मंगल और अभय लिए उन पर वार रही थी, जैसे उन चरणों में ही उनके जीवन का स्वर्ग हो, जैसे वह उनके अभागे मस्तक पर हाथ रख कर ही उनकी प्राणहीन धमनियों में फिर रक्त का संचार कर देगी। मन की इस दुर्बल दशा में, घोर विपत्ति में, मानो वह उन्हें कंठ से लगा लेने के लिए खड़ी थी। नौका पर बैठे हुए जल-विहार करते समय हम जिन चट्टानों को घातक समझते हैं, और चाहते हैं कि कोई इन्हें खोदकर फेंक देता, उन्हीं से, नौका टूट जाने पर, हम चिमट जाते हैं।

गोविन्दी ने इन्हें एक सोफा पर बैठा दिया और स्नेह-कोमल स्वर में बोली – 'तो तुम इतना दिल छोटा क्यों करते हो? धन के लिए, जो सारे पाप की जड़ है? उस धन से हमें क्या सुख था? सबेरे से आधी रात तक एक-न-एक झंझट – आत्मा का सर्वनाश! लड़के तुमसे बात करने को तरस जाते थे, तुम्हें सम्बन्धियों को पत्र लिखने तक की फुर्सत न मिलती थी। क्या बड़ी इज्जत थी? हाँ, थी; क्योंकि दुनिया आज तक धन की पूजा करती चली आई है। उसे तुमसे कोई प्रयोजन नहीं। जब तक तुम्हारे पास लक्ष्मी है, तुम्हारे सामने पूँछ हिलाएगी। कल उतनी ही भक्ति से दूसरों के द्वार पर सिजदे करेगी। तुम्हारी तरफ ताकेगी भी नहीं। सत्पुरुष धन के आगे सिर नहीं झुकाते। वह देखते हैं, तुम क्या हो; अगर तुममें सच्चाई है, न्याय है, त्याग है, पुरुषार्थ है, तो वे तुम्हारी पूजा करेंगे नहीं तुम्हें समाज का लुटेरा समझकर मुँह फेर लेंगे, बल्कि तुम्हारे दुश्मन हो जाएँगे। मैं गलत तो नहीं कहती मेहताजी?'

मेहता ने मानो स्वर्ग-स्वप्न से चौंककर कहा – 'गलत? आप वही कह रही हैं, जो संसार के महान पुरुषों ने जीवन का सात्विक अनुभव करने के बाद कहा है। जीवन का सच्चा आधार यही है।'

गोविन्दी ने मेहता को संबोधित करके कहा – 'धनी कौन होता है, इसका कोई विचार नहीं करता। वही जो अपने कौशल से दूसरों को बेवकूफ बना सकता है...'

खन्ना ने बात काटकर कहा – 'नहीं गोविन्दी, धन कमाने के लिए अपने में संस्कार चाहिए। केवल कौशल से धन नहीं मिलता। इसके लिए भी त्याग और तपस्या करनी पड़ती है। शायद इतनी साधना में ईश्वर भी मिल जाए। हमारी सारी आत्मिक और बौद्धिक और शारीरिक शक्तियों के सामंजस्य का नाम धन है।'

गोविन्दी ने विपक्षी न बनकर मध्यस्थ भाव से कहा – 'मैं मानती हूँ कि धन के लिए थोड़ी तपस्या नहीं करनी पड़ती; लेकिन फिर भी हमने उसे जीवन में जितने महत्त्व की वस्तु समझ रखा है, उतना महत्त्व उसमें नहीं है। मैं तो खुश हूँ कि तुम्हारे सिर से यह बोझ टला। अब तुम्हारे लड़के आदमी होंगे, स्वार्थ और अभिमान के पुतले नहीं। जीवन का सुख दूसरों को सुखी करने में हैं, उनको लूटने में नहीं। बुरा न मानना, अब तक तुम्हारे जीवन का अर्थ था आत्मसेवा, भोग और विलास। दैव ने तुम्हें उस साधन से वंचित करके तुम्हें ज्यादा ऊँचे पवित्र जीवन का रास्ता खोल दिया है। यह सिद्धि प्राप्त करने में अगर कुछ कष्ट भी हो, तो उसका स्वागत करो। तुम इसे विपत्ति समझते ही क्यों हो? क्यों नहीं समझते, तुम्हें अन्याय से लड़ने का अवसर मिला है। मेरे विचार में तो पीड़क होने से पीड़ित होना कहीं श्रेष्ठ है। धन खोकर अगर हम अपनी आत्मा को पा सकें, तो यह कोई महँगा सौदा नहीं है। न्याय के सैनिक बनकर लड़ने में जो गौरव, जो उल्लास है, क्या उसे इतनी जल्द भूल गए?'

गोविन्दी के पीले, सूखे मुख पर तेज की ऐसी चमक थी, मानो उसमें कोई विलक्षण शक्ति आ गई हो, मानो उसकी सारी मूक साधना प्रगल्भ हो उठी हो।

मेहता उसकी ओर भक्तिपूर्ण नेत्रों से ताक रहे थे, खन्ना सिर झुकाए इसे दैवी प्रेरणा समझने की चेष्टा कर रहे थे और मालती मन में लज्जित थी। गोविन्दी के विचार इतने ऊँचे, उसका हृदय इतना विशाल और उसका जीवन इतना उज्ज्वल है।

नोहरी उन औरतों में न थी, जो नेकी करके दरिया में डाल देती हैं। उसने नेकी की है, तो उसका खूब ढिंढोरा पीटेगी और उससे जितना यश मिल सकता है, उससे कुछ ज्यादा ही पाने के लिए हाथ-पाँव मारेगी। ऐसे आदमी को यश के बदले अपयश और बदनामी ही मिलती है। नेकी न करना बदनामी की बात नहीं। अपनी इच्छा नहीं है, या सामर्थ्य नहीं है। इसके लिए कोई हमें बुरा नहीं कह सकता। मगर जब हम नेकी करके उसका एहसान जताने लगते हैं, तो वही जिसके साथ हमने नेकी की थी, हमारा शत्रु हो जाता है, और हमारे एहसान को मिटा देना चाहता है। वही नेकी अगर करनेवालों के दिल में रहे, तो नेकी है, बाहर निकल आए तो बदी है। नोहरी चारों ओर कहती फिरती थी – 'बेचारा होरी बड़ी मुसीबत में था। बेटी के ब्याह के लिए जमीन रेहन रख रहा था। मैंने उनकी यह दशा देखी तो मुझे दया आई। धनिया से तो जी जलता था, वह राँड तो मारे घमंड के धरती पर पाँव ही नहीं रखती। बेचारा होरी चिन्ता में घुला जाता था। मैंने सोचा, इस संकट में इसकी कुछ मदद कर दूँ। आखिर आदमी ही तो आदमी के काम आता है। और होरी तो अब कोई गैर नहीं है, मानो चाहे न मानो, वह हमारे नातेदार हो चुके हैं। रुपये निकालकर दे दिए; नहीं लड़की अब तक बैठी होती।'

धनिया भला यह जीट कब सुनने लगी। रुपये खैरात दिए थे? बड़ी देनेवाली। सूद महाजन भी लेगा, तुम भी लोगी। एहसान काहे का! दूसरों को देती, सूद की जगह

मूल भी गायब हो जाता; हमने लिया है, तो हाथ में रुपये आते ही नाक पर रख देंगे। हमीं थे कि तुम्हारे घर का बिस उठाके पी गए, और कभी मुँह पर नहीं लाए। कोई यहाँ द्वार पर नहीं खड़ा होने देता था। हमने तुम्हारा मरजाद बना दिया, तुम्हारे मुँह की लाली रख ली।

रात के दस बज गए थे। सावन की अन्धेरी घटा छाई थी। सारे गाँव में अन्धकार था। होरी ने भोजन करके तमाखू पिया और सोने जा रहा था कि भोला आकर खड़ा हो गया।

होरी ने पूछा – 'कैसे चले भोला महतो! जब इसी गाँव में रहना है तो क्यों अलग छोटा-सा घर नहीं बना लेते? गाँव में लोग कैसी-कैसी कुत्सा उड़ाया करते हैं, क्या यह तुम्हें अच्छा लगता है? बुरा न मानना, तुमसे सम्बन्ध हो गया है, इसलिए तुम्हारी बदनामी नहीं सुनी जाती, नहीं मुझे क्या करना था।'

धनिया उसी समय लोटे में पानी लेकर होरी के सिरहाने रखने आई। सुनकर बोली – 'दूसरा मर्द होता, तो ऐसी औरत का सिर काट लेता।'

होरी ने डाँटा – 'क्यों बे-बात की बात करती है। पानी रख दे और जा सो। आज तू ही कुराह चलने लगे, तो मैं तेरा सिर काट लूँगा? काटने देगी?'

धनिया उसे पानी का एक छींटा मारकर बोली – 'कुराह चले तुम्हारी बहन, मैं क्यों कुराह चलने लगी! मैं तो दुनिया की बात कहती हूँ, तुम मुझे गालियाँ देने लगे। अब मुँह मीठा हो गया होगा। औरत चाहे जिस रास्ते जाए, मर्द टुकुर-टुकुर देखता रहे। ऐसे मरद को मैं मरद नहीं कहती।'

होरी दिल में कटा जाता था। भोला उससे अपना दुःख-दर्द कहने आया होगा। वह उलटे उसी पर टूट पड़ी। जरा गर्म होकर बोला – 'तू जो सारे दिन अपने ही मन की किया करती है, तो मैं तेरा क्या बिगाड़ लेता हूँ? कुछ कहता हूँ तो काटने दौड़ती है। यही सोच।'

धनिया ने लल्लो-चप्पो करना न सीखा था, बोली – 'औरत घी का घड़ा लुढ़का दे, घर में आग लगा दे, मरद सह लेगा; लेकिन उसका कुराह चलना कोई मरद न सहेगा।'

भोला दुखित स्वर में बोला – 'तू बहुत ठीक कहती है धनिया! बेसक मुझे उसका सिर काट लेना चाहिए था, लेकिन अब उतना पौरुख तो नहीं रहा। तू चल कर समझा दे, मैं सबकुछ करके हार गया।'

'जब औरत को बस में रखने का बूता न था, तो सगाई क्यों की थी? इसी छीछालेदर के लिए? क्या सोचते थे, वह आकर तुम्हारे पैर दबाएगी, तुम्हें चिलम भर-भर पिलाएगी और जब तुम बीमार पड़ोगे, तो तुम्हारी सेवा करेगी? तो ऐसा वही औरत कर सकती है, जिसने तुम्हारे साथ जवानी का सुख उठाया हो। मेरी समझ में यही नहीं आता कि तुम उसे देखकर लट्टू कैसे हो गए! कुछ देखभाल तो कर ली होती कि किस स्वभाव की है, किस रंग-ढंग की है। तुम तो भूखे सियार की तरह टूट पड़े। अब तो

तुम्हारा धरम यही है कि गँड़ासे से उसका सिर काट लो। फाँसी ही तो पाओगे। फाँसी इस छीछालेदर से अच्छी!'

भोला के खून में कुछ स्फूर्ति आई। बोला - 'तो तुम्हारी यही सलाह है?'

धनिया बोली - 'हाँ, मेरी यही सलाह है। अब सौ-पचास बरस तो जीओगे नहीं। समझ लेना, इतनी ही उमिर थी।'

होरी ने अब की जोर से फटकारा - 'चुप रह, बड़ी आई है वहाँ से सतवन्ती बनके। जबरदस्ती चिड़िया तक तो पिंजड़े में रहती नहीं, आदमी क्या रहेगा? तुम उसे छोड़ दो भोला और समझ लो, मर गई, और जाकर अपने बाल-बच्चों में आराम से रहो। दो रोटी खाओ और राम का नाम लो। जवानी के सुख अब गए। वह औरत चंचल है, बदनामी और जलन के सिवा तुम उससे कोई सुख न पाओगे।'

भोला नोहरी को छोड़ दे, असम्भव! नोहरी इस समय भी उसकी ओर रोष-भरी आँखों से तरेरती हुई जान पड़ती थी; लेकिन नहीं, भोला अब उसे छोड़ ही देगा। जैसा कर रही है, उसका फल भोगे।

आँखों में आँसू आ गए। बोला - 'होरी भैया, इस औरत के पीछे मेरी जितनी साँसत हो रही है, मैं ही जानता हूँ। इसी के पीछे कामता से मेरी लड़ाई हुई। बुढ़ापे में यह दाग भी लगना था, वह लग गया। मुझे रोज ताना देती है कि तुम्हारी तो लड़की निकल गई। मेरी लड़की निकल गई, चाहे भाग गई; लेकिन अपने आदमी के साथ पड़ी तो है, उसके सुख-दुःख की साथिन तो है। इसकी तरह तो मैंने औरत ही नहीं देखी। दूसरों के साथ तो हँसती है, मुझे देखा तो कुप्पे-सा मुँह फुला लिया। मैं गरीब आदमी ठहरा, तीन-चार आने रोज की मजूरी करता हूँ। दूध-दही, माँस-मछली, रबड़ी-मलाई कहाँ से लाऊँ!'

भोला यहाँ से प्रतिज्ञा करके अपने घर गए। अब बेटों के साथ रहेंगे, बहुत धक्के खा चुके; लेकिन दूसरे दिन प्रातःकाल होरी ने देखा, तो भोला दुलारी सहुआइन की दुकान से तमाखू लिए जा रहे थे।

होरी ने पुकारना उचित न समझा। आसक्ति में आदमी अपने बस में नहीं रहता! वहाँ से आकर धनिया से बोला - 'भोला तो अभी वहीं है। नोहरी ने सचमुच इन पर कोई जादू कर दिया है।'

धनिया ने नाक सिकोड़कर कहा - 'जैसी बेहया वह है, वैसा ही बेहया यह है। ऐसे मरद को तो चुल्लू-भर पानी में डूब मरना चाहिए। अब वह सेखी न जाने कहाँ गई। झुनिया यहाँ आई, तो उसके पीछे डंडा लिए फिर रहे थे। इज्जत बिगड़ी जाती थी। अब इज्जत नहीं बिगड़ती!'

होरी को भोला पर दया आ रही थी। बेचारा इस कुलटा के फेर में पड़ कर अपनी जिन्दगी बरबाद किए डालता है। छोड़कर जाए भी, तो कैसे? स्त्री को इस तरह छोड़कर जाना क्या सहज है? यह चुड़ैल उसे वहाँ भी तो चैन से न बैठने देगी! कहीं पंचायत करेगी, कहीं रोटी-कपड़े का दावा करेगी। अभी तो गाँव ही के लोग जानते

हैं। किसी को कुछ कहते संकोच होता है कनफुसकियाँ करके ही रह जाते हैं। तब तो दुनिया भी भोला ही को बुरा कहेगी। लोग यही तो कहेंगे, कि जब मर्द ने छोड़ दिया, तो बेचारी अबला क्या करे? मर्द बुरा हो, तो औरत की गर्दन काट लेगा। औरत बुरी हो, तो मर्द के मुँह पर कालिख लगा देगी।

इसके दो महीने बाद एक दिन गाँव में यह खबर फैली कि नोहरी ने मारे जूतों के भोला की चाँद गंजी कर दी।

वर्षा समाप्त हो गई थी और रबी बोने की तैयारियाँ हो रही थीं। होरी की ऊख तो नीलाम हो गई थी। ऊख के बीज के लिए उसे रुपये न मिले और ऊख न बोई गई। उधर दाहिना बैल भी बैठाऊँ हो गया था और एक नए बैल के बिना काम न चल सकता था। पुनिया का एक बैल नाले में गिरकर मर गया था, तब से और भी अड़चन पड़ गई थी। एक दिन पुनिया के खेत में हल जाता, एक दिन होरी के खेत में। खेतों की जुताई जैसी होनी चाहिए, वैसी न हो पाती थी।

होरी हल लेकर खेत में गया; मगर भोला की चिन्ता बनी हुई थी। उसने अपने जीवन में कभी यह न सुना था कि किसी स्त्री ने अपने पति को जूते से मारा हो। जूतों से क्या, थप्पड़ या घूँसे से मारने की भी कोई घटना उसे याद न आती थी; और आज नोहरी ने भोला को जूतों से पीटा और सब लोग तमाशा देखते रहे। इस औरत से कैसे उस अभागे का गला छूटे! अब तो भोला को कहीं डूब ही मरना चाहिए। जब जिन्दगी में बदनामी और दुर्दसा के सिवा और कुछ न हो, तो आदमी का मर जाना ही अच्छा। कौन भोला के नाम को रोनेवाला बैठा है! बेटे चाहे क्रिया-करम कर दें; लेकिन लोक-लाज के बस, आँसू किसी की आँख में न आएगा। तिरसना के बस में पड़कर आदमी इस तरह अपनी जिन्दगी चौपट करता है। जब कोई रोनेवाला नहीं, तो फिर जिन्दगी का क्या मोह और मरने से क्या डरना!

एक यह नोहरी है और एक यह चमारिन है सिलिया! देखने-सुनने में उससे लाख दरजे अच्छी। चाहे दो को खिलाकर खाए और राधिका बनी घूमे; लेकिन मजूरी करती है, भूखों मरती है और मतई के नाम पर बैठी है, और वह निर्दयी बात भी नहीं पूछता। कौन जाने, धनिया मर गई होती, तो आज होरी की भी यही दसा होती। उसकी मौत की कल्पना ही से होरी को रोमांच हो उठा। धनिया की मूर्ति मानसिक नेत्रों के सामने आकर खड़ी हो गई - सेवा और त्याग की देवी; जबान की तेज, पर मोम-जैसा हृदय; पैसे-पैसे के पीछे प्राण देनेवाली, पर मर्यादा-रक्षा के लिए अपना सर्वस्व होम कर देने को तैयार। जवानी में वह कम रूपवती न थी। नोहरी उसके सामने क्या है? चलती थी, तो रानी-सी लगती थी। जो देखता था, देखता ही रह जाता था। यह पटेश्वरी और झिंगुरी तब जवान थे। दोनों धनिया को देखकर छाती पर हाथ रख लेते थे। द्वार के पास सौ-सौ चक्कर लगाते थे। होरी उनकी ताक में रहता था; मगर छेड़ने का कोई बहाना न पाता था। उन दिनों घर में खाने-पीने की बड़ी तंगी थी। पाला पड़ गया था और खेतों में भूसा तक न हुआ था। लोग झड़बेरियाँ खा-खाकर दिन काटते थे। होरी को कहत

के कैम्प में काम करने जाना पड़ता था। छः पैसे रोज मिलते थे। धनिया घर में अकेली ही रहती थी; कभी किसी ने उसे किसी छैला की ओर ताकते नहीं देखा। पटेश्वरी ने एक बार कुछ छेड़ की थी। उसका ऐसा मुँहतोड़ जवाब दिया कि अब तक नहीं भूले।

सहसा उसने मातादीन को अपनी ओर आते देखा। कसाई कहीं का, कैसा तिलक लगाए हुए है, मानो भगवान का असली भगत है। रँगा हुआ सियार! ऐसे ब्राह्मन को पालागन कौन करे।

मातादीन ने समीप आकर कहा – 'तुम्हारा दाहिना तो बूढ़ा हो गया होरी, अबकी सिंचाई में न ठहरेगा। कोई पाँच साल हुए होंगे इसे लाए?'

होरी ने दाएँ बैल की पीठ पर हाथ रखकर कहा – 'कैसा पाँचवाँ, यह आठवाँ चल रहा है भाई! जी तो चाहता है, इसे पिंसिन दे दूँ; लेकिन किसान और किसान के बैल इनको जमराज ही पिंसिन दें, तो मिले। इसकी गर्दन पर जुआ रखते मेरा मन कचोटता है। बेचारा सोचता होगा, अब भी छुट्टी नहीं, अब क्या मेरा हाड़ जोतेगा क्या? लेकिन अपना कोई काबू नहीं। तुम कैसे चले? अब तो जी अच्छा है?'

मातादीन इधर एक महीने से मलेरिया ज्वर में पड़ा रहा था। एक दिन तो उसकी नाड़ी छूट गई थी। चारपाई से नीचे उतार दिया गया था। तब से उसके मन में यह प्रेरणा हुई थी कि सिलिया के साथ अत्याचार करने का उसे यह दंड मिला है। जब उसने सिलिया को घर से निकाला, तब वह गर्भवती थी। उसे तनिक भी दया नहीं आई। पूरा गर्भ लेकर भी वह मजूरी करती रही। अगर धनिया ने उस पर दया न की होती तो मर गई होती। कैसी-कैसी मुसीबतें झेलकर जी रही है! मजूरी भी तो इस दशा में नहीं कर सकती। अब लज्जित और द्रवित होकर वह सिलिया को होरी के हस्ते दो रुपये देने आया है; अगर होरी उसे वह रुपये दे दे, तो वह उसका बहुत उपकार मानेगा।

होरी ने कहा – 'तुम्हीं जाकर क्यों नहीं दे देते?'

मातादीन ने दीन भाव से कहा – 'मुझे उसके पास मत भेजो होरी महतो! कौन-सा मुँह लेकर जाऊँ? डर भी लग रहा है कि मुझे देखकर कहीं फटकार न सुनाने लगे। तुम मुझ पर इतनी दया करो। अभी मुझसे चला नहीं जाता; लेकिन इसी रुपये के लिए एक जजमान के पास कोस-भर दौड़ा गया था। अपनी करनी का फल बहुत भोग चुका। इस बम्हनई का बोझ अब नहीं उठाए उठता। लुक-छिपकर चाहे जितना कुकर्म करो, कोई नहीं बोलेगा। परतच्छ कुछ नहीं कर सकते, नहीं कुल में कलंक लग जाएगा। तुम उसे समझा देना दादा, कि मेरा अपराध क्षमा कर दे। यह धरम का बन्धन बड़ा कड़ा होता है। जिस समाज में जन्मे और पले, उसकी मर्यादा का पालन तो करना ही पड़ता है। और किसी जाति का धरम बिगड़ जाए, तो उसे कोई बिसेस हानि नहीं होती; बाम्हन का धरम बिगड़ जाए, तो वह कहीं का नहीं रहता। उसका धरम ही उसके पूर्वजों की कमाई है। उसी की वह रोटी खाता है। इस परासचित के पीछे हमारे तीन सौ बिगड़ गए। तो जब बेधरम होकर ही रहना है, तो फिर जो कुछ करना है, परतच्छ करूँगा। समाज के नाते आदमी का अगर कुछ धरम है, तो मनुष्य के नाते भी तो उसका कुछ

धरम है। समाज-धरम पालने से समाज आदर करता है; मगर मनुष्य-धरम पालने से तो ईश्वर प्रसन्न होता है।'

सन्ध्या-समय जब होरी ने सिलिया को डरते-डरते रुपये दिए, तो वह जैसे तपस्या का वरदान पा गई। दुःख का भार तो वह अकेली उठा सकती थी। सुख का भार तो अकेले नहीं उठता। किसे यह खुशखबरी सुनाए? धनिया से वह अपने दिल की बातें नहीं कह सकती। गाँव में और कोई प्राणी नहीं, जिससे उसकी घनिष्ठता हो। उसके पेट में चूहे दौड़ रहे थे। सोना ही उसकी सहेली थी। सिलिया उससे मिलने के लिए आतुर हो गई। रात-भर कैसे सब्र करे? मन में एक आँधी-सी उठ रही थी। अब वह अनाथ नहीं है। मातादीन ने उसकी बाँह फिर पकड़ ली। जीवन-पथ में उसके सामने अब अन्धेरी, विकराल मुखवाली खाई नहीं है; लहलहाता हुआ हरा-भरा मैदान है, जिसमें झरने गा रहे हैं और हिरन कुलेलें कर रहे हैं। उसका रूठा हुआ स्नेह आज उन्मत्त हो गया है। मातादीन को उसने मन में कितना पानी पी-पीकर कोसा था। अब वह उनसे क्षमादान माँगेगी। उससे सचमुच बड़ी भूल हुई कि उसने उनको सारे गाँव के सामने अपमानित किया। वह तो चमारिन है जात की हठी, उसका क्या बिगड़ा। आज दस-बीस लगाकर बिरादरी को रोटी दे दे, फिर बिरादरी में ले ली जाएगी। उन बेचारे का तो सदा के लिए धरम नास हो गया। वह मरजाद अब उन्हें फिर नहीं मिल सकता। वह क्रोध में कितनी अन्धी हो गई थी कि सबसे उनके प्रेम का ढिंढोरा पीटती फिरी। उनका तो धरम भिरष्ट हो गया था, उन्हें तो क्रोध था ही, उसके सिर पर क्यों भूत सवार हो गया? वह अपने ही घर चली जाती, तो कौन बुराई हो जाती? घर में उसे कोई बाँध न लेता। देश मातादीन की पूजा इसीलिए तो करता है कि वह नेम-धरम से रहते हैं। वही धरम नष्ट हो गया, तो वह क्यों न उसके खून के प्यासे हो जाते?

जरा देर पहले तक उसकी नजर में सारा दोष मातादीन का था और अब सारा दोष अपना था। सहृदयता ने सहृदयता पैदा की। उसने बच्चे को छाती से लगाकर खूब प्यार किया। अब उसे देखकर लज्जा और ग्लानि नहीं होती। वह अब केवल उसकी दया का पात्र नहीं। वह अब उसके संपूर्ण मातृस्नेह और गर्व का अधिकारी है।

कार्तिक की रूपहली चाँदनी प्रकृति पर मधुर संगीत की भाँति छाई हुई थी। सिलिया घर से निकली। वह सोना के पास जाकर यह सुख-संवाद सुनाएगी। अब उससे नहीं रहा जाता। अभी तो साँझ हुई है। डोंगी मिल जाएगी। वह कदम बढ़ाती हुई चली। नदी पर आकर देखा, तो डोंगी उस पार थी। और माँझी का कहीं पता नहीं। चाँद घुलकर जैसे नदी में बहा जा रहा था। वह एक क्षण खड़ी सोचती रही। फिर नदी में घुस पड़ी। नदी में कुछ ऐसा ज्यादा पानी तो क्या होगा! उस उल्लास के सागर के सामने वह नदी क्या चीज थी? पानी पहले तो घुटनों तक था, फिर कमर तक आया और अन्त में गर्दन तक पहुँच गया। सिलिया डरी, कहीं डूब न जाए। कहीं कोई गढ़ा न पड़ जाए, पर उसने जान पर खेलकर पाँव आगे बढ़ाया। अब वह मझधार में है। मौत उसके सामने नाच रही है, मगर वह घबराई नहीं है। उसे तैरना आता है। लड़कपन

में इसी नदी में वह कितनी बार तैर चुकी है। खड़े-खड़े नदी को पार भी कर चुकी है। फिर भी उसका कलेजा धक-धक कर रहा है; मगर पानी कम होने लगा। अब कोई भय नहीं। उसने जल्दी-जल्दी नदी पार की और किनारे पहुँचकर अपने कपड़े का पानी निचोड़ा और शीत से काँपती आगे बढ़ी। चारों ओर सन्नाटा था। गीदड़ों की आवाज भी न सुनाई पड़ती थी; और सोना से मिलने की मधुर कल्पना उसे उड़ाए लिए जाती थी।

मगर उस गाँव में पहुँचकर उसे सोना के घर जाते हुए संकोच होने लगा। मथुरा क्या कहेगा? उसके घरवाले क्या कहेंगे? सोना भी बिगड़ेगी कि इतनी रात गए तू क्यों आई। देहातों में दिन-भर के थके-माँदे किसान सरेशाम ही से सो जाते हैं। सारे गाँव में सोता पड़ गया था। मथुरा के घर के द्वार बन्द थे। सिलिया किवाड़ न खुलवा सकी। लोग उसे इस भेस में देखकर क्या कहेंगे? वहीं द्वार पर अलाव में अभी आग चमक रही थी। सिलिया अपने कपड़े सेंकने लगी। सहसा किवाड़ खुला और मथुरा ने बाहर निकलकर पुकारा – 'अरे कौन बैठा है अलाव के पास?'

सिलिया ने जल्दी से अंचल सिर पर खींच लिया और समीप आकर बोली – 'मैं हूँ, सिलिया।'

'सिलिया! इतनी रात गए कैसे आई? वहाँ तो सब कुशल है?'

'हाँ, सब कुशल है। जी घबरा रहा था। सोचा, चलूँ, सबसे भेंट करती आऊँ। दिन को तो छुट्टी ही नहीं मिलती।'

'तो क्या नदी थहाकर आई है?'

'और कैसे आती! पानी कम न था।'

मथुरा उसे अन्दर ले गया। बरोठे में अँधेरा था। उसने सिलिया का हाथ पकड़कर अपनी ओर खींचा। सिलिया ने झटके से हाथ छुड़ा लिया और रोब से बोली – 'देखो मथुरा, छेड़ोगे तो मैं सोना से कह दूँगी। तुम मेरे छोटे बहनोई हो, यह समझ लो! मालूम होता है, सोना से मन नहीं पटता।'

मथुरा ने उसकी कमर में हाथ डालकर कहा – 'तुम बहुत निठुर हो सिल्लो? इस बखत कौन देखता है?'

'क्या मैं सोना से सुन्दर हूँ? अपने भाग नहीं बखानते हो कि ऐसी इंदर की परी पा गए। अब भौंरा बनने का मन चला है। उससे कह दूँ तो तुम्हारा मुँह न देखे।'

मथुरा लम्पट नहीं था, सोना से उसे प्रेम था। इस वक्त अँधेरा और एकान्त और सिलिया का यौवन देखकर उसका मन चंचल हो उठा था। यह तम्बीह पाकर होश में आ गया। सिलिया को छोड़ता हुए बोला – 'तुम्हारे पैरों पड़ता हूँ सिल्लो, उससे न कहना। अभी जो सजा चाहो, दे लो।'

सिल्लो को उस पर दया आ गई। धीरे से उसके मुँह पर चपत जमा कर बोली – 'इसकी सजा यही है कि फिर मुझसे सरारत न करना, न और किसी से करना, नहीं सोना तुम्हारे हाथ से निकल जाएगी।'

'मैं कसम खाता हूँ सिल्लो, अब कभी ऐसा न होगा।'

उसकी आवाज में याचना थी। सिल्लो का मन आन्दोलित होने लगा। उसकी दया सरस होने लगी।

'और जो करो?'

'तो तुम जो चाहना करना।'

सिल्लो का मुँह उसके मुँह के पास आ गया था, और दोनों की साँस और आवाज और देह में कम्पन हो रहा था। सहसा सोना ने पुकारा - 'किससे बातें करते हो वहाँ?'

सिल्लो पीछे हट गई। मथुरा आगे बढ़कर आँगन में आ गया और बोला - 'सिल्लो तुम्हारे गाँव से आई है।'

सिल्लो भी पीछे-पीछे आकर आँगन में खड़ी हो गई। उसने देखा, सोना यहाँ कितने आराम से रहती है। ओसारी में खाट है। उस पर सुजनी का नर्म बिस्तर बिछा हुआ है; बिलकुल वैसा ही, जैसा मातादीन की चारपाई पर बिछा रहता था। तकिया भी है, लिहाफ भी। खाट के नीचे लोटे में पानी रखा हुआ है। आँगन में ज्योत्स्ना ने आईना-सा बिछा रखा है। एक कोने में तुलसी का चबूतरा है, दूसरी ओर जुआर के ठेठों के कई बोझ दीवार से लगाकर रखे हैं। बीच में पूआलों के गट्ठे हैं। समीप ही ओखल है, जिसके पास कूटा हुआ धान पड़ा हुआ है। खपरैल पर लौकी की बेल चढ़ी हुई है और कई लौकियाँ ऊपर चमक रही हैं। दूसरी ओर की ओसारी में एक गाय बँधी हुई है। इस खंड में मथुरा और सोना सोते हैं। और लोग दूसरे खंड में होंगे। सिलिया ने सोचा, सोना का जीवन कितना सुखी है।

सोना उठकर आँगन में आ गई थी; मगर सिल्लो से टूटकर गले नहीं मिली। सिल्लो ने समझा, शायद मथुरा के खड़े रहने के कारण सोना संकोच कर रही है। या कौन जाने, उसे अब अभिमान हो गया हो - सिल्लो चमारिन से गले मिलने में अपना अपमान समझती हो। उसका सारा उत्साह ठंडा पड़ गया। इस मिलन से हर्ष के बदले उसे ईर्ष्या हुई। सोना का रंग कितना खुल गया है, और देह कैसी कंचन की तरह निखर आई है। गठन भी सुडौल हो गया है। मुख पर गृहिणीत्व की गरिमा के साथ युवती की सहास छवि भी है।

सिल्लो एक क्षण के लिए जैसे मन्त्र-मुग्ध-सी खड़ी ताकती रह गई। यह वही सोना है, जो सूखी-सी देह लिए, झोंटे खोले इधर-उधर दौड़ा करती थी। महीनों सिर में तेल न पड़ता था। फटे चिथड़े लपेटे फिरती थी। आज अपने घर की रानी है। गले में हँसुली और हुमेल है, कानों में करनफूल और सोने की बालियाँ, हाथों में चाँदी के चूड़े और कंगन। आँखों में काजल है, माँग में सेन्दूर। सिलिया के जीवन का स्वर्ग यहीं था, और सोना को वहाँ देखकर वह प्रसन्न न हुई। इसे कितना घमंड हो गया है! कहाँ सिलिया के गले में बाँहें डाले घास छीलने जाती थी, और आज सीधे ताकती भी नहीं। उसने सोचा था, सोना उसके गले लिपटकर जरा-सा रोएगी, उसे आदर से बैठाएगी, उसे खाना खिलाएगी; और गाँव की सैकड़ों बातें पूछेगी और अपने नए जीवन के अनुभव

बयान करेगी – सोहाग-रात और मधुर मिलन की बातें होंगी। और सोना के मुँह में दही जमा हुआ है। वह यहाँ आकर पछताई।

आखिर सोना ने रूखे स्वर में पूछा – 'इतनी रात को कैसे चली, सिल्लो?'

सिल्लो ने आँसुओं को रोकने की चेष्टा करके कहा – 'तुमसे मिलने को बहुत जी चाहता था इतने दिन हो गए, भेंट करने चली आई।'

सोना का स्वर और कठोर हुआ – 'लेकिन आदमी किसी के घर जाता है, तो दिन को कि इतनी रात गए?'

वास्तव में सोना को उसका आना बुरा लग रहा था। वह समय उसकी प्रेम-क्रीड़ा और हास-विलास का था, सिल्लो ने उसमें बाधक होकर जैसे उसके सामने से परोसी हुई थाली खींच ली थी।

सिल्लो निःसंज्ञ-सी भूमि की ओर ताक रही थी। धरती क्यों नहीं फट जाती कि वह उसमें समा जाए। इतना अपमान! उसने अपने इतने ही जीवन में बहुत अपमान सहा था, बहुत दुर्दशा देखी थी; लेकिन आज यह फांस जिस तरह उसके अन्तःकरण में चुभ गई, वैसी कभी कोई बात न चुभी थी। गुड़ घर के अन्दर मटकों में बन्द रखा हो, तो कितना ही मूसलाधार पानी बरसे, कोई हानि नहीं होती; पर जिस वक्त वह धूप में सूखने के लिए बाहर फैलाया गया हो, उस वक्त तो पानी का एक छींटा भी उसका सर्वनाश कर देगा। सिलिया के अन्तःकरण की सारी कोमल भावनाएँ इस वक्त मुँह खोले बैठी हुई थीं कि आकाश से अमृत-वर्षा होगी। बरसा क्या, अमृत के बदले विष, और सिलिया के रोम-रोम में दौड़ गया। सर्प-दंश के समान लहरें आईं। घर में उपवास करके सो रहना और बात है; लेकिन पंगत से उठा दिया जाना तो डूब मरने ही की बात है। सिलिया को यहाँ एक क्षण ठहरना भी असह्य हो गया, जैसे कोई उसका गला दबाए हुए हो। वह कुछ न पूछ सकी। सोना के मन में क्या है, यह वह भाँप रही थी। वह बाँबी में बैठा हुआ साँप कहीं बाहर न निकल आए, इसके पहले ही वह वहाँ से भाग जाना चाहती थी। कैसे भागे, क्या बहाना करे? उसके प्राण क्यों नहीं निकल जाते!

मथुरा ने भंडारे की कुंजी उठा ली थी कि सिलिया के जलपान के लिए कुछ निकाल लाए; कर्त्तव्यविमूढ़-सा खड़ा था। इधर सिल्लो की साँस टँगी हुई थी, मानो सिर पर तलवार लटक रही हो।

सोना की दृष्टि में सबसे बड़ा पाप किसी पुरुष का पर-स्त्री और स्त्री का पर-पुरुष की ओर ताकना था। इस अपराध के लिए उसके यहाँ कोई क्षमा न थी। चोरी, हत्या, जाल; कोई अपराध इतना भीषण न था। हँसी-दिल्लगी को वह बुरा न समझती थी, अगर खुले हुए रूप में हो, लुके-छिपे की हँसी-दिल्लगी को भी वह हेय समझती थी, छुटपन से ही वह बहुत-सी रीति की बातें जानने और समझने लगी थी। होरी को जब कभी हाट से घर आने में देर हो जाती थी और धनिया को पता लग जाता था कि वह दुलारी सहुआइन की दूकान पर गया था, चाहे तमाखू लेने ही क्यों

न गया हो, तो वह कई-कई दिन तक होरी से बोलती न थी और न घर का काम करती थी। एक बार इसी बात पर वह अपने नैहर भाग गई थी। यह भावना सोना में और तीव्र हो गई थी। जब तक उसका विवाह न हुआ था, यह भावना उतनी बलवान न थी, पर विवाह हो जाने के बाद तो उसने व्रत का रूप धारण कर लिया था। ऐसे स्त्री-पुरुष की अगर खाल भी खींच ली जाती, तो उसे दया न आती। प्रेम के लिए दाम्पत्य के बाहर उसकी दृष्टि में कोई स्थान न था। स्त्री-पुरुष का एक-दूसरे के साथ जो कर्त्तव्य है, इसी को वह प्रेम समझती थी। फिर सिल्लो से उसका बहन का नाता था। सिल्लो को वह प्यार करती थी, उस पर विश्वास करती थी। वही सिल्लो आज उससे विश्वासघात कर रही है। मथुरा और सिल्लो में अवश्य ही पहले से साँठ-गाँठ होगी। मथुरा उससे नदी के किनारे खेतों में मिलता होगा। और आज वह इतनी रात गए नदी पार करके इसीलिए आई है। अगर उसने इन दोनों की बातें न सुन ली होतीं, तो उसे खबर तक न होती। मथुरा ने प्रेम-मिलन के लिए यही अवसर सबसे अच्छा समझा होगा। घर में सन्नाटा जो है। उसका हृदय सब-कुछ जानने के लिए विकल हो रहा था। वह सारा रहस्य जान लेना चाहती थी, जिसमें अपनी रक्षा के लिए कोई विधान सोच सके। और यह मथुरा यहाँ क्यों खड़ा है? क्या वह उसे कुछ बोलने भी न देगा?

उसने रोष से कहा – 'तुम बाहर क्यों नहीं जाते, या यहीं पहरा देते रहोगे?'

मथुरा बिना कुछ कहे बाहर चला गया। उसके प्राण सूखे जाते थे कि कहीं सिल्लो सबकुछ न कह डाले।

और सिल्लो के प्राण सूखे जाते थे कि अब वह लटकती हुई तलवार सिर पर गिरा चाहती है।

तब सोना ने बड़े गम्भीर स्वर में सिल्लो से पूछा – 'देखो सिल्लो, मुझसे साफ-साफ बता दे, नहीं मैं तुम्हारे सामने, यहीं अपनी गर्दन में गँड़ासा मार लूँगी। फिर तुम मेरी सौत बनकर राज करना। देखो, गँड़ासा वह सामने पड़ा है। एक म्यान में दो तलवारें नहीं रह सकती।'

उसने लपककर सामने आँगन में से गँड़ासा उठा लिया और उसे हाथ में लिए, फिर बोली – 'यह मत समझना कि मैं खाली धमकी दे रही हूँ। क्रोध में मैं क्या कर बैठूँ, नहीं कह सकती। साफ-साफ बता दे।'

सिलिया काँप उठी। एक-एक शब्द उसके मुँह से निकल पड़ा, मानो ग्रामोफोन में भरी हुई आवाज हो। वह एक शब्द भी न छिपा सकी, सोना के चेहरे पर भीषण संकल्प खेल रहा था, मानो खून सवार हो।

सोना ने उसकी ओर बरछी की-सी चुभनेवाली आँखों से देखा और मानो कटार का आघात करती हुई बोली – 'ठीक-ठीक कहती हो?'

'बिलकुल ठीक। अपने बच्चे की कसम।'

'कुछ छिपाया तो नहीं?'

'अगर मैंने रत्ती-भर छिपाया हो तो आँखें फूट जाएँ।'

'तुमने उस पापी को लात क्यों नहीं मारी? उसे दाँत क्यों नहीं काट लिया? उसका खून क्यों नहीं पी लिया, चिल्लाई क्यों नहीं?'

सिल्लो क्या जवाब दे!

सोना ने उन्मादिनी की भाँति अंगारे की-सी आँख निकालकर कहा - 'बोलती क्यों नहीं? क्यों तूने उसकी नाक दाँतों से नहीं काट ली? क्यों नहीं दोनों हाथों से उसका गला दबा दिया? तब मैं तेरे चरणों पर सिर झुकाती। अब तो तुम मेरी आँखों में हरजाई हो, निरी बेसवा! अगर यही करना था, तो मातादीन का नाम क्यों कलंकित कर रही है; क्यों किसी को लेकर बैठ नहीं जाती; क्यों अपने घर नहीं चली गई? यही तो तेरे घर वाले चाहते थे। तू उपले और घास लेकर बाजार जाती, वहाँ से रुपये लाती और तेरा बाप बैठा, उसी रुपये की ताड़ी पीता। फिर क्यों उस ब्राह्मन का अपमान कराया? क्यों उसकी आबरू में बट्टा लगाया? क्यों सतवन्ती बनी बैठी हो? अब अकेले नहीं रहा जाता, तो किसी से सगाई क्यों नहीं कर लेती; क्यों नदी-तालाब में डूब नहीं मरती? क्यों दूसरों के जीवन में विष घोलती है? आज मैं तुमसे कह देती हूँ कि अगर इस तरह की बात फिर हुई और मुझे पता चला, तो हम तीनों में से एक भी जीते न रहेंगे। बस, अब मुँह में कालिख लगाकर जाओ। आज से मेरे और तुम्हारे बीच में कोई नाता नहीं रहा।'

सिल्लो धीरे से उठी और सँभलकर खड़ी हुई। जान पड़ा, उसकी कमर टूट गई है। एक क्षण साहस बटोरती रही, किन्तु अपनी सफाई में कुछ सूझ न पड़ा। आँखों के सामने अँधेरा था, सिर में चक्कर, कंठ सूख रहा था, और सारी देह सुन्न हो गई थी, मानो रोम-छिद्रों से प्राण उड़े जा रहे हों। एक-एक पग इस तरह रखती हुई, मानो सामने गड्ढा है, तब बाहर आई और नदी की ओर चली।

द्वार पर मथुरा खड़ा था। बोला - 'इस वक्त कहाँ जाती हो सिल्लो?'

सिल्लो ने कोई जवाब न दिया। मथुरा ने फिर कुछ न पूछा।

वही रुपहली चाँदनी अब भी छाई हुई थी। नदी की लहरें अब भी चाँद की किरणों में नहा रही थीं। और सिल्लो विक्षिप्त-सी स्वप्न-छाया की भाँति नदी में चली जा रही थी।

मिल करीब-करीब पूरी जल चुकी है; लेकिन उसी मिल को फिर से खड़ा करना होगा। मिस्टर खन्ना ने अपनी सारी कोशिशें इसके लिए लगा दी हैं। मजदूरों की हड़ताल जारी है मगर अब उससे मिल-मालिकों की कोई विशेष हानि नहीं है। नए आदमी कम वेतन पर मिल गए हैं और जी तोड़कर काम करते हैं; क्योंकि उनमें सभी ऐसे हैं, जिन्होंने बेकारी के कष्ट भोग लिए हैं और अब अपना बस चलते ऐसा कोई काम करना नहीं चाहते जिससे उनकी जीविका में बाधा पड़े। चाहे जितना काम लो, चाहे जितनी कम छुट्टियाँ दो, उन्हें कोई शिकायत नहीं। सिर झुकाए बैलों की तरह काम में

लगे रहते हैं। घुड़कियाँ, गालियाँ, यहाँ तक कि डंडों की मार भी उनमें ग्लानि नहीं पैदा करती; और अब पुराने मजदूरों के लिए इसके सिवा कोई मार्ग नहीं रह गया है कि वह इसी घटी हुई मजूरी पर काम करने आएँ और खन्ना साहब की खुशामद करें। पंडित ओंकारनाथ पर तो उन्हें अब रत्ती-भर भी विश्वास नहीं है। उन्हें वे अकेले-दुकेले पाएँ तो शायद उनकी बुरी गत बनाएँ; पर पंडितजी बहुत बचे हुए रहते हैं। चिराग जलने के बाद अपने कार्यालय से बाहर नहीं निकलते और अफसरों की खुशामद करने लगे हैं। मिर्जा खुर्शेद की धाक अब भी ज्यों-की-त्यों है, लेकिन मिर्जाजी इन बेचारों का कष्ट और उसके निवारण का अपने पास कोई उपाय न देखकर दिल से चाहते हैं कि सब-के-सब बहाल हो जाएँ; मगर इसके साथ ही नए आदमियों के कष्ट का खयाल करके जिज्ञासुओं से यही कह दिया करते हैं कि जैसी इच्छा हो, वैसा करो।

मिस्टर खन्ना ने पुराने आदमियों को फिर नौकरी के लिए इच्छुक देखा, तो और भी अकड़ गए, हालाँकि वह मन में चाहते थे कि इस वेतन पर पुराने आदमी नयों से कहीं अच्छे हैं। नए आदमी अपना सारा जोर लगाकर भी पुराने आदमियों के बराबर काम न कर सकते थे। पुराने आदमियों में अधिकांश तो बचपन से ही मिल में काम करने के अभ्यस्त थे और खूब मँजे हुए। नए आदमियों में अधिकतर देहातों के दुःखी किसान थे, जिन्हें खुली हवा और मैदान में पुराने जमाने के लकड़ी के औजारों से काम करने की आदत थी। मिल के अन्दर उनका दम घुटता था और मशीनरी के तेज चलनेवाले पुर्जों से उन्हें भय लगता था।

आखिर जब पुराने आदमी खूब परास्त हो गए, तब खन्ना उन्हें बहाल करने पर राजी हुए; मगर नए आदमी इससे कम वेतन पर काम करने के लिए तैयार थे और अब डाइरेक्टरों के सामने यह सवाल आया कि वह पुरानों को बहाल करें या नयों को रहने दें। डाइरेक्टरों में आधे तो नए आदमियों का वेतन घटाकर रखने के पक्ष में थे, आधों की यह धारणा थी कि पुराने आदमियों को हाल के वेतन पर रख लिया जाए। थोड़े-से रुपये ज्यादा खर्च होंगे जरूर, मगर काम उससे ज्यादा होगा। खन्ना मिल के प्राण थे, एक तरह से सर्वेसर्वा। डाइरेक्टर तो उनके हाथ की कठपुतलियाँ थे। निश्चय खन्ना ही के हाथों में था और वह अपने मित्रों से नहीं, शत्रुओं से भी इस विषय में सलाह ले रहे थे। सबसे पहले तो उन्होंने गोविन्दी की सलाह ली। जब से मालती की ओर से उन्हें निराशा हो गई थी और गोविन्दी को मालूम हो गया था कि मेहता जैसा विद्वान और अनुभवी और ज्ञानी आदमी मेरा कितना सम्मान करता है और मुझसे किस प्रकार की साधना की आशा रखता है, तब से दम्पति में स्नेह फिर जाग उठा था। स्नेह मत कहो; मगर साहचर्य तो था ही। आपस में वह जलन और अशान्ति न थी। बीच की दीवार टूट गई थी।

मालती के रंग-ढंग की भी कायापलट होती जाती थी। मेहता का जीवन अब तक स्वाध्याय और चिन्तन में गुजरा था, और सबकुछ कर चुकने के बाद और आत्मवाद और अनात्मवाद की खूब छान-बीन कर लेने पर वह इसी तत्त्व पर पहुँच जाते थे कि

प्रवृत्ति और निवृत्ति, दोनों के बीच में जो सेवा-मार्ग है, चाहे उसे कर्मयोग ही कहो, वही जीवन को सार्थक कर सकता है, वही जीवन को ऊँचा और पवित्र बना सकता है। किसी सर्वज्ञ ईश्वर में उनका विश्वास न था। यद्यपि वह अपनी नास्तिकता को प्रकट न करते थे, इसलिए कि इस विषय में निश्चित रूप से कोई मत स्थिर करना वह अपने लिए असम्भव समझते थे; पर यह धारणा उनके मन में दृढ़ हो गई थी कि प्राणियों के जन्म-मरण, सुख-दुःख, पाप-पुण्य में कोई ईश्वरीय विधान नहीं है। उनका खयाल था कि मनुष्य ने अपने अहंकार में अपने को इतना महान बना लिया है कि उसके हर एक काम की प्रेरणा ईश्वर की ओर से होती है। इसी तरह टिड्डियाँ भी ईश्वर को उत्तरदायी ठहराती होंगी, जो अपने मार्ग में समुद्र आ जाने पर अरबों की संख्या में नष्ट हो जाती हैं। मगर ईश्वर के यह विधान इतने अज्ञेय हैं कि मनुष्य की समझ में नहीं आते, तो उन्हें मानने से ही मनुष्य को क्या सन्तोष मिल सकता है। ईश्वर की कल्पना का एक ही उद्देश्य उनकी समझ में आता था और वह था मानव-जाति की एकता। एकात्मवाद या सर्वात्मवाद या अहिंसा-तत्त्व को वह आध्यात्मिक दृष्टि से नहीं, भौतिक दृष्टि से ही देखते थे; यद्यपि इन तत्त्वों का इतिहास के किसी काल में भी आधिपत्य नहीं रहा, फिर भी मनुष्य-जाति के सांस्कृतिक विकास में उनका स्थान बड़े महत्त्व का है।

मानव-समाज की एकता में मेहता का दृढ़ विश्वास था; मगर इस विश्वास के लिए उन्हें ईश्वर-तत्त्व के मानने की जरूरत न मालूम होती थी। उनका मानव-प्रेम इस आधार पर अवलम्बित न था कि प्राणि-मात्र में एक आत्मा का निवास है। द्वैत और अद्वैत का व्यापारिक महत्त्व के सिवाय वह और कोई उपयोग न समझते थे, और वह व्यापारिक महत्त्व उनके लिए मानव-जाति को एक-दूसरे के समीप लाना, आपस के भेद-भाव को मिटाना और भ्रातृ-भाव को दृढ़ करना ही था। यह एकता, यह अभिन्नता उनकी आत्मा में इस तरह जम गई थी कि उनके लिए किसी आध्यात्मिक आधार की सृष्टि उनकी दृष्टि में व्यर्थ थी। और एक बार इस तत्त्व को पाकर वह शान्त न बैठ सकते थे। स्वार्थ से अलग अधिक-से-अधिक काम करना उनके लिए आवश्यक हो गया था। इसके बगैर उनका चित्त शान्त न हो सकता था। यश, लाभ या कर्त्तव्य पालन के भाव उनके मन में आते ही न थे। इनकी तुच्छता ही उन्हें इनसे बचाने के लिए काफी थी। सेवा ही अब उनका स्वार्थ होती जाती थी। और उनकी इस उदार-वृत्ति का असर अज्ञात रूप से मालती पर भी पड़ता जाता था। अब तक जितने मर्द उसे मिले, सभी ने उसकी विलास वृत्ति को ही उकसाया। उसकी त्याग-वृत्ति दिन-दिन क्षीण होती जाती थी; पर मेहता के संसर्ग में आकर उसकी त्याग-भावना सजग हो उठी थी। सभी मनस्वी प्राणियों में यह भावना छिपी रहती है और प्रकाश पाकर चमक उठती है। आदमी अगर धन या नाम के पीछे पड़ा है तो समझ लो कि अभी तक वह किसी परिष्कृत आत्मा के संपर्क में नहीं आया।

मालती अब अक्सर गरीबों के घर बिना फीस लिए ही मरीजों को देखने चली जाती थी। मरीजों के साथ उसके व्यवहार में मृदुता आ गई थी। हाँ, अभी तक वह

शौक-सिंगार से अपना मन न हटा सकी थी। रंग और पाउडर का त्याग उसे अपने आंतरिक परिवर्तनों से भी कहीं ज्यादा कठिन जान पड़ता था।

इधर कभी-कभी दोनों देहातों की ओर चले जाते थे और किसानों के साथ दो-चार घंटे रहकर उनके झोंपड़ों में रात काटकर, और उन्हीं का-सा भोजन करके, अपने को धन्य समझते थे। एक दिन वे सेमरी पहुँच गए और घूमते-घामते बेलारी जा निकले। होरी द्वार पर बैठा चिलम पी रहा था कि मालती और मेहता आकर खड़े हो गए। मेहता ने होरी को देखते ही पहचान लिया और बोला - यही तुम्हारा गाँव है? याद है, हम लोग रायसाहब के यहाँ आए थे और तुम धनुषयज्ञ की लीला में माली बने थे।

होरी की स्मृति जाग उठी। पहचाना और पटेश्वरी के घर की ओर कुर्सियाँ लाने चला।

मेहता ने कहा - 'कुर्सियों का कोई काम नहीं। हम लोग इसी खाट पर बैठ जाते हैं। यहाँ कुर्सी पर बैठने नहीं, तुमसे कुछ सीखने आए हैं।'

दोनों खाट पर बैठे। होरी हत्बुद्धि-सा खड़ा था। इन लोगों की क्या खातिर करे! बड़े-बड़े आदमी हैं। उनकी खातिर करने लायक उसके पास है ही क्या?

आखिर उसने पूछा - 'पानी लाऊँ?'

मेहता ने कहा - 'हाँ, प्यास तो लगी है।'

'कुछ मीठा भी लेता आऊँ?'

'लाओ, अगर घर में हो।'

होरी घर में मीठा और पानी लेने गया। तब तक गाँव के बालकों ने आकर इन दोनों आदमियों को घेर लिया और लगे निरखने, मानो चिड़ियाघर के अनोखे जंतु आ गए हों।

सिल्लो बच्चे को लिए किसी काम से चली जा रही थी। इन दोनों आदमियों को देखकर कुतूहलवश ठिठक गई।

मालती ने आकर उसके बच्चे को गोद में ले लिया और प्यार करती हुई बोली - 'कितने दिनों का है?'

सिल्लो को ठीक मालूम न था। एक दूसरी औरत ने बताया - 'कोई साल-भर का होगा, क्यों री?'

सिल्लो ने समर्थन किया।

मालती ने विनोद किया - 'प्यारा बच्चा है। इसे हमें दे दो।'

सिल्लो ने गर्व से फूलकर कहा - 'आप ही का तो है।'

'तो मैं इसे ले जाऊँ?'

'ले जाइए। आपके साथ रहकर आदमी हो जाएगा।'

गाँव की और महिलाएँ आ गईं और मालती को होरी के घर में ले गईं। यहाँ मर्दों के सामने मालती से वार्तालाप करने का अवसर उन्हें न मिलता। मालती ने देखा, खाट बिछी है, और उस पर एक दरी पड़ी हुई है, जो पटेश्वरी के घर से माँगे आई

थी, मालती जाकर बैठी। सन्तान-रक्षा और शिशु-पालन की बातें होने लगीं। औरतें मन लगाकर सुनती रहीं।

धनिया ने कहा – 'यहाँ यह सब सफाई और संयम कैसे होगा सरकार! भोजन तक का ठिकाना तो है नहीं।'

मालती ने समझाया – 'सफाई में कुछ खर्च नहीं। केवल थोड़ी-सी मेहनत और होशियारी से काम चल सकता है।'

दुलारी सहुआइन ने पूछा – 'यह सारी बातें तुम्हें कैसे मालूम हुईं सरकार, आपका तो अभी ब्याह ही नहीं हुआ?'

मालती ने मुस्कुराकर पूछा – 'तुम्हें कैसे मालूम हुआ कि मेरा ब्याह नहीं हुआ है?'

सभी स्त्रियाँ मुँह फेरकर मुस्कुराईं। धनिया बोली – 'भला, यह भी छिपा रहता है, मिस साहब; मुँह देखते ही पता चल जाता है।'

मालती ने झेंपते हुए कहा – 'इसलिए ब्याह नहीं किया कि आप लोगों की सेवा कैसे करती!'

सबने एक स्वर में कहा – 'धन्य हो सरकार, धन्य हो।'

सिलिया मालती के पाँव दबाने लगी – 'सरकार कितनी दूर से आई हैं, थक गई होंगी।'

मालती ने पाँव खींचकर कहा – 'नहीं-नहीं, मैं थकी नहीं हूँ। मैं तो हवागाड़ी पर आई हूँ। मैं चाहती हूँ, आप लोग अपने बच्चे लाएँ, तो मैं उन्हें देखकर आप लोगों को बताऊँ कि आप इन्हें कैसे तन्दुरुस्त और नीरोग रख सकती हैं।'

जरा देर में बीस-पच्चीस बच्चे आ गए। मालती उनकी परीक्षा करने लगी। कई बच्चों की आँखें उठी थीं, उनकी आँख में दवा डाली। अधिकतर बच्चे दुर्बल थे, इसका कारण था; माता-पिता को भोजन अच्छा न मिलना। मालती को यह जानकर आश्चर्य हुआ कि बहुत कम घरों में दूध होता था। घी के तो सालों दर्शन ही नहीं होते।

मालती ने यहाँ भी उन्हें भोजन करने का महत्त्व समझाया, जैसे वह सभी गाँवों में किया करती थी। उसका जी इसलिए जलता था कि ये लोग अच्छा भोजन क्यों नहीं करते? उसे ग्रामीणों पर क्रोध आ जाता था। क्या तुम्हारा जन्म इसलिए हुआ कि तुम मर-मरकर कमाओ और जो कुछ पैदा हो, उसे खा न सको? जहाँ दो-चार बैलों के लिए भोजन है, एक-दो गाय-भैसों के लिए चारा नहीं है? क्यों ये लोग भोजन को जीवन की मुख्य वस्तु न समझकर उसे केवल प्राण-रक्षा की वस्तु समझते हैं? क्यों सरकार से नहीं कहते कि नाम-मात्र के ब्याज पर रुपये देकर उन्हें सूदखोर महाजनों के पंजे से बचाए? उसने जिस किसी से पूछा, यही मालूम हुआ कि उनकी कमाई का बड़ा भाग महाजनों का कर्ज चुकाने में खर्च हो जाता है। बँटवारे का मरज भी बढ़ता जाता था। आपस में इतना वैमनस्य था कि शायद ही कोई दो भाई एक साथ रहते हों। उनकी इस दुर्दशा का कारण बहुत कुछ उनकी संकीर्णता और स्वार्थपरता थी। मालती इन्हीं विषयों

पर महिलाओं से बातें करती रही। उनकी श्रद्धा देख-देखकर उसके मन में सेवा की प्रेरणा और भी प्रबल हो रही थी। इस त्यागमय जीवन के सामने वह विलासी जीवन कितना तुच्छ और बनावटी था! आज उसके वह रेशमी कपड़े, जिन पर जरी का काम था, और वह गन्ध से महकता हुआ शरीर, और पाउडर से अलंकृत मुख-मंडल, उसे लज्जित करने लगा। उसकी कलाई पर बँधी सोने की घड़ी जैसे अपने अपलक नेत्रों से उसे घूर रही थी। उसके गले में चमकता हुआ जड़ाऊ नेकलेस मानो गला घोंट रहा था।

इन त्याग और श्रद्धा की देवियों के सामने वह अपनी दृष्टि में नीची लग रही थी। वह इन ग्रामीणों से बहुत-सी बातें ज्यादा जानती थी, समय की गति ज्यादा पहचानती थी; लेकिन जिन परिस्थितियों में ये गरीबिनें जीवन को सार्थक कर रही हैं, उनमें क्या वह एक दिन भी रह सकती है? जिनमें अहंकार का नाम नहीं, दिन-भर काम करती हैं, उपवास करती हैं, रोती हैं, फिर भी इतनी प्रसन्न-मुख! दूसरे उनके लिए इतने अपने हो गए हैं कि अपना अस्तित्त्व ही नहीं रहा। उनका अपनापन अपने लड़कों में, अपने पति में, अपने सम्बन्धियों में है। इस भावना की रक्षा करते हुए - इसी भावना का क्षेत्र और बढ़ाकर - भावी नारीत्व का आदर्श निर्माण होगा। जाग्रत देवियों में इसकी जगह आत्म-सेवन का जो भाव आ बैठा है - सबकुछ अपने लिए, अपने भोग-विलास के लिए - उससे तो यह सुषुप्तावस्था ही अच्छी। पुरुष निर्दयी है, माना; लेकिन है तो इन्हीं माताओं का बेटा। क्यों माता ने पुत्र को ऐसी शिक्षा नहीं दी कि वह माता की, स्त्री-जाति की पूजा करता? इसीलिए कि माता को यह शिक्षा देनी नहीं आती, इसीलिए कि उसने अपने को इतना मिटाया कि उसका रूप ही बिगड़ गया, उसका व्यक्तित्व ही नष्ट हो गया।

नहीं, अपने को मिटाने से काम न चलेगा। नारी को समाज-कल्याण के लिए अपने अधिकारों की रक्षा करनी पड़ेगी, उसी तरह जैसे इन किसानों को अपनी रक्षा के लिए देवत्व का कुछ त्याग करना पड़ेगा।

सन्ध्या हो गई थी। मालती को औरतें अब तक घेरे हुए थीं। उसकी बातों से जैसे उन्हें तृप्ति ही न होती थी। कई औरतों ने उससे रात को वहीं रहने का आग्रह किया। मालती को भी उनका सरल स्नेह ऐसा प्यारा लगा कि उसने उनका निमन्त्रण स्वीकार कर लिया। रात को औरतें उसे अपना गाना सुनाएँगी। मालती ने भी प्रत्येक घर में जा-जाकर उनकी दशा से परिचय प्राप्त करने में अपने समय का सदुपयोग किया। उसकी निष्कपट सद्भावना और सहानुभूति उन गँवारिनों के लिए देवी के वरदान से कम न थी।

उधर मेहता साहब खाट पर आसन जमाए किसानों की कुश्ती देख रहे थे और पछता रहे थे, मिर्जाजी को क्यों न साथ ले लिया, नहीं उनका भी एक जोड़ हो जाता। उन्हें आश्चर्य हो रहा था, ऐसे प्रौढ़ और निरीह बालकों के साथ शिक्षित कहलानेवाले लोग कैसे निर्दयी हो जाते हैं। अज्ञान की भाँति ज्ञान भी सरल, निष्कपट और सुनहले स्वप्न देखनेवाला होता है। मानवता में उसका विश्वास इतना दृढ़, इतना सजीव होता है कि वह इसके विरुद्ध व्यवहार को अमानुषिक समझने लगता है। वह यह भूल जाता

है कि भेड़ियों ने भेड़ों की निरीहता का जवाब सदैव पंजे और दाँतों से दिया है। वह अपना आदर्श-संसार बनाकर उसको आदर्श मानवता से आबाद करता है और उसी में मग्न रहता है। यथार्थता कितनी अगम्य, कितनी दुर्बोध, कितनी अप्राकृतिक है, उसकी ओर विचार करना उसके लिए मुश्किल हो जाता है। मेहताजी इस समय इन गँवारों के बीच में बैठे हुए इसी प्रश्न को हल कर रहे थे कि इनकी दशा इतनी दयनीय क्यों है। वह इस सत्य से आँखें मिलाने का साहस न कर सकते थे कि इनका देवत्व ही इनकी दुर्दशा का कारण है। काश, ये आदमी ज्यादा और देवता कम होते, तो यों न ठुकराए जाते। देश में कुछ भी हो, क्रांति ही क्यों न आ जाए, इनसे कोई मतलब नहीं। कोई दल उनके सामने सबल के रूप में आए उसके सामने सिर झुकाने को तैयार। उनकी निरीहता जड़ता की हद तक पहुँच गई है, जिसे कठोर आघात ही कर्मण्य बना सकता है। उनकी आत्मा जैसे चारों ओर से निराश होकर अब अपने अन्दर ही टाँगे तोड़कर बैठ गई है। उनमें अपने जीवन की चेतना ही जैसे लुप्त हो गई है।

सन्ध्या हो गई थी। जो लोग अब तक खेतों में काम कर रहे थे, वे भी दौड़े चले आ रहे थे। उसी समय मेहता ने मालती को गाँव की कई औरतों के साथ इस तरह तल्लीन होकर एक बच्चे को गोद में लिए देखा, मानो वह भी उन्हीं में से एक है। मेहता का हृदय आनन्द से गद्गद हो उठा। मालती ने एक प्रकार से अपने को मेहता पर अर्पण कर दिया था। इस विषय में मेहता को अब कोई सन्देह न था; मगर अभी तक उनके हृदय में मालती के प्रति वह उत्कट भावना जाग्रत न हुई थी, जिसके बिना विवाह का प्रस्ताव करना उनके लिए हास्यजनक था। मालती बिना बुलाए मेहमान की भाँति उनके द्वार पर आकर खड़ी हो गई थी, और मेहता ने उसका स्वागत किया था। इसमें प्रेम का भाव न था, केवल पुरुषत्व का भाव था। अगर मालती उन्हें इस योग्य समझती है कि उन पर अपनी कृपा-दृष्टि फेरे, तो मेहता उसकी इस कृपा को अस्वीकार न कर सकते थे। इसके साथ ही वह मालती को गोविन्दी के रास्ते से हटा देना चाहते थे और वह जानते थे, मालती जब तक आगे पाँव न जमा लेगी, वह पिछला पाँव न उठाएगी। वह जानते थे, मालती के साथ छल करके वह अपनी नीचता का परिचय दे रहे हैं। इसके लिए उनकी आत्मा बराबर उन्हें धिक्कारती रही थी; मगर ज्यों-ज्यों वह मालती को निकट से देखते थे, उनके मन में आकर्षण बढ़ता जाता था। रूप का आकर्षण तो उन पर कोई असर न कर सकता था। यह गुण का आकर्षण था। वह यह जानते थे, जिसे सच्चा प्रेम कह सकते हैं, केवल एक बन्धन में बँध जाने के बाद ही पैदा हो सकता है। इसके पहले जो प्रेम होता है, वह तो रूप की आसक्ति मात्र है, जिसका कोई टिकाव नहीं; मगर इसके पहले यह निश्चय तो कर लेना ही था कि जो पत्थर साहचर्य के खराद पर चढ़ेगा, उसमें खरादे जाने की क्षमता है भी या नहीं। सभी पत्थर तो खराद पर चढ़कर सुन्दर मूर्तियाँ नहीं बन जाते। इतने दिनों में मालती ने उनके हृदय के भिन्न-भिन्न भागों में अपनी रश्मियाँ डाली थीं; पर अभी तक वे केन्द्रित होकर उस ज्वाला के रूप में न फूट पड़ी थीं, जिससे उनका सारा अन्तस्तल प्रज्ज्वलित हो जाता।

आज मालती ने ग्रामीणों में मिलकर और सारे भेद-भावों को मिटाकर इन रश्मियों को मानो केन्द्रित कर दिया। और आज पहली बार मेहता को मालती से एकात्मकता का अनुभव हुआ। ज्यों ही मालती गाँव का चक्कर लगाकर लौटी, उन्होंने उसे साथ लेकर नदी की ओर प्रस्थान किया। रात यहीं काटने का निश्चय हो गया। मालती का कलेजा आज न जाने क्यों धक-धक करने लगा। मेहता के मुख पर आज उसे एक विचित्र ज्योति और इच्छा झलकती हुई नजर आई।

नदी के किनारे चाँदी का फर्श बिछा हुआ था और नदी रत्न-जटित आभूषण पहने मीठे स्वरों में गाती, चाँद और तारों की ओर सिर झुकाए नींद में माते वृक्षों को अपना नृत्य दिखा रही थी। मेहता प्रकृति की उस मादक शोभा से जैसे मस्त हो गए। जैसे उनका बालपन अपनी सारी क्रीड़ाओं के साथ लौट आया हो। बालू पर कई कुलाटें मारीं। फिर दौड़े हुए नदी में जाकर घुटनों तक पानी में खड़े हो गए।

मालती ने कहा - 'पानी में न खड़े हो। कहीं ठंड न लग जाए।'

मेहता ने पानी उछालकर कहा - 'मेरा तो जी चाहता है, नदी के उस पार तैरकर चला जाऊँ।'

'नहीं-नहीं, पानी से निकल आओ। मैं न जाने दूँगी।'

'तुम मेरे साथ न चलोगी उस सूनी बस्ती में, जहाँ स्वप्नों का राज्य है?'

'मुझे तो तैरना नहीं आता।'

'अच्छा, आओ, एक नाव बनाएँ, और उस पर बैठकर चलें।'

वह बाहर निकल आए। आस-पास बड़ी दूर तक झाऊ का जंगल खड़ा था। मेहता ने जेब से चाकू निकाला और बहुत-सी टहनियाँ काटकर जमा कीं। कगार पर सरपत के जूट खड़े थे। ऊपर चढ़कर सरपत का एक गट्ठा काट लाए और वहीं बालू के फर्श पर बैठकर सरपत की रस्सी बटने लगे। ऐसे प्रसन्न थे, मानो स्वर्गारोहण की तैयारी कर रहे हैं। कई बार उँगलियाँ चिर गईं, खून निकला। मालती बिगड़ रही थी, बार-बार गाँव लौट चलने के लिए आग्रह कर रही थी; पर उन्हें कोई परवाह न थी। वही बालकों का-सा उल्लास था, वही अल्हड़पन, वही हठ। दर्शन और विज्ञान सभी इस प्रवाह में बह गए थे।

रस्सी तैयार हो गई। झाऊ का बड़ा-सा तख्त बन गया, टहनियाँ दोनों सिरों पर रस्सी से जोड़ दी गई थीं। उनके छिद्रों में झाऊ की टहनियाँ भर दी गईं, जिससे पानी ऊपर न आए। नौका तैयार हो गई। रात और भी स्वप्निल हो गई थी।

मेहता ने नौका को पानी में डालकर मालती का हाथ पकड़कर कहा - 'आओ, बैठो।'

मालती ने सशंक होकर कहा - 'दो आदमियों का बोझ सँभाल लेगी?'

मेहता ने दार्शनिक मुस्कान के साथ कहा - 'जिस तरी पर बैठे हम लोग जीवन-यात्रा कर रहे हैं, वह तो इससे कहीं निस्सार है मालती? क्या डर रही हो?'

'डर किस बात का, जब तुम साथ हो।'

'सच कहती हो?'

'अब तक मैंने बगैर किसी की सहायता के बाधाओं को जीता है। अब तो तुम्हारे संग हूँ।'

दोनों उस झाऊ के तख्ते पर बैठे और मेहता ने झाऊ के एक डंडे से ही उसे खेना शुरू किया। तख्ता डगमगाता हुआ पानी में चला।

मालती ने मन को इस तख्ते से हटाने के लिए पूछा – 'तुम तो हमेशा शहरों में रहे, गाँव के जीवन का तुम्हें कैसे अभ्यास हो गया? मैं तो ऐसा तख्ता कभी न बना सकती।'

मेहता ने उसे अनुरक्त नेत्रों से देखकर कहा – 'शायद यह मेरे पिछले जन्म का संस्कार है। प्रकृति से स्पर्श होते ही जैसे मुझमें नया जीवन-सा आ जाता है, नस-नस में स्फूर्ति छा जाती है। एक-एक पक्षी, एक-एक पशु, जैसे मुझे आनन्द का निमन्त्रण देता हुआ जान पड़ता है, मानो भूले हुए सुखों की याद दिला रहा हो। यह आनन्द मुझे और कहीं नहीं मिलता मालती, संगीत के रुलानेवाले स्वरों में भी नहीं, दर्शन की ऊँची उड़ानों में भी नहीं। जैसे अपने-आपको पा जाता हूँ, जैसे पक्षी अपने घोंसले में आ जाए।'

तख्ता डगमगाता, कभी तिरछा, कभी सीधा, कभी चक्कर खाता हुआ चला जा रहा था।

सहसा मालती ने कातर-कंठ से पूछा – 'और मैं तुम्हारे जीवन में कभी नहीं आती?'

मेहता ने उसका हाथ पकड़कर कहा – 'आती हो, बार-बार आती हो, सुगन्ध के एक झोंके की तरह, कल्पना की एक छाया की तरह और फिर अदृश्य हो जाती हो। दौड़ता हूँ कि तुम्हें करपाश में बाँध लूँ; पर हाथ खुले रह जाते हैं और तुम गायब हो जाती हो।'

मालती ने उन्माद की दशा में कहा – 'लेकिन तुमने इसका कारण भी सोचा? समझना चाहा?'

'हाँ मालती, बहुत सोचा, बार-बार सोचा।'

'तो क्या मालूम हुआ?'

'यही कि मैं जिस आधार पर जीवन का भवन खड़ा करना चाहता हूँ, वह अस्थिर है। यह कोई विशाल भवन नहीं है, केवल एक छोटी-सी शान्त कुटिया है; लेकिन उसके लिए भी तो कोई स्थिर आधार चाहिए।'

मालती ने अपना हाथ छुड़ाकर जैसे मान करते हुए कहा – 'यह झूठा आक्षेप है। तुमने सदैव मुझे परीक्षा की आँखों से देखा, कभी प्रेम की आँखों से नहीं। क्या तुम इतना भी नहीं जानते कि नारी परीक्षा नहीं चाहती, प्रेम चाहती है। परीक्षा गुणों को अवगुण, सुन्दर को असुन्दर बनानेवाली चीज है; प्रेम अवगुणों को गुण बनाता है, असुन्दर को सुन्दर! मैंने तुमसे प्रेम किया है, मैं कल्पना ही नहीं कर सकती कि तुममें कोई बुराई

भी है; मगर तुमने मेरी परीक्षा की और तुम मुझे अस्थिर, चंचल और जाने क्या-क्या समझकर मुझसे हमेशा दूर भागते रहे। नहीं, मैं जो कुछ कहना चाहती हूँ, वह मुझे कह लेने दो। मैं क्यों अस्थिर और चंचल हूँ; इसलिए कि मुझे वह प्रेम नहीं मिला, जो मुझे स्थिर और अचंचल बनाता; अगर तुमने मेरे सामने उसी तरह आत्मसमर्पण किया होता, जैसे मैंने तुम्हारे सामने किया है, तो तुम आज मुझ पर यह आक्षेप न रखते।'

मेहता ने मालती के मान का आनन्द उठाते हुए कहा – 'तुमने मेरी परीक्षा कभी नहीं की? सच कहती हो?'

'कभी नहीं।'

'तो तुमने गलती की।'

'मैं इसकी परवाह नहीं करती।'

'भावुकता में न आओ मालती! प्रेम देने के पहले हम सब परीक्षा करते हैं और तुमने की, चाहे अप्रत्यक्ष रूप से ही की हो। मैं आज तुमसे स्पष्ट कहता हूँ कि पहले मैंने तुम्हें उसी तरह देखा, जैसे रोज ही हजारों देवियों को देखा करता हूँ, केवल विनोद के भाव से, अगर मैं गलती नहीं करता, तो तुमने भी मुझे मनोरंजन के लिए एक नया खिलौना समझा।'

मालती ने टोका – 'गलत कहते हो। मैंने कभी तुम्हें इस नजर से नहीं देखा। मैंने पहले ही दिन तुम्हें अपना देव बनाकर अपने हृदय...'

मेहता बात काटकर बोले – 'फिर वही भावुकता। मुझे ऐसे महत्त्व के विषय में भावुकता पसन्द नहीं; अगर तुमने पहले ही दिन से मुझे इस कृपा के योग्य समझा तो इसका यही कारण हो सकता है, कि मैं रूप भरने में तुमसे ज्यादा कुशल हूँ, वरना जहाँ तक मैंने नारियों का स्वभाव देखा है, वह प्रेम के विषय में काफी छान-बीन करती हैं। पहले भी तो स्वयंवर से पुरुषों की परीक्षा होती थी? वह मनोवृत्ति अब भी मौजूद है, चाहे उसका रूप कुछ बदल गया हो। मैंने तब से बराबर यही कोशिश की है कि अपने को संपूर्ण रूप से तुम्हारे सामने रख दूँ और उसके साथ ही तुम्हारी आत्मा तक भी पहुँच जाऊँ। और मैं ज्यों-ज्यों तुम्हारे अन्तस्तल की गहराई में उतरा हूँ, मुझे रत्न मिले हैं। मैं विनोद के लिए आया और आज उपासक बना हुआ हूँ। तुमने मेरे भीतर क्या पाया, यह मुझे मालूम नहीं।'

नदी का दूसरा किनारा आ गया। दोनों उतरकर उसी बालू के फर्श पर जा बैठे और मेहता फिर उसी प्रवाह में बोले – 'और आज मैं यहाँ वही पूछने के लिए तुम्हें लाया हूँ?'

मालती ने काँपते हुए स्वर में कहा – 'क्या अभी तुम्हें मुझसे यह पूछने की जरूरत बाकी है?'

'हाँ इसलिए कि मैं आज तुम्हें अपना वह रूप दिखाऊँगा, जो शायद अभी तक तुमने नहीं देखा और जिसे मैंने भी छिपाया है। अच्छा, मान लो, मैं तुमसे विवाह करके कल तुमसे बेवफाई करूँ तो तुम मुझे क्या सजा दोगी?'

मालती ने उनकी ओर चकित होकर देखा। इसका आशय उसकी समझ में न आया।

'ऐसा प्रश्न क्यों करते हो?'

'मेरे लिए यह बड़े महत्त्व की बात है।'

'मैं इसकी सम्भावना नहीं समझती।'

'संसार में कुछ भी असम्भव नहीं है। बड़े-से-बड़ा महात्मा भी एक क्षण में पतित हो सकता है।'

'मैं उसका कारण खोजूँगी और उसे दूर करूँगी।'

'मान लो, मेरी आदत न छूटे।'

'फिर मैं नहीं कह सकती, क्या करूँगी। शायद विष खाकर सो रहूँ।'

'लेकिन यदि तुम मुझसे यही प्रश्न करो, तो मैं उसका दूसरा जवाब दूँगा।'

मालती ने सशंक होकर पूछा – 'बतलाओ!'

मेहता ने दृढ़ता के साथ कहा – 'मैं पहले तुम्हारा प्राणान्त कर दूँगा, फिर अपना।'

मालती ने जोर से कहकहा मारा और सिर से पाँव तक सिहर उठी। उसकी हँसी केवल उसकी सिहरन को छिपाने का आवरण थी।

मेहता ने पूछा – 'तुम हँसी क्यों?'

'इसलिए कि तुम ऐसे हिंसावादी नहीं जान पड़ते।'

'नहीं मालती, इस विषय में मैं पूरा पशु हूँ और उस पर लज्जित होने का कोई कारण नहीं देखता। आध्यात्मिक प्रेम और त्यागमय प्रेम और निःस्वार्थ प्रेम, जिसमें आदमी अपने को मिटाकर केवल प्रेमिका के लिए जीता है, उसके आनन्द से आनन्दित होता है और उसके चरणों पर अपनी आत्मा का समर्पण कर देता है, मेरे लिए निरर्थक शब्द हैं। मैंने पुस्तकों में ऐसी प्रेम-कथाएँ पढ़ी हैं, जहाँ प्रेमी ने प्रेमिका के नए प्रेमियों के लिए अपनी जान दे दी है; मगर उस भावना को मैं श्रद्धा कह सकता हूँ, सेवा कह सकता हूँ, प्रेम कभी नहीं। प्रेम सीधी-सादी गऊ नहीं, खूँख्वार शेर है, जो अपने शिकार पर किसी की आँख भी नहीं पड़ने देता।'

मालती ने उनकी आँखों में आँखें डालकर कहा – 'अगर प्रेम खूँख्वार शेर है तो मैं उससे दूर ही रहूँगी। मैंने तो उसे गाय ही समझ रखा था। मैं प्रेम को सन्देह से ऊपर समझती हूँ। वह देह की वस्तु नहीं, आत्मा की वस्तु है। सन्देह का वहाँ जरा भी स्थान नहीं और हिंसा तो सन्देह का ही परिणाम है। वह संपूर्ण आत्म-समर्पण है। उसके मन्दिर में तुम परीक्षक बनकर नहीं, उपासक बनकर ही वरदान पा सकते हो।'

वह उठकर खड़ी हो गई और तेजी से नदी की तरफ चली, मानो उसने अपना खोया हुआ मार्ग पा लिया हो। ऐसी स्फूर्ति का उसे कभी अनुभव न हुआ। उसने स्वतन्त्र जीवन में एक दुर्बलता पाई थी, जो उसे सदैव आन्दोलित करती रहती थी, सदैव अस्थिर रखती थी। उसका मन जैसे कोई आश्रय खोजा करता था, जिसके बल पर टिक सके, संसार का सामना कर सके। अपने में उसे यह शक्ति न मिलती थी। बुद्धि और चरित्र

की शक्ति देखकर वह उसकी ओर लालायित होकर जाती थी। पानी की भाँति हर एक पात्र का रूप धारण कर लेती थी। उसका अपना कोई रूप न था।

उसकी मनोवृत्ति अभी तक किसी परीक्षार्थी छात्र की-सी थी। छात्र को पुस्तकों से प्रेम हो सकता है और हो जाता है; लेकिन वह पुस्तक के उन्हीं भागों पर ज्यादा ध्यान देता है, जो परीक्षा में आ सकते हैं। उसकी पहली गरज परीक्षा में सफल होना है। ज्ञानार्जन इसके बाद। अगर उसे मालूम हो जाए कि परीक्षक बड़ा दयालु है या अन्धा है और छात्रों को यों ही पास कर दिया करता है, तो शायद वह पुस्तकों की ओर आँख उठाकर भी न देखे। मालती जो कुछ करती थी, मेहता को प्रसन्न करने के लिए। उसका मतलब था, मेहता का प्रेम और विश्वास प्राप्त करना, उसके मनोराज्य की रानी बन जाना; लेकिन उसी छात्र की तरह अपनी योग्यता का विश्वास जमाकर। लियाकत आ जाने से परीक्षक आप-ही-आप उससे सन्तुष्ट हो जाएगा, इतना धैर्य उसे न था।

मगर आज मेहता ने जैसे उसे ठुकराकर उसकी आत्म-शक्ति को जगा दिया। मेहता को जब से उसने पहली बार देखा था, तभी से उसका मन उनकी ओर झुका था। उसे वह अपने परिचितों में सबसे समर्थ जान पड़े। उनके परिष्कृत जीवन में बुद्धि की प्रखरता और विचारों की दृढ़ता ही सबसे ऊँची वस्तु थी। धन और ऐश्वर्य को तो वह केवल खिलौना समझती थी, जिसे खेलकर लड़के तोड़-फोड़ डालते हैं। रूप में भी अब उसके लिए विशेष आकर्षण न था, यद्यपि कुरूपता के लिए घृणा थी। उसको तो अब बुद्धि-शक्ति ही अपनी ओर झुका सकती थी, जिसके आश्रय में उसमें आत्म-विश्वास जगे, अपने विकास की प्रेरणा मिले, अपने में शक्ति का संचार हो, अपने जीवन की सार्थकता का ज्ञान हो। मेहता के बुद्धिबल और तेजस्विता ने उसके ऊपर अपनी मुहर लगा दी और तब से वह अपना संस्कार करती चली जाती थी। जिस प्रेरक-शक्ति की उसे जरूरत थी, वह मिल गई थी और अज्ञात रूप से उसे गति और शक्ति दे रही थी। जीवन का नया आदर्श जो उसके सामने आ गया था, वह अपने को उसके समीप पहुँचाने की चेष्टा करती हुई और सफलता का अनुभव करती हुई उस दिन की कल्पना कर रही थी, जब वह और मेहता एकात्मक हो जाएँगे और यह कल्पना उसे और भी दृढ़ और निष्ठ बना रही थी।

मगर आज जब मेहता ने उसकी आशाओं को द्वार तक लाकर प्रेम का वह आदर्श उसके सामने रखा, जिसमें प्रेम को आत्मा और समर्पण के क्षेत्र से गिराकर भौतिक धरातल तक पहुँचा दिया गया था, जहाँ सन्देह और ईर्ष्या और भोग का राज्य है, तब उसकी परिष्कृत बुद्धि आहत हो उठी। और मेहता से जो उसे श्रद्धा थी, उसे एक धक्का-सा लगा, मानो कोई शिष्य अपने गुरु को कोई नीच कर्म करते देख ले। उसने देखा, मेहता की बुद्धि-प्रखरता प्रेमत्व को पशुता की ओर खींचे लिए जाती है और उसके देवत्व की ओर से आँखें बन्द किए लेती है, और यह देखकर उसका दिल बैठ गया।

मेहता ने कुछ लज्जित होकर कहा – 'आओ, कुछ देर और बैठें।'

मालती बोली – 'नहीं, अब लौटना चाहिए। देर हो रही है।'

रायसाहब का सितारा बुलन्द था। उनके तीनों मनसूबे पूरे हो गए थे। कन्या की शादी धूम-धाम से हो गई थी, मुकदमा जीत गए थे और निर्वाचन में सफल ही न हुए थे, होम मेम्बर भी हो गए थे। चारों ओर से बधाइयाँ मिल रही थीं। तारों का ताँता लगा हुआ था। इस मुकदमे को जीतकर उन्होंने ताल्लुकेदारों की प्रथम श्रेणी में स्थान प्राप्त कर लिया था। सम्मान तो उनका पहले भी किसी से कम न था; मगर अब तो उसकी जड़ और भी गहरी और मजबूत हो गई थी। सामयिक पत्रों में उनके चित्र और चरित्र दनादन निकल रहे थे। कर्ज की मात्रा बहुत बढ़ गई थी; मगर अब रायसाहब को इसकी परवाह न थी। वह इस नई मिलिकियत का एक छोटा-सा टुकड़ा बेचकर कर्ज से मुक्त हो सकते थे। सुख की जो ऊँची-से-ऊँची कल्पना उन्होंने की थी, उससे कहीं ऊँचे जा पहुँचे थे। अभी तक उनका बँगला केवल लखनऊ में था। अब नैनीताल, मंसूरी और शिमला - तीनों स्थानों में एक-एक बँगला बनवाना लाजिम हो गया। अब उन्हें यह शोभा नहीं देता कि इन स्थानों में जाएँ, तो होटलों में या किसी दूसरे राजा के बँगले में ठहरें। जब सूर्यप्रतापसिंह के बँगले इन सभी स्थानों में थे, तो रायसाहब के लिए यह बड़ी लज्जा की बात थी कि उनके बँगले न हों।

संयोग से बँगले बनवाने की जहमत न उठानी पड़ी। बने-बनाए बँगले सस्ते दामों में मिल गए। हर एक बँगले के लिए माली, चौकीदार, कारिन्दा, खानसामा आदि भी रख लिए गए थे। और सबसे बड़े सौभाग्य की बात यह थी कि अबकी हिज मैजेस्टी के जन्मदिन के अवसर पर उन्हें राजा की पदवी भी मिल गई। अब उनकी महत्त्वाकांक्षा संपूर्ण रूप से संतुष्ट हो गई। उस दिन खूब जश्न मनाया गया और इतनी शानदार दावत हुई कि पिछले सारे रेकार्ड टूट गए। जिस वक्त हिज एक्सेलेन्सी गवर्नर ने उन्हें पदवी प्रदान की, गर्व के साथ राज-भक्ति की ऐसी तरंग उनके मन में उठी कि उनका एक-एक रोम उससे प्लावित हो उठा। यह है जीवन! नहीं, विद्रोहियों के फेर में पड़कर व्यर्थ बदनामी ली, जेल गए और अफसरों की नजरों से गिर गए। जिस डी.एस.पी. ने उन्हें पिछली बार गिरफ्तार किया था, इस वक्त वह उनके सामने हाथ बाँधे खड़ा था और शायद अपने अपराध के लिए क्षमा माँग रहा था।

मगर जीवन की सबसे बड़ी विजय उन्हें उस वक्त हुई, जब उनके पुराने, परास्त शत्रु सूर्यप्रतापसिंह ने उनके बड़े लड़के रुद्रपालसिंह से अपनी कन्या के विवाह का सन्देश भेजा। रायसाहब को न मुकदमा जीतने की इतनी खुशी हुई थी, न मिनिस्टर होने की। वह सारी बातें कल्पना में आती थीं; मगर यह बात तो आशातीत ही नहीं, कल्पनातीत थी। वही सूर्यप्रतापसिंह जो अभी कई महीने तक उन्हें अपने कुत्ते से भी नीचा समझता था, वह आज उनके लड़के से अपनी लड़की का विवाह करना चाहता था! कितनी असम्भव बात! रुद्रपाल इस समय एम.ए. में पढ़ता था, बड़ा निर्भीक, पक्का आदर्शवादी, अपने ऊपर भरोसा रखनेवाला, अभिमानी, रसिक और आलसी युवक था, जिसे अपने पिता की यह धन और मानलिप्सा बुरी लगती थी।

रायसाहब इस समय नैनीताल में थे। यह संदेशा पाकर फूल उठे। यद्यपि वह विवाह के विषय में लड़के पर किसी तरह का दबाव डालना न चाहते थे, पर इसका

उन्हें विश्वास था कि वह जो कुछ निश्चय कर लेंगे, उसमें रुद्रपाल को कोई आपत्ति न होगी और राजा सूर्यप्रतापसिंह से नाता हो जाना एक ऐसे सौभाग्य की बात थी कि रुद्रपाल का सहमत न होना खयाल में भी न आ सकता था। उन्होंने तुरन्त राजा साहब को बात दे दी और उसी वक्त रुद्रपाल को फोन किया।

रुद्रपाल ने जवाब दिया - 'मुझे स्वीकार नहीं।'

रायसाहब को अपने जीवन में न कभी इतनी निराशा हुई थी, न इतना क्रोध आया था; पूछा - 'कोई वजह?'

'समय आने पर मालूम हो जाएगा।'

'मैं अभी जानना चाहता हूँ।'

'मैं नहीं बतलाना चाहता।'

'तुम्हें मेरा हुक्म मानना पड़ेगा।'

'जिस बात को मेरी आत्मा स्वीकार नहीं करती, उसे मैं आपके हुक्म से नहीं मान सकता।'

रायसाहब ने बड़ी नम्रता से समझाया - 'बेटा, तुम आदर्शवाद के पीछे अपने पैरों में कुल्हाड़ी मार रहे हो। यह सम्बन्ध समाज में तुम्हारा स्थान कितना ऊँचा कर देगा, कुछ तुमने सोचा है? इसे ईश्वर की प्रेरणा समझो। उस कुल की कोई दरिद्र कन्या भी मुझे मिलती, तो मैं अपने भाग्य को सराहता, यह तो राजा सूर्यप्रताप की कन्या है, जो हमारे सिरमौर हैं। मैं उसे रोज देखता हूँ। तुमने भी देखा होगा। रूप, गुण, शील, स्वभाव में ऐसी युवती मैंने आज तक नहीं देखी। मैं तो चार दिन का मेहमान हूँ। तुम्हारे सामने जीवन पड़ा है। मैं तुम्हारे ऊपर दबाव नहीं डालना चाहता। तुम जानते हो, विवाह के विषय में मेरे विचार कितने उदार हैं, लेकिन मेरा यह भी तो धर्म है कि अगर तुम्हें गलती करते देखूँ, तो चेतावनी दे दूँ।'

रुद्रपाल ने इसका जवाब दिया - 'मैं इस विषय में बहुत पहले निश्चय कर चुका हूँ। उसमें अब कोई परिवर्तन नहीं हो सकता।'

रायसाहब को लड़के की जड़ता पर फिर क्रोध आ गया। गरजकर बोले - 'मालूम होता है, तुम्हारा सिर फिर गया है! आकर मुझसे मिलो। विलम्ब न करना। मैं राजा साहब को जबान दे चुका हूँ।'

रुद्रपाल ने जवाब दिया - 'खेद है, अभी मुझे अवकाश नहीं है।'

दूसरे दिन रायसाहब खुद आ गए। दोनों अपने-अपने शस्त्रों से सजे हुए तैयार खड़े थे। एक ओर सम्पूर्ण जीवन का मँजा हुआ अनुभव था, समझौतों से भरा हुआ; दूसरी ओर कच्चा आदर्शवाद था, जिद्दी, उद्दंड और निर्मम।

रायसाहब ने सीधे मर्म पर आघात किया - 'मैं जानना चाहता हूँ, वह कौन लड़की है।'

रुद्रपाल ने अचल भाव से कहा - 'अगर आप इतने उत्सुक हैं, तो सुनिए। वह मालती देवी की बहन सरोज है।'

रायसाहब आहत होकर गिर पड़े – 'अच्छा, वह!'

'आपने तो सरोज को देखा होगा?'

'खूब देखा है। तुमने राजकुमारी को देखा है या नहीं?'

'जी हाँ, खूब देखा है।'

'फिर भी...'

'मैं रूप को कोई चीज नहीं समझता।'

'तुम्हारी अक्ल पर मुझे अफसोस आता है। मालती को जानते हो, कैसी औरत है? उसकी बहन क्या कुछ और होगी?'

रुद्रपाल ने तेवरी चढ़ाकर कहा – 'मैं इस विषय में आपसे और कुछ नहीं कहना चाहता; मगर मेरी शादी होगी, तो सरोज से।'

'मेरे जीते जी कभी नहीं हो सकती।'

'तो आपके बाद होगी।'

'अच्छा, तुम्हारे यह इरादे हैं!'

और रायसाहब की आँखें सजल हो गईं। जैसे सारा जीवन उजड़ गया हो। मिनिस्ट्री और इलाका और पदवी, सब जैसे बासी फूलों की तरह नीरस, निरानन्द हो गए हों। जीवन की सारी साधना व्यर्थ हो गई। उनकी स्त्री का जब देहान्त हुआ था, तो उनकी उम्र छत्तीस साल से ज्यादा न थी। वह विवाह कर सकते थे, और भोग-विलास का आनन्द उठा सकते थे। सभी उनसे विवाह करने के लिए आग्रह कर रहे थे मगर उन्होंने इन बालकों का मुँह देखा और विधुर जीवन की साधना स्वीकार कर ली। इन्हीं लड़कों पर अपने जीवन का सारा भोग-विलास न्योछावर कर दिया।

आज तक अपने हृदय का सारा स्नेह इन्हीं लड़कों को देते चले आए हैं, और आज यह लड़का इतनी निष्ठुरता से बातें कर रहा है, मानो उनसे कोई नाता नहीं, फिर वह क्यों जायदाद और सम्मान और अधिकार के लिए जान दें? इन्हीं लड़कों ही के लिए तो वह सबकुछ कर रहे थे, जब लड़कों को उनका जरा भी लिहाज नहीं, तो वह क्यों यह तपस्या करें? उन्हें कौन संसार में बहुत दिन रहना है। उन्हें भी आराम से पड़े रहना आता है। उनके और हजारों भाई मूँछों पर ताव देकर जीवन का भोग करते हैं और मस्त घूमते हैं। फिर वह भी क्यों न भोग-विलास में पड़े रहें?

उन्हें इस वक्त याद न रहा कि वह जो तपस्या कर रहे हैं, वह लड़कों के लिए नहीं, बल्कि अपने लिए; केवल यश के लिए नहीं, बल्कि इसलिए कि वह कर्मशील हैं और उन्हें जीवित रहने के लिए इसकी जरूरत है। वह विलासी और अकर्मण्य बनकर अपनी आत्मा को सन्तुष्ट नहीं रख सकते। उन्हें मालूम नहीं, कि कुछ लोगों की प्रकृति ही ऐसी होती है कि विलास का अपाहिजपन स्वीकार ही नहीं कर सकते। वे अपने जिगर का खून पीने ही के लिए बने हैं, और मरते दम तक पिए जाएँगे ।

मगर इस चोट की प्रतिक्रिया भी तुरन्त हुई। हम जिनके लिए त्याग करते हैं, उनसे किसी बदले की आशा न रखकर भी उनके मन पर शासन करना चाहते हैं, चाहे

वह शासन उन्हीं के हित के लिए हो, यद्यपि उस हित को हम इतना अपना लेते हैं कि वह उनका न होकर हमारा हो जाता है। त्याग की मात्रा जितनी ही ज्यादा होती है, यह शासन-भावना भी उतनी ही प्रबल होती है और जब सहसा हमें विद्रोह का सामना करना पड़ता है, तो हम क्षुब्ध हो उठते हैं, और वह त्याग जैसे प्रतिहिंसा का रूप ले लेता है। रायसाहब को यह जिद पड़ गई कि रुद्रपाल का विवाह सरोज के साथ न होने पाए, चाहे इसके लिए उन्हें पुलिस की मदद क्यों न लेनी पड़े, नीति की हत्या क्यों न करनी पड़े।

उन्होंने तलवार खींचकर कहा - 'हाँ, मेरे बाद ही होगी और अभी उसे बहुत दिन हैं।'

रुद्रपाल ने जैसे गोली चला दी - 'ईश्वर करे, आप अमर हों! सरोज से मेरा विवाह हो चुका।'

'झूठ!'

'बिलकुल नहीं, प्रमाण-पत्र मौजूद है।'

रायसाहब आहत होकर गिर पड़े। इतनी सतृष्ण हिंसा की आँखों से उन्होंने कभी किसी शत्रु को न देखा था। शत्रु अधिक-से-अधिक उनके स्वार्थ पर आघात कर सकता था, या देह पर या सम्मान पर; पर यह आघात तो उस मर्मस्थल पर था, जहाँ जीवन की सम्पूर्ण प्रेरणा संचित थी। एक आँधी थी, जिसने उनका जीवन जड़ से उखाड़ दिया। अब वह सर्वथा अपंग हैं। पुलिस की सारी शक्ति हाथ में रहते हुए अपंग हैं। बल-प्रयोग उनका अन्तिम शस्त्र था। वह शस्त्र उनके हाथ से निकल चुका था। रुद्रपाल बालिग है, सरोज बालिग है। और रुद्रपाल अपनी रियासत का मालिक है। उनका उस पर कोई दबाव नहीं। आह! अगर जानते, यह लौंडा यों विद्रोह करेगा, तो इस रियासत के लिए लड़ते ही क्यों? इस मुकदमेबाजी के पीछे दो-ढाई लाख बिगड़ गए। जीवन ही नष्ट हो गया। अब तो उनकी लाज इसी तरह बचेगी कि इस लौंडे की खुशामद करते रहें, उन्होंने जरा बाधा दी और इज्जत धूल में मिली। वह जीवन का बलिदान करके भी अब स्वामी नहीं हैं। ओह! सारा जीवन नष्ट हो गया। सारा जीवन!

रुद्रपाल चला गया था। रायसाहब ने कार मँगवाई और मेहता से मिलने चले। मेहता अगर चाहें तो मालती को समझा सकते हैं। सरोज भी उनकी अवहेलना न करेगी; अगर दस-बीस हजार रुपये बल खाने से भी विवाह रुक जाए, तो वह देने को तैयार थे। उन्हें उस स्वार्थ के नशे में यह बिलकुल खयाल न रहा कि वह मेहता के पास ऐसा प्रस्ताव लेकर जा रहे हैं, जिस पर मेहता की हमदर्दी कभी उनके साथ न होगी।

मेहता ने सारा वृत्तान्त सुनकर उन्हें बनाना शुरू किया। गम्भीर मुँह बनाकर बोले - 'यह तो आपकी प्रतिष्ठा का सवाल है।'

रायसाहब भाँप न सके। उछलकर बोले - 'जी हाँ, केवल प्रतिष्ठा का। राजा सूर्यप्रतापसिंह को तो आप जानते हैं?'

'मैंने उनकी लड़की को भी देखा है। सरोज उसके पाँव की धूल भी नहीं है।'

'मगर इस लौंडे की अक्ल पर पत्थर पड़ गया है।'

'तो मारिए गोली, आपको क्या करना है। पछताएगा।'

'ओह! यही तो नहीं देखा जाता मेहताजी! मिलती हुई प्रतिष्ठा नहीं छोड़ी जाती। मैं इस प्रतिष्ठा पर अपनी आधी रियासत कुर्बान करने को तैयार हूँ। आप मालती देवी को समझा दें, तो काम बन जाए। इधर से इनकार हो जाए, तो रुद्रपाल सिर पीटकर रह जाएगा और यह नशा दस-पाँच दिन में आप उतर जाएगा। यह प्रेम-स्रेम कुछ नहीं, केवल सनक है।'

'लेकिन मालती बिना कुछ रिश्वत लिए मानेगी नहीं।'

'आप जो कुछ कहिए, मैं उसे दूँगा। वह चाहे तो मैं उसे यहाँ के डफरिन हास्पिटल का इंचार्ज बना दूँ।'

'मान लीजिए, वह आपको चाहे तो आप राजी होंगे। जब आपको मिनिस्ट्री मिली, आपके विषय में उसकी राय जरूर बदल गई होगी।'

रायसाहब ने मेहता के चेहरे की तरफ देखा। उस पर मुस्कुराहट की रेखा नजर आई। समझ गए। व्यथित स्वर में बोले - 'आपको भी मजाक करने का यही अवसर मिला। मैं आपके पास इसलिए आया था कि मुझे यकीन था कि आप मेरी हालत पर विचार करेंगे, मुझे उचित राय देंगे। और आप मुझे बनाने लगे। जिसके दाँत नहीं दुःखे, वह दाँतों का दर्द क्या जाने!'

मेहता ने गम्भीर स्वर से कहा - 'क्षमा कीजिएगा, आप ऐसा प्रश्न ही लेकर आए हैं कि उस पर गम्भीर विचार करना मैं हास्यास्पद समझता हूँ। आप अपनी शादी के जिम्मेदार हो सकते हैं। लड़के की शादी का दायित्व आप क्यों अपने ऊपर लेते हैं, खासकर जब आपका लड़का बालिग है और अपना नफा-नुकसान समझता है। कम-से-कम मैं तो शादी-जैसे महत्त्व के मुआमले में प्रतिष्ठा का कोई स्थान नहीं समझता। प्रतिष्ठा धन से होती तो राजा साहब उस नंगे के सामने घंटों गुलामों की तरह हाथ बाँधे न खड़े रहते। मालूम नहीं कहाँ तक सही है; पर राजा साहब अपने इलाके के दारोगा तक को सलाम करते हैं; इसे आप प्रतिष्ठा कहते हैं? लखनऊ में आप किसी दूकानदार, किसी अहलकार, किसी राहगीर से पूछिए; उनका नाम सुनकर गालियाँ ही देगा। इसी को आप प्रतिष्ठा कहते हैं? जाकर आराम से बैठिए। सरोज से अच्छी वधू आपको बड़ी मुश्किल से मिलेगी।'

रायसाहब ने आपत्ति के भाव से कहा - 'बहन तो मालती ही की है।'

मेहता ने गर्म होकर कहा - 'मालती की बहन होना क्या अपमान की बात है? मालती को आपने जाना नहीं, और न जानने की परवा की। मैंने भी यही समझा था; लेकिन अब मालूम हुआ कि वह आग में पड़कर चमकने वाली सच्ची धातु है। वह उन वीरों में है, जो अवसर पड़ने पर अपने जौहर दिखाते हैं, तलवार घुमाते नहीं चलते। आपको मालूम है, खन्ना की आजकल क्या दशा है?'

रायसाहब ने सहानुभूति के भाव से कहा - 'सुन चुका हूँ, और बार-बार इच्छा हुई कि उनसे मिलूँ; लेकिन फुरसत न मिली। उस मिल में आग लगना उनके सर्वनाश का कारण हो गया।'

'जी हाँ। अब वह एक तरह से दोस्तों की दया पर अपना निर्वाह कर रहे हैं। उस पर गोविन्दी महीनों से बीमार है। उसने खन्ना पर अपने को बलिदान कर दिया, उस पशु पर जिसने हमेशा उसे जलाया; अब वह मर रही है। और मालती रात की रात उसके सिरहाने बैठी रह जाती है - वही मालती, जो किसी राजा-रईस से पाँच सौ फीस पाकर भी रात-भर न बैठेगी। खन्ना के छोटे बच्चों को पालने का भार भी मालती पर है। यह मातृत्व उसमें कहाँ सोया हुआ था, मालूम नहीं। मुझे तो मालती का वह स्वरूप देखकर अपने भीतर श्रद्धा का अनुभव होने लगा है, हालाँकि आप जानते हैं, मैं घोर जड़वादी हूँ। और भीतर के परिष्कार के साथ उसकी छवि में भी देवत्व की झलक आने लगी है। मानवता इतनी बहुरंगी और इतनी समर्थ है, इसका मुझे प्रत्यक्ष अनुभव हो रहा है। आप उनसे मिलना चाहें तो चलिए, इसी बहाने मैं भी चला चलूँगा।'

रायसाहब ने संदिग्ध भाव से कहा - 'जब आप ही मेरे दर्द को नहीं समझ सके, तो मालती देवी क्या समझेंगी, मुफ्त में शर्मिन्दगी होगी, मगर आपको पास जाने के लिए किसी बहाने की जरूरत क्यों! मैं तो समझता था, आपने उनके ऊपर अपना जादू डाल दिया है।'

मेहता ने हसरत-भरी मुस्कुराहट के साथ जवाब दिया - 'वह बात अब स्वप्न हो गई। अब तो कभी उनके दर्शन भी नहीं होते। उन्हें अब फुरसत भी नहीं रहती। दो-चार बार गया, मगर मुझे मालूम हुआ, मुझसे मिलकर वह खुश नहीं हुई, तब से जाते झेंपता हूँ। हाँ, खूब याद आया, आज महिला-व्यायामशाला का जलसा है, आप चलेंगे?'

रायसाहब ने बेदिली के साथ कहा - 'जी नहीं, मुझे फुर्सत नहीं है। मुझे तो यह चिन्ता सवार है कि राजा साहब को क्या जवाब दूँगा। मैं उन्हें वचन दे चुका हूँ।'

यह कहते हुए वह उठ खड़े हुए और मन्द गति से द्वार की ओर चले। जिस गुत्थी को सुलझाने आए थे, वह और भी जटिल हो गई। अन्धकार और भी असूझ हो गया। मेहता ने कार तक आकर उन्हें विदा किया।

रायसाहब सीधे बँगले पर आए और दैनिक पत्र उठाया था कि मिस्टर तंखा का कार्ड मिला। तंखा से उन्हें घृणा थी, और उनका मुँह भी न देखना चाहते थे; लेकिन इस वक्त मन की दुर्बल दशा में उन्हें किसी हमदर्द की तलाश थी, जो और कुछ न कर सके, पर उनके मनोभावों से सहानुभूति तो करे। तुरन्त बुला लिया।

तंखा पाँव दबाते हुए, रोनी सूरत लिए कमरे में दाखिल हुआ और जमीन पर झुककर सलाम करते हुए बोला - 'मैं तो हुजूर के दर्शन करने नैनीताल जा रहा था। सौभाग्य से यहीं दर्शन हो गए! हुजूर का मिजाज तो अच्छा है।'

इसके बाद उन्होंने बड़ी लच्छेदार भाषा में, और अपने पिछले व्यवहार को बिलकुल भूलकर, रायसाहब का यशोगान आरंभ किया - 'ऐसी होम-मेम्बरी कोई क्या करेगा, जिधर देखिए, हुजूर ही के चर्चे हैं। यह पद हुजूर ही को शोभा देता है।'

रायसाहब मन में सोच रहे थे, कि यह आदमी भी कितना बड़ा धूर्त है, अपनी गरज पड़ने पर गधे को दादा कहनेवाला परले सिरे का बेवफा और निर्लज्ज; मगर उन्हें

उन पर क्रोध न आया, दया आई। पूछा – 'आजकल आप क्या कर रहे हैं?'

'कुछ नहीं हुजूर, बेकार बैठा हूँ। इसी उम्मीद से आपकी खिदमत में हाजिर होने जा रहा था कि अपने पुराने खादिमों पर निगाह रहे। आजकल बड़ी मुसीबत में पड़ा हूँ हुजूर। राजा सूर्यप्रतापसिंह को तो हुजूर जानते हैं, अपने सामने किसी को नहीं समझते। एक दिन आपकी निन्दा करने लगे। मुझसे न सुना गया। मैंने कहा, बस कीजिए महाराज, रायसाहब मेरे स्वामी हैं और मैं उनकी निन्दा नहीं सुन सकता। बस इसी बात पर बिगड़ गए। मैंने भी सलाम किया और घर चला आया। साफ कह दिया, आप कितना ही ठाठ-बाट दिखाएँ; पर रायसाहब की जो इज्जत है, वह आपको नसीब नहीं हो सकती। इज्जत ठाठ से नहीं होती, लियाकत से होती है। आपमें जो लियाकत है, वह तो दुनिया जानती है।'

रायसाहब ने अभिनय किया – 'आपने तो सीधे घर में आग लगा दी।'

तंखा ने अकड़कर कहा – 'मैं तो हुजूर साफ कहता हूँ, किसी को अच्छा लगे या बुरा। जब हुजूर के कदमों को पकड़े हूँ, तो किसी से क्यों डरूँ। हुजूर के तो नाम से जलते हैं। जब देखिए, हुजूर की बदगोई। जब से आप मिनिस्टर हुए हैं, उनकी छाती पर साँप लोट रहा है। मेरी सारी-की-सारी मजदूरी साफ डकार गए। देना तो जानते ही नहीं हुजूर। असामियों पर इतना अत्याचार करते हैं कि कुछ न पूछिए। किसी की आबरू सलामत नहीं। दिन-दहाड़े औरतों को...'

कार की आवाज आई और राजा सूर्यप्रतापसिंह उतरे। रायसाहब ने कमरे से निकलकर उनका स्वागत किया और इस सम्मान के बोझ से नत होकर बोले – 'मैं तो आपकी सेवा में आनेवाला ही था।'

यह पहला अवसर था कि राजा सूर्यप्रतापसिंह ने इस घर को अपने चरणों से पवित्र किया। यह सौभाग्य!

मिस्टर तंखा भीगी बिल्ली बने बैठे हुए थे। राजा साहब यहाँ! क्या इधर इन दोनों महोदयों में दोस्ती हो गई है? उन्होंने रायसाहब की ईर्ष्याग्नि को उत्तेजित करके अपना हाथ सेंकना चाहा था; मगर नहीं, राजा साहब यहाँ मिलने के लिए आ भले ही गए हों, मगर दिलों में जो जलन है, वह तो कुम्हार के आँवे की तरह इस ऊपर की लेप-थोप से बुझनेवाली नहीं।

राजा साहब ने सिगार जलाते हुए तंखा की ओर कठोर आँखों से देखकर कहा – 'तुमने तो सूरत ही नहीं दिखाई मिस्टर तंखा। मुझसे उस दावत के सारे रुपये वसूल कर लिए और होटलवालों को एक पाई न दी, वह मेरा सिर खा रहे हैं। मैं इसे विश्वासघात समझता हूँ। मैं चाहूँ तो अभी तुम्हें पुलिस में दे सकता हूँ।'

यह कहते हुए उन्होंने रायसाहब को सम्बोधित करके कहा – 'ऐसा बेईमान आदमी मैंने नहीं देखा रायसाहब। मैं सत्य कहता हूँ, मैं कभी आपके मुकाबले में न खड़ा होता। मगर इसी शैतान ने मुझे बहकाया और मेरे एक लाख रुपये बरबाद कर दिए। बँगला खरीद लिया साहब, कार रख ली। एक वेश्या से आशनाई भी कर रखी है। पूरे

रईस बन गए और अब दगाबाजी शुरू की है। रईसों की शान निभाने के लिए रियासत चाहिए। आपकी रियासत अपने दोस्तों की आँखों में धूल झोंकना है।'

रायसाहब ने तंखा की ओर तिरस्कार की आँखों से देखा। और बोले - 'आप चुप क्यों हैं मिस्टर तंखा, कुछ जवाब दीजिए। राजा साहब ने तो आपका सारा मेहनताना दबा लिया। है इसका कोई जवाब आपके पास? अब कृपा करके यहाँ से चले जाइए और खबरदार, फिर अपनी सूरत न दिखाइएगा। दो भले आदमियों में लड़ाई लगाकर अपना उल्लू सीधा करना बेपूँजी का रोजगार है; मगर इसका घाटा और नफा, दोनों ही जान-जोखिम है समझ लीजिए।'

तंखा ने ऐसा सिर गड़ाया कि फिर न उठाया। धीरे से चले गए। जैसे कोई चोर कुत्ता मालिक के अन्दर जाने पर दबकर निकल जाए।

जब वह चले गए, तो राजा साहब ने पूछा - 'मेरी बुराई करता होगा?'

'जी हाँ; मगर मैंने भी खूब बनाया।'

'शैतान है।'

'पूरा।'

'बाप-बेटे में लड़ाई करवा दे, मियाँ-बीवी में लड़ाई करवा दे। इस फन में उस्ताद है। खैर, आज बचा को अच्छा सबक मिल गया।'

इसके बाद रुद्रपाल के विवाह की बातचीत शुरू हुई। रायसाहब के प्राण सूखे जा रहे थे। मानो उन पर कोई निशाना बाँधा जा रहा हो। कहाँ छिप जाएँ। कैसे कहें कि रुद्रपाल पर उनका कोई अधिकार नहीं रहा; मगर राजा साहब को परिस्थिति का ज्ञान हो चुका था। रायसाहब को अपनी तरफ से कुछ न कहना पड़ा। जान बच गई।

उन्होंने पूछा - 'आपको इसकी क्योंकर खबर हुई?'

'अभी-अभी रुद्रपाल ने लड़की के नाम एक पत्र भेजा है, जो उसने मुझे दे दिया।'

'आजकल के लड़कों में और तो कोई खूबी नजर नहीं आती, बस स्वच्छन्दता की सनक सवार है।'

'सनक तो है ही; मगर इसकी दवा मेरे पास है। मैं उस छोकरी को ऐसा गायब कर दूँ कि कहीं पता न लगेगा। दस-पाँच दिन में यह सनक ठंडी हो जाएगी। समझाने से कोई नतीजा नहीं।'

रायसाहब काँप उठे। उनके मन में भी इस तरह की बात आई थी; लेकिन उन्होंने उसे आकार न लेने दिया था। संस्कार दोनों व्यक्तियों के एक-से थे। गुफावासी मनुष्य दोनों ही व्यक्तियों में जीवित था। रायसाहब ने उसे ऊपरी वस्त्रों से ढँक दिया था। राजा साहब में वह नग्न था। अपना बड़प्पन सिद्ध करने के उस अवसर को रायसाहब छोड़ न सके।

जैसे लज्जित होकर बोले - 'लेकिन यह बीसवीं सदी है, बारहवीं नहीं। रुद्रपाल के ऊपर इसकी क्या प्रतिक्रिया होगी, मैं नहीं कह सकता, लेकिन मानवता की दृष्टि से...'

राजा साहब ने बात काटकर कहा – 'आप मानवता लिए फिरते हैं और यह नहीं देखते कि संसार में आज भी मनुष्य की पशुता ही उसकी मानवता पर विजय पा रही है। नहीं, राष्ट्रों में लड़ाइयाँ क्यों होतीं? पंचायतों से मामले न तय हो जाते? जब तक मनुष्य रहेगा, उसकी पशुता भी रहेगी।'

छोटी-मोटी बहस छिड़ गई और विवाद के रूप में आकर अन्त में वितंडा बन गई और राजा साहब नाराज होकर चले गए। दूसरे दिन रायसाहब ने भी नैनीताल को प्रस्थान किया। और उसके एक दिन बाद रुद्रपाल ने सरोज के साथ इंग्लैंड की राह ली। अब उनमें पिता-पुत्र का नाता न था, प्रतिद्वन्द्वी हो गए थे। मिस्टर तंखा अब रुद्रपाल के सलाहकार और पैरोकार थे। उन्होंने रुद्रपाल की तरफ से रायसाहब पर हिसाब-फहमी का दावा किया। रायसाहब पर दस लाख की डिगरी हो गई। उन्हें डिग्री का इतना दुःख न हुआ, जितना अपने अपमान का। अपमान से भी बढ़कर दुःख था जीवन की संचित अभिलाषाओं के धूल में मिल जाने का और सबसे बड़ा दुःख था इस बात का कि अपने बेटे ने ही दगा दी। आज्ञाकारी पुत्र के पिता बनने का गौरव बड़ी निर्दयता के साथ उनके हाथ से छीन लिया गया था।

मगर अभी शायद उनके दुःख का प्याला भरा न था। जो कुछ कसर थी, वह लड़की और दामाद के सम्बन्ध-विच्छेद ने पूरी कर दी। साधारण हिन्दू बालिकाओं की तरह मीनाक्षी भी बेजबान थी। बाप ने जिसके साथ ब्याह कर दिया, उसके साथ चली गई; लेकिन स्त्री-पुरुष में प्रेम न था। दिग्विजयसिंह ऐयाश भी थे, शराबी भी। मीनाक्षी भीतर ही भीतर कुढ़ती रहती थी। पुस्तकों और पत्रिकाओं से मन बहलाया करती थी। दिग्विजय की अवस्था तो तीस से अधिक न थी। पढ़ा-लिखा भी था; मगर बड़ा मगरूर, अपनी कुल-प्रतिष्ठा की डींग मारनेवाला, स्वभाव का निर्दयी और कृपण। गाँव की नीच जाति की बहू-बेटियों पर डोरे डाला करता था। सोहबत भी नीचों की थी, जिनकी खुशामदों ने उसे और भी खुशामदपसन्द बना दिया था। मीनाक्षी ऐसे व्यक्ति का सम्मान दिल से न कर सकती थी। फिर पत्रों में स्त्रियों के अधिकारों की चर्चा पढ़-पढ़कर उसकी आँखें खुलने लगी थीं। वह जनाना क्लब में आने-जाने लगी। वहाँ कितनी ही शिक्षित ऊँचे कुल की महिलाएँ आती थीं। उनमें वोट और अधिकार और स्वाधीनता और नारी-जागृति की खूब चर्चा होती थी, जैसे पुरुषों के विरुद्ध कोई षड्यंत्र रचा जा रहा हो। अधिकतर वही आती थीं, जिनकी अपने पुरुषों से न पटती थी, जो नई शिक्षा पाने के कारण पुरानी मर्यादाओं को तोड़ डालना चाहती थीं। कई युवतियाँ भी थीं, जो डिग्रियाँ ले चुकी थीं और विवाहित जीवन को आत्मसम्मान के लिए घातक समझकर नौकरियों की तलाश में थीं। उन्हीं में एक मिस सुलतान थीं, जो विलायत से बार-एट-ला होकर आई थीं और यहाँ परदानशीन महिलाओं को कानूनी सलाह देने का व्यवसाय करती थीं। उन्हीं की सलाह से मीनाक्षी ने पति पर गुजारे का दावा किया। वह अब उसके घर में न रहना चाहती थी। गुजारे की मीनाक्षी को जरूरत न थी। मैके में वह बड़े आराम से रह सकती थी; मगर वह दिग्विजयसिंह के मुख में कालिख लगा कर यहाँ से जाना

चाहती थी। दिग्विजयसिंह ने उस पर उलटा बदचलनी का आक्षेप लगाया। रायसाहब ने इस कलह को शान्त करने की भरसक बहुत चेष्टा की; पर मीनाक्षी अब पति की सूरत नहीं देखना चाहती थी। यद्यपि दिग्विजयसिंह का दावा खारिज हो गया और मीनाक्षी ने उस पर गुजारे की डिग्री पाई; मगर यह अपमान उसके जिगर में चुभता रहा। वह अलग एक कोठी में रहती थी, और समष्टिवादी आन्दोलन में प्रमुख भाग लेती थी, पर वह जलन शान्त न होती थी।

एक दिन वह क्रोध में आकर हंटर लिए दिग्विजयसिंह के बँगले पर पहुँची। शोहदे जमा थे और वेश्या का नाच हो रहा था। उसने रणचंडी की भाँति पिशाचों की इस चंडाल चौकड़ी में पहुँचकर तहलका मचा दिया। हंटर खा-खाकर लोग इधर-उधर भागने लगे। उसके तेज के सामने वह नीच शोहदे क्या टिकते? जब दिग्विजयसिंह अकेले रह गए, तो उसने उन पर सड़ासड़ हंटर जमाने शुरू किए और इतना मारा कि कुँवर साहब बेदम हो गए। वेश्या अभी तक कोने में दुबकी खड़ी थी। अब उसका नंबर आया। मीनाक्षी हंटर तानकर जमाना ही चाहती थी कि वेश्या उसके पैरों पर गिर पड़ी और रोकर बोली – 'दुलहिनजी, आज आप मेरी जान बख्श दें। मैं फिर कभी यहाँ न आऊँगी। मैं निरपराध हूँ।'

मीनाक्षी ने उसकी ओर घृणा से देखकर कहा – 'हाँ, तू निरपराध है। जानती है न, मैं कौन हूँ! चली जा। अब कभी यहाँ न आना। हम स्त्रियाँ भोग-विलास की चीजें हैं ही, तेरा कोई दोष नहीं!'

वेश्या ने उसके चरणों पर सिर रखकर आवेश में कहा – 'परमात्मा आपको सुखी रखे। जैसा आपका नाम सुनती थी, वैसा ही पाया।'

'सुखी रहने से तुम्हारा क्या आशय है?'

'आप जो समझें महारानी जी!'

'नहीं, तुम बतलाओ।'

वेश्या के प्राण नखों में समा गए। कहाँ से कहाँ आशीर्वाद देने चली। जान बच गई थी, चुपके से अपनी राह लेनी चाहिए थी, दुआ देने की सनक सवार हुई। अब कैसे जान बचे?

डरती-डरती बोली – 'हुजूर का एकबाल बढ़े, नाम बढ़े।'

मीनाक्षी मुस्कुराई – 'हाँ, ठीक है।'

वह आकर अपनी कार में बैठी, हाकिम-जिला के बँगले पर पहुँचकर इस कांड की सूचना दी और अपनी कोठी में चली गई। तब से स्त्री-पुरुष दोनों एक-दूसरे के खून के प्यासे थे। दिग्विजयसिंह रिवाल्वर लिए उसकी ताक में फिरा करते और वह भी अपनी रक्षा के लिए दो पहलवान ठाकुरों को अपने साथ लिए रहती थी। और रायसाहब ने सुख का जो स्वर्ग बनाया था, उसे अपनी जिन्दगी में ही ध्वंस होते देख रहे थे और अब संसार से निराश होकर उनकी आत्मा अन्तर्मुखी होती जाती थी। अब तक अभिलाषाओं से जीवन के लिए प्रेरणा मिलती रहती थी। उधर का रास्ता बन्द हो जाने

पर उनका मन आप-ही-आप भक्ति की ओर झुका, जो अभिलाषाओं से कहीं बढ़कर सत्य था। जिस नई जायदाद के आसरे पर कर्ज लिए थे, वह जायदाद कर्ज की पुरौती किए बिना ही हाथ से निकल गई थी और वह बोझ सिर पर लदा हुआ था। मिनिस्ट्री से जरूर अच्छी रकम मिलती थी; मगर वह सारी की सारी उस मर्यादा का पालन करने में ही उड़ जाती थी और रायसाहब को अपना राजसी ठाठ निभाने के लिए वही असामियों पर इजाफा और बेदखली और नजराना करना और लेना पड़ता था, जिससे उन्हें घृणा थी। वह प्रजा को कष्ट न देना चाहते थे। उनकी दशा पर उन्हें दया आती थी; लेकिन अपनी जरूरतों से हैरान थे।

मुश्किल यह थी कि उपासना और भक्ति में भी उन्हें शान्ति न मिलती थी। वह मोह को छोड़ना चाहते थे; पर मोह उन्हें न छोड़ता था और इस खींच-तान में उन्हें अपमान, ग्लानि और अशान्ति से छुटकारा न मिलता था। और जब आत्मा में शान्ति नहीं, तो देह कैसे स्वस्थ रहती? निरोग रहने का सब उपाय करने पर भी एक-न-एक बाधा गले पड़ी रहती थी। रसोई में सभी तरह के पकवान बनते थे; पर उनके लिए वही मूँग की दाल और फुलके थे। अपने और भाइयों को देखते थे, जो उनसे भी ज्यादा मकरूज, अपमानित और शोकग्रस्त थे, जिनके भोग-विलास में, ठाठ-बाट में किसी तरह की कमी न थी; मगर इस तरह की बेहयाई उनके बस में न थी। उनके मन के ऊँचे संस्कारों का ध्वंस न हुआ था। पर-पीड़ा, मक्कारी, निर्लज्जता और अत्याचार को वह ताल्लुकेदारी की शोभा और रोब-दाब का नाम देकर अपनी आत्मा को संतुष्ट कर सकते थे, और यही उनकी सबसे बड़ी हार थी।

मिर्जा खुर्शेद ने अस्पताल से निकलकर एक नया काम शुरू कर दिया था। निश्चिन्त बैठना उनके स्वभाव में न था। यह काम क्या था? नगर की वेश्याओं की एक नाटक-मंडली बनाना। अपने अच्छे दिनों में उन्होंने खूब ऐयाशी की थी और इन दिनों अस्पताल के एकान्त में घावों की पीड़ाएँ सहते-सहते उनकी आत्मा निष्ठावान हो गई थी। उस जीवन की याद करके उन्हें गहरी मनोव्यथा होती थी। उस वक्त अगर उन्हें समझ होती तो वह प्राणियों का कितना उपकार कर सकते थे; कितनों के शोक और दरिद्रता का भार हलका कर सकते थे; मगर वह धन उन्होंने ऐयाशी में उड़ाया। यह कोई नया आविष्कार नहीं है कि संकटों में ही हमारी आत्मा को जागृति मिलती है। बुढ़ापे में कौन अपनी जवानी की भूलों पर दुःखी नहीं होता? काश, वह समय ज्ञान या शक्ति के संचय में लगाया होता, सुकृतियों का कोष भर लिया होता, तो आज चित्त को कितनी शान्ति मिलती। वहीं उन्हें इसका वेदनामय अनुभव हुआ कि संसार में कोई अपना नहीं, कोई उनकी मौत पर आँसू बहानेवाला नहीं। उन्हें रह-रहकर जीवन की एक पुरानी घटना याद आती थी। बसरे के एक गाँव में जब वह कैम्प में मलेरिया से ग्रस्त पड़े थे, एक ग्रामीण बाला ने उनकी तीमारदारी कितने आत्म-समर्पण से की थी। अच्छे हो जाने पर

जब उन्होंने रुपये और आभूषणों से उसके एहसानों का बदला देना चाहा था, तो उसने किस तरह आँखों में आँसू भरकर सिर नीचा कर लिया था और उन उपहारों को लेने से इनकार कर दिया था।

इन नर्सों की सुश्रूषा में नियम है, व्यवस्था है, सच्चाई है, मगर वह प्रेम कहाँ, वह तन्मयता कहाँ, जो उस बाला की अभ्यासहीन अल्हड़ सेवाओं में थी? वह अनुराग-मूर्ति कब की उनके दिल से मिट चुकी थी। वह उससे फिर आने का वादा करके कभी उसके पास न गए। विलास के उन्माद में कभी उसकी याद ही न आई। आई भी तो उसमें केवल दया थी, प्रेम न था। मालूम नहीं, उस बाला पर क्या गुजरी? मगर आजकल उसकी वह आतुर, नम्र, शान्त, सरल मुद्रा बराबर उनकी आँखों के सामने फिरा करती थी। काश, उससे विवाह कर लिया होता तो आज जीवन में कितना रस होता! और उसके प्रति अन्याय के दुःख ने उस संपूर्ण वर्ग को उनकी सेवा और सहानुभूति का पात्र बना दिया। जब तक नदी बाढ़ पर थी, उसके गंदले, तेज, फेनिल प्रवाह में प्रकाश की किरणें बिखरकर रह जाती थीं। अब प्रवाह और शान्त हो गया था और रश्मियाँ उसकी तह तक पहुँच रही थीं।

मिर्जा साहब वसन्त की इस शीतल सन्ध्या में अपने झोंपड़े के बरामदे में दो वीरांगनाओं के साथ बैठे हुए बातचीत कर रहे थे कि मिस्टर मेहता पहुँचे। मिर्जा ने बड़े तपाक से हाथ मिलाया और बोले - 'मैं तो आपकी खातिरदारी का सामान लिए आपकी राह देख रहा हूँ।'

दोनों सुंदरियाँ मुस्कुराईं। मेहता कट गए।

मिर्जा ने दोनों औरतों को वहाँ से चले जाने का संकेत किया और मेहता को मसनद पर बैठाते हुए बोले - 'मैं तो खुद आपके पास आनेवाला था। मुझे ऐसा मालूम हो रहा है कि मैं जो काम करने जा रहा हूँ, वह आपकी मदद के बगैर पूरा न होगा। आप सिर्फ मेरी पीठ पर हाथ रख दीजिए और ललकारते जाइए - हाँ मिर्जा, बढ़े चल पट्ठे।'

मेहता ने हँसकर कहा - 'आप जिस काम में हाथ लगाएँगे, उसमें हम-जैसे किताबी कीड़ों की जरूरत न होगी। आपकी उम्र मुझसे ज्यादा है। दुनिया भी आपने खूब देखी है और छोटे-से-छोटे आदमियों पर अपना असर डाल सकने की जो शक्ति आप में है, वह मुझमें होती, तो मैंने खुदा जाने क्या किया होता।'

मिर्जा साहब ने थोड़े-से शब्दों में अपनी नई स्कीम उनसे बयान की। उनकी धारणा थी कि रूप के बाजार में वही स्त्रियाँ आती हैं, जिन्हें या तो अपने घर में किसी कारण से सम्मानपूर्ण आश्रय नहीं मिलता, या जो आर्थिक कष्टों से मजबूर हो जाती हैं, और अगर यह दोनों प्रश्न हल कर दिए जाएँ, तो बहुत कम औरतें इस भाँति पतित हों।

मेहता ने अन्य विचारवान सज्जनों की भाँति इस प्रश्न पर काफी विचार किया था और उनका खयाल था कि मुख्यतः मन के संस्कार और भोग-लालसा ही औरतों को

इस ओर खींचते हैं। इसी बात पर दोनों मित्रों में बहस छिड़ गई। दोनों अपने-अपने पक्ष पर अड़ गए।

मेहता ने मुट्ठी बाँधकर हवा में पटकते हुए कहा – 'आपने इस प्रश्न पर ठंडे दिल से गौर नहीं किया। रोजी के लिए और बहुत जरिये हैं। मगर ऐश की भूख रोटियों से नहीं जाती। उसके लिए दुनिया के अच्छे-अच्छे पदार्थ चाहिए। जब तक समाज की व्यवस्था ऊपर से नीचे तक बदल न डाली जाए, इस तरह की मंडली से कोई फायदा न होगा।'

मिर्जा ने मूँछें खड़ी कीं – 'और मैं कहता हूँ कि यह महज रोजी का सवाल है। हाँ, यह सवाल सभी आदमियों के लिए एक-सा नहीं है। मजदूर के लिए वह महज आटे-दाल और एक फूस की झोंपड़ी का सवाल है। एक वकील के लिए वह एक कार और बँगले और खिदमतगारों का सवाल है। आदमी महज रोटी नहीं चाहता और भी बहुत-सी चीजें चाहता है। अगर औरतों के सामने भी वह प्रश्न तरह-तरह की सूरतों में आता है तो उनका क्या कसूर है?'

डाक्टर मेहता अगर जरा गौर करते, तो उन्हें मालूम होता कि उनमें और मिर्जा में कोई भेद नहीं, केवल शब्दों का हेर-फेर है; पर बहस की गर्मी में गौर करने का धैर्य कहाँ? गर्म होकर बोले – 'मुआफ कीजिए, मिर्जा साहब, जब तक दुनिया में दौलतवाले रहेंगे, वेश्याएँ भी रहेंगी। मंडली अगर सफल भी हो जाए, हालाँकि मुझे उसमें बहुत सन्देह है, तो आप दस-पाँच औरतों से ज्यादा उनमें कभी न ले सकेंगे, और वह भी थोड़े दिनों के लिए। सभी औरतों में नाट्य करने की शक्ति नहीं होती, उसी तरह जैसे सभी आदमी कवि नहीं हो सकते। और यह भी मान लें कि वेश्याएँ आपकी मंडली में स्थायी रूप से टिक जाएँगी, तो भी बाजार में उनकी जगह खाली न रहेगी। जड़ पर जब तक कुल्हाड़े न चलेंगे, पत्तियाँ तोड़ने से कोई नतीजा नहीं। दौलतवालों में कभी-कभी ऐसे लोग निकल आते हैं, जो सबकुछ त्यागकर खुदा की याद में जा बैठते हैं; मगर दौलत का राज्य बदस्तूर कायम है। उसमें जरा भी कमजोरी नहीं आने पाई।'

मिर्जा को मेहता की हठधर्मी पर दुःख हुआ। इतना पढ़ा-लिखा विचारवान आदमी इस तरह की बातें करे! समाज की व्यवस्था क्या आसानी से बदल जाएगी? वह तो सदियों का मुआमला है। तब तक क्या यह अनर्थ होने दिया जाय? क्यों न शेर को पिंजरे में बन्द कर दिया जाए कि वह दाँत और नाखून होते हुए भी किसी को हानि न पहुँचा सके। क्यों उस वक्त तक चुपचाप बैठा रहा जाए, जब तक शेर अहिंसा का व्रत न ले ले? दौलतवाले और जिस तरह चाहें अपनी दौलत उड़ाएँ, मिर्जाजी को गम नहीं। शराब में डूब जाएँ, कारों की माला गले में डाल लें, किले बनवाएँ, धर्मशालाएँ और मसजिदें खड़ी करें, उन्हें कोई परवाह नहीं। अबलाओं की जिन्दगी न खराब करें। यह मिर्जाजी नहीं देख सकते। वह रूप के बाजार को ऐसा खाली कर देंगे कि दौलतवालों की अशर्फियों पर कोई थूकनेवाला भी न मिले। क्या जिन दिनों शराब की दूकानों की पिकेटिंग होती थी, अच्छे-अच्छे शराबी पानी पी-पीकर दिल की आग नहीं बुझाते थे?

मेहता ने मिर्जा की बेवकूफी पर हँसकर कहा – 'आपको मालूम होना चाहिए कि दुनिया में ऐसे मुल्क भी हैं, जहाँ वेश्याएँ नहीं हैं। मगर अमीरों की दौलत वहाँ भी दिलचस्पियों के सामान पैदा कर लेती हैं।'

मिर्जाजी भी मेहता की जड़ता पर हँसे – 'जानता हूँ मेहरबान, जानता हूँ। आपकी दुआ से दुनिया देख चुका हूँ; मगर यह हिन्दुस्तान है, यूरोप नहीं है।'

'इनसान का स्वभाव सारी दुनिया में एक-सा है।'

'मगर यह भी मालूम रहे कि हर एक कौम में एक ऐसी चीज होती है, जिसे उसकी आत्मा कह सकते हैं। असमत (सतीत्व) हिन्दुस्तानी तहजीब की आत्मा है।'

'अपने मुँह मियाँ-मिट्ठू बन लीजिए।'

'दौलत की आप इतनी बुराई करते हैं, फिर भी खन्ना की हिमायत करते नहीं थकते। न कहिएगा।'

मेहता का तेज विदा हो गया। नम्र भाव से बोले – 'मैंने खन्ना की हिमायत उस वक्त की है, जब वह दौलत के पंजे से छूट गए हैं, और आजकल उनकी हालत आप देखें, तो आपको दया आएगी। और मैं क्या हिमायत करूँगा, जिसे अपनी किताबों और विद्यालय से छुट्टी नहीं; ज्यादा-से-ज्यादा सूखी हमदर्दी ही तो कर सकता हूँ। हिमायत की है मिस मालती ने कि खन्ना को बचा लिया। इनसान के दिल की गहराइयों में त्याग और कुर्बानी की कितनी ताकत छिपी होती है, इसका मुझे अब तक तजरबा न हुआ था। आप भी एक दिन खन्ना से मिल आइए। फूले न समाइएगा। इस वक्त उन्हें जिस चीज की सबसे ज्यादा जरूरत है, वह हमदर्दी है।'

मिर्जा ने जैसे अपनी इच्छा के विरुद्ध कहा – 'आप कहते हैं, तो जाऊँगा। आपके साथ जहन्नुम में जाने में भी मुझे उज्र नहीं; मगर मिस मालती से तो आपकी शादी होनेवाली थी। बड़ी गर्म खबर थी।'

मेहता ने झेंपते हुए कहा – 'तपस्या कर रहा हूँ। देखिए, कब वरदान मिले।'

'अजी, वह तो आप पर मरती थी।'

'मुझे भी यही वहम हुआ था; मगर जब मैंने हाथ बढ़ाकर उसे पकड़ना चाहा तो देखा, वह आसमान पर जा बैठी है। उस ऊँचाई तक तो क्या मैं पहुँचूँगा, आरजू-मिन्नत कर रहा हूँ कि नीचे आ जाए। आजकल तो वह मुझसे बोलती भी नहीं।'

यह कहते हुए मेहता जोर से रोती हुई हँसी हँसे और उठ खड़े हुए।

मिर्जा ने पूछा – 'अब फिर कब मुलाकात होगी?'

'अबकी आपको तकलीफ करनी पड़ेगी। खन्ना के पास जाइएगा जरूर!'

'जाऊँगा।'

मिर्जा ने खिड़की से मेहता को जाते देखा। चाल में वह तेजी न थी, जैसे किसी चिन्ता में डूबे हुए हों।

डाक्टर मेहता परीक्षक से परीक्षार्थी हो गए हैं। मालती से दूर-दूर रहकर उन्हें ऐसी शंका होने लगी है कि उसे खो न बैठें। कई महीनों से उनके पास न आई थी और जब वह विकल होकर उसके घर गए तो मुलाकात न हुई। जिन दिनों रुद्रपाल और सरोज का प्रेमकांड चलता रहा, तब तो मालती उनकी सलाह लेने प्रायः एक-दो बार रोज आती थी; पर जब से दोनों इंग्लैंड चले गए थे, उसका आना-जाना बन्द हो गया था। घर पर भी मुश्किल से मिलती। ऐसा मालूम होता था, जैसे वह उनसे बचती है, जैसे बलपूर्वक अपने मन को उनकी ओर से हटा लेना चाहती है। जिस पुस्तक में वह इन दिनों लगे हुए थे, वह आगे बढ़ने से इनकार कर रही थी, जैसे उनका मनोयोग लुप्त हो गया हो।

गृह-प्रबन्ध में तो वह कभी बहुत कुशल न थे। सब मिलाकर एक हजार रुपये से अधिक महीने में कमा लेते थे; मगर बचत एक धेले की भी न होती थी। रोटी-दाल खाने के सिवा और उनके हाथ कुछ न था। तकल्लुफ अगर कुछ था तो वह उनकी कार थी, जिसे वह खुद ड्राइव करते थे। कुछ रुपये किताबों में उड़ जाते थे, कुछ चन्दों में, कुछ गरीब छात्रों की परवरिश में और अपने बाग की सजावट में, जिससे उन्हें इश्क-सा था। तरह-तरह के पौधे और वनस्पतियाँ विदेशों से महँगे दामों मँगाना और उनको पालना यही उनका मानसिक चटोरपन था या इसे दिमागी ऐयाशी कहें मगर इधर कई महीनों से उस बगीचे की ओर से भी वह कुछ विरक्त-से हो रहे थे और घर का इन्तजाम और भी बदतर हो गया था। खाते दो फुलके और खर्च हो जाते सौ से ऊपर! अचकन पुरानी हो गई थी; मगर इसी पर उन्होंने कड़ाके का जाड़ा काट दिया। नई अचकन सिलवाने की तौफीक न हुई थी। कभी-कभी बिना घी की दाल खाकर उठना पड़ता। कब घी का कनस्तर मँगाया था, इसकी उन्हें याद ही न थी, और महाराज से पूछें भी तो कैसे? वह समझेगा नहीं कि उस पर अविश्वास किया जा रहा है? आखिर एक दिन जब तीन निराशाओं के बाद चौथी बार मालती से मुलाकात हुई और उसने इनकी यह हालत देखी, तो उससे न रहा गया। बोली – 'तुम क्या अबकी जाड़ा यों ही काट दोगे? यह अचकन पहनते तुम्हें शर्म भी नहीं आती?'

मालती उनकी पत्नी न होकर उनके इतने समीप थी कि यह प्रश्न उसने उसी सहज भाव से पूछ लिया, जैसे अपने किसी आत्मीय से करती।

मेहता ने बिना झेंपे हुए कहा – 'क्या करूँ मालती, पैसा तो बचता ही नहीं।'

मालती को अचरज हुआ – 'तुम एक हजार कमाते हो, और तुम्हारे पास अपने कपड़े बनवाने को भी पैसे नहीं? मेरी आमदनी चार सौ से ज्यादा न थी; लेकिन मैं उसी में सारी गृहस्थी चलाती हूँ और बचा लेती हूँ। आखिर तुम क्या करते हो?'

'मैं एक पैसा भी फालतू नहीं खर्च करता। मुझे कोई ऐसा शौक भी नहीं है।'

'अच्छा, मुझसे रुपये ले जाओ और एक जोड़ी अचकन बनवा लो।'

मेहता ने लज्जित होकर कहा – 'अबकी बनवा लूँगा। सच कहता हूँ!'

'अब आप यहाँ आएँ तो आदमी बनकर आएँ।'

'यह तो बड़ी कड़ी शर्त है।'

'कड़ी सही। तुम जैसों के साथ बिना कड़ाई किए काम नहीं चलता।'

मगर वहाँ तो सन्दूक खाली था और किसी दूकान पर बे-पैसे जाने का साहस न पड़ता था! मालती के घर जाएँ तो कौन मुँह लेकर? दिल में तड़प-तड़पकर रह जाते थे। एक दिन नई विपत्ति आ पड़ी। इधर कई महीने से मकान का किराया नहीं दिया था। पचहत्तर रुपये माहवार बढ़ते जाते थे। मकानदार ने जब बहुत तकाजे करने पर भी रुपये वसूल न कर पाए, तो नोटिस दे दी; मगर नोटिस रुपये गढ़ने का कोई जन्तर तो है नहीं। नोटिस की तारीख निकल गई और रुपये न पहुँचे। तब मकानदार ने मजबूर होकर नालिश कर दी। वह जानता था, मेहताजी बड़े सज्जन और परोपकारी पुरुष हैं; लेकिन इससे ज्यादा भलमनसी वह क्या करता कि छः महीने बैठा रहा। मेहता ने किसी तरह की पैरवी न की, एकतरफा डिग्री हो गई, मकानदार ने तुरन्त डिग्री जारी कराई और कुर्क अमीन मेहता साहब के पास पूर्व सूचना देने आया; क्योंकि उसका लड़का यूनिवर्सिटी में पढ़ता था और उसे मेहता कुछ वजीफा भी देते थे। संयोग से उस वक्त मालती भी बैठी थी।

बोली - 'कैसी कुर्की है? किस बात की?'

अमीन ने कहा - 'वही किराए की डिग्री जो हुई थी। मैंने कहा, हुजूर को इत्तला दे दूँ। चार-पाँच सौ का मामला है, कौन-सी बड़ी रकम है। दस दिन में भी रुपये दे दीजिए, तो कोई हरज नहीं। मैं महाजन को दस दिन तक उलझाए रहूँगा।'

जब अमीन चला गया तो मालती ने तिरस्कार-भरे स्वर में पूछा - 'अब यहाँ तक नौबत पहुँच गई! मुझे आश्चर्य होता है कि तुम इतने मोटे-मोटे ग्रन्थ कैसे लिखते हो! मकान का किराया छः-छः महीने से बाकी पड़ा है और तुम्हें खबर नहीं?'

मेहता लज्जा से सिर झुकाकर बोले - 'खबर क्यों नहीं है, लेकिन रुपये बचते ही नहीं। मैं एक पैसा भी व्यर्थ नहीं खर्च करता।'

'कोई हिसाब-किताब भी लिखते हो?'

'हिसाब क्यों नहीं रखता। जो कुछ पाता हूँ; वह सब दर्ज करता जाता हूँ, नहीं इनकमटैक्सवाले जिन्दा न छोड़ें।'

'और जो कुछ खर्च करते हो वह?'

'उसका तो कोई हिसाब नहीं रखता।'

'क्यों?'

'कौन लिखे? बोझ-सा लगता है।'

'और यह पोथे कैसे लिख डालते हो?'

'उसमें तो विशेष कुछ नहीं करना पड़ता। कलम लेकर बैठ जाता हूँ। हर वक्त खर्च का खाता तो खोलकर नहीं बैठता।'

'तो रुपये कैसे अदा करोगे?'

'किसी से कर्ज ले लूँगा। तुम्हारे पास हों तो दे दो।'

'मैं तो एक शर्त पर दे सकती हूँ। तुम्हारी आमदनी सब मेरे हाथों में आए और खर्च भी मेरे हाथों से हो।'

मेहता प्रसन्न होकर बोले – 'वाह, अगर यह भार ले लो, तो क्या कहना; मूसलों ढोल बजाऊँ।'

मालती ने डिग्री के रुपये चुका दिए और दूसरे ही दिन मेहता को वह बँगला खाली करने पर मजबूर किया। अपने बँगले में उसने उनके लिए दो बड़े-बड़े कमरे दे दिए। उनके भोजन आदि का प्रबन्ध भी अपनी ही गृहस्थी में कर दिया। मेहता के पास सामान तो ज्यादा न था; मगर किताबें कई गाड़ी थीं। उनके दोनों कमरे पुस्तकों से भर गए। अपना बगीचा छोड़ने का उन्हें जरूर कलक हुआ; लेकिन मालती ने अपना पूरा अहाता उनके लिए छोड़ दिया कि जो फूल-पत्तियाँ चाहें, लगाएँ।

मेहता तो निश्चिन्त हो गए; लेकिन मालती को उनकी आय-व्यय पर नियन्त्रण करने में बड़ी मुश्किल का सामना करना पड़ा। उसने देखा, आय तो एक हजार से ज्यादा है; मगर वह सारी की सारी गुप्तदान में उड़ जाती है। बीस-पच्चीस लड़के उन्हीं से वजीफा पाकर विद्यालय में पढ़ रहे थे। विधवाओं की तादाद भी इससे कम न थी। इस खर्च में कैसे कमी करे, यह उसे न सूझता था। सारा दोष उसी के सिर मढ़ा जाएगा, सारा अपयश उसी के हिस्से पड़ेगा। कभी मेहता पर झुँझलाती, कभी अपने ऊपर, कभी प्रार्थियों के ऊपर जो एक सरल, उदार प्राणी पर अपना भार रखते जरा भी न सकुचाते थे। यह देखकर और भी झुँझलाहट होती थी कि इन दान लेनेवालों में कुछ तो इसके पात्र ही न थे। एक दिन उसने मेहता को आड़े हाथों लिया।

मेहता ने उसका आक्षेप सुनकर निश्चिन्त भाव से कहा – 'तुम्हें अख्तियार है, जिसे चाहे दो, चाहे न दो। मुझसे पूछने की कोई जरूरत नहीं। हाँ, जवाब भी तुम्हीं को देना पड़ेगा।'

मालती ने चिढ़कर कहा – 'हाँ, और क्या, यश तो तुम लो, अपयश मेरे सिर मढ़ो। मैं नहीं समझती, तुम किस तर्क से इस दान-प्रथा का समर्थन कर सकते हो। मनुष्य-जाति को इस प्रथा ने जितना आलसी और मुफ्तखोर बनाया है और उसके आत्मगौरव पर जैसा आघात किया है, उतना अन्याय ने भी न किया होगा; बल्कि मेरे खयाल में अन्याय ने मनुष्य-जाति में विद्रोह की भावना उत्पन्न करके समाज का बड़ा उपकार किया है।'

मेहता ने स्वीकार किया – 'मेरा भी यही खयाल है।'

'तुम्हारा यह खयाल नहीं है।'

'नहीं मालती, मैं सच कहता हूँ।'

'तो विचार और व्यवहार में इतना भेद क्यों?'

मालती ने तीसरे महीने बहुतों को निराश किया। किसी को साफ जवाब दिया, किसी से मजबूरी जताई, किसी की फजीहत की।

मिस्टर मेहता का बजट तो धीरे-धीरे ठीक हो गया; मगर इससे उनको एक प्रकार की ग्लानि हुई। मालती ने जब तीसरे महीने में तीन सौ की बचत दिखाई, तब

वह उससे कुछ बोले नहीं, मगर उनकी दृष्टि में उसका गौरव कुछ कम अवश्य हो गया। नारी में दान और त्याग होना चाहिए। उसकी यही सबसे बड़ी विभूति है। इसी आधार पर समाज का भवन खड़ा है। वणिक-बुद्धि को वह आवश्यक बुराई ही समझते थे।

जिस दिन मेहता की अचकनें बनकर आईं और नई घड़ी आई, वह संकोच के मारे कई दिन बाहर न निकले। आत्म-सेवा से बड़ा उनकी नजरों में दूसरा अपराध न था।

मगर रहस्य की बात यह थी कि मालती उनको तो लेखे-ड्योढ़े में कसकर बाँधना चाहती थी। उनके धन-दान के द्वार बन्द कर देना चाहती थी; पर खुद जीवन-दान देने में अपने समय और सदाशयता को दोनों हाथों से लुटाती थी। अमीरों के घर तो वह बिना फीस लिए न जाती थी; लेकिन गरीबों को मुफ्त देखती थी, दवा भी देती थी। दोनों में अन्तर इतना ही था, कि मालती घर की भी थी और बाहर की भी; मेहता केवल बाहर के थे, घर उनके लिए न था। निजत्व दोनों मिटाना चाहते थे। मेहता का रास्ता साफ था। उन पर अपनी जाति के सिवा और कोई जिम्मेदारी न थी। मालती का रास्ता कठिन था, उस पर दायित्व था, बन्धन था, जिसे वह तोड़ न सकती थी, न तोड़ना चाहती थी। उस बन्धन में ही उसे जीवन की प्रेरणा मिलती थी। उसे अब मेहता को समीप से देखकर यह अनुभव हो रहा था कि वह खुले जंगल में विचरनेवाले जीव को पिंजरे में बन्द नहीं कर सकती। और बन्द कर देगी, तो वह काटने और नोचने दौड़ेगा। पिंजरे में सब तरह का सुख मिलने पर भी उसके प्राण सदैव जंगल के लिए ही तड़पते रहेंगे। मेहता के लिए घरबारी दुनिया पर एक अनजानी दुनिया थी, जिसकी रीति-नीति से वह परिचित न थे।

उन्होंने संसार को बाहर से देखा था और उसे मक्कारी और फरेब से ही भरा समझते थे। जिधर देखते थे, उधर ही बुराइयाँ नजर आती थीं; मगर समाज में जब गहराई में जाकर देखा, तो उन्हें मालूम हुआ कि इन बुराइयों के नीचे त्याग भी है, प्रेम भी है, साहस भी है, धैर्य भी है; मगर यह भी देखा कि वह विभूतियाँ हैं तो जरूर पर दुर्लभ हैं, और इस शंका और सन्देह में जब मालती का अन्धकार से निकलता हुआ देवी-रूप उन्हें नजर आया, तब वह उसकी ओर उतावलेपन के साथ, सारा धैर्य खोकर टूटे और चाहा कि उसे ऐसे जतन से छिपाकर रखें कि किसी दूसरे की आँख भी उस पर न पड़े। यह ध्यान न रहा कि यह मोह ही विनाश की जड़ है। प्रेम-जैसी निर्मम वस्तु क्या भय से बाँधकर रखी जा सकती है? वह तो पूरा विश्वास चाहती है, पूरी स्वाधीनता चाहती है, पूरी जिम्मेदारी चाहती है। उसके पल्लवित होने की शक्ति उसके अन्दर है। उसे प्रकाश और क्षेत्र मिलना चाहिए। वह कोई दीवार नहीं है, जिस पर ऊपर से ईंटें रखी जाती हैं। उसमें तो प्राण है, फैलने की असीम शक्ति है।

जब से मेहता इस बँगले में आए हैं, उन्हें मालती से दिन में कई बार मिलने का अवसर मिलता है। उनके मित्र समझते हैं, यह उनके विवाह की तैयारी है। केवल रस्म अदा करने की देर है। मेहता भी यही स्वप्न देखते रहते हैं। अगर मालती ने

उन्हें सदा के लिए ठुकरा दिया होता, तो क्यों उन पर इतना स्नेह रखती? शायद वह उन्हें सोचने का अवसर दे रही है, और वह खूब सोचकर इस निश्चय पर पहुँचे हैं कि मालती के बिना वह आधे हैं। वही उन्हें पूर्णता की ओर ले जा सकती है। बाहर से वह विलासिनी है, भीतर से वहीं मनोवृत्ति शक्ति का केन्द्र है; मगर परिस्थिति बदल गई है। तब मालती प्यासी थी, अब मेहता प्यास से विकल हैं। और एक बार जवाब पा जाने के बाद उन्हें उस प्रश्न पर मालती से कुछ कहने का साहस नहीं होता। यद्यपि उनके मन में अब सन्देह का लेश नहीं रहा। मालती को समीप से देखकर उनका आकर्षण बढ़ता ही जाता है। दूर से पुस्तक के जो अक्षर लिपे-पुते लगते थे, समीप से वह स्पष्ट हो गए हैं, उनमें अर्थ है, सन्देश है।

इधर मालती ने अपने बाग के लिए गोबर को माली रख लिया था। एक दिन वह किसी मरीज को देखकर आ रही थी कि रास्ते में पेट्रोल न रहा। वह खुद ड्राइव कर रही थी। फिक्र हुई पैट्रोल कैसे आए? रात के नौ बज गए थे और माघ का जाड़ा पड़ रहा था। सड़कों पर सन्नाटा हो गया था। कोई ऐसा आदमी नजर न आता था, जो कार को ढकेलकर पेट्रोल की दूकान तक ले जाए। बार-बार नौकर पर झुँझला रही थी। हरामखोर कहीं का, बेखबर पड़ा रहता है।

संयोग से गोबर उधर से आ निकला। मालती को खड़े देखकर उसने हालत समझ ली और गाड़ी को दो फर्लांग ठेलकर पेट्रोल की दुकान तक लाया।

मालती ने प्रसन्न होकर पूछा – 'नौकरी करोगे?'

गोबर ने धन्यवाद के साथ स्वीकार किया। पन्द्रह रुपये वेतन तय हुआ। माली का काम उसे पसन्द था। यही काम उसने किया था और उसमें मँजा हुआ था। मिल की मजदूरी में वेतन ज्यादा मिलता था; पर उस काम से उसे उलझन होती थी।

दूसरे दिन गोबर ने मालती के यहाँ काम करना शुरू कर दिया। उसे रहने को एक कोठरी भी मिल गई। झुनिया भी आ गई। मालती बाग में आती तो उसे झुनिया का बालक धूल-मिट्टी में खेलता मिलता। एक दिन मालती ने उसे एक मिठाई दे दी। बच्चा उस दिन से परच गया। उसे देखते ही उसके पीछे लग जाता और जब तक मिठाई न ले लेता, उसका पीछा न छोड़ता।

एक दिन मालती बाग में आई तो बालक न दिखाई दिया। झुनिया से पूछा तो मालूम हुआ बच्चे को ज्वर आ गया है।

मालती ने घबराकर कहा – 'ज्वर आ गया! तो मेरे पास क्यों नहीं लाई? चल देखूँ।'

बालक खटोले पर ज्वर में अचेत पड़ा था। खपरैल की उस कोठरी में इतनी सील, इतना अँधेरा, और इस ठंड के दिनों में भी इतने मच्छर कि मालती एक मिनट भी वहाँ न ठहर सकी; तुरन्त आकर थर्मामीटर लिया और फिर जाकर देखा, एक सौ चार था! मालती को भय हुआ, कहीं चेचक न हो। बच्चे को अभी तक टीका नहीं लगा था। और अगर इस सीली कोठरी में रहा, तो भय था, कहीं ज्वर और न बढ़ जाए।

सहसा बालक ने आँखें खोल दीं और मालती को खड़ी पाकर करुण नेत्रों से उसकी ओर देखा और उसकी गोद के लिए हाथ फैलाए। मालती ने उसे गोद में उठा लिया और थपकियाँ देने लगी।

बालक मालती की गोद में आकर जैसे किसी बड़े सुख का अनुभव करने लगा। अपनी जलती हुई उँगलियों से उसके गले की मोतियों की माला पकड़कर अपनी ओर खींचने लगा। मालती ने नेकलेस उतारकर उसके गले में डाल दी। बालक की स्वार्थी प्रकृति इस दशा में भी सजग थी। नेकलेस पाकर अब उसे मालती की गोद में रहने की कोई ऐसी जरूरत न रही। यहाँ उसके छिन जाने का भय था। झुनिया की गोद इस समय ज्यादा सुरक्षित थी।

मालती ने खिले हुए मन से कहा – 'बड़ा चालाक है। चीज लेकर कैसा भागा!'

झुनिया ने कहा – 'दे दो बेटा, मेम साहब का है।'

बालक ने हार को दोनों हाथों से पकड़ लिया और माँ की ओर रोष से देखा।

मालती बोली – 'तुम पहने रहो बच्चा, मैं माँगती नहीं हूँ।'

उसी वक्त बँगले में आकर उसने अपना बैठक का कमरा खाली कर दिया और उसी वक्त झुनिया उस नए कमरे में डट गई।

मंगल ने उस स्वर्ग को कुतूहल-भरी आँखों से देखा। छत में पंखा था, रंगीन बल्ब थे, दीवारों पर तस्वीरें थीं। देर तक उन चीजों को टकटकी लगाए देखता रहा। मालती ने बड़े प्यार से पुकारा – 'मंगल!'

मंगल ने मुस्कुराकर उसकी ओर देखा, जैसे कह रहा हो – 'आज तो हँसा नहीं जाता मेम साहब! क्या करूँ। आपसे कुछ हो सके तो कीजिए।'

मालती ने झुनिया को बहुत-सी बातें समझाईं और चलते-चलते पूछा – 'तेरे घर में कोई दूसरी औरत हो, तो गोबर से कह दे, दो-चार दिन के लिए बुला लावे। मुझे चेचक का डर है। कितनी दूर है तेरा घर?'

झुनिया ने अपने गाँव का नाम और पता बताया। अन्दाज से अट्ठारह-बीस कोस होगा।

मालती को बेलारी याद था। बोली – 'वही गाँव तो नहीं, जिसके पच्छिम तरफ आध मील पर नदी है?'

'हाँ-हाँ मेम साहब, वही गाँव है। आपको कैसे मालूम?'

'एक बार हम लोग उस गाँव में गए थे। होरी के घर ठहरे थे। तू उसे जानती है?'

'वह तो मेरे ससुर हैं मेम साहब। मेरी सास भी मिली होंगी?'

'हाँ-हाँ, बड़ी समझदार औरत मालूम होती थी। मुझसे खूब बातें करती रही। तो गोबर को भेज दे, अपनी माँ को बुला लाए।'

'वह उन्हें बुलाने नहीं जाएँगे।'

'क्यों?'

'कुछ ऐसा कारन है।'

झुनिया को अपने घर का चौका-बरतन, झाड़ू-बुहारू, रोटी-पानी सभी कुछ करना पड़ता। दिन को तो दोनों चना-चबेना खाकर रह जाते। रात को जब मालती आ जाती, तो झुनिया अपना खाना पकाती और मालती बच्चे के पास बैठती। वह बार-बार चाहती कि बच्चे के पास बैठे; लेकिन मालती उसे न आने देती। रात को बच्चे का ज्वर तेज हो जाता और वह बेचैन होकर दोनों हाथ ऊपर उठा लेता। मालती उसे गोद में लेकर घंटों कमरे में टहलती। चौथे दिन उसे चेचक निकल आई। मालती ने सारे घर को टीका लगाया, खुद टीका लगवाया, मेहता को भी लगाया। गोबर, झुनिया, महाराज, कोई न बचा। पहले दिन तो दाने छोटे थे और अलग-अलग थे। जान पड़ता था, छोटी माता है। दूसरे दिन जैसे खिल उठे और अंगूर के दाने के बराबर हो गए और फिर कई-कई दाने मिलकर बड़े-बड़े आँवले जैसे हो गए।

मंगल जलन और खुजली और पीड़ा से बेचैन होकर करुण स्वर में कराहता और दीन, असहाय नेत्रों से मालती की ओर देखता। उसका कराहना भी प्रौढ़ों का-सा था, और दृष्टि में भी प्रौढ़ता थी, जैसे वह एकाएक जवान हो गया हो। इस असह्य वेदना ने मानो उसके अबोध शिशुपन को मिटा डाला हो। उसकी शिशु-बुद्धि मानो साज्ञान होकर समझ रही थी कि मालती ही के जतन से वह अच्छा हो सकता है। मालती ज्यों ही किसी काम से चली जाती, वह रोने लगता। मालती के आते ही चुप हो जाता। रात को उसकी बेचैनी बढ़ जाती और मालती को प्रायः सारी रात बैठना पड़ जाता मगर वह न कभी झुँझलाती, न चिढ़ती। हाँ, झुनिया पर उसे कभी-कभी अवश्य क्रोध आता, क्योंकि वह अज्ञान के कारण जो न करना चाहिए, वह कर बैठती।

गोबर और झुनिया, दोनों की आस्था झाड़-फूँक में अधिक थी; यहाँ उसको कोई अवसर न मिलता। उस पर झुनिया दो बच्चे की माँ होकर बच्चे का पालन करना न जानती थी। मंगल दिक करता, तो उसे डाँटती-कोसती। जरा-सा भी अवकाश पाती, तो जमीन पर सो जाती और सबेरे से पहले न उठती; और गोबर तो उस कमरे में आते जैसे डरता था। मालती वहाँ बैठी है, कैसे जाए? झुनिया से बच्चे का हाल-हवाल पूछ लेता और खाकर पड़ रहता। उस चोट के बाद वह पूरा स्वस्थ न हो पाया था। थोड़ा-सा काम करके भी थक जाता था। उन दिनों जब झुनिया घास बेचती थी और वह आराम से पड़ा रहता था, वह कुछ हरा हो गया था; मगर इधर कई महीने बोझ ढोने और चूने-गारे का काम करने से उसकी दशा गिर गई थी। उस पर यहाँ काम बहुत था। सारे बाग को पानी निकालकर सींचना, क्यारियों को गोड़ना, घास छीलना, गायों को चारा-पानी देना और दुहना। और जो मालिक इतना दयालु हो, उसके काम में कामचोरी कैसे करे? यह एहसान उसे एक क्षण भी आराम से न बैठने देता, और जब मेहता खुद खुरपी लेकर बाग में काम करते तो वह कैसे आराम करता? वह खुद सूखता था; पर बाग हरा हो रहा था।

मिस्टर मेहता को भी बालक से स्नेह हो गया था। एक दिन मालती ने उसे गोद में लेकर उनकी मूँछ उखड़वा दी थी। दुष्ट ने मूँछों को ऐसा पकड़ा कि समूल ही उखाड़ लेगा। मेहता की आँखों में आँसू भर आए थे।

मेहता ने बिगड़कर कहा था – 'बड़ा शैतान लौंडा है।'

मालती ने उन्हें डाँटा था – 'तुम मूँछें साफ क्यों नहीं कर लेते?'

'मेरी मूँछें मुझे प्राणों से प्रिय हैं।'

'अबकी पकड़ लेगा, तो उखाड़कर ही छोड़ेगा।'

'तो मैं इसके कान भी उखाड़ लूँगा।'

मंगल को उनकी मूँछें उखाड़ने में कोई खास मजा आया था। वह खूब खिलखिलाकर हँसा था और मूँछों को और जोर से खींचा था; मगर मेहता को भी शायद मूँछें उखड़वाने में मजा आया था, क्योंकि वह प्रायः दो-एक बार रोज उससे अपनी मूँछों की रस्साकशी करा लिया करते थे।

इधर जब से मंगल को चेचक निकल आई थी, मेहता को भी बड़ी चिन्ता हो गई थी। अकसर कमरे में जाकर मंगल को व्यथित आँखों से देखा करते। उसके कष्टों की कल्पना करके उनका कोमल हृदय हिल जाता था। उनके दौड़-धूप से वह अच्छा हो जाता, तो पृथ्वी के उस छोर तक दौड़ लगाते, रुपये खर्च करने से अच्छा होता, तो चाहे भीख माँगना पड़ता; उसे अच्छा करके ही रहते; लेकिन यहाँ कोई बस न था। उसे छूते भी उनके हाथ काँपते थे। कहीं उसके आँवले न टूट जाएँ। मालती कितने कोमल हाथों से उसे उठाती, कन्धे पर उठाकर कमरे में टहलाती है और कितने स्नेह से उसे बहलाकर दूध पिलाती है। यह वात्सल्य मालती को उनकी दृष्टि में न जाने कितना ऊँचा उठा देता है। मालती केवल रमणी नहीं है, माता है और ऐसी-वैसी माता नहीं, सच्चे अर्थों में देवी और माता और जीवन देने वाली, जो पराये बालक को भी अपना सकती है, जैसे मातापन का सदैव संचय किया हो और आज दोनों हाथों से उसे लुटा रही हो। उसके अंग-अंग से मातापन फूटा पड़ता था, मानो यही उसका यथार्थ रूप हो, यह हाव-भाव, यह शौक-सिंगार उसके मातापन के आवरण-मात्र हों, जिसमें उस विभूति की रक्षा होती रहे।

रात को एक बज गया था। मंगल का रोना सुनकर मेहता चौंक पड़े। सोचा, बेचारी मालती आधी रात तक तो जागती रही होगी, इस वक्त उसे उठने में कितना कष्ट होगा; अगर द्वार खुला हो तो मैं ही बच्चे को चुप करा दूँ। तुरन्त उठकर उस कमरे के द्वार पर आए और शीशे से अन्दर झाँका। मालती बच्चे को गोद में लिए बैठी थी और बच्चा अनायास ही रो रहा था। शायद उसने कोई स्वप्न देखा था, या और किसी वजह से डर गया था। मालती चुमकारती थी, थपकती थी, तस्वीरें दिखाती थी, गोद में लेकर टहलती थी, पर बच्चा चुप होने का नाम न लेता था। मालती का यह अटूट वात्सल्य, यह अदम्य मातृ-भाव देखकर उनकी आँखें सजल हो गईं। मन में ऐसा पुलक उठा कि अन्दर जाकर मालती के चरणों को हृदय से लगा लें। अन्तस्तल से अनुराग में डूबे हुए

शब्दों का एक समूह मचल पड़ा – 'प्रिये, मेरे स्वर्ग की देवी, मेरी रानी, डारलिंग...'

और उसी प्रेमोन्माद में उन्होंने पुकारा – 'मालती, जरा द्वार खोल दो।'

मालती ने आकर द्वार खोल दिया और उनकी ओर जिज्ञासा की आँखों से देखा।

मेहता ने पूछा – 'क्या झुनिया नहीं उठी? यह तो बहुत रो रहा है।'

मालती ने संवेदना-भरे स्वर में कहा – 'आज आठवाँ दिन है, पीड़ा अधिक होगी। इसी से।'

'तो लाओ, मैं कुछ देर टहला दूँ, तुम थक गई हो।'

मालती ने मुस्कुराकर कहा – 'तुम्हें जरा ही देर में गुस्सा आ जाएगा।'

बात सच थी; मगर अपनी कमजोरी को कौन स्वीकार करता है? मेहता ने जिद्द करके कहा – 'तुमने मुझे इतना हल्का समझ लिया है?'

मालती ने बच्चे को उनकी गोद में दे दिया। उनकी गोद में जाते ही वह एकदम चुप हो गया। बालकों में जो एक अन्तर्ज्ञान होता है, उसने उसे बता दिया, अब रोने में तुम्हारा कोई फायदा नहीं। यह नया आदमी स्त्री नहीं, पुरुष है और पुरुष गुस्सेवर होता है और निर्दयी भी होता है और चारपाई पर लेटाकर, या बाहर अँधेरे में सुलाकर दूर चला जा सकता है और किसी को पास आने भी न देगा।

मेहता ने विजय-गर्व से कहा – 'देखा, कैसा चुप कर दिया।'

मालती ने विनोद किया – 'हाँ, तुम इस कला में कुशल हो। कहाँ सीखी?'

'तुमसे।'

'मैं स्त्री हूँ और मुझ पर विश्वास नहीं किया जा सकता।'

मेहता ने लज्जित होकर कहा – 'मालती, मैं तुमसे हाथ जोड़कर कहता हूँ, मेरे उन शब्दों को भूल जाओ। इन कई महीनों में कितना पछताया हूँ, कितना लज्जित हुआ हूँ, कितना दुःखी हुआ हूँ, शायद तुम इसका अन्दाज न कर सको।'

मालती ने सरल भाव से कहा – 'मैं तो भूल गई, सच कहती हूँ।'

'मुझे कैसे विश्वास आए?'

'उसका प्रमाण यही है कि हम दोनों एक ही घर में रहते हैं, एक साथ खाते हैं, हँसते हैं, बोलते हैं।'

'क्या मुझे कुछ याचना करने की अनुमति न दोगी?'

उन्होंने मंगल को खाट पर लिटा दिया, जहाँ वह दबककर सो रहा। और मालती की ओर प्रार्थी आँखों से देखा, जैसे उसकी अनुमति पर उनका सबकुछ टिका हुआ हो।

मालती ने आर्द्र होकर कहा – 'तुम जानते हो, तुमसे ज्यादा निकट संसार में मेरा कोई दूसरा नहीं है। मैंने बहुत दिन हुए, अपने को तुम्हारे चरणों पर समर्पित कर दिया। तुम मेरे पथ-प्रदर्शक हो, मेरे देवता हो, मेरे गुरू हो। तुम्हें मुझसे कुछ याचना करने की जरूरत नहीं, मुझे केवल संकेत कर देने की जरूरत है। जब तुम्हारे दर्शन न हुए थे और मैंने तुम्हें पहचाना न था, भोग और आत्म-सेवा ही मेरे जीवन का

इष्ट था। तुमने आकर उसे प्रेरणा दी, स्थिरता दी। मैं तुम्हारे एहसान कभी नहीं भूल सकती। मैंने नदी की तटवाली तुम्हारी बातें गाँठ बाँध लीं। दुःख यही हुआ कि तुमने भी मुझे वही समझा, जो दूसरा पुरुष समझता, जिसकी मुझे तुमसे आशा न थी। उसका दायित्व मेरे ऊपर है, यह मैं जानती हूँ; लेकिन तुम्हारा अमूल्य प्रेम पाकर भी मैं वही बनी रहूँगी, ऐसा समझकर तुमने मेरे साथ अन्याय किया। मैं इस समय कितने गर्व का अनुभव कर रही हूँ, यह तुम नहीं समझ सकते। तुम्हारा प्रेम और विश्वास पाकर अब मेरे लिए कुछ भी शेष नहीं रह गया है। यह वरदान मेरे जीवन को सार्थक कर देने के लिए काफी है। यह मेरी पूर्णता है।'

यह कहते-कहते मालती के मन में ऐसा अनुराग उठा कि मेहता के सीने से लिपट जाए। भीतर की भावनाएँ बाहर आकर मानो सत्य हो गई थीं। उसका रोम-रोम पुलकित हो उठा। जिस आनन्द को उसने दुर्लभ समझ रखा था, वह इतना सुलभ, इतना समीप है! और हृदय का वह आह्लाद मुख पर आकर उसे ऐसी शोभा देने लगा कि मेहता को उसमें देवत्व की आभा दिखी। यह नारी है; या मंगल की, पवित्रता की और त्याग की प्रतिमा!

उसी वक्त झुनिया जागकर उठ बैठी और मेहता अपने कमरे में चले गए और फिर दो सप्ताह तक मालती से कुछ बातचीत करने का अवसर उन्हें न मिला। मालती कभी उनसे एकान्त में न मिलती। मालती के वह शब्द उनके हृदय में गूँजते रहते। उनमें सान्त्वना थी, कितनी विनय थी, कितना नशा था!

दो सप्ताह में मंगल अच्छा हो गया। हाँ, मुँह पर चेचक के दाग न भर सके। उस दिन मालती ने आस-पास के लड़कों को भरपेट मिठाई खिलाई और जो मनौतियाँ कर रखी थीं, वह भी पूरी कीं। इस त्याग के जीवन में कितना आनन्द है, इसका अब उसे अनुभव हो रहा था। झुनिया और गोबर का हर्ष मानो उसके भीतर प्रतिबिम्बित हो रहा था। दूसरों के कष्ट-निवारण में उसने जिस सुख और उल्लास का अनुभव किया, वह कभी भोग-विलास के जीवन में न किया था। वह लालसा अब उन फूलों की भाँति क्षीण हो गई थी, जिसमें फल लग रहे हों। अब वह उस दर्जे से आगे निकल चुकी थी, जब मनुष्य स्थूल आनन्द को परम सुख मानता है। यह आनन्द अब उसे तुच्छ पतन की ओर ले जानेवाला, कुछ हल्का, बल्कि वीभत्स-सा लगता था। उस बड़े बँगले में रहने का क्या आनन्द, जब उसके आस-पास मिट्टी के झोंपड़े मानो विलाप कर रहे हों। कार पर चढ़कर अब उसे गर्व नहीं होता। मंगल जैसे अबोध बालक ने उसके जीवन में कितना प्रकाश डाल दिया, उसके सामने सच्चे आनन्द का द्वार-सा खोल दिया।

एक दिन मेहता के सिर में जोर का दर्द हो रहा था। वह आँखें बन्द किए चारपाई पर पड़े तड़प रहे थे कि मालती ने आकर उनके सिर पर हाथ रखकर पूछा - 'कब से यह दर्द हो रहा है?'

मेहता को ऐसा जान पड़ा, उन कोमल हाथों ने जैसे सारा दर्द खींच लिया। उठकर बैठ गए और बोले - 'दर्द तो दोपहर से ही हो रहा था और ऐसा सिर-दर्द

मुझे आज तक नहीं हुआ था; मगर तुम्हारे हाथ रखते ही सिर ऐसा हल्का हो गया है, मानो दर्द था ही नहीं। तुम्हारे हाथों में यह सिद्धि है।'

मालती ने उन्हें कोई दवा लाकर खाने को दे दी और आराम से लेटे रहने की ताकीद करके तुरन्त कमरे से निकल जाने को हुई।

मेहता ने आग्रह करके कहा – 'जरा दो मिनट बैठोगी नहीं?'

मालती ने द्वार पर से पीछे फिरकर कहा – 'इस वक्त बातें करोगे तो शायद फिर दर्द होने लगे। आराम से लेटे रहो। आजकल मैं तुम्हें हमेशा कुछ-न-कुछ पढ़ते या लिखते देखती हूँ। दो-चार दिन लिखना-पढ़ना छोड़ दो।'

'तुम एक मिनट बैठोगी नहीं?'

'मुझे एक मरीज को देखने जाना है।'

'अच्छी बात है जाओ।'

मेहता के मुख पर कुछ ऐसी उदासी छा गई कि मालती लौट पड़ी और सामने आकर बोली – 'अच्छा, कहो क्या कहते हो?'

मेहता ने विमन होकर कहा – 'कोई खास बात नहीं है। यही कह रहा था कि इतनी रात गए किस मरीज को देखने जाओगी?'

'वही रायसाहब की लड़की है। उसकी हालत बहुत खराब हो गई थी। अब कुछ सँभल गई है।'

उसके जाते ही मेहता फिर लेट रहे। कुछ समझ में नहीं आया कि मालती के हाथ रखते ही दर्द क्यों शान्त हो गया। अवश्य ही उसमें कोई सिद्धि है। और यह उसकी तपस्या का, उसकी कर्मण्य मानवता का ही वरदान है। मालती नारीत्व के उस ऊँचे आदर्श पर पहुँच गई थी, जहाँ वह प्रकाश के एक नक्षत्र-सी नजर आती थी। अब वह प्रेम की वस्तु नहीं, श्रद्धा की वस्तु थी। अब वह दुर्लभ हो गई थी और दुर्लभता मनस्वी आत्माओं के लिए उद्योग का मन्त्र है। मेहता प्रेम में जिस सुख की कल्पना कर रहे थे, उसे श्रद्धा ने और भी गहरा, और भी स्फूर्तिमय बना दिया। प्रेम में कुछ मान भी होता है, कुछ महत्त्व भी। श्रद्धा तो अपने को मिटा डालती है और अपने मिट जाने को ही अपना इष्ट बना लेती है। प्रेम अधिकार कराना चाहता है, जो कुछ देता है, उसके बदले में कुछ चाहता भी है। श्रद्धा का चरम आनन्द अपना समर्पण है, जिसमें अहम्मन्यता का ध्वंस हो जाता है।

मेहता का बृहत् ग्रन्थ समाप्त हो गया था, जिसे वह तीन साल से लिख रहे थे और जिसमें उन्होंने संसार के सभी दर्शन-तत्त्वों का समन्वय किया था। यह ग्रंथ उन्होंने मालती को समर्पित किया, और जिस दिन उसकी प्रतियाँ इंग्लैंड से आईं और उन्होंने एक प्रति मालती को भेंट की, वह उसे अपने नाम से समर्पित देखकर विस्मित भी हुई और दुःखी भी।

उसने कहा – 'यह तुमने क्या किया? मैं तो अपने को इस योग्य नहीं समझती।'

मेहता ने गर्व से कहा – 'लेकिन मैं तो समझता हूँ। यह तो कोई चीज नहीं। मेरे तो अगर सौ प्राण होते, तो वह तुम्हारे चरणों पर न्योछावर कर देता।'

'मुझ पर! जिसने स्वार्थ-सेवा के सिवा कुछ जाना ही नहीं।'

'तुम्हारे त्याग का एक टुकड़ा भी मैं पा जाता, तो अपने को धन्य समझता। तुम देवी हो।'

'पत्थर की, इतना और क्यों नहीं कहते?'

'त्याग की, मंगल की, पवित्रता की।'

'तब तुमने मुझे खूब समझा! मैं और त्याग! मैं तुमसे सच कहती हूँ, सेवा या त्याग का भाव कभी मेरे मन में नहीं आया। जो कुछ करती हूँ, प्रत्यक्ष या अप्रत्यक्ष स्वार्थ के लिए करती हूँ। मैं गाती इसलिए नहीं कि त्याग करती हूँ, या अपने गीतों से दुःखी आत्माओं को सान्त्वना देती हूँ; बल्कि केवल इसलिए कि उससे मेरा मन प्रसन्न होता है। इसी तरह दवा-दारू भी गरीबों को दे देती हूँ; केवल अपने मन को प्रसन्न करने के लिए। शायद मन का अहंकार इसमें सुख मानता है। तुम मुझे ख्वाहमख्वाह देवी बनाए डालते हो। अब तो इतनी कसर रह गई कि धूप-दीप लेकर मेरी पूजा करो।'

मेहता ने कातर स्वर में कहा - 'वह तो मैं बरसों से कर रहा हूँ मालती, और उस वक्त तक करता जाऊँगा, जब तक वरदान न मिलेगा।'

मालती ने चुटकी ली - 'तो वरदान पा जाने के बाद शायद देवी को मन्दिर से निकाल फेंको।'

मेहता सँभलकर बोले - 'अब तो मेरी अलग सत्ता ही न रहेगी; उपासक उपास्य में लय हो जाएगा।'

मालती ने गम्भीर होकर कहा - 'नहीं मेहता, मैं महीनों से इस प्रश्न पर विचार कर रही हूँ और अन्त में मैंने यह तय किया है कि मित्र बनकर रहना स्त्री-पुरुष बनकर रहने से कहीं सुखकर है। तुम मुझसे प्रेम करते हो, मुझ पर विश्वास करते हो, और मुझे भरोसा है कि आज अवसर आ पड़े तो तुम मेरी रक्षा-प्राणों से करोगे। तुममें मैंने अपना पथ-प्रदर्शक ही नहीं, अपना रक्षक भी पाया है। मैं भी तुमसे प्रेम करती हूँ, तुम पर विश्वास करती हूँ, और तुम्हारे लिए कोई ऐसा त्याग नहीं है, जो मैं न कर सकूँ। और परमात्मा से मेरी यही विनय है कि यह जीवन-पर्यंत मुझे इसी मार्ग पर दृढ़ रखे। हमारी पूर्णता के लिए, हमारी आत्मा के विकास के लिए, और क्या चाहिए? अपनी छोटी-सी गृहस्थी बनाकर, अपनी आत्माओं को छोटे-से पिंजड़े में बन्द करके, अपने दुःख-सुख को अपने ही तक रखकर क्या हम असीम के निकट पहुँच सकते हैं? वह तो हमारे मार्ग में बाधा ही डालेगा। कुछ विरले प्राणी ऐसे भी हैं, जो पैरों में यह बेड़ियाँ डालकर भी विकास के पथ पर चल सकते हैं और चल रहे हैं। यह भी जानती हूँ कि पूर्णता के लिए पारिवारिक प्रेम और त्याग और बलिदान का बहुत बड़ा महत्त्व है; लेकिन मैं अपनी आत्मा को उतना दृढ़ नहीं पाती। जब तक ममत्व नहीं है, अपनत्व नहीं है, तब तक जीवन का मोह नहीं है, स्वार्थ का जोर नहीं है। जिस दिन मन मोह आसक्त हुआ, हम बन्धन में पड़े, उस क्षण हमारा मानवता का क्षेत्र सिकुड़ जाएगा, नई-नई जिम्मेदारियाँ आ जाएँगी और हमारी सारी शक्ति उन्हीं को पूरा करने में लगने

लगेंगी। तुम्हारे जैसे विचारवान, प्रतिभाशाली मनुष्य की आत्मा को मैं इस कारागार में बन्दी नहीं करना चाहती। अभी तक तुम्हारा जीवन यज्ञ था, जिसमें स्वार्थ के लिए बहुत थोड़ा स्थान था। मैं उसको नीचे की ओर न ले जाऊँगी। संसार को तुम-जैसे साधकों की जरूरत है, जो अपनेपन को इतना फैला दें कि संसार अपना हो जाए। संसार में अन्याय की, आतंक की, भय की दुहाई मची हुई है। अन्धविश्वास का, कपट-धर्म का, स्वार्थ का प्रकोप छाया हुआ है। तुमने वह आर्त्त-पुकार सुनी है। तुम भी न सुनोगे, तो सुननेवाले कहाँ से आएँगे? और असत्य प्राणियों की तरह तुम भी उसकी ओर से अपने कान नहीं बन्द कर सकते। तुम्हें वह जीवन भार हो जाएगा। अपनी विद्या और बुद्धि को, अपनी जागी हुई मानवता को और भी उत्साह और जोर के साथ उसी रास्ते पर ले जाओ। मैं भी तुम्हारे पीछे-पीछे चलूँगी। अपने जीवन के साथ मेरा जीवन भी सार्थक कर दो। मेरा तुमसे यही आग्रह है। अगर तुम्हारा मन सांसारिकता की ओर लपकता है, तब भी मैं अपना काबू चलते तुम्हें उधर से हटाऊँगी और ईश्वर न करे कि मैं असफल हो जाऊँ, लेकिन तब मैं तुम्हारा साथ दो बूँद आँसू गिराकर छोड़ दूँगी, और कह नहीं सकती, मेरा क्या अन्त होगा, किस घाट लगूँगी; पर चाहे वह कोई घाट हो, इस बन्धन का घाट न होगा; बोलो, मुझे क्या आदेश देते हो?'

मेहता सिर झुकाए सुनते रहे। एक-एक शब्द मानो उनके भीतर की आँखें इस तरह खोले देता था, जैसी अब तक कभी न खुली थीं। वह भावनाएँ जो अब तक उनके सामने स्वप्न-चित्रों की तरह आईं थीं, अब जीवन सत्य बनकर स्पन्दित हो गई थीं। वह अपने रोम-रोम में प्रकाश और उत्कर्ष का अनुभव कर रहे थे। जीवन के महान संकल्पों के सम्मुख हमारा बालपन हमारी आँखों में फिर जाता है। मेहता की आँखों में मधुर बाल-स्मृतियाँ सजीव हो उठीं, जब वह अपनी विधवा माता की गोद में बैठकर महान सुख का अनुभव किया करते थे। कहाँ है वह माता, आए और देखे अपने बालक की इस सुकीर्ति को। मुझे आशीर्वाद दो। तुम्हारा वह जिद्दी बालक आज एक नया जन्म ले रहा है।

उन्होंने मालती के चरण दोनों हाथों से पकड़ लिए और काँपते हुए बोले – 'तुम्हारा आदेश स्वीकार है मालती!'

और दोनों एकान्त होकर प्रगाढ़ आलिंगन में बँध गए। दोनों की आँखों से आँसुओं की धारा बह रही थी।

सिलिया का बालक अब दो साल का हो रहा था और सारे गाँव में दौड़ लगाता था। अपने साथ एक विचित्र भाषा लाया था, और उसी में बोलता था, चाहे कोई समझे या न समझे। उसकी भाषा में त, ल और घ की कसरत थी और स, र आदि वर्ण गायब थे। उस भाषा में रोटी का नाम था ओटी, दूध का तूत, साग का छाग और कौड़ी का तौली। जानवरों की बोलियों की ऐसी नकल करता है कि हँसते-हँसते लोगों

के पेट में बल पड़ जाता है। किसी ने पूछा – 'रामू, कुत्ता कैसे बोलता है?' रामू गम्भीर भाव से कहा – 'भों-भों,' और काटने दौड़ता। बिल्ली कैसे बोले? और रामू म्याँव-म्याँव करके आँखें निकालकर ताकता और पंजों से नोचता। बड़ा मस्त लड़का था। जब देखो, खेलने में मगन रहता, न खाने की सुधि थी, न पीने की। गोद से उसे चिढ़ थी। उसके सबसे सुखी क्षण वह होते, जब द्वार के नीम के नीचे मनों धूल बटोरकर उसमें लोटता, सिर पर चढ़ाता, उसकी ढेरियाँ लगाता, घरौंदे बनाता। अपनी उम्र के लड़कों से उसकी एक क्षण न पटती। शायद उन्हें अपने साथ खेलाने के योग्य ही न समझता था।

कोई पूछता – 'तुम्हारा नाम क्या है?'

चटपट कहता – 'लामू।'

'तुम्हारे बाप का क्या नाम है?'

'मातादीन।'

'और तुम्हारी माँ का?'

'छिलिया।'

'और दातादीन कौन है?'

'वह अमाला छाला है।'

न जाने किसने दातादीन से उसका यह नाता बता दिया।

रामू और रूपा में खूब पटती थी। वह रूपा का खिलौना था। उसे उबटन मलती, काजल लगाती, नहलाती, बाल सँवारती, अपने हाथों कौर-कौर बनाकर खिलाती, और कभी-कभी उसे गोद में लिए रात को सो जाती। धनिया डाँटती, तू सब छुआछूत किए देती है; मगर वह किसी की न सुनती। चीथड़े की गुड़िया ने उसे माता बनना सिखाया था। वह मातृ-भावना जीता-जागता बालक पाकर अब गुड़िया से सन्तुष्ट न हो सकती थी।

होरी के घर के पिछवाड़े किसी जमाने में उसकी बरदौर थी, उसी के खँडहर में सिलिया अपना एक फूस का झोंपड़ा डालकर रहने लगी थी। होरी के घर में उम्र तो नहीं कट सकती थी।

मातादीन को कई सौ रुपये खर्च करने के बाद अन्त में काशी के पंडितों ने फिर से ब्राह्मण बना दिया। उस दिन बड़ा भारी हवन हुआ, बहुत-से ब्राह्मणों ने भोजन किया और बहुत से मन्त्र और श्लोक पढ़े गए। मातादीन को शुद्ध गोबर और गोमूत्र खाना-पीना पड़ा। गोबर से उसका मन पवित्र हो गया। मूत्र से उसकी आत्मा में अशुचिन्ता के कीटाणु मर गए।

लेकिन एक तरह से इस प्रायश्चित ने उसे सचमुच पवित्र कर दिया। हवन के प्रचंड अग्नि-कुंड में उसकी मानवता निखर गई और हवन की ज्वाला के प्रकाश से उसने धर्म-स्तंभों को अच्छी तरह परख लिया। उस दिन से उसे धर्म के नाम से चिढ़ हो गई। उसने जनेऊ उतार फेंका और पुरोहिती को गंगा में डुबा दिया। अब वह पक्का खेतिहर था। उसने यह भी देखा कि यद्यपि विद्वानों ने उसका ब्राह्मणत्व स्वीकार कर

लिया; लेकिन जनता अब भी उसके हाथ का पानी नहीं पीती, उससे मुहूर्त पूछती है, साइत और लग्न का विचार करवाती है, उसे पर्व के दिन दान भी दे देती है, पर उससे अपने बरतन नहीं छुलाती।

जिस दिन सिलिया के बालक का जन्म हुआ, उसने दूनी मात्रा में भंग पी, और गर्व से जैसे उसकी छाती तन गई और उँगलियाँ बार-बार मूँछों पर पड़ने लगीं। बच्चा कैसा होगा? उसी के जैसा? कैसे देखे? उसका मन मसोसकर रह गया।

तीसरे दिन रूपा खेत में उससे मिली। उसने पूछा – 'रुपिया, तूने सिलिया का लड़का देखा?'

रुपिया बोली – 'देखा क्यों नहीं! देखा लाल-लाल है, खूब मोटा, बड़ी-बड़ी आँखें हैं, सिर में झबराले बाल हैं, टुकुर-टुकुर ताकता है।'

मातादीन के हृदय में जैसे वह बालक आ बैठा था, और हाथ-पाँव फेंक रहा था। उसकी आँखों में नशा-सा छा गया। उसने उस किशोरी रूपा को गोद में उठा लिया, फिर कन्धे पर बिठा लिया, फिर उतारकर उसके कपोलों को चूम लिया।

रूपा बाल सँभालती हुई ढीठ होकर बोली – 'चलो, मैं तुमको दूर से दिखा दूँ। ओसारे में ही तो है। सिलिया बहन न जाने क्यों हरदम रोती रहती है।'

मातादीन ने मुँह फेर लिया। उसकी आँखें सजल हो आई थीं और ओठ काँप रहे थे।

उस रात को जब सारा गाँव सो गया और पेड़ अन्धकार में डूब गए, तो वह सिलिया के द्वार पर आया और संपूर्ण प्राणों से बालक का रोना सुना, जिसमें सारी दुनिया का संगीत, आनन्द और माधुर्य भरा हुआ था।

सिलिया बच्चे को होरी के घर में खटोले पर सुलाकर मजूरी करने चली जाती। मातादीन किसी-न-किसी बहाने से होरी के घर आता और कनखियों से बच्चे को देखकर अपना कलेजा और आँखें और प्राण शीतल करता।

धनिया मुस्कुराकर कहती – 'लजाते क्यों हो, गोद में ले लो, प्यार करो, कैसा काठ का कलेजा है तुम्हारा! बिलकुल तुमको पड़ा है।'

मातादीन एक-दो रुपया सिलिया के लिए फेंककर बाहर निकल आता। बालक के साथ उसकी आत्मा भी बढ़ रही थी, खिल रही थी, चमक रही थी। अब उसके जीवन का भी उद्देश्य था, एक व्रत था। उसमें संयम आ गया, गम्भीरता आ गई, दायित्व आ गया।

एक दिन रामू खटोले पर लेटा हुआ था। धनिया कहीं गई थी। रूपा भी लड़कों का शोर सुनकर खेलने चली गई। घर अकेला था। उसी वक्त मातादीन पहुँचा। बालक नीले आकाश की ओर देख-देख हाथ-पाँव फेंक रहा था, हुमक रहा था – जीवन के उस उल्लास के साथ जो अभी उसमें ताजा था। मातादीन को देखकर वह हँस पड़ा। मातादीन स्नेह-विह्वल हो गया। उसने बालक को उठाकर छाती से लगा लिया। उसकी सारी देह और हृदय और प्राण रोमांचित हो उठे, मानो पानी की लहरों में प्रकाश की रेखाएँ काँप रही हों। बच्चे की गहरी, निर्मल, अथाह, मोद-भरी आँखों में जैसे उसके

जीवन का सत्य मिल गया। उसे एक प्रकार का भय-सा लगा, मानो वह दृष्टि उसके हृदय में चुभी जाती हो - वह कितना अपवित्र है, ईश्वर का वह प्रसाद कैसे छू सकता है? उसने बालक को सशंक मन के साथ फिर लिटा दिया। उसी वक्त रूपा बाहर से आ गई और वह बाहर निकल गया।

एक दिन खूब ओले गिरे। सिलिया घास लेकर बाजार गई हुई थी। रूपा अपने खेल में मग्न थी। रामू बैठने लगा था। कुछ-कुछ बकवाँ चलने भी लगा था। उसने जो आँगन में बिनौले बिछे देखे, तो समझा बतासे फैले हुए हैं। कई उठाकर खाए और आँगन में खूब खेला। रात को उसे ज्वर आ गया। दूसरे दिन निमोनिया हो गया। तीसरे दिन सन्ध्या समय सिलिया की गोद में ही बालक के प्राण निकल गए।

लेकिन बालक मरकर भी सिलिया के जीवन का केन्द्र बना रहा। उसकी छाती में दूध का उबाल-सा आता और आँचल भीग जाता। उसी क्षण आँखों से आँसू भी निकल पड़ते। पहले सब कामों से छुट्टी पाकर रात को जब वह रामू को हिये से लगाकर स्तन उसके मुँह में दे देती, तो मानो उसके प्राणों में बालक की स्फूर्ति भर जाती। तब वह प्यारे-प्यारे गीत गाती, मीठे-मीठे स्वप्न देखती और नए-नए संसार रचती, जिसका राजा रामू होता। अब सब कामों से छुट्टी पाकर वह अपनी सूनी झोंपड़ी में रोती थी और उसके प्राण तड़पते थे; उड़ जाने के लिए उस लोक में, जहाँ उसका लाल इस समय भी खेल रहा होगा। सारा गाँव उसके दुःख में शरीक था। रामू कितना चंचल था, जो कोई बुलाता, उसी की गोद में चला जाता। मरकर और पहुँच से बाहर होकर वह और भी प्रिय हो गया था, उसकी छाया उससे कहीं सुन्दर, कहीं चंचल, कहीं लुभावनी थी।

मातादीन उस दिन खुल पड़ा। परदा होता है हवा के लिए। आँधी में परदे उठाके रख दिए जाते हैं कि आँधी के साथ उड़ न जाएँ। उसने शव को दोनों हथेलियों पर उठा लिया और अकेला नदी के किनारे तक ले गया, जो एक मील का पाट छोड़कर पतली-सी धार में समा गई थी। आठ दिन तक उसके हाथ सीधे न हो सके। उस दिन वह जरा भी नहीं लजाया, जरा भी नहीं झिझका।

और किसी ने कुछ कहा भी नहीं; बल्कि सभी ने उसके साहस और दृढ़ता की तारीफ की।

होरी ने कहा - 'यही मरद का धरम है। जिसकी बाँह पकड़ी, उसे क्या छोड़ना!'

धनिया ने आँखें नचाकर कहा - 'मत बखान करो, जी जलता है। यह मरद है? मैं ऐसे मरद को नामरद कहती हूँ। जब बाँह पकड़ी थी, तब क्या दूध पीता था कि सिलिया ब्राह्मणी हो गई थी?'

एक महीना बीत गया। सिलिया फिर मजूरी करने लगी थी। सन्ध्या हो गई थी। पूर्णमासी का चाँद विहँसता-सा निकल आया था। सिलिया ने कटे हुए खेत में से गिरे हुए जौ के बाल चुनकर टोकरी में रख लिए थे और घर जाना चाहती थी कि चाँद पर निगाह पड़ गई और दर्द-भरी स्मृतियों का मानो स्रोत खुल गया। आंचल दूध से भीग गया और मुख आँसुओं से। उसने सिर लटका लिया और जैसे रुदन का आनन्द लेने लगी।

सहसा किसी की आहट पार वह चौंक पड़ी। मातादीन पीछे से आकर सामने खड़ा हो गया और बोला – 'कब तक रोए जाएगी! रोने से वह फिर तो न आ जाएगा। और यह कहते-कहते वह खुद रो पड़ा।'

सिलिया के कंठ में आए हुए भर्त्सना के शब्द पिघल गए। आवाज सँभालकर बोली – 'तुम आज इधर कैसे आ गए?'

मातादीन कातर होकर बोला – 'इधर से जा रहा था। तुझे बैठा देखा, चला आया।'

'तुम तो उसे खेला भी न पाए।'

'नहीं सिलिया, एक दिन खेलाया था।'

'सच?'

'सच!'

'मैं कहाँ थी?'

'तू बाजार गई थी?'

'तुम्हारी गोद में रोया नहीं?'

'नहीं सिलिया, हँसता था।'

'सच?'

'सच!'

'बस, एक ही दिन खेलाया?'

'हाँ, एक ही दिन; मगर देखने रोज आता था। उसे खटोले पर खेलते देखता था और दिल थामकर चला जाता था।'

'तुम्हीं को पड़ा था।'

'मुझे तो पछतावा होता है कि नाहक उस दिन उसे गोद में लिया। यह मेरे पापों का दंड है।'

सिलिया की आँखों में क्षमा झलक रही थी। उसने टोकरी सिर पर रख ली और घर चली। मातादीन भी उसके साथ-साथ चला।

सिलिया ने कहा – 'मैं तो अब धनिया काकी के बरौठे में सोती हूँ। अपने घर में अच्छा नहीं लगता।'

'धनिया मुझे बराबर समझाती रहती थी।'

'सच?'

'हाँ सच। जब मिलती थी, समझाने लगती थी।'

गाँव के समीप आकर सिलिया ने कहा – 'अच्छा, अब इधर से अपने घर चले जाओ। कहीं पंडित देख न लें।'

मातादीन ने गर्दन उठाकर कहा – 'मैं अब किसी से नहीं डरता।'

'घर से निकाल देंगे तो कहाँ जाओगे?'

'मैंने अपना घर बना लिया है।'

'सच?'

'हाँ, सच।'

'कहाँ, मैंने तो नहीं देखा।'

'चल तो दिखाता हूँ।'

दोनों और आगे बढ़े। मातादीन आगे था। सिलिया पीछे। होरी का घर आ गया। मातादीन उसके पिछवाड़े जाकर सिलिया की झोंपड़ी के द्वार पर खड़ा हो गया और बोला – 'यही हमारा घर है।'

सिलिया ने अविश्वास, क्षमा, व्यंग और दुःख भरे स्वर में कहा – 'यह तो सिलिया चमारिन का घर है।'

मातादीन ने द्वार की टाटी खोलते हुए कहा – 'यह मेरी देवी का मन्दिर है।'

सिलिया की आँखें चमकने लगीं। बोली – 'मन्दिर है तो एक लोटा पानी उँड़ेलकर चले जाओगे।'

मातादीन ने उसके सिर की टोकरी उतारते हुए कम्पित स्वर में कहा – 'नहीं सिलिया, जब तक प्राण हैं, तेरी शरण में रहूँगा। तेरी ही पूजा करूँगा!'

'झूठ कहते हो।'

'नहीं, तेरे चरण छूकर कहता हूँ। सुना, पटवारी का लौंडा भुनेसरी तेरे पीछे बहुत पड़ा था। तूने उसे खूब डाँटा।'

'तुमसे किसने कहा?'

'भुनेसरी आप ही कहता था।'

'सच?'

'हाँ, सच।'

सिलिया ने दियासलाई से कुप्पी जलाई। एक किनारे मिट्टी का घड़ा था, दूसरी ओर चूल्हा था, जहाँ दो-तीन पीतल और लोहे के बासन मँजे-धुले रखे थे। बीच में पुआल बिछा था। वहीं सिलिया का बिस्तर था। इस बिस्तर के सिरहाने की ओर रामू की छोटी खटोली जैसे रो रही थी, और उसी के पास दो-तीन मिट्टी के हाथी-घोड़े अंग-भंग दशा में पड़े हुए थे। जब स्वामी ही न रहा तो कौन उनकी देखभाल करता? मातादीन पुआल पर बैठ गया। कलेजे में हूक-सी उठ रही थी; जी चाहता था, खूब रोए।

सिलिया ने उसकी पीठ पर हाथ रखकर पूछा – 'तुम्हें कभी मेरी याद आती थी?'

मातादीन ने उसका हाथ पकड़कर हृदय से लगाकर कहा – 'तू हरदम मेरी आँखों के सामने फिरती रहती थी। तू भी कभी मुझे याद करती थी?'

'मेरा तो तुमसे जी जलता था।'

'और दया नहीं आती थी?'

'कभी नहीं।'

'तो भुनेसरी...'

'अच्छा, गाली मत दो। मैं डर रही हूँ, गाँववाले क्या कहेंगे।'

'जो भले आदमी हैं, वह कहेंगे, यही इसका धरम था। जो बुरे हैं, उनकी मैं परवा नहीं करता।'

'और तुम्हारा खाना कौन पकाएगा?'

'मेरी रानी, सिलिया।'

'तो ब्राह्मण कैसे रहोगे?'

'मैं ब्राह्मण नहीं, चमार ही रहना चाहता हूँ। जो अपना धरम पाले, वही ब्राह्मण है, जो धरम से मुँह मोड़े, वही चमार है।'

सिलिया ने उसके गले में बाँहें डाल दीं।

होरी की दशा दिन-दिन गिरती ही जा रही थी। जीवन के संघर्ष में उसे सदैव हार हुई; पर उसने कभी हिम्मत नहीं हारी। प्रत्येक हार जैसे उसे भाग्य से लड़ने की शक्ति दे देती थी; मगर अब वह उस अन्तिम दशा को पहुँच गया था, जब उसमें आत्म-विश्वास भी न रहा था। अगर वह अपने धर्म पर अटल रह सकता, तो भी कुछ आँसू पुँछते, मगर वह बात न थी। उसने नीयत भी बिगाड़ी, अधर्म भी कमाया, कोई ऐसी बुराई न थी, जिसमें वह पड़ा न हो; पर जीवन की कोई अभिलाषा न पूरी हुई, और भले दिन मृगतृष्णा की भाँति दूर ही होते चले गए, यहाँ तक कि अब उसे धोखा भी न रह गया था, झूठी आशा की हरियाली और चमक भी अब नजर न आती थी।

हारे हुए महीप की भाँति उसने अपने को इन तीन बीघे के किले में बन्द कर लिया था और उसे प्राणों की तरह बचा रहा था। फाके सहे, बदनाम हुआ, मजूरी की; पर किले को हाथ से न जाने दिया; मगर अब वह किला भी हाथ से निकला जाता था। तीन साल से लगान बाकी पड़ा हुआ था और अब पंडित नोखेराम ने उस पर बेदखली का दावा कर दिया था। कहीं से रुपये मिलने की आशा न थी। जमीन उसके हाथ से निकल जाएगी और उसके जीवन के बाकी दिन मजूरी करने में कटेंगे। भगवान की इच्छा! रायसाहब को क्या दोष दे? असामियों ही से उनका भी गुजर है। इसी गाँव पर आधे से ज्यादा घरों पर बेदखली आ रही है; आवे। औरों की जो दशा होगी, वही उसकी भी होगी। भाग्य में सुख बदा होता, तो लड़का यों हाथ से निकल जाता?

साँझ हो गई थी। वह इसी चिन्ता में डूबा बैठा था कि पंडित दातादीन ने आकर कहा – 'क्या हुआ होरी, तुम्हारी बेदखली के बारे में? इन दिनों नोखेराम से मेरी बोल-चाल बन्द है। कुछ पता नहीं। सुना, तारीख को पन्द्रह दिन और रह गए हैं।'

होरी ने उनके लिए खाट डालकर कहा – 'वह मालिक हैं, जो चाहे करें, मेरे पास रुपये होते तो यह दुर्दशा क्यों होती! खाया नहीं, उड़ाया नहीं; लेकिन उपज ही न हो और जो हो भी, वह कौड़ियों के मोल बिके, तो किसान क्या करे?'

'लेकिन जैजात तो बचानी ही पड़ेगी। निबाह कैसे होगा? बापदादों की इतनी ही निसानी बच रही है। वह निकल गई, तो कहाँ रहोगे?'

'भगवान की मरजी है, मेरा क्या बस!'

'एक उपाय है, जो तुम करो।'

होरी को जैसे अभय-दान मिल गया। उनके पाँव पड़कर बोला – 'बड़ा धरम होगा महाराज, तुम्हारे सिवा मेरा कौन है? मैं तो निराश हो गया था।'

'निरास होने की कोई बात नहीं। बस, इतना ही समझ लो कि सुख में आदमी का धरम कुछ और होता है, दुःख में कुछ और। सुख में आदमी दान देता है, मगर दुःख में भीख तक माँगता है। उस समय आदमी का यही धरम हो जाता है। शरीर अच्छा रहता है तो हम बिना असनान-पूजा किए मुँह में पानी भी नहीं डालते; लेकिन बीमार हो जाते हैं, तो बिना नहाए-धोए, कपड़े पहने, खाट पर बैठे पथ्य लेते हैं। उस समय का यही धरम है। यहाँ हममें-तुममें कितना भेद है; लेकिन जगन्नाथपुरी में कोई भेद नहीं रहता। ऊँचे-नीचे सभी एक पंगत में बैठकर खाते हैं। आपत्काल में श्रीरामचन्द्र ने सेवरी के जूठे फल खाए थे, बालि का छिपकर वध किया था। जब संकट में बड़े-बड़ों की मर्यादा टूट जाती है, तो हमारी-तुम्हारी कौन बात है? रामसेवक महतो को तो जानते हो न?'

होरी ने निरुत्साह होकर कहा – 'हाँ, जानता क्यों नहीं।'

'मेरा जजमान है। बड़ा अच्छा जमाना है उसका। खेती अलग, लेन-देन अलग। ऐसे रोबदाब का आदमी ही नहीं देखा! कई महीने हुए उनकी औरत मर गई है! सन्तान कोई नहीं। अगर रुपिया का ब्याह उससे करना चाहो, तो मैं उसे राजी कर लूँ। मेरी बात वह कभी न टालेगा। लड़की सयानी हो गई है और जमाना बुरा है। कहीं कोई बात हो जाए, तो मुँह में कालिख लग जाए। यह बड़ा अच्छा औसर है। लड़की का ब्याह भी हो जाएगा और तुम्हारे खेत भी बच जाएँगे। सारे खरच-बरच से बचे जाते हो।'

रामसेवक होरी से दो ही चार साल छोटा था। ऐसे आदमी से रूपा के ब्याह करने का प्रस्ताव ही अपमानजनक था। कहाँ फूल-सी रूपा और कहाँ वह बूढ़ा ठूँठ! जीवन में होरी ने बड़ी-बड़ी चोट सही थी, मगर यह चोट सबसे गहरी थी। आज उसके ऐसे दिन आ गए हैं कि उससे लड़की बेचने की बात कही जाती है और उसमें इनकार करने का साहस नहीं है। ग्लानि से उसका सिर झुक गया।

दातादीन ने एक मिनट के बाद पूछा – 'तो क्या कहते हो?'

होरी ने साफ जवाब न दिया। बोला – 'सोचकर कहूँगा।'

'इसमें सोचने की क्या बात है?'

'धनिया से भी तो पूछ लूँ।'

'तुम राजी हो कि नहीं?'

'जरा सोच लेने दो महाराज! आज तक कुल में कभी ऐसा नहीं हुआ। उसकी मरजाद भी तो रखना है।'

'पाँच-छः दिन के अन्दर मुझे जवाब दे देना। ऐसा न हो, तुम सोचते ही रहो और बेदखली आ जाए।'

दातादीन चले गए। होरी की ओर से उन्हें कोई अन्देशा न था। अन्देशा था धनिया की ओर से। उसकी नाक बड़ी लम्बी है। चाहे मिट जाए, मरजाद न छोड़गी।

मगर होरी हाँ कर ले तो वह रो-धोकर मान ही जाएगी। खेतों के निकलने में भी तो मरजाद बिगड़ती है।

धनिया ने आकर पूछा – 'पंडित क्यों आए थे?'

'कुछ नहीं, यही बेदखली की बातचीत थी।'

'आँसू पोंछने आए होंगे। यह तो न होगा कि सौ रुपये उधार दे दें।'

'माँगने का मुँह भी तो नहीं।'

'तो यहाँ आते ही क्यों हैं?'

'रुपिया की सगाई की बात थी।'

'किससे?'

'रामसेवक को जानती है? उन्हीं से।'

'मैंने उन्हें कब देखा, हाँ, नाम बहुत दिन से सुनती हूँ। वह तो बूढ़ा होगा।'

'बूढ़ा नहीं है, हाँ अधेड़ है।'

'तुमने पंडित को फटकारा नहीं। मुझसे कहते तो ऐसा जवाब देती कि याद करते।'

'फटकारा नहीं; लेकिन इनकार कर दिया। कहते थे, ब्याह भी बिना खरच-बरच के हो जाएगा और खेत भी बच जाएँगे।'

'साफ-साफ क्यों नहीं कहते कि लड़की बेचने को कहते थे। कैसे इस बूढ़े का हियाव पड़ा?'

लेकिन होरी इस प्रश्न पर जितना ही विचार करता, उतना ही उसका दुराग्रह कम होता जाता था। कुल-मर्यादा की लाज उसे कुछ कम न थी; लेकिन जिसे असाध्य रोग ने ग्रस लिया हो, वह खाद्य-अखाद्य की परवाह कब करता है? दातादीन के सामने होरी ने कुछ ऐसा भाव प्रकट किया था, जिसे स्वीकृति नहीं कहा जा सकता, मगर भीतर से वह पिघल गया था। उम्र की ऐसी कोई बात नहीं। मरना-जीना तकदीर के हाथ है। बूढ़े बैठे रहते हैं, जवान चले जाते हैं। रूपा को सुख लिखा है, तो वहाँ भी सुख उठाएगी; दुःख लिखा है, तो कहीं भी सुख नहीं पा सकती। और लड़की बेचने की तो कोई बात ही नहीं। होरी उससे जो कुछ लेगा, उधार लेगा और हाथ में रुपये आते ही चुका देगा। इसमें शर्म या अपमान की कोई बात ही नहीं है। बेशक, उसमें समाई होती, तो वह रूपा का ब्याह किसी जवान लड़के से और अच्छे कुल में करता, दहेज भी देता, बरात के खिलाने-पिलाने में भी खूब दिल खोलकर खर्च करता; मगर जब ईश्वर ने उसे इस लायक नहीं बनाया, तो कुश-कन्या के सिवा और वह क्या कर सकता है? लोग हँसेंगे; लेकिन जो लोग खाली हँसते हैं, और कोई मदद नहीं करते, उनकी हँसी की वह क्यों परवा करे। मुश्किल यही है कि धनिया न राजी होगी। गधी तो है ही। वही पुरानी लाज ढोए जाएगी। यह कुल-प्रतिष्ठा के पालने का समय नहीं, अपनी जान बचाने का अवसर है। ऐसी ही बड़ी लाजवाली है, तो लाए, पाँच सौ निकाले। कहाँ धरे हैं?

दो दिन गुजर गए और इस मामले पर उन लोगों में कोई बातचीत न हुई। हाँ, दोनों सांकेतिक भाषा में बातें करते थे।

धनिया कहती – 'वर-कन्या जोड़े के हों तभी ब्याह का आनन्द है।'

होरी जवाब देता – 'ब्याह आनन्द का नाम नहीं है पगली, यह तपस्या है।'

'चलो तपस्या है?'

'हाँ, मैं कहता जो हूँ। भगवान आदमी को जिस दशा में डाल दें, उसमें सुखी रहना तपस्या नहीं, तो और क्या है?'

दूसरे दिन धनिया ने वैवाहिक आनन्द का दूसरा पहलू सोच निकाला। घर में जब तक सास-ससुर, देवरानियाँ-जेठानियाँ न हों, तो ससुराल का सुख ही क्या? कुछ दिन तो लड़की बहुरिया बनने का सुख पाए।

होरी ने कहा – 'वह वैवाहिक जीवन का सुख नहीं, दंड है।'

धनिया तिनक उठी – 'तुम्हारी बातें भी निराली होती हैं। अकेली बहू घर में कैसे रहेगी; न कोई आगे न कोई पीछे।'

होरी बोला – 'तू तो इस घर में आई तो एक नहीं, दो-दो देवर थे, सास थी, ससुर था। तूने कौन-सा सुख उठा लिया, बता?'

'क्या सभी घरों में ऐसे ही प्राणी होते हैं!'

'और नहीं तो क्या आकाश की देवियाँ आ जाती हैं? अकेली तो बहू। उस पर हुकूमत करनेवाला सारा घर। बेचारी किस-किसको खुश करे। जिसका हुक्म न माने, वही बैरी। सबसे भला अकेला।'

फिर भी बात यहीं तक रह गई; मगर धनिया का पल्ला हल्का होता जाता था। चौथे दिन रामसेवक महतो खुद आ पहुँचे। कलाँ-रास घोड़े पर सवार, साथ एक नाई और एक खिदमतगार, जैसे कोई बड़ा जमींदार हो। उम्र चालीस से ऊपर थी, बाल खिचड़ी हो गए थे; पर चेहरे पर तेज था, देह गठी हुई। होरी उनके सामने बिलकुल बूढ़ा लगता था। किसी मुकदमे की पैरवी करने जा रहे थे। यहाँ जरा दोपहरी काट लेना चाहते हैं। धूप कितनी तेज है, और कितने जोरों की लू चल रही है! होरी सहुआइन की दुकान से गेहूँ का आटा और घी लाया। पूरियाँ बनीं। तीनों मेहमानों ने खाया। दातादीन भी आशीर्वाद देने आ पहुँचे। बातें होने लगीं।

दातादीन ने पूछा – 'कैसा मुकदमा है महतो?'

रामसेवक ने शान जमाते हुए कहा – 'मुकदमा तो एक-न-एक लगा ही रहता है महाराज! संसार में गऊ बनने से काम नहीं चलता। जितना दबो, उतना ही लोग दबाते हैं। थाना-पुलिस, कचहरी-अदालत सब हैं हमारी रक्षा के लिए; लेकिन रक्षा कोई नहीं करता। चारों तरफ लूट है। जो गरीब है, बेकस है, उसकी गर्दन काटने के लिए सभी तैयार रहते हैं। भगवान न करे, कोई बेईमानी करे। यह बड़ा पाप है, लेकिन अपने हक और न्याय के लिए न लड़ना उससे भी बड़ा पाप है। तुम्हीं सोचो, आदमी कहाँ तक दबे? यहाँ तो जो किसान है, वह सबका नरम चारा है। पटवारी को नजराना

और दस्तूरी न दें, तो गाँव में रहना मुश्किल। जमींदार के चपरासी और कारिन्दों का पेट न भरें तो निबाह न हो। थानेदार और कानिसिटिबिल तो जैसे उसके दामाद हैं। जब उनका दौरा गाँव में हो जाए, किसानों का धरम है, वह उनका आदर-सत्कार करें, नजर-नयाज दें, नहीं एक रिपोर्ट में गाँव-का-गाँव बँध जाए। कभी कानूनगो आते हैं, कभी तहसीलदार, कभी डिप्टी, कभी जंट, कभी कलक्टर, कभी कमिसनर। किसान को उनके सामने हाथ बाँधे हाजिर रहना चाहिए। उनके लिए रसद-चारे, अंडे-मुर्गी, दूध-घी का इन्तजाम करना चाहिए। तुम्हारे सिर भी तो वही बीत रही है महाराज! एक-न-एक हाकिम रोज नए-नए बढ़ते जाते हैं। एक डाक्टर कुओं में दवाई डालने के लिए आने लगा है। एक दूसरा डाक्टर कभी-कभी आकर ढोरों को देखता है, लड़कों का इम्तहान लेनेवाला इसपिट्टर है, न जाने किस-किस महकमे के अफसर हैं, नहर के अलग, जंगल के अलग, ताड़ी-सराब के अलग, गाँव-सुधार के अलग, खेती-विभाग के अलग। कहाँ तक गिनाऊँ? पादड़ी आ जाता है, तो उसे भी रसद देना पड़ता है, नहीं शिकायत कर दे। और जो कहो कि इतने महकमों और इतने अफसरों से किसान का कुछ उपकार होता हो, तो नाम को नहीं। कभी जमींदार ने गाँव पर हल पीछे दो-दो रुपये चन्दा लगाया। किसी बड़े अफसर की दावत की थी। किसानों ने देने से इनकार कर दिया। बस, उसने सारे गाँव पर जाफा कर दिया। हाकिम भी जमींदार ही का पच्छ करते हैं। यह नहीं सोचते कि किसान भी आदमी हैं, उनके भी बाल-बच्चे हैं, उनकी भी इज्जत-आबरू है। और यह सब हमारे दब्बूपन का फल है। मैंने गाँव-भर में डोंडी पिटवा दी कि कोई बेसी लगान न दो और न खेत छोड़ो, हमको कोई कायल कर दे, तो हम जाफा देने को तैयार हैं; लेकिन जो तुम चाहो कि बेमुँह के किसानों को पीसकर पी जाएँ तो यह न होगा। गाँववालों ने मेरी बात मान ली, और सबने जाफा देने से इनकार कर दिया। जमींदार ने देखा, सारा गाँव एक हो गया है तो लाचार हो गया। खेत बेदखल कर दे, तो जोते कौन? इस जमाने में जब तक कड़े न पड़ो, कोई नहीं सुनता। बिना रोए तो बालक भी माँ से दूध नहीं पाता।'

रामसेवक तीसरे पहर चला गया और धनिया और होरी पर न मिटनेवाला असर छोड़ गया। दातादीन का मन्त्र जाग गया।

उन्होंने पूछा - 'अब क्या कहते हो?'

होरी ने धनिया की ओर इशारा करके कहा - 'इससे पूछो।'

'हम तुम दोनों से पूछते हैं।'

धनिया बोली - 'उमिर तो ज्यादा है; लेकिन तुम लोगों की राय है, तो मुझे भी मंजूर है। तकदीर में जो लिखा होगा, वह तो आगे आएगा ही; मगर आदमी अच्छा है।'

और होरी को तो रामसेवक पर वह विश्वास हो गया था, जो दुर्बलों को जीवटवाले आदमियों पर होता है। वह शेखचिल्ली के-से मंसूबे बाँधने लगा था। ऐसा आदमी उसका हाथ पकड़ ले, तो बेड़ा पार है।

विवाह का मुहूर्त ठीक हो गया। गोबर को भी बुलाना होगा। अपनी तरफ से लिख दो, आने न आने का उसे अख्तियार है। यह कहने को तो मुँह न रहे कि तुमने मुझे बुलाया था? सोना को भी बुलाना होगा।

धनिया ने कहा – 'गोबर तो ऐसा नहीं था, लेकिन जब झुनिया आने दे। परदेस जाकर ऐसा भूल गया कि न चिट्ठी न पत्री। न जाने कैसे हैं। यह कहते-कहते उसकी आँखें सजल हो गईं।'

गोबर को खत मिला, तो चलने को तैयार हो गया। झुनिया को जाना अच्छा तो न लगता था; पर इस अवसर पर कुछ कह न सकी। बहन के ब्याह में भाई का न जाना कैसे सम्भव है! सोना के ब्याह में न जाने का कलंक क्या कम है?

गोबर आर्द्र कंठ से बोला – 'माँ-बाप से खिंचे रहना कोई अच्छी बात नहीं है। अब हमारे हाथ-पाँव हैं, उनसे खिंच लें, चाहे लड़ लें; लेकिन जन्म तो उन्हीं ने दिया, पाल-पोसकर जवान तो उन्हीं ने किया, अब हमें चार बात भी कहें, तो हमें गम खाना चाहिए। इधर मुझे बार-बार अम्माँ-दादा की याद आया करती है। उस बखत मुझे न जाने क्यों उन पर गुस्सा आ गया। तेरे कारन माँ-बाप को भी छोड़ना पड़ा।'

झुनिया तिनक उठी – 'मेरे सिर पर यह पाप न लगाओ, हाँ! तुम्हीं को लड़ने की सूझी थी। मैं तो अम्माँ के पास इतने दिन रही, कभी साँस तक न लिया।'

'लड़ाई तेरे कारन हुई।'

'अच्छा, मेरे ही कारन सही। मैंने भी तो तुम्हारे लिए अपना घर-बार छोड़ दिया।'

'तेरे घर में कौन तुझे प्यार करता था? भाई बिगड़ते थे, भावजें जलाती थीं। भोला जो तुझे पा जाते, तो कच्ची ही खा जाते।'

'तुम्हारे ही कारन।'

'अबकी जब तक रहें, इस तरह रहें कि उन्हें भी जिन्दगानी का कुछ सुख मिले, उनकी मरजी के खिलाफ कोई काम न करें। दादा इतने अच्छे हैं कि कभी मुझे डाँटा तक नहीं। अम्माँ ने कई बार मारा है; लेकिन वह जब मारती थीं, तब कुछ-न-कुछ खाने को दे देती थीं। मारतीं थीं; पर जब तक मुझे हँसा न लें, उन्हें चैन न आता था।'

दोनों ने मालती से जिक्र किया। मालती ने छुट्टी ही नहीं दी, कन्या के उपहार के लिए एक चर्खा और हाथों का कंगन भी दिया। वह खुद जाना चाहती थी; लेकिन कई ऐसे मरीज उसके इलाज में थे, जिन्हें एक दिन के लिए भी न छोड़ सकती थी। हाँ, शादी के दिन आने का वादा किया और बच्चे के लिए खिलौनों का ढेर लगा दिया। उसे बार-बार चूमती थी और प्यार करती थी, मानो सबकुछ पेशगी ले लेना चाहती है और बच्चा उसके प्यार की बिलकुल परवा न करके घर चलने के लिए खुश था – उस घर के लिए, जिसको उसने देखा तक न था। उसकी बाल-कल्पना में घर स्वर्ग से भी बढ़कर कोई चीज थी।

गोबर ने घर पहुँचकर उसकी दशा देखी, तो ऐसा निराश हुआ कि इसी वक्त यहाँ से लौट जाए। घर का एक हिस्सा गिरने-गिरने को हो गया था। द्वार पर केवल एक बैल बँधा हुआ था, वह भी नीमजान। धनिया और होरी, दोनों फूले न समाए; लेकिन गोबर का जी उचाट था। अब इस घर के सँभलने की क्या आशा है! वह गुलामी करता है; लेकिन भरपेट खाता तो है। केवल एक ही मालिक का तो नौकर है। यहाँ तो जिसे देखो, वही रोब जमाता है। गुलामी है; पर सूखी। मेहनत करके अनाज पैदा करो और जो रुपये मिलें, वह दूसरों को दे दो। आप बैठे राम-राम करो। दादा ही का कलेजा है कि यह सब सहते हैं। उससे तो एक दिन न सहा जाए।

और, यह दशा कुछ होरी ही की न थी। सारे गाँव पर यह विपत्ति थी। ऐसा एक आदमी भी नहीं, जिसकी रोनी सूरत न हो, मानो उनके प्राणों की जगह वेदना ही बैठी उन्हें कठपुतलियों की तरह नचा रही हो। चलते-फिरते थे, काम करते थे, पिसते थे, घुटते थे, इसलिए कि पिसना और घुटना उनकी तकदीर में लिखा था। जीवन में न कोई आशा है, न कोई उमंग, जैसे उनके जीवन के सोते सूख गए हों, और सारी हरियाली मुरझा गई हो।

जेठ के दिन हैं, अभी तक खलिहानों में अनाज मौजूद है; मगर किसी के चेहरे पर खुशी नहीं है। बहुत कुछ तो खलिहान में ही तुलकर महाजनों और कारिन्दों की भेंट हो चुका है और जो कुछ बचा है, वह भी दूसरों का है। भविष्य अन्धकार की भाँति उनके सामने है। उन्हें कोई रास्ता नहीं सूझता। उनकी सारी चेतनाएँ शिथिल हो गई हैं। द्वार पर मनों कूड़ा जमा है, दुर्गन्ध उड़ रही है; मगर उनकी नाक में न गन्ध है, न आँखों में ज्योति। सरेशाम द्वार पर गीदड़ रोने लगते हैं मगर किसी को गम नहीं। सामने जो कुछ मोटा-झोटा आ जाता है, वह खा लेते हैं, उसी तरह जैसे इंजिन कोयला खा लेता है। उनके बैल चूनी-चोकर के बगैर नाँद में मुँह नहीं डालते; मगर उन्हें केवल पेट में कुछ डालने को चाहिए। स्वाद से उन्हें कोई प्रयोजन नहीं। उनकी रसना मर चुकी है। उनके जीवन में स्वाद का लोप हो गया है। उनसे धेले-धेले के लिए बेईमानी करवा लो, मुट्ठी-भर अनाज के लिए लाठियाँ चलवा लो। पतन की वह इन्तहा है, जब आदमी शर्म और इज्जत को भी भूल जाता है।

लड़कपन से गोबर ने गाँवों की यही दशा देखी थी और उनका आदी हो चुका था; पर आज चार साल के बाद उसने जैसे एक नई दुनिया देखी। भले आदमियों के साथ रहने से उसकी बुद्धि कुछ जग उठी है; उसने राजनैतिक जलसों में पीछे खड़े होकर भाषण सुने हैं और उनसे अंग-अंग में बिंधा है। उसने सुना है और समझा है कि अपना भाग्य खुद बनाना होगा, अपनी बुद्धि और साहस से इन आफतों पर विजय पाना होगा। कोई देवता, कोई गुप्त शक्ति उनकी मदद करने न आएगी। और उसमें गहरी संवेदना सजग हो उठी है। अब उसमें वह पहले की उद्दंडता और गरूर नहीं है। वह नम्र और उद्योग-शील हो गया है। जिस दशा में पड़े हो, उसे स्वार्थ और लोभ के वश होकर और क्यों बिगाड़ते हो? दुःख ने तुम्हें एक सूत्र में बाँध दिया है। बन्धुत्व के

इस दैवी बन्धन को क्यों अपने तुच्छ स्वार्थों से तोड़े डालते हो? उस बन्धन को एकता का बन्धन बना लो। इस तरह के भावों ने उसकी मानवता को पंख-से लगा दिए हैं।

संसार का ऊँच-नीच देख लेने के बाद निष्कपट मनुष्यों में जो उदारता आ जाती है, वह अब मानो आकाश में उड़ने के लिए पंख फड़फड़ा रही है। होरी को अब वह कोई काम करते देखता है, तो उसे हटाकर खुद करने लगता है, जैसे पिछले दुर्व्यवहार का प्रायश्चित करना चाहता हो। कहता है, दादा अब कोई चिन्ता मत करो, सारा भार मुझ पर छोड़ दो, मैं हर महीने खर्च भेजूँगा। इतने दिन तो मरते-खपते रहे, कुछ दिन तो आराम कर लो। मुझे धिक्कार है कि मेरे रहते तुम्हें इतना कष्ट उठाना पड़े। और होरी के रोम-रोम से बेटे के लिए आशीर्वाद निकल जाता है। उसे अपनी जीर्ण देह में दैवी स्फूर्ति का अनुभव होता है। वह इस समय अपने कर्ज का ब्योरा कह कर उसकी उठती जवानी पर चिन्ता की बिजली क्यों गिराए? वह आराम से खाए-पीए, जिन्दगी का सुख उठाए। मरने-खपने के लिए वह तैयार है। यही उसका जीवन है। राम-राम जपकर वह जी भी तो नहीं सकता। उसे तो फावड़ा और कुदाल चाहिए। राम-नाम की माला फेरकर उसका चित्त न शान्त होगा।

गोबर ने कहा - 'कहो, मैं सबसे किस्त बँधवा लूँ और हर महीने-महीने देता जाऊँ। सब मिलकर कितना होगा?'

होरी ने सिर हिलाकर कहा - 'नहीं बेटा, तुम काहे को तकलीफ उठाओगे। तुम्हीं को कौन बहुत मिलते हैं! सब देख लूँगा! जमाना इसी तरह थोड़े ही रहेगा। रूपा चली जाती है। अब कर्ज ही चुकाना तो है। तुम कोई चिन्ता मत करना। खाने-पीने का संजम रखना। अभी देह बना लोगे, तो सदा आराम से रहोगे। मेरी कौन? मुझे तो मरने-खपने की आदत पड़ गई है। अभी मैं तुम्हें खेती में नहीं जोतना चाहता बेटा! मालिक अच्छा मिल गया है। उसकी कुछ दिन सेवा कर लोगे, तो आदमी बन जाओगे! वह तो यहाँ आ चुकी हैं। साक्षात देवी हैं।'

'ब्याह के दिन फिर आने को कहा है।'

'हमारे सिर-आँखों पर आएँ। ऐसे भले आदमियों के साथ रहने से चाहे पैसे कम भी मिलें; लेकिन ज्ञान बढ़ता है और आँखें खुलती हैं।'

उसी वक्त पंडित दातादीन ने होरी को इशारे से बुलाया और दूर ले जाकर कमर से सौ-सौ रुपये के दो नोट निकालते हुए बोले - 'तुमने मेरी सलाह मान ली, बड़ा अच्छा किया। दोनों काम बन गए। कन्या से भी उरिन हो गए और बाप-दादों की निशानी भी बच गई। मुझसे जो कुछ हो सका, मैंने तुम्हारे लिए कर दिया, अब तुम जानो, तुम्हारा काम जाने।'

होरी ने रुपये लिए तो उसका हाथ काँप रहा था, उसका सिर ऊपर न उठ सका। मुँह से एक शब्द न निकला, जैसे अपमान के अथाह गढ़े में गिर पड़ा है और गिरता चला जाता है। आज तीस साल तक जीवन से लड़ते रहने के बाद परास्त हुआ है और ऐसा परास्त हुआ है कि मानो उसको नगर के द्वार पर खड़ा कर दिया गया है

और जो आता है, उसके मुँह पर थूक देता है। वह चिल्ला-चिल्लाकर कह रहा है कि भाइयो, मैं दया का पात्र हूँ। मैंने नहीं जाना, जेठ की लू कैसी होती है और माघ की वर्षा कैसी होती है; इस देह को चीरकर देखो, इसमें कितना प्राण रह गया है - कितना जख्मों से चूर, कितना ठोकरों से कुचला हुआ! उससे पूछो, कभी तूने विश्राम के दर्शन किए, कभी तू छाँह में बैठा? उस पर यह अपमान! और वह अब भी जीता है, कायर, लोभी, अधम। उसका सारा विश्वास जो अगाध होकर स्थूल और अन्धा हो गया था, मानो टूक-टूक उड़ गया है।

दातादीन ने कहा - 'तो मैं जाता हूँ। न हो, तुम इसी बखत नोखेराम के पास चले जाओ।'

होरी दीनता से बोला - 'चला जाऊँगा महाराज! मगर मेरी इज्जत तुम्हारे हाथ है।'

दो दिन तक गाँव में खूब धूम-धाम रही। बाजे बजे, गाना-बजाना हुआ और रूपा रो-धोकर विदा हो गई; मगर होरी को किसी ने घर से निकलते न देखा। ऐसा छिपा बैठा था, जैसे मुँह में कालिख लगी हो। मालती के आ जाने से चहल-पहल और बढ़ गई। दूसरे गाँव की स्त्रियाँ भी आ गईं।

गोबर ने अपने शील-स्नेह से गाँव को मुग्ध कर लिया है। ऐसा कोई घर न था, जहाँ वह अपने मीठे व्यवहार की याद न छोड़ आया हो। भोला तो उसके पैरों पर गिर पड़े। उनकी स्त्री ने उसको पान खिलाए और एक रुपया बिदाई दी और उसका लखनऊ का पता भी पूछा। कभी लखनऊ आएगी तो उससे जरूर मिलेगी। अपने रुपये की उससे चर्चा न की।

तीसरे दिन जब गोबर चलने लगा, तो होरी ने धनिया के सामने आँखों में आँसू भरकर वह अपराध स्वीकार किया, जो कई दिन से उसकी आत्मा को मथ रहा था, और रोकर बोला - 'बेटा, मैंने इस जमीन के मोह से पाप की गठरी सिर लादी। न जाने भगवान मुझे इसका क्या दंड देंगे!'

गोबर जरा भी गर्म न हुआ, किसी प्रकार का रोष उसके मुँह पर न था। श्रद्धाभाव से बोला - 'इसमें अपराध की कोई बात नहीं है दादा! हाँ, रामसेवक के रुपये अदा कर देना चाहिए। आखिर तुम क्या करते? मैं किसी लायक नहीं, तुम्हारी खेती में उपज नहीं, करज कहीं मिल नहीं सकता, एक महीने के लिए भी घर में भोजन नहीं। ऐसी दशा में तुम और कर ही क्या सकते थे? जैजात न बचाते तो रहते कहाँ? जब आदमी का कोई बस नहीं चलता, तो अपने को तकदीर पर ही छोड़ देता है। न जाने यह धाँधली कब तक चलती रहेगी? जिसे पेट की रोटी मयस्सर नहीं, उसके लिए मरजाद और इज्जत सब ढोंग है। औरों की तरह तुमने भी दूसरों का गला दबाया होता, उनकी जमा मारी होती, तो तुम भी भले आदमी होते। तुमने कभी नीति को नहीं छोड़ा, यह उसी का दंड है। तुम्हारी जगह मैं होता, तो या जेहल में होता या फाँसी पर गया होता।

मुझसे यह कभी बरदाश्त न होता कि मैं कमा-कमाकर सबका घर भरूँ और आप अपने बाल-बच्चों के साथ मुँह में जाली लगाए बैठा रहूँ।'

धनिया बहू को उसके साथ भेजने पर राजी न हुई। झुनिया का मन भी अभी कुछ दिन यहाँ रहने का था। तय हुआ कि गोबर अकेला ही जाए।

दूसरे दिन प्रातःकाल गोबर सबसे विदा होकर लखनऊ चला। होरी उसे गाँव के बाहर तक पहुँचाने आया। गोबर के प्रति इतना प्रेम उसे कभी न हुआ था। जब गोबर उसके चरणों पर झुका, तो होरी रो पड़ा, मानो फिर उसे पुत्र के दर्शन न होंगे। उसकी आत्मा में उल्लास था, गर्व था, संकल्प था। पुत्र से यह श्रद्धा और स्नेह पाकर वह तेजवान हो गया है, विशाल हो गया है। कई दिन पहले उस पर जो अवसाद-सा छा गया था, एक अन्धकार-सा, जहाँ वह अपना मार्ग भूल जाता था, वहाँ अब उत्साह है और प्रकाश है।

रूपा अपनी ससुराल में खुश थी। जिस दशा में उसका बालपन बीता था, उसमें पैसा सबसे कीमती चीज थी। मन में कितनी साधे थीं, जो मन ही में घुट-घुटकर रह गई थीं। वह अब उन्हें पूरा कर रही थी और रामसेवक अधेड़ होकर भी जवान हो गया था। रूपा के लिए वह पति था, उसके जवान, अधेड़ या बूढ़े होने से उसकी नारी-भावना में कोई अन्तर न आ सकता था। उसकी यह भावना पति के रंग-रूप या उम्र पर आश्रित न थी, उसकी बुनियाद इससे बहुत गहरी थी, श्वेत परम्पराओं की तह में, जो केवल किसी भूकम्प से ही हिल सकती थी। उसका यौवन अपने ही में मस्त था, वह अपने ही लिए अपना बनाव-सिंगार करती थी और आप ही खुश होती थी। रामसेवक के लिए उसका दूसरा रूप था। तब वह गृहिणी बन जाती थी, घर के काम-काज में लगी हुई। अपनी जवानी दिखाकर उसे लज्जा या चिन्ता में न डालना चाहती थी। किसी तरह की अपूर्णता का भाव उसके मन में न आता था। अनाज से भरे हुए बखार और गाँव से सिवान तक फैले हुए खेत और द्वार पर ढोरों की कतारें और किसी प्रकार की अपूर्णता को उसके अन्दर आने ही न देती थी।

और उसकी सबसे बड़ी अभिलाषा थी अपने घरवालों को खुश देखना। उनकी गरीबी कैसे दूर कर दे? उस गाय की याद अभी तक उसके दिल में हरी थी, जो मेहमान की तरह आई थी और सबको रोता छोड़कर चली गई थी। वह स्मृति इतने दिनों के बाद अब और भी मृदु हो गई थी। अभी उसका निजत्व इस नए घर में न जम पाया था। वही पुराना घर उसका अपना घर था। वहीं के लोग अपने आत्मीय थे, उन्हीं का दुःख उसका दुःख और उन्हीं का सुख उसका सुख था। इस द्वार पर ढोरों का एक रेवड़ देखकर उसे वह हर्ष न हो सकता था, जो अपने द्वार पर एक गाय देखकर होता। उसके दादा की यह लालसा कभी पूरी न हुई। जिस दिन वह गाय आई थी, उन्हें कितना उछाह हुआ था, जैसे आकाश से कोई देवी आ गई हो। तब से फिर उन्हें इतनी समाई ही न हुई कि दूसरी गाय लाते; पर वह जानती थी, आज भी वह लालसा होरी के मन में उतनी ही सजग है। अबकी वह जाएगी, तो साथ वह धौरी गाय जरूर लेती जाएगी।

नहीं, अपने आदमी से क्यों न भिजवा दे। रामसेवक से पूछने की देर थी। मंजूरी हो गई, और दूसरे दिन एक अहीर के मारफत रूपा ने गाय भेज दी। अहीर से कहा, दादा से कह देना, मंगल के दूध पीने के लिए भेजी है। होरी भी गाय लेने की फिक्र में था। यों अभी उसे गाय की कोई जल्दी न थी; मगर मंगल यहीं है और बिना दूध के कैसे रह सकता है! रुपये मिलते ही वह सबसे पहले गाय लेगा। मंगल अब केवल उसका पोता नहीं है, केवल गोबर का बेटा नहीं है, मालती देवी का खिलौना भी है। उसका लालन-पालन उसी तरह का होना चाहिए।

मगर रुपये कहाँ से आएँ? संयोग से उसी दिन एक ठीकेदार ने सड़क के लिए गाँव के ऊसर में कंकड़ की खुदाई शुरू की। होरी ने सुना तो चट-पट वहाँ जा पहुँचा, और आठ आने रोज पर खुदाई करने लगा; अगर यह काम दो महीने भी टिक गया तो गाय भर को रुपये मिल जाएँगे। दिन-भर लू और धूप में काम करने के बाद वह घर आता, तो बिलकुल मरा हुआ; अवसाद का नाम नहीं। उसी उत्साह से दूसरे दिन काम करने जाता। रात को भी खाना खाकर डिब्बी के सामने बैठ जाता और सुतली कातता। कहीं बारह-एक बजे सोने जाता। धनिया भी पगला गई थी, उसे इतनी मेहनत करने से रोकने के बदले खुद उसके साथ बैठी-बैठी सुतली कातती। गाय तो लेनी ही है, रामसेवक के रुपये भी तो अदा करने हैं। गोबर कह गया है। उसे बड़ी चिन्ता है।

रात के बारह बज गए थे। दोनों बैठे सुतली कात रहे थे। धनिया ने कहा - 'तुम्हें नींद आती हो तो जाके सो रहो। भोरे फिर तो काम करना है।'

होरी ने आसमान की ओर देखा - 'चला जाऊँगा। अभी तो दस बजे होंगे। तू जा, सो रह।'

'मैं तो दोपहर को छन-भर पौढ़ रहती हूँ।'

'मैं भी चबेना करके पेड़ के नीचे सो लेता हूँ।'

'बड़ी लू लगती होगी।'

'लू क्या लगेगी? अच्छी छाँह है।'

'मैं डरती हूँ, कहीं तुम बीमार न पड़ जाओ।'

'चल; बीमार वह पड़ते हैं, जिन्हें बीमार पड़ने की फुरसत होती है। यहाँ तो यह धुन है कि अबकी गोबर आए, तो रामसेवक के आधे रुपये जमा रहें। कुछ वह भी लाएगा। बस, इस साल इस रिन से गला छूट जाए, तो दूसरी जिन्दगी हो।'

'गोबर की अबकी बड़ी याद आती है। कितना सुशील हो गया है।'

'चलती बेर पैरों पर गिर पड़ा।'

'मंगल वहाँ से आया तो कितना तैयार था। यहाँ आकर दुबला हो गया है।'

'वहाँ दूध, मक्खन, क्या नहीं पाता था? यहाँ रोटी मिल जाए, वही बहुत है। ठीकेदार से रुपये मिले और गाय लाया।'

'गाय तो कभी आ गई होती, लेकिन तुम जब कहना मानो। अपनी खेती तो सँभाले न सँभलती थी, पुनिया का भार भी अपने सिर ले लिया।'

'क्या करता, अपना धरम भी तो कुछ है। हीरा ने नालायकी की तो उसके बाल-बच्चों को सँभालनेवाला तो कोई चाहिए ही था। कौन था मेरे सिवा बता? मैं न मदद करता, तो आज उनकी क्या गति होती, सोच। इतना सब करने पर भी तो मँगरू ने उस पर नालिस कर ही दी।'

'रुपये गाड़कर रखेगी तो क्या नालिस न होगी?'

'क्या बकती है। खेती से पेट चल जाए, यही बहुत है। गाड़कर कोई क्या रखेगा!'

'हीरा तो जैसे संसार ही से चला गया।'

'मेरा मन तो कहता है कि वह आवेगा, कभी न कभी जरूर।'

दोनों सोए। होरी अँधेरे मुँह उठा तो देखता है कि हीरा सामने खड़ा है, बाल बढ़े हुए, कपड़े तार-तार, मुँह सूखा हुआ, देह में रक्त और माँस का नाम नहीं, जैसे कद भी छोटा हो गया है। दौड़कर होरी के कदमों में गिर पड़ा।

होरी ने उसे छाती से लगाकर कहा - 'तुम तो बिलकुल घुल गए हीरा! कब आए? आज तुम्हारी बार-बार याद आ रही थी। बीमार हो क्या?'

आज उसकी आँखों में वह हीरा न था, जिसने उसकी जिन्दगी तल्ख कर दी थी; बल्कि वह हीरा था, जो माँ-बाप का छोटा-सा बालक था। बीच के ये पचीस-तीस साल जैसे मिट गए, उनका कोई चिह्न भी नहीं था।

हीरा ने कुछ जवाब न दिया। खड़ा रो रहा था।

होरी ने उसका हाथ पकड़कर गद्गद कंठ से कहा - 'क्यों रोते हो भैया, आदमी से भूलचूक होती ही है। कहाँ रहा इतने दिन?'

हीरा कातर स्वर में बोला - 'कहाँ बताऊँ दादा! बस, यही समझ लो कि तुम्हारे दर्शन बदे थे, बच गया। हत्या सिर पर सवार थी। ऐसा लगता था कि वह गऊ मेरे सामने खड़ी है; हरदम, सोते-जागते, कभी आँखों से ओझल न होती। मैं पागल हो गया और पाँच साल पागलखाने में रहा। आज वहाँ से निकले छः महीने हुए। माँगता-खाता फिरता रहा। यहाँ आने की हिम्मत न पड़ती थी। संसार को कौन मुँह दिखाऊँगा? आखिर जी न माना। कलेजा मजबूत करके चला आया। तुमने बाल-बच्चों को...'

होरी ने बात काटी - 'तुम नाहक भागे। अरे, दारोगा को दस-पाँच देकर मामला रफे-दफे करा दिया जाता और होता क्या?'

'तुमसे जीते-जी उरिन न हूँगा दादा!'

'मैं कोई गैर थोड़े हूँ भैया।'

होरी प्रसन्न था। जीवन के सारे संकट, सारी निराशाएँ मानो उसके चरणों पर लोट रही थीं। कौन कहता है, जीवन-संग्राम में वह हारा है। यह उल्लास, यह गर्व, यह पुलक क्या हार के लक्षण हैं? इन्हीं हारों में उसकी विजय है। उसके टूटे-फूटे अस्त्र उसकी विजय पताकाएँ हैं। उसकी छाती फूल उठी है, मुख पर तेज आ गया है। हीरा की कृतज्ञता में उसके जीवन की सारी सफलता मूर्तिमान हो गई है। उसके बखार में

सौ-दो-सौ मन अनाज भरा होता, उसकी हाँडी में हजार-पाँच सौ गड़े होते, पर उससे यह स्वर्ग का सुख क्या मिल सकता था?

हीरा ने उसे सिर से पाँव तक देखकर कहा – 'तुम भी तो बहुत दुबले हो गए दादा!'

होरी ने हँसकर कहा – 'तो क्या यह मेरे मोटे होने के दिन हैं? मोटे वह होते हैं, जिन्हें न रिन का सोच होता है, न इज्जत का। इस जमाने में मोटा होना बेहयाई है। सौ को दुबला करके तब एक मोटा होता है। ऐसे मोटेपन में क्या सुख? सुख तो जब है कि सभी मोटे हों, सोभा से भेंट हुई?'

'उससे तो रात ही भेंट हो गई थी। तुमने तो अपनों को भी पाला, जो तुमसे बैर करते थे, उनको भी पाला और अपना मरजाद बनाए बैठे हो! उसने तो खेती-बारी सब बेच-बाच डाली और अब भगवान ही जाने, उसका निबाह कैसे होगा?'

आज होरी खुदाई करने चला, तो देह भारी थी। रात की थकन दूर न हो पाई थी; पर उसके कदम तेज थे और चाल में निर्द्वन्द्वता की अकड़ थी।

आज दस बजे ही से लू चलने लगी और दोपहर होते-होते तो आग बरस रही थी। होरी कंकड़ के झौवे उठा-उठाकर खदान से सड़क पर लाता था और गाड़ी पर लादता था। जब दोपहर की छुट्टी हुई, तो वह बेदम हो गया था। ऐसी थकन उसे कभी न हुई थी। उसके पाँव तक न उठते थे। देह भीतर से झुलसी जा रही थी। उसने न स्नान ही किया न चबेना, उसी थकन में अपना अँगोछा बिछाकर एक पेड़ के नीचे सो रहा; मगर प्यास के मारे कंठ सूखा जाता है। खाली पेट पानी पीना ठीक नहीं। उसने प्यास को रोकने की चेष्टा की; लेकिन प्रतिक्षण भीतर की दाह बढ़ती जाती थी। न रहा गया। एक मजदूर ने बाल्टी भर रखी थी और चबेना कर रहा था। होरी ने उठकर एक लोटा पानी खींचकर पिया और फिर आकर लेट रहा; मगर आधा घंटे में उसे कै हो गई और चेहरे पर मुर्दनी-सी छा गई।

उस मजदूर ने कहा – 'कैसा जी है होरी भैया?'

होरी के सिर में चक्कर आ रहा था। बोला – 'कुछ नहीं, अच्छा हूँ।'

यह कहते-कहते उसे फिर कै हुई और हाथ-पाँव ठंडे होने लगे। यह सिर में चक्कर क्यों आ रहा है? आँखों के सामने कैसा अँधेरा छाया जाता है। उसकी आँखें बन्द हो गईं और जीवन की सारी स्मृतियाँ सजीव हो-होकर हृदय-पट पर आने लगीं; लेकिन बे क्रम, आगे की पीछे, पीछे की आगे स्वप्न-चित्रों की भाँति बेमेल, विकृत और असम्बद्ध, वह सुखद बालपन आया, जब वह गुल्लियाँ खेलता था और माँ की गोद में सोता था। फिर देखा, जैसे गोबर आया है और उसके पैरों पर गिर रहा है। फिर दृश्य बदला, धनिया दुलहिन बनी हुई, लाल चुँदरी पहने उसको भोजन करा रही थी। फिर एक गाय का चित्र सामने आया, बिलकुल कामधेनु-सी। उसने उसका दूध दुहा और मंगल को पिला रहा था कि गाय एक देवी बन गई और...

उसी मजदूर ने फिर पुकारा – 'दोपहरी ढल गई होरी, चलो झौवा उठाओ।'

होरी कुछ न बोला। उसके प्राण तो न जाने किस-किस लोक में उड़ रहे थे। उसकी देह जल रही थी, हाथ-पाँव ठंडे हो रहे थे। लू लग गई थी।

उसके घर आदमी दौड़ाया गया। एक घंटा में धनिया दौड़ी हुई आ पहुँची। शोभा और हीरा पीछे-पीछे खटोले की डोली बनाकर ला रहे थे।

धनिया ने होरी की देह छुई, तो उसका कलेजा सन् से हो गया। मुख कान्तिहीन हो गया था।

काँपती हुई आवाज से बोली - 'कैसा जी है तुम्हारा?'

होरी ने अस्थिर आँखों से देखा और बोला - 'तुम आ गए गोबर? मैंने मंगल के लिए गाय ले ली है। वह खड़ी है, देखो।'

धनिया ने मौत की सूरत देखी थी। उसे पहचानती थी। उसे दबे पाँव आते भी देखा था, आँधी की तरह भी देखा था। उसके सामने सास मरी, ससुर मरा, अपने दो बालक मरे, गाँव के पचासों आदमी मरे। प्राण में एक धक्का-सा लगा। वह आधार जिस पर जीवन टिका हुआ था, जैसे खिसका जा रहा था; लेकिन नहीं, यह धैर्य का समय है, उसकी शंका निर्मूल है, लू लग गई है, उसी से अचेत हो गए हैं।

उमड़ते हुए आँसुओं को रोककर बोली - 'मेरी ओर देखो, मैं हूँ, क्या मुझे नहीं पहचानते?'

होरी की चेतना लौटी। मृत्यु समीप आ गई थी; आग दहकनेवाली थी। धुआँ शान्त हो गया था। धनिया को दीन आँखों से देखा, दोनों कोनों से आँसू की दो बूँदें ढुलक पड़ीं। क्षीण स्वर में बोला - 'मेरा कहा-सुना माफ करना धनिया! अब जाता हूँ। गाय की लालसा मन में ही रह गई। अब तो यहाँ के रुपये क्रिया-करम में जाएँगे। रो मत धनिया, अब कब तक जिलाएगी? सब दुर्दशा तो हो गई। अब मरने दे।'

और उसकी आँखें फिर बन्द हो गईं। उसी वक्त हीरा और शोभा डोली लेकर पहुँच गए। होरी को उठाकर डोली में लिटाया और गाँव की ओर चले।

गाँव में यह खबर हवा की तरह फैल गई। सारा गाँव जमा हो गया। होरी खाट पर पड़ा शायद सब-कुछ देखता था, सब-कुछ समझता था; पर जबान बन्द हो गई थी। हाँ, उसकी आँखों से बहते आँसू बतला रहे थे कि मोह का बन्धन तोड़ना कितना कठिन हो रहा है। जो कुछ अपने से नहीं बन पड़ा, उसी के दुःख का नाम तो मोह है। पाले हुए कर्त्तव्य और निपटाए हुए कामों का क्या मोह! मोह तो उन अनाथों को छोड़ जाने में है, जिनके साथ हम अपना कर्त्तव्य न निभा सके; उन अधूरे मंसूबों में है, जिन्हें हम न पूरा कर सके।

मगर सब कुछ समझकर भी धनिया आशा की मिटती हुई छाया को पकड़े हुए थी। आँखों से आँसू गिर रहे थे, मगर यन्त्र की भाँति दौड़-दौड़कर कभी आम भूनकर पना बनाती, कभी होरी की देह में गेहूँ की भूसी की मालिश करती। क्या करे, पैसे नहीं हैं, नहीं किसी को भेजकर डाक्टर बुलाती।

हीरा ने रोते हुए कहा – 'भाभी, दिल कड़ा करो। गो-दान करा दो, दादा चले।'

धनिया ने उसकी ओर तिरस्कार की आँखों से देखा। अब वह दिल को और कितना कठोर करे? अपने पति के प्रति उसका जो कर्म है, क्या वह उसको बताना पड़ेगा? जो जीवन का संगी था, उसके नाम को रोना ही क्या उसका धर्म है?

और कई आवाजें आईं – 'हाँ, गो-दान करा दो, अब यही समय है।'

धनिया यन्त्र की भाँति उठी, आज जो सुतली बेची थी, उसके बीस आने पैसे लाई और पति के ठंडे हाथ में रखकर सामने खड़े दातादीन से बोली – 'महाराज, घर में न गाय है, न बछिया, न पैसा। यही पैसे हैं, यही इनका गो-दान है।'

और पछाड़ खाकर गिर पड़ी।